白芥子 著

盛宴

U0125076

长江出版社
CHANGJIANG PRESS

图书在版编目（C I P）数据

盛宴 / 白芥子著 . — 武汉 ：长江出版社，2023.9

ISBN 978-7-5492-8838-0

Ⅰ．①盛… Ⅱ．①白… Ⅲ．①长篇小说－中国－当代

Ⅳ．① I247.5

中国国家版本馆 CIP 数据核字（2023）第 069078 号

盛宴 / 白芥子 著

SHENGYAN

出　　版	长江出版社	
	（武汉市解放大道 1863 号　邮政编码：430010）	
市场发行	长江出版社发行部	
网　　址	http://www.cjpress.com.cn	
责任编辑	陈辉	
印　　刷	北京盛通印刷股份有限公司	
地　　址	北京市大兴区亦庄经济技术开发区经海三路 18 号	
版　　次	2023 年 9 月第 1 版	
印　　次	2023 年 9 月第 1 次印刷	
开　　本	710mm×1000mm 1/16	
印　　张	23	
字　　数	530 千字	
书　　号	ISBN 978-7-5492-8838-0	
定　　价	42.80 元	

电话：027-82926557（总编室）027-82926806（市场营销部）

清初宴伸出手，晃了晃手指，求吟吟
地瞅着温赢："殿下，赏银给我见？"
温赢沉声道："一会儿我叫人给你"
"咦，你竟还当真了？"
"嗯，你应得的。"
清初宴亦不可支："行，我拿了这
钱，买酒请你喝。"
"这里没酒卖。"
"那先欠着，等过两日进了城，我
买了酒请你喝∽"

目录

目录

夏四月，毓王府，私庄。

园中凉亭内，凌祈宴靠在贵妃软榻中闭目养神，七八婢女伺候左右，琴音袅袅，娇声笑语不断。

有太监进来低声禀报："殿下，显安侯府的三郎他们来了。"

凌祈宴修长的手指轻敲了敲榻缘，未睁开眼："叫他们过来。"

以显安侯府三郎张渊为首的众华服公子进了亭中，后头跟着四五个国子监学生。

来人纷纷向凌祈宴问安，张渊笑吟吟地凑到凌祈宴身边，低声向他禀报："殿下，人带来了。"

凌祈宴皱眉，睁眼觑向他："什么人？"

张渊脸上表情一瞬间有些僵滞，他无奈地解释："前几日殿下听闻我等说起国子监里这些个读书人……有些意思，您说想看一看，我等这才将人带来了。"

凌祈宴想了想，好像是有这么回事。

那四五个学生排成一排，低着头像是十分紧张。

张渊冲几人喝道："见到了毓王殿下，还不赶紧请安！一个个的傻愣着做什么？！"

几人战战兢兢地跪下，唯有左侧最高大挺拔的那个依旧突兀地站着。他也是唯一一个见到凌祈宴没打战的。

那人宽肩窄腰，身形颀长结实，并无那些个读书人弱不禁风之态，低垂着眉眼，叫人看不清他的样貌，单看那下颌线条，棱角分明、凌厉流畅。

凌祈宴将目光落到他身上，微微一顿，立刻有人会意，一脚踹在那人的后膝窝上，就见他往前一步，单膝重重跪地。

他挣扎着想起来，被人用力按住肩膀，变成了双膝跪地的姿势，垂在身侧的双手紧握成拳。

凌祈宴轻眯起眼，仰了仰下巴，示意他："抬起头来。"

那人依旧垂着眼，没吭声。

又有人在他的后腰处踹了一脚，骂骂咧咧道："不知死活的东西！"

少年终于抬眼，紧蹙着浓眉，五官轮廓分明，周身隐隐带着一股戾气，凤目狭长锐利，冷眸中并无半分惧意。

凌祈宴饶有兴致地打量着他。面前这个穷秀才样貌出众，令人过目不忘。只是这人毫不避讳地盯着自己的眼神，让凌祈宴有些不爽，这人胆子倒是大。

"你叫什么名字？几岁了？哪里人？"

张渊刚要帮答，被凌祈宴抬了抬手指打断。凌祈宴不错眼地看着跪在面前之人，轻勾嘴角："你自己说。"

少年声音略低哑地回答他："温瀛，年十六，冀州广县人氏。"

"冀州……倒是离京城不远。"

张渊在旁边介绍，说这个温瀛是冀州的小三元案首，今年初才被冀州学政举荐来国子监念书，才识十分了得，深得国子监一众学官赏识，今秋就会下场参加乡试。

凌祈宴闻言略微惊讶，十六岁的小三元案首，在整个大成朝恐怕都找不出几个，这样的人，将来不说举人、进士，就是状元、榜眼都有一争之力，竟也学着别人跑来谄媚权贵？

当然了，半点身家背景没有的穷书生，哪怕当真被取中一甲，进翰林院熬资历也得熬个十几二十年，若是得了哪位权贵青眼，就能走上捷径，总有那么些想要走旁门左道之人。

虽然面前这位看似桀骜不驯的小三元案首，并不像有那份心思的。

在凌祈宴审视自己时，温瀛并未如其他人那般低眉顺眼、小心谨慎地受着，而是坦然地回视他，同样不着痕迹地打量着面前这位高高在上、金尊玉贵的皇嫡长子。

凌祈宴生得一双灿若桃花的眸子，左眼眼尾处以泪痣点睛，面如傅粉，姿容昳丽，端的是郎艳独绝、世无其二，比之他身边那些环肥燕瘦、各有千秋的美貌婢女，更叫人惊艳。

被温瀛的目光盯得越发不痛快，凌祈宴轻蹙起眉，没再搭理他，丢下句"你们各自玩去"，便枕着贵妃榻，重新闭上眼。

那一帮子纨绔将另外几个学生拉走了，只留下温瀛一个，依旧跪在亭中，没人敢叫他起来。

张渊压低声音问凌祈宴："殿下，这人您可看中了？"

半日，凌祈宴才闭着眼，淡淡地"嗯"了一声。

温瀛依旧面无表情地跪在地上，张渊瞪了他一眼，教训他道："殿下看上你，是你的福气，若是惹了殿下不快，仔细你的脑袋。"

凌祈宴不耐烦地挥手，示意张渊："你也滚。"

张渊谄媚地笑着退出了凉亭。

一众婢女、太监依旧围着凌祈宴，抚琴唱曲、端茶递水，殷勤周到。

温瀛跪在地上足足两刻钟，所有人都对他视而不见，

凌祈宴终于又睁开眼，觑向他，勾了勾食指："你过来。"

温瀛想起身，却被身侧的一个太监踢了一脚，又跪回去，只能这样跪着往前挪到凌祈宴面前。

"知道自己跟着来这里，是做什么的吗？"凌祈宴懒洋洋地问。

温瀛神色不变，声音低沉："学生愿陪殿下吟诗作画、吹箫抚琴、煮茶赏花，殿下看重学生、提携学生，他日学生必当肝脑涂地，以报殿下。"

凌祈宴闻言乐了："说了半天，你打的主意是想做本王的门客？能陪本王吟诗作画、吹箫抚琴、煮茶赏花的人多了，本王又为何非要提携你？"

"您是说外头那些人？"温瀛不以为意地道，"那不过都是些靠着祖宗荫庇、安于享乐的无能平庸之辈，于殿下岂有一丝一毫助力？他日学生不说高中状元，自信少说能混个进士出身，若是殿下愿意提携学生，学生自会回馈殿下。"

"你倒是第一个敢当着本王的面贬低张渊他们的。"凌祈宴松了手，躺回椅子里，声音淡了些，"本王要你有何用？世人皆知本王不过是个无甚本事的闲王，占着所谓皇嫡长子的名头，太子却叫本王的二弟做了，且本王与他不睦，你投了本王，日后出仕，太子一派的人必不会重用你。"

"学生知道。"

凌祈宴似笑非笑地瞅着他："所以你还要跟着本王？"

"若能入殿下的眼，学生自无不从。"

温瀛神色坦然，凌祈宴看向他的目光里却生出了警惕之意。

略想了想，凌祈宴还是觉得这人果真有点意思，未拒绝也未首肯："那得看你的表现。"

温瀛垂眸，沉下声音道："多谢殿下愿给学生机会。"

之后那一整日，一众纨绔俱留在毓王府这私庄里饮宴享乐。凌祈宴这个皇嫡长子虽在朝中无甚地位，且为人恣情张扬、骄纵跋扈，但他爱玩，也会玩，是京中这群纨绔之首，这些个人都乐得捧着他。

饮宴上有众多助兴节目，凌祈宴最热衷，也是纨绔们最喜欢的，便是投壶。

输了的人不但要饮酒，还要赔上事先押下的彩头，金玉珠宝、美婢娇娘，甚至庄园田产，都不在话下。

凌祈宴是玩这个的高手，但轻易不下场，只作壁上观，遇到厉害的人，让他看高兴了，还会下赏赐。

凌祈宴出手大方。他这位皇嫡长子虽在皇帝、皇后那里不得宠，但太后娘娘最宝贝他，宁寿宫里的好东西一大半进了他的毓王府。

众人轮番上阵，个个摩拳擦掌，使出浑身解数，好不快活。那几个被带来的国子监学生亦在其中，陪着这些公子、少爷玩闹一阵，都已渐渐放开，做小伏低地百般讨好着他们。

凌祈宴高坐在主位之上，斜倚着身子，举着酒壶直接往嘴中倒酒。夏日的薄衫衣襟前被浸湿一大块，他浑不在意，胡乱又将衣裳扯散些，脸上都是醉酒后的红晕，一副放浪形骸之态。

温瀛跪坐在酒案边，专注地为凌祈宴布菜送酒。

酒过三巡，凌祈宴睨向温瀛，吩咐他："你会投壶吗？你去试一试，给本王瞧瞧本事。"

温瀛低声应下，起身走过去接过箭矢。

他没有急着投，目光沉着地盯着前方的壶口看了一阵，似在评估距离和角度。有人不耐烦地催促："动作快些，磨磨蹭蹭的做什么呢？"

温瀛并不理人。他和其他学生不同，从头到尾，除了凌祈宴，丝毫不给别人眼神。

在他出手前，张渊笑问凌祈宴："殿下，这位温案首如今是您的人了，既然要下场，您可要为之押下什么彩头？"

凌祈宴觑了他一眼："就你机灵，又想骗本王的好东西。先看看吧，他能不能做本王的人还两说。"

温瀛肩背挺得笔直，抬起眼。凌祈宴正一手支着头，笑吟吟地看着他，满脸兴致盎然的神色。

温瀛重新将视线落回壶口，在众人的再三催促中，干脆利落地投出第一箭。

一道漂亮的弧线过后，箭矢稳当地落入壶中。

不待众人反应，温瀛换上左手，第二箭亦在眨眼间落壶。

众人一愣，旋即高声叫好。

第三箭、第四箭……箭箭连中，第七、八两箭齐发，入双耳。

第九箭，箭在壶口转了个圈，成倚竿状。

第十箭，投箭之前，温瀛再次抬眼，黑沉双目望向凌祈宴。凌祈宴挑眉，就见温瀛将箭矢反掷，轻松投出，箭尾入壶，竟成倒中之势。

沉寂一瞬后，围观之人大声喝彩，个个涨红了脸，兴奋异常，温瀛依旧淡然，只看向凌祈宴。

凌祈宴的眼中终于有了高兴之色，他啪啪拍了两下手："善！"

"你很不错，这还是本王第一次见到有人能投倒中。说吧，你想要什么？本王赏赐与你。"

温瀛沉声道："多谢殿下，学生不需要别的，愿得殿下赏识提携，就已心满意足。"

张渊"啧"了一声，笑着与凌祈宴打趣："殿下，听听这小子说的话，这是赖上殿下您了。"

凌祈宴不动声色地望着温瀛，四目相对，温瀛依旧是那副坦然不惧之态。凌祈宴轻敲着酒案，微眯起眼，若有所思。

所有人都在等凌祈宴发话，他忽地弯起嘴角，勾了勾手指。

温瀛走上前去，跪坐回酒案边。凌祈宴侧目看向他："真想跟着本王？"

温瀛低头回道："殿下，学生说了，若是殿下愿意提携学生，学生日后定会为殿下身先士卒。"

凌祈宴的神色冷了几分："你真当本王是傻的？说吧，你所图究竟为何？"

沉默了一阵，温瀛哑声道："学生需要一个靠山。"

像是没想到他会这么说，凌祈宴挑眉："靠山？你一国子监的贡生，安心念书，日后中举人、进士，入朝为官，康庄大道就在眼前，何故需要特地找靠山？"

"学生得罪了人。"

"得罪了何人？"

"卫国公世子。"

凌祈宴眼珠子一转，立刻明白过来。这卫国公府是皇后母家，卫国公世子也就是他的表兄，确实在国子监读书，那也是个混蛋的。

凌祈宴好笑道："卫国公世子？他是本王的亲表哥，为何你觉得本王会因为你与他生出嫌隙？"

温瀛直言不讳道："他是太子的人，与殿下不睦。"

凌祈宴看了温瀛片刻，懒洋洋地靠回榻里："既然你有求于本王，就端正态度，本王不喜你这副清高的棺材脸样，你最好掂量掂量清楚。"

傍晚，凌祈宴去庄中的冷池沐身。

温瀛同去，凌祈宴没怎么搭理他，但没放他离开。

数十个太监、婢女在凌祈宴身侧伺候，一应用具俱是镶金嵌玉，连擦身的布巾都是丝绸锦缎，极尽奢靡。

温瀛一言不发，并未多看。

凌祈宴靠着池壁坐下，又想喝酒了。

他一个眼神扫过去，大太监江林立即会意，打发了婢女将美酒送来。凌祈宴接过酒壶，仰头将酒水往嘴里倒，溅出来的酒汁顺着他的嘴角滑下，淌过线条优美的脖颈，再没入池水中。

凌祈宴转过身，趴到池缘上，手指敲着酒壶，慵懒地勾起嘴角，随口问温瀛：“既然要做本王的门客，你日日在国子监念书，本王连你的人都见不着，要你这门客有何用？”

不待温瀛回答，凌祈宴支着下巴想了想，道：“要不你来本王府上住吧，本王的府邸离国子监不远，如此你也可免受那些乱七八糟之人的纠缠。”

连亲表哥在这位毓王殿下嘴里都成了乱七八糟之人，凌祈宴似乎丝毫不将对方放在眼中。

温瀛从容地应下，对他谢恩：“多谢殿下厚爱。”

待凌祈宴沐浴完，又去了饮宴上。

那些个纨绔玩乐了一整天，这会儿俱喝高了，越发浪荡。

凌祈宴坐回主坐上，来了两个美姬一左一右地倚着他，给他喂酒剥葡萄。凌祈宴就着其中一人的手喝了小半杯酒，目光移向跪坐在一旁的温瀛身上，在那美姬的面颊上亲了一口，笑着提醒她：“去给这位案首大人倒酒。”

那美姬乖巧地应下，娇软的身子倚向温瀛，笑吟吟地为他斟酒：“案首大人，奴敬您。”

温瀛没接，不着痕迹地挪开身，冷淡地道："一介书生罢了，当不得姑娘一句大人。"

另一个美姬倚在凌祈宴怀中娇笑："殿下，这位案首大人好不给面子啊。"

凌祈宴轻哼："他就这个德行。"

酒过三巡，张渊凑过来笑着告诉凌祈宴，这些美姬排了一出新舞，问他想不想看。

凌祈宴可有可无地"嗯"了一声，鼓乐声起。

风情万种的美姬们在乐声中起舞，轻纱薄衫款款摆动，阵阵幽香袭来，众纨绔俱迷醉不已，个个喝得面红耳赤、醉生梦死。

宴罢酒酣，纨绔们各自搂着美娇娘去了厢房，继续寻欢作乐。

走之前张渊凑到凌祈宴耳边提醒他，先前领舞的那个是秀兰苑的头牌，还是个清倌，特地留给殿下的。

至于温瀛，则被所有人有意无意地无视了。

先前还歌舞笙箫的花厅里少了那群醉鬼的喧嚣，重归冷清。凌祈宴没走，依旧在喝酒，温瀛也没动，仍跪在他身侧伺候他。

只有那特地被留下的美姬头牌有些局促不安，迟疑着上前来，在凌祈宴的另一侧跪下，拿起酒壶。

凌祈宴握住她的柔荑轻捏了捏，眯着眼睛打量她，片刻后抬起手，手指缓缓摩挲女子白皙的面颊。

那美姬低垂着头，一动不动，露出一截白皙纤长的脖颈，似有些紧张。

凌祈宴凑过去，在她颈边深深一嗅，清淡幽香萦绕鼻尖。

女子软声道："殿下……奴伺候您。"

对方的一双手贴近凌祈宴的胸膛，还要靠上，凌祈宴忽地按住她的肩膀，用力将人推开。

女子猝不及防，跌倒下去，凌祈宴已冷了神色："下去吧，这里不需要你。"

江林立刻挥了挥手，上来两个小太监，麻利地将那美姬搀扶走了。

凌祈宴起身，拂袖而去。

温瀛跟着他回屋，凌祈宴冷眼斜睨过去："这么亦步亦趋地跟着本王作甚？"

温瀛低垂着眼，神色淡淡道："殿下不让学生走，学生不敢离开。"

凌祈宴闭了闭眼，冷冷地吐出一个字："滚。"

温瀛在凌祈宴的屋门外站了一夜，毓王殿下叫他滚，没说滚哪里去，旁的人不敢随意做主，他想站外头，就让他站着。

山中暑夜，月光如练，只闻得稀疏蝉鸣声响，偶有飞萤流连花径之间。

温瀛在廊下看了一整宿夜色，始终未离开。

直到天光熹微，露水打了廊外的芭蕉叶，屋中才有了轻微动静。

下人们进进出出，忙着伺候凌祈宴起身。

温瀛进门去，向凌祈宴问安。

第二章

凌祈宴喝着茶，随口问他："昨夜没合过眼，一直站在外头？"

温瀛低垂着眼眸，淡然回道："殿下没叫学生去睡，学生不敢睡下。"

凌祈宴抽了抽嘴角，这人真是……嘴上说着这不敢那不敢，实则那淡然神色中瞧不见半分对自己的惧意，分明是有求于自己，却始终一副孤高倔强的模样，当真不知哪里来的底气。

他活了这么十几年，还是第一回见到敢这般对自己的人。

"本王不叫你去睡，你就不去睡？本王叫你去死你肯去吗？"

温瀛没接腔。

凌祈宴摆了摆手："罢了，你去歇下吧，本王可没想苛待你。"

"多谢殿下，学生是来与殿下告辞的，旬假已过，学生要赶着回书院念书。"

凌祈宴望了望窗外的天色，这才未到辰时，他昨夜睡得早，故起得也早，这人竟就要赶着走了，再想到那些还在他这庄子里只怕美梦正酣的众人，忽然有些不得劲。

同是国子监的学生，当真是天差地别。

"你去吧。"凌祈宴给江林递了个眼神，对方会意，出去叮嘱人给温瀛安排马车，送他回国子监。

温瀛对凌祈宴谢恩，走之前踌躇地问他："殿下可愿将学生收为己用？"

凌祈宴眯着眼睛看向他，片刻后道："你回去吧，下回本王有空了再叫你来。"

温瀛点了点头，终于退下。

温瀛没等太久，只过了四五日，毓王府就来人了，说是毓王愿意招揽他，让他即刻收拾家当迁去毓王府。

温瀛去退了在书院里的住舍，再回住舍收拾东西。

同舍的舍友潘佑安见状酸溜溜道："你可真走运，这就被毓王殿下看上了，还能搬去毓王府住，回头还念什么书、考什么试？你直接让殿下给你讨个官职都可以。"

温瀛自顾自地收拾包裹，没有理他。

那人大概有些恼怒，推了他的胳膊一把："说话呢，怎么刚被毓王殿下看上，你就眼睛长到天上，不理人了啊？"

其实温瀛向来甚少搭理他，这人那日也去了毓王府的私庄，还搭上了当中一位伯爵府的郎君，不过没温瀛这么走运能被毓王殿下看上，还被招揽进毓王府。

温瀛从进这国子监第一日起就一直寡言少语，疏离人群，只与他们同舍另一个跟他同乡叫赵熙的贡生走得近，其他的人与他俱搭不上话。偏偏他只是一个毫无身家背景的穷秀才，得了那些学官的赏识，就不将其他人放在眼中，难免叫人不忿，潘佑安就是其中之一。

要说起来，这潘佑安家中虽非勋贵高官，但世代从商，是南边的豪富之家，靠着捐银子得了例监的资格，入了这国子监。那些世家子弟看不上他的商贾出身，他也看不上温瀛这样的穷秀才，但温瀛这人就是比谁都运气好，学官喜欢他，现在他又入了毓王殿下的青眼。

他何德何能？

见温瀛又是这副死人脸，潘佑安越发心头火起，冷笑道："你得意什么？真以为进了毓王府就前途一片平坦？我且看着，你几时成为第二个死鬼赵熙！"

那赵熙一个月前在国子监后头的水池落水溺毙，上京府衙的衙役来看了眼，叫仵作验尸一番后，以意外失足草草结案，但书院里一直有传言，事实并非如此。

温瀛神色黯然地抬眸看向那张已经空了许久的床，片刻后闭了闭眼，转身离开。

他刚走出住舍，就有侍童过来低声提醒他，说是林司业要见他。

温瀛知道逃不掉，本也打算主动去向林司业说明情况，便跟着去了。

林司业是位六十多岁、精神矍铄的老人，在国子监任职数十年，是位十分爱才、惜才之人，与那举荐温瀛来国子监念书的冀州学政是密友。

温瀛年纪小、长得好、学识高，虽傲气了些，但在虚心求学、尊师重道上从未有半分错，前途大好可见，以林司业为首的众学官都十分看重他。万万没想到，他会突然退了国子监的住舍要搬出去住，且现下在国子监外虎视眈眈地等着他的，赫然是毓王府的人。

林司业痛心疾首道："你真糊涂啊，小小年纪不学好，竟跟着他人走这样的歪门邪道，你当真太叫老夫失望了……"

温瀛垂眸道："学生只是去毓王府借住，做毓王殿下的门客。"

"谁教的你去投靠权贵？以你这样的学识，你规规矩矩地下场考试，登科及第就在眼前，何必与那些贵人纠缠不清？就算你去做门客，又为何要做毓王府的门客？毓王殿下身份地位尴尬，你怎能只图眼前一时利益，不顾以后？"林司业一时着急，想要劝温瀛迷途知返，说了他在别人面前轻易不会说的话。

其实不用他提，所有人都知道凌祈宴这个不是太子的嫡长子身份有多尴尬，他与太子不睦亦是人尽皆知之事，一旦日后太子登基，怎容得下他？

那些个不中用的世家纨绔子弟跟着凌祈宴吃吃喝喝还好说，毕竟他们都不是家中承袭爵位的人，太子不会因此就拿他们府上如何。其他人谁不是离凌祈宴越远越好？只有温瀛反其道而行之，非要往上凑。

这些道理，温瀛不是不懂，但已拿定主意。

"学生有分寸，老师，学生知道自己在做什么。"

林司业长吁短叹："你是何苦？你若是因着担心卫国公府那小子的事，老夫自会想法子护着你，你何必又非要往毓王殿下眼前凑？"

温瀛不肯解释，只深深一揖，向林司业道歉："老师对学生的好，学生俱铭记在心。学生辜负了老师的期望，还请老师不要因学生动气，伤了身子。"

申时三刻，温瀛坐着毓王府的马车从毓王府的侧门入府，王府里已打扫出西边靠水的一处院子给他。

院中种着高大的梧桐，点缀夏花和一架蔷薇，绿树成荫、繁花似锦，又有锦鲤在浅池中摆尾，风吹帘动，满院幽香。

正房中一应家具摆设更显精致，处处精雕细琢，墙角的香几上有香炉正袅袅升着白烟，阳光经雕花的镂空窗扇雕琢，在地上留下斑驳的光影，给房中增添了些鲜活气息。

温瀛目不斜视，并未多看，进房放下自己的包裹。

领他来的太监笑吟吟地告诉他："殿下拨了这四个人伺候你，你若还有什么缺的东西，可直接说出来。"

温瀛抬眸看了一眼，两个婢女、两个小厮，年岁看着都不大，嫩生生地低着头，不敢多言。

"不用了，殿下有心，已经很好了。"

想了想，他又问："殿下在府中吗？我想去向他谢恩。"

若是换了别人这么问，这太监必不会回答，但眼下这人在殿下跟前正得宠，于是卖好道："殿下今日进宫去了，要等端阳节之后才会回来。"

温瀛点了点头，不再多问。

第三章

　　凌祈宴进宫已有数日。他十二岁就出宫开府，宫里的寝殿早没了，逢年过节回宫，都留宿在太后的宁寿宫里。

　　端阳节当日一大早，皇后沈氏带着众宫妃来宁寿宫请安。太后不喜人吵，每个月只让她们旬日过来一趟。今日是端阳节正日，众宫妃带着皇子皇女，都到齐了。

　　除了凌祈宴这个长子，其他皇子皇女都在宫里住着，年岁也都还小。

　　太子不在，他和皇帝还在前朝召见官员。

　　凌祈宴懒洋洋地睡到辰时过了才起，打着哈欠出现在宁寿宫正殿中，心不在焉地向他母后沈氏和其他几个位分高的宫妃问安。

　　沈氏对他这副懒散模样十分不喜，当即蹙眉教训起他："你看你像什么样？这都什么时辰了你竟才起？你二弟早一个时辰就跟着你父皇去上朝了，你能不能学学他？稍微长进一些？"

　　"我学他做什么？他是太子我又不是，我也不需要上朝。"凌祈宴撇嘴，小声嘟哝道。

　　"就你这样，你父皇敢带你上朝？你还想丢脸丢到满朝文武面前去？"

　　"反正我做什么，你都觉得丢脸。"

　　沈氏闻言动了气，还想教训他，被太后制止："宴儿，来祖母这里。"

　　凌祈宴换了副笑脸，倚去太后身侧撒娇卖好，哄得她老人家眉开眼笑。

　　沈氏一肚子教训人的话到嘴边，生生咽了回去，她绞了绞手中的帕子，敛去眼里晦暗的神色，垂眸不再言语。

　　其他人眼观鼻、鼻观心，只当没看到。

　　谁都知道皇后娘娘与毓王殿下母子失和，皇后生了三子，凌祈宴是她还在潜邸时有的，不过生凌祈宴时遭了些罪。凌祈宴刚满百日，就被太后要去抚养，在太后身边长大，因为一些事情，沈氏觉得凌祈宴克她，又与凌祈宴似天生没有母子缘，分外不喜他。

再后面她有了二皇子和六皇子，心思就彻底偏了，对两个小儿子爱如珠宝。尤其二皇子凌祈寓，只比凌祈宴小了两岁不到，不像凌祈宴自小不学无术念不进书，这位二皇子天资聪颖、机灵听话，不但受沈氏喜欢，皇帝都更偏宠他，故一直拖着没立太子。

凌祈宴十二岁那年生了一场大病，差点没救回来，在他病得最重之时，沈氏没来看他一眼，皇帝更是直接立了二皇子做太子。凌祈宴被太后叫人抱来宁寿宫，亲自盯着众太医给他施针喂药，才将他从鬼门关抢回来。

再之后，他就被封了亲王搬出宫去，若非太后舍不得，只怕皇帝、皇后会直接给他一块封地，将他撵出京。

沈氏不喜欢凌祈宴，凌祈宴自然也不喜欢她，对这位从未给过他半分关爱的母后，他只将她当成陌生人。

凌祈宴在太后身侧坐下，动手给她剥松子花生。太后欢喜得不得了，连连夸他孝顺。

皇帝和太子进来时，凌祈宴正撒着娇，与太后讨漠北那边刚进贡来的一张完整的银狐皮。皇帝一听皱眉训斥他道："你才几岁，在哪里学的这骄奢性子？什么好东西都想往自己那里揽？"

凌祈宴不以为意："母后那张不是给了太子吗？太子能有，我为什么不能有？"

那银狐皮十分罕有，不但形状完整，皮毛更是色泽鲜亮光滑，是上佳之品，一共就两张，皇帝将之给了太后和皇后沈氏，沈氏那张又被转送给了凌祈寓。

沈氏先前就憋着火，这会儿听闻凌祈宴这么说，更不高兴："怎么，你难不成还要事事都跟太子比？你不看看你有哪里比得上他的？"

凌祈宴转开眼，压根不理她，只将她的话当耳旁风。眼见着沈氏就要动怒了，凌祈寓赶忙笑着打圆场："不过一张皮子而已，大哥若是喜欢，我那张送给大哥就是了。"

他说着就要吩咐人去东宫取银狐皮，又被太后打断，太后也冷了脸："行了，宴儿不就是想要张皮子？又不是什么了不得的东西，他喜欢给他就是了。翠柳，你去库房将我那张取出来收拾好，待宴儿回府时给他带上。"

被点名的大宫女应声，这就去取东西了。皇帝不赞成地提醒太后："母后，您别太娇惯他了，他这见了什么都想要的毛病是得改改，哪有他这样的？"

"哪有你们这样的父皇、母后？你们一个个都不疼宴儿，我这个老婆子还不能疼疼我孙子吗？"

太后这话已经说得十分不客气，沈氏的面色十分难看，当着众宫妃的面，皇帝的脸上也有些挂不住："母后您这说的哪里的话呢？我们怎么可能不疼宴儿……"

"疼不疼你自个儿心里有数，"太后没好气地道，"宴儿都十六了，总不能一直这样，镇日里无所事事，你这个做父皇的也别太偏心，好歹给他安排个差事吧？"

凌祈宴有一点讪然，自己压根不想办差……

"他什么都不会，能做什么差事？"皇帝为难道。

"你不教他，不给他机会，他当然不会，难不成你要他一辈子都这样？"

被太后说得哑口无言，皇帝只得无奈地应下，说回去会考虑。

之后的家宴上，沈氏一直板着脸。凌祈宴倒是高兴得很，自顾自地吃菜喝酒，其间八岁的六皇子凌祈宁蹦蹦跳跳地来到他身边，塞了一串五彩粽子到他手中，笑嘻嘻地眨眼："我自己扎的，送给大哥。"

这位六皇子也是凌祈宴的嫡亲弟弟，沈氏生的第三子。这小屁孩与凌祈宴关系倒是不错，小孩也爱玩，从小就喜欢黏着凌祈宴，哪怕被沈氏教育过许多次，还是愿意跟凌祈宴玩。

凌祈宴将东西捏在手中晃了晃，五彩粽子是端阳节里小孩们喜欢佩戴的一种饰品，用硬纸叠成的小粽子，由五彩丝绒线捆成一串，佩在腰间，晃晃悠悠十分好看。

凌祈宴自然瞧不上这种小玩意儿，随手接下，不以为意。

傻乎乎的凌祈宁丝毫没察觉出凌祈宴的嫌弃，送了东西又回到自己的座位。

申时之前，一顿家宴才结束，皇帝带着太子离开。他们傍晚还要设国宴招待群臣。

太后身子有些不适，让众人各自散了。

回寝宫的路上，沈氏没好气地数落凌祈宁："跟你说了多少遍，离你大哥远些，你看他理你吗？"

凌祈宁不服气地嘟哝："那是我大哥，我为什么不可以跟他玩？"

沈氏气不打一处来，身侧的嬷嬷柳氏劝她："娘娘，大殿下怎么说也是您嫡亲的儿子，您就算不喜欢他，也别表现得太明显了，不然叫人看了笑话，太后娘娘那里也讨不到好。"

提到太后，沈氏越发气怒："要不是她当初将那小子抢走，我们母子何至于变成如今这样？亏得本宫当初九死一生才生下他，你看那小子可有半分将本宫这个母后放在眼里？进宫这么多日，他一次都未来过本宫这里请安！"

柳氏一时不知道当说什么好，只能一再劝她。

凌祈宴又在宫里多待了两日，到底坐不住，跟太后招呼了一声，拿着一堆从宁寿宫里讨来的好东西出宫去了。

他离宫时路过东宫，有东宫里的宫人出来拦住他的车辇，客气地说道："大殿下，太子殿下请您进东宫一叙。"

"不去，"凌祈宴丝毫不给面子，"有话让他出来跟本王说，本王不想进去。"

敢这么跟皇太子说话的，除了皇帝、皇后、太后几位，只有凌祈宴了。

东宫的人去而复返，捧上沈氏赐给凌祈寓的那张银狐皮："太子殿下说，既然殿下您喜欢，这张银狐皮便一并送给殿下，还请殿下笑纳。"

凌祈宴懒得多想他这二弟又是起了什么心思，直接叫人收下东西。这么好的皮子，他不要白不要。

那宫人又道："太子殿下还说，请殿下您不要这么倔，进了宫好歹也去看看皇后娘娘。"

凌祈宴哂笑："皇后娘娘有他这位孝子就够了，需要本王去看她做什么？你去告诉太子，他的'好意'本王心领了，让路吧。"

马车赶在宫钥落下前出了宫门，回到毓王府，天色已经擦黑。

府门大开，众下人出来恭迎凌祈宴回府。凌祈宴直接吩咐人传膳，刚坐下，想起故意被他晾了好些日子的温瀛，叫了那日去迎人进府的太监来问话。

"那位温郎君每日除了早出晚归去国子监念书，就都躲在房中不出门，一直在看书，连膳食都没怎么用，废寝忘食。"

想来是秋闱的日子快到了，那小子正在头悬梁、锥刺股。凌祈宴想了想，吩咐道："去将他叫来，不用膳怎行？他还想做神仙不成？"

待传话的人去了，凌祈宴又示意江林："将宫里赐下的酒拿出来。"

凌祈宴没等多久，温瀛就被人带来。凌祈宴抬眼看着他走进门，这人还是那副冷冷淡淡的模样，进了这王府里头，对着他这位毓王殿下态度依旧没好多少。

温瀛换了身常服，是王府里赐下的衣裳。若非被传唤来凌祈宴跟前，他也不会穿。

不过他穿上这一身华服，倒当真有些人模狗样。凌祈宴心想着，可惜这小子命不好，这要是个世家子弟出身，只怕全京城的娘子们都要争着抢着嫁给他。

温瀛规规矩矩地见礼，然后立到一旁。凌祈宴抬了抬下巴，示意他道："坐吧，陪本王用膳。"

温瀛没有推拒，凌祈宴让坐他便大大方方地坐下。

凌祈宴又叫人给他们倒酒："这是宫里赐下的御酒，你没喝过的，尝尝吧。"

温瀛向他谢恩："多谢殿下赏赐。这几日承蒙殿下的人照拂，学生感激不尽，日后殿下有任何用得上学生的地方，学生自当赴汤蹈火、在所不辞。"

凌祈宴撇了撇嘴，继续叫人给温瀛倒酒。

温瀛一杯一杯地将酒倒进嘴里，面不改色。凌祈宴没想到他一个书生竟这般能喝酒，自个儿没喝几杯反有了醉意。

江林是知道凌祈宴的酒量的，凌祈宴嗜酒，但委实喝不了多少，眼见着凌祈宴要醉了，赶忙劝阻他："殿下，少喝些酒，多用些膳食吧。"

温瀛在这时起身，拱手道："多谢殿下赐宴赐酒，学生吃饱了，这便退下，不打搅殿下了，殿下早些歇了吧。"

说罢他又弯腰行了一礼，转身离开。

凌祈宴愣了愣，抄起手边空了的酒杯直接砸向他的背，冷了声音道："你给本王站住，谁许你走的？"

温瀛回身，依旧是不紧不慢的语调："不知殿下还有何吩咐？"

"滚过来。"

僵持片刻，温瀛走了回来，凌祈宴冷冷地道："跪下。"

温瀛用力握拳，跪下身去。

凌祈宴眯起眼睛冷冷地瞅着他："你没有三番五次与本王拿乔的资格，懂？"

温瀛坦然回视他："殿下还想喝酒吗？学生陪您喝就是。"

凌祈宴被噎了一下，更多骂人的话到嘴边又生生被他咽了回去，最后只吩咐人："换过酒来。"

江林担忧地劝道："殿下，您还是少喝些……"

凌祈宴不为所动："上酒。"

于是江林只能叫人再去上酒来，且这回凌祈宴要的还是烈酒，直接拿了酒坛子跟温瀛喝。

他就不信醉不死这个穷秀才。

一个时辰后，凌祈宴满面通红地趴到了膳桌上，眼睛已经睁不开了，一只手搭在酒坛上，一只手死死攥着温瀛的衣袖，嘴里含混地嘟哝："继续陪本王……喝！"

江林急得满头大汗，叫了两个人来想将凌祈宴扶回房去，却被凌祈宴气呼呼地挥开："都给本王滚。"

温瀛冷着脸盯了凌祈宴一阵，丢下句"殿下得罪了"，之后便在江林几人瞪着眼睛的注视下，把凌祈宴拎起来扛回了正房。

将凌祈宴扔上床后，温瀛回身冲身后一众看傻了的下人示意："你们伺候殿下更衣安寝吧。"然后退了一步，拱手弯腰道："殿下醉了，早些安寝吧，学生告退。"说罢他大步出了正房。

到了无人处，温瀛捂着胀痛的腹部，趴到廊下不停呕吐，先前喝下的酒水几乎都被吐了出来，唇舌间尽是辛辣呛人的味道。

半晌之后，他抬起手用力抹了抹嘴唇，垂下眼，眼中的阴沉之色被夜色悄无声息地掩盖。

第二日一早，天色刚亮，温瀛又过正院，向凌祈宴请罪。

凌祈宴正倚在榻上懒洋洋地喝茶。他昨夜宿醉，并未睡好，早起十分不得劲，浑身都是软的。

温瀛低垂着头道："昨夜殿下喝多了，学生多有得罪，轻慢了殿下，还望殿下勿怪。"

凌祈宴刚才已经听人说了，他昨夜是被这小子扛回来的，这人对自己这位毓王殿下十分粗俗无礼，当真胆大包天。

"你轻慢本王的何止这一件事？"凌祈宴随口说道，这会儿实在提不起劲再跟这人计较，目光落到他身上看了一阵，见这人今日又换上了国子监校服，像是要出门去书院，便问道，"在国子监念书好玩吗？"

温瀛不赞同地皱眉道："读圣人书岂有好玩不好玩一说？殿下这话未免过于狂妄了。"

凌祈宴不以为意："本王瞧你一表人才、倜傥潇洒的模样，怎也学得跟那些酸腐书生一样？什么读圣人书，说来说去不都是为了前程仕途？话说得那么漂亮做什么？"

他就不喜欢念书，从小就不喜欢，看到那些斗大的字就头疼。他不需要靠念书去求什么功名利禄，自然懒得去念，反正对做皇帝什么的他也没兴趣，连争都懒得争。

他知道温瀛这样的穷秀才出身太低，考科举是他们改变命运的唯一途径，但就是讨厌他们嘴里那些自以为是、一套一套的所谓圣人言，吹捧得越高尚越叫他觉得虚伪。

温瀛抬眸看向他，平静地说道："殿下这样的，无非因为出身高贵才敢这般口出狂言、目中无人。"

这话已经算大不敬了，他倒是敢说。

凌祈宴不以为意地笑了笑："你知道本王出身高贵就好，这叫作人各有命，你羡慕也羡慕不来，不如乞求自己下辈子投个好胎。"

温瀛干脆利落地闭了嘴。

凌祈宴对上他的棺材脸，嘴角的笑僵了一瞬，抬脚踹上他的心口："滚。"

温瀛麻利地起身，朝外走去。

第四章

　　五月下旬，国子监放田假，为期一个月，温瀛没有回乡。离秋闱不剩多少时日了，他如今全副的心思俱放在科考上。

　　夏日炎热，凌祈宴越发慵懒，连跟那帮纨绔出去玩都少了兴致，镇日在王府中无所事事。

　　每日傍晚，凌祈宴会将温瀛传唤来正院陪自己用晚膳，这小子在他面前哪怕大多数时候装得恭恭敬敬，却从未有过其他人面对他时那种或惧怕、或谄媚之态，这也是凌祈宴愿意高看他一眼的原因。

　　用过晚膳后，凌祈宴会让他陪自己下棋喝茶。

　　"学生要回去念书，改日再……"

　　"就今日，"凌祈宴一口回绝，"你都窝在房中看了一整日书了，上吊也要喘口气，歇歇吧。"

　　温瀛只得应下。

　　凌祈宴啜了一口茶，望向对面的人，没话找话道："放田假你怎不回乡？冀州又不远，家里不用务农吗？你总得去见见爹娘吧？"

　　温瀛执着棋子，淡淡道："学生的爹是猎户，几年前就已去世了，学生的娘……学生很小时她就跟人跑了。"

　　凌祈宴无言以对，他这么惨的吗？

　　"那你念书的束脩从哪里来的？"

　　"爹还在时，靠他打猎勉强能支持，后头几年全靠同乡的一位老先生接济。"

　　凌祈宴这样生来尊贵的天潢贵胄是没法想象温瀛过的这些日子。他没心没肺惯了，也没多少同理心。

　　温瀛不想问题在自己身上打转，为转移凌祈宴的注意力，问他："殿下这段时日怎没出去玩？"

凌祈宴闻言有一点意外，一手支着脑袋，看向他问："你想跟本王出去玩？"

温瀛垂眸："学生随口说的。"

凌祈宴敲着下巴想了想："前两日张渊他们还说要办一场马球赛，行吧，你想玩，本王带你去见识见识。"

过了两日，凌祈宴带着温瀛出府，去了京城北边的马球场。

大成朝的权贵世家子都爱玩马球，城北边这个马球场是京中最大的，皇帝偶尔都会来这里玩乐。

凌祈宴出现后，不时有人过来向他问安，将他请去视野最好的地方坐。

温瀛跟在凌祈宴身侧，在凌祈宴坐下后，跪坐在案边给他倒茶倒酒。

凌祈宴朝四处望了一眼，目光落到某处时，不由得皱眉，叫了张渊过来问话："怎的卫国公府的那些人也在？"

张渊不好意思地解释："殿下，今日的马球会是华英长公主办的，她老人家广发请帖，能来的人今日都来了。"

"本王怎不知道？"

张渊很无奈："长公主应该派人给殿下您送过请帖了才对。"

华英长公主是除太后外最疼凌祈宴的人，这种活动自然不会漏了他这个大侄子的份。一旁的江林尴尬地解释："殿下，那日奴婢拿请帖来给您看，还向您禀报了。"

不过当时您喝醉了，压根听不进什么。

这话江林没胆子说。

行吧，反正他来都来了，总不能因为厌烦卫国公府那些人就绕着他们走，要绕道也该是他们绕。

"姑母呢？怎没看到她？"

江林答："长公主说是会晚些过来，让大伙先玩着。"

另一边，卫国公世子沈兴曜正带着一伙人在纵情享乐，跷着脚歪着身子，手里搂着个美娇娘，惬意地吸着鼻烟，顺便对着场下正进行的马球赛评头论足，好不快活。

这时有人提醒他："世子，毓王殿下来了，您要去问安吗？"

"有什么好去的？"沈兴曜不以为意地道，"那位大表弟又不待见本世子，本世子何必巴巴地凑上去讨嫌？一会儿太子殿下也会跟着长公主来，他毓王殿下算什么？"

他说着，不经意地朝凌祈宴那头扫了一眼，注意到跪坐在一旁正伺候凌祈宴的温瀛，当下冷了脸，抬了抬下巴，问身边的人："那不是那个穷秀才？他什么时候搭上毓王的？"

立刻有人告诉他："嘿，听说是前些日子，跟着张渊那伙人去的毓王府，被毓王看上了，端阳节之前就已经搬去毓王府住了。"

沈兴曜闻言面色越发难看，那小子竟跑去向毓王献好了。

眯起眼睛盯着那两个人看了一阵，沈兴曜拨开怀中的美姬，站起身来。

沈兴曜过来向凌祈宴问安，凌祈宴面色冷淡，压根懒得多跟他废话："你挡着本王看马球赛了。"

皇后不喜欢他这个嫡长子，连带着沈家一家子人都唯太子凌祈寓马首是瞻，不将他这个皇嫡长子放在眼中，凌祈宴能对他们有好感才怪。

沈兴曜往温瀛身上瞟了一眼，温瀛神情平静，并未看他，只专注地伺候凌祈宴。

"殿下几时收了这位温小案首？"沈兴曜盯着温瀛问道。

"本王想收谁就收谁，不需要向你禀报。"凌祈宴说着嫌弃地撇嘴，"你离本王远些，一身臭烟味熏着本王了。"

沈兴曜脸上的表情变得有些僵硬，只有凌祈宴会这么不客气地对他说这样的话，半分面子不给。

鼻烟是舶来物，传入大成朝后很快受到众达官贵人的追捧，别说这些勋贵官员，连皇帝兴致来了都会吸上一口。沈兴曜尤其热衷这个，张渊那伙人也喜欢，但凌祈宴十分讨厌这味道，所以张渊那些人从来不当着他的面吸这东西。

沈兴曜还欲再说什么，凌祈宴抬了抬手，身后的王府护卫立即上前一步，似乎沈兴曜再烦下去，就要直接动手赶人了。

沈兴曜咬牙切齿，周围都是人，他用力握了握拳，到底咽下这口气，转身离去。

待沈兴曜滚了，温瀛剥下一瓣橘子放到凌祈宴面前的碗碟中，问起一桩事情："殿下，您不吸鼻烟？"

"不吸，臭死了。"凌祈宴嫌弃地道。

"学生见您房中的博物架上收了不少鼻烟壶。"

"瞧着好看，做摆件而已。"凌祈宴随口回答。

温瀛想了想，又问："显安侯府的张郎君他们吸吗？"

凌祈宴奇怪地看向他："你对这事很感兴趣？"

温瀛垂着眼，不动声色道："学生随意问问罢了。"

凌祈宴隐约觉得有些古怪，还想再说什么，球场进口处却忽然传来一阵骚动，华英长公主来了。

同来的，还有凌祈寓这位皇太子殿下。

看到凌祈寓的身影出现，凌祈宴瞬间沉了脸。

凌祈宴起身去向长公主问安，长公主笑眯眯地捉住他的手："我就知道你喜欢看这个，好好玩，我叫人备了你最喜欢的金盘露，小酌几杯，我不会跟你父皇和母后说的。"

凌祈宴笑着对她撒娇："姑母疼我，谢谢姑母了。"

凌祈宴嗜酒，每每喝醉了都没个正经样，皇帝和皇后十分不喜欢他醉酒后放浪形骸的模样，为这事教训过他无数回，凌祈宴从来左耳进右耳出。

"大表哥该谢我才对，这酒可是我特地向母亲提的，我知道是大表哥最爱喝的。"

说话的是跟着长公主同来的惜华郡主，华英长公主的嫡女，这小丫头娇俏乖觉，与凌祈宴一起在太后跟前长大，被破格封了郡主，和凌祈宴关系十分不错。

凌祈宴好笑道："行，谢你了，回头我叫人给你打一套好看的头面送你府上去。"

惜华郡主对他做鬼脸，一副笑嘻嘻的模样。

与长公主、郡主说笑了几句，扶了长公主入座，凌祈宴又坐回一侧自己的位置上去，从头到尾无视了同样跟在长公主身边的凌祈寓。

凌祈寓虽是太子，但凌祈宴从不将他放在眼中，都懒得正眼看他，私下里见面连个点头招呼都欠奉，更别说与他见礼问安。

总归他真见了礼，凌祈寓还得回家礼，毕竟他是兄长不是？就算他不嫌麻烦，凌祈寓那小子，呵……

但显然，太子殿下并不打算就此作罢。

见凌祈寓的身影挡在眼前，凌祈宴眼皮子都没抬，继续吃着温瀛给他剥的花生。温瀛则依旧是那副淡然模样，哪怕一国储君就站在面前，脸上也没有半分多余的神情变化。

凌祈寓居高临下地打量着面前一坐一跪的主仆，目光落到温瀛身上，轻眯起眼，若有所思。

"大哥，前两日孤派人去府上送请帖，邀请你随孤一块去郊外踏青，你不是说这段时日要修身养性，不愿出门的吗？怎的今日却有兴致来参加马球会了？"凌祈寓幽幽开口，言语间多少带了些质问之意。

凌祈宴随手扔了粒花生米进嘴里，终于抬眼，懒洋洋地望向凌祈寓："姑母办的马球会，本王怎好不给面子？"

言下之意，他只是不想给这位太子殿下面子。

凌祈寓自然听出他这话里头的意思，眼神微冷，脸上却依旧是笑吟吟的："是吗？那看起来是孤不够诚心，大哥不愿搭理孤。过几日呢？前些日子父皇新赐了座庄子给孤，兄长想去看看吗？"

"不去。"凌祈宴拒绝得毫不犹豫。

凌祈寓嘴角的笑僵了僵。

凌祈宴努了努嘴，示意他让开："你也挡着我看马球赛了，一个个的都什么毛病？"

他就是不想搭理凌祈寓，哪怕他们是一母同胞的嫡亲兄弟，这位太子殿下却是他最厌烦之人。

他俩年纪只差了不到两岁，从小就被所有人拿来对比，除了太后，每一个人都说凌祈寓比他聪明、听话、懂事、上进。他的父皇和母后不喜他，但把凌祈寓当心肝眼珠子疼爱。太子被凌祈寓当了，他认了，他本也对那个位置没兴趣，但凌祈寓这小子不该一再招惹他。

从小到大，他都数不清有多少回，这个恶魔人前一副好兄弟模样，人后耍各种阴招陷害自己，自己忍无可忍地跟他打架，到了母后跟前，被罚的那个人一定是自己，从无例外。

他不是逆来顺受之人，十二岁那年有一回被凌祈寓的恶行气狠了，将凌祈寓的脑袋摁到水里，差点淹死凌祈寓，后来被母后毒打了一顿，在冰天雪地里被罚跪一整日，高热不退。若非太后派人来将他抱走，他只怕已进了阎王殿。

那之后凌祈寓做了太子，他则被封毓王赶出宫，且母后还给父皇吹枕边风，要将他赶去封地自生自灭，被太后拦下。自那以后逢年过节他进宫只去宁寿宫住，再没踏足过他母后的寝宫半步。

倒是这两年凌祈寓这小子忽然转性，不再故意针对、刁难他，反而人前人后地各种亲近讨好他，脸上时时挂着那种春风和煦的假笑，巴巴地凑上来与他套近乎。他不知道这小子想做什么，总归不搭理对方就对了。

凌祈寓看着他，眼中有一闪而过的阴狠之色，面上依旧是笑着的："大哥这么喜欢看马球赛吗？我记得大哥自己玩这个也挺厉害的吧？可想过亲自下去比一场？或者叫你身边这位小郎君替你去赛一场？"

凌祈宴分外不爽。他想下场就下场，用得着别人来撑？

凌祈寓这张笑吟吟的脸，他怎么看怎么不顺眼，尤其那双眼睛，如含了毒一般。

凌祈寓也是凤眼，和大部分凌家人一样，但他小小年纪眼中就满是算计，叫人分外不适，且长相只能算端正，实在不值得凌祈宴多瞧一眼。

见凌祈寓还赖在这里不走，凌祈宴失了耐心，冷冷道："先头卫国公世子被本王叫人'请'走了，难不成太子殿下也想等着本王叫人来'请'，你才肯让开道？本王倒是无所谓，只要太子殿下不嫌丢人就好。"

凌祈寓彻底冷了脸，神情晦暗地望着他。凌祈宴不为所动，侧目看向温瀛，以眼神示意他继续给自己斟酒。

片刻后，凌祈寓转身拂袖而去。

"殿下，太子殿下生气了。"温瀛低声道。

凌祈宴扬眉："他生气与本王何干？又与你何干？"

"殿下若是觉得无碍，自然无碍。"

温瀛没再说什么，不过是随口提醒凌祈宴一句罢了，凌祈寓不乐意听那就算了。

凌祈宴不以为意地道："他不过就是太子，没登基之前还没本事找本王的麻烦。"

温瀛未再言语，继续给他倒酒。

场下刚赛完一场，长公主身边的太监过来，说下一场的彩头是长公主珍藏的那尊红玛瑙宝马，问凌祈宴有没有兴趣下场，或是叫带来的人下去试一试。

凌祈宴不由得皱眉。先前他晃眼瞧见凌祈寓那小子凑在长公主身边，笑嘻嘻地跟她说了什么，说不得就是他撺掇长公主派人来叫自己下场的。

他可以不给凌祈寓面子，但不能不给长公主这个姑母面子。

凌祈宴以前在长公主府见过那尊红玛瑙宝马，由一整块顶级红玛瑙雕成，晶莹剔透，泛着润泽的光，十分漂亮，据说是先帝当年赐下的，没想到长公主这么大方，将其拿出来给他们这些小孩子闹着玩。

不过转念一想，凌祈宴又明白过来。惜华郡主到了要出阁的年纪，长公主今日办这马球会，几乎将京中适龄未婚的世家子都请了过来，大概是为了给郡主选婿，自然要大方些。

如此凌祈宴就更不可能下场了，场上都是对郡主有意的世家子，特地表现给长公主和郡主看的，他去凑什么热闹？

但他又实在对那尊红玛瑙宝马有兴趣，可也没有让自己的护卫去帮着抢的道理。王府护卫各个是马上高手，他让他们去抢不是占人便宜、胜之不武吗？

于是凌祈宴斜眼看向温瀛，问："你会玩马球吗？"

温瀛点头："会一些。"

这下凌祈宴倒是有些意外了。他本没抱太大希望，没想到这穷秀才竟然会玩马球？

"行吧，那你替本王下场，去抢一抢那彩头，尽力而为就行，不必勉强。"

温瀛领命起身下场。

凌祈宴叫人将自己惯常骑的马牵来给温瀛，那马一开始有些不情愿，温瀛捋了捋马鬃，又贴着马耳说了什么，很快将马儿安抚住，利落地翻身上马。

凌祈宴笑了，这穷秀才好像确实有两下子啊。

第五章

　　凌祈宴原以为温瀛说的会一些，就真的只是会一些而已。可到他上了场，不消半刻就策马穿梭于众世家子弟中，手持球杖，从容镇定、姿势漂亮精准地击进第一球，顺利拔得头筹，场外响起一片喝彩声，凌祈宴才知道自己还是小看了这小子。

　　长了脸的凌祈宴十分高兴，一大杯酒下肚，满面都是兴奋的红晕。

　　在场下这么多勋贵世家子中，温瀛这个穷秀才脱颖而出，很快成了全场的焦点。他不但击球又快又准，万里挑一的样貌更是惊艳四座。

　　场边坐着的各府小娘子的目光俱被他吸引，纷纷开始打听这个突然冒出来的俏郎君是哪家府上的，怎生得这般面生以前没见过。

　　长公主身侧，惜华郡主圆睁着眼睛，盯着那道俊朗的身影，逐渐红了面颊。

　　凌祈寓面无表情地喝了口酒，冷淡地提醒她："郡主，那人不过是国子监里的一个穷秀才，还是大哥府上的门客。"

　　惜华郡主闻言，略微失望地咬住了唇。

　　长公主微蹙起眉，看一眼自己女儿的神情，轻拍了拍她的手。

　　太子这话暗示意味明显，谁人都知凌祈宴是什么德行，他府上的门客，哪里来的正经人？

　　凌祈寓握紧手中的杯子，望向温瀛，轻扯嘴角，目光中有转瞬即逝的冷意。

　　不过半炷香时间，温瀛所在的队伍就已遥遥领先，场下气氛愈加热烈。

　　恰在这时，变故突生。

　　在温瀛又一次夹紧马肚纵马狂奔之时，那马突然发了疯，横冲直撞，一声尖锐嘶鸣后，前肢高高扬起，将猝不及防的温瀛从马背上狠狠甩下。

　　场边尖叫惊呼声骤起，凌祈宴的神色陡然沉下。

　　在落地的瞬间，温瀛下意识地避开要害处，就地滚了几圈，狼狈地停下。

在凌祈宴的示意下，他身侧的护卫立刻下场去将温瀛扶了回来。

温瀛紧咬着牙关，面色依旧镇定，在凌祈宴身侧坐下，护卫小声向凌祈宴禀报，说他的左脚脚踝扭到了，得叫医士来看看才行。

凌祈宴皱眉问："本王的马，好端端的为何会发疯？"

那马这会儿倒是消停了，像是知道自己做错了事，恹恹地趴在场边，提不起劲来。

"这事确实有些蹊跷，还得容属下去查验一番。"

"去吧，查清楚了再来报。"凌祈宴交代完事情，又叫江林去与长公主说他们先回去了，领着温瀛直接离开。

回到府上，凌祈宴派人去传了太医来。

温瀛的左脚脚踝青紫发黑，肿胀得惨不忍睹，身上还有些擦伤，好在不算严重，从高速奔跑的马上被甩下，只是扭到脚而已，已然算是万幸。

凌祈宴的护卫动作十分迅速，不多时就把事情查清楚，过来回报："殿下的马吃了拌了药的草料，才会突然发疯，应当是在球场的马厩里被人下的药。属下找那里看马的人问过，来来去去的都是各府牵马的下人，很难说清楚究竟是谁动的手脚，不过……"

"不过什么？"

"殿下您的马下场之前，有人看到东宫的太监鬼鬼祟祟地在那马厩边待了片刻，不知在做什么。"

凌祈宴瞬间冷了脸："本王知道了，你下去吧。"

该死的凌祈寓！

温瀛脚上的伤上了药包扎完毕，已无大碍，没有伤到骨头，将养几日就能好。

凌祈宴看着他被包成粽子状的脚，分外不爽。打狗都要看主人呢，凌祈寓做这种阴损事，未免太不将他这个毓王放在眼中！

他倒没觉得凌祈寓是想害自己。凌祈寓哪怕是太子应该也不敢明目张胆地做这事，撺掇长公主要自己下场，是吃准了自己肯定不会去，必会让身边人代劳……

凌祈宴斜睨向温瀛："你还得罪了太子？"

"没有。"温瀛闭了闭眼，脚上疼得厉害，但不想表现出来。

"他撺掇长公主派人来请本王下场，本王不好拒绝，但不便亲自上阵，更不可能叫王府护卫去占便宜，那些个太监又没这个本事，本王带来的人只剩你一个，他应当早想到这些了。"

温瀛淡淡道："学生没得罪过太子。学生之前没见过太子，太子针对的人想必是殿下，学生是殿下的人，遭了殃，下的是殿下的脸面。"

凌祈宴眼珠子一转，问道："本王先前就想问你，你一个穷秀才，跟谁学的马球、投壶这些玩法？还玩得挺好？"

温瀛随口解释："在县学时，有个归隐了的老将军十分热衷此道，总带着县学的一帮学生玩这个，马球、投壶，学生都是跟他学的，学生还跟着他练过武。"

原来如此，凌祈宴敲了敲下巴，笑吟吟地瞅着他："如此，本王倒当真捡了个宝贝。"

凌祈宴还想再说什么，江林进门来禀报说东宫派了人来，将长公主那尊红玛瑙宝马送与殿下。

东西已经抬进来，凌祈宴冷冷地瞅了一眼："东宫送来的？"

"是，说是太子殿下的人拿下了这个，太子殿下又派人来将东西转送给殿下您。"

"呵。"

若非凌祈寓使阴招，温瀛堂堂正正地就能将这宝马赢回来，该死的狗东西现在倒有脸来送礼，谁知道又安的什么心思，怕不是故意硌硬他。

"本王不要，把东西送回去，他爱收不收，直接扔东宫门口就是。"

江林讷讷应下。

"殿下息怒，何必因为不相干的人动气？"温瀛低声劝他。

将江林打发下去后，凌祈宴看向温瀛，脸上重新有了笑意："不相干的人？"

温瀛平静地道："殿下既然与太子不睦，他于殿下来说就是不相干之人。"

"这话本王爱听。"

温瀛转而问道："殿下今日被太子摆了一道，打算就这么作罢吗？"

凌祈宴扯了扯嘴角，漫不经心道："没想到你小子还挺睚眦必报。"

"被下了脸面的是殿下，学生以为殿下咽不下这口气。"

"想要本王给你出气就直说，何必拐弯抹角？放心，本王必不会叫你平白受这委屈，老二不给本王脸面，本王也不会让他好过，等着瞧吧。"

过了几日，毓王府上来了位稀客，是惜华郡主。她是单独来的，只带了几个下人，说是来找凌祈宴玩儿。

凌祈宴正躺在庭院中树荫下的贵妃榻里听曲喝茶，没兴致起身迎客，眯着眼睛随手一指，示意这位小郡主随便坐。

惜华郡主大大咧咧地坐下。她与凌祈宴从小一起在太后跟前长大，胡闹惯了，并不讲究那些虚礼，自若地吩咐人给自己剥葡萄。

凌祈宴懒洋洋地问她："今日什么风把你给吹来了？我这府里可没什么好东西给你。"

惜华郡主"喊"了一声："大表哥可真小气，我才进门呢，你尽瞎操心我会惦记你府上的好东西。"

"难道不是？那你来干吗的？"凌祈宴吊起一边眉毛瞅着她。

小郡主转了转眼珠子，笑嘻嘻地凑近凌祈宴。凌祈宴皱眉，抬起手边扇子将她挡开："男女授受不亲，你离本王远些。"

"装什么正人君子？"惜华郡主小声嘟哝，又换上一副谄媚笑脸，"那什么……听说大表哥府里最近收了个国子监念书的秀才做门客？"

敢情她是为温瀛来的，惦记的不是他府里的好东西，是人。

"是又如何？"凌祈宴面无表情地道。

"他今日在吗？国子监都放田假了，他应该在府上吧？叫他出来给我看看呗？"

"看可以，但只许看，别想那些有的没的。"凌祈宴丢下这话，叫了江林派人去将温瀛传唤过来。

一刻钟后，温瀛过来正院，似没想到还有外人在，立在一旁没出声。

惜华郡主眉飞色舞，正与凌祈宴说这两日外头的事情。前日的夏至日，太子凌祈寓代皇帝去地坛祭祀，哪知道仪式进行到一半，冲出来两条凶神恶煞的狂犬，横冲直撞，搅得祭祀现场一片人仰马翻。凌祈寓被吓得够呛，一屁股坐到地上，什么储君威仪都没了。

小郡主一边说一边乐，言语间全是幸灾乐祸之意。她知道凌祈宴与太子不睦，自己也不喜欢那个小时候总欺负他俩的恶霸太子，乐得将太子的倒霉事拿来跟凌祈宴分享。

凌祈宴淡定地喝着茶，丝毫不惊讶："是吗？老二从小就畏犬，没被吓出个好歹来？"

"反正祭祀仪式没完成就是了。"

代天子祭祀，结果被两只恶犬给搅和了，这事传出去，凌祈寓的面子、里子都没了。

凌祈宴笑了笑："那只能算他活该了，恶人自有恶狗磨。"

小郡主一拍手掌："说得也是！"

温瀛安静地听他们说完话，才上前见礼。

惜华郡主将目光转向他，见到来人目似朗星、颜如冠玉的模样，饶是早有心理准备，这么近距离瞧着，依旧微微红了脸。

凌祈宴睨向看痴了的郡主，似笑非笑道："好看吗？"

小郡主回神，闹了个大红脸。她毕竟是女儿家，再不拘小节，直勾勾地盯着个男人看呆了，说出去也够丢人的。

她再看了俊朗的温瀛一眼，心下怦怦直跳，难免不甘心，于是压着声音问凌祈宴："大表哥，这人真是你府上的门客？"

"自然是的。"

"那……我听说他是冀州的小三元案首，今秋就会参加乡试，说不得明年春闱就能高中？"

凌祈宴知道这丫头在打什么主意，温瀛现下还只是个穷秀才，高攀不起她，但若是明年春闱他能中进士，甚至位列一甲，郡主下嫁又有何不可？

且温瀛才十六岁就是难得一见的小三元案首，之后的大考中成绩必不会差，中状元都大有可能！

温瀛一直低垂着头，也不知听没听清楚这兄妹俩在说些什么。

"你想如何？"凌祈宴笑问道。

"大表哥，我以后能常来你府上玩儿吗？"

小郡主眼巴巴地央求着凌祈宴，凌祈宴毫不犹豫地拒绝道："不能，本王说了男女授受不亲，你再多来几次，外头该传闲言碎语了。"

大成朝民风开放，男女之防不严，故马球这样的活动，各府的女郎娘子也能去看，还有亲自下场比试的，但那是在大庭广众下，未婚的孤男寡女在府中私会，这事传出去免不得要惹人说闲话。

惜华郡主没好气地推着他的胳膊，装不下去了："你想得美，本郡主嫁谁都不会嫁你，母亲第一个不答应。"

凌祈宴笑吟吟地提醒她："彼此彼此，但祖母十分乐见你我成事，外头真要传出什么不好听的话，祖母她老人家指不定要强行指婚了。为了你我都好，你以后还是少来本王府上凑热闹，请吧。"

凌祈宴已开始赶人，惜华郡主又去看温瀛，有些舍不得，直到外头有人进来禀报，说是长公主派人来将她叫回去。

于是惜华郡主只得起身，最后瞪凌祈宴一眼，告诉他："我母亲不答应，外祖母也不能强行把我指给你，不过我昨日进宫，外祖母确实说又要帮你选妃了，你自己掂量着吧。"

小郡主说完，潇洒离去，路过温瀛身旁时，停下脚步侧目看他一眼，温瀛不为所动，始终垂着眼。

待她走远，又有公主府的婢女去而复返，递了个香囊给温瀛，高傲地说道："郡主赏你的。"

温瀛没接，那婢女直接将香囊塞他手中，这才又走了。

庭院中终于安静下来，凌祈宴跷着脚要笑不笑地看着温瀛："你这小子魅力可真大，招蜂引蝶的本事倒是不错，你说你当真是何德何能？"

温瀛无视了这话，抬眸看他一眼，问："太子祭祀时遇上意外，可是殿下安排的？"

凌祈宴闭着眼哼哼了两声。

"殿下不怕被人查出来吗？"

"本王敢做，自然不会留下把柄，"凌祈宴说着睁开眼瞥向他，"怎么？担心本王？"

温瀛尚未开口，被凌祈宴抬抬手指打断："行了，知道你要说本王是你的靠山，本王倒霉你也要倒霉，闭嘴吧。"

温瀛不再说话了。

凌祈宴问他："你的脚好了？"

"多谢殿下照顾，已经好了。"

凌祈宴想想这小子刚才进门时，脚确实不跛了，于是懒得再问。

过了片刻，温瀛低声问凌祈宴："殿下要成婚了吗？"

"不知道，可能吧。"凌祈宴随口回答，一副无所谓的姿态。

"刚才那位小郡主，殿下为何不喜欢？"

凌祈宴哼笑："本王为何要喜欢一个从小一起尿床长大的丫头片子？"

"太后娘娘想要撮合你们，但是华英长公主不乐意？"

"姑母自然不乐意，她看不上本王这个纨绔，再者，你应该听人说过的吧？本王克妻。"凌祈宴浑不在意地说着，仿佛说的是别人的事情。

温瀛微蹙起眉。

他确实听人提过，毓王殿下十四岁就被指了婚，未婚妻是某位侯府嫡女，结果在成婚前半个月，那女郎得了一场风寒，一命呜呼。过了半年，太后又给他指了个二品官的女儿，指婚懿旨下去不到三个月，未婚妻掉到自家荷花池子里淹死了。

再之后，凌祈宴克妻的名头就传了出来，且传得尽人皆知，如今即便太后想再给他指婚，都得思虑再三。

凌祈宴是无所谓的，本也不想这么快成婚。

他伸出手问道："刚才惜华那丫头给你的香囊呢？"

温瀛将香囊递给了他，半点不觉得可惜。

凌祈宴随手一扔："以后离她远些。"

第六章

　　夏至过后，随着三伏天到来，天气越发酷热难耐，凌祈宴在府上待不住，又去了山中私庄避暑，带上了日日闷在房中念书的温瀛。

　　温瀛还是老样子，早上去凌祈宴的院子里给他请一趟安，傍晚再去陪他用晚膳，之后回自己的住处接着挑灯夜读。

　　凌祈宴每日里大半时间在睡觉，醒了就听曲喝茶，或是去马场里跑马，日子过得分外懒散。

　　过了几日，张渊、刘庆喜那伙人又来了，是凌祈宴派人去叫他们来的。跟这些人玩其实没什么意思，但凌祈宴实在太无聊了。

　　这帮纨绔来了山庄不过是纵情享乐、花天酒地，玩来玩去永远是那些花样。

　　其间凌祈宴叫了温瀛来陪自己喝酒，后来喝高了，被温瀛扶着离开。

　　温瀛用热布巾给凌祈宴擦了脸后，从凌祈宴的院子里告退出来，拎着灯笼往自己的住处走去，没叫人跟着。

　　夜幕已然深垂，只有正院那边和一众纨绔玩乐的地方还灯火通明，他越往偏僻处走，越看不到光亮。

　　温瀛白日里念书需要清静，凌祈宴叫人给他安排的院子，在山庄最偏的西北角，靠着后山。

　　进门之前，温瀛晃眼间瞧见似有纠缠着的人影进了前边的山林里，神色顿了顿，不动声色地熄了灯笼跟上去。

　　山林里，温瀛借着粗壮树干的遮掩，听了一场活春宫。

　　男的是刘庆喜，女子应当是这毓王府的一个婢女，他先前在凌祈宴身边见过，是个二等丫鬟。

　　凌祈宴虽纵容这些纨绔子弟在自己的山庄中寻欢作乐，但未经他允许，想必不会让这些人动他府上之人。

　　所以这两人是在偷情，且害怕被人发现，选了这黑漆漆的山林野合。

温瀛足足等了两刻钟，那俩人才结束，还意犹未尽地抱在一块说亲热话。刘庆喜心肝宝贝肉地乱喊："你这小妮子，今日总算肯从了本少爷，怎么，可是死了被殿下收房的心了？"

女子轻哼，娇笑道："殿下他不行，你们不是早猜到了吗？奴家再不死心就要变老姑娘了。刘郎，你可答应了会娶奴家的。"

刘庆喜一阵笑："放心，过段时日我就找个由头向殿下讨了你，你是殿下府中出来的，一个贵妾少不了你的。"

女子闻言十分高兴，又与刘庆喜亲热一阵，说怕耽搁久了殿下那边起疑，先走了，收拾整理好衣衫匆匆离开。

刘庆喜多等了一会儿，确定那婢女走远了才慢悠悠地晃下山，尚未走出山林，陡然被人用胳膊勒住脖子，刚要喊叫，又被捂住嘴。

温瀛拖着刘庆喜上到山崖，崖下就是深湖。

刘庆喜被温瀛扯着头发按跪到崖边，不停地发抖，整张脸涨得通红，想要喊叫，又因过于害怕，大张着嘴只能发出呼呼声响，拼命挣扎想要从温瀛手中脱身，却根本敌不过他的力气。

刘庆喜费尽全力地抬头，对上温瀛冰冷狠戾的双眼，骤然睁大眼睛，眼里全是难以置信的恐惧："是你，放……放……"

温瀛扯着他的头发压制着他，冷声问："赵熙是怎么死的？"

刘庆喜的眼里有倏然滑过的心虚神色，他喘着气颤抖着道："我……我不知道，我不知……"

温瀛将他往外推。

"别推我下去！我说……说！他被……被卫国公世子，和……和他的几个跟班扔……扔进了湖里……"

温瀛的双瞳狠狠一缩，眼中的怒气和杀意交替翻滚，刘庆喜已泪流满面，苦苦哀求他放过自己，颠三倒四地说着扔赵熙下湖的人不是他，他只是帮那些人善后。

"卫国公世子的跟班，哪几个人？"

刘庆喜含混地吐出了几个名字，俱是世家子。

"你说你只是帮他们善后？"

温瀛冰冷的声音没有半点起伏，另一只手已架上刘庆喜的脖颈，手指就搭在他的命脉处。

刘庆喜抖得如同筛糠："是……是世子吩咐的，我……我只是带人去扔……扔他下湖，动手的不是我，真的不是我……"

温瀛没有听他的狡辩，平静目视着面前这张极度惊惧又叫他憎恶万分的脸，像是在思考什么。

他知道，这人不会游水。

这人扔赵熙下湖，他为赵熙报仇扔这人下湖，很公平，不是吗？

山风乍起，温瀛松了手，轻轻一推，崖下很快传来重物落水的声响。

他面无表情地在山崖边站了片刻，闭了闭眼，转身离开。

下山时他还顺路捡了落在林间、早就熄灭了的灯笼，将可能留下的痕迹尽数抹去。

那些纨绔在凌祈宴的这庄子上玩了三日才离开，走时才发现少了个人，刘庆喜那小子好似来这里后就再没瞧见过人影。

这几日他们一直在喝酒玩乐醉生梦死的，还当真不知道刘庆喜是何时不见的，只以为他家里有事先走了，都没在意，各自坐车回去，就这么散了。

庄子里重归宁静，凌祈宴又觉着没趣了，想起温瀛，问江林："那穷秀才呢？"

"殿下，温郎君这几日一直在念书。"

凌祈宴吩咐："将人给本王带来。"

一刻钟后，温瀛被人带进了门。

凌祈宴刚想说什么，外头有下人匆匆进来禀报，说刑部和上京府衙门来了人，那刘庆喜死了，他们想进这毓王府庄子里例行调查，还望殿下准许。

凌祈宴皱眉："刘庆喜死了？"

"外头来的官差是这么说的。"

凌祈宴冷了脸："让他们进来。"

温瀛立在一旁，面上波澜不惊。

带队来的是上京府的府丞，进来先恭恭敬敬地向凌祈宴问安，这才与他说起正事："礼部左侍郎家中的小郎君刘庆喜昨日晌午被人发现死在城西郊护城河下游的石滩上，仵作验过，死亡时间已有三日，应当是初六那日夜间落的水。因夏日炎热，尸身已泡发得不成样子，找不到更多线索，侍郎府中的人说那日他与其他几人一起来了殿下您这庄子里，一直未回去过，下官等已询问过其他同来之人，今日例行来殿下的庄子上调查，还望殿下勿怪。"

凌祈宴有一点漫不经心地问道："其他人都说了什么？"

那府丞神色凝重道："都说不知情。"

"本王也不知情，他是来了本王的庄子里，后头一直没瞧见人影，本王还以为他家里有事，他招呼都不打先走了。"

"还望殿下允许下官等询问庄中其他人，再去那日刘郎君在庄中的住处调查。"

"可以，但得当着本王的面进行，本王也想听听有没有人知道是怎么回事。"凌祈宴难得没为难人。

庄中所有下人都被叫了过来，挨个接受盘问，大多数人一问三不知，没见过刘庆喜、不知道他去了哪里、没看到可疑之人。

轮到温瀛，因他是国子监的学生，问话的衙役对他十分客气。温瀛面色沉着，问什么答什么，同样说只那日在饮宴上看到过刘庆喜，后头他扶殿下回屋，就再不知道了。

问话之人未对他起疑，点了点头又去问下一人。

人群中有婢女哆哆嗦嗦地软倒在地，哭喊道："奴婢不知道，奴婢真的不知道。奴婢那日只是跟他在林子里亲热了一回就走了，后头的事情奴婢真的不知道啊！"

温瀛看过去，是那晚与刘庆喜在山林中野合的婢女，被人盘问几句就神色慌张地泄了底，哭着喊冤，试图往凌祈宴身前爬："殿下救奴婢！奴婢真的不知道刘郎君被人杀了！真的不是

031

奴婢做的！"

凌祈宴冷着脸将人踢开，那府丞问凌祈宴："殿下，下官等可否将这婢女带回去审问？"

"可以，但凡事得讲究证据，她毕竟是本王府上之人，你们可别为了交差搞屈打成招那一套。"凌祈宴没好气地提醒道。

"那是自然。"对方应下。

又过了半个时辰，凌祈宴用完晚膳，众衙役搜查完刘庆喜那日的住处和那婢女说的后山林子，回来禀报说没发现什么可疑的地方。这两日一直在下雨，后山上即便留了什么痕迹，他们也找不着了。

不过那后山崖下的深湖确实连着护城河，或许刘庆喜是从那里掉下的，尸身被冲到了护城河下游，再被人发现。

众官差只得撤了。

待人离开，凌祈宴放下碗筷，回去里间，温瀛自觉地跟上。

凌祈宴沉下脸，吩咐江林带着屋中下人都出去。

房门合上后，凌祈宴冷声示意温瀛："跪下。"

温瀛痛快地跪了下来。

凌祈宴打量着温瀛的神情，问道："刘庆喜的死跟你有无关系？你那夜离开后做什么去了？"

僵持片刻，温瀛抬眼，平静地望向凌祈宴："没有证据，除非屈打成招，学生不会认的。"

他是国子监的学生，若无证据，刑部与上京府衙绝不可能对他屈打成招，所以他半点不怵。

凌祈宴闻言气不打一处来："所以当真是你做的？你好大的胆子！"

他气急败坏地站起身，来回踱了两步，越想越恼，踹了温瀛一脚："给本王一个理由！"

温瀛咬紧牙根，没吭声。

凌祈宴气道："你非要本王叫人去将那些官差叫回来，才肯说实话是吗？"

见温瀛依旧一副死猪不怕开水烫的冷硬模样，凌祈宴将更多未出口的骂人话语生生咽回，压着怒气勉强放缓声音道："你给本王老实都交代了，本王自会保住你，你既投了本王，本王自然会护着你。"

沉默半晌，温瀛终于哑着嗓音开口："是学生做的。"

"原因呢？"

"学生的一个同乡，叫赵熙的，也在国子监念书，学生曾与殿下说过，学生的爹去世后，学生靠着一位老先生资助才能继续念书考试，那位老先生还是学生的启蒙之师，赵熙是老师唯一的孙子。上京之前，学生答应过老师帮他照顾赵熙。"

凌祈宴听得不耐烦："这跟刘庆喜的死有什么关系？"

温瀛闭了闭眼，声音里带上了一丝怒气："刘庆喜带着赵熙去结识权贵，赵熙不小心惹怒了卫国公世子，被刘庆喜带人扔进了湖里，溺毙而亡。"

凌祈宴愕然："你早知道这些？"

"学生只知道赵熙先前通过刘庆喜结识了某位世家子，他的死跟那人脱不了干系。那夜学生偶然看到刘庆喜和那婢女进林中偷情，跟了上去，待那婢女走后劫持了刘庆喜，逼问他赵熙的死因，他照实说了。"

"所以你就将他扔水里去了？"凌祈宴冷笑，"你可当真有本事，本王都看走眼了，还当你是弱不禁风的书生，没承想你连人都敢杀！你就为了报你老师那所谓的恩情，冒这么大的险将人杀了，当真不怕事情败露，你自己也要死无葬身之地？！"

温瀛冷静地反问他："事情败露了吗？"

凌祈宴噎了一下。

确实，那些官差压根没怀疑到这小子身上。

凌祈宴心念电转，忽地问他："所以你最开始接近刘庆喜，跟着张渊那伙人来本王的庄子上，为的是查那赵熙的死因？"

温瀛没有否认："若非在殿下这庄子里，学生根本找不到刘庆喜落单的机会，也没有这么好的下手时机。"

凌祈宴气结："你投靠本王，是想要本王帮你？"

温瀛不答。

"你是否还曾怀疑过本王？"

温瀛抿紧了唇。

"啪"的一声，凌祈宴一巴掌扇上他的脸，这一次当真气狠了："你给本王滚！"

温瀛起身往外退，到门边时又被凌祈宴叫住："滚回来！"

温瀛走了回来，被凌祈宴伸脚一踹，又跪下地。

"你知错了吗？！"

温瀛坦然地回视凌祈宴："杀刘庆喜，学生无错；怀疑殿下、欺瞒殿下、利用殿下，学生错了。"

凌祈宴一屁股坐回榻上，冷冷地瞅着他："刘庆喜死了，那卫国公世子沈兴曜呢？你难不成还想杀他？这回是你走运，侥幸没被人抓住把柄，你若是敢动沈兴曜，便是本王也保不住你。"

沈兴曜是沈家的长子嫡孙，是沈皇后心里仅排在老二、老六后，比他这个亲生子还亲的宝贝侄子，那小子要是有个三长两短，沈家只怕把上京城的天翻过来，都得将事情查个水落石出。

"学生只想讨个公道。"温瀛声音低哑地回道。

"讨公道？"凌祈宴嗤笑了一声，"你是太傻还是太天真？在这上京城里，权势地位就是天理和公道，怪只怪你和你那位同乡出身不好。你想讨什么公道？你以为将沈兴曜他们做的事情揭露出来，就能治他们的罪？你有证据吗？"

温瀛用力握紧双拳，手指深掐进了掌心里。

他不是不懂，所以那日夜里寻着机会直接下手杀了刘庆喜，但是对其他人，很难再找到第二次这样天时地利的时机，想要光明正大地讨公道则根本不可能。

见温瀛神色晦暗，凌祈宴问道："你是否在想，本王若是真有心帮你，未必不能找到他们杀人的证据？只要本王执意追究，也未必不能将他们治罪？"

确实，他是皇嫡长子，是亲王，若是真有心追查这事，大有可能将事情查个水落石出，可他不乐意。他为何要为了一个门客去与那几家人树敌？即便他与沈家人互不待见，也没想与他们反目成仇。

温瀛没有接腔，直勾勾地看着凌祈宴。

凌祈宴到底受不了这样的视线，转开目光改了口："行吧，要对付他们也不必非要光明正大地跟他们对着干，有的是阴损招数。他们不是喜欢寻花问柳吗？那就让他们在最热衷的事情上栽一回，你等着瞧，本王会给你个交代的。"

温瀛不再说话了，跪下身郑重地给凌祈宴磕了个头。凌祈宴头一次在他的神态里看出了几分恭敬之意。

这么瞧着，凌祈宴有些不解地问："那个赵熙就值得你做到这地步？"

温瀛坚定地回道："友人惨死，他又是恩师的孙子，学生不能不管，否则无颜回去见恩师。"

"行行行，"凌祈宴挥手打断他的话，"你自个儿好自为之吧，刘庆喜的事情，你最好别再做第二次，这回是因为事情发生在本王的庄子上，那些官差不敢细致地追查，下次你不定就有这么好的运气了。"

"学生知道……殿下的大恩，学生必不敢忘。"

被他奉承了这么几句，凌祈宴心里总算舒畅了："起来陪本王喝茶。"

下午，被派去外头探听情况的人回来向凌祈宴禀报，说昨日被带走的婢女进了刑部衙门，被审了一整夜，依旧咬死除了与那刘庆喜发生关系，其他的什么都不知情，估摸着过个两日，刑部就会将人放回来。

换作别人，或许还会被多关些日子，指不定就屈打成招做替死鬼了，但既然凌祈宴开了金口，没有证据不许动用私刑逼供，刑部肯定是关不住人的，必会全须全尾地将人送回来。

凌祈宴懒洋洋地听罢，叮嘱江林："跟庄子上的管事说一声，人被送回来以后就留在这里吧，放到后头做个粗使丫鬟，别再出现在本王面前碍着本王的眼。"

江林赶忙应下。

温瀛低声问凌祈宴："殿下，这事会给毓王府惹来麻烦吗？"

凌祈宴哼道："现在担心给毓王府惹麻烦了？本王还以为当真养了条白眼狼呢。"

温瀛蹙眉。

凌祈宴无所谓地说道："能有什么麻烦？说那婢女杀了刘庆喜，本来就是无稽之谈，一个弱质女流，哪有那么容易神不知鬼不觉地杀了他？再者说，他的尸身又不是在这庄子里被发现的，兴许是他离开这里后，被什么人给杀了呢，与本王何干？"

"那位刘侍郎……"

"一个三品官而已，他还能恨上本王？"凌祈宴十分不以为意，"哪怕他当真怀疑本王，敢找本王的麻烦吗？本王肯让那些官差进来庄子上问话已经是开恩了，若是本王不乐意，昨日他们连门都进不来。"

他说着，又斜眼睨向温瀛："倒是你，日后入了仕，就你这清高孤傲的德行，又无根无基的，少不得要被人针对，你不如担心担心自己。本王倒是可以护着你，但你与本王走得近，太子一派那里，你想必讨不到好。"

温瀛没有接话，沉默一阵，忽地问他："殿下能护着学生几时？"

凌祈宴被噎了一下，温瀛抬眸："说不定没等学生入仕，殿下就已经将学生赶走了，时日一长，谁还记得学生曾经是殿下的门客？学生日后入了朝堂，能走到哪一步都是学生的造化罢了。"

温瀛的神色过于坦荡，凌祈宴顿时有一点讪然。这小子倒也没说错，一切都是变数，何必操心他以后，当真多此一举。

刘庆喜的事情最后不了了之，毓王府的婢女被放回，刘庆喜之死则以意外落水结案，风波很快过去。

田假之后，温瀛回去国子监念书，每日早出晚归。

他还是老样子，对旁人的冷嘲热讽、酸言酸语俱不放在心上，一门心思备考。

这日申时下学，温瀛从书院东门出来，毓王府的马车正停在外头等候，赶车的只有一个小厮，是王府拨下伺候他的人。

温瀛刚要上车，被人拦住。

为首之人他见过，是卫国公世子沈兴曜身边的一个打手。

"世子爷请你去他的庄子上一叙。"

对方说是"请"，态度却十分不客气，直接伸手挡在他面前。

温瀛冷下声音道："毓王殿下还等着我回去，让开。"

"少拿毓王殿下吓唬人，今日你去也得去，不去也得去，由不得你，别给脸不要脸！"对方啐了他一口，抬手一挥，身后拥上来数人，俱持枪带棒，团团围住了温瀛。

温瀛往后退开一步，给自己的小厮使个眼色，小厮会意，寻着机会赶着车迅速离开。

对方的人越来越多，温瀛赤手空拳，自知打不过这么多人，挡了几下便不再反抗，被人拽上车带走了。

一个时辰后，他被人带进城东郊的卫国公府别庄，以沈兴曜为首的众世家子正在这里开饮宴，天还未黑，就一个个怀里搂着美娇娘，喝得烂醉如泥，放浪形骸。

温瀛一眼扫过去，除了沈兴曜，刘庆喜说的参与杀赵熙的另外几个人都在场。

见到温瀛被人带进来，沈兴曜眯起眼睛得意一笑："这就来了？本世子还以为你有多难'请'呢，你以为投靠了毓王就能高枕无忧？最后你还不是落到了本世子手里？"

他说话时虽故作一副风流之态，但不时抓耳挠腮，扯开的衣襟里露出大片红疹子，被他自己抓抠得惨不忍睹，已全无仪态可言。

不单是他，其他几人裸露在外的皮肤上同样能看到斑驳痕迹。

温瀛的目光微黯，他知道，这就是凌祈宴说的对付这些人的阴损招数。

前些日子京城最大的妓馆秀兰苑里来了几个南边的名妓，沈兴曜等人去了几回，食髓知味，在那秀兰苑里连着宿了好几日，后头就沾染上了这难以启齿的花柳病。

那些个名妓是凌祈宴特地叫人安排的，沈兴曜等人果真上钩，得了这花柳病，皮肉溃烂、奇痒难忍，且反反复复、难以根治，够这些人喝一壶的了。

国子监的学官也知道了这事，沈兴曜等人已被书院除名，卫国公还亲自去找了国子监祭酒说情也没得通融，只风声被压了下去，大多数学生不清楚当中这些隐情。

虽然温瀛觉得依旧太便宜这些人了。

见温瀛沉默不言，神情中并无半分屈从之意，隐约还有对自己的不屑，沈兴曜心头火起，砸了手中的酒杯，正待发作，屋门被一脚踹开，阴着脸的凌祈宴踱了进来，身后跟着数十手持利剑的王府护卫。

庄中管事满头大汗地追在后头跑进来，哆哆嗦嗦地向沈兴曜禀报，说毓王殿下带了一伙护卫前来问他们要人，二话不说就直接破门而入了，他们拦不住。

沈兴曜见状当下沉了脸，质问凌祈宴："这里是我卫国公府的庄子，毓王殿下这样带人闯进来，还手握利器，不好吧？"

"你个狗东西不经本王同意，劫持本王府上之人，本王来问你讨人怎么了？"凌祈宴半分面子不给他，张嘴就骂。

沈兴曜怒道："你说什么呢？！"

"说你是狗东西，畜生玩意儿，不配在本王面前吠。"

"你——！"沈兴曜气急败坏，咬牙切齿道，"你不要太嚣张了，你可知今日还有谁在？⋯⋯"

"本王管你还有谁在！"凌祈宴没给他废话的机会，一脚踹过去，正踹在这厮的腰上。

他这一脚用上了十成力气，沈兴曜趴在地上，吐出一大口血，原本被他搂在怀中的美姬尖叫一声，连滚带爬地避开。

"世子爷！"管事吓白了脸，手忙脚乱地扑上去扶住沈兴曜。

"这是在做什么？"

现场乱成一团时，门边忽地响起另一人沉沉的声音。

是皇太子凌祈寓。

原本堵了一屋子的毓王府护卫不得不让开路，凌祈寓迈步进来，冷冷地扫了一眼屋中乱七八糟的情形。

沈兴曜喘着气艰难地向他告状："殿下，他⋯⋯他们⋯⋯"

无奈话说一半，他就痛得晕了过去。

凌祈寓皱眉转向面色难看的凌祈宴，又看一眼他身边的温瀛，眼中有转瞬即逝的阴沉之色："大哥，何事动这么大的肝火？"

凌祈宴扯了扯嘴角："你也在这儿？怎么？劫持本王府上之人来这里，你也有份？"

"大哥就为了这么一个门客对表兄动手，还见了血，大哥觉着合适吗？"凌祈寓沉声问他。

凌祈宴不以为意地反问："有何不合适的？温瀛他是本王的人，这些人劫持他，这般不将本王放在眼中，本王为何不能找他们算账？"

"被父皇和母后知道了，不好。"凌祈寓不赞同地说道。

"呵，太子殿下是没断奶吗？永远只会搬父皇、母后出来威胁本王？"

凌祈宴的神情中满是轻蔑和嘲弄，凌祈寓眼瞳微缩，看了一眼已经晕过去的沈兴曜，提醒凌祈宴："可这事传出去总归不好善了，沈家那边只怕不好交代。"

"本王不需要对沈家交代什么，不必太子殿下狗拿耗子多管闲事，有这工夫你不如操心操心自己吧。"

凌祈宴丢下这话，不再搭理凌祈寓，也懒得再留在这里废话，甩了甩袖子，带着人扬长而去。

温瀛跟着离开，走出门之前，似有所觉地回过头，正对上凌祈寓看向他的，如同要将他生吞活剥的冷戾目光。

想起先前这位太子殿下进门时身上隐约的味道，温瀛不由得暗自皱眉，面上却不显，不在意地转回头，跟上凌祈宴。

待到凌祈宴走远，凌祈寓一脚踹翻面前的桌案，眼中怒气翻涌。

出了庄子，凌祈宴上车时，温瀛直接在车边跪下向他请罪："学生又给殿下惹麻烦了，愿受殿下责罚。"

凌祈宴十足没好气地回身踹了他一脚，不过比起踹沈兴曜那下已经算是收敛了。

温瀛腰背挺得笔直，一动不动，生生受了这一下。

凌祈宴坐进车里，猛地摔上门。

片刻后，车厢里传出他带着愠怒的声音："滚去后头车上，别在这里跪着给本王丢人现眼。"

回到王府，温瀛依旧跪在凌祈宴跟前，再次向他请罪。

凌祈宴骂也骂了，踹也踹过了，气已经消了一大半，本身这事也怪不得温瀛。

见凌祈宴的神色已然缓和，温瀛低声问他："殿下，您不是说不想与沈家反目成仇吗？"

"是沈兴曜那狗东西先找本王的麻烦。"凌祈宴没好气道。

他是不想与沈家撕破脸，但也忍不了沈兴曜这厮蹬鼻子上脸。

温瀛忽地问他："殿下，太子平日里吸鼻烟吗？"

凌祈宴愣了愣，对上温瀛的目光，不由得生出几分怀疑来："你问这个做什么？本王若是没记错，这是你第二回问本王关于鼻烟的事情了，你又瞒了本王何事？"

沉默了一阵，温瀛从怀里取出一个十分精致玲珑的鼻烟壶递给凌祈宴看。

凌祈宴接过细瞧了瞧，这个鼻烟壶是琉璃烧制的，晶莹剔透，十分漂亮，壶身上绘制了蓝孔雀，还嵌了蓝宝石。

他略惊讶地问道："这是……"

"殿下之前见过这个鼻烟壶吗？"

"见过，地方上进贡的，年节之时父皇随手赐给了太子。"

果真如此，温瀛心道。他先前在太子身上闻到的那若有似无的味道，与这鼻烟壶里的烟料味道一样，这个鼻烟壶果真是太子的。

温瀛沉声解释："这个鼻烟壶是学生从赵熙的遗物里收拾出来的。四五个月前，那刘庆喜带着赵熙结识了他们当中的一个权贵子弟，那人一开始对赵熙应该还不错，送了这个鼻烟壶给他。学生问过他，他支支吾吾不肯说鼻烟壶是谁送的。"

凌祈宴挑眉："刘庆喜把你那好友推荐给了太子？"他说着，眼珠子一转，又生了气，"所以你之前问本王吸不吸鼻烟，你果真怀疑过本王？"

温瀛闭嘴不言。

凌祈宴又踹了他一脚，当真气不打一处来。

不过他心念一转，又提醒温瀛道："你别再想着找太子的麻烦了，太子要出了事，本王可当真救不了你。这事到此为止吧，沈兴曜那些人，要教训也教训得差不多了。"

温瀛却问他："殿下，您当真一点野心都没有吗？"

凌祈宴顿时乐了："怎么？你还想鼓动本王去夺嫡？"

"您是皇嫡长子，那个位置本该是您的。"

立长立嫡，凌祈宴两样都占了，本该是名正言顺的储君，只因皇帝偏心，入主东宫的那个人才成了他二弟。

当时皇帝执意这么做，朝堂上的阻力并不小，即便到了今时今日，依旧有一些恪守祖宗规矩的固执老臣或是别有用心之人，对凌祈寓这位储君不以为意。

若是凌祈宴当真有这个心思，即便他现下风评、名声不大好，未必没有一争之力，单看他怎么想。

"本王争什么储君之位，做个闲王日日吃喝玩乐不好吗？"凌祈宴好笑道。

温瀛不赞同地道："陛下如今正值盛年，只要他在位一日，您自然能安生地做个闲王，但二十年、三十年之后呢？殿下不怕到时候太子非要将您斩草除根吗？既然有机会，您为何不为自个儿多考虑考虑？"

凌祈宴嘴角的笑淡去些许："有何机会？本王真要去争了，成功了自然好说，若是失败了，只怕二十年、三十年都没有了。本王的大好年华何必搭在这种事情上？不值当。"

实话就是他压根不想争那位置。他没心没肺惯了，现在日子过得这么安逸，何必费那心思？以后的事情以后再说就是了，若是运气好，过个几年，他自己讨块偏远些的封地躲出去，山高皇帝远，未必不能安稳地过一辈子。

若是运气不好……那也罢了，他认命就是。

安静片刻，温瀛低着头不再说话了。

第七章

第二日清早，凌祈宴刚起身不久，就有下人急匆匆地进来禀报，说凤仪宫来人了，皇后娘娘传他进宫去问话。

凌祈宴伸了个懒腰。他就知道逃不掉，但没想到这么快就来了。

"让他们等着吧，本王还没用早膳。"

再之后，他吩咐江林："派人去宁寿宫，将事情与太后说一声。"

江林领命应下，赶忙去办事了。

温瀛进门来请安，正听到这事，问他："殿下进宫可会有事？"

"能有什么事，不就是被皇后责罚一顿，还能怎么着？"凌祈宴不以为意，私下里早就连一声母后都懒得喊了。

温瀛看着他，沉声道："殿下早去早回。"

巳时三刻，凌祈宴心不在焉地踱进凤仪宫，在正殿里等了片刻，正伸着懒腰打哈欠时，沈氏终于出现，坐上主位，冷着脸喝道："跪下。"

凌祈宴撇了撇嘴，磨磨蹭蹭地跪下地。

自十二岁被封王出宫开府，他已有四年多未再踏足凤仪宫，这回若非沈氏特地派人来他府上召他，他压根不会过来。他就知道进了这道门，一顿责骂是跑不掉的。

沈氏满脸愠怒："你好大的架子，本宫叫人召你进宫，你故意拖到这个时辰才来，你这是半点不将本宫放在眼里是吗？"

凌祈宴不以为意道："母后也没将儿臣放在眼里啊，有话直说好了，何必说这么多废话？"

"你放肆！"沈氏怒叱，"你还敢顶嘴？！你昨日在卫国公府的庄子上做了什么，需要本宫来提醒你？！"

"噢，"凌祈宴拖长声音，"卫国公夫人一大清早递牌子进宫告儿臣的状，母后偏听偏信，完全不给儿臣为自己辩驳的机会，就认定是儿臣的错，那还有什么好说的？"

他在来的路上就已经听说了，清早宫门刚开，沈兴曜的老娘就哭哭啼啼地去了凤仪宫，在皇后面前狠狠地告了他一状。沈氏听闻当下派人去他府上，传他进宫来兴师问罪。

沈氏见他这般态度，越发气怒交加，一巴掌拍在案几上："你难道没错？！兴曜是你表兄，你一脚踹得他吐血昏迷！你还要辩驳什么？！"

凌祈宴不服："他先劫持了儿臣府上的门客，下的可不只是儿臣一人的面子，是不将皇家放在眼中，儿臣教训他怎么了？"

"你少抬皇家出来给你的恶劣行径做幌子！什么门客，你这样的能收什么正经门客？！你自己成日里放荡不堪，惹来那些闲言碎语，才真正是丢了皇家的脸面！"

凌祈宴扯开嘴角冷笑："母后这话可说错了，温瀛是冀州的小三元案首，是国子监学官人人称颂的状元之才，最正经不过。倒是您那好侄儿，在外流连秦楼楚馆，染上了脏病被国子监除名，放荡不堪的到底是谁？我看沈家的脸面才当真被我那位好表哥给丢干净了吧。"

"你给本宫闭嘴！"沈氏怒极，上前一步，一巴掌抽在凌祈宴的脸上，尖利的指甲套在他白皙的面颊上刮出两道血痕。

凌祈宴被打蒙了一瞬，回神后哂笑一声，看向沈氏的双眼里满是轻蔑嘲弄之色。

沈氏被他这副神情激得越发火冒三丈，扬起手还要打第二巴掌，手落下时被凌祈宴用力扣住手腕，往后一推。

沈氏猝不及防，跟跄后退了两步，若非有身后的嬷嬷、宫女扶住，就要跌坐到地上去。

站稳之后，沈氏已怒不可遏，浑身打战，带着怒意的面庞几近狰狞扭曲："好啊！好！你还敢对本宫动手，本宫今日非打死你不可！就当本宫从未生过你这个畜生！！来人！给本宫拿鞭子来！"

躲在门外偷听的六皇子凌祈宁闻言吓了一跳，咬了咬牙，转身就往宁寿宫的方向跑去。

凤仪宫的大太监将他们平日里抽打犯事宫人的鞭子捧了来，跪在地上哆哆嗦嗦地劝沈氏："娘娘，殿下身子弱，使不得啊……"

凌祈宴用力握紧拳，紧咬住牙根。

沈氏拿起鞭子，咬牙切齿地道："都给本宫闭嘴！谁都不许给这畜生求情！今日本宫非打死这畜生不可！"

凌祈宁以最快的速度跑去宁寿宫，顾不上礼数，满头大汗地冲了进去，进门就喊："祖母快去救救大哥！母后要对大哥动刑了！"

太后正闭目养神，闻言皱着眉睁开眼："宁儿你说什么？"

凌祈宁一抹脑门上的汗，焦急地说道："祖母您赶紧去劝劝母后吧，她要鞭打大哥了！"

太后当下沉了脸："岂有此理！她是疯了不成？！"

凤仪宫里，沈氏扬起鞭子，朝着凌祈宴的背上狠狠抽去。凌祈宴反应极快地弯腰就地一滚，但依旧被鞭梢带到，背后立时生出一阵火辣辣的痛意。

沈氏犹不解恨，一想到这小子从出生起就克自己，一心向着那个老太婆，现在竟还敢对自己这个母后动手，就要恨出血来，还要抽第二鞭，太后已在众宫人的簇拥中踏进门来，厉声下令："去夺了她手中的鞭子！"

一个身材粗壮的宁寿宫嬷嬷上前去将鞭子夺了，沈氏红着眼睛抬起头狠狠瞪向太后，太后吩咐身侧太监将凌祈宴扶起来，冷声问："宴儿好歹是你的亲儿子，你还真想打死他不成？"

沈氏不忿道："母后既然知道他是我的亲生儿子，他做出如此荒唐之事，我还没有权力管教他吗？！"

太后闻言气不打一处来："宴儿被你传进宫，我就已经知道了此事，特地晚了片刻派人过来，就是给你机会管教他。我原以为你会好生与他说道理，没想到你所谓的管教，就是拿着抽下人的鞭子想要抽死他？我今日若是再来晚些，是不是就只能给我孙子收尸了？！"

不等沈氏争辩，太后又骂道："你还知晓宴儿也是你的亲生儿子？可你这心未免偏过了头，你偏心寓儿、宁儿就算了，如今还要为了你娘家侄子来打宴儿，你这样的皇后，连一个母亲都做不好，谈何母仪天下？！"

沈氏瞬间泪如雨下，身子摇摇欲坠。太后这话已说得十分重了，甚至在质疑她不堪母仪天下、不配做皇后，她一肚子委屈和不平，却不能顶撞太后。

跟着进来的凌祈宁小心翼翼地拽了拽太后的袖子，央求她："祖母，母后她不是故意的……"

凌祈宴被人扶坐到一旁，低着头一言不发。

大殿里的气氛一时有些僵持，直到外头响起太监的通传声，皇帝和太子来了。

凌祈寓跟在皇帝身侧进门，目光扫过紧捏着帕子满脸不忿的沈氏，落在垂着眼看不清楚神情的凌祈宴身上，微微一顿。

皇帝向太后问了安，讪然解释，他与太子在前朝召见官员议事，听到凌祈宁派去的人传话，才过来看看："母后，您何必大动肝火，还特地大老远来了这凤仪宫？"

太后气愤地打断他的话："我不亲自过来，宴儿就要被你的好皇后打死了！"

"皇后也是教子心切……"

"教子心切就能用打骂下人的方式对待宴儿？！她到底把宴儿当什么了？！"

"祖母息怒，"凌祈寓低声插话，"母后想必是怒急攻心，欠了考虑，昨日的事情孙儿也在场，是表哥他们不对在先，但大哥的反应确实过激了些，将表哥踹得吐血昏迷，卫国公夫人一大早就进宫来向母后哭诉，母后若不责罚大哥，不好向他们交代，事情传出去也于大哥的名声有碍。"

"我不管这些，"太后恼道，"我只知道宴儿才是我孙子，卫国公府的小子咎由自取，你们要补偿安抚他们是你们的事，动我孙子就是不行！"

皇帝十分无奈："母后，您这样不是不讲道理吗？"

"我不讲道理还是你们不讲道理？！行，你现在是皇帝，翅膀硬了，我管不了你了，你们都看宴儿不顺眼，早就想撵他出京。你们以为我不知道？你这就下旨吧，给宴儿一块封地，我跟着他一块去封地上，以后我们祖孙俩相依为命，再不来碍着你们的眼！"

皇帝大惊："母后这可使不得啊，您这是做什么啊？何必这样，有事好商量不行吗？"

"没什么好商量的，这事就这么着，你们谁要再敢动宴儿一根指头，老婆子我就跟你们拼命！"太后丢下这话，吩咐自己的宫人扶起凌祈宴，再不搭理其他人，直接走了。

出了凤仪宫的门，凌祈宴跟着太后一起坐进轿子里，这才龇牙咧嘴、哼哼唧唧地开始喊疼。太后拉着他的手不停地抹眼泪："下次你母后再传你进宫教训你，你直接去祖母那里，就说祖母叫你去的，别理她。"

"孙儿没事了，祖母疼孙儿，孙儿不怕。"凌祈宴装巧卖乖地哄着老太后，心里那口气总算顺了些。

太后摸着他的脸道："可怜的孩子，祖母不疼你，没人疼你了。"

一行人回去宁寿宫时，太医已经候在这里，为凌祈宴上药包扎。

那一鞭子他躲得快，伤得倒是不重，但他本身皮白肉嫩，那道红印子依旧颇为显眼，还有

脸上的抓痕也抹了些药。

太后看着又要抹眼泪，没忍住责怪他道："你说你这孩子，这脾气也不知是像了谁，怎么就不懂得适当收敛些，非要跟那些浑小子起冲突？你又没讨到什么好，还有那个什么门客，到底是怎么回事？"

凌祈宴回道："温瀛那人文武双全，能给孙儿长脸，孙儿爱才罢了。"

"那人真是冀州的小三元案首？"

"是啊，他学识高，国子监里的学官都夸他，他明年必能高中。"

听凌祈宴这么说，太后便放下心来："那你跟他玩也挺好，可以跟他多念些书。"她唉声叹气一阵，又说起别的，"你也不小了，这婚事还是早些定下来的好，免得外头传些闲言碎语。你若是早成了婚，也能多一层倚仗。本来惜华那丫头是最好的，可你姑母看着好似不太乐意……"

"别，"凌祈宴赶忙打断她的话，"祖母您行行好，可别把惜华塞给我了。我真要娶了她，她能把我的府邸都给拆了，我这后半辈子哪还有安生日子过？"

太后被他三言两语就给逗乐："有那么夸张吗？我看你们小时候感情不是挺好？那丫头看着也挺喜欢你。"

凌祈宴撇嘴，那丫头喜欢他个鬼，喜欢他府上的人倒是真的。

见他苦着一张脸，太后只得算了："也罢，强扭的瓜不甜，我再看看吧，这回一定给你挑个好的。"

太后原本想留凌祈宴在宫里住两日，凌祈宴待不住，当日傍晚用过晚膳又出宫回府了。

温瀛听闻他回来，过来向他请安。

他进门时，凌祈宴正趴在榻上有气无力地哼哼。温瀛一眼看到他脸上的印子，问道："殿下，您的脸怎么受伤了？"

"被母老虎打的。"凌祈宴没好气地道。

"皇后娘娘打的？"

"可不就是她？从小她为了老二那个狗东西就三天两头地打本王，如今还要为了她侄子动手，算了，不提也罢。"

温瀛见他趴着不动，不由得皱眉："身上还有别的伤？上药了吗？"

凌祈宴撇嘴道："在宫里上了，你来得正好，给本王换道药。"

看到那道斜穿过腰背的红色鞭痕，温瀛有些无言，皇后娘娘……有够狠的。

"殿下何苦自讨苦吃？"

凌祈宴睁开眼，不悦地觑向他："本王还不是为了给你出气？你这话说的，本王可不是养了条白眼狼？"

温瀛看着他问道："真是为了给学生出气？"

凌祈宴笑了笑："本王说是就是。"

其实绝大部分原因还是他自个儿咽不下这口气，觉得被下了面子。

温瀛不再问了，拿了宫里太医开的药膏，轻轻按上凌祈宴的伤处，低声问："皇后娘娘为何不喜殿下？"

凌祈宴眯着眼睛随口告诉他："皇后觉着本王克他，本王不但克妻，小时候还被人说克母，就是皇后身边的那些人传出来的。"

温瀛安静地听着他说。

"本王出生没多久，就被祖母要去抚养，祖母本是好意，皇后生本王时亏了身子，祖母想她能好好养回来，才将本王从她身边抱走，毕竟养孩子是个挺累人的活，祖母是真怕她累着。

"不过嘛，本王这位母后是心胸狭隘的人，好似一直觉着祖母不喜欢她。据说当年父皇登基之前选妃时二选一，祖母一开始定下的那个人选不是她，她就记恨上祖母了，后又觉着祖母将本王要走是故意抢她的孩子，愈加怀恨在心，还迁怒到本王身上。

"本王虽被养在祖母身边，但小时候每隔三日就会去给她请一趟安，可她就是不喜欢本王，从小连抱都没抱过本王一回。那段时日她确实身子不好，反反复复地生病，就觉着是本王克她，直到她拼命怀上老二，又平安将老二生下，后头身子好起来，就把老二当成了她的福星，更瞧不上本王了。"

凌祈宴的言语间听不出愤懑和难过之意，倒是带了些嘲弄，像说笑话一般，温瀛问他："殿下会伤心吗？"

"有何好伤心的？她不喜欢本王，本王也远着她就是了。"

凌祈宴是当真不在意，很小的时候或许还会有些伤心不平，后头早就无所谓了。说他没心没肺也好，生性凉薄也好，别人对他好或坏，他其实都没太大感觉，太后对他好，他就对太后好些，但也仅此而已了。

"殿下这样的人，日后娶妻纳妾，即便面上对人再好，也少不得要伤人心。"

温瀛一眼看穿凌祈宴的本性，倒不是说这位毓王殿下薄情寡义，他就是没什么同理心，哪怕面上表现得再温柔多情，骨子里其实对谁都不放在心上。

凌祈宴睨向温瀛："你这是替本王将来的妻妾操心？你不觉着你逾矩太多了？"

温瀛小声认错："学生失言了，殿下勿怪。"

凌祈宴踢了他一脚，懒得再跟他计较："赶紧的，本王脸上还要上药。"

被沈氏扇过的地方还没消肿，那两道指甲血印更是明显，凌祈宴拿着镜子细细看了看，不放心道："不会留疤吧？"

"殿下是男子，留下点疤痕有什么要紧？"温瀛说着，用帕子蘸了药膏抹上他的脸。

"那不行，本王这般貌美如花，怎能破相？"

温瀛干脆闭嘴。

脸上的皮肤到底要敏感些，被蘸着药膏的巾帕一碰，一阵细细密密的刺痛感袭来，凌祈宴轻"咝"了一声，先前盛气凌人的气势去了大半，眼皮子都耷拉了下来。

温瀛见他这样，低声提醒道："殿下，即便您不在意皇后娘娘，偶尔服个软，总好过受这皮肉之苦。"

"行了行了，本王知道。"凌祈宴不太耐烦，摆了摆手，不想温瀛再说这些没意思的事情。"学生陪殿下下棋吧。"

又过了两日，凌祈宴背上的伤好得差不多时，宫里突然来了道圣旨，皇帝让他即日起入礼部主客司寺学习藩务。凌祈宴拿着那道圣旨正反瞧了个遍，越瞧越稀奇。他是没想到他父皇竟当真打算让他去办差。

端阳节家宴太后提了一嘴这事，当时皇帝说回去会考虑，凌祈宴原以为那不过是他父皇嘴上应付太后的说辞，等他自个儿都忘了这事时，圣旨却来了。

"本王当真不愿去办差，太后她老人家委实给本王找了个麻烦。"凌祈宴瘫在榻上唉声叹气。

温瀛来向他请安，听到这话顺手捡起被他扔在地上的圣旨细看了看，道："陛下如今有心栽培殿下，殿下何不把握机会？您入了主客司，说是学习，那些个官员必然都得听您的。再有一个月就是万寿节，到时万国来朝，殿下若是能将差事办好，不但陛下和满朝官员会看在眼中，诸藩邦亦会知道，我大成朝不只有一个皇太子，还有您这位皇嫡长子。"

凌祈宴嗤笑了一声："你小子还没死心呢？还想游说本王去争抢那个位置？"

温瀛闭嘴不言，但他的表情告诉凌祈宴，他就是这么想的。

凌祈宴丝毫不为所动，懒洋洋地打了个哈欠，伸了个懒腰，嘴里嘟哝道："奇了怪了，不应该啊，父皇怎会让本王沾手这么重要的差事？就算是因为前两日皇后打了本王，气得祖母说要跟本王去封地上，他为了安抚祖母，也不该让本王做这事啊。他就不怕本王搞砸了他老人家的万寿节？"

凌祈宴十分有自知之明，深刻知道自己在他父皇心目中是什么形象，所以温瀛说这是他父皇有心栽培他，凌祈宴是不信的，只觉着其中有鬼。

江林去将来传旨的宫中太监送出府，回来向凌祈宴禀报，说给那位齐公公塞了块上好的玉佩，对方就知无不言了。

给凌祈宴差事，确实是皇帝想向太后示好，不过一开始定的只是个没什么要紧事的清闲部衙，并非主客司："后头是太子殿下与陛下提起，说殿下您都快十七了，也该正儿八经地接触朝堂事，日后好与他一块为陛下分忧，陛下十分欣慰，才改了主意。"

凌祈宴皱眉："老二又在打什么主意？"

温瀛提醒他道："无论太子打的是什么主意，殿下您只要小心一些，办好该办的差事，别做落人话柄的事情就出不了岔子。"

凌祈宴悻悻地摆了摆手，话是这么说，知道这差事是凌祈寓那小子帮他讨来的，他就更不想去了。

但皇帝说让凌祈宴办差，凌祈宴再不情愿也得硬着头皮上，转日一早就去了礼部衙门。

主客司的主官是礼部侍郎刘商，正是刘庆喜他爹。

此人四十几岁，本该是最意气风发的年纪，却神情憔悴、面容苍老，鬓边已有白发，想是嫡子横死受打击过大所致。

先前刘府办丧事，凌祈宴派了府中长史代之过去悼念，听闻刘府一片愁云惨雾景象，怕是短时日内都好不了了。

对着凌祈宴，刘商面上并无多少殷勤热忱之意，连请安见礼都做得马马虎虎。

凌祈宴倒是能理解，刘庆喜是去了他的庄子后失踪的，死前最后见的人又是他府中的婢女，要刘家人心平气和地接受刘庆喜是意外而死，不对他起半分猜疑和抱怨，只怕圣人都做不到。

不过凌祈宴无所谓，向来不在意这些。

除了主客司的一众官员，鸿胪寺、四夷馆和会同馆的主官都在这里，这几处地方都涉及藩务事，主客司掌政令、鸿胪寺掌入贡朝觐、四夷馆掌通译、会同馆掌接待。按着皇帝的意思，凌祈宴需得去各处学习。

当然说是学习，这些个官员也不敢真把他当学生，俱将他奉为上官，一副听他训诫的架势。

且陛下特地交代过，下个月万寿节外邦来使进京朝拜之事交由这位毓王殿下来操办，他们再不情愿也只能听命。

于是众人轮番上前，详细地对凌祈宴说明本部衙的职责，再将万国来朝的一应事宜细致地向他禀报。凌祈宴耐着性子听了一个多时辰，越听越没劲，最后忍不住打断还在滔滔不绝地汇报的鸿胪寺卿："行了，这些你们去办就行，你们都有经验，本王这个一窍不通的就不班门弄斧了，以后你们每三日派人去本王府上向本王汇报一次就行。"

"可陛下说……"

凌祈宴似笑非笑地斜睨过去："陛下说什么重要吗？总归你们心里也不乐意本王插手你们部衙之事，本王若是管太多了挑你们的毛病，你们心里肯定记恨本王，不如就这样，本王乐得轻松，你们也轻松，有何不好？"

众人同时噤声，陛下说什么不重要，这样大不敬的话凌祈宴敢说，他们可不敢说。不过既然凌祈宴是这么想的，那自然再好不过，他们也怕来个祖宗处处对着他们指手画脚。

凌祈宴没有多待，晌午之前离开礼部衙门，进宫去向皇帝复命。皇帝语重心长地叮嘱他好好干，又说了些太子也希望他好，自己想看他们兄弟和睦，共同为大成江山奋斗的话。凌祈宴嘴里嗯嗯地应着，实则左耳进右耳出，一个字没往心里去。

从皇帝那里出来，凌祈宴刚走出门，就冤家路窄地碰上凌祈寅。

凌祈宴懒得搭理他，只当作没看到，连正眼都没给这位太子殿下一个。

两人错身而过时，凌祈寅叫住他："大哥今日就开始办差了吗？"

凌祈宴懒洋洋地抬起眼："托了你的福，听说是你跟父皇提的，要给本王安排些正经情事做？"

"不好吗？"凌祈寅侧过身，嘴角带着笑，盯着凌祈宴的眼睛说道。

"好在何处？"凌祈宴冷淡地问他。

"你我兄弟日后齐心合力，君臣相得，共治天下，有何不好？大哥不愿意如五皇叔帮父皇那样帮一帮孤吗？"

五皇叔靖王是皇帝的嫡亲兄弟，也是最得他们父皇信任的兄弟。按着大成朝的祖宗规矩，嫡长子立太子，诸皇子成年封王，待皇帝驾崩新帝登基，再出京迁去封地，但也有例外。

047

惹了皇帝厌弃的当朝皇子或提前被赶去封地，被新帝器重的兄弟亦能留在京中被委以重任。

凌祈宴差点成为前者，靖王则是后者。靖王府就在上京城，皇宫边上，靖王还手握兵权，常年在边疆领兵，足见皇帝对他的看重。

现在凌祈寓说，希望凌祈宴能做第二个靖王。

凌祈宴对此嗤之以鼻，笑不进眼底："太子殿下有心了，真这么看重本王，为何不与父皇说让本王跟着一块去上朝？"

凌祈寓被他这么一噎，嘴角的笑敛去，凌祈宴没兴致再与他废话，转身离去。

他就知道，这个狗东西嘴里没一句真话。

藩务虽重要，但他接触不到朝堂上的其他官员，就一个稍微被皇帝器重的刘商，还是个与他有嫌隙的，凌祈寓怎敢当真让他上朝听政？立嫡长子为太子是开国皇帝定下的规矩，凌祈寓从一开始就名不正言不顺，怎可能不防着他？

凌祈寓想要向他卖好，又要小心提防着留着一手，也不嫌累。

虽然他还是不明白凌祈寓为何转了性，非要面上与他玩友兄弟恭那一套，不过懒得费工夫想。

出宫上了车，凌祈宴揉了揉自己正唱空城计的肚子，心下不平，进宫一趟，连口热饭都没吃上，还被人找了晦气，忒倒霉了。

申时，国子监下学。

温瀛出门走了两条街，在偏僻街巷的拐角处，马车被人拦住，一个太监模样的人走到车边来，说他们主子请他过去一叙。

温瀛推开半边车窗，警惕地望过去，前头不远处停了辆十分华贵的马车，看不出车里是何人。

温瀛不由得皱眉。上回的事情后，凌祈宴给他配了两个护卫，这会儿正要撵人，那太监赶忙自报家门："咱家是华英长公主府的，车里的是惜华郡主，请温小案首过去当面一叙。"

他说完，那边的马车推开门，跳下个俏丫鬟，果真是上回在毓王府替惜华郡主塞香囊给温瀛的那个。

温瀛只得下车走去对面车边，规规矩矩地向车内人问安。

惜华郡主推开窗，趴在窗边笑嘻嘻地看着他，目光落到他的腰间，见那里空无一物，便有些不高兴："本郡主先前送你的香囊呢？怎么没戴？"

温瀛垂着眼，并不看她，淡淡地回道："郡主错爱，学生惶恐，本想寻个机会将东西原样奉还郡主，后头被殿下要去了，实在抱歉。"

小郡主闻言皱眉道："他拿我的香囊做什么？我送你香囊干他什么事？"

"学生是殿下的人。"

"你不过就是他府上的一个门客，本郡主看上你了，送你香囊，还得经他允许？他未免管太宽了吧？"

温瀛平静地告诉她："学生是殿下的入幕之宾，自然听殿下的。"

小郡主又气又恼："你明明有大好前程，做什么要投靠他？！"

"学生这样的，承受不起郡主的厚爱，抱歉。"

小郡主气得用力推上窗："走了！"

她那丫鬟也瞪了温瀛一眼，跳上车去。

长公主府的马车辘辘离去，温瀛不在意地转身，坐回车里。

傍晚，温瀛念完书，来正院向凌祈宴请安。

在正院用罢晚膳，凌祈宴没让温瀛走，留他下来给自己出主意："下个月陛下万寿，你帮本王想想，该送什么寿礼讨他老人家的欢心？"

每一年皇帝万寿，他们这些皇子都要送礼，小时候还好，随便写几个"寿"字抄几篇孝经就能打发，自从凌祈宴出宫开府，这每年的寿礼就成了他最头疼的事情，太马虎了显得敷衍，太贵重了皇帝又要说他奢靡，怎么都不讨好。

温瀛想了想，问："殿下知道太子打算送什么吗？"

凌祈宴撇嘴："前几天听本王那六弟提了一嘴，他去东宫玩，听到老二说打算送一幅万里江山图，早半年就找隐居江南的名家在画了。"

到万寿节那日，诸皇子送礼，最出风头的必然是太子。不过那是太子，其他人本也不会跟他争就是了。

"殿下自己有什么想法？"

"本王要有想法还需要问你？实在不行，本王就再送对玉如意呗，反正去年也是送这个。"

温瀛不赞同地说道："为陛下祝寿，贵在心诚，殿下送对随处就能买到的玉如意，难怪不讨陛下欢心。"

凌祈宴不高兴地踢了他一脚："本王让你给本王出主意，不是给你机会挤对本王。"

温瀛将茶盏递过去，示意他少安毋躁，对江林道："能否麻烦江公公叫人给学生准备几样东西来？"

凌祈宴闻言好奇地问他："你要做什么？"

温瀛交代完江林，问凌祈宴："殿下可听说过南边有一种叫作米雕的手艺？"

凌祈宴不解。

温瀛向他解释："米雕最早是邕州某县的一个读书人弄出来的，他将字刻在米粒上，考试时带进考场用以作弊，后头被人发现，自那以后科考就不再让考生带生米进考场。那个读书人断了官场路后，就靠着这门米雕的手艺养家糊口，日子过得还不错。"

这也行？凌祈宴有些无言："这跟本王的寿礼有何干系？"

"殿下若是能亲手将百寿字雕在米粒上献给陛下，这份心思，足以表达殿下对陛下的一片赤诚孝心，陛下想必会高兴。"

凌祈宴想想觉着，好像确实可以？

江林很快带人将温瀛要的东西找齐全，颗粒饱满的贡米、几样精巧的工具和舶来的放大镜。

凌祈宴怀疑地瞅着温瀛，就见他一手用镊子夹起一粒贡米，一手捏着硬针，蘸了墨汁，从容地刻字上去。

温瀛的手十分稳，不消半刻，他就将刻好字的米粒搁到了凌祈宴面前的案上，示意凌祈宴拿起放大镜看。

凌祈宴握着放大镜细瞧了瞧，竟当真是个篆体的"寿"字。

凌祈宴啧啧称奇，温瀛告诉他："这只是第一道，后头还要再上两道色，手艺了得的，这一粒米上就能刻下百寿字。殿下初学这个，一粒米上刻一个字就行。"

凌祈宴扬眉："你怎知道这些？你先前说这东西最早做科考舞弊用的？你这小三元案首总不会是这么来的吧？"

温瀛淡淡道："早十年，生米就带不进科举考场了。"

"那你这都是跟谁学的？"

"从前在县学时，学生听去过南边的同窗说过这个，觉得有意思就试着自己摸索出来的。"

这还能自己摸索出来？凌祈宴心道这穷秀才会的东西当真不少。

他随手拿起粒米，学着温瀛用镊子夹住，再捏住针。

一刻钟后，毓王殿下将手里的东西一扔，摊开两手："这也忒麻烦了，本王学不会，你帮本王雕吧，雕好了本王赏赐你些好东西。"

温瀛提醒他："殿下，这是您的孝心……"

"行了行了，别说这些有的没的，父皇又不知道不是我雕的。"凌祈宴浑不在意地说道。

"那殿下也得跟着学生学会了，万一穿帮了总归不好。"

凌祈宴嘴里"嗯嗯啊啊"地敷衍着答应，但没动手，只支着下巴看着温瀛雕，随口感叹道："你说你要是本王，那就是文武全才，还懂得花心思讨长辈欢心，肯定人人都喜欢你。"

温瀛继续帮他雕字，没有抬眼："学生哪有殿下这么好的命？"

"说得也是。"凌祈宴说到这里顺嘴问他，"说起来，你的生辰是哪日？"

"腊月廿二。"

凌祈宴闻言有一点意外："辛丑年腊月廿二？"

"嗯。"

凌祈宴一拍桌子道："你竟与本王是同年同月同日生的？"

温瀛抬眸，见凌祈宴不似说笑，亦有些诧异，凌祈宴追问他："你是什么时辰生的？"

"丑时三刻。"

"本王是申时二刻，那你还比本王早半日出来。穷秀才，你与本王果真有缘，不若你与本王拜把子，结为异姓兄弟……"

温瀛打断他的话道："殿下说笑了，学生这样的，哪敢跟殿下拜把子？"

凌祈宴自然也只是随口胡扯，让他真纡尊降贵地跟个穷秀才拜把子，就算他乐意，他父皇也不会乐意。

不过他还是十分高兴，越看温瀛越顺眼，见温瀛这会儿工夫又雕出三个字，越发觉得该赏赐他些什么。

想了想，凌祈宴道："之前本王从宫里得了两张上好的银狐皮，赏你一张，要吗？正好天冷了，你做衣裳也好，做毯子也好，都用得上。"

"不必了。"温瀛直接回绝。他听江林提过一嘴，其中一张皮子是太子送的，他并不想要。

凌祈宴以为他又不识抬举了，脸色一变刚要骂人，温瀛却道："殿下若当真想赏赐学生，不如将您时常戴在大拇指上把玩的那枚扳指赐给学生吧。"

凌祈宴怔了怔，差点气笑了："本王的扳指？你小子倒是敢狮子大开口，尽挑好东西，还盯上本王这扳指了。"

他时常戴的那枚绿翡翠扳指也是从太后那里讨来的贡品，色泽饱满，是枚极品。

"行，你喜欢，本王赏你就是。"

凌祈宴痛快地吩咐人去将东西取来，亲手递给温瀛："送你了。"

温瀛接过，收入怀中。

凌祈宴见状问他："要了怎么不戴？"

"太贵重了，学生不敢戴，戴了便是僭越了，收着吧。"

凌祈宴嗤笑一声，随便他了。

万寿节在八月初二这日，自七月下旬起，各藩国使臣就已带着贡品陆续抵达上京城，被安排住进会同馆中。

大成朝是中原天朝，立国一百余年，正是国力最强盛之时，自南向北、由西往东，四周无数小国依附，对大成称臣纳贡。

每一岁的年节和万寿节，这些藩属小国都会派出使臣前来上京城进贡祝寿，以表其赤诚依附之心。当然，大成朝为彰显大国气度，每一回都好吃好喝地招待这些使臣，待到他们回国时，带走的赏赐也远多于他们所缴纳的岁贡。

凌祈宴管着这摊子事情，再不上心，也不能当真不闻不问。自各国使团陆续抵京，原本每三日来他府上禀事的官员改成一日一禀，诸多琐碎事情即便有下头官员拿主意，都会告知他一声让他知晓。

王府正堂里，凌祈宴正心不在焉地喝着茶，听着下头官员低声禀报："今次因是陛下四十整寿，为表重视，好些个国家是国君亲自带队前来祝寿，如今人差不多到齐了，离万寿节正式朝拜陛下还有几日，按旧例会同馆要做东办一场饮宴为他们接风洗尘，时候就定在明日傍晚，殿下您可愿纡尊降贵去露个脸？"

凌祈宴手里捏着颗夜明珠把玩，举高对着窗外透进的阳光细瞧，问："这是哪里送来的？"

那官员看了一眼，想了想，回答他："应当是漠北的刺列部送的，下官看他们好似还有两颗更大的这种夜明珠，其一在贡品单子上，另一颗想必会送去东宫。"

凌祈宴闻言，搁下那珠子，原本瞧着还挺稀罕的东西，瞬间没了兴趣。

这些藩邦小国每回来京，除了上贡，都没忘了给东宫送礼，还会给朝中那些有实权的勋贵官员送。因着他这差事，他这毓王府里今次也第一回收到了这些人的礼，好东西还不少，但依旧比不上给那位东宫太子的。

"行了，本王知道了，饮宴是明晚是吗？本王会去的。"凌祈宴挥了挥手，三言两语将人打发了。

第二日傍晚，他临出门时碰上温瀛过来请安。这小子还有十余天就要考试，这几日国子监都不去了，每日只闷在府中念书。凌祈宴心思一转，对他道："走吧，本王带你吃酒去，让你松快松快。"

温瀛跟着凌祈宴一起去了会同馆，宴厅里一排排的酒案已分列摆开，只那空着的主位留给了凌祈宴。

见凌祈宴出现，众人起身向他见礼。这些人的长相打扮多与大成朝人不同，凌祈宴随意扫了一眼，嘴角噙着笑，说了几句场面话，示意众人坐。

他又叫人在自己左首下边加了张酒案，就让温瀛坐那里。

美酒佳肴一一盛上，还有助兴的笙箫鼓乐，这些藩邦使团都带了善舞的美姬过来，轮番在凌祈宴面前献演。

只着轻纱薄衫的外邦女子们妖媚娇艳、风情万种，无不热辣大胆，不时对主坐之上的凌祈宴抛媚眼，在他面前舞出最撩人的身姿。

凌祈宴一手撑着头，笑吟吟地看着，显然这些舞姬的表演大大取悦了他。

到后面，那些使臣轮番上去给凌祈宴敬酒，凌祈宴又喝高了。

有胆大的使臣凑在凌祈宴面前不肯走，不停和他套近乎劝酒。眼见着凌祈宴被人劝着接连灌下三大杯酒，再要喝时，温瀛终于起身过去挡住他的手。

凌祈宴不悦地抬眼："你做什么呢？本王要喝酒，你一边待着去。"

原本在凌祈宴面前眉飞色舞夸其谈的男人住了嘴，精明的目光在温瀛身上转了一圈，拿不准他的身份，客气地自我介绍，说自己是西南某个小国的国君。

先前那些献舞的美姬中，长相最出众的就是这人带来的，美若天仙，叫在场之人俱看直了眼，连凌祈宴都因此对他另眼相待。

温瀛并不理他，只按着杯子提醒凌祈宴："殿下，您醉了，不能再喝了。"

凌祈宴呵斥道："滚开，轮不到你来管本王的事情。"

温瀛不肯，坚决不让他再喝。

凌祈宴瞪着温瀛，仿佛他再多说一句就要对他动手。温瀛不为所动，半步不让。

僵持之中，被他俩无视的那位国君操着一口虽不地道，但十分流利的大成话打圆场，对凌祈宴道："殿下，先前说的事情您若是有兴致，明日我再去您府上给您请安。"

凌祈宴被转移注意力，乐呵呵地点头："好，明日你来找本王，本王尽地主之谊，定带你去这上京城里好玩的地方都逛一遍。"

那人得了凌祈宴的首肯，十分高兴，又奉承了凌祈宴几句，这才退下。

凌祈宴不耐烦地挥开温瀛还挡着自己的手，又有人过来给他敬酒，这回是个身量高大，看起来俨然持重的少年郎，一身漠北人装扮，自我介绍道："殿下，在下姜戎，家父漠北刺列部汗王，特来向殿下敬酒。"

不似那些喝得醉醺醺的使臣，面前这位小王子嗓音沉稳、不卑不亢，颇为与众不同。

凌祈宴不由得抬起眼多看了他一眼，又见此人相貌堂堂、疏眉朗目，且大成话说得十分标准，顿生好感，问："你刚才说你是哪个部落的？"

"刺列部。"

凌祈宴眉头一皱，不甚清明的脑子里回想起来，昨日那颗夜明珠似乎就是刺列部送来的，原本的那点好感瞬间消失殆尽，冷着脸道："行了，本王知道你是谁了，本王头疼，酒就不喝了，你下去吧。"

姜戎右手握拳抬至胸前，微微躬身向凌祈宴行了一礼，退了下去。

戌时末，饮宴散场，温瀛扶着凌祈宴上车回府。

第二日，那位西南小国的国君果真登门，来与凌祈宴请安，送了许多好东西来。凌祈宴像是十分欣赏此人，与人去外头玩了一整日，到傍晚才高高兴兴地回来。

温瀛念完书过来向凌祈宴请安，见凌祈宴神采飞扬，低声问他："殿下今日去了哪里玩？怎这般高兴？"

凌祈宴喝着茶，随口道："那西南小国进贡了几头大象，排了一出象舞，待到万寿宴那日要在御前表演，提前让本王看看。"

"好看吗？"

凌祈宴笑了笑："那在象上起舞的美姬各个妖娆动人，自然是好看的。"

用晚膳之前，门房上的人进来禀报，说外头来了人求见，自称是漠北刺列部的使臣，特来拜会毓王殿下。

凌祈宴让人进来，是那位叫姜戎的小王子，见礼之后禀明来意，呈上他专程送来的东西，是两颗比前日送来凌祈宴这里的、大了一倍不止的夜明珠。

"听闻殿下喜欢收集这些物什，特地给殿下送来，小小意思不成敬意，还望殿下笑纳。"

想来他是听那日来毓王府禀事的官员说的，凌祈宴的目光在那两颗夜明珠上转了一圈，问他："你这不是要进贡给陛下和送去东宫的？怎么送到本王这里来了？"

"贡品单子尚未呈报，将这个去掉再补上其他的东西就是。原本打算都进贡给陛下，并不曾说要送去东宫那边，既然殿下喜欢，想必不会使这两颗宝珠蒙尘，自当送给殿下。"

姜戎的言语虽有奉承凌祈宴之意，但并不像其他使臣一般，将谄媚之态摆在脸上，因那张英挺俊朗的脸长得不错，倒是不讨人厌。

凌祈宴拿起一颗珠子细瞧了瞧，勾起嘴角。这人说没想将东西送去东宫，他是不信的，虽不知这小王子为何改了主意，又将这珠子都送自己这里来了，但反正不要白不要，他笑纳便是。

"这么贵重的东西，本王怎好意思收？"

"这些都是小玩意儿，不值一提，殿下若还别的想要的东西，只要我有，都愿意送给殿下。"姜戎看着凌祈宴，言语格外诚挚。

凌祈宴兴致勃勃地看了那两颗珠子一阵，十分高兴，姜戎见他眉开眼笑，顺势问他："殿下可喝过我刺列部的酒？我刺列部的酒与大成朝的酒味道不一样，与漠北其他地方的酒也不一样，殿下若是爱饮酒，定会喜欢。我叫人搬了几坛过来，就搁在外头，殿下可以尝尝，若是喝得惯，过两日我再多给殿下送些来。"

听说有酒，凌祈宴更是高兴，抚掌道："善！"

姜戎又问："之后一个月我都会留在这京里，不知可有荣幸邀请殿下一块饮宴？"

凌祈宴笑道："只要本王有空，自无不可。"

之后连着几日，凌祈宴每日早出晚归，轮番去赴那些外邦使臣的邀约。如今会同馆里住的那些人都知道了这位毓王殿下是什么脾气，都变着法子讨好他。

尤其那位西南来的国君，投了凌祈宴的脾气，镇日里与之一起去外头厮混，好几回凌祈宴夜里喝得醉醺醺地回来，温瀛都能闻到他身上那些浓郁的脂粉香。

又过了两日，傍晚之时，温瀛正在念书，正院那边来了人传他过去。

温瀛去了，见到的却不是凌祈宴，而是皇太子凌祈寓。凌祈寓正背着手在看墙上挂的一幅画，听到脚步声，转过身来，冷眼睒向面前的温瀛。温瀛与之作揖见礼，规规矩矩，挑不出一丝错："见过太子殿下。"

凌祈寓靠着八仙椅坐下，没让温瀛起身，将他从头到脚打量了一遍，目光里俱是高高在上的不屑："你就是那位冀州来的小三元案首？"

"学生温瀛。"

"进这毓王府多久了？"

"五月时过来的。"

凌祈寓问什么，温瀛答什么，并不多言。

"那也有三个多月了，"凌祈寓嘴角噙着笑，眼神却是冷的，"孤那位大哥对你好吗？"

"学生是毓王殿下的门客，殿下对学生自然是好的。"

"你认得清自己的身份就好，"凌祈寓沉下声音道，"有些事不是你该想的，最好趁早收了心思，否则丢了性命事小，只怕死无葬身之地，还连累家人。"

听出凌祈寓话中的警告之意，温瀛镇定地抬眼，对上面前这位倨傲的皇太子殿下暗含着杀意的目光，心念电转，似明白了什么，面上并未表露出来，对凌祈寓的态度反而恭敬了许多："学生不敢……学生只是想找个靠山罢了。学生出身贫寒，若无人提携，日后只怕入仕也得苦熬时日，毓王殿下给学生机会，学生自是感激不尽。"

他略一迟疑，压低些声音又道："若是太子殿下愿意赏识提携学生，学生也愿意为太子殿下做马前卒。"

凌祈寓闻言笑了："是吗？你是这么想的？"

他还以为这是个多清高的人，原也是趋炎附势的墙头草罢了，这样的人，他更是不放在眼中，嘴上却笑道："孤怎好与孤的大哥抢人？"

温瀛一副低眉顺眼之态："人往高处走，太子殿下若是愿意用学生，学生自愿追随太子殿下。"

凌祈寓的声音更淡了些："这些事日后再说吧，那还得看你能考出什么成绩来。一个秀才而已，对孤来说毫无价值。"

"学生知道，学生必不会辜负殿下的期待。"

凌祈寓轻蔑一笑，还要再说什么，门外传来凌祈宴凉飕飕的声音："这里似乎是本王的毓王府吧？什么时候轮到太子殿下在这里耀武扬威，教训本王的人了？"

凌祈宴踏进门来，看向凌祈寓的目光十分不善："谁准你不请自来的？你把这里当什么地方了？"

凌祈寓淡定地起身："大哥不必动怒，孤好不容易出宫一趟，刚巧打你府上过，才想着进门来讨杯茶喝，没承想你不在府里，便与你这门客多说了几句。既然大哥不欢迎孤，孤走便是了。"

凌祈宴连做留人的样子都懒得做，直接抬了抬下巴，示意他滚。

凌祈寓看他一眼，见凌祈宴果真没有半分要留自己的意思，忍了忍，到底走了。

待送走了瘟神，凌祈宴冷眼横向温瀛："他与你说什么了？"

温瀛没多解释："教训了学生几句而已。"

"以后别理他，"凌祈宴没好气地说道，"他若是再来这里，本王叫人拦着不让他进来。他若是召你去见他，你也别理，本王帮你顶着。"

温瀛没再多说这事，闻到凌祈宴身上的酒香掺杂着胭脂水粉的味道，问他："殿下又去看人排舞了吗？"

"本王乐意。"他就算成天在脂粉堆中打滚，都没人管得着他。

翌日，温瀛回了一趟国子监，被林司业叫回去帮他查缺补漏，最后提点他一番。

离秋闱还有几日，温瀛自己不怎么在意，国子监里这一众学官俱十分上心。

因他是国子监学生，可直接在京中考试，不必回乡去，以温瀛的才学，他只要考试时不出什么岔子，理当能考个好名次，解元亦大有可能。

林司业对他叮嘱了种种上了考场需要注意的事项，末了语重心长地劝他："待这回中了举，就离开毓王府吧，做权贵的门客终归于日后清誉有碍。"

温瀛与之道谢，但对离开毓王府之事并未松口。

从林司业那里出来，不巧碰上之前那位同舍潘佑安，温瀛与之没什么好说的，只当没看到。

两人擦身而过时，对方喊住他，阴阳怪气道："当真是士别三日当刮目相看，这才进了毓王府几个月，眼睛已经长到天上去了，好歹同舍一场，见了面竟连声招呼都不打。"

温瀛漠然地瞥他一眼，径直走了。

那潘佑安被他这样的眼神激得恼羞成怒，这个穷小子算什么东西？！连他也敢用那些权贵子弟看人的眼神看自己？！

这人对温瀛嫉妒不已，温瀛进毓王府这么久，并未如他所愿地被毓王殿下赶出门，自己却已被先前搭上的权贵踹了，这回乡试，他肯定是考不中了，温瀛却被国子监一众学官寄予厚望，凭什么？！

潘佑安大步追上去，扯住温瀛的衣袖："你跑什么？！我话还没说完！你这是什么态度？！"

温瀛用力一抬手，潘佑安被甩得往后踉跄一步，跌坐在地上，一抬头对上了温瀛居高临下地看向他的淡漠眼神："我与你素无恩怨，你妒恨也好，不忿也罢，都与我无关，别来烦我。"

"你！"

"到此为止。"

待温瀛走远了，潘佑安抬起被擦出血的手掌甩了甩，脸上尽是狰狞扭曲的恼恨和不甘之色。

自国子监出来，温瀛没有急着回王府，而是去了附近的街上买东西。

街边有间名气颇大的蜜饯铺子，打门边过时，想起那位毓王殿下似乎对甜食颇为偏爱，温瀛顿住脚步，走了进去。

他买了吃食出来，却见凌祈宴的马车就停在对面街边，像是特地在等他。

温瀛走过去，凌祈宴推开车窗，手支着脑袋倚在窗边笑眯着他："穷秀才，你骗本王说去书院，结果跑到街上买零嘴来了，是王府里亏了你这口吃的吗？"

温瀛上车去，打开他刚买来的油纸包的蜜饯，递到凌祈宴面前。

凌祈宴挑眉："给本王买的？"

"嗯，"温瀛声音淡淡地应了一声，细细打量着眼前的凌祈宴，他晌午又出去与人喝了酒，这会儿满脸红晕，像是又喝醉了，"殿下怎会在这里？"

"正要回府，路过这里，瞧见你这穷秀才在这里闲逛，就叫人停下车来。"

凌祈宴打了个哈欠。他确实醉了，这会儿也有些困了，想睡觉："你还没告诉本王呢，怎跑到这大街上溜达来了？"

"学生刚从国子监出来，来这里买些东西，考试时要用的。"

"什么东西需要特地出来买，府里不都有吗？没有的你不会叫人帮你跑腿？"

凌祈宴闻言不太高兴地教训起他来。温瀛进他毓王府已有不短一段时日，他在吃穿用度上从未短过这小子的，尽挑好东西给，还赐了不少珍宝，但好似都没怎么见这小子用过，连王府赐下的衣裳这小子都甚少穿，镇日里就穿着件国子监的校服在自己眼前晃悠。

他这是看不上毓王府的东西？

温瀛低声解释："学生自己备齐东西，心安一些，就不麻烦别的人帮忙跑腿了。"

凌祈宴懒得再说他，叫人停车："既然是来买东西的，东西还没买呢，急着回府做什么？走吧，本王跟你一块去瞧瞧。"

他俩一起下了车，走进街边铺中，先买文房四宝。凌祈宴见状更加不高兴，这种东西外头铺子里卖的哪有他府里的好？温瀛这个穷秀才竟不肯用他府上的东西。

"你有银子买这些吗？"

听到凌祈宴气呼呼的质问声，正挑选毛笔的温瀛抬起眼，向他解释："学生是廪生，有廪饩银，国子监也会按月给各地来的贡生发例银，学生都存着。"

"那能有几个银子？"凌祈宴不以为意道，"这笔看着就不怎么样。"

"能用就行，太名贵的笔学生用着反而不自在，能不能写出好文章，不在于笔有多好。"

凌祈宴哼道："就你道理多，你这人就是天生没有富贵命。"

"嗯。"温瀛随口应着他，继续去挑其他东西。

凌祈宴还是不高兴，背着手跟在温瀛身边四处转悠，这不好那不好地挑刺。温瀛嘴上敷衍着他，将东西都给买了。

凌祈宴气了个仰倒。

冥顽不灵的臭秀才！

后头温瀛又七七八八地买了许多物什，凌祈宴这才知道原来一场科举考试竟需要备这么多东西。

笔、墨、砚、镇纸、水注这些且不说，卷布、油布门帘、号顶、烛台蜡烛、小凳、搁脚板、枕头、面盆、衣竿、竹钉、锤子、水桶、炉子……什么五花八门的东西都有。

凌祈宴看得瞠目结舌："你这是去考试还是搬家过去？你那考篮里装得下这么多东西吗？"

温瀛淡定地说道："下场考试就是这样，殿下何必大惊小怪？"

凌祈宴深觉自己被这穷秀才嘲讽了，不想再理他，转身先上了车。

温瀛跟上去，坐进车里，凌祈宴没好气地踢了他一脚："你非要跟本王算这么清楚？一个面盆都不肯用本王府上的？"

温瀛平静地问："王府的东西都镶金嵌玉，殿下觉着学生带进考场合适吗？"

凌祈宴无言以对。

回到王府已快至中时，凌祈宴哈欠连天，倒进榻里就要睡去，挥了挥手："这里不需要你，你去念书吧。"

温瀛低声提醒他："殿下别睡太久了，要不夜里又睡不着了，傍晚学生再来向殿下请安。"

凌祈宴连眼皮都抬不起来了，半梦半醒间"嗯"了一声。

申时末，温瀛再过来时，凌祈宴已经醒了，正在喝茶吃点心，晌午时温瀛买的蜜饯已被他吃了一半。

见到温瀛，凌祈宴点了点下巴，示意他坐："明日你若是有空，跟着刘长史去贡院走一趟，让那里的官吏认认脸，考试那日好叫他们给你分个好的号舍，多多关照你些。"

温瀛没想到凌祈宴会说起这事，还特地派府上长史带自己去，赶忙向他谢恩。

科举考试凭的是真才实学，但考生身处考场上，总免不得有诸多外界因素干扰，能分个好的号舍尤为重要，若不事先打点，不幸抽到臭号，坐茅厕旁边考试，那滋味可想而知。

且三场考试九日的时间，考生若能得监考号军稍稍关照一二，帮着热饭、送茶水时周到些，日子会好过许多。

这当然不算作弊，有些权势钱财的考生都会提前打点好这些，更别提温瀛是毓王府的门客，凌祈宴将他当自己人，自然不会叫他在那贡院里吃亏受委屈。

　　不过凌祈宴向来没心没肺惯了，能替温瀛想到这些细枝末节的事情，其实十分难得。

　　吩咐了这件事，凌祈宴憋了一下午的那口气终于顺了。温瀛不想用他府上的好东西，不还是要他帮忙打点这些要紧事吗？啧，这小子就是别扭。

　　"不用太感动，本王举手之劳罢了。"

　　温瀛再次真心实意地谢恩。

第十一章

万寿节前一日，凌祈宴又出了门，被人请去饮宴。

那位西南小国的国君这些日子溜须拍马地奉承着凌祈宴，入了他的青眼，原本十分不起眼的一个小国使团，因着毓王殿下的青睐，在会同馆里一时风头无两。

当然最主要的还是他们带来的那一群貌若天仙、能歌善舞的美姬，过于出挑、出众，大抵没哪个男人见了会不喜欢，反正凌祈宴喜欢得很。

饮宴之上，那位胡子拉碴的国君喝高了，满脸涨得通红，大着舌头奉承凌祈宴："殿下，您看这些姑娘，献给陛下他老人家会喜欢吗？您自个儿有没有看中的？您若是看上了哪个，我就不将她往陛下面前送了，直接送到您府上去。"

这人没什么大本事，只是西南一个小地方的国君，依附着大成朝日子才能过得安生太平，这回亲自来这上京城，还带上这么多精挑细选出来的美姬，为的就是将人献给大成皇帝和上京城的这些权贵，好为自己的国家讨些好处。

凌祈宴一手支着脑袋，将酒倒进嘴里，视线自那些姑娘的脸上一一扫过。这些日子他日日来看她们排舞，对这人的目的自然一清二楚。

他抬起手，对长得最是美艳绝伦的那个领舞姑娘勾了勾手指。姑娘赤着脚走上前来，在他身前跪下为他斟酒，望向他的目光分外热切。

凌祈宴轻勾嘴角，笑问她："你想做陛下的妃子吗？"

姑娘直勾勾地看着他："奴愿伺候殿下。"

"当真？"

"奴喜欢殿下。"

凌祈宴哈哈大笑："伺候本王有何意思？要伺候你就该去伺候陛下，说不得陛下喜欢你了，还能封你为妃。"

姑娘咬住唇，眼神有了些动摇，看向凌祈宴时又有些不舍。

凌祈宴勾起她披散下来的一缕长发，在指尖上绕了绕："听话，跟着本王没前途的，人该往高处走。"

"奴笨拙，怕陛下不喜欢。"

"你长得美，舞跳得好，大成话也说得好，陛下不会不喜欢你。明日到陛下跟前献舞时，你也这么看着他，大胆一些，不要害羞，记着多笑一笑。陛下喜欢海棠花香，今日夜里你用那花泡个澡，将明日穿的衣裳也熏一遍，他一准喜欢。"

姑娘怔怔地听着，凌祈宴的眼神太温柔多情，与她说话时仿佛对情人呢喃絮语。他长得这般俊美，如谪仙一般，她是真的想跟了他。

凌祈宴又抚了抚她的脸："去吧。"

喝得醉醺醺的国君凑过来："殿下，您若是真喜欢她，那就将她留下，陛下那里送别人去也一样。"

凌祈宴笑着摇头，晃了晃手中的酒杯："你当陛下是什么人？陛下什么样的美人没见过？不是最美的那个，凭什么入陛下的眼？"

对方闻言有些担忧："那陛下真能看上她？"

"能，你叫她按着本王说的做就能，本王总不会骗你。"

凌祈宴轻笑着说罢，继续往嘴里倒酒。

别的人或许不知道，但他曾听太后与她宫里的老嬷嬷念叨，说他父皇年少时喜欢上镇北侯府嫡出的小娘子，非她不娶。据说那小娘子是当时的上京城第一美人，真正天姿国色、艳绝一时。那小娘子最喜欢海棠花，他父皇爱屋及乌，为了那小娘子，在自己的寝宫里种了一院子的海棠树。

那会儿他父皇选妃，最后在沈氏和那位小娘子中二选一，定下那小娘子的其实不是太后，是他父皇本人。可惜那小娘子命不好，在成婚前两个月，镇北侯府因战事获罪，满门男丁被斩尽，女眷尽数被充为官奴。他父皇那会儿在漠北领兵，得知消息赶回来时，镇北侯府已倒，那小娘子也不知所终。

再之后他父皇才娶了沈氏，沈氏像是知道这段往事，自他父皇登基她入主中宫，宫里再不许种海棠树，连海棠花式样的物件都不许出现在她眼前。

凌祈宴却偏要给她添堵。

太后说那位镇北侯府的小娘子直白、热情、爱笑，不像其他那些深宅大院出身的大家闺秀，个个规矩重，身上背着刻板教条，仿佛一个模子刻出来的。

他父皇既然喜欢这样的人，他就送个差不多的替代品给父皇，只要能让皇后不高兴，他就高兴了。

第二日辰时二刻，大清殿钟鼓声响，皇帝升御座，接受众王公勋贵、朝臣官员和外邦来使贺寿朝拜。

诸皇子打头阵，轮番送上寿礼。

皇太子凌祈寓送的万里江山图一出，果真让皇帝龙颜大悦，连说三声好，当下就命人去将其装裱起来，说要挂去御书房中。

皇太子圣心稳固自是大好之事，凌祈寓意气风发、笑容满面，仿佛已能看到若干年之后，坐在那个位置上接受众人三跪九叩的那个人将会是他，他所想要的一切终将会是他的。

凌祈宴就站在落后凌祈寓一步的地方，一直心不在焉，太子说了什么、皇帝又夸了太子什么，一句都未听进去，轮到他时，还是身后的三皇子小声提醒了他一句，他才如梦初醒，出列上前献上自己的寿礼。

皇帝见他这副心神不定的模样原本有些不悦，待看清楚他送的东西，脸上才重新有了笑意。

雕刻百寿字的米粒撒上了金粉，粘在玉盘中，排成一个大大的金色"寿"字。皇帝捏着放大镜细细看了一阵，看似平平无奇的东西实则另有独特之处，每一颗米粒上都刻着不同字体的"寿"字，在放大镜下清晰可见，十分精细，足见雕刻之人的心思。

凌祈宴脸不红心不跳地说道："这是儿臣花费数月时间，亲手雕刻制作而成的百寿图，愿父皇福寿绵长、安康永乐，大成朝时和岁丰、河清海晏。"

"好！"

皇帝十分开怀。他原以为凌祈宴这小子又会随便拿样什么东西来敷衍自己，对这个嫡长子压根不抱任何希望。没承想这小子这次竟这般有心，做这米雕这么精细的活儿，可不得花足了工夫，且寓意也好。不单是这一百个"寿"字，做皇帝的无不希望治下盛世太平、岁丰年稔，大米这看似最普通的东西，却又是最好的东西。

于是皇帝高兴之下，头一回当着满朝官员的面夸赞了凌祈宴。

凌祈宴心中略定，这一关总算过了，且他父皇破天荒地夸了他，这事却是托了温瀛的福……

凌祈寓侧目看他一眼，目光微沉，若有所思。

再后面，勋贵官员和外使都献了礼，至午时，众人移步集英殿吃寿宴。

席上笙歌鼎沸、酒酣耳热。

凌祈宴的位置就在凌祈寓身侧，他不想理这位皇太子，凌祈寓却主动凑过来与他说话："大哥，那米雕看着着实新鲜，你是怎么想到的点子？有心了。"

"比不上你，能找到江南的大儒为父皇画万里江山图，你更有心。"

凌祈宴随口说着不走心的场面话，倒了口酒进嘴里，并不看凌祈寓，只笑睐着场中一出出的燕乐表演。

凌祈寓有心再说些什么，见凌祈宴并无搭理自己的意思，捏着酒杯的手稍稍使力，没再开口。

舞姬们在乐声中翩然起舞。这些舞姬隶属于礼部教坊司，排的燕乐舞从来就那几支，鲜少有新花样。饶是如此，凌祈宴依旧看得津津有味。

到后头众藩使团轮番献舞，殿中气氛才愈加热闹起来，看惯了中规中矩的宫廷燕乐舞，不说这些王公朝臣，连皇帝自个儿都对这外邦献上的各具异域风情的助兴舞更感兴趣。

那西南小国的象舞排在靠前位置，象群载着十几位国色天香的美人甫一登场，大殿里就有阵阵倒吸气声响起，群臣一个个伸长脖子，眼巴巴地朝外头看着。

伴着激烈的鼓乐声，象背上的美人们妖妖娆娆地舞出最撩人的姿态，与象群的粗犷之力奇异地杂糅在一起，惊艳绝伦。

后半段，美人们自象背上妖娆而下，舞入殿中，衣袂翩跹、彩袖纷飞，有如娇艳的花骨朵，在金殿中绚烂绽放至极致，艳色芳香醉人。

领舞的那一个美人更有倾城之貌，乌发中斜插一朵怒放的海棠，巧笑倩兮、美目盼兮，眼波盈盈顾盼间，尽显妩媚绝色。

凌祈宴慢悠悠地又往嘴里倒酒，抬眼望向御座之上的皇帝，见他父皇手里捏着酒杯却久久未动，直愣愣地只盯着那一人，像是看痴了。

凌祈宴勾唇一笑，继续给自己斟酒。

傍晚，皇帝的寝宫兴庆宫再摆家宴。

皇帝今日十分高兴。他正值壮年，登基十六载，文治武功、民殷国富，已有盛世之景，在后世史书上必能留下美名。自古帝王，汲汲营营一生，所图不过如此。

太后也很高兴。她先前就听人说了，她的乖孙孙凌祈宴今日大大给她长了脸，于是在家宴上特地提起孩子们送的寿礼。皇帝又在她面前将凌祈宴与太子都夸了一顿，说他俩送的寿礼最有心。

太后眉开眼笑，提醒皇帝：“那你得多赏赐宴儿和寓儿些好东西。”

皇帝满口答应。

太后又问起凌祈宴怎么想到做那米雕的，学了多久，凌祈宴笑着回答：“是孙儿府上一个门客给孙儿提议的。孙儿上回跟祖母您说过的，那个冀州的小三元案首，他见多识广，知道的有趣东西多，米雕也是他手把手教孙儿做的。”

他这会儿故意当着众人的面，尤其是当着皇后的面吹捧温瀛，好叫她知道，她嘴里说的“不正经”，不过是她心胸狭隘的偏见。

沈氏的面色果真不太好看，凌祈宴没搭理她。

他知道的，沈氏心情不好。中午的国宴上，倾国倾城的外邦舞姬头戴海棠花在御前献舞，差点没勾走皇帝的魂，想必事情已在后宫传开，沈氏的心情能好才怪了。

凌祈宴不在意她怎么气恼，已经安排人照应那位舞姬。他估摸着最多几日，他父皇就会找机会将人收了，只要在那之前将人看住不让皇后下手，人入宫之后她再想下手就得问问皇帝答不答应了。

在给自己的母后添堵这事上，凌祈宴向来十分擅长且热衷。

听到凌祈宴提温瀛，皇帝起了兴致，顺嘴问道：“冀州来的小三元案首？朕有印象，先前国子监祭酒曾向朕提起过此子，说此子年纪轻轻已有状元之才，他怎成了你府上的门客？”

“说他是门客，其实不过是在儿臣府上借住，闲暇时陪儿臣玩玩马球、投壶罢了，过几日他就要下场参加今科秋闱，若是考得好，明年春就会参加会试，到时候儿臣想留他也留不住了。”

凌祈宴说得大方。他不学无术、游手好闲惯了，收个秀才在府上，皇帝还不至于怀疑他想提前结交日后的朝廷命官，倒是听到凌祈宴这般坦诚，反而有些欣慰。

近朱者赤，他虽对这个嫡长子没抱多大希望，也不想凌祈宴当真做个什么都不会的纨绔，于是点头道："那倒也好，你也该收收心，跟这样的学生亲近，好过成日里与人在外胡闹。"

凌祈宴做出一副虚心受教的模样。

一旁的凌祈寓低着头一言不发，眸色略沉。

沈氏冷淡地打断了他们的对话："不过是一个秀才罢了，能不能中举都两说，哪里就值得陛下看重？这是家宴，尽说外人做什么？吃东西吧。"

太后却对凌祈宴招了招手，将他叫到身边来："那米雕的百寿图，我都没看到，真好看吗？"

凌祈宴笑嘻嘻地对她撒娇："祖母喜欢，孙儿回去再给祖母雕，父皇有的祖母也有，孙儿可不是厚此薄彼之人。"

几句卖乖讨好之言，同时逗笑了太后和皇帝，唯有皇后沈氏下意识地捏紧了手中的帕子，强压下心中的怒意。

父皇有、祖母有，偏她没有，这个畜生，果真丁点都不将她这位母后放在眼中！

再一想到这些日子这小子都在管着藩务，那外邦来的妖女说不得也是他故意安排的，她更是恼恨不已。

不过不管她在想什么，凌祈宴都未放在心上。

万寿节后的第三日，皇帝一道圣旨将那日在万寿宴上大出风头的舞姬纳入后宫，封了婕妤。那位西南小国来的国君因此对凌祈宴感激不尽，更是铆足了劲地奉承他。

凌祈宴镇日在外玩得乐不思蜀，很快将府中那穷秀才抛到脑后。

这日申时末，凌祈宴自外头回来，换了身衣裳，坐下喝了半盏茶，又要出门去。

他还要去赴一场饮宴，邀请他的是那漠北刺列部的小王子姜戎。

那日姜戎来毓王府送礼，凌祈宴虽口头答应他的邀约，但送来毓王府的请帖太多，凌祈宴忙不过来，今次终于赏脸赴这位小王子的宴席。

出门时，碰上温瀛过来与他问安，凌祈宴没理人，抬脚就走。

温瀛上前一步，挡在凌祈宴面前。

凌祈宴眉头一皱道："你做什么？让开。"

温瀛递了一包蜜饯给他，见凌祈宴不接，小声劝道："殿下随身带着这个，酒喝多时好歹能解解酒。"

不等凌祈宴说什么，温瀛已拉起他的手将油纸包塞到他手里："殿下拿着吧，这是学生今日出门去买的，铺中刚做出来的。"

凌祈宴撇嘴。他什么好吃的东西没尝过？这蜜饯吃一次还有些意思，吃多了也就那样，他压根不稀罕。

温瀛送了东西后退一步，让开道，目送凌祈宴大步离开。

姜戎邀约的地方不是会同馆，也不是什么秦楼楚馆烟花之地，而是这京中一处十分雅致的私庄。

据说庄主人是这位小王子的一位好友，大方地将地方借给了他。

凌祈宴到时，姜戎已在门口等候，将他迎下车，抬手至胸前躬腰行了一礼，态度恭谦却不谄媚，十分得体。

"谢殿下赏脸赴宴，美酒美食已备齐，殿下这边请。"

凌祈宴笑着抬了抬下巴，示意他带路。

两人一路进去，姜戎熟门熟路地为凌祈宴介绍，这庄子虽远不及凌祈宴自己的山庄奢靡贵气，但内里江南园林的景致在这北方算得上新奇。凌祈宴四处看着，也有几分兴致。

"没承想你那好友竟还是江南人。"

凌祈宴随口一说，姜戎向他解释道："他祖籍江南，家中从商的，时常带商队去关外做买卖，与我刺列部亦有生意往来。"

"你交友倒是广阔，难怪大成话说得不错。"

凌祈宴没再多问，随着姜戎走到一处溪水边。这里已经铺了席案，姜戎请他入座。

凌祈宴见状有些意外，这些日子邀请他饮宴的人不在少数，这样只有单独两个人的，倒还是第一回。

他没有想太多，盘腿坐下。姜戎备的菜肴既有漠北特色的烤肉和酒，也有精致的江南菜，完全出乎凌祈宴的意料。

凌祈宴只尝了一口那酒就竖起大拇指，深觉这人很会讨自己欢心。

姜戎看着他，笑了笑："殿下喜欢就好。"

不过那酒还是太烈了，凌祈宴只喝了三两杯就已醉意上头。姜戎看他似是醉了，吩咐人去上解酒的果茶来，叫人多割了些烤肉给他，提醒他道："殿下多吃些菜吧，别光喝酒了。"

凌祈宴打了个酒嗝，一手撑着脑袋，随意地应了一声。

他身边的太监是个有眼色的，想了想，掏出那包蜜饯打开递到他面前："殿下，要不您吃一块这个甜甜嘴？"

凌祈宴睨了那太监一眼，对方缩了缩脖子，以为惹凌祈宴不快了，凌祈宴却没说他什么，拈了块蜜饯扔进嘴里嚼了两口。

蜜饯的甜味在嘴里蔓延开，烈酒带来的不适感好似当真消退了些，凌祈宴拈了第二块蜜饯扔进嘴里。

姜戎笑问他："殿下喜欢吃甜食？喜欢糖果吗？"

凌祈宴"嗯"了一声："尚可。"

"我刺列部做的一种羊奶糖也挺好吃，可惜这回来时没带上，殿下若是喜吃甜食，下回来京中，我再给您带。"

两人说说笑笑地吃着东西，酒过三巡，趁着凌祈宴兴致好，姜戎问起正事："殿下，再过几日我就得回去了，怕耽搁久了会生变数，我刺列部的事情不知几时能呈到御前？"

凌祈宴迷迷糊糊地问："刺列部的什么事？"

见他一副全然不知情之态，姜戎有些意外，踌躇道："殿下不知道吗？我父汗与兄长似与那巴林顿的汗王勾连，像是听了他的蛊惑起了反叛之意。我此回来京本就是为寻着机会将此事禀报给陛下的。"

凌祈宴顿时酒醒了一半："还有这事？怎没人跟本王提过？"

"殿下果真不知？"

他当然不知道！根本没人跟他提过！

他虽不学无术，对朝堂的事却并非一窍不通，更别提这些日子管着藩务，对漠北那边的情况自然也了解个大概。

巴林顿是大成朝西北边的一个大部，自大成开国起就与漠北其他部落一样，臣属于大成朝，但在十多年前，时任汗王寻机叛了大成，自立汗国，还吞并了周边几个小部落，野心膨胀后又继续往东发兵，攻打占领了地处通往大成朝要塞位置的刺列部。

那应当是凌祈宴出生前几年的事情，当时他父皇还是皇子，领兵出征漠北，击退了巴林顿的叛军，重新夺回刺列部。后头这十几年，是他五叔靖王常年驻守西北边境，才挡住了巴林顿对大成朝的觊觎。

但是现在，这位刺列部来的小王子告诉凌祈宴，刺列部的汗王被巴林顿人蛊惑，已起了反叛之意。

姜戎神色凝重地对凌祈宴解释："刚到京中时我就将事情告知了主客司，主客司的官员说已向您禀报过，是您的意思，不想坏了陛下过万寿节的兴致，要将事情压一压，待万寿节之后再向陛下禀报这事。"

凌祈宴顿时怒了："谁跟本王说过？没有任何人跟本王提过这事！"

他不甚清明的脑子转了一圈，立刻明白过来，这事十有八九与刘商这个主客司主官脱不了干系，该死的！

"罢了，这事本王知道了，明日本王就进宫去与陛下说。"凌祈宴又喝了口酒，压下心中怒气。事情既已这样，多说无益，明日他尽快将事情向父皇禀明就是。

姜戎大抵也明白过来，这位毓王殿下像是被人坑了，担忧地问他："可会连累殿下？"

"无事，也没耽搁几日。"

凌祈宴不甚在意，只觉得这个刘商脑子有坑，借他的名义故意拖延几日压着消息不报，他最多不过被父皇说两句，又能如何？

凌祈宴神色一顿，想起另一件事情，看面前这位小王子的眼神多了丝微妙情绪："你父汗与你兄长和巴林顿勾结，起了反叛之意，你呢？你千里迢迢地来京中告发他们？"

姜戎坦然道："我漠北人并无中原人子不告父、亲亲相隐那一套礼法，且父兄所犯之事等同谋逆叛朝，本也不能被包庇。"

"待陛下处置了你父兄，这刺列部的汗王之位就能落到你身上？"

"是。"姜戎大方承认，并不掩饰自己的野心。

凌祈宴大笑，将酒倒进嘴里："好，你是个有趣的人，本王欣赏你。"

他虽无大志，但向来欣赏有野心又有手段之人。

姜戎目光灼灼地望着他："能得殿下青眼，小子荣幸之至，日后只要殿下开口，能做到的

事情定竭尽所能地为殿下做到。"

戌时末，姜戎将凌祈宴送出庄子，两人一路说笑，已比先前来时熟稔许多。

翌日，因着宿醉，辰时过凌祈宴才起。

他原本打算一早就进宫去向皇帝禀报漠北之事，现在只能推迟到下午。

凌祈宴用着早膳，有些食不知味，江林小声告诉他，温瀛一早就过来向他请安，见他还没起，就又回去了。

他尚未用完早膳，宫里突然来了人，皇帝急召凌祈宴入宫。

江林十分有眼色地给来传话的宫中太监塞了锭银子，对方小声提醒凌祈宴："早上礼部刘侍郎向陛下禀报藩务事，赶巧内阁收到兵部送来的急报，漠北那边又出事了，像是与刺列部有关，陛下发了好大的火。殿下您一会儿到了陛下面前，可得小心应对。"

凌祈宴顿时语塞，昨日那姜戎小王子才与他说起这事，今日竟就出事了，怎这般凑巧？

不敢再耽搁，凌祈宴放下碗筷，换了身衣裳，命人备车入宫。

兴庆宫里跪了一地官员，皇帝正在发脾气骂人，太子也在。凌祈宴刚走进去，就被皇帝劈头盖脸地一顿骂，这才搞清楚到底发生了何事。

今早朝会之后那商特地留下，向皇帝禀报昨日姜戎说的他父兄勾结巴林顿，起意反叛之事，还说主客司一早收到消息，第一时间禀到毓王殿下那里，毓王殿下说要压一压，待万寿节之后会亲自与陛下说。如今万寿节已过，毓王殿下像是完全忘了这事，他怕再耽搁下去漠北那边会出岔子，这才将此事禀到御前。

偏他这边事情还没说完，内阁辅臣就带着兵部官员匆匆来了，说一早收到漠北那边的紧急军报，巴林顿又有了动静，数万兵马绕过刺列部，洗劫攻占了刺列部南边的三个小部落。

皇帝龙颜震怒。

这数年来，刺列部靠着大成的扶持逐渐壮大，正是兵马强盛时，若他们当真全力抵御巴林顿，巴林顿人绝无可能在这么短的时间内做下此事，很大可能是刺列部对他们的行径睁一只眼闭一只眼，才使其成事。

这些年大成一直在西北边境屯有重兵，由皇帝最信任的五皇弟靖王亲自领兵，才能保西北安定。巴林顿在西北这边撕不开攻往大成朝的口子，只能将目光投向漠北的其他部落。刺列部本是大成朝耗费心血喂养大的一条看家护院的狼狗，没承想会被他们反咬一口，刺列部汗王竟勾结与他们有世仇的巴林顿人，起了反叛大成朝之意。

那三个小部落虽不起眼，却离大成朝通往漠北的几处要塞关口很近，巴林顿攻占那几个部落，就是对大成朝赤裸裸的挑衅之举。

皇帝如何能不恼？尤其听到他的好儿子故意将这么重要的事情压下，不许人告诉他，哪怕是为了不坏他过万寿的兴致，他依旧火冒三丈、气怒不已。

于是凌祈宴就被骂了。他有嘴说不清，说他压根没听说过这事，反正皇帝是不信的，只觉着他在推卸责任。

如若他没有对自己的差事那般不上心，能多个心眼主动去过问各项事情，而不是等着下头官员几日来他府上禀报一回，叫那些个人大着胆子随意糊弄他，也不至于被人蒙骗。说到底，他确实有疏忽之处。

凌祈宴跪在地上，低着头任由皇帝骂，心思转得飞快。他不信事情这么凑巧，如果没有兵部这个急报，只是晚这么几天将刺列部的异动呈报御前，他父皇根本不会这么生气。刘商这么做，说不得是早就收到消息了。

这么想着，凌祈宴睨了立在一侧的凌祈寓一眼。

凌祈寓还是那副装出来的持重样，待皇帝发泄得差不多了，适时地插话："父皇，大哥只是去主客司这些个地方跟班学习，且他刚接触藩务不过一个月，这事出了岔子，也不能全怪他，您请息怒。"

被凌祈寓这么一劝，皇帝果真冷静了些，又瞪了凌祈宴一眼："成事不足败事有余！朕就不该对你抱有希望！"

皇帝发泄完，直接将凌祈宴撵了出去，后续事情的处置已经不需要他再听。

凌祈宴在兴庆宫外木然地站了片刻，仰头望向苍茫天际，轻闭起眼。

再睁开眼时，他又换上那一副纨绔的神态，大步走下石阶。

回府之后，凌祈宴没再出门。姜戎那派派了个人过来向他请罪，说他被皇帝传去宫里问话，这事拖累了殿下，等过后他会再亲自登门赔罪。

凌祈宴不甚在意地摆了摆手："回去跟他说，让他别来了，免得又惹人闲话。"

他对这摊子事情已彻底失了兴致，压根不想管了，爱怎样怎样吧，这差事一开始就不是他想干的，他果然还是适合做个闲王。

入夜，温瀛再次过来向凌祈宴问安。凌祈宴难得安静地在看书，虽然看的依旧是闲书。

温瀛进门，凌祈宴连眼皮都没抬，手中的书又翻过一页。

温瀛问道："殿下可是遇上什么烦心事了？"

凌祈宴终于抬眼："你觉着本王像是有烦心事？"

温瀛不出声地打量着他。

凌祈宴虽还是那副懒散模样，眉宇间却藏着挥之不去的烦闷之色，想来是在生闷气。

温瀛看了片刻继续问他："殿下今日被陛下召进宫了是吗？可是发生了什么事？学生是殿下的门客，愿意为殿下分忧。殿下说出来，或许学生能帮殿下出出主意。"

对上温瀛平静地望向自己的目光，凌祈宴心念一转，当真将事情与他说了一遍。温瀛听罢微蹙起眉："殿下觉着是太子让那刘侍郎这么做的？"

凌祈宴冷冷道："可能吧，那刘商跟沈家本就走得挺近的，因刘庆喜之事一直对本王耿耿于怀，自然愿意帮太子办事。至于漠北那边的境况，太子向来有心盯着，提早收到些消息也不无可能。"

从前刘庆喜跟着他玩，无非喜他这位毓王殿下出手大方而已，实则刘庆喜与沈兴曜那伙人一起玩的时候更多，要不也不会帮他们杀人。至于刘庆喜的老子刘商，更是与那位卫国公有颇多往来，这些还都是刘庆喜有几回喝多了，自个儿在话里话外透露出来的。

只要想一想这事，凌祈宴就大动肝火。

下人打了热水来，伺候凌祈宴梳洗。

温瀛劝他道："殿下息怒，没必要为了这些外事伤神动气。"

"那你就不要问！"

温瀛再次安抚他道："若是太子叫人做的，倒也不稀奇，不过太子既帮殿下讨了差事，又故意坑殿下，想来是反复无常之人。"

"那小畜生从小就这样，"一提到凌祈寓，凌祈宴更是没好气，"一会儿嬉皮笑脸地往本王跟前凑，讨好本王，一会儿又使阴招坑本王。"

凌祈宴总觉着，是自己之前没领凌祈寓那个狗东西的情，毫不犹豫地拆穿了他假模假样的做派，故意奚落他一顿，才惹得他恼羞成怒，又用这种不入流的手段阴自己，让父皇更不喜欢自己。

凌祈寓那狗东西何止反复无常，根本就是脑子有病，还病得不轻。

温瀛沉声问："殿下既然知道他是这种性格，将来他登了大位，必会变本加厉地折磨您，为何要让他如愿以偿？"

凌祈宴哼道："你不必蛊惑本王，本王懒，没兴致跟他争皇位，更没兴致做皇帝，但是他坑本王不让本王好过，本王也必不会让他好过，除非等他做了皇帝直接杀了本王，那还早得很，怕什么？"

他的原则向来是人不犯他，他不犯人；人若犯他，他必以牙还牙，管那人是谁。

"那殿下这回打算如何对付太子，出这口气？"

听出温瀛的声音里的冷意，凌祈宴睨了他一眼："你不是说帮本王分忧吗？你帮本王想。"

温瀛果真思量了一会儿，道："太子对漠北之事上心，无非有意染指兵权，这回漠北出了事，朝廷说不得要再次出兵。西北那边的兵马动不了，只能从京里另派人带兵过去，太子想必会想方设法地让陛下派他自己的人去，殿下只要让太子不能如愿，他必会十分不快。"

"如何能做到？"

"不用太麻烦，"温瀛提醒他，"陛下如今对那位新入宫的婕妤娘娘正宠爱，只要让她吹吹枕边风，与陛下随意说起他们那些藩属小国的子民是如何爱戴陛下和太子殿下，将他们奉为神明之类的，说得多了，陛下必会疑心在那些外邦人眼中，太子与他这个皇帝竟是同等地位，想必这种情形不是他乐见的。

"他自然会去想，大成朝的这些官员和百姓，又是如何看待他这位帝王和他的太子的？想得多了，他免不得要对太子心存芥蒂。

"太子若在这时有什么动作，甚至想要染指兵权，陛下定会更加不舒坦，自不会让他如愿。"

凌祈宴转了转眼珠子，踢了温瀛一脚："没想到你这穷秀才还知道算计这些，这主意倒是不错。"

"能为殿下分忧就好。"温瀛淡淡地说道。

丑时末，温瀛搭乘毓王府的马车，出现在贡院外。这里早已人头攒动，考生三三两两地聚在一块，不时小声说着话，更多的人沉默不言，怀揣着紧张和希冀，等待贡院打开大门。

温瀛下车，从小厮手中接过考篮，又确认了一遍自己的考票，立在车边心神放空地闭目养神。

寅时，贡院大门洞开，有皂隶出来开始唱名。

考生挨个上前接受盘检。

轮到温瀛，他从容地走上去递上自己的考票。皂隶对着考票上所记载的特征打量他的面相片刻，又叫他解开衣衫，看了胸前的血痣，再检查一番鞋袜和头发，最后略翻了翻他的考篮，将号舍牌递过去，放他进去了。

有毓王殿下提前打点，果真没有人为难他，号舍也安排在最好的位置，温瀛坐在其中，抬头就能看到院中迎风摆动的秋桂，这无疑是个好兆头。

不过温瀛没兴致欣赏这个，进去号舍搁了东西，先贴了号顶，再挂上油布做帘子，挡住外头秋日的寒气，这才坐下取出点心，就着问监考号军要来的热水吃了几口。

辰时，考官巡场过后，监考号军开始分发考卷。刚开封的考卷墨迹尚未全干，温瀛拿到手，没有急着去看考题。他闭起双目，心神有些恍惚。

他必须考出一个好名次，要往上爬，要站到足够高的地方。

温瀛再睁开眼时，目光已重归平静，心绪沉淀下来，揭开了考卷。

凌祈宴一觉醒来，没见每日一大清早准时来请安的温瀛出现，想了想，才记起那穷秀才今日要考试。

一个人心不在焉地用着早膳，凌祈宴觉着十分无聊。

他似已有好些日子没这么清闲过了。

待凌祈宴用完早膳，江林将刚收到的几张请帖拿来给他看，俱是会同馆那边送来的。那些外邦使团大多还没走，这些日子一直变着法子地邀约凌祈宴，每日都有新鲜花样。

凌祈宴兴致缺缺，经过昨日的事情，已经没兴趣再出去与这些人瞎混，随意地摆了摆手："本王乏了，都推了吧。"

江林应下。

下午，凌祈宴正在院中听曲晒太阳，门房上的人来禀报，说那位刺列部的小王子姜戎前来求见。

凌祈宴让他进来了，姜戎请安过后接着为昨日的事情请罪。

虽凌祈宴特地说了不需要他再纠结这事，这人还是亲自过来一趟，再次向凌祈宴赔罪。

凌祈宴不甚在意地打断了他的话："罢了，这事是本王自己不小心，你也不过是被人利用了，与你无关。"

"谢殿下宽宏。"

说了几句话，凌祈宴顺嘴问他："陛下昨日召你进宫，都问你什么了？"

姜戎细细说了，皇帝问的自然是他父兄与巴林顿人勾结之事。他将自个儿知道的事都告诉了皇帝，皇帝的意思，应当会先下诏给他父汗问罪，若是他父汗肯认罪，且派兵马去援救那几个被巴林顿占据的小部落，还有转圜余地，否则一旦大成朝出兵，这事就不能善了了。

至于姜戎自己则一再向皇帝表忠心，说会去信劝谏他父兄，若是他们依旧执迷不悟，他愿随大成兵马出征，亲自去征讨他父兄和巴林顿人。

凌祈宴闻言敲了敲手指，暗想着他父皇果然并不十分愿意出兵。倒也是，自从几位老将军以老乞休后，大成朝能打仗的大将除了五叔靖王，就没几个拿得出手的了。靖王坐镇西北边境，若是再分心思往东去刺列部，长途跋涉且不说，只怕西北那边会被巴林顿人趁机钻空子。

不过凌祈寓应当很希望朝廷直接出兵，如温瀛所说，他想趁机安插自己的人进军中，染指兵权。

他想得倒美。

他们父皇当年就是靠着手中的兵权赢了其他兄弟，顺利登上帝位，因而对这事更加敏感。凌祈寓已经做了太子犹不满足，野心还这般大，只怕略略挑拨一番，父皇当真要对他生出芥蒂。

这么想着，凌祈宴不免觉得那穷秀才确实给自己出了个不错的主意。凌祈宴虽无心大位，但十分乐见凌祈寓倒霉。

见凌祈宴说着话忽然开始走神，姜戎目光一顿，轻轻喊他："殿下。"

凌祈宴回神，又问道："如此你不是还得在京中多留段时日？"

"是，陛下让我留下来，得看朝廷的诏令送出去，我父汗那边是什么反应再做决定。"

姜戎没有明说，但凌祈宴听得明白，他父皇有留这人做人质的意思。不过既然这人特地来告发他父兄，且他父兄又选他在京中时反叛朝廷，想必彼此都不会顾念所谓的父子兄弟之情。

"殿下，这段时日还能否邀您饮宴？"

凌祈宴一本正经地说道："本王要修身养性，不然又要惹陛下不快，这段时日就暂时不出门了，本王这府上，你也尽量少来吧，要不被人看到你与本王走得近，陛下怕是会不好想。"

姜戎点头，略一犹豫，又道："殿下，有朝一日若我当真能拿到汗位，定会唯殿下马首是瞻。"

凌祈宴皱眉："你唯本王马首是瞻做什么？本王一不是皇帝二不是太子，你这话在本王府上说说就算了，出去了可别与人乱说，不然话传出去，你和本王都得倒霉。"

姜戎闻言略微不解"殿下，您是皇嫡长子，按着大成朝的祖制礼法，您才该是东宫储君……"

"打住，"凌祈宴受不了地打断他的话，怎么又来个想要蛊惑他争位的，"这事与你无关，管住你自己的嘴，不该问的别问，不该说的更别说。"

见凌祈宴的神色里多了俨然之意，姜戎心知自己说错了话，不敢再提，改口道："无论如何，日后只要殿下有用得着我的地方，尽管开口，我都愿为殿下效犬马之劳。"

凌祈宴随口应下，总觉着这人的态度有些怪异，不过看着并无恶意，便懒得多想了，留人喝了一盏茶，命人将之送出府。

两日后，温瀛考完第一场，被人接回府，沐浴更衣过后米正院向凌祈宴请安。凌祈宴刚用完晚膳，正在喝茶消食。

温瀛进门来，先见了礼。

凌祈宴的目光落在他的脸上转了一圈。

这穷秀才在考场里待了三日，依旧淡定从容，虽面有疲色，精神却不见委顿，全然不似别的那些个考生，从考场里出来后一副半死不活之态。

凌祈宴随口问起温瀛："考得好吗？"

"尚可。"

看他这模样，凌祈宴就知道必是考得不错了。乡试一共三场，最重要的就是这第一场，这场若是考好了，后头两场只要能顺利写完，名次就差不了。

凌祈宴心不在焉地想着，这穷秀才应当很快就不是秀才了。

他又随意问了问考场上的事情，温瀛一一答了，凌祈宴摆了摆手："你去歇了吧，后头还有两场呢，养足精力，明日又得进考场了。"

温瀛告退出去了。

转日温瀛又入了考场，凌祈宴实在闷得慌，将修身养性的话丢到脑后，叫了张渊那伙人来府上陪自己玩儿。

自刘庆喜出事后，这伙纨绔安分了一段时日，但到底是坐不住的，毓王府一发帖子，当下就都高高兴兴地来了。

纨绔们在府中饮酒作乐，好不快活。凌祈宴憋闷了这么一段时日，终于舒坦了。

又过了三日，温瀛考完第二场回来，又来向凌祈宴请安。

凌祈宴看到他神色间略有疲惫之色，满眼奚落道："你不是很能耐吗？怎么才考两场就累成这样了？”

温瀛没多解释。他确实有些累了，连着数个昼夜窝在那狭窄的号舍里，夜里根本睡不好，就算是铁打的人也会生出倦意。

好在还剩最后一场考试了。

“累了就滚去睡吧，别戳在这里碍本王的眼。”凌祈宴开口撵人。

凉夜露白，秋霜寒浅，案上烛台只余一点残灯。

温瀛早已歇了笔，一手枕在脑后，腿上盖着凌祈宴叫人用银狐皮给他做的毛褥子，安静地靠着舍壁。

周遭不时有各种声音响起，最后一夜，有人酣然入梦，有人号啕痛哭，亦有人癫狂大笑，状若疯癫。

唯温瀛的心绪前所未有地平静，恍若隔离在那些声音之外，神思放空。

申时末，凌祈宴自宫中出来。前两日中秋他进宫吃了家宴，在宁寿宫宿了两宿，今日才得太后放出宫。

坐在车中闭目养神时，想起今日已是秋闱最后一场的最后一日，那穷秀才该回来了，凌祈宴不由得心念一动。

可怜的穷秀才，连中秋都是在考场上过的。

“停车。”凌祈宴的声音自车内传出，略一顿，他又吩咐道，“去贡院。”

酉时三刻，钟鼓声响后，贡院大门终于被打开。

考生陆续出来，大多数的人已疲惫不堪，有浑浑噩噩如游魂一般被人搀扶着走的，更有出了贡院就直接瘫倒在地，不省人事的。

毓王府的马车停在对面街边，凌祈宴靠着车窗，漫不经心地瞧着众生百态，直到那道颀长挺拔的身影走出贡院大门。

温瀛依旧是人群中最出众的那一个，面上虽有疲色，却始终神态从容、步伐稳健，不露半分怯懦之态。

凌祈宴一手支着头，嘴角噙着笑地看着他慢慢走近。

温瀛走至车边，抬眸望向车中模样慵懒、眼眸含笑地盯着他的凌祈宴：“学生给殿下请安。”

凌祈宴笑问他：“穷秀才，考得好吗？”

“托了殿下的福。”

“能中解元吗？”

“当如殿下所愿。”

凌祈宴就喜欢他这样的自信，满意地勾了勾手指：“上车吧。”

温瀛坐进车里，凌祈宴看着他消瘦了些的脸，啧啧有声道：“真可怜，才这么几日就瘦了一圈，这些日子是不是既没吃好，也没睡好？回去本王让人给你好好补补。”

温瀛低声向他谢恩。

回到王府，凌祈宴留人一起用了晚膳，其间温瀛问道："殿下今日刚从宫里出来吗？这几日都在宫里？"

"嗯，去宫里吃那劳什子的中秋家宴，无聊得很。"凌祈宴听他提起这个，顺口抱怨道。他其实压根不愿进宫去，每回去了总有人看他不顺眼，没劲透了。

如今他被撸了差事，又成了闲人一个，连太后都不好为他多说什么，他倒乐得清静了。

就只是凌祈寓那个狗东西，偏要找他的不痛快，前两日家宴上又要笑不笑地与他套近乎，被他甩了脸子。后头那畜生像是喝高了，话里话外阴森森地提醒他，他如今爹不疼娘不爱，祖母她老人家年岁大了护不了他几年，他迟早得在自己这位皇太子面前低下头颅。凌祈宴听罢冷笑一声，直接将杯中酒水浇到对方面上去。

不巧这一幕被皇后瞧见，沈氏勃然大怒，指责他不知尊卑。他骂凌祈寓不敬兄长，凌祈寓那狗东西抹去脸上的酒水，立马又换了副面孔，为他辩解是喝多了闹着玩的。凌祈宴并不领他的情，全然一副嗤之以鼻之态，连皇帝见状都动了怒，最后是太后打圆场，压着他们没闹腾起来。

为此他事后还被太后说了一顿，太后自是为了他好，劝他多少还是让着凌祈寓一些，那位毕竟是太子，可凌祈宴忍不了，也不想忍。

温瀛见凌祈宴一副气呼呼的表情，猜到他又在宫里受了气，安抚他道："殿下不必想那些不高兴的事情，他们不喜欢您，是他们的损失。"

凌祈宴闻言睨他一眼，这话听着倒是新鲜："是吗？"

"是。"

凌祈宴顿时乐了："这话本王爱听，穷秀才，你越来越会说漂亮话了。"

他说完闭起眼，安静一阵，嗤道："穷秀才你说错了，本王压根不稀罕他们，他们喜不喜欢本王，都与本王无关。"

"嗯。"

温瀛没再多言。他知道凌祈宴这样性子的人，并不需要过多的安慰。

翌日清早，温瀛照例来正院这边请安。

凌祈宴刚起，用罢早膳，正懒洋洋地倚在榻里喝茶，见到人进来，睨了他一眼："你考完了，还要念书吗？还要回去国子监？"

"放榜前都不去了，等成绩出来了再说。"

凌祈宴闻言转了转眼珠子："那你陪本王去庄子上玩，过半个月再回来。"

温瀛点头："好。"

说要去庄子上，凌祈宴当下命人备车，这就出门了，赶在晌午之前到了地方。

这回他没准温瀛带那些书本来，安排他住的院子换到了自己那处院子旁边。

之后温瀛就陪着凌祈宴下棋、品茗、听曲。

月底时，山庄里来了个不速之客，是惜华郡主，同来的还有六皇子凌祈宁。

其实是惜华这丫头想来，怕被人说闲话，拐带了六皇子一块来。

难得午后阳光好，凌祈宴正躺在庭院中晒太阳。

惜华他们进门来，凌祈宴眼皮子都没抬，只懒洋洋地打了个哈欠。

凌祈宁大步跑上前，笑嘻嘻地趴凌祈宴身旁与他打招呼："大哥！"

凌祈宴用一根指头拨开他："你离本王远点，咋咋呼呼的有没有规矩？"

凌祈宁半点不在意他大哥言语间的嫌弃，还满脸高兴。

说来稀奇，这小子跟凌祈寓和凌祈宴都是一母同胞的亲兄弟，凌祈宴与凌祈寓那狗东西天生不对盘，这个小六却对他亲近得很，哪怕凌祈宴并不十分喜欢他这六弟，这小子每回见了他却都笑嘻嘻地愿意跟他玩。

倒是惜华那丫头，今日一脸不高兴。

凌祈宴见状顺嘴问她："你来做什么？怎么把这个小兔崽子也带来了？皇后知道吗？"

凌祈宁插嘴："母后不知道，以为我去姑母府上玩，还有，我不是小兔崽子，大哥不要骂人。"

凌祈宴懒得理他，打发他去一边玩儿，再问起惜华："说吧，今日来做什么？"

小郡主闷闷不乐地道："我的婚事定下来了，是敬国公府的长孙，我不喜欢他。"

"挺好啊，公府嫡长孙，不算委屈了你。"

"我说了我不喜欢他。"小郡主气道。

凌祈宴漫不经心地又问："那你喜欢谁？"

惜华郡主下意识地往温瀛身上瞟，那穷书生却压根不看她。

凌祈宴注意到她飘忽的眼神，嗤了一声："看什么看？姑娘家家的，矜持着点。"

惜华郡主没好气地道："你就不能可怜可怜我吗？"

凌祈宴好笑地说道："可怜你什么？这么好的婚事别人求都求不来，你有什么好可怜的？即便你当真不乐意，来跟本王说有什么用？本王也不能帮你推了婚事。"

"你就是故意幸灾乐祸！"

"噢。"凌祈宴心说：他就是啊，这臭丫头分明身在福中不知福，有什么好值得同情的？

小郡主气结。

凌祈宁跑回来，拖着凌祈宴的手："大哥陪我玩投壶。"

"不想玩，"凌祈宴一身懒骨头，压根不想动，抽回手，冲温瀛努了努嘴，"叫这穷秀才陪你玩，他玩这个厉害。"

凌祈宁闻言好奇地看向温瀛。

温瀛沉默地起身走去一旁，拿过箭做示范给凌祈宁看。

箭矢稳稳当当地入壶，凌祈宁瞪圆了眼睛，高声叫好。

不再管那边两个，凌祈宴瞧见惜华这丫头已快泫然欲泣，受不了地提醒她："行了你，还哭上了，不就是不想嫁人？早晚是要嫁的，听说敬国公府那小子还不错，你想那么多干吗？"

"你又不是我，当然无所谓，反正你日后娶了王妃不满意了，还可以纳十个八个的妾。"

凌祈宴不想再跟她说，这事压根说不通。

小郡主哭闹一阵，又泄了气，哼道："我好似听到外祖母和母亲说，想把敬国公的长孙女

077

指给你，以后我还成你嫂子了。"

凌祈宴眉头一皱，还有这事？

"我与那小娘子一起玩儿过，她闺名叫玉兰，年十五岁，长得挺好看的，性情也挺好，便宜你了。"小郡主酸溜溜地说。

凌祈宴在外虽有克妻的名声，但毕竟是皇嫡长子，且最得太后宠爱，要娶妻自然得娶高门贵女。敬国公府世代功勋，在朝中根基深厚，太后将这家的小娘子指给凌祈宴，或许也是为着日后太子登基，给凌祈宴留一张保命符。

凌祈宴暗暗想着，太后没跟他说过这事啊？……算了，反正他娶谁都一样，太后满意就行。

那边凌祈宁欢呼一声，温瀛投中了双耳。

惜华郡主望向他们，看了一阵，忽地对凌祈宴道："说起来，大表哥你府上这个门客，与小宁儿长得还挺像，要是不说，他俩站一块看着倒更像是亲兄弟，你不觉得吗？"

凌祈宴抬眼看去，温瀛弯腰站在凌祈宁身后，握着他的一只手帮他调整姿势，正指点他投壶技巧，两张凑近的脸看着确实有那么几分像，尤其是眉眼那块。

当然，温瀛长得好看多了，凌祈宁那小崽子，毛都还没长齐呢。

凌祈宴撇嘴："你眼瞎了吧。"

"你才眼瞎了。"

凌祈宴盯着那两个人看了一阵，凌祈宁像是十分高兴，对着温瀛已满眼崇拜，叫凌祈宴看了啧啧称奇。这小崽子还真好骗，难怪跟谁都处得来。

倒是温瀛那个棺材脸，对小孩子竟然还挺有耐心的？

第十四章

九月初，乡试放榜。

一大清早天未亮，毓王府的家丁就去了贡院门口候着，温瀛自己却不甚在意，并不打算前去看榜。

辰时末，凌祈宴和温瀛刚坐下用早膳，外头就有人喜气洋洋地进来报："中了！中了！殿下，温郎君高中解元了！"

凌祈宴闻言笑逐颜开："果真是解元？"

"确定是！报喜的官差一会儿就来了！"

凌祈宴拊掌："善！"

大喜之下，他当即下令，命人开毓王府大门，准备好爆竹，等报喜的人一来就点上，再大手一挥，阖府上下人人有赏。

毓王府的门客中了解元，他这位毓王殿下脸上大大有光！

下头的人闻言满面惊喜之色，这就领命去办事了。凌祈宴笑看向温瀛这位正主，这小子面色依旧平淡，仿佛早知如此，说是自信到狂妄都不为过。

"穷秀才，"话一出口凌祈宴又笑吟吟地改了口，"啊不对，从今日起你就不是穷秀才了，本王该叫你什么好？"

温瀛不在意道："随便，殿下爱怎么叫便怎么叫吧。"

"你有字吗？"

"尚未取字。"

"本王给你取，叫什么好呢？……"凌祈宴想了想又算了，自己胸无点墨，还是不献丑了，"你好好考，若是明年春日能中会元，殿试上只要不出什么岔子，状元必是你的，到时候父皇肯定会亲自为你取字。"

温瀛才十七不到，若是明年会试再中了会元，就是连中五元，状元大抵跑不掉了，毕竟连中六元的前例，大成朝开国至今还从未有过，他父皇想必十分乐见在本朝出现，到那时必会重用温瀛，取字而已算不得什么。说不得日后温瀛及冠，他父皇还会亲自为他加冠。

这么想着，凌祈宴不由得又有些酸，到那时他这尊小庙可就当真留不住这穷秀才……现在该是新出炉的上京解元了。

像是听出他话中的意思，温瀛主动道："只要殿下还需要学生，学生便是殿下的人。"

凌祈宴故意逗他："日后你登科及第，入了朝堂，如何做本王的人？"

"只要殿下开口，学生能做到的事都会为殿下做到。"温瀛语气诚挚，这并非一句随意的客套，而是他确确实实的承诺。

凌祈宴的心情瞬间又好了："行了，你努力吧，若真能高中状元，本王也跟着长脸了，自是好事一桩。"

"学生自当尽力而为。"

温瀛这么说着，神色依旧平静从容，连喜悦都没见有多少。

凌祈宴啧了啧，心道这人中了解元还这么淡定如常，果真与众不同，这么大喜的事情，竟也没见他笑一下……

辰时二刻，报喜的官差到毓王府，震天响的爆竹声中，街上无数人拥来围观，毓王府开府数年头一回这么风光。

温瀛出去应酬，江林按着凌祈宴的吩咐给那些官差打点了赏赐，叫那些人更加恭敬客气，对温瀛的赞美之词不绝于口。

足足热闹了大半个时辰，才将那些官差送走，温瀛回到凌祈宴处，与他说一会儿要去国子监，向一众学官报喜。

凌祈宴闻言有些不高兴："下午再去，本王叫人备了酒菜给你庆祝。"

温瀛没有推拒，向他谢恩。

凌祈宴送了一套上好的文房四宝给他："本王送别的东西给你，你这清高的解元郎也不稀罕，就送你一套你们读书人喜欢的文房四宝吧，吴州产的顶好的东西，你肯定喜欢。下次会试你再能高中，本王再送你些别的。"

温瀛再次向他谢恩。

见他还是那副淡然表情，凌祈宴没劲地摆了摆手："你中了解元，本王好似比你还高兴些，你这人脸上连点喜色都看不到。"

温瀛没接话，也不想解释，一个解元而已，还不够，远远不够。

中午那顿膳食果真十分丰盛，尽是好酒好菜，说是给温瀛庆祝，凌祈宴自己却喝高了，拉着温瀛絮絮叨叨地说了一堆有的没的，后头被温瀛扶回房中，沉沉睡去。

温瀛出府去了一趟国子监。

国子监里的一众学官都万分高兴，温瀛果然不负众望，第一回参加乡试就中解元，在他这个年纪来说，实属不易。

林司业是最高兴的那个，用力拍了几下温瀛的肩膀，再一次对他提起从毓王府搬出来之事，温瀛依旧没肯应。

"老师，毓王殿下于学生有恩，需要学生，学生若是弃他于不顾，便是忘恩负义了。"

只在这一件事情上，他怎么都不肯松口，林司业长叹一声道："那位毓王殿下迟早会害了你啊。"

温瀛沉声道："学生愿意信他。"

凌祈宴一觉醒来已过了申时，江林进来禀报，说那位刺列部的姜戎小王子前来求见。

凌祈宴打着哈欠坐起身。他都快忘记这么个人了，因着巴林顿的异动，姜戎已在京中待了许久，之前半个月他和温瀛在庄子上住，都快将这事抛去脑后了。

"让他进来。"

姜戎进门时，凌祈宴正懒洋洋地倚在榻中喝茶，叫人给姜戎赐座，上茶点。

姜戎先向凌祈宴道了喜，毓王府中的门客中解元之事已在上京城传遍，他自然也有耳闻。

他今日来却是向凌祈宴告别的，明日他就要离京回去了。

凌祈宴闻言有些意外："明日就走？先前的事情如何了？朝廷下的问罪书，你父汗那边是什么反应？"

姜戎摇了摇头，对他解释："他们没有当回事，还将送诏令去的朝廷使臣给押下了，陛下大怒，已决意出兵，我奉旨先一步启程回去，替陛下当面对父汗他们问罪。陛下的意思是勒令父汗他们将朝廷使臣放回，若是他们犹不知悔改，便再不会姑息他们了。"

皇帝即便出兵，也得先将姿态做足了，而一旦大成朝出兵，这事必不能善了了。

在外大半个月，凌祈宴当真不知这些事情，闻言心思转了转，问他："那陛下派去的领兵之人是谁？"

"是敬国公世子林肃将军。"

敬国公世子？那不是惜华的未来公爹？这人还可能是他的老丈人来着。

敬国公府自国朝之初拥立开国皇帝登基称帝，其后拥有百年荣光，屹立不倒，是朝中根基最深的世家之一。当年他父皇即位，敬国公也出了大力气，世子林肃还掌着京南大营的兵马，林家一家子都深得他父皇信任和器重，他父皇选择派林家人去倒是不稀奇。

凌祈宴更觉稀奇的是，太后当真想将林家女指给自己，他父皇能答应吗？他父皇真答应了，满朝文武还不知得怎么想。

毕竟他身份这般尴尬，想借他的身份搞事的也大有人在，他是当真不想蹚这浑水……回头还是去与太后好好说说吧，够麻烦的。

将飘远了的思绪拉回来，凌祈宴又问："是陛下直接提的让林将军去？"

姜戎回他道："听闻起先内阁和兵部提了几个人选，陛下都不满意，后头还找着由头发落了内阁一顿，又将兵部左侍郎给外放去了地方上。有风声传出，说是太子殿下在其中插了手，惹了陛下不快，陛下这才杀鸡儆猴，实则是为警告敲打太子殿下。"

那位婕妤娘娘的枕边风果真奏效了，凌祈宴幸灾乐祸一阵，睨了姜戎一眼："你一个漠北人，对朝廷之事倒是比本王都消息灵通些。"

姜戎面不改色地说道："我刺列部人也是大成朝子民，且事关刺列部，我才上心了些而已。"

"行了，不必与本王说这些空话，"凌祈宴挥手打断他的话，"你自个儿心中有数就行，如今这样，本王也不好再为你送行了，你且去吧，日后你若再有机会来京中，本王再邀你饮宴。"

姜戎望向他，犹豫之后，卸下腰间佩带的一柄短刀递到他面前："此刀锋利，送与殿下，可做防身之用。"

凌祈宴顺手接过刀，这刀的刀柄和鞘上都镶嵌着红宝石，精致非常，刀刃出鞘，寒光逼人，确实是一把好刀。

"这东西好，本王喜欢，多谢。"凌祈宴毫不客气，高高兴兴地收了。

姜戎轻勾起嘴角："殿下客气。"

他最后向凌祈宴行了一礼，郑重地说道："待我日后再来京中，或是殿下有机会去漠北，必再与殿下畅饮一番。"

凌祈宴笑着应下："好，一言为定。"

温瀛傍晚才回，凌祈宴正在玩姜戎送的那柄短刀，像是十分喜欢。

温瀛目光微微一顿，凌祈宴笑道："解元郎，给你看个好东西，这刀你觉得如何？"

温瀛淡淡地问："这是哪里来的？"

"那刺列部的小王子送给本王的，"凌祈宴随口说道，"本王就喜欢他这样识抬举之人。"

"殿下喜欢这个？"

凌祈宴哼道："又不是你送的，你管本王喜不喜欢？你也送不起这么好的刀。"

他要这刀玩玩倒是可以，其实没大用处，倒是温瀛这小子，想到之前温瀛被沈兴曜那伙人劫走的经历，凌祈宴又将刀递给温瀛，大方地道："送你了。"

温瀛看着他确认道："送学生？"

"嗯，你虽学了些拳脚功夫，但双拳难敌四手，这个给你防身吧，本王拿着也没用，本王对你好吧？"凌祈宴笑嘻嘻地说道。

温瀛原本想拒绝，话到嘴边转了一圈又咽了回去，向凌祈宴谢恩："多谢殿下。"

"行了，这有什么谢不谢的，不过一把刀罢了。"

第十五章

放榜翌日，温瀛被邀参加鹿鸣宴。

他是解元，又是毓王府的门客，自是众人瞩目的焦点，甫一出现，就有无数双眼睛落到他身上。

被人引领着前去拜谒内外帘官时，温瀛面色始终从容，虽有傲气，但因长得过于出众，并无人与他计较，倒都觉得他拥有这般样貌才学，又小小年纪，傲一些是应当的。

几位主考官最后才到，传报声一起，众举子的目光便一齐投向大门口方向，自觉按着名次上前，与考官见礼，口称"座师"。

今次的乡试正主考官是翰林院学士，此人与林司业是同科又是好友，早就听他提过温瀛的名字，因而这回见到了人，免不得与温瀛多说了几句，问了问温瀛家中的情况，再鼓励了一番。

也有看不上温瀛的人，其中一位副主考官在温瀛与之见礼时，面色便十分冷淡，只可有可无地"嗯"了一声，并未与他多交谈。

这位副主考官也是翰林院院官，十分清高的一个人，大抵看不上温瀛投身毓王府的行径，更别提凌祈宴的名声还不太好。

温瀛不以为意，向来不在意别人如何看他。

与这位副主考官有同样想法的人不在少数，酒酣时甚至有人直言问出，他为何会做毓王府上的门客。

问话的是个高门世家子，同是国子监的学生。温瀛平静地看对方一眼，说道："殿下是个好人，不嫌弃我出身低微，愿以诚、以礼相待，我自然要报答殿下。"

那世家子似笑非笑道："倒也是，温兄这般样貌才学的，难怪能得毓王殿下看重。"

这人的名次虽不及温瀛，但也名列前茅，在一众勋贵世家子中算得上是有出息的，因而十分倨傲，对温瀛怀有显而易见的蔑视敌意，言语间夹着讥诮奚落之意。

温瀛的面色更淡了："殿下有爱才之心，器重学生，愿做学生的伯乐，学生感激不尽。"

他的神情过于坦然，反倒叫那挑衅的世家子觉着没趣，还多了些气度被比下去的恼怒，但当着众考官的面，到底按捺着没再说什么了。

凌祈宴今日则进宫了一趟，是太后特地叫他去的。他猜到大概是为了他的婚事。果不其然，他刚坐下吃了些茶点，太后便直接提起这事，将那位林氏小娘子的画像递给他看，笑问道："好看吗？祖母帮你瞧过了，这丫头长得好，水灵水灵的，性子也好，落落大方，不娇气也不会过于拘着，是个有趣的人儿。"

凌祈宴嘴里咬着茶点，随意地看了一眼，画中的小娘子确实十分貌美，挺合他的眼缘，不过……

"祖母，这小娘子是敬国公府的，那样门第的，我娶了她，不是叫人看了扎眼吗？我可不想被推到风口浪尖上。"

最被扎眼的怕就是那位皇太子殿下，半年前皇帝就已亲自帮凌祈寓定下了太子妃人选，是内阁次辅的孙女，才十三岁，只等再过两年，那小娘子满了十五就完婚。

但现在太后要将百年簪缨世家的嫡女嫁给自己，这叫凌祈寓怎么想？

太后不以为意道："什么门第？门第再高又如何？那她也比不上你，你是皇嫡长子，天下头一份尊贵的。"

"那父皇也不会答应啊……"

"我已与你父皇透过口风了，他没意见。"

假的吧？

太后用手指戳了戳凌祈宴的脑门，教育他："你道你父皇为何不将这林家女指给你二弟，而是选了那位张阁老的孙女？林家那样的世家在朝中势力太大了，你父皇虽器重他们，必得用他们，又不得不防着，自然不会再让他们家的女儿做太子妃。那张阁老是寒门出身，一步步走到了如今这位置上，你父皇是要借此拉拢天下寒门，平衡朝堂势力。"

凌祈宴小声嘟哝："那为何又要让我娶林家女？"

太后叹道："从前我总想着给你选一门不那么起眼的亲事，就能让你安生太平，先前那两位，要么是没落侯府的女儿，要么是家中父亲只领了虚衔的官家女，可也不知是你运气不好，还是她们运气不好，最后竟都没成，那两个小娘子人没了，还拖累你有了克妻的名声。

"所以这回我才干脆想着，给你选门顶好的亲事。惜华原本就不错，你若是娶了她，将来寓儿怎么都得给你们姑母面子，对你手下留情，可惜你跟那丫头处不来，你姑母自个儿也不乐意。"

"这回定的那林家女身份确实惹眼些，但惹眼也有惹眼的好。我知道你不喜欢掺和这些事情，只想过清闲日子，等再过个几年，祖母老了不能动了，就跟你父皇说，提前让你去封地上吧，离得远了，不再碍着别人的眼，也没人惦记着你了，兴许寓儿日后总能放你一马。你娶了林家女，他就算想发落你，也得多掂量着些。

"你父皇他未必就不是这么想的，你毕竟也是他的儿子，当年他立寓儿做太子时就答应过我，无论如何都会保全你，哪怕他觉着你不争气，总还是会想办法保你将来无虞。

"至于那些外臣，你更不需要在意他们嘀咕什么，敬国公府能百年不倒，必是拎得清的，不会因为你娶了一个他们家的女儿就生出那些不该有的心思。"

太后絮絮叨叨地说了半日，凌祈宴听得不得劲，心里十分不是滋味，埋首在太后的双膝上，闷声道："祖母疼我，将来祖母当真跟我一块去封地好了。"

太后抬手抚了抚他的后背："这种傻话，祖母气你父皇的时候可以说，你可不能说，不然叫你父皇听了更要恼你了。"

凌祈宴轻哼了哼，恼就恼呗，他父皇恼他的时候还少吗？

没意思再说这些，凌祈宴坐直身，顺口与太后提起自己府上那门客中解元之事。太后闻言颇为高兴："那小子才十六岁，就中解元了？"

"可不？"凌祈宴十分得意，说起这事时眉飞色舞，仿佛中解元的那个是他自己，"要是他能在会试拔得头筹，那就是连中五元，大成朝头一个，到时候父皇怎么都会把状元给他。"

"会元哪有那么容易？"太后却不怎么看好，好笑地提醒他，"人外有人，那些南边来的举子厉害得很，近几科的会元都被他们拿下了，你那门客才十六岁，真能有这个本事？"

凌祈宴道："祖母且看着就是了，孙儿信他有这个本事。"

"好好好，"太后笑道，"你相信他，祖母相信你就是。"

在宁寿宫消磨了一整日，傍晚时凌祈宴才告退离开，刚走出门，不凑巧碰上来请安的凌祈寓。

凌祈宴不想搭理他，抬脚就走，被凌祈寓拦住。

凌祈寓的声音里透着寒意："听人说，祖母打算把林氏女许给大哥？"

"你听说得还真多，"凌祈宴一脸漠然，"与你有关吗？"

凌祈寓冷冷地看着他，幽幽地开口："那孤提前向大哥道喜了。"

凌祈宴懒得再与之浪费口舌，径直走了。

他与温瀛前后脚回府，温瀛刚从鹿鸣宴回来，酒喝得有些多，不过他向来是不会醉的，只那张冷峻的脸上神情绷得更紧，目光更亮，叫凌祈宴瞧着分外有趣。

"解元郎，去鹿鸣宴喝了多少酒啊？怎么连话都说不出来了？"

"殿下关心学生，学生无碍。"

"鹿鸣宴好玩吗？"

"没什么意思。"

凌祈宴在这时随口说道："本王今日进宫去，太后说要给本王指婚了，月底前懿旨应当就会发下。"

温瀛问道："是吗？是哪家的小娘子？"

凌祈宴打了个哈欠："敬国公府，听说过吗？惜华那丫头的夫婿也是那家的。"

"殿下高兴吗？"

"没什么高兴不高兴的，反正早晚要成亲，祖母给本王挑的想必是好的，"凌祈宴说着又

笑了，"听说那小娘子长得不错，性子也挺好，别跟惜华那样咋咋呼呼的，吵得本王头疼就成。"

温瀛没再接话。

又过了几日，华英长公主生辰，公主府大摆宴席。这位长公主喜欢热闹，将京中各府的女眷和小辈都邀了去，凌祈宴自然也得去给姑母捧场。

温瀛依旧一大早来正院请安，到正院时，碰上凌祈宴正上车准备出门。

"殿下要出门吗？"请安过后，温瀛低声问他。

"嗯。"凌祈宴随意应了一声，"今日也要去书院？"

"今日旬假。"

凌祈宴的心思转了一圈，淡淡地说道："上车吧，本王去姑母府上贺寿，你随本王一起去。"

到了长公主府前停了车，两人下车后正碰上凌祈宁那小子，跟着其他几个皇子一起从宫里出来。

见到凌祈宴，凌祈宁蹦蹦跳跳地跑过来打招呼，再看到温瀛，更是眉开眼笑，主动与他说话："我听人说了，你中了解元，你好厉害！"

温瀛神色淡然："六殿下谬赞。"

"不是谬赞，我知道的，解元很难中的。"

"走吧，别站在这里说废话了。"

凌祈宴不耐烦地打断他们的对话，抬脚先走上石阶，凌祈宁赶忙跟上去，温瀛落后他们一步，跟在后面。

进府之后，凌祈宴领着凌祈宁先去长公主那里请安。

花厅里俱是雍容华贵的各府夫人，正在陪着长公主说笑。

凌祈宴送上寿礼，又对长公主说了几句讨喜的话，听到凌祈宴说他把府上那才中了解元的门客一并带来了，当下有夫人笑着开口，要他将那小郎君叫进来也给她们瞧一瞧。

才十六岁又貌若潘安的新科解元，这些贵妇人都好奇得很。

凌祈宴便让人出去将在外头等候的温瀛叫来。

温瀛进门，从容得体地向长公主问了安，长公主是见过温瀛的，且还知道自己的女儿对这小子起过心思，如今近了瞧，果真长得一等一地好，也难怪惜华那丫头对这人念念不忘。

其他那些夫人更是眼睛一亮，只瞧这解元郎的气度、样貌，当真万里挑一，是有才识、有出息的英俊少年郎，上了年纪的妇人没有不喜欢的。

她们不少人家里有适龄的女儿，若是这小子明年当真能高中，倒是个合适的招婿对象，唯一不好的，就是他与这位毓王走得太近了。

凌祈宴并不知道这些夫人弯弯绕绕的心思，又说了几句话，带着凌祈宁和温瀛退下了。

他们去了后头的园子里，各府的小辈都在这里玩儿。

凌祈宁去与人玩投壶。前回他得了温瀛指点，回去后苦练，技巧长进了许多，连着赢了几把，十分得意。

不过他毕竟年岁小，比他玩得好的依旧大有人在，闻到一阵喝彩声，原本坐在一旁喝茶的凌祈宴望过去，有人投中了倚竿，是那位敬国公长孙，惜华的未来夫婿。

惜华也在，那人投完手里最后一支箭，看向惜华，惜华脸一红，听到身旁女伴的揶揄笑声，瞪了对方一眼。

凌祈宁跑回来，伸手拖温瀛："温大哥你帮我去投！你肯定比他们都厉害！"

凌祈宴差点把嘴里的茶喷了。凌祈宁这个臭小子叫温瀛叫得这么亲热，也不怕传到父皇耳朵里气死他老人家。

他低咳一声，将凌祈宁叫到身边来，捏他的脸："你这小子怎么没点眼色，没见人是想在你惜华表姐面前表现吗？你就非要去争个输赢？"

凌祈宁拍开他的手，哼哼道："我不管，他想表现给惜华表姐看，凭什么就要别人让着他？温大哥就是比他厉害，我知道的。"

凌祈宴其实也无所谓，对温瀛抬了抬下巴："你去吧，给本王和六殿下长长脸。"

温瀛领命而去，不多时，那头的喝彩声更响，温瀛与那位林家子弟较量起来，计分交替上升，一时间难分伯仲。

凌祈宴起身走过去，饶有兴致地看着，围观的人越来越多，直到皇太子凌祈寓出现，身后还跟着沈兴曜那伙人。

凌祈寓打断了众人的见礼，示意投壶的两人继续。

最后一箭，温瀛又一次投出了倒中。

众人静了一瞬，随即大声叫好，那林家子弟干脆认输，十分洒脱。

沈兴曜嗤了一声："这不是那个穷秀才吗？啊，不对，现在是解元郎了，怎的今日也混进长公主府来了？这是你能来的地方吗？"

凌祈宴嘴角的笑意尚未收敛，听到这煞风景的言论，他冷眼瞅过去，讥诮道："表兄不要狗眼看人低，三十年河东、三十年河西，以后怎样可说不准。"

敢当面骂沈兴曜是狗的，凌祈宴绝对是头一个。

沈兴曜狠狠瞪向他，眼里尽是怨毒之色。前回他被凌祈宴踹得吐血，这口气至今没出，如今又被这般当众奚落。

沈兴曜想回嘴，凌祈寓先笑吟吟地说道："大哥这位门客果真厉害，不但马球打得好，投壶也玩得好，还是大哥有眼光。"

说是这么说，他却压根没有正眼瞧过温瀛，那副高高在上的傲慢姿态完全不加掩饰。

凌祈宴觉着没意思，不想搭理他，喊了温瀛走，打算去别处玩。

待凌祈宴转过身，凌祈寓眼瞳一缩，脸上的笑意瞬间消失殆尽。

沈兴曜骂骂咧咧，不敢直接骂凌祈宴，污秽言辞俱冲着温瀛去，指桑骂槐。

旁人纷纷装作没听到各自散了，凌祈寓神色更冷，那两个人却已走远了。

温瀛跟在凌祈宴身后，沿湖随意往前走着。

湖畔有一群小娘子在放风筝，落下来的风筝不巧掉落在凌祈宴脚边，凌祈宴顺手拾起，有小丫鬟过来向他道谢，将风筝拿回去，交给了不远处一个身着鹅黄色衣裙、十分娇俏的少女。

那女郎朝着凌祈宴这边望过来，又很快慌乱地移开眼，转身跑了，跑了几步没忍住回头又望了他一眼，这才跑远。

凌祈宴挑眉，江林很有眼色地提醒他："殿下，那位就是太后娘娘要指给您的未来王妃。"

凌祈宴闻言有些稀奇，回想着刚才那小娘子的模样，长得确实好看，含羞带怯的也有趣，他睨了江林一眼："你怎知道的？"

江林笑着解释："先头进来之后，奴婢就帮殿下打听了。"

"你倒是乖觉。"

第十六章

九月下，国子监放授衣假，为期一个月。

温瀛又开始每日闷在院中念书，凌祈宴不召他，他也不去烦凌祈宴，两个人已有大半个月未再见过。

凌祈宴镇日里无聊得很，又叫了张渊那伙人来府中开饮宴，吃喝玩乐。

这回这帮纨绔也带了人来，都是国子监的学生，乡试之后国子监里新进了一批各地来的举监、贡监，总有那么些人想走捷径，主动凑上来向他们卖好，这些纨绔向来来者不拒。

张渊凑到凌祈宴身边，向他介绍，这回他们带了七八个人来，当中还有两个举人，其中一位更是吴州今科秋闱的亚元。

"吴州来的亚元？果真？"

凌祈宴闻言来了兴致，吴州是科举大州，前科和前前科的殿试状元都出自吴州，能在吴州乡试中拿到亚元者必是将来会元、状元的热门人选。

"自然是真的，这还能诓殿下不成？"

张渊将人叫上来指给凌祈宴看："殿下，就是他了，这人名叫夏之行，年十七岁，吴州琼县人氏。"

被点名的那个人上前一步，恭恭敬敬地向凌祈宴行揖礼。凌祈宴晃着手中的酒杯，漫不经心地打量着面前之人："你是吴州的亚元？如此高才不出意外明年会试必能高中，康庄大道就在眼前，怎也学着人想走捷径？你来本王的毓王府，想得到什么？"

那人抬眼望向凌祈宴道："学生想投靠毓王殿下，学生听闻这上京府的解元就是殿下府上的门客。"

凌祈宴再次问道："果真想跟本王？"

对方目光炯然："愿为殿下鞍前马后！"

凌祈宴没有当下表态，依旧盯着他，片刻后神色忽然冷了些，倒了口酒进嘴里，懒洋洋地道："夏之行是吗？说实话吧，你到底打的什么主意？本王不信你一个吴州来的亚元会甘愿投靠本王。"

夏之行握了握拳，对他道："学生不想再过穷苦日子，想要依附着殿下图得富贵安稳。"

像是没想到他会这般坦荡，凌祈宴又看向张渊。张渊点了点头，这小子确实就是一心图荣华富贵。

凌祈宴闻言觉得有些好笑，提醒那人："你跟了本王，哪怕能求到一时的富贵安稳，只怕日后仕途不会太顺畅。"

"学生不这么想，若是靠学生自己，哪怕能中一甲，或是二甲前列考取庶吉士入了翰林院，苦熬资历也得熬个十数年，若是运气不好外放去地方上做个知县，更不知何时能出头。跟了殿下，殿下若愿意帮衬学生，学生的日子会好过许多，也能有更多机会。"

这人大约不信凌祈宴在朝中是毫无根基的，想要靠着这位毓王殿下在最短时间内往上爬。他的心思倒也不难猜，先依附着凌祈宴，日后若有机会，他照样能攀上别的高枝，也必定会攀别的高枝，绝不可能在毓王府这一棵树上吊死。

这样的人并不少见，不择手段、汲汲营营，什么都能出卖，只要最后能达目的就行。

凌祈宴听明白了，懒得再多说。

他毓王府门大开，有人愿意投效，又合他的眼缘，他为何不要？

于是凌祈宴道："你过来，帮本王倒酒。"

入夜，喝得酩酊大醉的一干人告辞回去，那夏之行则被凌祈宴留了下来。

凌祈宴没急着回房，依旧坐在原处，继续让夏之行给他倒酒。

这人看着文文弱弱的，酒量却十分不错，陪着凌祈宴没少喝酒，脸上还无甚醉意，淡定如常。

凌祈宴却早已上头，歪着身子，一手支着脑袋，似笑非笑地瞅着他："你也住在国子监里？"

"没有，学生在书院附近租了个小院子，夜里念书安静些。"

"家里当真穷苦？"

夏之行点了点头："学生家里是农户，家中兄弟姐妹众多，时常揭不开锅，更别提供学生念书。小时候学生只能偷摸着去学堂外扒着窗户偷听，后头看学生天资不错，学堂的老师才允许学生进门去。所幸学生功课好，下场考试一直名列前茅，靠着乡邻资助才能一直念到现在。"

又是个穷书生，凌祈宴心道，行吧，谁叫他毓王殿下菩萨心肠、悲天悯人？

"明日回去收拾了东西来本王府上住吧，本王叫人给你收拾个单独的院子出来。"

夏之行闻言面露喜色，连忙对他谢恩："多谢殿下！"

凌祈宴被他的恭顺之态取悦，还想再说些什么，外边忽然传来脚步声。他迷迷糊糊地抬眼望去，就见温瀛走了进来，沉着的脸上看不清楚表情，目光掠过他身侧之人，定定看向他。

大半月不见，这人一来又是这副冷脸，凌祈宴十分不快，皱眉道："你来做什么？本王没叫你来，谁准你擅自过来的？"

"殿下在做什么？又要收人进府中吗？"温瀛沉声问。

"本王在喝酒，你是看不见吗？"凌祈宴不耐烦地挥了挥手，"不关你的事，滚下去，这里不需要你。"

温瀛没动，面色更沉。

凌祈宴见之越发不悦："你聋了？本王叫你滚下去，别戳在这里碍本王的眼！"

一旁的夏之行又倒了杯酒递到凌祈宴手边，温声劝他："殿下不必动怒，今朝有酒今朝醉，何必因为不必要的人和事糟心？"

凌祈宴的神色缓和了些，看着他笑道："还是你知趣。"

他拿起酒杯就要往嘴边送，被温瀛顺走，当着他的面狠狠砸了。

杯子砸在地上四分五裂，凌祈宴瞬间沉了脸："你做什么？！"

"殿下醉了，不能再喝了。"温瀛语气强硬道，半步不让。

凌祈宴被激怒了，一巴掌重重拍到酒案上，震得那些碗碟酒杯哗啦作响，倾倒一片，再滚落到地上。

夏之行将手边一个倒了的酒壶扶起，低声劝道："殿下息怒。"

凌祈宴怒瞪着温瀛："滚下去！"

温瀛不为所动，冷声再次提醒他："殿下醉了，该回屋歇下了。"

"滚！"

温瀛沉声道："殿下除了一个滚字，还会说什么？"

凌祈宴勃然大怒："来人！"

江林几人弓着身子进来，脑袋几乎要低到地上去："殿……殿下……"

凌祈宴瞪着温瀛，咬着牙狠声下令："将这人给本王拖下去！"

几个持剑的王府护卫进门来将人架住。

温瀛依旧死死盯着他，凌祈宴冷笑："你是当真不怕死吗？"

温瀛的神色中没有丝毫惧意："殿下要学生死，学生不敢不死。"

"那你就去死吧，拖下去！"

见凌祈宴像是要动真格的，江林赶忙出声劝他："殿下息怒，这人毕竟是今科解元，无数人盯着的，若是死在毓王府中，免不得惹人非议，悠悠之口难堵，说不得陛下都会亲自过问，您三思啊！"

其他下人纷纷附和："殿下息怒，殿下三思！"

凌祈宴闭了闭眼，理智终于被拉回些许，狠狠瞪着到了这会儿看似依旧毫无悔意的温瀛。这人压根不怕死，甚至吃定了自己不会当真要他死。

凌祈宴忽然就觉得厌烦，厌烦了温瀛这个人，更厌烦了他的以下犯上。

他是堂堂毓王殿下，没有谁敢这样对他。

他确实不会当真要温瀛死，哪怕在气头上，最多不过是打对方一顿板子，可越是这样，他心里那口气就越是难消。

僵持半晌，凌祈宴深吸一口气，示意那些护卫退下，回视温瀛，平静又漠然道："你也退

091

下去吧，今日之事到此为止，本王乏了，要歇下了。"

　　温瀛看着面前的凌祈宴，眼里的光一点一点黯下去，心里有一个声音告诉他，他这个人在这位高高在上的毓王殿下眼中，从此再不值一文。

　　沉默许久，温瀛低下头，告退出去。

　　屋子里终于安静下来，江林这才小心翼翼地凑上前："殿……殿下，奴婢等伺候您安寝。"

　　凌祈宴疲惫地"嗯"了一声。

　　伺候着凌祈宴梳洗更衣后，江林小声提醒他那位夏举人还在外头候着，问他要如何安置。

　　凌祈宴没劲地吩咐："给他安排个院子住下吧，没事别来烦着本王。"

　　江林应下。

　　将人都挥退熄了灯后，凌祈宴倒进床里，瞪着眼睛望了床顶的房梁片刻，翻过身沉沉睡去。

第十七章

翌日一大清早，凌祈宴被召进宫。

太后今日在宫里办赏菊宴，邀请了各府的年轻女眷，再特地派人来将凌祈宴叫去，就为了让他瞧一眼自己的未来王妃。

被宁寿宫的大太监引领着过去，听罢对方说的话后，凌祈宴笑道："祖母有心了。"

尚未走近，他便闻得阵阵娇笑声。太后正被十数小娘子簇拥着，在园中品茗赏花。

太监通传之后，凌祈宴目不斜视地走上前向太后请安。

太后笑着对他招手："宴儿，过来。"

凌祈宴走去太后身边坐下，祖孙俩说了几句话，他的视线不经意地掠过众女，小娘子们俱用团扇遮了半边脸，又似对他好奇得很，纷纷偷偷打量他。

坐于左侧首位的那人便是那林家女林玉兰，在凌祈宴的目光扫过去时，那小娘子羞涩地垂下了眼，即便用团扇遮着，也能瞧见她微红了的耳根。

凌祈宴轻勾了勾嘴角。

指婚的懿旨还未下，但太后已与敬国公府打过招呼，敬国公府未必愿意这门亲事，不过太后定下的亲事，皇帝也默认了，他们只得接受。倒是这位林家小娘子像是对凌祈宴十分有好感，想必是乐意嫁给他的。

凌祈宴却无所谓，对他来说，娶谁都一样，如果合得来，那再好不过，合不来那就各过各的就是。

太后并不知道他们那日已在公主府里见过，今日办这场赏菊宴为的就是让他们互相看一看，如今瞧见两人这反应，心知有戏，顿时眉开眼笑，越发高兴。

在场的都是女眷，凌祈宴不好久待，又与太后闲聊了几句，正打算寻个借口离开，凌祈寓却突然来了。

他是不请自来，进来后先看了凌祈宴一眼，目光落到一旁的林玉兰身上，微微一顿，眼中有转瞬即逝的阴沉之色，很快又收敛无踪，没叫任何人察觉。

凌祈寓上前一步，给太后请安。

凌祈宴看到他就烦，起身直接告退了。

没等他走远，凌祈寓那厮竟跟了出来，将他叫住："大哥，说几句吧。"

凌祈宴不想理他，凌祈寓直接道："那位敬国公府的小娘子，大哥喜欢否？"

凌祈宴皱紧眉，此刻凌祈寓看他的眼神如那吐着芯子的毒蛇，阴沉森寒，叫他分外不适，回答凌祈寓的是一句冷冰冰的话："与你无关。"

凌祈宴彻底没了搭理他的兴致，冷漠地转身离开。

他回到王府还没到晌午，刚更衣完，江林过来禀报，说那位夏举人一早就来请安，听闻殿下进宫去了就回去了，这会儿听说殿下回来了，又过来求见，人就在外头候着。

凌祈宴眉头一蹙，这才想起这夏举人——夏之行，是他昨晚喝醉后新收入府中的人。

于是他随口吩咐道："让他进来。"

夏之行进门来，规规矩矩地行了礼，再向他谢恩。

凌祈宴坐在榻上喝着茶，看了他两眼，问："可已收拾东西搬过来了？"

"托殿下的福，一大早就已收拾妥当，殿下让人给学生安排的院子很好，学生跟着殿下果真享福了。"

这夏之行满嘴谄媚之言，凌祈宴啧了啧，眼珠子转了一圈，又问："国子监放授衣假之前的院考，你考了第几？"

国子监每个月都有院考，温瀛回回都是第一，这夏之行才入国子监不久，应当是第一回参加院考，凌祈宴自然有些好奇他的成绩到底如何。

夏之行脸上的笑僵了一瞬，随后他汗颜道："学生无能，只得了第二。"

"第二也不错了。"

他果真还是比不上那个棺材脸吗？

这么想着，凌祈宴挥了挥手，让夏之行退下。

心不在焉地喝完手里那杯茶，凌祈宴起身出门去了温瀛住的院子。温瀛入他府上这么久，他还是第一回来这里。

温瀛正在房中温书，窗户开着，凌祈宴站在院中就能看到他线条凌厉的侧脸。

凌祈宴没让人提醒他，在原地站了片刻，这才抬了抬下巴吩咐人："去叫他出来。"

温瀛出门来，向凌祈宴见礼。

凌祈宴冷眼瞧着他，忽然想起从前这人说的，说不定没等他入仕，自己就将他赶出门了。

从一开始他就不该纵容这个小子忤逆他，这人永远学不会别人奉承讨好自己那一套，新鲜劲过去后，这样的温瀛让凌祈宴觉得厌烦透了。

"本王这毓王府庙小，留不住你这位新科解元，你还是离开本王这里，另觅高枝吧。"

凌祈宴冷淡地下令，没有丝毫商量的余地，已决意将这人扫地出门。

温瀛不出声地看着他。

凌祈宴以为他没听明白，干脆说得更直白些："你去收拾东西，今日就从本王这里搬出去吧，也好给别人腾出位置。本王不是小气之人，你跟过本王，本王从前赏赐你的那些东西你尽可拿走，这院子里的所有东西，你看得上的，也都可以带走。"

偌大一个毓王府，别说收两个门客，即便收两百个都安排得下，凌祈宴这就是故意要赶他离开。

长久沉默后，喉咙上下滚了滚，温瀛哑声道："学生明白了。"

他只说了这一句，就转身回去屋中收拾包袱。

凌祈宴见他如此干脆，不由得皱眉，总觉得那口气还是没消。

温瀛的东西不多，除了两套换洗的衣裳，余的都是书本。

凌祈宴送的那些东西，无论是吃的、穿的、用的，温瀛都没再看一眼。

他唯一拿走的一样东西，是自得到起就压在箱底的那把漠北短刀。他需要防身之物。

临走之时，温瀛从怀里摸出那枚翡翠扳指，眼中最后一点温度退去，将之搁到书桌上，转身出了门。

凌祈宴已在外头等得不耐烦，见到他只收拾了两个小包袱出来，顿时沉了脸："本王送你的东西呢？"

"太贵重了，学生这样身份的用不起那些好东西。"

凌祈宴冷噱，都要被赶走了，他还是这副假清高的模样，也不知做给谁看。

"既然看不上这毓王府的东西，那你滚吧，只当本王瞎了眼，白养了你这么久。"

温瀛弯腰，最后向他深深一揖："这段时日多谢殿下厚爱。"

"滚！"

温瀛站直身，淡漠地移开眼，肩背挺得笔直，一步一步地走出了门。

到了最后他也还是这副态度，凌祈宴心头恨意难消，一脚踹在身侧的树干上。

他大步走进屋中，就见里边一尘不染，仿佛从未有人住过。凌祈宴的目光扫过四周，他从前赐给温瀛的东西，一样一样都摆在显眼处，他看着越发气闷。

江林小声问他："殿下，这些东西要如何处理？"

"全部扔……算了，都送去那位夏举人那里吧，就说是本王赏给他的。"

江林应下。

温瀛搬回了国子监，林司业没有多问他，只拍了拍他的肩膀，叮嘱他好生念书，将心思放回正道。

他如今已是举人，住的屋子比从前时要好上许多，不用再挤大通铺，四人一间，同屋的俱是各地来的举监。

那潘佑安也在。

此人最近很是春风得意，原以为中举无望，没承想撞了大运，竟叫他堪堪中了乡试最后一名，也有了举人的身份，在一众例监中堪称翘楚。哪怕这辈子都考不上进士，他从此也能被人称呼一声举人老爷，靠着家里的银子还能捐个官身，因而十分自满。

这种自满一直持续到温瀛搬回来，不巧瀛搬又与他成了同舍。

若说这国子监里谁是让潘佑安最不痛快之人，必是温瀛无疑。在温瀛这个解元郎面前，他这个最后一名实在不值一提，哪怕并没有人将他们相提并论，他仍不能不嫉恨。

温瀛背着包袱进门，除了坐着不动的潘佑安，余的两位舍友纷纷上前来与他打招呼。

温瀛点了点头，没有多说，放了东西开始铺床。

潘佑安斜着眼睛瞧他，阴阳怪气地哂笑道："哟，解元郎不是在毓王府上住得好好的吗？怎的突然又搬回书院里来了？别是被赶出来了吧？"

温瀛压根不搭理他，默不作声地将床铺了，拿出书本来。

这人都被毓王扫地出门了，还端着这副自以为是的清高样子，也不知是给谁看，潘佑安十分不忿，冷笑道："大家好歹同窗一场，谁也没比谁高贵，你虽是解元，会试之后如何还不好说，你当着我等的面摆什么谱呢？还以为你是毓王府上的门客呢？"

另外两个人闻言有些尴尬，他们刚入国子监不久，并不清楚温瀛与这潘佑安之间的龃龉，也不想掺和，纷纷拿了书避去了外头。

没了旁人，潘佑安说的讥讽的话语越发尖锐："怎么？没脸听人说了？真以为你在毓王殿下心里有多少分量呢？如今还不是被毓王殿下逐出了王府？我早就说了，你迟早要做那赵熙第二，也不知道前头都在得意些什么，狗眼看人低。"

温瀛冷漠地抬眼，沉声提醒他："这里虽只有你我二人，这般议论毓王殿下的私隐，难免不会隔墙有耳。你以为你有几条舌头，够毓王殿下割的？"

那潘佑安闻言心下一抖，下意识地朝门窗的方向看了看，连个人影都没瞧见，回过神顿时又恼羞成怒，觉着自己被耍了，狠狠瞪向温瀛。

虽然温瀛这话也没说错，毓王殿下连卫国公世子都敢踹，他这种小人物，敢随意议论毓王殿下的私事，真传进那位的耳朵里，只怕有没有命活都难说。

饶是如此，潘佑安却越发心有不忿。他知道温瀛根本不是好意提醒，不过是故意看他的笑话罢了。

温瀛再没理他，无论他再说什么，都只当作耳边风，坐在书案前心无旁骛地看书。

潘佑安言语一阵，见温瀛不给反应，气得摔门而去。

屋子里彻底安静下来，温瀛将手中的书本翻过一页，没了那些吵嚷声，心思反而散漫起来，不经意地一抬眼，就见窗外凉风正卷着枯黄落叶飘然落下，一派萧条之景。

怔怔看了半晌，温瀛闭了闭眼，平静如死水一般的心绪已不再起一丝波澜。

潘佑安骂骂咧咧地出了国子监。还在放假期间，他待不住，想去外头找乐子。

若非家里人执意要他明年继续考，他早回乡了。他一富商之子，从小也是锦衣玉食长大的，在这京城达官贵人遍地的地方，却只能装孙子地对人摇尾乞怜，如何能不憋屈？

前头他倒是投了一位伯府公子的眼缘，满以为即便在仕途上帮不上忙，日后家中生意有了伯府做靠山，自能做得更大，说不得还能混上个皇商的名头，结果没多久便被人给踢了，他还敢怒不敢言。

所以他越发妒恨温瀛。温瀛有什么？他也就学问好些，走了狗屎运被毓王殿下看上，就眼睛长到天上去，结果还不是落得个被赶出来的下场？

可那小子如今都被赶出王府了，竟还敢在他面前嘚瑟，凭什么？！

潘佑安越想越不痛快，直到在国子监的后街上被人拦下。

他是个有眼色的，一见拦着他的人虽是家丁小厮打扮，但那衣裳料子就不是普通人家的小厮用得起的，眼珠子一转，脸上当下堆起了笑。

来人将他领去了附近的勾栏院里，沈兴曜怀里搂着个美姬正酒酣情热，见到他进来，随手一指，示意他坐。

潘佑安自然认得这位是卫国公世子，从前在国子监里远远瞧见过，但没打过交道，后来这人被国子监除名，潘佑安就再没见过了，没想到叫自己来的人竟是他。

酒过三巡后，沈兴曜喷着酒气用力拍着潘佑安的肩膀："这事若是办成了，你和你家里，大好前程自是少不了你们的。"

潘佑安心头火热："世子爷此话当真？"

沈兴曜喝高了，有些口无遮拦："自然是真的，这还能诓你不成？哪怕本世子说了不算，上头那位可是一言九鼎！"

转日清早，凌祈宴又一次被召进宫。

"宴儿……指婚的旨过两日就会下发，等你在京里成了亲，祖母让你父皇给你挑块好些的地方，你提前去封地上吧。"

太后的神情疲惫万分，她当心肝肉一样从小养大的孩子，这一走了，她都不知道这辈子还有没有机会再见。可不让他走又能怎么办？他再这么留在京里，迟早有一日命都得丢了。

凌祈宴愣了一瞬，用力握了握拳，回答她："好。"

凌祈宴越是这样，太后看着越是难过。这个孩子虽然娇纵贪玩了些，在她眼里却当真是个好孩子。他父皇和母妃待他不亲，尤其是沈氏，更是将这孩子当仇人一般，可凌祈宴从未抱怨过什么，更没争过什么，到了今日，他却依旧得让着凌祈寯，被赶出京也只有一个"好"字。

只要这么想想，太后就觉着她的乖孙孙实在太委屈了。

凌祈宴无所谓地笑了笑，反过来安慰太后："祖母不用担心，去了封地上我一样能吃好、喝好、玩好，也会给祖母写家书，祖母要是想我了，叫父皇派人护送您去看我就是了。"

太后心酸地点了点头："好孩子，祖母就知道你不会忘了祖母。"

"当然不会，祖母最疼我了，我怎么可能舍得忘了祖母？祖母也不能忘了我，有什么好东西要惦记着派人给孙儿送去。"凌祈宴笑吟吟地对她撒娇。

"好，好。"太后轻拍着他的手背，将声音里的哽咽压下。

从宁寿宫里出来，凌祈宴在殿外站了片刻。

屋檐上有黑鸦正展翅斜飞而去，他仰起头怔然看着，最后轻吁一口气，提步下了石阶。

从宫里回来的隔日，指婚的懿旨送到了毓王府上，婚期也一并定下，就在明年夏四月。

凌祈宴干干脆脆地接了旨，交给府中长史让之去操办婚事，不再管了。

夏之行听闻消息，来请安时特地向凌祈宴道喜。

凌祈宴懒洋洋地倚在榻上，浑身不得劲，示意他："你过来帮本王按按腿。"

夏之行走去榻边跪下，抬手揉按上了凌祈宴搭在榻边的小腿腿肚。

凌祈宴眯起双眼，没多时又皱起眉头，像是觉得不舒服，喝道："怎么按的你？你用点力气，没吃饱饭吗？"

夏之行赶忙请罪，加重力道，凌祈宴"嗞"了一声，又骂起人来："你这么大手劲做什么？你想疼死本王？"

"殿下息怒，学生知错了，学生第一回做这个，拿不准力道，回头学生在自个儿腿上练好了再来伺候殿下。"

夏之行十分上道，低眉顺眼地道歉请罪，小心翼翼地讨好着凌祈宴。

凌祈宴觉得没趣，觑到他拇指上戴着自己之前送温瀛的那枚翡翠扳指，心下莫名不快，问他："你手上戴着这个，不会被人说吗？"

夏之行小声解释："这是殿下赏赐给学生的东西，学生自得贴身戴着，别人说便说就是了。"

是吗？

可当时那个棺材脸是怎么说来着？

太贵重了，不敢戴，戴了便是僭越了。

想到这个，凌祈宴心头的不快更甚，不耐烦地挥了挥手："下去吧。"

十一月初，皇帝亲至国子监临雍讲学，皇太子凌祈寓、皇长子凌祈宴随扈。

凌祈宴坐在马车上打哈欠，起得太早困倦得眼皮子都抬不起来。

临雍讲学每年一次，凌祈宴从未参加过，也没有兴趣，今年皇帝却突然说要他一块来。后头他才知道，是凌祈寓那个狗东西向皇帝提的，天知道那厮又在打什么鬼主意。

明知有诈，但皇帝开了尊口，凌祈宴再不情愿也得来。

天还未亮，膳堂里众监生就已在用早膳，比平日里提早了整一个时辰。

温瀛坐在角落位置安静进食，旁边一桌坐着夏之行和他的几个同乡。

因今日是皇帝临雍讲学，夏之行一早就来了书院，和他们一块用早膳。

有人注意到他手上戴的扳指，笑问他这么好的东西是哪里得来的，夏之行扬了扬眉，并不避讳，坦言道："毓王殿下亲赐下的，让我日日戴着。"

余的人闻言，纷纷发出或真心或假意的艳羡声，赞叹毓王殿下大方。

温瀛抬眸看了一眼，目光落到夏之行左手拇指上的扳指上，停了一瞬，淡漠地移开。

用过早膳，众人回学堂里等候，到了辰时三刻，有侍童来通知他们去辟雍殿外。

温瀛刚要起身，打他身边过的潘佑安忽然斜眼瞅向他，莫名地嗤笑了一声："我记着那翡翠扳指从前是你的吧？如今怎的到那个姓夏的小子手上去了？"

温瀛虽未戴过那扳指，但从前在书院里偶尔无人时会拿出来在手中摩挲一阵，或许是哪次恰好被这人看到了。

"当真可怜哪，你当宝贝一样的东西，转手又被毓王殿下送给别人了。啧啧，你瞧瞧你跟别的人在毓王殿下眼中有什么不同？从前不是还很得意吗？"

潘佑安阴阳怪气地讥讽着，温瀛没打算理他，起身要走，潘佑安忽然伸出脚狠狠绊向他。

温瀛猝不及防，脚下趔趄，身体往前栽去。他反应极快地靠一只手撑住身边的书案勉强站稳，没有当真狼狈地摔到地上。

稳住身形后，温瀛猛地抬起头，凶狠地瞪向潘佑安。那厮下意识地后退一步，瞬间涨红了脸："瞪什么瞪？！我又不是故意的！"

潘佑安丢下这话，灰溜溜地快步走了。

学堂里仅剩温瀛一个，皱眉揉了揉手腕，刚才那一下用力太猛，手腕处一阵钻心地疼，大概扭到了。

又有侍童进来催促，温瀛深吸一口气，走出门去。

辰时六刻，钟鼓齐鸣声中，皇帝于辟雍殿内升御座，国子监诸生列在侍班官员之后跪行大礼。

皇帝讲学声经由道道传报，自殿内传至殿外，和着萧瑟风声传遍国子监每处角落。

温瀛心不在焉地跪在地上，忆起先前远远瞧见凌祈宴自车辇上下来，跟在皇帝身后走入辟雍殿的模样。

讲学进行了足足两个时辰，结束时已至晌午时分。在太子的提议下，御驾留在国子监用午膳，稍歇片刻再走。

温瀛没去膳堂，回屋换了身衣裳。

潘佑安也在，见到他依旧鼻子不是鼻子、眼不是眼的。温瀛没再搭理他，更衣后去了学堂温书。

其他人用完午膳回来，都在议论着今日陛下所讲内容，非常兴奋。

唯温瀛一个，仿佛被隔绝在那些情绪之外。

直到一道突兀的声音响起："我的扳指呢？谁拿了我的扳指？"

是那个夏之行，正气急败坏地翻着自己的书案。有人围上去问他怎么了，夏之行恼道："毓王殿下赐给我的扳指不见了！"

"你早上不是还戴着？怎的突然就不见了？"

夏之行没好气道："我不知道，先前因为要去辟雍殿听学，身上不好戴饰品，我就把扳指搁下了，就放这抽屉里，回来却发现东西不见了。"

旁的人面面相觑，东西在学堂里丢了，难不成……被人偷了？

夏之行显然也想到了这一层，铁青着脸站起来："我去找监丞他们。"

有人拖住他提醒道："先缓一缓吧，这会儿御驾还没走，他们都忙着侍驾，哪有空管这事？这时候闹开了也不好。"

夏之行却不依："侍驾也是祭酒、司业他们，我去找张监丞来，再耽搁下去我的扳指说不定就找不回来了。"

夏之行风风火火地去了，其他人小声嘀咕了几句，各自坐回位置上，都不想沾惹这摊子事情。

温瀛微蹙起眉。

两刻钟后，夏之行跟着国子监丞回来，那位张监丞像是十分不高兴。想也是，御驾还在这里，学生里却闹出偷盗之事，换作谁都高兴不起来。

被诘问的众人都说没瞧见那扳指，过了半日，那潘佑安忽然出声，犹犹豫豫地道："学……

学生好似看到过，中午的时候，学生的舍友回来更衣，学生瞧见他将那扳指塞进了枕头下。"

他说话时目光直往温瀛身上瞟，摆明了这个舍友说的就是温瀛。

堂上一片哗然。

温瀛的眉头蹙得更紧，被张监丞问到时他冷声解释道："学生没做过，学生只回去更衣完就来了这里，并未见过那个扳指。"

"他在说谎，"潘佑安争辩道，"学生看得清清楚楚，就是他拿了那个扳指！"

温瀛依旧坚持那句话："学生没做过。"

那夏之行哼了一声："是不是真的，让人去你屋中看看不就知道了？"

张监丞略一犹豫，打发了两个侍童过去。

所有人都安静下来，神色各异地看着温瀛。温瀛用力收紧拳，紧绷着脸没再吭声。

一刻钟后，被派去找东西的侍童回来，将那枚翡翠扳指递给张监丞，说确实是在温瀛的枕头底下找着的。

张监丞阴了脸，没等再说什么，有皂隶急匆匆地进来通传，说是陛下忽然心血来潮，领着太子殿下、毓王殿下和众官员过来，想要看看监生们念书的学堂，马上就到这边了，让他们准备好迎驾。

跟在皇帝身后往学堂那边走时，凌祈宴在心下咒骂着凌祈寓，就他事情多，一会儿提议在这国子监里用午膳，一会儿又撺掇他们的父皇来看这些学生。

有什么好看的？原本这会儿他都已回到府中，该舒舒服服地睡午觉了。

皇帝先去了那些举监念书的学堂。能入这国子监的举子，将来多半能考中进士，他老人家自然颇为关心。

国子监祭酒陪侍左右，向皇帝介绍这些学生的情况，还特地提了几个较为突出的学生，好叫皇帝有个印象。

这些被提及之人，将来殿试时说不得就能占些优势，国子监的这些官员自然都希望最后殿试中排名靠前的进士，更多出自他们这里。

皇帝进门，堂上的学生已恭恭敬敬地跪了一地。

皇帝看着这些未来的国之栋梁，十分高兴，免了礼，让他们都站起来说话。

凌祈宴一眼看到温瀛，不由得皱眉：这小子怎么见了皇帝都一副黑云压顶的模样？他也当真不怕死。

皇帝有意叫人来御前问话，点了温瀛的名字。先前有人就已几次三番地在他面前提起此子，祭酒说起这个温瀛时也是赞不绝口，这人又是上京府的解元，叫皇帝好奇得很。

温瀛上前一步，低着头又行了揖礼。皇帝眼睛一亮，像是没想到这个温瀛当真是这般俊秀挺拔的少年郎，旁人说得竟半点不夸张。

皇帝刚要开口问，凌祈寓忽然插话道："父皇，这位不是国子监丞吗？他怎么在这里？可是有学生犯过了？"

国子监丞掌监生惩戒之事，身上时时带着教鞭，一看便知其身份。

101

皇帝闻言皱起了眉，那张监丞上前一步，不敢隐瞒，将先前发生的纷争说了。

这下不单是皇帝变了脸色，一起过来的众国子监学官更是惊诧万分。

温瀛跪下，脊背挺得笔直，为自己辩解："学生没做过，学生是被冤枉的，还请陛下明察。"

瞧见那个扳指，凌祈宴瞬间沉了脸，面色已十分难看。

皇帝脸上的笑意消失殆尽，他大约怎么都没想到，国子监里竟也会生出这样的龃龉事来，还正巧被他撞见了。

见皇帝阴沉着脸没有问话的意思，凌祈寓主动代劳，将那夏行之叫过来，问："你的扳指是何时不见的？"

夏之行镇定地答话："回殿下的话，就是今日，学生十分确定早膳时还在，后头出去听学，学生将之取下搁在抽屉里，回来就不见了。"

凌祈寓又问："既然你们今日都一起去了辟雍殿外听学，这位温举人如何有机会偷拿你的东西？"

"学生也不知，可这枚扳指确确实实是在他的枕头下找到的，总不是学生平白冤枉了他。"

凌祈寓想了想，又将潘佑安叫来问："你确定没看错，亲眼见到温举人将扳指藏到了枕头下？"

潘佑安舔了舔嘴唇，小声道："是真的，俱是学生亲眼所见，学生决计不敢当着陛下和殿下的面扯谎。"

说罢他略一犹豫，又道："今早侍童来叫学生等去辟雍殿，学生与温举人因为一些不快起了口角，耽搁了些时候，后头学生先走了，温举人是最后一个从学堂离开的。"

"果真？"凌祈寓将目光转回温瀛，问："是否确有其事？"

温瀛的面容绷得更紧，哑声回答："是，可学生没有拿那扳指。"

那个最后来催温瀛的侍童也被叫出来问话，确认了这事，在被问到是否看到温瀛举止有异时，却答不出来。

但这已经不重要了。

"所以这么看起来，确确实实只有这位温举人有机会做这事，东西也确实在他那里。"凌祈寓忽地又话锋一转，问起身侧的凌祈宴，"大哥，据孤所知，这两位举人都是你府上的门客吧？这事你怎么看？"

凌祈宴的神色已冷得不能再冷，他咬着牙，一字一顿地说道："我不知道。"

那夏之行却忽然出声："学生听毓王府的人说，这枚扳指从前是毓王殿下赏赐给温举人的，后头温举人因惹了殿下不快被逐出毓王府，殿下将东西收回又转赐给了学生，温举人因而对学生心生妒忌、怀恨在心，这段时日没少给学生脸色看……"

"竟还有这等事情？"凌祈寓要笑不笑地瞅着凌祈宴，"大哥，这扳指果真是你先赐给这温举人，后头又收回去再赐给夏举人的？"

凌祈宴面色铁青，没出声。

余下的人，无论是官员还是众学生俱心下揣测，事情说来说去竟成了这两个举子为了毓王殿下而明争暗斗……

皇帝听闻更是恼怒不已，自觉丢人丢大发了，狠狠瞪了凌祈宴一眼。

凌祈宴低下头，一言不发。

国子监祭酒满头大汗地向皇帝请罪，自认没管教好这帮学生，林司业心下不忍，有心替温瀛解释："陛下明鉴，温生绝非那贪慕虚荣、钱财之徒，更不会做这等为读书人不齿之事，此事或另有内情，还是查个清楚再做决断为好……"

凌祈寓道："就这么点小事，难不成还要叫上京府衙的人来查吗？林大人爱才，护着学生是应当的，但现下证据确凿，再这般一味偏袒，那就是是非不分，故意护短了。"

林司业被皇太子这么训斥一番，老脸涨得通红，半晌说不出话来。

皇帝已面覆寒霜，满腔都是压不住的怒火。

若是事情与他儿子无关，他或许还愿意叫人查个清楚，如今这事牵扯到他儿子，当着这么多官员、学生的面，丢了他的脸，他如何能不恼？

于是皇帝也不想再多纠缠这事，冷声丢下句"鸡鸣狗盗之徒，不堪为仕，即日起逐出国子监，革除功名"，便拂袖而去。

温瀛死死攥着拳头，紧咬着牙根，嘴里尝到了血腥味，浓黑的双眼中只余彻骨冷意。

凌祈宴下意识地看他一眼，动了动嘴唇，到底没说什么，跟着皇帝转身离开。

御驾已经离开，堂中无人再出声，片刻后温瀛沉默起身，走出了学堂。

皇帝已下口谕，当日温瀛便被礼部从功名簿上除名，国子监里也再无他的容身之地。

温瀛回屋中收拾包袱，潘佑安又跟了过来对他冷嘲热讽，脸上的得意之色完全不加掩饰。

温瀛没再看他一眼，始终低垂着的眼睫遮住了眼中的情绪。

另两位同舍欲言又止、面露愧疚之色，但到底什么都没说。

晌午时他们也回了寝房，都看得清清楚楚，温瀛压根没拿过那个扳指，更衣后只拿了两本书就走了。他是被人诬陷的。

但在皇帝、太子面前，他们怯懦地选择了明哲保身，没有为温瀛解释过哪怕半句。

林司业特地等在外头，温瀛走到他跟前，将昔日他赠送给自己的书递还回去。

林司业没有接："日后可有什么打算？"

温瀛目光平静地哑声道："去投军。"

林司业愣了愣，全然没想到这么短的时间内，他就已经想好了另一条出路，犹豫着劝他："当真要去投军？陛下只说革除功名，并未提你不能再考。你年岁还小，哪怕重新考过也不过是几年的事情而已，又何必如此？"

"我不想再考了。"温瀛没多解释，也不想解释。

到了这一步，他比任何时候都更想出人头地，也一定要出人头地。迟早有一日，他要掌握权势、位极人臣。

哪怕重新考、考中了，也得从微末小官做起，他不想耗上十几二十年的时间，宁愿拿血、拿命去拼一份前程。

林司业长叹一声："我早说过，毓王殿下他迟早会害了你。"

温瀛眼中有转瞬即逝的黯然，很快又归于一潭死水，他没再接话。

见他心意已决，林司业不再劝了，接过书，从怀中取出二百两银票塞到他手中："拿着吧，就当是我借你的，日后你若当真能挣得一份更好的前程，再加倍还我就是。"

温瀛没有推拒，收了银票，最后向林司业深深一揖："老师请多保重。"

林司业哽咽得说不出话来，温瀛已站直身，肩背挺得笔直，一步一步走出了国子监。

从始至终，他都未再回头看过一眼。

凌祈宴回到府中，婢女刚将热茶送上，就被他狠狠砸了。

先前跟着皇帝回宫，他又被皇帝训斥了一顿。凌祈寓那个狗东西装腔作势地帮他说好话，但脸上那得意神色分明就表明，这事就是凌祈寓弄出来的。

岂有此理！

傍晚，夏之行来正院向凌祈宴请安，刚弯下腰，身后的太监就一脚踹到他的后膝窝上，夏之行猝不及防，双膝重重跪至地上。

他的脸上有一闪而过的气怒之色，凌祈宴冷冷地瞅着他："你还敢回本王这里？"

夏之行很快收敛了神情，又是那副恭顺讨好之态，向凌祈宴解释："今日之事，学生确实只是着急想要拿回扳指，没承想陛下会过去，学生当真不是有意的……"

凌祈宴直接将手中的热茶泼上他的脸。

"你当本王是傻子？由你随意哄哄就信了你这满嘴鬼话？本王知道你没打算一直跟着本王，本王本也不介意你拿本王这毓王府当跳板，可你不该人还在本王这里时就吃里爬外，帮着别人来坑本王！"

"学生没有……"

"有没有你自己心里清楚！"

今日这一出大戏，分明就是凌祈寓故意安排给他看的！

特地跟父皇说临雍讲学带上他，提议留在国子监用午膳，再撺掇父皇去学堂，全都是那个狗东西计划好的，这当中不定有多少人在配合着唱这出戏，且绝对少不了面前这个夏之行的份！

夏之行依旧是那句话："学生没有，学生一片赤诚之心都向着殿下，绝不敢做背主之事。"

凌祈宴看他的眼神里只余憎恶，他懒得与这样的东西浪费口舌，吩咐江林："太后娘娘赐给本王的一张银狐皮不见了，你派几个人去给本王找找，府上到处都搜找一遍，看是哪个不长眼的东西偷拿了。"

江林领命而去。

夏之行难以置信地瞪大双眼，脱口而出道："殿下这是何意？！"

凌祈宴没理他，懒洋洋地倚榻中，眼皮子都懒得抬。

夏之行将牙齿咬得咯咯响，被身后的太监按住肩膀，动弹不得。

不出一刻钟，江林去而复返，双手将那张银狐皮捧给凌祈宴看："殿下，找着了，在这位夏举人的屋中找到的。"

凌祈宴哂道："这是怎么回事？陛下才说鸡鸣狗盗之徒不堪为仕，怎的本王府上竟也出了这等事情？"

夏之行不忿地争辩："这银狐皮分明是殿下赐给学生的！"

凌祈宴似笑非笑地睨向他："有这等事吗？本王自己怎么不知道？"

夏之行还要说话，凌祈宴没再给他机会，直接叫来自己府上的长史，吩咐道："本王看走眼了，收了个品行不端的门客，这人偷了太后赐给本王的贡品。这事虽说出去丢人，但为以儆效尤，还是得秉公处置，你亲自带人将他押去上京府衙交给衙门里的人，让他们该怎么办就怎么办吧。"

长史领命应下。

夏之行悲愤至极，挣扎着想要起身，恼恨之下竟破口大骂。

他刚吐了不过两个字，就被押着他的太监用力扇了一耳光。

凌祈宴冷笑了一声："你当自己是个什么东西？真以为你投靠的人会来救你？你也不过是一颗被人用了就扔的棋子罢了，敢坑本王就该做好承担后果的准备，书都读进狗肚子里去了吧？蠢不可及！"

他说罢，不再给对方任何争辩的机会，挥了挥手："押下去。"

屋子里终于清静了，江林小声问凌祈宴，那些收回来的东西，包括那枚翡翠扳指要如何处置。凌祈宴不耐烦地皱眉道："扔库房里去，别再拿到本王跟前来碍眼。"

当日，夏之行被毓王府长史押往上京府衙，以偷盗贡品罪入刑，上京府衙将事情告知国子监和礼部，夏之行同样被国子监逐出，并被革除功名，最后案子在府衙一级就结了，夏之行直接被判了流放。

国子监里没了温瀛，那潘佑安志得意满了一阵，无心考试，在外结交了一帮上京城的商户富家子，镇日里与人一起在外寻欢作乐，后被人引诱染上赌瘾，输光了家中送来给他挥霍的全部钱财，被人押在地下赌庄里暗无天日地关了数日，遭到几番毒打，到被官差救出时，已只剩一口气吊着，功名自然也丢了。

与此同时，一桩关于东宫太子的丑闻忽然在京城的大街小巷中传播开来。

因着明年就是三年一次的会试之年，这段时日京中到处都有上京赶考的学生，起初是在那些学生聚集的客栈里，一说书先生说起一则别处听来的话本故事，说是前朝有位太子，将一个国子监里念书的穷书生收为幕僚，之后却和攀附着他的那些世家子将那书生扔进国子监的后湖里溺毙，后头那些世家子遭了报应，在秦楼楚馆里染上了那些不能对人言的脏病，被逐出国子监。可惜太子却全身而退了，毕竟是一国储君，连老天爷都不敢报复他。

说书先生说起这故事时抑扬顿挫、声情并茂，轻易就叫那些坐在下头听书的学生自我代入，然后愤慨至极。

这个故事一连在那客栈里说了三日，再后面说书先生察觉自己被人盯上，连夜出逃不知所终，而这个故事已彻底在京中这些赶考学生里流传开来。

很快就有人发现，故事不是什么前朝话本，根本就是发生在这上京城里的真人真事！

国子监里年初时确实有个落湖溺毙的学生，也确实有那么一帮纨绔在不久之后因为花柳病被逐出国子监。

那说书先生只怕是知情人，借着说书的名义控诉当朝太子和那些世家子弟的恶行。

哪怕没有确凿证据，在有心人的煽动下，这些学生很快群情激愤。他们不会做别的事，纷纷拿起笔杆子写出一篇又一篇言辞犀利、暗讽东宫太子和那些权贵世家子的文章，不署名地刊发出去。

凌祈寓气得在东宫里摔东西骂人，却毫无办法。这些酸腐书生最容易对付，也最难对付，一人一篇文章就能把他淹死，他还不能拿他们如何，毕竟法不责众。他真要做了什么，倒是坐实了自己心虚。

再之后这事越传越广，从那些学生嘴里传入京中的高门世家中，叫无数人看了笑话，就连皇帝也从身边一个太监那里听说了此事。

皇帝将凌祈寓叫去劈头盖脸一顿骂，哪怕凌祈寓不肯承认，也抵赖不了。

在那位说书先生的故事里，那所谓的前朝太子送了穷书生一物，是一个御赐的鼻烟壶，还特地细致描述了那鼻烟壶是如何精美绝伦。别的人或许不知道，但皇帝亲手赐下的东西，他怎会不知道是什么样？那分明就是年初时凌祈寓从自己这里讨去的鼻烟壶！

皇帝问起凌祈寓那鼻烟壶去了哪里，叫他拿出来看看，凌祈寓低着头支支吾吾接不上话，皇帝一瞧他这反应便知这事必不是假的。

若说凌祈寓之前想要插手军务，让皇帝觉得这个儿子心大了，如今这桩桩件件的事情，皇帝发现他所谓的德行端正其实是装出来骗自己的，更是失望至极。

他的长子不堪用，二儿子也不是个好的，他这个皇帝做得当真失败极了。

"你为了坑你大哥，用阴私手段将无辜之人的前程断送，朕偏袒你、包庇你，一次两次可以，次数多了，终有一日朕也护不住你。"

凌祈寓愕然地看向皇帝，下意识地争辩："儿臣没有……"

"有没有你自己心里清楚，同样的事情别叫朕知道你再敢做第二回。"皇帝冷声说罢，挥了挥手，让凌祈寓滚回东宫去闭门思过。

凌祈寓阴着脸走出兴庆宫，碰见了同样被召来的凌祈宴。两人错身而过时，凌祈寓阴恻恻地问他："这事是你在背后叫人做的吧？是孤小看你了。"

夏之行、潘佑安，包括他这位东宫太子，凌祈宴将他们都恨上了，他这到底是因为丢了脸面，还是想替那个被赶走的穷书生报复？！

凌祈宴冷漠地看了他一眼："本王不知道你在说什么，本王只知道一件事，那就是多行不义必自毙。"

他不再搭理凌祈寓，迈步进门。

凌祈宴跪下请安后，皇帝没让他起身，开口便问："为何要放那些流言出来坏你二弟的名声？"

凌祈宴冷着脸，不肯回答。

"说话！"

凌祈宴不服气地争辩道："儿臣不知道父皇是何意，只知道那些流言未必是假的，但是这与儿臣何干？坏太子的名声的不是儿臣，是他自己。"

皇帝顿时恼了："你还敢说你不知道？！你真以为朕看不出来你们耍的那些小心眼？！由着你们随意糊弄？！你是！太子也是！就因为太子之前坑了你，你就非要这般睚眦必报？！"

凌祈宴猛地抬起头，难以置信地望向皇帝，触及皇帝冰冷的眼神，立时明白过来，之前的事情他的父皇是知道的，凌祈寯的所作所为父皇其实都知道。

心头的怒火瞬间腾起，凌祈宴怒而质问道："父皇既知温瀛是被冤枉的，为何还要革除他的功名？！温瀛连中四元，有状元之才，对这样的人，父皇竟一点都不爱惜，轻飘飘地就将人处置了？！"

"你还有脸问朕？朕是为了谁？！"皇帝气骂道，"你觉得朕该怎么做？！将事情查个清楚，让所有人都知道国子监的学生为了你明争暗斗？知道你和太子兄弟阋墙？！让外头那些官员和学生对着你指指点点，你是不是就舒服、高兴了？！"

凌祈宴轻蔑地冷笑，说得可真好听，是为了他吗？父皇分明是为了皇太子的名声，为了他这个皇帝的脸面！

寅时五刻，晨钟敲响，城门大开。

温瀛拿着林司业托人给他办的路引，牵着买来的马顺利出城。

他如今已无功名在身，若无路引，寸步难行。这半个多月他还一直留在京里，就为了等这路引办下来，再置办了些东西。

脱去读书人穿的长衣广袖，换上干练的斜襟裋褐，再抓了些草药，备齐干粮，用林司业给的银子买了匹好马，一切准备妥当后，温瀛不再耽搁，没有留恋地离开了上京城。

终有一日，他会再回来。

路上行了半日，晌午时温瀛在山道无人处歇脚，喝了几口水吃了些干粮，重新翻身上马，正要再上路，前方拐角处忽然出来三匹高头骏马，骑在马上的人手持利剑，一步步逼近他。

温瀛冷了神色，拉紧马缰警惕地瞅着他们，停在原地没有轻举妄动。

"你们是何人？"

领头的那人一脸漠然道："你不必知道，你得罪了不该得罪的人，今日非死不可。"

温瀛的眼瞳微缩，他已经认出来了，那回他随凌祈宴去公主府贺寿，这人是跟在太子身边的贴身护卫。

温瀛神色不动，并不慌乱。

从前在县学时，那位老将军十分热衷将满身武艺传授给他们这些学生，最喜欢的就是指导他们几个有天赋的人玩马上近身作战，他回回都是最后胜出的那一个。

皇太子以为他是一个手无缚鸡之力的书生，只派了三个人来。

一敌三，他并非全无机会。

温瀛猛抽出佩在腰间的那把漠北短刀，一夹马肚子，在对面三人错愕的目光中冲上前去。

一刻钟后，温瀛抬手抹去溅到面上的血，那三人已倒地哀号，再爬不起来。

他的左手臂被划了一剑，不算太严重，稍后只需敷些止血草药。

温瀛没在意，怕还有人来，没再多逗留，捡了那三人的剑策马而去。

第二十章

腊月廿二，天寒地冻。

凌祈宴一大早就被太后叫进宫，说要给他办生辰宴。

天冷之后凌祈宴越发懒了，成日里窝在府上不出门，难得进宫一趟也是懒洋洋的，手里抱着暖炉，连向太后请安都做得马马虎虎。

太后将人叫到身边来，摸了摸他的脸："怎的提不起兴致来？今日生辰都没个笑脸？"

凌祈宴随口说："在府里无聊，又没人陪我玩。"

连张渊那伙人都被近日京中那些关于勋贵世家子的流言波及，被拘在家中，轻易不让出门，凌祈宴成日里在府上听丫鬟弹曲，当真无趣得很。

太后笑道："明日就过小年了，这段时日你就住宫里吧，等过了上元节再回去，你弟弟妹妹们都在宫里，多的是人陪你玩。"

凌祈宴心道"我跟他们有什么好玩的"，面上却只能应下。

太后见他还是闷闷不乐的，想哄哄他，叫了大太监过来，命之带凌祈宴去库房，再拍了拍她乖孙孙的手，提醒他："你自个儿去挑，看中什么想要的都可以拿走。"

凌祈宴讪然道："那怎么好意思？别人知道了该说祖母偏心了。"

太后不以为意："谁敢说？再说了，你父皇母后都能偏心，我为何就不能偏心你？不管他们，去吧，想拿什么拿什么。"

凌祈宴终于眉开眼笑，谢了恩，高高兴兴地起身跟着人去了。

看着凌祈宴高兴远去的背影，太后随口对身边的嬷嬷感叹："一眨眼宴儿都这么大了，我还记得他刚被接回来时的模样，瘦瘦小小的。可怜的孩子，明明是金尊玉贵的皇子，却在那山野中出生，到满月才被找回来，也幸好是找回来了。"

这事在宫里已甚少被人提起，太后偶尔想起来，总免不得要去佛堂拜一拜才心安些。

太后原是先帝继后，得了二子一女，分别是当今皇帝、靖王和华英长公主，当年的太子是先帝早逝的元后所出，奈何没长成就已夭折，先帝悲恸之下，没再立太子，致一众儿子为了帝位明争暗斗不断。

当今皇帝虽是嫡子，但排行第三，上头还有个宠妃所出的二皇子，两个人都是当时帝位有力的竞争者。

那会儿还是皇子的当今皇帝在边境领兵，先帝突然病重，弥留在即，二皇子封锁消息，是靖王和华英长公主用计将消息送出去，皇帝闻讯立刻带着随军且身怀六甲即将临盆的沈氏匆匆赶回。

怕赶不及，半道上皇帝留下护送他们的近千兵马，护着沈氏慢行一步，他自己则领了一百亲兵抄近道夜奔回京。

二皇子听闻皇帝即将回来，派投靠他的京北大营总兵带了五千人前去截杀，结果只碰上落后一步护送沈氏的兵马。

一千人对上五千人，很快被屠杀干净，沈氏被几个亲兵护着仓皇出逃，后头那几个亲兵为引开追击尽数被杀，沈氏则由仅剩下的一个机灵丫鬟陪着，侥幸逃入深山老林里，被一户猎户所救。

因不知道外头的形势，她们不敢道明身份，只说是遇上山贼的富户娘子。沈氏受惊过度，在猎户家中早产生下嫡长子，担惊受怕了一个月，孩子满月时，靖王终于带人找过来，这才知道皇帝已诛杀二皇子及其党羽，顺利登基，这段时日靖王奉皇命正在到处找她们。

再后面沈氏母子被接回宫中，沈氏被封了皇后，因为早产且产后没得到很好的照顾，这一个月又一直过得心惊肉跳的，落了病根，太后将凌祈宴要去抚养，却因此被沈氏恨上。

之后这数十年，哪怕知道沈氏这个皇后心眼不大、嫉妒心强，无论是皇帝还是太后，都因当年之事对她存着份愧疚之心，并不怎么与她计较。

也因为如此，太后才更偏爱凌祈宴这个长孙。凌祈宴不知晓这些事情，时过境迁，更无再说与他听的必要。

见太后又忆起往事，嬷嬷宽慰她道："好歹当年是平安将殿下找回来了，殿下如今这样也挺好，等明年成了亲，说不得很快您就有曾孙子抱了。"

太后闻言顿时又喜上眉梢："那是，我如今就盼着宴儿赶紧成亲，有个知冷知热的媳妇，再生几个孩子就再好不过了。"

凌祈宴跟着宁寿宫的大太监去了库房，那太监拿着单子，笑眯眯地一样一样给凌祈宴听，再叫人将东西呈上来给他看。

皇帝孝顺，得了什么好东西都不会忘了往宁寿宫送一份，而只要凌祈宴看得上的，太后多半不会吝啬给他。

凌祈宴手里捏着枚足有丸球那么大的细白珍珠，对着阳光细瞧，嘴里啧啧有声。

他就是个俗人，从小就喜欢这些亮晶晶、夺人眼球的金玉珠宝，毓王府里连恭桶上都镶着金子，皇帝因而觉得他过于奢靡，十分看不上他。凌祈宴丝毫不以为意，投生到皇家，不奢靡地过完这辈子，那不是白活了？

大太监又叫人捧上一枚上好的羊脂白玉扳指，上头还雕刻有麒麟，栩栩如生，十分好看。凌祈宴拿过来戴到手上细瞧了瞧，冷不丁地想起从前温瀛向他讨要扳指时的情景。

那穷秀才……不，现在他连秀才都不是了，已不知所终，也不知是不是回乡了。

他的本事那么多，不念书不做官，肯定也能活得不错吧？

今日好似也是那小子的生辰来着……

心不在焉地想着这些事情，凌祈宴忽觉索然无味，连那些珍宝都不怎么瞧得上了，随意挑了两样东西，便回去正殿。

晌午，宁寿宫里开生辰宴，太后只将她的孙辈们叫了来，没请别的人，除了众皇子皇女，还有靖王留京的几个子女和长公主府里的孩子。

饶是如此，人也不少了，光是皇帝就有十一个儿子、八个女儿，播种能力之强，着实叫人敬佩。

凌祈宴是这些人中年岁最大的，众弟弟妹妹都给他准备了生辰礼。虽大多不是什么值钱的东西，凌祈宴也勉为其难地收了，忍耐着耳边此起彼伏的叫闹声，保持微笑，在这些小屁孩面前扮着春风和煦的好兄长。

凌祈宁凑过来小声问他："大哥，那个温大哥真的不在你府里了吗？我还想让他教我玩马球来着。"

凌祈宴睨他一眼，面无表情地道："早滚了。"

"噢。"

一旁的惜华郡主闻言嗤了一声，没好气地说道："还不是都怨你，好好一个状元郎，就因为你，害人家连功名都丢了。他定不会做那等偷鸡摸狗之事，一定是那些嫉妒他的人诬陷他，都是因为你，早说了你还不如把他给我呢，我肯定不会这么对他。"

凌祈宴臭了脸，没有理她。

开席之前，凌祈寓姗姗来迟，进门后先向太后请罪，说是陪着父皇召见官员，耽搁了。这是正事，太后自然不会说他什么。

凌祈寓笑吟吟地送上了自己带来的生辰礼，是一只关在笼子里的金丝雀鸟。

"送给大哥的，还请大哥笑纳。"

凌祈寓脸上的假笑让凌祈宴十分不适，对方送这么只金丝雀给他，也不知是个什么意思。

凌祈宴心下不快。

见凌祈宴没有拒绝的意思，江林代之接下了东西。凌祈宴满眼漠然地抬手随意一拨，打开了鸟笼子的门，那雀鸟抖了抖翅膀飞出来，在小孩们的笑闹声中于大殿里转了一圈，飞到殿外去了。

凌祈寓瞬间沉了脸："大哥这是何意？"

"这么漂亮的雀鸟，还是放生了的好。"

凌祈寓冷冷道："这雀鸟娇贵，失了庇护，去了外头只怕活不过几天就得死。"

凌祈宴懒得再理他。

怕他们又起冲突，太后赶紧吩咐开席，将两个人隔开坐。

后头倒是没再生什么事端，生辰宴吃了一个多时辰，终于结束，下午太后只留了凌祈宴和惜华陪她，小孩们各自散了。

临走之时，凌祈寓阴恻恻地睨了凌祈宴一眼，未有人察觉。

大殿里终于安静下来，祖孙三人总算能好生说会儿话。

太后还是与凌祈宴、惜华这两个她自个儿养大的孩子更亲，惜华过了这个年就要出嫁，她老人家要添的嫁妆一早就都备得妥妥的，说了几句话就拿这事出来羞惜华。

惜华红了脸，对嫁给那敬国公长孙倒没之前那么排斥了，还说起这段时日与她那小姑子、未来表嫂时常走动，处得很不错。

"玉兰可喜欢大表哥了，时常向我打听大表哥的喜好，听闻大表哥爱听人弹曲儿，每日在家里苦练，她其实已经弹得很好了。以前是个文静的人，知道大表哥爱玩，也在跟人学马球、投壶那些东西。"

太后闻言高兴万分："这林家小娘子果真是这样的？那就好、那就好，宴儿你听到了，日后可得对人家好一些。"

凌祈宴"噢"了一声，随口应下。

过了半个时辰，突然有太监急匆匆地进殿来禀报，说是敬国公府出事了，那位将要过门的准毓王妃没了。

凌祈宴愣了愣。

太后与惜华更是满眼愕然，太后先回神，厉声问："怎么回事？！"

太监赶忙将事情说了一遍，今日显安侯嫡女邀了各府小娘子去显安侯府的汤泉庄子上玩，林家小娘子荡秋千时，那绳子松动了，但没人发现，林小娘子荡到高处，不慎从秋千上摔下，头着了地，当场就昏死过去，被抱回敬国公府没多久就没了气息。

"显安侯已亲自登门去敬国公府赔罪，将汤泉庄子上的下人都交了出来，任由敬国公府发落。侯夫人更是带了女儿去庙里，说是要留庙中长住一年，为林小娘子诵经祈福。"

惜华郡主红了眼睛，太后神情悲伤，半日说不出句话来，凌祈宴更是不知当说什么好。

怎么竟又发生了这种事？

松麓关。

这里是离漠北最近的关口，朝廷的兵马出征漠北，多数从这个关口过。

几个月之前，漠北剌列部勾结巴林顿人叛乱，敬国公世子林肃将军奉皇命出征，并未能将乱军一击击垮，战事陷入胶着状态。如今天冷了，朝廷大军退回至松麓关，只能等来年开春天气转暖再行出兵。

温瀛到达此处已有大半个月，一直在关口下的松麓镇上歇脚。

他没有回乡，来这边时路过广县都未回去看一眼。

松麓镇上到处都贴有征兵的布告，温瀛没有急着去投，花费了些时间，将军中众将领的过往功绩、家世、脾性都打听清楚了，赶在小年前一日终于去征兵处报了名。

负责登记的小兵见他一副斯文书生模样，长得还白白净净的，怀疑地问他："你果真要报名？你能提起多少斤的重物？"

温瀛面不改色，单手拎起身旁一块足有百斤的巨石。那小兵看直了眼，又递了柄长枪给他："这个玩过吗？试试？"

温瀛接过长枪，姿势娴熟地随意舞弄了几下，明明只是一柄最普通不过的木枪，硬是在他手里舞出了行云流水、锐利逼人之势。

这下不单是那小兵，连身后排队应征的人都喝起彩来。

声音传到后头的兵房里，出来个满面络腮胡、身形魁梧的把总，皱眉问发生了何事，小兵指着温瀛将事情向他禀报了一遍。

那把总闻言起了兴致，叫人换了柄铁枪来，抬了抬下巴，示意温瀛再舞一遍给他看。

温瀛镇定地执起铁枪。

一套完整的枪法舞下来，那把总再三抚掌，高兴极了："善！"他再自我介绍道，"鄙姓郑。"

对着一个尚未入伍的白身这般客气，足见这人对温瀛将来的看好。他的眼光一向毒辣，这个少年人并非只有花架子，身上那股子气就注定了日后必不会是池中物。

温瀛不卑不亢地道："郑把总，幸会，在下温瀛，冀州广县人氏。"

温瀛呈上自己的户籍文书，郑把总随意地翻了翻，发现他年岁果然不大，且今日还是他的生辰，于是用力拍了拍他的肩膀："后生可畏，以后你就跟着我混，保管你有酒有肉吃！"

敬国公府将要出嫁的准毓王妃意外去世，消息一夕之间传遍整个上京城，大多数人听罢除了感叹一句可惜，更多的又议论起毓王殿下那克妻的传闻。

若说之前两回或还只是巧合，如今同样的事情发生第三次，已无人再怀疑，凌祈宴就是个天生克老婆的命！

凌祈宴派了府上长史替之去敬国公府吊唁，连太后都让宁寿宫里的大太监去了国公府一趟。皇帝大约觉着确实是自己的儿子克死了人家的闺女，破例给林家女追赠了一个县主身份下葬，又将林家长孙的官职提了提，安抚平息了林氏迁怒皇家的怨气。待到年节一过，惜华郡主出嫁，这事便再没人提起了。

不过这段时日京中各府人人自危，有适龄女儿的，纷纷动起来，赶紧给定下亲事，就怕被皇帝和太后盯上，硬塞给毓王。毕竟不是谁家都能像敬国公府那样，女儿死了还能追赠个封号，还能恩泽儿子，换作其他家，死了那可就当真白死了！

上元节一过，太后带着凌祈宴去了趟城郊的皇家寺庙，一路叮嘱凌祈宴，到了菩萨面前须得虔诚一些，万不能不当回事，亵渎了菩萨。

凌祈宴心不在焉地应着，知道这回连他祖母都怀疑他当真克妻了，才想要带他去庙里，看有无办法化解，他还不能拒绝。

算了，他就让祖母宽心好了。

懿驾停在寺庙外，住持出门来迎接，与太后互行佛礼，领着太后与凌祈宴进入庙中。

沿着林荫曲径进入正殿，凌祈宴规规矩矩地跟随太后上香、叩拜，再听老住持诵经。

这一听就是一个时辰，凌祈宴实在熬不住，趁着太后没注意悄悄起身，退到了殿外去。

外头院子里的迎春花都开了，飞花漫天，正是好时节。

凌祈宴心情很好地伸了个懒腰，江林过来小声禀报："殿下，张三郎也来了庙中，听闻您在这里，来向您问安。"

凌祈宴叫人将之带来，张渊这段时日老实了许多，凌祈宴已有一段时间未再见过他。

张渊今日来这是为给要在这庙里长住的母亲和妹子送些东西，听闻凌祈宴跟着太后来了庙里拜佛，特地来见他。

他开口便向凌祈宴请罪，被凌祈宴挥手打断："行了，那林小娘子还没嫁给本王，不必向本王请罪。"

张渊赶忙谢恩，但依旧苦着张脸，眉宇间都是疲惫之色。

凌祈宴睨他一眼："敬国公府的人为难你们了？"

"那倒没有，我父亲、母亲已经将赔罪的姿态做足了，敬国公府也不好再多计较，不过以后再想跟他们走近，只怕难了。"

这事显安侯府不能说一点责任没有，毕竟事情发生在他们的庄子上，那绳子松动了，庄上的下人竟无一人发现，确实离谱，敬国公府好端端的女儿就这么没了，想也知道很难不迁怒他们。

显安侯府的底蕴远不及敬国公府深厚，这些年家里也没再出过有出息的子孙，府上已然有了没落之相，如今又与敬国公府生了龃龉，日后他们侯府在京中这些高门世家中必将更难立足。

这事凌祈宴也帮不上忙，毕竟他这个克妻的王爷只怕比显安侯府更叫林家人怨怒。但他父皇已给了足够的补偿，林家自然不敢再记恨他什么，如此一来，林家只能将怨气发泄在显安侯府身上。

凌祈宴皱眉想了想，问张渊："为何那系秋千的绳子松了，却没人发现？"

"我父亲审问过那些下人，是负责庄上工事的仆丁偷奸耍滑犯了懒，没有按时查检，那日庄上的两个使唤婆子伺候那些小娘子荡秋千，轮到林小娘子时，力道不慎大了些，那原本就松了的绳子彻底断了，这才出了事。"

张渊尴尬地解释："事后我父亲将人都押去敬国公府，任由他们发落，敬国公府说不是他们府上下人，他们没权处置，我父亲只得自己动手，让人重责他们一百大板，再发卖出去。"

敬国公府这个态度，无非想给显安侯府更多难堪罢了，偏显安侯府的人还不能说什么。

张渊说着又抹了把脸，问凌祈宴："我母亲和妹子听闻太后娘娘来了庙里，想向太后娘娘请个安，不知可否？"

凌祈宴点头道："太后应该没这么快出来，等下午再请她们过来吧，本王和太后说一声。"

张渊连连道谢，比起林家，他们显然更担心太后因好端端的孙媳妇没了恼了他们，能有机会当面赔罪再好不过。

张渊离开后，凌祈宴又独自在大殿外站了片刻，太后终于出来，数落起他："我先前都怎么跟你说的？要虔诚、要虔诚，师父念经念到一半你就跑了，你这孩子真是……"

凌祈宴厚着脸皮卖乖撒娇："祖母听了也一样，祖母这么疼我，菩萨看了肯定不忍心不帮我。"

太后无奈地摇头，叫凌祈宴随她一起跟着领路的小沙弥去了后殿。

这里便更清静了，连穿堂而过的风声都清晰可闻，凌祈宴不自觉地放轻了脚步。

后殿里只有一个看不出年纪的老和尚，正闭目打坐。

他们在蒲团上坐下，老和尚缓缓睁开眼，太后小声与他说了几句话，言语间分外恭敬。老和尚将目光转向凌祈宴，片刻后又闭起眼，转动手中的佛珠，沉声念诵起什么。

约莫过了一刻钟，在凌祈宴已等得不太耐烦之时，老和尚终于再睁开眼，神色镇定地对太后道："小殿下是天煞孤星的命数，没有父母妻缘，亦无子女缘，世事不可强求，若能坦然受之，或能有另一番造化。"

凌祈宴瞬间面色铁青，太后难以置信地睁大双眼，身子摇摇欲坠："可会看错？"

老和尚沉默以对。

太后见状已泪眼蒙眬，下意识地去看凌祈宴。凌祈宴脸色难看地站起身，快步走了。

"太后娘娘不必过于悲伤，"老和尚低声劝道，"小殿下是有福报之人，亦有长命百岁之相，虽命里还将有波折，但日后总能过得顺遂太平。"

太后心神稍定，捏着帕子按了按眼角，问道："还会有何波折？"

老和尚缓缓摇头。

这便是不能说了。

心知问不出这个，太后心下越发惴惴难安，且不甘心："当真不能有妻儿子女吗？可有化解之法？"

老和尚叹息一声："等三年以后吧。"

太后出来时，凌祈宴正坐在殿外的树荫下发呆。他起身迎过去，低着头闷声道："祖母我们还是回宫去吧，那老和尚满嘴胡言乱语，当不得真。"

他不信这个，什么天煞孤星，无非最近他那克妻的传闻闹得尽人皆知，这老和尚编出来哄骗他祖母的鬼话罢了。

皇帝、皇后虽不待见他，但他也好端端地在父母跟前长大了，说他父母缘淡薄就算了，可怎么就成了没有父母缘呢？

太后提醒他："你别乱说话，老师父活了快一百二十岁了，是真正的高僧，看人面相向来准得很，绝不会胡言乱语。"

凌祈宴闻言越发不高兴："那难道我真是那天煞孤星啊？"

太后一时说不出话来，半晌才抬手摸了摸孙子的脸，心疼不已道："没事的，你是金尊玉贵的皇嫡长子，有皇家的血脉气势压着，不会有事的。"

"我们还是回去吧。"

太后没答应："宴儿听话，我们在这庙里住几日再走，好歹请人做两场法事，先帮你转转运再说。"

凌祈宴撇嘴，算了。

松麓关，塔娜河畔。

温瀛穿着一身并不厚实的普通兵丁服，手执长枪，已与同伴在此列队等候许久，只等上峰下令，便发起冲锋。

二月天，塞外依旧严寒，呼吸间总能带出道道白气，温瀛平静地望向河对岸，一直淡如死水一般的心境到这一刻终于有了些微起伏。

他已在松麓关应征入伍两个月，日日操练，从无懈怠。郑把总十分赏识他，让他做了个小旗，带着十人的队伍，今次是第一回真正上战场。

大成朝廷的出兵，并未让巴林顿人与刺列部收敛，上个月他们联合起来又洗劫了松麓关东北部的两个小部落。林肃将军在与部下商议后，决定不再像去岁刚到松麓关时那般冒进，放弃了直攻刺列部老巢，而是选择先收复被他们攻占的周边小部落。

这塔娜河畔的塔林部就是定下的首个目标，郑把总的这一支兵马则被分进了前锋部队。

同队的人大多担惊受怕，暗叹倒霉，刚入伍就要上战场，还是打头阵的那个，运气实在算不上好，唯温瀛一个神色始终淡定如常。

对他来说，这却是莫大的机会。

他要往上爬，需要军功，他不怕死。

卯时四刻，天际朝霞最绚烂之时，冲锋号角终于吹响。

温瀛握紧手中的长枪，在一片震天杀声中没有丝毫畏惧，蹚着春日几近干涸的河水，奋勇朝前冲去，霞光映进他浓黑的双眼中，灼亮异常。

再之后他的眼瞳逐渐覆上血色，温热鲜血浇上他的脸，无数刀光剑影在眼前闪动，他的脑子里仅有一个念头：杀！杀！杀！

他只有杀更多的人，才能换得更大的军功！

呜咽风声起，和着摧枯拉朽的厮杀声响，鲜血染红了河水，亦染红了脚下的每一寸青草。

傍晚之时，大获全胜的朝廷兵马开始收拾战场。

温瀛受了轻伤，肩膀上被划了一道口子，被送回军营包扎上药。

他手下十人死了四个，而他斩首九人、重伤十数，战功不但在众新兵中一骑绝尘，许多已入伍数年的老兵都远不及他。

当日的军中伙食里多了荤腥，人人都分到了两块肉和半碗酒，军营上下一片喜气洋洋的气氛。

温瀛默不作声地坐在火堆旁，大口吃完饭菜，再仰头将酒倒入嘴中，抬起手背用力抹去唇边的酒渍。

郑把总自营帐里出来，瞧见他这副模样，走过去又递了一壶酒和半碗肉给他："拿着。"

温瀛没有推拒地接下，起身向他道谢。

"你小子厉害，比我当年第一次上战场都厉害，我果然没看错你。"郑把总哈哈笑道。

相处时间长了，这位郑把总豪迈不拘小节的个性展露无遗，从不与温瀛拐弯抹角，还教了他不少本事，温瀛对其十分感激。

温瀛是个闷葫芦，一般不怎么会接他这些吹嘘话，郑把总也不以为意，高兴地告诉他："你的战绩我已经帮你报上去了，不出意外，你这回就能升上总旗。"

第二十一章

117

"多谢把总。"

温瀛郑重地行了军礼，这一句谢说得分外真心实意。

像他这样刚入伍的新兵，战绩能如实上报的其实少之又少，免不得要被上峰和其他老兵抢去一些。这位郑把总不但大方地帮他上报了，更说要将他升为总旗，这已不单是他杀了几个人就能成的，郑把总只怕费了一番工夫，才帮他办成这事。

小旗手下领十人，但非正式的官职，到了总旗可领五十兵丁，是从七品武将，那就是真正有了官身。

虽然这还远远不够。

郑把总不以为意地摆了摆手："有什么好谢的？你是我手下出来的，升得快也是我脸上有光，日后你若能继续往上走，别忘了我就成。"

温瀛再次向他道谢。

"行了，你要是不嫌弃，以后你我兄弟相称，我厚着脸皮叫你一声温老弟，你喊我郑兄就行。"

温瀛从善如流地改口："多谢郑兄。"

夜色渐沉，闹腾了大半夜的军营重归宁静，除了负责值夜的巡逻兵，大多数人已酣然入梦。

温瀛一手枕在脑后，听着周遭此起彼伏的鼾声，默然盯着营帐外透进的那一点亮光。

两个月的时间，上京城中的一切却已恍若隔世。

耳边的声音渐小，温瀛慢慢闭上眼，再不去想那些，沉沉睡去。

第二十二章

三年后，凉州边军大营。

大成朝廷与巴林顿、刺列部的这场战役一打三年，去年年底时，刺列部汗王于战场之上伏诛，长子承袭爵位不到半月，被其弟姜戎亲手斩杀，其后姜戎率部献降。

巴林顿人望风而撤，大成兵马一路追击至西北边境，与驻守凉州的靖王麾下精兵两路合围，斩敌近十万。亲身上阵的巴林顿汗王丢盔弃甲，溃败逃回老巢，后被其子诛杀，汗位易主，巴林顿新任汗王遣使求和，得大成朝廷应允，战事这才告终。

温瀛坐在营帐外，和已从把总升为千总的郑沐喝酒。

三年的时间，温瀛从总旗升上五品守备，官职已在郑沐之上，如今他们上下级关系调了过来，私下依旧称兄道弟。

郑沐高兴万分，喝高了大着舌头与温瀛唠叨："这仗总算打完了，老子已有快四年没搂过家里的婆娘了。"

他说着又用力一拍温瀛的肩膀："你小子尝过女人的滋味吗？等回去以后我叫你嫂子帮你说门好亲事。你小子长这么俊，肯定多的是小娘子排队想嫁给你。

"还是算了，林大将军这般赏识你，你这回回去肯定又要升官了，娶个小门小户的姑娘亏了，一般的姑娘哪里配得上你？你这样的，去了京城指定能娶上那些高门贵女。

"要是皇帝老儿也看上你了，说不得你还能娶个公主哩。"

郑沐越说越没边，很快抱着酒壶躺在地上沉沉睡去，鼾声大响。

今夜的军营里，到处是郑沐这样的人。

温瀛默不作声地抿了口酒，月色映进他的眼中，深不见底。

夜色更深时，敬国公世子林肃大将军身边的亲兵过来，将温瀛叫去林肃的营帐。

"你回去准备准备，明日随我一起去见靖王。"见到温瀛进来，林肃开门见山道，满面都是喜色。

打了三年的战事大获全胜，没有谁比他这个主帅更高兴。

自去岁在战场上手刃刺列部汗王立下头功后，温瀛便入了林肃的眼，林肃对这位才刚二十就有勇有谋、战功斐然的少年郎十分看重。他自然知道温瀛是曾经的上京解元，后被皇帝亲口革除功名、逐出国子监，但林肃不以为意。英雄不问出处，更别说温瀛这样性子的人，那事还指不定有什么内情呢。

温瀛没有多问，林肃愿意提携他，他自是感激不尽。

林肃拍了拍他的肩膀："到了王爷面前好生表现，王爷最是赏识你这样年少有为之子，日后若能有王爷帮你在陛下面前美言几句，从前的那点事情便无甚要紧的。"

温瀛连忙道谢。

翌日清早，温瀛跟随林肃和其他几位军中大将一起去了坐落于边境城池中的靖王府。

靖王府在上京，这里只是一处王府别院，靖王驻守这边十几年，回京中的次数寥寥无几，与在此处安家无异。

边境城池中的王府别院远不及上京城的那些高门大院气派，但自有一股威严凛然之气，温瀛与人走进去，在正堂里见到了这位大成朝最具权势的王爷。

来西北这边后，温瀛就无数次听人提起过这位靖王。靖王是当今皇帝的五弟，与皇帝一母同胞的嫡亲兄弟，深得皇帝器重和信任，手握边防重兵，对皇帝亦是忠心耿耿。

因来的都是武将，俱以军礼见之，靖王十分随和地免了众人的礼，请人入座，再吩咐家丁上了热茶点心。

温瀛坐在最末的位置上，默不作声地听着林肃等人与主坐上的靖王说话。

靖王也才四十不到，面白有须，是位难得一见的美男子，与皇帝只有三四分像，性情也截然不同。想是因常年在边疆领兵，靖王十分爽朗且不拘小节，并无旁的皇族子弟那些高高在上的傲慢姿态。

说了小半个时辰的话，林肃提起温瀛，言语间俱是溢美之词，将他引荐给靖王。

温瀛起身上前一步，又向靖王行了一礼："末将温瀛参见王爷。"

靖王打量着他，笑道："我早听人提到过你，听说那刺列部老汗王就是被你于百步之外一箭洞穿胸口，如今一见，竟是位仪表堂堂、卓尔不群的俊俏少年郎，果真难得。"

"王爷谬赞，当时不过是末将运气好，撞到了那一箭罢了。"温瀛不卑不亢，从容且坦荡。

靖王笑着摆手："不必过于自谦，战功是你的就是你的，谁都抢不走。这回围击巴林顿汗王，你也立下了大功，待回京之后朝廷自会论功行赏，我和林将军亦会如实禀明陛下。"

"多谢王爷。"温瀛诚挚地谢恩。

晌午，他们留在靖王府饮宴。

好酒好菜轮番送上，众人开怀畅饮，敞开肚子边吃边聊。

温瀛吃得也不少，这三年在战场上历练下来，他的身形更结实挺拔，个头也长高许多，已再无半分当年的文弱书生样，胃口自然也比从前大了。

酒过三巡，又有婢女奉菜进来，一盘热气腾腾的炙肉搁上了温瀛的酒案。

他没在意，正低着头吃东西，眼前陡然有一道光影闪过。本能地察觉到危险，温瀛反应极快地往一侧避开身，那婢女手中的匕刃依旧刺上了他的肩膀，再用力抽出。

张牙舞爪、面貌狰狞的婢女挥着染血的匕刃扑上来，还想刺第二刀，温瀛已起身后退一步，伸脚猛地一踢，那婢女被踢飞的酒案挡下，摔倒在地上，再被温瀛踹开，很快便有王府护卫冲进来将之拿下。

变故就发生在一瞬间，谁都没想到靖王府婢女竟会化身刺客袭击府上客人，靖王更是瞬间面色铁青。

温瀛被送去厢房里上药包扎。只是皮肉伤而已，比起这几年在战场上受过的大大小小的伤，实在算不得什么，上药过程中，他除了眉头微蹙，从头至尾硬是一声未吭。

林肃在一旁看着免不得感慨，这个温瀛比他之前所以为的更有韧劲。

靖王亲自过来探望，告诉他们那婢女只被审问了几句就都招了。她原是刺列部老汗王的宠妃，老汗王死于温瀛箭下，她怀着满腔恨意逃来西北这边，混入靖王府中，今日见到温瀛誓要报复。

"说来说去都是我治下不严闹的，竟叫府里混进了奸细。"

靖王实在有些恼火。这段时日他忙着前线战事，也才刚回府，王妃又带着几个孩子回京去了，剩下两个侧妃没一个能顶事的，才会出这样的闹剧。

看到温瀛肩膀上缠着的布条，靖王多少有些过意不去，走上前去亲自向之赔礼："这事本王有不可推卸的责任，平白让你受了这一刀，委实抱歉。"

靖王拱手道歉，温瀛赶忙起身避开："王爷言重了，末将无碍，这点小事王爷不必放在心上。"

堂堂亲王屈尊向他这个五品官赔礼道歉，靖王能做他却不能受。

因先前在包扎伤口，温瀛只披了件中衣在身上，这一下动作衣裳便被拉扯开，靖王还要再说什么，视线触及他心口处那粒米粒大小的血痣，猛地顿住，再骤然抬眼望向他。

靖王的目光落到温瀛的脸上，惊疑不定地打量着他，神色越发古怪起来。温瀛有些不明所以，没出声。

林肃见状亦是一脸莫名："王爷？"

靖王回神，猛然间想起什么，越发心惊肉跳，问温瀛："你姓温，可是冀州人氏？"

"是，末将是冀州广县人氏。"

靖王闻言越发激动，声音都变了调："广县哪里？！你家里是做什么的？！你的生辰是何年月？"

"广县下一个叫下瑶村的地方，末将家是猎户，住在下瑶村后的山上，父亲靠打猎为生，末将生于辛丑年腊月廿二。"

虽不知道靖王问这些是何意，温瀛俱如实说了。

靖王神色大骇，一屁股坐进椅子里，只觉脑中一阵嗡嗡响，死死盯着温瀛的脸，半日说不出句话来。

当年他奉皇命去冀州找寻失踪的皇嫂和侄儿，最后在广县下瑶村的后山里找到他们，当时收留他们的确确实实是一户猎户，那个老实寡言的汉子也确实说过他姓温。

那会儿靖王见那人身形魁梧、孔武有力，想要将之收作身边的护卫，以报答他收留皇嫂和侄儿的这份恩情。那人犹豫之后，说家中还有刚出生的幼儿和体弱的妻子，谢绝了他，只收下了他给的银钱。

再后面靖王便带着皇嫂和刚满月的侄子回了宫。

但是现在，叫他知道了那温猎户家的儿子与他侄儿同日出生，且这个孩子心口那粒血痣，先帝有，他皇兄也有，俱长在同一个位置，连形状都一模一样。从前他皇兄还十分遗憾地与他提起过，可惜他儿女众多，竟无一人继承了这胎记。

他再观这孩子的样貌，还长着一双凌家人标志性的凤眼，虽不太像他皇兄，但分明像极了先帝！

上京，宁寿宫。

辰时末，凌祈宴去正殿向太后请安，过两日就是中秋，这段时日他一直住在宫里。

惜华一早就来了，正抱着刚满百日的儿子给太后看，身边还有个两岁差点的小姑娘乖乖坐着，在吃点心。

惜华嫁给林家长孙三年，夫妻恩爱，连孩子都生了两个，昔日咋咋呼呼的性子收敛许多。反观凌祈宴，依旧是光棍一条，二十的人了，膝下无一儿半女不说，府里连个陪床丫鬟都没有。

两相对比，太后的头发都愁白了一半。

她对凌祈宴提过几次，不娶正妻，纳妾总可以，凌祈宴俱当作耳边风。

他纳什么妾？那些小姑娘看着可人，真上了床他一个都不想碰。

自三年前被皇家寺庙的高僧批为天煞孤星命后，这几年每年太后都会带他去庙里长住几个月，不知烧了多少香，好似都没什么用。当日那高僧说的等三年后，眼见着时间就到了，也不知是什么意思。

凌祈宴捏了捏小外甥的脸，又逗了逗外甥女，觉得没什么意思，便坐一旁吃糕点去了。

太后唉声叹气，对惜华抱怨："你看看他，也不知几时能长进。你都是两个孩子的娘了，他倒好，还抢外甥女的糕点吃，也不害臊……这辈子要是看不到他娶妻生子，只怕老婆子我死了都不能瞑目。"

凌祈宴揉了揉日日听着这些已然生了茧子的耳朵，只装作没听到。

惜华笑着安慰太后："外祖母您别说这话，您还能活好多岁，大表哥肯定能让您抱十个八个曾孙的。"

太后"唉、唉"两声，更是惆怅。

傍晚，惜华带着孩子出宫回府，凌祈宴将她送出宁寿宫。

惜华笑嘻嘻地问凌祈宴："你知道当年你那位门客离京后去了松麓关投军吗？他现在在我公爹麾下，已经是五品守备了，有本事得很，刺列部老汗王就是被他亲手斩杀的。如今战事已了，我公爹马上就要回京了，他应该也会跟着回来，一准还能升官。"

凌祈宴愣了愣。他都快忘了这么个人了，这人竟然跑去投军了吗？

心下一时间冒出些说不出的滋味，凌祈宴面无表情道："都是两个孩子的娘了，还惦记着外头的野男人，你小心我去告诉那位林家大郎。"

惜华噎了一瞬，没好气地说道："这么个文武全才，你不好生珍惜，还把人撵走，活该你一辈子游手好闲。"

"不劳你操心。"凌祈宴抬了抬下巴，示意她赶紧滚。

惜华懒得与他计较，带着孩子走了。

凌祈宴在原地站了片刻，出神地看着眼前的秋景。

金风习习，梧桐叶坠，凉秋已悄然而至。

半晌，凌祈宴回身走上台阶。

入夜，从显安侯府出来，凌祈宴有些喝多了，被下人搀扶着坐上车，抱着痰盂吐了个干净。

江林给他拍背，小声劝他："殿下，以后还是少喝些酒吧……"

喝了江林递过来的解酒蜂蜜水，凌祈宴缓过些劲来，倚着身后的软枕闭目养神。

他觉得没劲透了。

昔日那些跟随他游手好闲、寻欢作乐的纨绔，随着年岁渐长都被家里拘着开始做正经事，轻易叫不出来。就连张渊也被他家中送去谋了个武职，收敛起那些不着调的性子，变得一本正经，如今还成了亲。

今日这场喜宴过后，那厮就要带着新婚妻子南下赴任，立誓要重振显安侯府门楣。

唯凌祈宴依旧是那个一事无成的闲王，如今的毓王府是越发门庭冷清了。

他寻思着，一直待在这上京城里也确实没什么意思，不如早些去封地上，让祖母帮他问父皇讨处景致好、风水好的地方，春日寻芳踏青、夏季泛舟游湖、金秋登高狩猎、严冬探梅赏雪，无人拘着，也再没人看他不顺眼，岂不快哉？

反正他向来没什么大志向，能这么逍逍遥遥地过一辈子，哪怕当真是天煞孤星，好似也没什么大不了的。

于是过两日进宫请安时，凌祈宴顺口就向太后提起这事，还自己选定了地方，说想去南边，江南最好。

太后愣了半晌，渐红了眼眶。她实在舍不得孙子。

三年前她本就打算让凌祈宴走，那会儿想的是等他成了亲有了家室，身边有个伴，哪怕去了外头日子也不会太难过。可凌祈宴如今这样，她哪里放心这么让他离开？

"真想好了吗？"

凌祈宴点头："反正早晚要走的，早些去早些适应也好。"

"南边那么远，你真去了南边，再要回来就难了……"

眼见着太后就要抹眼泪，凌祈宴吓了一跳，连忙哄她："祖母您别难过啊，我随口这么说的，祖母舍不得我，那我晚几年再去就是。"

太后这两年身子骨不好，精神差了许多，时不时地就要病一场，凌祈宴再没心没肺也不敢惹得她老人家过于伤心。

太后捏着帕子按了按眼角，心神平复了些："是祖母想岔了，你若是真想去，倒也好，祖母老了，只怕护不了你几年了，若是祖母不在了，我的宴儿可怎么办？"

凌祈宴听着心里颇不是滋味，低下声音道："祖母一定会长命百岁，祖母要一直护着宴儿。"

太后摸了摸他的脸，叹道："祖母只要活着一日都会护着你，你是祖母的心肝，祖母不护着你还能护着谁？"

"嗯，我信祖母，祖母日后若是嫌这宫里住着闷，就随我一起去封地上吧，我给祖母奉老。"凌祈宴高兴地说着，才不管他父皇听到会不会生气。

"好、好，我跟宴儿去。"太后的脸上终于有了丝笑意，将她的乖孙孙搂入怀中。

哪怕凌祈宴说的是傻话，只要他有这份心，她也觉得宽慰无比。

从宫里出来，凌祈宴实在无聊，没着急回府，叫人驾着车在大街上漫无目的地四处转着。

不知不觉间转到国子监附近，看到穿着国子监校服的学生在街边买东西，凌祈宴神色微微一顿，让人停了车。

那几个学生在店中挑选纸笔，凌祈宴不由得想起当年那会儿，那穷秀才快考试了，自己陪他来这里买东西时的情景。

凌祈宴想着，他就没见过像那小子那样实在不识抬举之人。他毓王府里什么好东西没有？那小子偏就不肯用，非要买这些平庸的东西，跟驴一样，冥顽不灵。

但凡那人性子不那么倔，学着圆滑点会看人脸色，最后也不至落个被革除功名的下场。

不过那小子也真命硬，去塞外三年竟混成了五品武将，如今也不知变成什么样了。

凌祈宴越想越不得劲，嗅到空气里隐约的甜香味，又朝外头看了一眼，街对面有间蜜饯铺子，生意看起来还挺好。

注意到他的眼神，江林笑问："殿下想吃蜜饯果子吗？奴婢去帮您买？"

一个"不"字到嘴边转了一圈，鬼使神差地咽了回去，凌祈宴微抬下颌，江林会意，没有假手他人，自己下去买了。

用油纸包着的蜜饯递到凌祈宴面前，他拈了一块扔进嘴里咀嚼两下，酸甜适口，这么久没吃了，还挺好吃的。

当初那穷秀才给他买过好几回这个，凌祈宴想着，其实那小子也不是当真一点不懂讨好他，就是太木讷了，脾气又臭，总是马屁拍到马腿上，惹他不高兴。

这么想着，他忽然又觉得有些索然无味，于是失了再吃这蜜饯的兴致，喝口水润了嗓子，闭起眼随意地抬了抬手指，吩咐："回府吧。"

华英长公主府。

长公主面色铁青地听着心腹禀报去冀州查到的事情，恨得摔了手中的茶盏："她果真是这么说的？那个女人现在在哪儿？"

"已经带回来了，暂时押在庄子上，确实都招了。她好似疯了一样一会儿哭一会儿笑，还问她儿子在哪里，说想见一见。"

长公主咬牙切齿道："见儿子？！她倒是敢想！将她看牢了，千万别又叫人跑了，等靖王回来，带去陛下面前当面对质！"

如此荒唐之事，她当真闻所未闻！

半个月前，长公主收到胞弟靖王寄来的私信，靖王在信中说了一件叫她惊诧万分的事情。

他们皇兄的长子，她的那个大侄子毓王凌祈宴，很大可能是个狸猫换太子的假皇子！

靖王在信中忧心忡忡，一再叮嘱她务必派可信之人先去将事情查个清楚。兹事体大，她哪敢耽搁，当即派了自己的心腹手下前去冀州广县。

长公主提心吊胆地等了半个月，今日派出去的人终于回来，向她禀报，凌祈宴确确实实就是个假皇子，是当年收留皇后的那户猎户家的儿子，换孩子的是那猎户的妻子。那个女人却不是一般的山野村妇，而是当初那失踪了的镇北侯府的女儿，她皇兄曾经的未婚妻云氏女。

镇北侯府败落后，侯府女眷尽数被充为官奴，云氏不甘沦落至此，买通了衙吏弄到路引偷逃出去，想要去投奔那会儿还在边境领兵的皇帝。但她一个弱女子，手无缚鸡之力，岂能走得远？她刚到冀州，就被人劫财劫色，抄家时偷藏在身上的金银首饰全没了，还失了身子。

云氏几近疯癫，流落至下瑶村，被一位姓温的猎户所救。

再后来她嫁给那温猎户，很快有了身孕，本也想就这么在那小山村里度过余生，直到被丫鬟护着仓皇逃命而来的沈氏出现。

从前云氏与沈氏还在闺中时就不大对付，云氏美艳绝伦，沈氏虽略逊一筹，但才情斐然。两人都是上京贵女中的佼佼者，自然什么都要争比，在皇子选妃这事上云氏赢了沈氏，更是让俩人结了梁子。但云氏到底命不好，在成婚前两个月家中出事，她的际遇就此彻底天翻地覆，皇子妃的身份亦被沈氏取而代之，她却沦落为山野村妇。看到沈氏虽狼狈却金尊玉贵，还怀着曾经与她盟誓过的男人的孩子，她如何能不怨、不恨？

只因为不甘心，又嫉恨沈氏，云氏便起了歹心，就这么将两个刚出生的孩子偷偷换了。

猎户的儿子扶摇直上成了皇嫡长子，皇帝的亲生子却被打入泥淖，贫穷艰难地长大，被人诬陷断了仕途，又被逼上战场，从最低等的兵丁做起。若非那孩子自有真龙血脉庇护，只怕早已尸骨无存了！

长公主怎么都没想到，当年那看着娇娇弱弱的云氏女竟如此胆大包天敢混淆皇室血脉，骗得他们帮人养了二十年孩子，她皇兄的亲骨肉却流落在外、受尽苦难。若非靖王这回偶然发现真相，他们不定得被人骗一辈子！

门外传来一声钝响，长公主厉声喝道："什么人？！"

身侧的嬷嬷去拉开门，站在外头的是惜华，正用力捂着嘴，大瞪着眼睛，满目都是难以置信的愕然之色。

长公主叫人将她拉进来，来禀事的人躬身退下。门合上后，好半晌惜华才颤声问道："是真的吗？大表哥当真不是陛下的儿子？"

"是。"长公主脸色难看地点头道。

"那大表哥要怎么办？被陛下和皇后娘娘知道了，他是不是必死无疑？"

长公主无言以对。这个问题她也回答不了，毕竟是看着长大的孩子，她也是疼凌祈宴的，但最后要如何处置他，这事不是她能做主的。

只是以她对皇帝的了解，那位最是爱面子之人，这样的奇耻大辱发生在皇家，还牵扯到曾经心爱的女人，皇帝想必很难释怀，凌祈宴那孩子很可能是活不了了。更别提还有一个原本就极不待见那孩子的皇后在，被沈氏知道真相，只怕她能恨不得将凌祈宴给撕碎。

惜华霍然起身："不行，我得去告诉外祖母，只有外祖母能救大表哥，她必不会看着大表哥死。"

长公主皱着眉将她压下："你给我坐着！这事你不许插手，更不许去跟太后说！"

"为什么啊？"惜华的声音已然带上了哭腔，"为什么不能告诉外祖母？"

"你外祖母这两年身子不好了，一直断断续续地病着，若是被她知道真相，她会伤心成什么样？只怕她会被打击得一病不起！"

"可这事不说就瞒得住吗？外祖母迟早会知道……"

惜华话未说完，已被长公主打断："哪怕要与她说，陛下会亲自去说，轮不到你多嘴！你不许多事！"

"母亲你怎么能这样？！你不是也疼大表哥的吗？就因为他不是陛下亲生的？二十年的姑侄情分，说没就没了吗？"

长公主硬起心肠，冷冷道："你想想你真正的大表哥吧，你也认识的。你曾经见过的那个温瀛才是你表哥，那么一个文武双全的好孩子，本该是天潢贵胄的命，这些年都是怎么过的？委屈自己投身毓王府做门客，最后又被赶出来连功名都丢了，只能去战场上拿血和命拼前程，可那毓王府本就该是他的！祈宴偷走的东西，也该还回来了！"

不等惜华再说什么，长公主疲惫地挥了挥手："你回国公府去吧，这段时日别出门到处跑了，就装作不知道，不要与人说，也不要再问。"

西北边城，靖王府。

自那日在这靖王府中遇刺，温瀛就一直留在这里，靖王只说过意不去，执意要他留下来养伤，但温瀛隐约觉着靖王对他的态度有些怪异。

靖王不但拨了众多太监、小厮、婢女伺候他的起居，吃穿用度一应东西都是极好的，于他的身份来说实属僭越，无论他如何推拒，靖王却只说让他收着，不必客气。

这位王爷还日日拉着他问他小时候的家中琐事，问他这些年念书和投军后的种种，事无巨细，问得详细，又时常唉声叹气，看他的眼神里常常带着悲悯和歉意。

温瀛隐隐有了些猜测，但依旧有许多想不明白的地方。

书房里，靖王将长公主寄来的信搁下，坐在椅子里半晌无言。

即便之前他几乎已经肯定了，但真正得到确切的答案，依旧心绪久久难宁。

温瀛被人领进门，正要见礼，却被靖王打断。

"王爷可是有事要与末将说？"

见靖王欲言又止，神色难堪，温瀛主动问起。

靖王站起身，这么多日来无数次仔细打量这个孩子。

他已经二十岁了，比自己这个叔叔还高大，性格稳重又不失冲劲、狠劲，且是真正的文武全才。这样的孩子，他皇兄应当会很满意吧？

若是他能在他们身边好好长大，必然早就被立了太子，他的那些侄子之间的纷争或许也能少上许多。

一切都是阴错阳差。

好在老天垂怜，这个孩子终究还是回来了。

幸好他虽过得苦，也遇到过不少贵人，资助他念书的老先生、教他武艺的归隐老将军、国子监里教过他诸多关照的司业、他入伍后一直帮衬他的义兄、提携赏识他的敬国公世子，因为有这些人，才有今日的他。

"你之前说那个资助过你的赵老先生膝下已无子孙，日后你别忘了报答他，定要将人安顿好，好叫他安享晚年。

"你的武学师父周老将军从前与我是同袍，我已去信与他，他很是夸赞了你一番，若有机会再见，你记得当面与之道谢。

"国子监的司业和其他那些学官从前都给过你不少关照，你要学会投桃报李。当日林司业借给你的银子，回去之后你记得加倍还了，但这份恩情要牢记在心。

"郑沐虽是个粗人，听闻本事还不错，你可以收在身边当亲信用，也算是全了你与他的义兄弟情谊。

"林将军是敬国公世子，敬国公府在朝中树大根深，你若能与之交好，日后必有益处。他十分赏识你，回朝之后你别与他生分了，但也不可走动太多，免得叫陛下和太子生疑，你得自己拿捏好分寸。"

靖王完全一副长辈提点小辈的口吻，谆谆教诲，温瀛认真听着，委实觉得怪异，压着疑虑恭顺地应下："王爷所言，末将必都铭记于心。"

靖王长叹了一声："孩子，你以后别自称末将了，也别再叫我王爷，你喊我五叔吧。"

辰时。

温瀛跟随靖王走上兴庆宫正殿前的石阶。

他是第一回站在这里，望向前方巍峨高大的宫殿，晨光映入眼底，他的眼神前所未有地平静。

在门外稍等片刻后，兴庆宫的大太监出来，客气地将靖王请进门，靖王回身叮嘱温瀛："你在这里先等一会儿，我进去与陛下说。"

温瀛点了点头，没有吭声。

靖王拍了拍他的肩膀，迈步进门。

已是严冬时节，宫殿的檐瓦上覆着白雪，墙角有新梅探头，花色映雪、雪里融花，给这严肃庄重的宫殿添了些难得的温暖色调。

站在兴庆宫正殿前的石阶最高处往下看，好似立于云端俯视众生、睥睨天下。

自前两朝起，这里就是历代皇帝的寝殿，住在这里的人，手握这个世上至高无上的权力，受万民敬仰膜拜，是人亦是神。

温瀛凝视着下方，久久未动。

一开始他只是想要出人头地，后来拼着一口气，不惧生死，不顾一切地往上爬，为的是有朝一日位极人臣。

但是今日当他站在这里，已十分确定，终有一日自己要在这里叫所有人、叫天下万民都臣服于他。

既然有机会，他便绝不会将之放过。

半个时辰后，兴庆宫的太监再次出来，将他请进去。

温瀛进门，垂下眼按着来之前靖王叮嘱的，恭恭敬敬地跪下，向御座上的那个人行大礼："臣温瀛叩见陛下。"

皇帝的手微微发抖，他被靖王搀扶着起身走下去，颤声道："你抬起头来……给朕看看。"

温瀛抬头，目光依旧平静，望向面前的皇帝。

皇帝死死盯着他打量，神色大恸。

他三年前就见过这个人，那时他亲口将这人逐出了国子监，革除功名，可怎么都没想到，这个人其实是他的骨肉。他到今日才知道，他的儿子流落在外二十年，到今日才终于知道！

"你解开上衣，让朕看看你心口的那个胎记。"皇帝沙哑的嗓音已然带上了哽咽，还在竭力压抑着。

温瀛从容地解开腰带，将衣裳拉开。他的身上有在战场上留下的大大小小的伤疤，心口处那粒血痣却非常突兀。

皇帝定定地看着，终是泪流满面，愤怒、悲痛、后悔、自责的情绪一齐涌上，叫他几乎站不住。

只看这一处胎记，他就不再有任何怀疑。

这个人确确实实是他被人调换走的亲生儿子。

靖王扶住皇帝的手臂，低声劝道："陛下保重。"

过了半晌，皇帝才勉强平复心绪，擦了眼泪，亲手将温瀛扶起，拍着他的手背，深吸一口气，恨道："这二十年你受苦了，你放心，父皇定会为你讨回公道。"

靖王心头大石落地，他皇兄这么说，就是已然认了温瀛这个儿子。

温瀛动了动嘴唇，靖王鼓励地冲他点头，温瀛沉下心神，改了口："多谢父皇。"

皇帝将那些感伤之情压下，心神和理智彻底被滔天怒火占据。他是大成朝的皇帝，却白白替人养了二十年的儿子！那个赝品占着他儿子的位置，享受了二十年的荣华富贵，他自己的亲骨肉却流落在外，几经生死，父子相见不相认！何其可恨！

"来人！"皇帝将牙根咬得咯咯响，厉声下令，"传华英长公主进宫，让她速将人带来！去凤仪宫请皇后立刻过来，再去毓王府叫毓王即刻给朕进宫来！"

温瀛听到"毓王"二字，目光动了动，很快又不再起波澜。

靖王欲言又止，到底没直接跟皇帝说，那个偷换孩子的村妇就是当年那位镇北侯府的云氏女。

凌祈宴懒洋洋地走进兴庆宫。他才刚起身，宫里就急匆匆地来人，火急火燎地说陛下召他即刻进宫。凌祈宴想想自己最近好像没招惹谁，便没怎么当回事。

他没想到的是，会有这么多人在这里等着他。

面色阴沉的皇帝、满面难堪的靖王、神情复杂的长公主和一脸莫名的沈氏，甚至还有那个三年不见、乍然出现的穷秀才！

凌祈宴倏然睁大双眼，这小子怎会在这兴庆宫里？！

温瀛抬眼看向他，神色晦暗，如同在打量他，眼神又像是隔着一层什么。

凌祈宴心下莫名突突直跳。

没等他开口问，皇帝阴着脸道："人都到齐了，靖王，你与皇后他们说吧。"

凌祈宴和沈氏俱疑惑地望向靖王，靖王清了清嗓子，简明扼要地说了："祈宴不是皇嫂您

130

和陛下的孩子，当年您在冀州那山野中生下的孩子被人给调包了，温瀛才是您的孩子。事情我与长公主已确认过，这孩子身上有和先帝、陛下一模一样的胎记，长公主派去冀州的人也已将当年调换孩子的罪魁祸首押来，是当年收留您的那户猎户家中的妻子，她都已招认了，这会儿人就押在殿外，您和陛下可以亲自审问。"

凌祈宴愕然愣在原地。

沈氏下意识地用帕子挡住口，差点没失声尖叫出来，当下就红了眼，身子摇摇欲坠，猛地看向温瀛。

"这是真的？他才是我的孩子？我的孩子被人调包了？"

沈氏浑身打战，完全语不成调，靖王叹了一声："是真的。"

沈氏浑浑噩噩地走向温瀛，颤抖着的手缓缓抬起，触碰上温瀛的面颊，哽咽着问他："你是我的孩子？你才是我的孩子？"

温瀛的神情紧绷着，没有出声。

靖王小声告诉沈氏："这个孩子长得像先帝，确确实实就是您和陛下的孩子。"

沈氏撑不住，掩面崩溃地大哭。

好半晌，被叫来却被忽略的凌祈宴艰难地张了张嘴，涩声地问："他是皇帝的儿子……那我呢？我是什么？"

皇帝的脸色越发阴冷，不待他说什么，沈氏骤然转身盯着凌祈宴，眼中俱是恨入骨髓的杀意："你还敢问你是什么？！你以为你是什么？！"

难怪，难怪她与这个畜生怎么都亲近不起来，难怪这个畜生一点不向着她。她就知道，她怎么可能生出这么个不孝不悌又毫无出息的畜生来？！原来他压根就不是她的儿子！

没给凌祈宴再说话的机会，沈氏咬牙切齿地吩咐人："将那个贱妇押进来！本宫要亲自审问她！"

殿外很快传来脚步声，凌祈宴愣愣地回身看去，一身灰扑扑的布衣、披头散发的妇人被人押进来，被按跪在地上。

她抬起头，漠然地环视一圈殿中众人，对上皇帝震惊错愕的目光，冷笑了一声，又很快移开，最后看向站在角落里惨白着脸的凌祈宴，眼中多了复杂打量之色。

"是你！竟然是你！！"

沈氏终于失控地尖叫出声，怒到极致，整张脸都已扭曲，恨不能扑上去撕碎跪在地上的云氏。

云氏轻蔑地睨她一眼："是我又如何？沈如玉，你这些年过得很得意吗？替别人养儿子的滋味如何？"

"你怎么敢？！你怎么敢？！你这个贱人！贱人！"

沈氏歇斯底里地叱骂着，云氏只是笑，沈氏越是愤怒，她便笑得越是得意开怀。

"你有工夫骂我，不如想想自己为何这么蠢，轻易叫我换了孩子，这是老天爷看不过去我这么可怜，眷顾我给我的机会，连老天爷都在帮我！"

这段封存二十年的往事，要不是如今被揭出来，她自己都快忘了，但看着这些人这般痛苦愤怒，云氏才觉得畅快极了，当真是报应不爽。

当年沈氏带着她的婢女狼狈而来时，云氏自己也即将临盆，轻易不出门，在窗户缝里看到沈氏出现，如死灰般的心才再一次被怒火点燃。想起自己遭遇的种种苦难，她恨得几欲滴血。

那个夜里她们同时发作，她很快生下孩子，沈氏比她多熬了大半日，生下孩子一眼未看就昏厥过去。婢女忙着照顾沈氏，压根顾不上孩子。

给她们接生的是温猎户的婶娘，之后也是那位婶娘帮忙照顾她们，沈氏一直昏迷不醒，孩子饿得直哭，婶娘便将沈氏的孩子抱来给云氏，让她帮着奶孩子。

几乎就在接过孩子的那一瞬间，云氏下定决心，将两个孩子调换了。

沈氏昏迷一日一夜，被从村里请来的大夫用草药灌醒，孩子递回她手里时已成了另外一个，没有任何人察觉。

之后那一个月，两个产妇各自在不同的屋子里坐月子，始终未打过照面，云氏喂养着两个孩子，直到靖王带人找来。

沈氏的那个婢女倒是来云氏屋里接送过几回孩子，但云氏那时刚生产完，灰头土脸的，穿的又是粗布麻衣，半点看不出昔年上京贵女的影子，虽长相出众让那丫鬟暗自嘀咕了几句，丫鬟也没多想。

她不认识云氏，从前只是沈氏身边的一个低等丫鬟，沈氏去与别府的小娘子交际时，轮不上她跟着，所以她没见过云氏。这回是运气好，她活到了最后，护着沈氏逃来这山野之中。

直到她们被人接走，始终没有发现孩子早已被人调换了。

听到云氏几近疯癫的笑声，皇帝终于从惊愕中找回神志，看向云氏的眼中翻涌起无数复杂情绪。

这个女子曾经是他心头的朱砂痣，是他念念不忘、刻骨铭心的人，他曾无数次自责当年没有保护好她，以为她早就香消玉殒，日日夜夜念着她，将其厚葬，为她请高僧做法事，为她点长明灯，为她诵经祈福。

可她其实还活着，不但活着，还将他的孩子偷走，成了这般疯癫冷血、不可理喻的疯子。

今日的云氏早没了当年艳冠上京的倾国之色，虽依旧是漂亮的，但已泯然众人，变得庸俗不堪，嘴角那狰狞的笑更是令她面目可憎。

皇帝看看她，仿佛藏在心底多年的那个影子就这么在这个瞬间烟消云散了。

"你为何要换了朕的孩子？"

皇帝的声音冰冷得不复半分当年的温情。

云氏的笑声一滞，被皇帝的眼神刺痛，她陡然拔高声音，激动地喊道："我为何要换你的孩子？！我当然是要报复你！你这个少情寡义的薄幸人，你欠我的！都是你欠我的！我才该是皇后！我的孩子才该是太子！当年我父兄、我镇北侯府满门皆因你获罪！你害死了我全家！你抛弃我，这辈子都欠我的！"

"朕登基后不久就已替镇北侯府平反，也让你的那些姊妹恢复了身份，朕派人去找过你，不欠你的。"皇帝压着满腔怒气，冷声提醒她。

云氏癫狂大笑：“好一个恢复身份，好一个派人找过我！我父兄的命，我镇北侯府满门男丁的命，我自缢了的祖母和母亲的命，你能还给我吗？！你找你的皇后和儿子找得到，为何找我却找不到？！我被人掳去山匪窝里，暗无天日地过了这么多年，被折磨得快死时，你在哪里？！”

皇帝面色铁青，镇北侯府确实是代他受过，那时他在边境领兵，被二皇子一派的人设计构陷，那场战役让朝廷兵马损失惨重，镇北侯主动替他揽下罪责，原只是被革职就能过去的事情，偏在二皇子一派的精心设计下，最后镇北侯府被栽上通敌叛国的罪名，满门男丁被斩尽。他赶回京时，事情已成定局。

虽登基后不久他就替镇北侯府平反，还回府邸，将那些被充为官奴的女眷放回，还允了她们收养云氏旁系的男孩承袭爵位，可到底镇北侯府确确实实是因为他才逢此大难。

他也确实派人去找过云氏，但只找回来一具面目全非的尸身。

陷入疯癫中的不只云氏一个，还有沈氏，她一步上前用力一巴掌扇在云氏的脸上，怒叱道：“你还想回来？你凭什么回来？！你早已嫁为人妇，给别人生了孩子，凭什么还敢回来？！陛下派出去的人没找着你，实话告诉你，是本宫叫人弄了具尸体给他们，设法让他们以为那是你！本宫就是要你死在外头，这辈子都别想回来跟本宫争、跟本宫抢！”

云氏的脸上立时浮起一个鲜艳的手掌印，她抬起手狠狠一抹，啐了沈氏一口：“我过得不好，你也别想过得好！你活该！若不是你自己作孽容不下我，你儿子说不定也早回来了，这就是报应！报应！活该你白替我养儿子！你以为我为何不直接掐死你儿子？我就是要他活着受罪！我要他从小就做个山野村夫，一辈子都吃苦日子！这就是你们最大的报应！！”

沈氏恨得几欲呕血，还要打云氏，被靖王赶紧叫人拉开。云氏又开始笑，泪流满面，一边哭一边笑，眼中恨意与畅快之色交替翻涌。

“你也不必说得自己就有那般委屈，”一直没怎么说过话的长公主突然冷冷开口，斥责云氏，“当年靖王带人去找皇后她们时，你若真想回来，大可以现身求靖王将你带回来，可那时你已嫁了人生了孩子，怕陛下嫌弃你，不肯再要你，加上你换了孩子心虚不敢出来，我说错了吗？”

不待云氏反驳，长公主又轻蔑地说道：“可你还是不甘心，也不安分，没过多久听闻陛下替你镇北侯府平了反，便毫不犹豫地抛夫弃子。靖王留给你们的银钱，你一分未给丈夫和孩子留，全部卷走了，你的心肠何其狠毒？！

“你想独自一人回京来，不叫人知道你嫁过人生过孩子，便可以利用陛下的愧疚入后宫，陛下少不得会给你封个贵妃，将来说不定你还能取皇后而代之，你那被换给皇后的亲生子也可以抢回去自己养，你不就是打着这样的算盘吗？

“可惜你天生没那个命，在回京的路上又遇上山匪，被劫去山匪窝，从此再不得自由。这回若非我派人去查当年之事，顺手解救了你，你只怕到死都出不了那山匪窝，可这与陛下何干？都是你咎由自取罢了。

“你若是不那么愚昧，不换陛下的儿子，在平反之后带着丈夫、儿子一起回京，陛下必会补偿你，你丈夫说不得还能谋个一官半职，又有镇北侯府这个后盾在，你也能富贵无忧一辈子。

你过成如今这样，怨得了谁？"

"你胡说八道！"云氏尖叫出声，愤而打断长公主的话，"我没有！都是你们的错！是你们欠我的！你们活该！活该！！"

被长公主一句一句戳穿真相，云氏已彻底恼羞成怒，声嘶力竭地咒骂起来，咒骂皇帝、咒骂皇后，咒骂他们所有人。

凌祈宴麻木地看着眼前这场闹剧，云氏的疯言疯语他一个字都已听不清，脑子里不断嗡嗡作响，所有人的面貌似都已变得模糊，最后唯一看清楚的，只有站在皇帝身边的温瀛望向他时那双黑沉无言的眼睛。

"够了！"

突然出现的声音突兀地闯进大殿中，众人循声望去，紧皱着眉的太后被惜华搀扶着进来，视线缓缓转过一圈，沉声问皇帝："发生了何事？你们都在这里，为何不与我说？"

第二十五章

　　惜华扶着太后走上前，被长公主狠狠瞪了一眼，只当没看到，将太后扶坐进座椅里。

　　皇帝面色难堪道："母后您怎么来了？没什么事……"

　　"这么大的事叫没什么事？若不是惜华告诉我，你还打算瞒我到什么时候？"

　　太后冷声打断皇帝的话，目光落到一旁微垂着眼的温瀛脸上，顿了顿，向他招手："孩子你过来。"

　　温瀛走上前在太后面前跪下，仰起头好叫她看清楚。

　　太后盯着他细细看了半晌，叹道："果真长得像先帝，比先帝年轻那会儿还俊一些，是我们家的孩子。"

　　角落里的凌祈宴用力握紧拳，煞白的脸上已无一丝血色。

　　太后的声音里带上了一丝哽咽："我是你祖母，好孩子，你喊我一句吧。"

　　温瀛动了动嘴唇，轻吐出声："祖母。"

　　"好、好，回来就好，这二十年你受苦了，以后让你父皇、母后加倍补偿你，起来吧，别一直跪着了。"

　　云氏犹在冷笑。与温瀛说完话，太后看向她，神色平淡但并无怒意，盯着她打量。

　　云氏挑衅一般回视过去，太后看着她，不由得想起当年那娇滴滴如花骨朵一样鲜活的姑娘。那时候别说皇帝喜欢，她自己也喜欢云氏这个大大咧咧又爱笑的准媳妇。

　　奈何世事弄人，云氏最终变成了如今这副模样。

　　太后的眼神里多了一丝悲悯，她对云氏道："于大义上，皇帝确实欠了你们镇北侯府，但这些年他也尽力补偿了，帮你们平反，还了爵位，善待那些还幸存的侯府女眷。当然，镇北侯府几十条人命，这样的补偿的确远远不够。

　　"于私情上，当初我知道皇帝心里有你，在镇北侯府出事后命人带了懿旨去，想将你接出来，哪怕做不了正妃，也能帮他留住你，是你自己等不及先跑了，这事只能算是阴错阳差。

"之后的事情，你遭受的那些苦难，你怨你恨都是应该的，可落到这一步，很大一部分是你自己的责任。无论你抛夫弃子试图回京，是为了荣华富贵，或只是为了皇帝这个人，你都做错了，至少你对不起那位在你最无助时收留你、帮助你的温猎户。

"你做得最错的，就是将两个孩子换了。这些陈年旧事中，最无辜的就是这两个孩子，他们不该成为你报复人的牺牲品。

"皇帝对不起你，可他也帮你养了二十年的儿子，你的孩子锦衣玉食地长大，皇帝的儿子却过得颠沛流离，父子相见不相认，二十年，你的确报复成功了。

"祈宴是我最疼爱的孙子，如今知道他不是我的亲孙子，但他是我亲手带大的，我也还是疼他，不可能对他说翻脸就翻脸，可我也不能不顾念我自个儿的亲孙子，所以不会再像以前那样待他。

"我对你的怨气不比皇帝、皇后少，可我再与你计较这些也已毫无意义。

"到了今时今日，你再这样一味沉浸于仇恨中，只会显得你过于可怜又可恨，不如放过自己吧。"

云氏瞪大眼睛，嘴唇哆嗦，嘶哑着嗓音还欲争辩，对上太后平静无波的目光，竟一个字都再说不出，终于彻底崩溃，失声痛哭。

太后叫人将之先押了下去。

沈氏陡然拔高声音，厉声道："她犯的是诛九族的大罪！她必须死！她这个鸠占鹊巢的儿子也必须死！"

她一只手指向凌祈宴，怒视太后，恨不能现在就将这两个人一起拖下去凌迟。

凌祈宴低着头，一声未吭，叫人看不清楚他脸上的表情。

太后没有看他，也没有理皇后，只问皇帝："这事你打算怎么处置？要闹得满朝文武皆知吗？"

皇帝铁青着脸，说不出话来。他最是好面子，自然是不想这样的，若是被人知道他跟个傻子一样被个女人愚弄，白替人养了二十年儿子，老脸就彻底丢干净了。

这是他不能忍受的事。

太后猜到他心中所想，又吩咐人将凌祈宴也先带下去。

"母后！"沈氏气红了眼，不管不顾地质问起太后，"你到现在还要护着那个野种不成？你别忘了站在你面前的这个人才是你亲孙子！"

太后依旧没理她，对皇帝道："祈宴先带下去，你叫人找处宫殿暂且拘着他，等想好这事要怎么了结再做决定。我也不将他带去宁寿宫了，免得被人说我偏袒他。"

皇帝神色冷硬地点了点头。

沈氏气急败坏道："还等什么等？！他必须死！一杯毒酒直接解决就是！！"

凌祈宴已走出大殿门，背影逐渐远去，从前那个恣意洒脱的毓王殿下好似再也回不来了。

温瀛沉默地看着，直至他彻底走出自己的视野。

沈氏恨极，又一次质问太后："说什么不偏袒？！你分明就是想护着他！你到了今时今日还要护着那个野种？！那我儿子怎么办？！我儿子就该活该被他白占二十年身份吗？！"

太后沉了脸，到底忍住了，略过不提这个，问起皇帝另一件更重要的事情："这孩子的身份，你打算如何跟外头交代？"

皇帝一时有些犹豫不决，靖王想了想，提议道："换孩子这事最好还是不要传出去，免得惹来更多闲言碎语，坏了皇室的名声，不如就说皇嫂当年生的是双胎，这个孩子被高僧批了卦，必须养在民间，等到满二十才能认回，不然养不大。如今他已二十了，自然得认祖归宗，之后修改玉牒，将这个孩子排到序齿第一，其他人再顺序往下排就是。"

这样的说法虽然荒谬，或许压根不会有人信，但只要能勉强自圆其说，不叫狸猫换太子之事传得天下皆知，保全皇家颜面就够了。

"我不答应！"没等皇帝表态，沈氏头一个反对，"凭什么还要我再认那个小畜生做儿子？！他一个山野村妇生的野种抢了我儿子的身份二十年，凭什么再占着皇子的名头继续享尽荣华富贵？！我不答应！"

"那你能想出更好的点子吗？"太后终于冷冷地问她。

沈氏的脸涨得通红，她咬紧牙根，恨道："那就让他暴毙！哪怕他占着皇子的名头也必须死！他死了其他人也不用重新排序了，寓儿依旧是次子！"

"留下他吧。"不等太后说什么，一直没吭声的温瀛出人意料地开口，"还请父皇、母后和祖母开恩，毓王和那位云氏都给他们留条命吧。"

沈氏一愣，随后怒而拔高声音道："你疯了不成？他们母子俩害你至此，你还要为他们说情？！"

温瀛抬眼望向她，面色镇定且冷静："就当是为我积福，我刚被认回来，不想有过多人因我而死，还望母后开恩。"

"你是个心善的好孩子，"太后先接了话，"祈宴威胁不了你什么，你有这般容人之量，愿意以德报怨放他一马，日后必会有福报。"

沈氏怒不可遏，还要再说什么，皇帝已彻底不耐烦了，冷冷地下令："这事先这样，暂且将人押着，容朕再想想，过后再议。"

他倒是没有沈氏那么狠的心，虽对云氏失望至极，但毕竟是曾经真心爱过又念了二十年的女人，凌祈宴更是在身边从小养大的，哪怕不学无术不讨人喜，但要说一点父之情都没有，那也是假的。

他最在意的是面子，只要面上这事能糊弄过去，他自己优秀至极的亲生儿子能回来，这口气也就勉强压下去了些。

他自然知道太后舍不得凌祈宴死，太后面上虽表现得不怎么在意凌祈宴了，为的也只是保住人。就算为了太后，他也不能真将人杀了。

这会儿理智回来些，皇帝想起先前沈氏失态时说的故意弄了具尸体来骗自己的话，心下不免有些恼她，更不想让她称心如意，于是示意长公主和惜华先将太后送回去，再让沈氏回凤仪宫，将温瀛单独留下了。他刚认回儿子，还有一肚子的话要说。

温瀛不是个话多的人，皇帝问什么才答什么，说起从前的事情，俱三言两语带过，言辞间并无愤懑和抱怨之意，这让皇帝十分欣慰，更是感慨，才二十岁的少年郎就能这般持重沉稳、宠辱不惊，着实太难得了。

皇帝越看这个儿子越是满意，温瀛相貌堂堂、一表人才，且是真正的文武双全：从文他能连中四元，身负状元之才；从武他能手刃贼首，立下头功，在短短三年时间内升上五品守备。若是他没被人换走，再没人比他更适合做一国储君。

想到这个，皇帝不免又有些遗憾。凌祈寅虽也聪明，但跟温瀛比起来就不够瞧了，那点聪明看着也更像小聪明，而非大才，且那小子这几年心思越来越歪，越来越叫他不满意，但只要凌祈寅不犯大错，他却不好换人，毕竟废立太子之事关系到国运，轻易动不得。

这实在太可惜了。

凤仪宫。

沈氏一回来就开始发脾气摔东西，殿中下人战战兢兢地跪了一地。

待她发泄够了，将人都撵了下去，只留了嬷嬷柳氏。

柳氏便是当年随她一起逃亡的那个丫鬟，后头这二十年一直是她的心腹，也是她身边最有脸面之人，如今沈氏却迁怒了她。

"当年整整一个月，你就没发现那猎户的妻子是云氏那个贱人？！没发现本宫的孩子被人调换了？！"

柳氏大骇，跪在地上哆哆嗦嗦半晌才道："奴婢之前没见过云氏，也没想到小殿下会被人调换，奴婢该死……"

她不敢说自己其实是怀疑过的，在凌祈宴逐渐长大后，她偶尔看着毓王殿下的脸，总是无端地忆起当年那位容貌异常出众的猎户的妻子。

她不知道那就是云氏女，哪怕知道了也不敢说。

凌祈宴长得有六七分像云氏，之前不知他与云氏的关系时，连沈氏都从未将两个人联系到一块过，还当是这个儿子天生与她不对盘。就像若不知温瀛是皇帝的儿子，即便他长得再像先帝，也不会有人将之当回事，甚至下意识地忽略过去。

可柳氏是见过那位猎户的妻子的，看着凌祈宴越长越像那小娘子，免不得心下惴惴。可事情已过了这么多年，她哪里敢提出疑问，干脆将之烂在了肚子里，没承想这事终究还是被揭了出来。

沈氏一看她这反应就猜到她或许早就发现了真相，顿时越发怒火中烧，当下命人将之拖了下去。

凌祈寅进门正撞见这一幕，瞧见柳氏不停求饶着被人拖走，他神色一顿，问沈氏："何事叫母后这般动怒？儿臣听闻先前您和祖母、姑母、五皇叔他们都去了兴庆宫，发生了何事，能说给儿臣听吗？"

沈氏咬牙切齿地将事情说了一遍。

凌祈寓惊愕地愣在原地："当真？！"

"是真的，"沈氏恨道，"若非太后拦着，那对母子已死无葬身之地了！"

她这会儿倒没怎么迁怒温瀛，只以为温瀛刚回来，傻乎乎地想表现自己宽宏大度，才会帮云氏和凌祈宴求情。她甚至觉得凌祈宴惹她厌恶、克着她，根本是因为他是那个女人的种，换成她亲生的，哪怕被太后抢走了也定会向着她、亲她！

所以她恨透了凌祈宴，恨不得他立刻去死。

凌祈寓回过神，眼珠子迅速转了转，神情分外隐晦："母后是说，那个温瀛才是儿臣的亲大哥？"

沈氏见他这样，以为他心里在想那些有的没的，提点他道："你大哥这些年受了不少苦，如今他好不容易回来，你且让着他点吧。你父皇肯定会想方设法地补偿你大哥，但太子是你的，他抢不走，你不必担心这个，也没必要与他生了嫌隙。他是有本事的，若是你们能处得好，日后他也会是你的一个助力。"

提起这个，沈氏不免又有些得意。云氏这个贱人生的儿子果然也跟她一样，空有美貌胸无点墨，只有自己才生得出温瀛这样文武双全的好孩子！

凌祈寓垂眸，遮去眼中阴影："儿臣知道了。"

一个时辰后，温瀛来凤仪宫拜见沈氏。

凌祈寓坐在沈氏身旁，看着三年不见，如今摇身一变成为他亲大哥的温瀛走进门，止不住地烦躁。

甚至在温瀛抬起眼，目光不经意地转向他时，他心里无端冒出一丝惊惧来。

这个人怎就有这般好的运气？三年前他没能将之杀了，日后这人只怕会成为他最大的麻烦。

凌祈寓越想越恼恨，但在沈氏面前半点没表露出来，嘴角还噙着笑，主动起身向温瀛问候。

温瀛面色淡然，却也挑不出错来。

沈氏将他叫到跟前坐下，又让人上了茶点，一副慈母做派，还红了眼："母后不知道你喜欢吃什么，我可怜的儿，都这么大了母后才知道你……"

温瀛低声道："母后不必过于悲伤，事情都过去了。"

凌祈寓也顺势宽慰了沈氏几句。

沈氏捏着帕子按了按眼角，嘴上感叹："还是你们贴心，亲生的就是不一样。"她又问温瀛，"你为何要帮那对母子说话？他们罪有应得，合该被千刀万剐，你何必同情他们？"

不等温瀛说，凌祈寓先似笑非笑道："大哥以前是毓王府的门客，与那位交情不浅，想是不忍心吧。"

沈氏皱眉，这事她自然知道，从前那小畜生还当着她的面炫耀过这事，提起来她便有气，教诲起温瀛来："人善被人欺，那点交情算得什么？后头他不还是将你赶出府，更断了你的仕途？再说了，那毓王府本该是你的，他鸠占鹊巢，你倒还替他说话。"

温瀛镇定地解释："不是替他说话，是为了我养父。我养父不知道换孩子这事，一直将我

139

当作亲生儿子，对我很好，我只是想保住我养父的血脉而已。云氏虽未养过我，但我养父到死都惦念着她，我不想他泉下有知因这事悲痛难过，还望母后开恩。"

沈氏沉了脸，但温瀛恭恭敬敬的，仿佛在恳求她，她又不好与刚认回来的儿子动怒，忍了又忍，才道："以德报怨固然是好的，但有的人罪大恶极，不值得你这样。"

温瀛敛眸，没再接腔。

在凤仪宫待了一个时辰，温瀛还要去宁寿宫拜见太后，便告退先一步离开。

他刚走出去，身后有人喊他："温大哥！"

温瀛回身，是六皇子凌祈宁。小孩大步跑过来，仰头看着他："我刚才在殿门口都听到了，你才是我大哥，原来的大哥是假的，是吗？"

这位六皇子才十二岁，沈氏显然没与他说这事，温瀛当年陪这小孩玩过投壶，记得他，点了点头："嗯。"

凌祈宁张了张嘴，一时不知当说什么好，却微微红了眼："那……原来的大哥会死吗？"

沉默片刻，温瀛轻声吐出两个字："不会。"

第二十六章

宁寿宫。

太后被长公主和惜华搀扶着坐下，神情哀戚。

先前在兴庆宫时她还强撑着，这会儿再忍不住，哽咽垂泪。

惜华慌乱地帮她擦眼泪，低声劝道："外祖母您保重身子……"

好半晌，太后稍稍平复住心神，叫来她这宁寿宫里的大太监叮嘱道："毓王现在在朝晖殿里，你多派几个人去那边盯着些，出入朝晖殿的人都要注意，别叫凤仪宫的人进去。外头送进去的东西，尤其是吃食，一定要再三查验，毓王若是缺了什么，就让人来这宁寿宫里给他拿。"

大太监忙应下："奴婢这就去办。"

长公主闻言犹豫地问："母后，您是觉着，皇后她会……"

太后疲惫万分，红着眼道："她是个心眼小的人，恨透了云氏和宴儿，不盯着点，难保她不会私下里叫人下手。这些年她一直记恨着我这个老婆子，无非当年有人说漏了嘴，被她知道我曾经拿了懿旨想去接云氏出来。我念着她当年遭了罪，不与她计较，才会叫她行事越来越肆无忌惮，可如今这样，我也说不得她什么，毕竟被换走的那个是她的亲生儿子。

"云氏那边，你也派人去盯着些吧，尽量给她留一条命。"

长公主不解："祈宴就算了，毕竟是我们看着长大的孩子，云氏她……母后您也不打算跟她计较吗？"

太后麻木地摇头："算了、算了，总归是我们皇家欠了她镇北侯府的，事情已经这样，杀了她又有何用？她这些年过成那样，本也是遭报应了。"

长公主一时不知当说什么好。

她还是觉着，孩子被换走二十年，不追究那个女人的责任，委实难以咽下这口气，可太后都这么吩咐了，她只能领命去做。

念着凌祈宴，太后心中不安，泪意又一次涌上，喃喃道："突然知道这些事，也不知宴儿会怎么想？他虽不是我的亲孙子，但他是我从那么一点点大亲手带大的，我还记得他刚学会说话那会儿叫我祖母时的模样。我有这么多的孙儿孙女，只有他跟我是最亲的，没了他，我这心里就跟被挖了肉一样难受……

"可我一想到我的亲孙子在外过得那么艰难，我却一点不知道，心里也痛，好似怎么都不对。"

惜华轻抚着太后的背帮她顺气，宽慰她道："外祖母您也别太着急了，按着五舅舅的提议，大表哥定能活下来的，之后给他一块封地，让他避出去就是了，这样陛下的脸面也保住了。至于皇后娘娘那里，只要见不到，日子久了她这口气总能过去。"

长公主却道："皇后能记恨你外祖母二十年，你觉着她对云氏母子的恨意是避而不见就能一笔勾销的？哪怕将祈宴送去天边，她都会闹腾不休，更有可能弄得鱼死网破，将换孩子这事闹得尽人皆知，逼得陛下不得不杀祈宴。"

惜华顿时无言，那位皇后娘娘确实像是做得出这事的。

太后双目通红，仿佛一夕之间苍老了几十岁。不想惹得他老人家过于伤心，长公主改了口："不过也不用太担心，母后若执意要保祈宴，总有办法保住，关键是陛下那里，我观陛下的意思，陛下也不像是非要杀他不可，会有法子的。"

太后不再言语，愣愣出神，无声地流泪。

下午，温瀛来宁寿宫拜见太后。

太后刚勉强闭上眼睐了一会儿，听闻温瀛来了，立刻叫人扶自己起身，传他进来。

长公主和惜华已经被她打发走，大殿里没别的人。

温瀛进门尚未见礼，先被太后打断。

太后将他叫来自个儿跟前坐下，抬手抚了抚他的脸，问他："跟你父皇、母后都说过话了？"

"说过了。"温瀛点了点头。

太后捏着帕子拭了拭眼睛，温瀛的稳重淡然叫她既安慰又觉心疼。也不知这个孩子在外受了多少磨难，才养成了这样的性子。

他们最对不起的就是这个孩子。

"你父皇给你安排了住处吗？"

"安排了，父皇说让我住永安宫，已经派人去收拾打扫了，母后那边也拨了些人过去，一应东西都已送过去了。"温瀛神色平淡地说着，仿佛并不在意这些。

"那就好、那就好。"太后闻言稍稍放下心，又叫了人去开库房，尽挑好的东西送去永安宫。

温瀛向她谢恩，太后摆了摆手，叹道："有什么谢不谢的，都是你该得的，还有什么想要的，你直接与祖母说，也尽可以向你父皇、母后开口，别觉得不好意思。"

温瀛想了想，问她："祖母，毓王那里最后会如何处置？"

太后愣了愣，犹豫着不知怎么说："你是什么想法？"

温瀛低下声音道："至少给他留着条命吧。"

太后闻言心下一松，这已经是温瀛第二次这么说，他确实实没想要凌祈宴的命。帮凌祈宴求情不是他必须做的，但是他做了，这就足够了。

"你是个好孩子，祖母替他谢谢你。"太后免不得又有些自责。她确实是偏心的，到了今时今日，依旧偏心着凌祈宴，但也只能这样了，于是又向温瀛保证："你放心，待日后我会叫人将他送得远远的，绝不会再碍着你。"

温瀛没再接话，眼中有转瞬即逝的晦意。

在宁寿宫陪太后半个下午，再被皇帝叫去兴庆宫一块用晚膳，一直到天色擦黑，温瀛才从兴庆宫离开。兴庆宫的大太监领了皇命，恭恭敬敬地亲自将他送去了永安宫。

温瀛坐在步辇上，凝神望向天际最后那一抹火烧云，久久未动，不知在想些什么。

跟随一旁的兴庆宫大太监一路没停嘴，殷勤地给他提醒这宫里需要注意的事项。

温瀛听得心不在焉，路过朝晖殿时，那太监顺口提了一嘴殿名，温瀛神色一顿，吩咐人停下步辇。

见温瀛站起身，似欲进去里头，那太监下意识地提醒他："殿下，不早了，还是赶紧回去寝宫里……"

温瀛转眼看向他，眼中透着些微冷意。对方被他的眼神盯得当下闭了嘴，直到温瀛走进去，才恍然回神，这位新殿下……好似也不是个好惹的主。

朝晖殿外有人守着，太后派来的人认识温瀛，不敢拦着，让他进去了。

凌祈宴垂着脑袋正坐在地上发呆，一整日了滴水未进。

这里的人倒没苛待他，是他自己不愿吃喝。

到了今日他才知道，了无生趣原来是这个意思，从前他的那些无聊无趣倒都显得矫情奢侈了。

他想苦笑，却扯不起嘴角，浑浑噩噩地回忆着过去二十年的前尘往事，才发现所能忆起的事情其实寥寥无几。他这偷来的命数，当真是浪费了。

听到脚步声，凌祈宴恍然抬眼，对上温瀛居高临下望向他的打量目光，愣神之后终是笑了。

"穷秀才，做皇子的感觉如何？高兴吗？"凌祈宴开口问道，说完又先摇了头，"不对，我怎么还叫你穷秀才？你早不是穷秀才了，现在你才是那金尊玉贵的皇嫡长子，是皇帝的儿子。真可惜，我们要是早点换回来就好了，是你的话，凌祈寓那个狗东西肯定做不上太子了，他那点小聪明，连给你这个文武全才提鞋都不配。

"其实你也挺可怜的，好端端的皇嫡长子，又这般有出息，原本该是板上钉钉的东宫储君，结果被我给换了，害你不得不去考科举、投军，皇太子的位置也被别人占了。

"还好现在也不晚，你这么有本事，之前就一直撺掇我夺嫡，如今你可以亲自去做了。凌祈寓那个狗东西定斗不过你，那个位置早晚是你的。"

凌祈宴慢吞吞地说着，仿佛说给温瀛听，又似自言自语："从前我还总说你命不好，不会投胎，啧，其实我才是不会投胎的那个，可真讽刺。

"我也就前头二十年运气比你好些，不过到了今日，我的好运气算是到头了，该你的都该

还你了。

"你是不是特别怨恨我？我抢了你二十年的荣华富贵，从前还对你非打即骂，要你跪我、拜我，又赶你走，你肯定憋了一肚子气吧？你这人心眼这么小，脾气还大，肯定一直记恨我。

"可我也不是故意的。"

说到最后这一句，凌祈宴眼中笑出了泪，那双漂亮的桃花眼垂了下去，再不见半分往日的光彩。

他抬手抹了抹眼睛，哽咽道："你的命数又不是我想偷的，我自己也不知道我会被人跟你调换。

"你母后对我一点也不好，一直看我不顺眼，把我当仇人；你父皇因为我没有达到他对皇长子的期望，觉得丢人，总是找着机会就训斥我。他们都不想要我这样的儿子，可我就想要他们这样的父母吗？

"就因为你是皇子，我只是个猎户的儿子，就成我偷了你的东西，可你还偷了我爹呢，我一次都没见过他。

"难怪那老和尚说我是天煞孤星，没爹没娘，以后也不会有妻儿子女，我还当他是胡说八道，原来他说的都是真的。"

凌祈宴泪流满面，温瀛始终没出声，只神色复杂地一直盯着他。

絮絮叨叨地说了一顿胡话，凌祈宴耷拉下脑袋，沉默一阵，抬手抹了抹眼睛，将声音里的哽咽压下，又笑了："算了，我跟你说这些做什么？好似我故意说得自己多可怜想要博同情一样，你也不用来看我的笑话了，你走吧。"

温瀛没动，凌祈宴晃了晃脑袋："难不成你还想听我叫你滚吗？"

他不耐烦地挥手道："走吧，走吧，我不想见你。"

温瀛走上前，冲还坐在地上的凌祈宴抬了抬下巴，冷冷地示意他："起来。"

凌祈宴不想再理他。

"起来。"温瀛重复了一遍。

凌祈宴依旧垂着脑袋，不再言语。

下一瞬，温瀛伸出手掐着他的手腕用力将他攥起。凌祈宴愣了愣，还红着的眼中陡然生出怒意："你做什么？！"

这一站直身，凌祈宴忽然发现，这家伙现在个子好高。三年前还只比他稍高一点儿的人，如今已超过他大半个头，他甚至要仰视对方了。

而且这人的蛮力也更大了，凌祈宴被他攥得手腕生疼，却根本挣脱不了。

温瀛紧皱起眉，绷着脸呵斥他："不许哭！把眼泪擦了！"

撞进温瀛漆黑如墨、阴沉晦暗的双眼中，凌祈宴心尖一跳，依旧泪汪汪的，却沉了脸："你到底想做什么？你别以为如今我们换了身份，你就能羞辱我！"

温瀛的眸色更冷，他从牙缝里挤出声音："毓王殿下以为什么是羞辱？"

凌祈宴瞬间哑口无言，这"毓王殿下"四个字里藏着的尽是讥讽，叫他无地自容，温瀛问的这话，他更是答不出来。

温瀛若真要羞辱他，他从前做过的那些，温瀛大可做回来，只怕没人敢来阻拦。

可温瀛没有。他进来这么久，甚至连话都没怎么说过，好似一直是自己单方面在抱怨，说那些惹人嫌的话。

凌祈宴想到这些，心里越发不痛快。

温瀛忽地抬手在他的脸上用力撸了一把，擦去他满脸的泪。

凌祈宴怒目而视。

温瀛不为所动，将他的手腕攥得更紧。

僵持了片刻，凌祈宴低下头，泄气一般低下声音道："我的手疼。真的疼。你松手。"

温瀛看着他的目光一滞，终于松了力道，声音依旧是冷的："不吃不喝，你绝食给谁看？"

"没胃口而已。"凌祈宴有气无力说道。

温瀛甩开他的手："所以你想饿死？"

"我吃就是了。"凌祈宴小声嘟哝完，没好气地揉着自己被他掐红的手腕。

从前那个穷秀才虽又臭又硬，时常气他，但多少懂得拿捏分寸，不会像现在这样……果然一切都变了。

热饭热菜送进来后，温瀛叫进来三个人，让他们每人每道菜都尝上一口，再用银针试过，确定没问题才盯着凌祈宴坐去膳桌前。

凌祈宴食不知味地吃起东西，温瀛紧蹙着的眉头稍微舒展开，又冷冷地提醒他："你自己注意点，外头送进来的膳食和水一定要叫人先过口再吃，不对立刻喊人，太后派的人就在外边守着。"

凌祈宴抬眼看向他："我死了，岂不正合你意，大仇得报不好吗？"

"我跟你没仇。"温瀛阴着脸丢出这几个字。

凌祈宴动了动嘴唇，到底没再说什么，安静地继续吃东西。

一天没进食，他确实有些饿了。

等到凌祈宴将膳食用完，温瀛终于离开，走之前最后提醒凌祈宴："你若是敢将自己折腾出毛病来，我会叫你知道什么是羞辱。"

凌祈宴一噎："太后的人就在外头。"

"那又如何？"温瀛盯着他的眼睛，目光冷戾，"你如今什么都不是了，我就算问陛下讨了你这个人，你以为我要不到吗？"

凌祈宴瞬间面色铁青，这个混账果然想要自己做他的奴仆，好肆无忌惮地折磨自己！

"你想都别想！我死都不会从！"

温瀛没再理他，离开了朝晖殿。

凌祈宴气得一脚踹翻身侧的椅子，再抬起手狠狠地抹了一把脸。

有什么大不了的？死就死，死不了他就逃，哪怕逃出去以后就做个猎户，他也认了！

兴庆宫的太监已在外头等了许久，见到温瀛出来，赶忙迎上去，比先前还要恭敬些："殿

下，现在要回寝宫吗？"

温瀛重新坐上步辇，最后看了一眼朝晖殿殿门的方向，淡淡地吩咐："走吧。"

永安宫里的人都在院子里等着迎接他们的新主子，皇帝、皇后和太后都拨了人过来，送来的各样东西更是一箱一箱地堆满了整个院子。温瀛随意地瞧了一眼，点了太后拨来的一个看着老实可靠的大太监出来，让之以后总领永安宫事务。

凤仪宫来的几人原本一脸谄媚，听闻温瀛这话，脸上的笑滞住，为首的那人更是直言提醒他："殿下，您新入宫，不懂这宫中的规矩，皇后娘娘才是后宫之主……"

不待他说完，温瀛漠然瞥向他："所以你打算教我规矩？皇后娘娘是后宫之主，可这里是永安宫。"

那人心下一凛，对上温瀛的目光，顿时生出些不寒而栗之感，低下头讪然请罪，哪还敢再往下说。

送温瀛来的兴庆宫太监心下啧啧，再次确定这位新殿下确实不是个善茬。

温瀛忽然问他："若是我这里人手不够，可以自己去内侍处挑些合用的人吗？"

"自然是可以的，殿下您缺什么人尽可去挑。"那太监赶忙应下。别说挑几个人，这位新殿下这会儿就是要天上的月亮，只怕陛下都会让他们想办法弄来，他们哪敢不应？

温瀛点了点头，没再多言，迈步走进门去。

第二十七章

宫里新多了个皇子,当日事情就已传遍阖宫上下。太后没有藏着掖着,第二日一早,将后宫妃嫔和众皇子皇女俱召去了宁寿宫,当众宣布了温瀛的身份。

她用的说辞就是靖王提议的那一套:皇后当年生的是双生子,温瀛因被高僧批卦养在民间,满二十才能回来。

如今离他二十及冠只余半个月,待时日一到,皇帝就会下诏,为之恢复宗籍改玉牒。

众人惊疑不定地打量着温瀛,太后说的这些,他们自然不信。没见皇后娘娘阴着张脸?分明多了个儿子,她却万般不高兴吗?且所有人都来了,偏那位毓王殿下不在,听闻昨日就被陛下拘起来了,这当中到底有什么隐情,实在耐人寻味得很。

饶是有再多猜测,也没人敢当着面说,纷纷堆起笑脸向太后、皇后道喜,众皇子、皇女更是听话地喊起温瀛大哥。

温瀛始终是那副沉稳淡然之态,举手投足间的气度完全不比这些宫里长大的皇子差。有消息灵通的人,已经知晓他之前曾是上京解元,后又在短短三年时间内升上五品武官,不免暗暗咋舌。陛下这可是捡了个宝贝回来,这样的皇嫡长子,再看陛下和太后的态度,皇太子地位危矣。

众妃嫔不免酸溜溜地想着,还是沈氏命好,又得了这么个叫人艳羡的好儿子,哪怕真换了太子,那也还是她的嫡亲儿子,虽然她好似不怎么高兴。

沈氏确实不高兴极了。昨日皇帝只说过后再议,今日太后就直接帮她把那个野种也认下了,她如何能不气?更别提今日一大早永安宫那边递来消息,说她这个新儿子重用了宁寿宫送去的人,却并未搭理她派去的那几个人!

沈氏忍了又忍,才忍下与太后撕破脸皮的冲动。她再蠢也知道,太后能当众这么说,必是皇帝默认了的,若是将换孩子的事情揭穿,丢了皇帝的脸面,她自己也讨不到好。可她绝不甘心就这么咽下这口气!

凌祈寓站在朝晖殿外，倨傲地抬了抬下巴，示意宫人给自己开门。

宁寿宫的太监将他拦住，犹犹豫豫地说道："殿下，太后娘娘说了，任何人不得进去探视毓王殿下……"

"是吗？"凌祈寓扬起一侧嘴角，眼里俱是阴森冷意，"可孤怎么听说，昨日孤的大哥就进去过，还在里头待了一个时辰？怎么孤的大哥进得，孤却进不得？"

被他这么一质问，那太监顿时哑然，毕竟太后只说防着凤仪宫的人，没说也要拦着太子。太子执意要进去，他们哪里拦得住？

于是太监不敢再多言，让开了道。

殿里，凌祈宴的精神已比昨日好了些，他正倚在榻上，出神地望着窗外的冬日景致，半晌不动。

凌祈寓进门，凌祈宴听到声音，懒洋洋地抬了抬眼皮，并不搭理他。

凌祈寓双手笼在袖中，要笑不笑地看向凌祈宴："孤还以为大哥在朝晖殿里受苦了，原也好吃好喝着，既没挨饿也未受冻，还有一堆人伺候着，这样孤就放心了。"

凌祈宴皱了皱眉，凌祈寓这些阴阳怪气、拿腔拿调的话实在惹人嫌，他倒是想装作没听到，只怕这狗东西会一直戳在这里不走，到底没忍住，冷冷地提醒他："你大哥在永安宫里住着，别喊错人了。"

凌祈寓不以为意："那位不过是刚来的，在孤心里，你才是孤一起长大的亲大哥。"

凌祈宴冷笑了一声。

凌祈寓走上前，在榻边驻足，轻眯起眼，居高临下地打量着面前榻上一脸冷然的凌祈宴，眼神晦暗难辨。

凌祈宴刚要下逐客令，凌祈寓却开口道："大哥，你以为到了如今这地步，祖母还护得你几时？"

凌祈宴直接道："滚。"

凌祈寓扬扬得意道："祖母只怕还想帮你保留毓王的封号，再给你选处好地方将你送走，好叫你安安生生地过下半辈子。可她老人家未免想得太好了，也得看父皇答不答应，即便父皇念着父子旧情不杀你，可他平白帮人养了二十年儿子，这口恶气怎么都得出，绝无可能叫你后半辈子再做他儿子，享尽荣华富贵。"

"那又如何？你以为我在乎这个？"凌祈宴满脸漠然。

凌祈寓嗤笑道："你不在意，不怕死，可得知道，这世上多的是事情比死还可怕。"

凌祈宴皱起眉，就听凌祈寓阴恻恻地继续说道："大哥那位亲生母亲云氏，据闻当年曾是上京城第一美人，倾国倾城、艳色绝伦，连父皇都拜倒在其石榴裙下，对其念念不忘二十年，这样的美人做侯府娇女自然是好的，可一旦家中失势，就沦落为人人垂涎可欺的玩物，辗转在一个又一个男人之间……"

凌祈寓尚未说完，已被凌祈宴手边的热茶浇了脸。

凌祈宴冷冷地瞅着他："你再继续说句试试？"

凌祈寓浑不在意，抬手抹了一把脸，笑得越发邪肆："瞧瞧大哥这脾气，还跟从前一模一样，都这样了，依旧半点不懂得收敛。你以为如今你还能随随便便将人一脚踹吐血？你以为父皇还会为了包庇你，去得罪勋贵世家？"

凌祈宴紧绷着脸，已面若寒霜。下一瞬，他霍然起身，不等凌祈寓反应，猛攥住他的一条手臂用力抢向背后，再一手掐住他的后颈，发了狠地将之摁到榻上。

手臂几乎被卸下，凌祈寓立时痛得眼冒金星，死咬住牙根才未失声痛呼出来，面色越发狰狞。他被凌祈宴摁着脑袋，一边脸贴到榻上，狼狈又艰难地转眼看向凌祈宴，眼里俱是阴鸷森然的寒意，哑声发狠道："你也就只能这样冲孤发发脾气，早晚你还是得跪着求孤。"

凌祈宴死死摁着他，冷笑道："我告诉你，我现在什么都没了，光脚的不怕穿鞋的，你最好少惹我！"

凌祈宴用力扯住凌祈寓的头发将他攥起，再按到墙上，扯着他的头一下一下地往死里磕。凌祈寓的额头很快鲜红一片，尽是血。

凌祈寓死死咬住牙根，一声未吭，只那双盯着凌祈宴的眼里，始终盛着得意至极的笑。

凌祈宴已彻底失了理智，双目赤红，浑身都是戾气，只想发泄满腔怒火，不管不顾地将凌祈寓往死里弄。

他已经什么都没了，死不死的是当真不在乎，谁不让他好过，他也不会让谁好过！

守在外头的下人听到动静，慌忙冲进来，被眼前这一幕吓得肝胆俱裂，当下手忙脚乱地扑上去拉人。

两刻钟后，原本在宁寿宫里的太后、沈氏和温瀛闻讯而来。皇帝阴着脸出现时，沈氏正在歇斯底里地撒泼，要人将凌祈宴拉下去直接喂狗。

"来人！来人！！你们都聋了不成？！给本宫将这个小畜生拖下去！本宫要他死！现在就去死！！"

"够了！"太后怒喝一声打断她的话，只吩咐人先将凌祈寓带下去让太医诊治。

沈氏恨极，破口大骂："你到现在还要护着这个小畜生！他抢了你一个孙子的身份，现在又差点杀了你的另一个孙子！你竟还想护着他！到底谁才是你的亲孙子？！你说我不配做母亲，你偏心偏成这样，配做谁的祖母？！分明是你这个太后才是真正德不配位！"

皇帝走上前，扬起巴掌朝着沈氏的脸直接扇了下去。

沈氏被扇倒在地上，瞬间蒙了，似全然没想到皇帝会对她动手。

皇帝冰冷的声音在她的头顶响起："朕不需要一个只会撒泼骂人，且不守孝道的皇后，你若再如此，不如趁早退位让贤。"

皇帝自诩孝子，沈氏当着他的面骂太后"德不配位"，实在叫他恼火至极。从前他因当年登基时让沈氏受了苦，对她多为忍耐，没承想竟将她纵容到这般无法无天的地步，做欺君之事还敢理直气壮地当众说出来，如今更是敢对太后这般大不敬！

且到了今时今日，皇帝甚至觉得是沈氏太蠢，才把他这般优秀的好儿子弄丢了二十年，看

沈氏更是不顺眼至极。

对上皇帝厌烦不耐烦的眼神，沈氏将还欲争辩的话生生咽了回去，不敢再说什么，捂着脸委屈地啜泣。皇帝不耐烦地挥了挥手，将之撵回凤仪宫去禁足。

少了哭哭啼啼的沈氏，朝晖殿里重新安静下来，凌祈宴始终垂着脑袋坐在墙边的地上，一声未吭。

皇帝目光凌厉地转向他，喝问：“说！为何要对太子动手？！”

好半晌，凌祈宴才缓缓抬起头，冷笑道：“我为什么对他动手？你们怎么不问问他说了什么？他说要让云氏沦落为人人垂涎可欺的玩物，辗转在一个又一个男人之间……”

难怪他那个亲娘昨日那般疯癫若狂，确实，死有什么好怕的？能气到这位向来自以为是的皇帝，再没比这更畅快之事！

皇帝狠狠瞪向凌祈宴，心里翻江倒海，这一刻真正对他生出了杀心。

温瀛上前一步，沉声提议道：“父皇，毓王之事还是尽早解决吧，还请父皇给他留条命，只要这个世上从今以后再无毓王殿下这个人，别的就算了吧。”

见皇帝迟迟不表态，太后疲惫万分地闭了闭眼，流着泪哑声恳求起她的儿子：“皇帝，就这么办吧，就当我这个老婆子求你了。”

150

第二十八章

这一年年底时，朝中发生了两桩大事，先是毓王凌祈宴突染风寒暴毙，仓促下葬。再半月，皇帝下旨认回了养在民间二十年的另一位皇嫡长子，赐名祈宵，告太庙改玉牒，大赦天下。

同日，皇帝亲手为已满二十的皇长子凌祈宵加冠，封旒王，并分封诸子。

前朝鼓乐喧天、歌舞升平，宁寿宫里却冷冷清清的。

凌祈宴坐在太后跟前的脚踏上，长发披散，由太后亲手为他梳头束发。

太后手中捏着梳子，一下一下梳着他的长发，喃喃念道："一眨眼，祖母的宴儿都这么大了，好似宴儿还是一点点大奶娃娃时的事情，祖母都清楚记着，竟就过了这么多年了。

"宴儿小时候可调皮了，最喜欢对祖母撒娇，倒是个好哄的，每回不高兴了，拿那些亮晶晶的金玉之物哄一哄你，你这小娃娃一准破涕为笑。

"你啊，什么都好，就是不爱念书，从小就在学堂里坐不住，要不然……"

太后顿住，又叹息一声，也幸好这孩子不爱念书，没什么出息，若真被立了太子，身份被揭穿，只怕当真活不了了。

凌祈宴安静地听着，始终没吭声。

那日的事情后，太后大病了一场，皇帝终于点头答应留他一条命。

这半个月他一直住在这宁寿宫的偏殿里，太后嘴上说着不会像从前那样待他，但他感觉得出，祖母依旧是疼他的，跟以前一样疼他。

可他也知道，这宁寿宫终非他的归处，他迟早还是要走。

束起头发、戴上玉冠，凌祈宴转回身，趴到太后的膝上久久不语。

太后抚了抚他苍白无血色的脸，问他："今日宴儿生辰，想要什么生辰礼？"

"不要了，多谢祖母。"

"要的，我叫人去开库房，你想要什么自己去挑。"太后心里不好受，从前每年的生辰，这个孩子一准缠着她讨要东西，如今却只说"不要了"。

凌祈宴不肯再说，也不肯去，太后无法，只得吩咐几个嬷嬷并太监去帮他挑些东西来。

"祖母一把年纪了，这些东西留着也没用，你能用得上的就都拿去吧，等过完这个年开了春……你就去南边吧。"

凌祈宴抬眼，太后对他点了点头："前回你不是说想去江南吗？祖母叫人帮你在那边都安排妥了，会有人护送你过去，去了那边也会有人一直照顾你。你舅公家就在那里，你要是缺了什么，就去你舅公家里要，我都与他们说了。

"你舅公家跟你差不多大的兄弟姊妹有不少，你跟他们玩不会闷的，等再过个半年一年的，就让你舅公帮你在那边挑一门亲事。"

太后说着，心下稍稍宽慰了些。她娘家就在江南，凌祈宴去了那边，自有人帮着照顾他。当年那位高僧说的三年和命里还有波折，原是指这个，如今毓王凌祈宴已死，无妻儿子女的那个必不是现在的他。

他是有福报之人，日后总能过得顺遂太平、长命百岁，高僧当年说的这些定然都会灵验。

凌祈宴从呆愣中回神，小声应下，对太后谢恩。

"祖母答了会护着你，就会一直护着你。"太后又摸了摸他的脸，迟疑再三后问他，"宴儿，你去了外头得改名换姓，你愿意跟祖母姓吗？"

太后想着，最好就让她娘家侄子收了这个孩子做养子，如此一来凌祈宴成了她兄弟的孙子，有她娘家护着，日后必能无虞。

沉默半响，凌祈宴低着头闷声道："我想姓温。"

太后愣了愣，慢慢红了眼眶："好，姓温也好……该姓温的，是祖母想岔了。"

那位本分善良的温猎户当年不但收留了身怀六甲的沈氏，使她能平安生产下孩子，其后更是一手养大了温瀛。如今人已故去，再如何她都不能抢了于他们皇家有恩之人的孩子，叫人断了香火。

"你愿意姓温，也是好的。"

听到凌祈宴说要姓温，太后虽有担忧和不舍，更多的却是欣慰，至少这个孩子并非那一味贪图荣华富贵之人，在世家养子和猎户儿子间，还是选择了他本来的身份。

凌祈宴不知该说什么好："祖母不要伤心了。"

"祖母不伤心，"太后敛了心神，脸上挤出笑，安慰他道，"姓温也没什么，去了南边你舅公他们照样会将你当作自己的孩子。我叫人给你安排的宅子，离你舅公府上不远，你要记着与他们多走动走动，不要生分了。"

凌祈宴听话地点头："祖母叮嘱的，我都会记着的。"

兴庆宫。

朝会之后，众朝臣走出殿，一个个都恍若做梦一般。虽皇帝新认了个儿子的事情早已传遍整个上京城，但今日正式下诏后，依旧叫许多人没有真实感。

再一想到这位新殿下从前还考中过上京解元，后又投军手刃了刺列部汗王，众朝臣无不遗憾。陛下的另外那十几个儿子，包括皇太子，加一块都比不上这一个有本事，他怎就没早几年被陛下认回来呢？

那番什么双生子、高僧批卦的说辞压根没人信，哪有一个回来另一个就暴毙这么凑巧的事情？这段时日京里已私下流传开这狸猫换太子的故事，所有人都心照不宣，只是没人敢拿到台面上说而已。

大殿里，皇帝看着及了冠越发出类拔萃的儿子，同样有一肚子遗憾。

上回的事情后，他对凌祈寓那小子是越发失望，再看到那小子被凌祈宴弄得快破相的脸，越发没好气，这段时日一直将之禁足在东宫里，不许人出来。

可仅仅是这种事情，他也不能就这么废了太子，这档子丑事他压根没脸往外说。

压下心头那些对凌祈寓的不满，皇帝用力拍了拍温瀛的肩膀："从今日起，你跟着入朝堂听政吧。你如今已有了王爵，年岁也不小了，朕要好好想一想，给你挑门好的亲事，你早日成家，待大婚之后再从宫里搬出去开府。"

皇帝说着又十分不是滋味，他的其他那些儿子，年满十六的几个都已成婚，东宫里头连孩子都有两个了，这最有本事的长子流落在外这么多年，却至今孑然一身，他必得给这个儿子挑门顶好的婚事补偿。

温瀛没有多说，谢恩后从兴庆宫出来，又去了凤仪宫。

这半个月他每日都会去凤仪宫一趟，向沈氏请安。沈氏也被禁足了，对他一直不咸不淡的，想来是他将凤仪宫派去的人冷落不用，却更看重太后给的人，沈氏生了气，不愿搭理他。

这本也是个半路捡回来的儿子，两人哪里来的什么母子情分？若不能向着自己，这样的儿子，在沈氏眼里便是不存在的。

明知沈氏在气恼什么，温瀛却不解释，每日规规矩矩地将该做的做完，叫人挑不出错就够了。

话不投机半句多，温瀛没在凤仪宫多待，请完安便告退出去了。

凌祈宁跟出来，叫住他，犹犹豫豫地问："大哥，原来的大哥是不是没有死？我昨日去宁寿宫请安时好似看到他了，但祖母不肯说，你之前说他不会死的，你知道吗？"

温瀛的目光沉了沉，回答他："你知道也当作不知道吧，以后都别再问了。"

小孩愣了一瞬，明白过来，点头道："好。"

见温瀛要走，他又有些别扭地问："大哥，你从前答应过我教我玩马球的，现在还算数吗？我这几年跟人学过，可我觉着他们肯定没大哥你厉害。"

那都是当年的事情了，温瀛温声应道："算数，等天气暖和了你来永安宫找我。"

小孩欢呼一声，眉开眼笑地向他道谢。

傍晚，温瀛到宁寿宫向太后请安。

太后又赐了一堆好东西给他，说是给他的生辰礼，温瀛谢恩过后尽数收下。

太后看着这个越发内敛沉稳的大孙子，备感欣慰："祈宵这名字挺好，听闻是你五皇叔帮你选的，以后你就叫这名字吧。祈宴他……日后会改姓温，是他自个儿主动提的，他的户籍文书我已让人去帮他办了，你养父若是泉下有知，想必能放心了。"

温瀛眸色微动，问太后："祖母，我能否去见见他？"

太后露出犹豫之色，半晌后，叹息着应了。

偏殿里，凌祈宴正在用晚膳，听到脚步声抬起眼皮看了一眼，又继续吃东西，还叫人给自己上了酒。

温瀛在桌边坐下，立刻有人给他上了碗碟。他拎起凌祈宴手边的酒壶，给自己斟满一杯。

凌祈宴嫌弃道："你来了宁寿宫，怎不陪太后用晚膳？我特地将机会让给你的。"

温瀛将酒倒进嘴里，盯着他的眼睛问："为何不听太后的，要选择姓温？"

凌祈宴轻哼："我本来就该姓温，做太后家的人固然好，可我怎么好意思？"

"你会不好意思？"

听着温瀛面无表情地说挤对自己的话，凌祈宴瞬间沉了脸，不想再理他，抢回酒壶继续倒酒喝。

他当然会不好意思，太后对他已经够好了，他脸皮再厚、再没心肝，也不能再占这个便宜，给太后的娘家人添麻烦。

温瀛将目光下移，落到他右手的拇指上，那里戴着一个白玉扳指。

想到那些叫人不愉快的往事，温瀛的面色更冷了些。

注意到他的视线，凌祈宴不悦地皱眉："这是太后后来给我的，你别想抢了，太后给我的东西就是我的，我不会再给你的。"

"毓王殿下还送过多少扳指给别人？"

一听这四个字，凌祈宴就知道他又在讥讽自己，越发不高兴："反正我不会把这个给你，你想要自己去向太后讨。"

温瀛一个眼神示意，殿中的下人尽数退下，凌祈宴见状嗤道："做了王爷果然不一样了，看看这些人，分明是太后拨来伺候我的，你还没开口，这些人就都乖乖听话了。"

温瀛没理他，不再看他手上那扳指，默不作声地又倒了杯酒进口里。

凌祈宴犹在自言自语，语气免不得有些酸："听说皇帝给你的封号是'旒'？他果真看重你，应该很想让你做太子吧？啧。

"我以前就想着你这么有出息，若是当真能连中六元，皇帝说不得会亲手为你加冠，结果你虽没做成状元却做了皇子。你的冠礼是不是很热闹？"

"凌祈寓那个狗东西肯定气死了，那些官员回去一准要嘀咕，你以后没法过太平日子了。不过你这样的人，本也不甘心就做个王爷，这倒是正合你意。"

温瀛忽地问他："你打算去江南？"

凌祈宴噎住，更多到嘴边的话咽了回去："与你何干？"

相对无言片刻后，温瀛叫人上了两碗长寿面，他与凌祈宴一人一碗。

凌祈宴不太想吃，温瀛淡淡道："从前我爹还在时，每年生辰都会亲手为我煮碗长寿面。"

凌祈宴低下了头，默默拿起筷子。

后头他又喝了许多酒，喝高之后抱着酒壶唠唠叨叨地说起了胡话。

"穷秀才，你这人怎么这么讨厌？我从前就讨厌你，现在更讨厌你，我什么都没了，都怨你、都怨你。

"你肯定很得意吧？你嘴上不说，心里一准在笑我。我从前对你说的那些嘲笑你出身的话，现在都报应到我自己身上了。

"还好我就快要离开这里了，以后我们再不要见面，我不碰到你就不会这么倒霉了，你就是我的克星。"

凌祈宴满面红晕、醉眼蒙眬，手中的酒壶落地。他迷迷糊糊地嘟哝道："穷秀才，我头疼……"

温瀛将他扶到了榻上。

155

"你以为你逃得掉吗？过去的账，本王会留着与你慢慢算。"

似是被温瀛的自称刺激到，凌祈宴往他脸上扇去，却被温瀛大力扣住手腕，温瀛眼中的狠意更甚："想清楚你现在的身份，乖乖听话你还能少讨点苦头吃。"

"这里是宁寿宫。"凌祈宴咬牙切齿地怒瞪向温瀛。

"那又如何？"温瀛冷冷地道，"你已经是个死人了，宁寿宫里也已无你的立足之地，你早晚要离开这里。"

对上他黑沉漠然的双眼，凌祈宴忽然间似醍醐灌顶，这人其实一直在装，以前是，现在也是。从前他身份低微，所以拼命忍耐着不敢真正将自己如何，如今一跃飞上枝头，终于要原形毕露了。

凌祈宴心头一片冰凉："我没欠你的，凌祈寓那个狗东西断你的仕途，我帮你报复了，那几个害你的人都没落得好下场。"凌祈宴像是委屈极了，"你从前在毓王府时，我是凶过你、打骂过你，可我对你比对别人都好。"

温瀛按捺着怒气道："所以我该感激你？若非你做了这些，你以为就凭你鸠占鹊巢二十年，我能就这么便宜放过你？"

凌祈宴愣了愣道："你说了你跟我没仇的。"

"我若是将你当仇人，你现在已身首异处了。"温瀛冷冷地提醒他。

凌祈宴瞬间哑口无言。是了，这人若是心胸狭隘一些，非要自己死，皇帝顺着他，必不会再留自己，哪怕太后求情也未必有用。

思及此，凌祈宴心中越发悲凉，闭上眼哑声问："那你到底想要我如何？我都把身份还给你了，你为什么不肯放过我？"

他已经什么都没了，身份、地位、他的祖母，能还的他都还了，还不够吗？

温瀛没再出声，起身离开。

大雪又下了一整夜，年节已至。

诸子封王后，宫中已再无人提起毓王凌祈宴的名字，众皇子的序齿顺序并未更改，凌祈宴的存在，仿佛已被彻底抹去。

自腊月廿三小年日起，每日都有年节的各样祭祀庆典活动，皇帝无不带上他新认回来的皇嫡长子。温瀛频繁在人前抛头露面，如今整个上京城的王公官员、高门世家已无人不知、无人不识这位才高八斗、出类拔萃又正深得圣宠的新皇子。

与此同时，一些流言蜚语已不经意地在京中流传开来。

据传皇帝新认回的这位旒王当初是被人给偷换走的，所以他回来了，毓王暴毙了，毓王的命数其实是旒王的命数，既如此，连着克死三个未婚妻的便不是曾经的毓王，而是现在这位旒王，他才是真正的克妻命！

事情传进皇帝的耳朵里时，早已尽人皆知。皇帝震怒，派人去查这些流言的源头，却无从查起，如今连街边的三岁小儿都知道，他这个皇帝替人白养了二十年的儿子，且他认回来的亲生儿子才是克妻的那一个。

皇帝恼火不已，可毓王已"死"，他想找人出这口恶气都没法，最后只能将凌祈寓逮去，劈头盖脸地一顿骂。

凌祈寓满面阴沉，咬着牙根争辩道："儿臣不知道，这事与儿臣一点干系都没有，儿臣这段时日被父皇禁足，连本该儿臣这个储君出现的场合都让大哥代劳了，儿臣哪里来那个本事去外头散播大哥的流言蜚语？"

皇帝闻言更是气恨："不是你还能是谁？！你大哥只是在人前多露了几回脸，就能让你嫉恨成这样？！朕怎么就生了你这么个东西出来？！心胸狭隘、柔奸成性！你不就是怕你大哥威胁你的储君位置，才故意用这种阴损法子坏他的名声？！"

"儿臣没做过就是没做过！"

凌祈寓不忿至极，冷着一张脸说完这句话，不再辩驳，由着皇帝骂，垂下的眼中尽是阴毒刻骨的恨意。

皇太子被禁足东宫的时日继续延长，皇帝自觉愧对温瀛，又将他喊去，说要尽快帮他定下婚事，好压下外头那些难听的流言。

温瀛却似不在意这个，一脸淡然道："父皇不必过于担忧，儿臣的婚事暂且不急，还是待日后风波过去再议吧。"

皇帝闻言皱眉道："你年岁已不小了，如何能不急？你这个岁数还没成亲的，京中这些世家子弟里只怕再找不出第二个，更何况你是朕的儿子，你那几个弟弟都早已娶妻，只有你还孤身一人。"

温瀛镇定地反问他："父皇属意哪家的女儿？若是父皇选中的人家里不愿，只怕会叫人心里生出芥蒂来。"

皇帝一时语塞，别说外头那些人，连他自己都不敢打包票温瀛就一定不克妻。外头那流传的一套一套的说法，确实叫人听了心头惴惴，他倒是能强行下旨赐婚，就怕又让红事变白事，一时间也犹豫起来。

也罢，还是等过了这段时日再说吧，实在不行，这儿媳妇就不在京里挑了，那些地方上的名门望族也尽可以挑到好的姑娘。

"朕再想想吧，委屈你了。"

温瀛垂眸："多谢父皇。"

宁寿宫。

凌祈宴趴在亭子边，有一搭没一搭地往池塘里头扔着鱼食。

漫不经心地抬眸间，看到温瀛从长廊下走过来，他换了个方向背过身去，不想理人。

温瀛走进亭中，拿起凌祈宴手边的鱼食，默不作声地往池子里扔。凌祈宴起身欲走，刚迈出步子，就被温瀛一只手攥了回来，重新坐在他身前。

凌祈宴冷下神色，不耐烦地抬眼："你做什么？"

"喂鱼。"

温瀛面无表情地丢出这话，只专注地将手里的鱼食扔进水中，不再搭理他。

凌祈宴还想走，刚起身又被温瀛一手按下去。温瀛手劲大，一只手就能压得他不得动弹。

这种被压制的感觉让凌祈宴分外不快，止不住地怒气上涌，面色更冷，从牙缝里挤出声音："你到底想做什么？"

温瀛神色淡然，并不看他，安静地喂了一阵鱼才轻轻出声："毓王殿下的脾气果真三年如一日。"

呵。

凌祈宴忍了又忍，怒意沸腾翻涌过后逐渐平息下去。

眼前的这个温瀛让他本能地觉得危险，他不敢再去招惹对方，只想寻着机会赶紧离这个人越远越好。

幸好，太后说等入了二月，就派人送他去江南。

凌祈宴心里不得劲，越发恼恨。好似对上温瀛，他从来就占不到上风，从前就是如此，那时这小子分明只是个穷秀才，就敢蹬鼻子上脸，如今变本加厉，无论说什么，最后被气到的那个必会是他。

心思转了几转，凌祈宴忽又问道："听闻皇帝想帮你选妃？"

温瀛淡淡地道："嗯。"

凌祈宴睨着他道："外头那些克妻的风言风语，难不成是你自己放出去的？"

温瀛沉默不语。

凌祈宴啧啧道："竟是真的？你疯了吧？为何要编派这种流言坏自己的名声？皇帝想补偿你，必会给你选个家世顶好的妻子，既然你想要争那个位置，有妻族助力不好吗？"

"我为何要娶？"温瀛冷冷地出声道。

"为何不娶？"凌祈宴一脸莫名地说道，"你这么有本事，又长得好，那些世家贵女不定有多少排着队想嫁给你，你倒好，偏叫人去外头污自己的名声，你的脑袋坏了吧。"

"你觉着我是香饽饽吗？你真以为那些高门世家愿意将女儿嫁给我？"

凌祈宴还要说什么，抬眸对上温瀛眼中的怒意，顿时哑然。

倒也是，温瀛就是太有本事了，才更叫人不敢与他走太近，即便他圣宠再盛，皇帝也并未说要废太子，太子的地位依旧稳固，他这个文武全才只会叫人觉得扎眼。无论温瀛是否真有野心，一旦太子登基，他十有八九不会有好下场。

那些高门大户的人都是人精，又岂会轻易沾惹这些？他们已经够富贵了，并不需要靠赌这个去图鸡犬升天，自然是两头不沾，不被迫站队最好。

温瀛这么做也并非全无好处，至少皇帝肯定不会怀疑，是他自己放这种流言毁自己的名声，一准要把账算到凌祈寓头上，哪怕没有证据，心里也必会存下芥蒂。

想到这些，笑话没看成的凌祈宴顿觉没劲："你不娶就不娶呗，与我何干？"

温瀛的声音更淡了："既与你无关，你便不要问。"

凌祈宴没好气道："不问就不问！"

不想再在这里浪费口舌，凌祈宴站起身，甩甩袖子走了。

上元节之后，皇帝下了一道调令，将靖王留在了京中任职。

靖王已在西北边境待了十几年，早年膝盖上受过箭伤，一到阴雨天就会隐隐作痛，皇帝大抵不好意思再将这个弟弟扔出去受罪，加上太后年纪大了，这两年身子一直不太好，于是留了靖王在京里尽孝。

可西北那边，总得再另派人过去。

巴林顿的新汗王并不是个老实安分的人，先前大成朝廷接受他们的求和，是因再深入巴林顿腹地打下去既耗费兵力，也无太大胜算，权衡之下只得暂时休战，西北边境并不能从此就太平无事，还是得有可靠将领前去驻守。

可在这人选上头，皇帝却犯了愁。

大多数人不愿意去，且不说西北之地苦寒，这个时候过去又捞不着大的军功，边境之地经常有那些巴林顿的游兵来打秋风，让人防不胜防，守得住那是职责所在，一个不小心闹出点大的动静来，还要被陛下和朝廷怪罪，完全是吃力不讨好。

就在众武将互相推诿，暗自祈祷不要被皇帝盯上时，出乎所有人的意料，向来话少的温瀛竟在朝会之上主动站出来，说愿意接替靖王前往西北戍边。

满朝哗然。

高坐在御座上的皇帝叫人看不清楚脸上的表情，凌祈寓的面色却肉眼可见地沉下。

他才刚被解除禁足，在这事上万万不敢再插手搞什么小动作，可没想到温瀛会主动提出前去西北。

普通皇子可以去外领兵，他皇太子却绝无可能，非但无可能，还不能沾染兵权。只要想一想这事，凌祈寓就恨得几欲吐血，不敢承认他内心最深处藏着的，自这人回朝后那些日益加重的惶恐和不安。

二十年前，他父皇就是靠着手中的兵权赢了别人，登上帝位，哪怕自己现在是皇太子，筹码比别人多，可温瀛这样的对手，或许比他父皇当年更难对付。

凌祈寓无数次后悔，当初温瀛还什么都不是时狼狈离京，他没能将之截杀，等到他再听到这人的名字时，温瀛已在战场上手刃刺列部汗王，立下头功。那个时候他总想着一个五品武将而已，完全不惧，回朝之后随随便便就能再将之打回原形，却不承想这人摇身一变，竟成了自己的同胞兄弟。

如今连他父皇都更看重这个半路捡回来的儿子，叫他如何能不恨？

皇帝迟迟未表态，宣布退朝。

温瀛被单独留下，被问起时，坦荡地回答："儿臣想多出去历练历练，这几年儿臣本就一直在塞外打仗，已经习惯了，既然无人愿意去，儿臣去便是，五皇叔能做的事，儿臣也能做。"

皇帝深深地看着他，似是在评估些什么。温瀛垂着眼，神色平静，始终镇定坦然。

长久沉默后，皇帝长叹一声："也罢，你想去便去吧，历练历练也好。"

他看出了这个儿子的野心，但乐见其成。

只要不威胁他的帝位，倘若温瀛真有那个本事，他十分乐意换个太子。

得到皇帝的首肯，温瀛顺势又向他提起了另一桩事情，说想趁着去西北赴任之前，先回冀州一趟，祭拜他的养父。

"明日就去？"

"是，还望父皇准许。"

皇帝闻言如鲠在喉。他自己的儿子，却要去拜个山野村夫，实在是……

在凌祈宴"暴毙"之后，云氏也在太后的安排下被送往京郊的尼姑庵修行赎罪，但那温猎户是无辜的，他非但无辜，还于皇家有恩。

为了圆温瀛的身世，对外说的是他被冀州广县一温姓乡绅养大，感念其抚养皇子有功，皇帝还给他追赠了侯爵。当然了，这个侯爵只是个流侯，不能传其子，无非一个好听些的名头而已。

故哪怕太后叫人将凌祈宴的户籍落回了那温猎户名下，凌祈宴依旧是一介布衣。

无论皇帝心里如何想，温瀛说想去祭拜养父，于情于理皇帝都不能反对，还得装着大度地道："是该如此，你且去吧。"

"多谢父皇。"温瀛从善如流地谢恩。

从兴庆宫出来后，他又去了趟靖王府，是靖王特地派人来叫他去的。

在靖王的书房里，叔侄二人没有拐弯抹角，靖王开门见山地问起温瀛，是不是想争储君之位。

温瀛冷静地回答他："我只想拿回本该属于我的东西而已。"

靖王原本一肚子规劝的话到嘴边立时说不出口了。

大成朝祖宗定下的规矩，立嫡立长，温瀛嫡、长都占了，又分明是他皇兄所有孩子中最有出息、最有本事的那一个，若未被人换走，东宫储君的位置确确实实本该是他的。

当日在边城初见温瀛，他就心知此子并非池中物，日后前程必不可限量，温瀛有此野心，实在不稀奇。

靖王心下一叹："你有何打算？这并不是一件简单的事情。"

"徐徐图之，我这个半路回来的皇子在朝中地位尴尬，不如避出去，我需要更多的军功。"温瀛直言不讳道。

他虽曾在战场上射杀刺列部汗王，可那时只是军中的低等武官，如今身份不同往日，他需要让更多人信服、效忠，要以主帅身份在军中建立威信，积攒筹码，这是他唯一能赢过凌祈寓的机会。

"西北那边虽不太平，可朝廷与巴林顿刚刚休战，短时间内应当不会再起大的战事，你……"

靖王说到一半，触及温瀛分外沉着自信的目光，心下了然。他这个侄子去了西北那边，只怕不会再像他一样，一味固守求稳了。

如此也好，人各有志，温瀛或许能比他做得更好。

"罢了，你既是这样想的，我便不再劝你。你与太子都是我的侄子，我不会偏帮你们任何一个，你要自己小心，这不是简单的事情，既然决定了要走这条路，将来是生是死，你都得自己担着。"

温瀛向靖王道谢，无论如何，靖王已经帮了他很多，他本也没打算将之牵扯进来。

靖王不再说了，用力拍了拍他的肩膀。

从靖王府出来，温瀛没有急着回宫，难得有空出宫来，去了趟林司业家里。

赶巧林司业今日休沐，就在家中，听闻人传报，当即带了全家迎出门来。

见到温瀛，林司业要行大礼，被温瀛扶住："不请自来，叨扰老师了。"

林司业激动得说不出话来，将他迎进门。

温瀛今日是来还银子的，当日林司业说的加倍奉还，果真加倍还了他。

林司业没有推拒，捏着那四百两银票感慨万千。那时自己是怕温瀛不好意思收，才说借给他，没承想他一直记到今日。三年，这个学生的身份天翻地覆，这样的际遇，又哪里是一般人碰得上的？

饶是如此，他也没忘了自己，甚至纡尊降贵，亲自登门。

温瀛没多待，叙了叙旧，喝了半盏茶便起身告辞。他如今身份不同，不好与这些外臣走得太近。

他回宫时路过从前的毓王府，这个地方如今已彻底门庭冷落萧条，门匾业已被摘下。

温瀛叫人停车，推开车窗默然看了片刻，随口问："原先毓王府中伺候的那些下人呢？"

"回殿下的话，"随车的太监对他解释，"毓王府没了，那些人自然都散了，从前跟着毓王殿下从宫里出来的内监宫女们自会另安排去处，后头买进王府的那些个，给一笔赏银打发了就是。"

温瀛没再多言，淡淡吩咐："走吧。"

宁寿宫。

凌祈宴在正殿里与太后说话，还有半个月就要离京，这几日太后已吩咐人陆续帮他收拾起东西，又担心忘了这个漏了那个的，总要反复叫人来确认，与凌祈宴更是每日都要提一遍这事，时常说着说着就开始抹眼泪。

她还是舍不得这个孙子，待凌祈宴一走，此生都不知还有没有机会再相见。

凌祈宴安慰她："祖母想我了，就来江南看我，走水路去很快的。祖母也很多年没回去了，去看看也好。"

"好、好。"太后哽咽着点头。

祖孙俩说了会儿话，温瀛过来请安。

听闻传报，太后捏着帕子擦了眼泪，凌祈宴欲走，又想到这会儿退出去一准要跟那厮打个照面，太刻意了，干脆淡定地坐下。

温瀛进门来先请了安，与太后说了几句话，提到他明日要出发去冀州广县拜祭养父，已得皇帝首肯。太后十分高兴，欣慰道："你是个好孩子，应该的，是该回去一趟，记着多带些东西去，将温家人都好好安顿了，还有你的老师他们，也要记着去拜访探望。"

温瀛一一应下，又问太后："祖母，能否让毓王随我一块去？"

太后愣了愣，这才想起凌祈宴这个温家的亲生儿子才更应该去。不待她说，凌祈宴自己先点了头："我去。"

他看温瀛一眼，虽隐约觉得这家伙是故意的，跟其一起上路只怕会有麻烦，可他也确实想去那下瑶村看看。

太后有些不放心让他们两个一起去，又说不得别的，想来想去只得答应，叮嘱凌祈宴："早去早回，回来后休整几日，我再叫人送你去江南。"

凌祈宴乖乖地应道："好。"

陪着太后用了晚膳，入夜后两人一起从正殿里告退出来，凌祈宴招呼都不想跟温瀛打，转身就走，被温瀛扣住手腕猛攮回来。

"你做什么？"凌祈宴不耐烦地皱眉。

温瀛问道："想喝酒吗？漠北带回来的好酒，京里喝不到的。"

"要。"

一听到有酒，凌祈宴就馋了，尤其这塞外的烈酒，当年尝过一回，一直念念不忘，待日后去了江南，只怕再没机会喝到了。

温瀛松了手，凌祈宴揉着手腕，嘴里嘀嘀咕咕地低声骂咧几句，跟着温瀛一起去了偏殿。

温瀛已命人将酒从永安宫取来，他俩坐上榻，再叫人上了几个下酒菜来，先前在正殿里陪太后，其实都没吃饱。

闻着杯中醇酒的浓郁香味，凌祈宴的脸上露出陶醉的表情："是这个味，当年那个刺列部小王子，叫什么来着？嗯，忘了，反正就他给我送来的酒，也是这个味，让我念念不忘这酒好几年，可惜后头刺列部这仗一打三年，再没机会喝到了。"

凌祈宴唠唠叨叨地说完，仰起头将杯中酒一饮而尽，末了放下杯子，意犹未尽地舔了舔嘴唇，似是十分回味享受。

第三十章

温瀛没出声，再给凌祈宴斟满一杯，凌祈宴高兴地拎起杯子，继续往嘴里灌。

一个时辰后，凌祈宴抱着痰盂将喝进去的酒吐了一半，不停地打酒嗝，迷蒙着眼睛嘴里抱怨不停："穷秀才，你怎么不会醉的啊？你喝这么多一点感觉都没有吗？"

温瀛默不作声。

这几年他在军中历练下来，这点酒对他来说根本算不得什么，可这种烈酒，却不是凌祈宴这样娇生惯养的人受得住的。

"这酒还挺好喝的，被我这么牛饮糟蹋了。你那里还有吗？我去江南你能不能送我两坛？我带走留着慢慢喝。"

凌祈宴眯着眼睛说完，等了半晌没等到温瀛的回答，闭着眼睛轻哼哼："舍不得给算了，小气。我想起来了，当年那个刺列部小王子好似说过，他有个祖籍江南的商户朋友，不晓得我去了江南能不能找到那人帮忙买这酒，那小王子还说日后再给我送的，可惜再没机会了。"

"去沐身，早些睡吧，明日我来接你。"温瀛轻声说完，叫了人进来伺候他，起身离去。

翌日清早，温瀛登上马车，在浩浩荡荡的亲王仪仗队的簇拥下前往冀州。

凌祈宴坐在太后另给他安排的车里，低调地跟在仪仗队后面。

广县在上京城北面，并不远，车行了一日傍晚时分就已到达县城门外，下瑶村还要再往北走半日，今夜他们就在这县城里头落脚。

县令带着众官吏早已在城门口等候，满面殷勤地将他们领进城中。

下榻在城中官邸里，温瀛拒绝了县令接风洗尘的提议，只叫人上了一桌清淡的膳食，与凌祈宴同用。

坐了一整日的车，凌祈宴面色煞白，恹恹地提不起劲来。

他从小娇生惯养，且从未出过远门，这样一整日地行车赶路，委实够呛，晌午那顿就没怎么吃东西，这会儿更是又累又饿，没好气道："你叫人动作快点，我饿了。"端的是理直气壮、颐指气使。

温瀛没与他计较，先叫人上了些当地的腌菜来给他开胃。

看着那卖相不太好的腌菜，凌祈宴有些嫌弃，又见温瀛淡定自若地吃下，这才犹犹豫豫地举起筷子，夹了一筷子腌菜送进嘴里，再嚼了嚼，其实味道还不错，酸辣爽口，确实十分开胃。

"太咸了，偶尔尝一尝还行，你从前就喜欢吃这个？"

"只有这个吃，就着杂粮馒头一起，这里的普通百姓大多这么过的。"温瀛一脸平淡道。

凌祈宴瞬间哑然。

温瀛给他倒了杯温水，没再多说。

他养父虽是猎户，但并不富裕，冬日总有那么几个月漫山遍野都难寻得猎物，其他季节猎来的东西则大多送来这县城里卖了，存着银子供他念书。他们父子俩每个月能沾两三回荤腥已是不错，新鲜蔬菜也只有春夏日才有，天气一冷，就只能吃这腌菜。

他念书早，五岁就由隐居下瑶村的赵老先生开蒙，十岁那年他养父死在深山中一只熊瞎子掌下，是赵老先生继续资助他念书，到十三岁以案首考中秀才入了县学，日子才稍微好过些。

他原本早可以参加乡试，是县学教谕看他年岁小、心性不定，怕他如仲永，有意压着他没让他过早下场，到他十六岁时，才将他推荐给冀州学政，再由冀州学政举荐入国子监念书。

这样的日子，若是让凌祈宴来过，只怕一日过不下去。

凌祈宴立时有些食不知味，只能吃腌菜配杂粮馒头的日子，是他没法想象的，哪怕他们现在身份对换，太后也已帮他将后半辈子的生活都安排好了，他依旧能过得富贵顺遂。

可这一切，原本并不是他该得的。

一桌子的膳食俱已送上，温瀛盛了碗热汤搁到他面前："先喝汤吧。"

凌祈宴低下了头，莫名生出种吃人嘴软的心虚，然后又生了气。这人这么小心眼，肯定是故意在他面前说这些，好提醒他，他本来该过怎样的日子，于是不想再理温瀛，默不作声地用完膳，起身回房去歇息。

半夜时分，凌祈宴躺在床上，翻来覆去睡不着。

这官邸里的床板太硬，硌得他浑身不舒服，外头断续的落雨声更叫他心烦气躁。

心里好似藏了团火，横冲直撞找不到宣泄的出口，凌祈宴坐起身，大声喊道："来人！"

他等了片刻，房门吱呀一声开了，走进门来的人停在屏风外，未再往前，亦未出声。

凌祈宴皱眉，刚要说什么，心下蓦地一凛："谁？"

依旧没人应声，烛台上的灯被点亮，借着那一点昏暗火光，凌祈宴看清楚了屏风上映出的高大身影，不由得往床里缩了缩，浑身戒备地瞪着他："你……你来做什么？"

温瀛没有走近，倚着屏风，借着外头的那一点光亮，盯着凌祈宴带上怒气的脸。

僵持片刻后，凌祈宴冷冷地问道："你到底想做什么？你是觉着我当年羞辱了你，如今非要报复回来？"

温瀛淡淡提醒他："殿下又忘了，当年我就说过，我从未觉得殿下羞辱我。"

"那你干吗这样对我？"

温瀛轻吐出声："三年前离开上京城的那日，太子派人在山道上截杀我，一场恶战之后，我将他们反杀，手臂受了剑伤。

"去到松麓关三个月后，我第一次上战场，那时我只是军中最低一等的小旗，手下有十个人。我们这一支被分到前锋阵营，我拎着铁枪冲上阵前与人厮杀，斩首九人、重伤十数，我手下十人死了四个，我的肩膀上也被划了一道口子。

"那一战之后，我被破格升上总旗，手下有五十兵丁。之后的每一场战役，我都主动请缨，带着我手下的兵马冲在最前面，数次踏进鬼门关，身上留下了无数大大小小的伤疤。

"一年前，我在战场上侥幸射杀了刺列部汗王，升上五品守备，得到林肃大将军的赏识，后头才得机会被他带去见靖王。

"在靖王府，我被乔装打扮潜入王府的刺列部汗王宠妃刺伤，让靖王看到我身上的胎记，这才被他认出来。

"若无这身份对换之事，我只是那小山村出身的猎户之子，这一回随着林大将军回朝，或许还能升一级，或许不能。太子一直记恨我，想必不会轻易让我升上去，我不知还要花费多少年才能真正走到殿下面前。"

凌祈宴愕然无言。

他没想到温瀛会与他说这些，更没想到温瀛这些年原是这么过的。

他知道在战场上谋生不容易，但不知道会这么不容易，更不知道，温瀛做这些竟是为了再次出现在他面前。

凌祈宴郁闷道："就因为我从前将你赶走了，看轻了你，你就非要这般执拗，定要在我这里争个输赢吗？那我承认你很厉害、很有本事，是我狗眼看人低，我向你道歉，这样还不够吗？"

温瀛只是看着他，不知在想些什么。

凌祈宴十分无奈道："你这人就是心眼太小，有话好好说不行吗？干吗总是摆出副棺材脸来惹人嫌？"

见温瀛仍沉默不语，凌祈宴拉高被子背过身去，将自己卷进被窝里，再不想跟温瀛说话了。

一直到烛台上的灯熄了，屋中再无一丝光亮，身后那人都再没发出过声音，始终缄默不言。

起先还提心吊胆着，到后面实在撑不住，凌祈宴慢慢合上眼，就这么沉沉睡去，也不知温瀛是何时离开的。

翌日用过早膳后，到了辰时，由广县县令作陪，亲王仪仗启程去往下瑶村。

出城之后便是绵延不见头的山路，凌祈宴坐在车窗边安静地看向窗外，有一些恍惚。

他原本该在这种地方长大，和这里绝大多数的贫苦百姓一样，过着朝不保夕的日子。他还没有温瀛那样的本事，文不成、武不就，只怕这辈子都没机会出人头地。

想到这些，凌祈宴心里不好受，仰起头紧闭上眼。

温瀛看他一眼，再默不作声地转开了视线。

一行人到达下瑶村时已至巳时末，里正和村长带了全村人在村门口等候，远远瞧见亲王仪仗过来，一齐跪到地上。

温家人与那位赵老先生跪在人群最前头，温猎户虽不在了，但他还有一个亲兄弟和两个堂兄弟，都是这村子里老实本分的庄稼人。

温瀛自车上下来，亲手将他的几个叔叔和老师扶起。那几人起先还有些战战兢兢，听到温瀛依旧像以前一样称呼他们，俱流下泪来。

凌祈宴跟在温瀛身后，不出声地打量着眼前这些温家人。

来之前温瀛就说过，温猎户的亲兄弟与他长得极像，这个庄稼汉子高大魁梧，虽面有沟壑，但长相实算周正，看到他，凌祈宴已能想象温猎户的模样，一时间更是讷讷无言，心里七上八下的，说不出是什么滋味。

没有着急进村，众人簇拥着温瀛先上了山。

温猎户就葬在这村子的后山坟场里，原只有简简单单的一个坟包，如今已按着侯爵规制修葺一新，坟前竖起了高大的玉碑，日夜有人守墓。

温瀛在碑前洒上了三杯酒，众目睽睽之下跪地又磕了三个响头。

凌祈宴的脑子里一片空白，他愣愣地随着温瀛做同样的事情，直到从山上下来，依旧是那副浑浑噩噩有如丢了魂的模样。

回村之后，温瀛带着凌祈宴直接去了小叔家。

他父亲从前是猎户，家在山里，几个叔叔则住在这村子里，侍弄家中那几亩地。

这下瑶村地处偏远荒山里，是这十里八乡最穷苦的村落之一，地也不好种，温家孩子又多，日子过得十分艰难，温猎户已经算是几个兄弟中最有本事的，至少还勉强供得起温瀛念书。

温猎户去世后，全靠那位赵老先生资助，温瀛才能继续上学。这几个叔叔也没少接济他，家里时常揭不开锅，但只要有一口吃的，都不会忘了温瀛，待他如亲子一般。

这些都是本分老实之人，在温猎户被追赠侯爵后，广县的县令就来过这下瑶村，说要将他们接去县城里，他们没敢去，县里送来的银钱也没敢收。后头是温瀛特地派人来了许许多多的东西，他们如今的日子才好过许多。

温瀛给凌祈宴介绍家中这些长辈，除了一众叔叔婶娘，家里的老人大多已不在了，只有一位上了年纪的叔祖母，当年就是她接生的他们两个。

温家这些人没什么见识，但并非什么都不懂，虽没明着说，都已猜到换孩子这事，只是没想到被换到他们家的，会是皇帝的儿子。

这等天大的祸事，他们连想都不敢多想，刚知晓事情时，甚至以为即将大难临头。

好在皇帝非但不计较他们这诛九族的大罪，还给他们兄弟追赠爵位，如今温瀛这孩子更是亲自回来拜祭，才叫他们既惶恐不安，又愧疚万分。

凌祈宴有一点不知所措，下意识地跟着温瀛叫人。那些人哪里敢应，哪怕知道凌祈宴才是他们兄弟的亲生儿子，可面前这位看着金尊玉贵的小郎君，他们连多打量一眼都不敢，更别说做其他的。

凌祈宴低下了头，一句话都说不出，只有满腔难以言说的郁闷。

晌午这顿饭就在这温家用的，庄稼人向来只吃早晚两顿，但为了招待温瀛和凌祈宴，家中叔祖母和几个婶娘忙活了一早上，做出了一大桌对他们这些人来说十分丰盛的膳食。

凌祈宴随着温瀛坐上桌，面前的这些菜食在他看来卖相其实极差，从前根本无可能出现在他的膳桌上，但看另一边小桌上那些孩子渴望的眼神和那咽口水的表情，他便知道，这或许是他们从来都吃不到的好东西。

若无二十年前云氏那一念之差，他会和这里这些人一样，将这些菜食当作珍馐美味，也许一辈子都吃不到几回。

一顿饭凌祈宴食不知味，温家人以为是菜不合他的口味，也不敢劝他多吃些，目露歉意。凌祈宴见之心里越发不好受。

用过午膳，温瀛与几个叔叔提起想接他们去上京。

那几个汉子当下就要拒绝。他们做了一辈子的庄稼汉，去了京城那种地方，根本没有立足之地，也不好意思一直靠着温瀛帮他们。

温瀛平静地劝道："几个弟弟都还小，去了上京可以正经念书，将来考科举走仕途，大丫她们也能嫁得好一些。"

"可……"

"去了上京城，谋生的手段还有很多，总不会过不下去，我会帮衬着你们，但温家日后还得靠你们自己。"

温瀛这么说，这些人的心理负担顿时轻了不少，他们自己是无所谓，只是怕给温瀛添麻烦。可若是日后他们家的孩子真能念书走上仕途，女孩能嫁个如意郎君过上好日子，他们当然是乐意至极的。

一时间众人也犹豫起来，温瀛没再多说，耐心地等着他们自己做决定。

不待几位长辈拿定主意，一个高大壮硕的少年站起身，一拍胸脯冲温瀛道："哥……王爷，我已经十六了，这个岁数去念书也不会有什么出息，让铁蛋他们去念吧，你之前不是要去西北领兵吗？我随你一起去，要是我能立下军功，日后做个武将，也能光宗耀祖。"

温家小叔刚要呵斥人，温瀛已点了头："可以。"

这下家里这些人都坐不住了，尤其那几个已懂事的孩子，更是意动不已，眼巴巴地瞅着一众大人。

最后是那位辈分最高的叔祖母一锤定音："想去就去吧，王爷这么厚待我们，若日后温家这些小辈中当真有出息的人，定做牛做马报答王爷。"

下午，温瀛独自一人去了赵老先生家拜访。

这位赵老先生是个秀才，考到五十岁时没再考了，带着唯一的孙子赵熙回了这下瑶村隐居，开了个私塾，收这附近乡里的学生，在村中十分有威望。

赵熙原也是个有出息的人，十五岁就考上秀才，被举荐去国子监念书，可惜半年不到，传回噩耗，赵老先生在儿子早逝后又一次白发人送黑发人。

温瀛五岁时由这位赵老先生开蒙，跟着赵老先生念了两年书。看出温瀛天资聪颖，怕耽误了他，赵老先生又将他推荐去了镇里的学堂念书，后头更是一直资助他，于他实有大恩。当年赵熙出事后，是温瀛为之收的尸，再托人送回来的。

数年不见，这位赵老先生如今头发花白，精神气都没了，与温瀛说了几句话便已老泪纵横。

温瀛劝慰了他几句，并未多提赵熙之事，以免惹他更加悲痛。

上元节之前，他去过一趟卫国公府拜年，那里是沈氏的娘家，他不能不去。

在卫国公府，他见到了那个久未再见的卫国公世子沈兴曜。那人还与当年一样，一副阴阳怪气的丑恶嘴脸，但在他面前到底不敢像从前那般嚣张，甚至得对他卑躬屈膝，可这根本不算什么。

当年刘庆喜说的那几个名字，温瀛始终记得，一日不曾忘。

凌祈宴还留在温家，和几个叔叔勉强说了会儿话，有些不自在，便去了外头院子里，找个草墩坐下，看那帮孩子在院子里玩。

温家三个叔叔加起来有十几个孩子，最大的十六岁，最小的刚会走，七岁以上的孩子还要帮着家里干农活，与宫里那些差不多年岁的皇子皇女过的日子可谓天差地别。

这些孩子能玩的东西也十分有限，大一点的聚在一块跳格子，年纪小的玩捉迷藏，还有两个五六岁大的小姑娘坐在一旁乖乖地翻花绳，不吵不闹。

那两个小姑娘就坐在离凌祈宴不远处，被他盯着看，其中一个胆子大点的转过头来，犹豫着问他："你也想玩吗？"

凌祈宴讪然一笑。

温瀛回来时，凌祈宴正蹲在院子里，笨拙地与他的两个小妹妹翻那花绳。温瀛停下脚步，站在一旁看了片刻，凌祈宴似有所觉，偏头看到他，倏地站起身，尴尬地转开眼，再打了个哈欠，伸着懒腰道："你总算回来了，能走了吗？这里好无聊。"

仿佛方才与那两个小姑娘玩得高兴的那个人不是他。

温瀛淡淡地说道："再去家里看一下。"

温瀛说的家，是从前他与温猎户在后山里的住处，与那坟场在两个方向。温猎户去世后，温瀛一直在外念书，那里便很少去了。

走进这坐落在山中，只有东、西、北三间的茅屋，凌祈宴才真正知道什么叫作家徒四壁，温瀛竟是在这样的地方长大的，而这里本该是他的家。

凌祈宴越看越不是滋味："你小时候就住这种地方吗？"

"嗯。"温瀛淡淡地应道。

"你弟弟叫铁蛋，那你叫什么？为何你的名字这般与众不同？"凌祈宴思维跳跃，转瞬又问起他另一个问题。

温瀛面无表情地转开眼，不想理他。

嗯？

凌祈宴凑过去，不依不饶地追问："你说啊，你肯定有乳名，你这名字不是你爹起的吧？"

见温瀛还是不理自己，凌祈宴越发来劲："说说呗，说嘛……"

"开蒙之后老师帮忙起的。"温瀛不耐烦地丢出这句。

凌祈宴闻言更乐了："所以你果然有乳名，那到底叫什么？"

温瀛不再与他废话，进屋去拿了温猎户从前一直用的那柄木弓，再出来时抬了抬下巴，示意凌祈宴："走吧。"

凌祈宴撇嘴，说说能怎么了？

启行之前，他们最后去与温家人告别，带上了那个说要跟去西北的弟弟一块离开。

虽要接温家人去上京，但还得等温瀛叫人帮他们购买宅院，安置好住处之后，不过都只是温瀛一句话的事情，想必十天半个月就能办成，正好给温家人一些时间将这边的地卖了，收拾行李。

走之前，凌祈宴悄悄问那两个之前与他翻过花绳的小姑娘："你们大哥哥的乳名叫什么？"

小姑娘们眨眨眼，胆子大些的那个姑娘脆生生地告诉他："叫狗蛋。"

凌祈宴一愣，差点没当场笑出来。

坐进车里后，温瀛摩挲着温猎户留下的弓，久久无言。

凌祈宴嫌他闷，伸手去把弓抢了："狗蛋，这弓是我爹的，以后归我了。"

温瀛皱眉，抬起双眼不出声地望向他。

凌祈宴忍着笑，挑衅一般回视过去："我没喊错吧？"

短暂沉默后，温瀛闭上眼，漠然出声道："狗蛋这名字也是你的。"

凌祈宴一噎。

呸！被叫了二十年狗蛋的那个人可不是他！

回程途中，温瀛将他那个叫大牛的弟弟叫上车，指着凌祈宴告诉他："你以后叫他哥，须得听他的话。"

大牛连连点头，半点不怵，对着凌祈宴中气十足地喊了一声："哥！"

凌祈宴："……"

不等凌祈宴说什么，温瀛又提醒大牛："从今日起你的大名就叫温清，回京以后我会将你交给一位姓郑的守备，他也会随我一块去西北，你投在他手下，跟着他学本事。军中军纪森严，你虽是我的兄弟，也得守规矩，郑守备会对你和其他人一视同仁，你跟着他用心操练，日后自会有你表现的机会。"

大牛，现在该叫温清了，十分听话地应下，憨笑道："王爷说啥就是啥，我都听王爷的，定会给王爷长脸。"

温瀛点了点头。

待温清退下，凌祈宴顺口提醒温瀛："他跟着你去西北，我马上要去江南了，你让他叫我哥听我的话有何用？"

温瀛淡淡地看他一眼，没接话，开始闭目养神。

凌祈宴一脸莫名。什么意思？

回到广县，又在这里多待了一夜，凌祈宴一用完晚膳就回到自己的房中，睡了过去。

第二日一早，凌祈宴神清气爽地起床，温瀛已经出门，去拜访县学教谕和那位归隐此地、教过他不少武学本事的老将军。

凌祈宴用着早膳，想着温瀛那小子不愧是天生的龙子凤孙，哪怕被人调包了，依旧走到哪里都有贵人相助，上了战场还能数次死里逃生、屡立奇功，换作他，只怕早死上千百回了。

辰时过后，温瀛回来，亲王仪仗启程归京。

之后几日，凌祈宴依旧住在宁寿宫里，南下的行李终于都收拾妥当了。

临走前夜，凌祈宴陪太后用最后一顿晚膳，太后泪水涟涟，拉着他的手不肯放。

凌祈宴不知当说什么好，好似再多故作轻松的安慰话语都是多余的，只能沉默地为她老人家擦眼泪，直到太后终于哭累睡下。

凌祈宴走出正殿，站在廊下，怔怔地看着外头庭中的春日夜雨，心头翻涌起各种复杂情绪，再渐归于平静。

他抬起眼，看到温瀛撑着伞的颀长身影一步一步走进庭中，扯开嘴角挤出一个笑："你来了。"

偏殿里，灯光摇曳、烛火满堂。

酒和菜摆满案几，凌祈宴盘腿坐在榻上，手中晃着酒杯，看着那晃荡的酒水，轻勾了勾嘴角："没想到走之前还能喝一回这酒，也算无憾了。"

他一手支头，笑吟吟地望向与他相对而坐的温瀛："真的不能送我两坛这种酒吗？"

"没有了，"温瀛淡淡地道，"最后半坛，喝完就没有了。"

"我才不信。"

这人分明就是舍不得送他。

温瀛又给他斟满一杯酒，问："去了江南有何打算？"

"没想好，去看看再说吧。"

凌祈宴随口回答着，在哪里过不是过？去了江南，他一个人自由自在、无拘无束，日子总不会比现在更难过。

"等你哪天当了皇帝，我就回京城来看看，要是太后那时候还在就更好了……你不会不让我回来吧？"凌祈宴眼巴巴地看着温瀛。

"随便你。"温瀛扔出这三个字，给他夹了一筷子菜。

凌祈宴松了口气，又笑了："我就知道你是个好人，虽然有时候凶了点、心眼小了点。"

"我是好人？"温瀛抬眼看向他。

"自然是的，"凌祈宴一拍桌子道，"你若不是好人，我已经死无葬身之地了。我俩被调包，说来说去确实是我占了你的便宜，你也没跟我计较，就冲这一点，你就是个好人。"

凌祈宴说着便又笑了："就算我欠你一回吧，将来万一你不走运，没抢赢凌祈寓那个狗东西，你就逃去南边，我肯定不会将你拒之门外。"

温瀛沉声提醒他："若当真有那一日，你这么做只会给你自己惹上杀身之祸。"

凌祈宴浑不在意地一挥手，大着舌头道："死有什么可怕的？死便死呗。"

"不会有那一日。"温瀛神色镇定，冷静中透着十足的自信。

凌祈宴胡乱点头："也是，你这么有本事，怎么可能抢不赢？那个位置迟早是你的，等到那日我也跟着沾光了，连皇帝陛下从前都是我的门客，以后我与人吹嘘都有了本钱。

"可惜我当时有眼不识泰山，还把你赶走，要不我也算是你的伯乐了，日后你做了皇帝是不是还得给我封个爵位？

"嗯，算了，我说这个跟想要问你讨要好处一样，本来就是我占了你的位置，要我是你，肯定恨不能将鸠占鹊巢的赝品大卸八块，其实你心眼也没那么小，至少比我好一些。"

絮絮叨叨地说完，凌祈宴低下头，情绪似乎低落了些，默不作声地吃起东西来。

温瀛又倒了杯酒给他，他捏起杯子，仰头一口将酒闷进嘴里。

喝罢凌祈宴抬手用力抹了一把脸，声音更低："我跟你说这些做什么？可除了你也没别的人能说了，去了江南我会不会闷死啊？太后说她娘家那些侄孙能陪我玩，我跟他们有什么好玩的，兴许他们说的话我都听不懂。"

"不想去就别去。"

温瀛冷不丁蹦出这句话，凌祈宴愣了愣，赶紧摇头："谁说我不想去了？留在这京里做个死人更没意思。"凌祈宴顿了顿，继续说道，"你也别犯浑了，想做皇帝，就赶紧娶妻生子吧，东宫都有两个皇孙，你连个媳妇都没有，拿什么去跟那个狗东西争？"

"我不需要靠这些。"温瀛声音低沉道。

凌祈宴啧了啧，一杯接着一杯的酒下肚，醉眼迷蒙地躺倒在榻上，嘴里嘟哝着还要继续喝，又开始说胡话。

"穷秀才，狗蛋，你这乳名可真好玩，以后再不会有人这么叫你了，最多也就我想起来时背地里喊你几声，反正你也听不到，我不会告诉别人的。

"以后我若是生个儿子，也给他起名叫狗蛋，贱名好养，他要是能像你这样有出息就好了。

"可你若是做了皇帝，我能给我儿子起和你一样的名字吗？需不需要避讳啊？哈哈——哈……"

听他说了半晌之后，温瀛起身走出大殿，站在廊下看雨。

凌祈宴倚在榻上眯起眼睛看着温瀛，总觉得他的背影过于寂寥了。

他如今已经是高高在上的王爷，浑身那股生人勿近的阴郁之气却好似比从前更甚。

凌祈宴的心思转了转，下地走了过去。

"你一直站在这里做什么？这雨下这么大，有什么好看的？"

温瀛将目光转过来，眼睫上似挂了雨珠，朦胧雨雾缓和了眼中神色，看着不再那么带有寒意。凌祈宴眨了眨眼："你还不回去吗？"

"下回我们什么时候还能再见？"

凌祈宴回道："我都说了，等你当了皇帝，我就回来看太后，顺便看看你呗。"

"若是太后不在了呢？"

犹豫片刻后，凌祈宴闷声道："那我也得去广县祭拜我爹，总要回来的，去广县得路过上京。"

"二十年都没见过一面的爹，你会特地为了他回来？"

凌祈宴眉头一皱，又生气了："你什么意思？我是那么没心肝的人吗？"

"你难道不是？"温瀛平静地反问他。

凌祈宴被噎住，无言以对。

温瀛岔开话题道："还喝酒吗？还剩一点。"

凌祈宴咂了咂嘴，点头："喝。"

两人重新坐回榻上，最后一点酒一人分了半杯，凌祈宴有些舍不得喝，问温瀛："你那里真的没有了吗？"

"没有了。"

凌祈宴犹犹豫豫道："你去了西北，肯定也能弄到这酒吧？你能不能派人给我送些去江南？我花钱跟你买也行。"

温瀛面无表情地提醒他："我去西北是去领兵的。"

"现在又没有仗打，你去了西北就不过日子了吗？再说了，你这些酒不也是这次打完仗带回来的？你就是不想给我送酒，不送算了，江南肯定能找到去塞外做买卖的商人，我跟他们买。"凌祈宴气呼呼道。

"想喝酒，就跟我一起去。"

凌祈宴愣住。

温瀛又道："不必送来送去那么麻烦，你跟我一起去西北，想喝多少酒都有。"

凌祈宴瞬间哑然。

去西北？

他才不要。

放着繁华的江南不去，跟着这人去西北啃沙子，除非他疯了。

凌祈宴一脸讪然地打着哈哈："你去西北领兵，我跟着你能做什么？给你拖后腿吗？还是不了。"

温瀛没再说话，仰头将杯中的酒一饮而尽。

最后一滴酒也没了，凌祈宴犹不满足，又叫人上了别的酒来，拉着温瀛继续陪他喝。

温瀛冷冷地问他："你喝这么多酒，明日起得来吗？你想明日被人抬着离开？"

"不要你管。"凌祈宴将酒往嘴里送，坚持要喝。

子时，彻底醉死的凌祈宴沉沉睡去。

温瀛吩咐宫人前来伺候他后便起身离开。

从宁寿宫里出来时，外头大雨倾盆，温瀛坐上轿子，立在一旁的亲卫小声向他禀报，事情都已安排好。

温瀛没多问，淡淡地应了一声，轻闭上眼。

第三十四章

翌日天亮，凌祈宴挣扎着起身，忍着宿醉之后的头疼，用过早膳，去正殿向太后磕头告别。

太后拉着他的手舍不得放开，没再抹眼泪，只红着眼睛一再叮嘱他要多保重，要记得写信回来，要早日娶妻生子过安定日子，凌祈宴一一应下。

他走出宁寿宫时，许久没见的六皇子凌祈宁跑来，塞了一大箱子自己珍藏的宝贝给他，低着头小声道："这些东西我留着也用不上，都给大哥吧，要是大哥哪天银子不够花了，卖了这些东西可以换不少钱……母后不知道的。"

凌祈宴摸了摸他的脑袋，向他道谢。

"等日后有机会，我去江南看大哥。"

"好。"凌祈宴勾唇一笑，凌祈寓和沈氏虽面目可憎，这个六弟却乖得很，叫人讨厌不起来。

出城时，惜华也特地来送了凌祈宴一程，将她自己准备的和长公主准备的东西一起交给他。凌祈宴啧啧感叹："没承想到了今时今日还有这么多人惦记着我，你们给的这些东西，足够我用到下辈子了。"

"得了吧，"惜华道，"就你那挥霍劲，只怕没几年这些东西就被挥霍完了，以后收敛点吧，别随随便便就把价值千金的宝贝赏给下人了。"

"行了，不用你来教训我。"

凌祈宴嘴上依旧蹦不出句好听的话，神色却不由得有些落寞。

太后已叫人在江南给他置办了庄子、田产和商铺，下半辈子他都能过得富足无忧，只从今以后就当真只有他一个人了，京里这些人，无论好的坏的，再见不到。

惜华不好久待，送了东西，与他说了几句话先回去了。

晌午之前，路过城郊的皇家寺庙，凌祈宴心念微动，让人停车，进去拜了拜。

跪在菩萨面前，他在心里默念：我已经很倒霉了，以后只能躲去江南苟且偷生，您老人家就行行好，别再让我更倒霉了吧。

他又给功德箱里捐了些银子，从庙里出来，忽地顿住脚步，望向侧方半山上那隐约可见的亭阁，问："那边是不是静水寺？"

跟随的侍从告诉他："确实是静水寺。"

凌祈宴轻眯起眼，有些失神。

静水寺是这上京城最大的尼姑庵，寻常女子想要出家轻易都进不去，里头收容的大多是王公勋贵、官员大臣家中犯了事的女眷……云氏也被太后叫人送去了那里。

愣怔片刻后，凌祈宴道："我去那里看看。"

太后安排了个宁寿宫大太监一路护送他去江南，那太监显然认得静水寺的住持，去说了说，凌祈宴被准了进去。

这静水寺占据了这里的一整座山，凌祈宴被人引领着进去，走了许久才到云氏的住处。

云氏单独住在寺庙深处的一间小院中，这地方环境不差，但看着十分冷清死寂，仿佛没有生气一般。

凌祈宴没进去，只在院外站了片刻，其间云氏出来过一趟，到院中打水。她一身粗布缁衣，头发已经剃了，苍白的脸上没有半分血色，眼里更似古井无波。

即使这样，她依旧是美的，除去那日在兴庆宫时的狰狞和怨恨，当年那艳冠上京的倾城之色，重新在这张无波无澜的脸上显现出来。

凌祈宴平静地看着她，这人是他的亲生母亲，他对她没有向往，亦无怨恨。她虽抛弃了他，但帮他换来了二十年和余生的荣华富贵，哪怕只是为了报复，她也不欠他的。

凌祈宴始终没走上前，待云氏打了水转身进门，他也转身离开。

云氏在门槛边停下，回头望了一眼，只看到院外在春风中簌簌颤动的花枝。

走远之后，凌祈宴犹豫地问那太监："她……在这里会有危险吗？"

他不信沈氏会这么轻易地放过云氏，若有机会，沈氏只怕恨不能将云氏千刀万剐。

太监低声道："您放心，太后娘娘特地叮嘱过这里的住持，有她看着，那些人下不了手的。"

凌祈宴心下一松，点了点头，没再多问。

傍晚时分，队伍到达驿站歇脚，明日再往前走几十里，就要出京畿之地。这是凌祈宴自己选的，走陆路下江南，虽会慢上许多，但他想沿途到处看看。

凌祈宴躺在驿站的硬板床上，心神前所未有地平静，待明日之后，前尘往事尽去，京中的人和事便再不要忆起了。

他翻过身，闭上眼，安然睡去。

永安宫里，温瀛一手枕在脑后，全无睡意。

宫殿中还有未熄的灯火，明日他就要离开这个住了不过两个月的地方，启程前往西北。

他没有对凌祈宴说，自己离京赴任的时间只比他晚一日。

清早，天色未亮，温瀛已起身，去拜别皇帝、太后和沈氏。

温瀛在凤仪宫外等了两刻钟才得进去。沈氏这几日心情十分不好，卫国公府出了事，沈兴曜那小子和一帮世家子前几日去外踏青，在山野中失踪，皇帝已下旨派京卫军和上京府衙的人四处搜找，但遍寻不着，至今杳无音信。

因温瀛不亲近她，沈氏对这个便宜儿子并无多少热络之意，不咸不淡地叮嘱了他几句，就让人退下了。

温瀛一句话不多说，告退出去。

辰时三刻，温瀛领着五百亲兵，车驾低调出城，行了一个时辰，在京郊的别庄中暂歇。

这座山庄从前是凌祈宴的，在凌祈宴"暴毙"后，被皇帝转赐给了温瀛。这还是山庄易主后，温瀛第一回过来。

进入山庄里，挥退了跟着的下人，温瀛冲身边的亲卫示意："那几人被关在哪里？带路。"

山庄阴暗潮湿的地室门被打开，亲卫举着火把，领着温瀛顺着石梯而下，往前走了一段，出现一长排铁栅栏，关在里头的正是沈兴曜几人。

温瀛站在栅栏外，面无表情地看着几人。

沈兴曜见到温瀛，猛扑至栅栏上，伸手想去挠温瀛，却如何都够不到。

温瀛冷冷地瞅着他，一动不动。

沈兴曜双目怒瞪着温瀛，从喉咙里挤出声音："你！是你！我没害过你，你怎能如此？……"

他仿佛已完全忘了，他曾经帮着太子断过面前这人的前程。

"你做过的恶事，总要偿还的。"温瀛缓缓说道，"当年你们将赵熙扔到湖里，可曾想过会有今天？"

见他目光阴鸷森寒，眼中杀意毕现，沈兴曜下意识地抖了抖："你不敢，皇后娘娘不会放过你……"

"皇后娘娘是本王的母后，"温瀛幽幽地提醒他，"就算她想偏帮你这个侄子，那也得能找到你。"

被温瀛这么盯着，沈兴曜眼中的惊怒逐渐化作恐惧，他死死抓着栅栏，哆嗦着哀求道："你放过我，求你放过我……"

温瀛漠然地看着他，如同看着一件死物。

从地室出来，迎面而来的刺目阳光让温瀛下意识地闭了闭眼，他神色更冷，漫不经心地吩咐身边的人："再过两日，将他们绑上石头扔到运河里去。"

当年赵熙是如何死的，他们也一样，以命抵命，他向来公平。

亲卫垂首领命。

晌午时分，路过一处山道边的茶棚时，凌祈宴下令原地暂歇休整片刻，吃些东西再继续上路。

坐了快两日的车，他已浑身不适，有些后悔没走水路了。

就着这劣质的茶水吃干粮，凌祈宴只觉难以下咽，哀叹自己果真是过惯了好日子，这点苦都受不了，日后到了江南还不知会怎样。

179

心不在焉地忧虑着以后的事情，忽然闻得一声巨响，凌祈宴下意识地抬头，就见一块巨石从天而降，突兀地挡在了前方的山道上。

凌祈宴陡然一惊，尚未回神，数十匹马紧接着从两侧的山上冲下，后头还有手持各种兵器的壮汉，浩浩荡荡地冲下，一眼望去，少说有数百人。

是山匪！凌祈宴身侧的护卫已纷纷反应过来，拔出剑警惕地将他围在中间。

那群人高喊着要他们交出所有随车的行李，留下买命钱。凌祈宴阴下脸，隐约觉得不对。

这里虽已出了京畿地带，但并非什么偏远蛮荒之地，他的随从有近百人，光天化日之下，数百山匪这样在官道上打劫，可能吗？

不待凌祈宴多想，那伙山匪已冲了上来，下一瞬，山道后方忽地马蹄扬尘，竟又冲出几百骑兵，这一回出现的却是朝廷的官兵。

那伙山匪显然没想到会有这一出，当下就慌了，两边交起手来。

不出两刻钟，山匪死的死，被擒的被擒，很快缴械投降，再无还手之力。

领兵的将领来到凌祈宴面前，自我介绍名叫郑沐，是旒王麾下的五品守备。

听到"旒王"二字，凌祈宴不由得皱眉，心生警惕："多谢相助，如今既已无事，你便回去复命吧，我等也要继续启程往南去了。"

郑沐不动，凌祈宴见状冷了神色："你什么意思？"

"末将奉殿下之命行事，多有得罪，还望郎君勿怪。"

他说罢一挥手，不待凌祈宴这边的人反应，转瞬已将他们尽数拿下。

郑沐手下这些人都是真正上过战场的，显然比些悍匪更难对付，太后派给凌祈宴的这些护卫几乎毫无招架之力。

凌祈宴身旁的宁寿宫太监气得跳脚："你们好大的胆子！我等是奉太后娘娘懿旨护送温郎君南下！你们想造反不成？！"

凌祈宴的脖子上也被架上了两柄剑，面色已冷得不能再冷。郑沐低下头，依旧是那句话："末将奉命行事，得罪了。"

静水寺。

温瀛站在那间小院中，淡漠地望着面前的云氏。

云氏扯开嘴角冷冷一笑，说道："没想到我亲儿子来看我，连你也来看我，怎么，你是来杀我的吗？"

温瀛平静地道："太后会防着皇后，但不会防着我，我若想杀你，你以为你还能站在这里？"

"所以……？"

"你还想跟着陛下吗？我给你机会，只看你自己能不能把握住。"

云氏死寂的眼中终于有了一丝波动："原因呢？"

温瀛并未多说："原因你不必知道，你只需回答我想还是不想。"

云氏愕然地看着他，温瀛依旧是那副镇定淡然之态，但他的眼神告诉云氏，他并非在戏弄她。

云氏低下头，像是在犹豫挣扎："我已年老色衰，陛下恨我至此，怎还可能再要我？"

温瀛淡淡道："你若还像那日在兴庆宫里时那样疯癫若狂，陛下自然不会要你，你若肯改，设法让陛下怜惜你，忆起与你的那些过往，未必没有机会。"

云氏十六岁时就生了凌祈宴，如今四十不到，虽已不再年轻，且这些年还受过诸多苦难，但唯有在样貌上，上天似乎格外厚待她，并未在她脸上留下过多的岁月痕迹。只要她敛去神情中的那些不平、不忿、不甘，依旧是万里挑一的美人，皇帝看着这样的她，当真会没有半分重温旧梦的想法吗？

未必。

温瀛安静地等着她自己拿定主意。

云氏咬紧牙根，低垂着的眼中闪过一抹恨意，终是下定决心道："好。"

傍晚，温瀛行至驿站落脚。

郑沐带着人回来复命，说那些山匪俱已审问过，能招的都招了。

"他们一直盘踞在这附近的深山老林里，靠打劫路过的商队为生，当地官府也拿他们没法子，这回是收了京中贵人给的银子，在此拦截这支南下的车队，而且收的不止一笔钱财，一是要买温小郎君的命，另外则是要他们将温小郎君劫走，找具死尸替代温小郎君，叫人以为温小郎君已死。"

温瀛冷冷地问："京中贵人？"

"他们也说不清楚，应当确实不知道对方究竟是何身份。"

郑沐心下惴惴。托温瀛的福，他回京之后就升上了五品守备，拜把子的兄弟摇身一变成了皇子，他一直有种不实在之感，更庆幸自己当年慧眼识英雄，如今虽再不敢与温瀛称兄道弟，但温瀛愿意将他当作亲信重用他，他自然也愿肝脑涂地。

温瀛没再多问，也根本不用猜，想要买凌祈宴的命的只会是沈氏，至于另一个将计就计想要劫走凌祈宴的，则必是太子。

"将他们交给当地官府，不必多言，只说我等路遇这些山匪，顺手清剿了他们。"

郑沐领命。

"你带回来的人呢？"

郑沐犹豫道："温小郎君坐在车里一直不出声，倒是那位太后娘娘身边的德公公，一路骂骂咧咧的。"

温瀛吩咐他："将温小郎君安顿好，把德公公带过来。"

那位德公公很快被人带来，见到温瀛越发没好气道："旒王殿下这是何意？咱家奉太后懿旨护送温郎君去江南，您将温郎君和咱家劫回，到底想做什么？"

温瀛淡淡道："本王会将温郎君带去西北，至于你和其他人，回京去吧，将今日的事情原原本本地告诉太后，对她老人家说，温郎君和本王在一块，不会有危险。"

"你——"

"还是德公公有更好的主意？这才刚出京畿，你们就遇上山匪，你当真觉着你能平安地将

181

温郎君送去江南？"

对方的面色变了又变，哑口无言。

温瀛又道："太后若是想温郎君了，可以写信寄去西北，要送什么东西给温郎君，也直接送去西北便是，本王都会转交给温郎君，请她老人家放心。"

打发了德公公，温瀛静坐片刻，起身去了安置凌祈宴的屋子。

听到脚步声，坐在榻边的凌祈宴缓缓抬眼，双目赤红地看向他。

温瀛叫人送来晚膳，冲凌祈宴示意："你晌午那顿就没用多少东西，先填饱肚子。"

凌祈宴的嗓子里发出呵呵的笑声，眼眶更红："你这样将我劫来，到底想做什么？"

"跟我去西北，"温瀛沉下声音道，"你想要什么我都给你，只要你跟我去西北。"

"去西北？"凌祈宴愣愣地重复着这三个字，"去了西北，我想什么你都给我？"

温瀛点头："是。"

"那我想要你去死，你怎么不去死啊？！"

凌祈宴陡然拔高声音，怒不可遏道："凭什么你让我跟你去西北，我就一定得去？！"

凌祈宴破口大骂，一句一句尖锐的话语往外蹦。可无论他说什么，温瀛始终无动于衷，由着他骂。

待凌祈宴骂够了，温瀛才冷冷地提醒他："今日若非我救你，你觉着你还能这般盛气凌人地在这里发脾气？皇后买通了那些山匪想杀你，太子想将你劫走，让你从此真正做一个人'死人'，你以为你落到太子手里会是什么下场？"

凌祈宴瞪着他，眼中仍有怒意翻涌。

温瀛淡淡道："别闹了，先用晚膳吧。"

一桌子的膳食摆到凌祈宴面前，他却不肯动筷子，温瀛无声看他片刻，吩咐人："带他们进来。"

江林和几个从前伺候凌祈宴的太监哆哆嗦嗦地进门，见到凌祈宴当场流下眼泪，跪到地上哭喊道："殿下——"

看到他们几个，凌祈宴惊诧之下不由得紧蹙起眉，看向温瀛的神色更冷："你什么意思？"

温瀛镇定地用着膳食，慢慢说道："前些日子我从内侍处将他们几个要来了，既然是你从前用惯了的人，之后依旧让他们伺候你吧。你是主子他们是下人，若是你饿了、冷了、不舒服了，那便是他们失职，我自会责罚他们。"

"你——"

温瀛幽幽地说道："你听话一些，自己能少吃些苦头，这些跟着你的下人也能少吃些苦头。"

凌祈宴忍着掀桌子的冲动，咬牙切齿一字一顿道："你不如将我杀了！"

温瀛却没再说什么，低下头继续用膳。

江林几个从地上爬起来，抹掉眼泪，开始为凌祈宴布菜。

凌祈宴还是不肯吃，江林小声哀求他道："殿下，您多多少少用些吧，您若是饿出个好歹来，奴婢们当真只能以死谢罪了……"

凌祈宴忍耐着怒气，深吸一口气，拿起筷子。

用过晚膳后，温瀛叫人上了热茶，将屋中下人都挥退下去，在榻上摆开棋盘，问凌祈宴想不想下棋。

凌祈宴没理他。

温瀛手中摩挲着棋子，缓缓说道："你若是能赢我这盘，我便放你离开。"

凌祈宴冷冷地睃向他，温瀛坦然回视。

僵持片刻，凌祈宴坐上榻，捏起颗棋子用力扣到棋盘上。

一个时辰后，温瀛将他吃下的棋子捡走，抬眼看向凌祈宴："你输了。"

凌祈宴握紧拳，垂着眼没出声，不知在想些什么。

从前他与温瀛下棋，胜负各半，今次他铆足了劲想要赢，温瀛却始终游刃有余，一步一步循循善诱，再绝地反扑，最后长驱直入地将他逼入绝境。

他输了，输得彻底。

待温瀛的脚步声远去，凌祈宴默默坐了良久，喊道："来人！"

进来的果真是江林，先前他就一直在外头守着。

凌祈宴问道："外头有多少人？"

江林不知他想做什么，谨慎回答道："除了那郑守备手下的兵马，旒王殿下还带了五百亲兵，加起来有近两千人，都在驿站外扎营。"

"守在这驿站里的有多少人？"

"都是旒王殿下的护卫和贴身伺候他的人，不到五十。"

凌祈宴的心思转得飞快，昨夜他在这驿站住了一夜，听人提过一嘴，这驿站的马厩应当就在后头不远处，从那边可以直接出驿站。现在夜深人静，大多数人已歇下，他未必没机会逃出去。

无论如何，他都得试一试。

于是凌祈宴沉声吩咐江林："你去帮我弄身小厮的衣裳来，动作快些。"

江林大惊失色地问道："殿下您想做什么啊？"

凌祈宴不耐烦地道："别殿下、殿下了，毓王已经死了，你若是还认我这个从前的主子，

184

就别咋咋呼呼的，赶紧麻利地去办了，就当是帮我最后一次。"

"可……"

"没什么可不可的，"凌祈宴冷下脸道，"还是你如今跟了旒王，就不打算再听我的话了？"

"自然不是！"江林犹豫片刻，咬了咬牙，领命而去。

凌祈宴当即起身开始收拾包袱，只挑最要紧的东西拿，可惜太后他们给的那些贵重之物是带不走了。但只要能顺利去江南，拿到太后叫她娘家人给他置办的地契、房契，他就饿不死。

凌祈宴心中稍定，江林很快帮他找来衣裳，他快速将衣裳换上，将那一沓大额的银票收进怀中，又装了些轻便值钱的宝贝背上身。

江林犹犹豫豫地问他："殿下，您要这么走吗？您能走掉吗？不如奴婢陪您一起……"

"说了别再喊殿下了，"凌祈宴皱着眉打断他的话，"你不需要跟着我，你留在旒王身边，日后前程还有奔头，我如今什么都不是了，也不能用你这样的人。"

"你现在出去，跟外头的人说我想沐浴，让他们去准备东西，把那些人都引开。"

江林抹了一把脸，只得应下，再次出门去。

凝神听了一阵外头的动静，待人走了大半，凌祈宴走到后头窗边，翻窗而出，借着夜色掩盖，迅速往后院马厩跑去。

他一气跑到马厩处，来不及多喘口气，快速挑了匹看起来强健的马，利落地翻身上去，一甩马鞭，纵马疾驰而出。

幸好白天来回走过一遍，他还记得路，只要过了这段山道，到下一个渡口就改走水路，以最快速度南下……

山道上有火把一支接一支地亮起，凌祈宴双瞳狠狠一缩，骤然勒紧马缰停下，想要掉转回去另走他路，后方的来路上也逐渐响起马蹄声，渐行渐近。

温瀛面无表情地立在高头骏马上，与他隔着半里距离沉默对视，火光将他们的脸同时映亮。

凌祈宴咬紧牙根，死死瞪着他，温瀛哑声开口："你要去哪里？"

"去江南，你放我走，"凌祈宴忍耐着心下的滔天怒气，压着声音问他，"我不愿跟你去西北，你非要强迫我去，到底有何意义？"

温瀛说出口的话依旧无波无澜："回来吧，大半夜的，别闹了。"

"我没有与你闹！我说我要去江南，你叫这些人给我滚开！你是听不懂人话吗？！"

温瀛忽地一蹬马肚，纵马猛冲上前，伸手一捞，凌祈宴猝不及防，天旋地转间，已被拎起带到另一匹马上。

凌祈宴从惊惧中回神，身下马匹疾驰回奔，他耳边只有凛冽风声。

再次回到驿站，凌祈宴红着眼睛怒瞪向温瀛。

江林跪在地上，哆哆嗦嗦地请罪，温瀛漠然出声道："自己下去，领二十板子。"

江林用力磕了磕头，匍匐着退下。

"你究竟想如何？"

看到温瀛始终是一副无动于衷之态，凌祈宴颓然地闭起眼，折腾了大半夜，是当真累了。

"你真以为你跑得掉？"温瀛缓缓开口，"你其实连这个驿站都出不去，你以为就凭你一个人，能跑去哪里？"

凌祈宴哑然。他知道的，只是心存侥幸。温瀛只怕时时刻刻派人盯着他，他怎么可能逃得出去？

温瀛故意放他走，再将他捉回来，不过是想让他彻底死心罢了。

沉默半晌，凌祈宴闷声问："所以呢？我不想跟你去，你非捉着我去，到底有什么意思？"

温瀛问道："为何不想去西北？"

凌祈宴感觉十分无力："我为何想要去？放着江南繁华地不去，去西北？我脑子又没坏。"

"只因为这个？"

凌祈宴倒进床里，拉高被子遮住脸，完全自暴自弃了："你出去，我现在不想看到你。"

温瀛没再出声，片刻后，将屋中的灯重新熄灭，最后淡淡提醒他："睡吧，别折腾了，明日一早我们就上路往西去。"

第三十六章

翌日用过早膳之后，温瀛下令出发，自驿站往前再走五里，兵马转向与昨日凌祈宴走的截然不同的、往西北的路。

凌祈宴被用粗麻绳捆了双手，绑在温瀛的车驾后面，拖着往前走。

温清骑着马过来。他已跟了郑沐一段时日，能骑马用剑，本事长进不少，对人情世故也懂得多了，见到凌祈宴这副模样，不免有些担忧。

"哥，你要不对王爷服个软吧？你去江南、去西北不都一样，都到这里了……王爷也是为你好。"

凌祈宴冷笑，没理他。

温清无法，只得又纵马去前头车驾边，小声为凌祈宴求情。

温瀛推开车窗，漠然地朝后看了一眼。

早起后凌祈宴就一直在闹脾气，不肯用早膳，不肯动，也不肯说话，无论江林几个怎么苦苦哀求，始终一副无动于衷之态。

后头温瀛过来，直接下令让人将他的手捆住，绑在车驾后拖着走。

这才上路不过两刻钟而已，凌祈宴脚下趔趄，浑浑噩噩地摔倒在地，再爬不起来。

行进中的车轮戛然而止，温瀛自车上下来，走过去停在凌祈宴身前，居高临下地看着他。

凌祈宴只瞧见一双乌黑掐金丝的短靴停在他眼前，再看到那绣着如意浮云纹的衣裳下摆，嘴角艰难地扯起，没有抬头，哑声道："你非要这么折辱我？不如杀了我吧。"

"起来。"温瀛冷冷地提醒他。

凌祈宴狼狈地坐在地上，不肯动。

温瀛伸手扯住他的胳膊用力一拽，将人从地上拉起。

凌祈宴没有挣扎，垂着脑袋不看他，半晌，闷声挤出一句："我手疼，脚也疼，不要走了。"

温瀛抽出腰侧佩剑斩断捆着他的双手的麻绳，他的手腕处果然已一片通红，凌祈宴揉着手，轻哼了一声。

坐进车里后，温瀛叫人拿来干净衣裳，示意凌祈宴："换了。"

刚穿好衣裳，凌祈宴的肚子就一阵咕咕叫，他尴尬地低下了头。早上他就没用过早膳，这会儿是真饿了。

温瀛没再说什么，叫人送来膳食。

吃饱后，凌祈宴的心思又活络起来，他闹也闹了，骂也骂了，温瀛依旧坚持要带他走，他只能选择接受好让自己少受些罪，可得先把事情说清楚。

"昨日遇山匪之事，虽是皇后和凌祈寓那狗东西安排的，但你的人能那么快赶到，想必早就布置好了，说不得一直就跟在我后面，是不是没有山匪那一出，他们也会将我劫来？"

"嗯。"温瀛坦然承认。

他就知道！

凌祈宴忍耐着怒气继续道："所以你从一开始打的就是这个主意，你要我跟你去西北，我不答应你就将我劫去？"

"去西北有何不好？"温瀛不以为意道，"你一人去了江南能做什么？你真以为太后的娘家人能看顾你一辈子？"

"那我跟你去了西北又能做什么？你能看顾我一辈子？"凌祈宴没好气地说。

温瀛淡淡地吐出两个字："可以。"

凌祈宴怔了怔，嘴里嘟哝道"我不需要别人看顾，我有手有脚，二十好几了，不会饿死自己。"

温瀛看向他道："去了西北，你想做什么都随你。"

凌祈宴闻言，只能暂且忍了，走一步算一步吧，何必折腾自己？

"你自己说的，不能说话不算话。"

说完这句，凌祈宴放松下来，昨夜没睡好，这会儿已困得睁不开眼，很快睡去。

傍晚他们在下一个驿站落脚。

虽又坐了一整日车，但凌祈宴吃好睡好，精神十分抖擞，下车后伸了个懒腰，浑身都是劲。

用晚膳时，温瀛叫人上了酒给他喝，凌祈宴捏着酒杯嗅了嗅，疑惑地抬眼："你不是说这酒没了吗？"

"你想喝就有。"温瀛淡定道。

凌祈宴顿时又气到了。之前他几番讨要这酒不成，现在被拐上去西北的路，这人就肯拿出来了，怎么这样？

"你是不是早在向皇帝请准去西北之前，就已经计划好了这一切？"

不在意他言语间的讥诮奚落，温瀛继续给他倒酒："真的只剩最后一坛了，再要喝得等到了西北之后。"

要不是舍不得浪费这一口酒，凌祈宴恨不得直接把酒浇到他的脸上去。

亏他从前还以为这个混账虽然脾气大、心眼小，至少是个老实的人，呵。

这人若是老实，这天下再没有不老实的人了！

翌日清早，凌祈宴一觉醒来，已快至辰时末。

江林带人进来伺候他洗漱更衣。

见温瀛进门来，凌祈宴懒洋洋地打了个哈欠，问："都这个时辰了，还不启程吗？"

温瀛随口道："用完早膳再走。"

凌祈宴站起身伸懒腰，下人已将门窗打开，他看到窗外院子里正吭哧吭哧地练拳的温清，不由得多看了一眼。

这小子才十六岁就生得高头大马、虎背熊腰的，壮实得跟头牛一样，难怪名字就叫大牛。凌祈宴看看他，再对着镜子看看自己，不免有些憋气。好歹他们是堂兄弟，怎的就一点不像？他这长相、身子骨尽像他那个柔弱如菟丝花一样的娘，幸好个头不矮，这点应该是像他爹。

"你看什么？"温瀛在他身后问道。

凌祈宴抬眸，再看一眼镜中比他高了有大半个头、身形精壮挺拔的温瀛，深觉自己这辈子估计都打不赢他了，越发郁闷。

温瀛提醒他："去用早膳。"

闷闷不乐地坐到桌前，凌祈宴拿起筷子，心下哀叹，自己连温瀛都打不过，更别提他还带了两千兵马。

这会儿凌祈宴终于彻底放弃了半路逃跑的打算。

温瀛叫人去将还在外头练拳的温清叫进来，跟他们一块用早膳。

温清不敢坐下，温瀛道："这里没有外人，坐吧。"

他对这个弟弟十分看重，上路之后就一直将人带在身边亲自指点本事。凌祈宴看着这温大牛憨头憨脑的模样，默默想着，幸好温瀛没被温家人养成这副傻样……

他简直没法想象一脸憨笑的温瀛，好似比他现在这副棺材脸还要可怕百倍。

话说起来，从三年前到现在，他都没有真正看温瀛笑过哪怕一次。这人变了身份后，人越发阴沉得吓人，更别说笑了。

对上凌祈宴看向自己的略古怪的目光，温瀛淡定回视，凌祈宴讪然一笑，转开了眼。

用过早膳后，温清去了外头，温瀛叫人收拾东西准备启程。

凌祈宴坐在榻上心不在焉地喝着茶，有人进来向温瀛禀报事情，凌祈宴瞅了一眼，看打扮应该是温瀛的亲卫，但之前两日没在他身边看到过。

那人见凌祈宴在，犹豫着不知该不该说，温瀛淡淡道："直接说吧。"

"回禀殿下，昨日入夜之后，属下等已按着您的吩咐，将那几人喂药弄晕，捆上大石沉入运河中，之后便一路快马加鞭地过来，并未有人看到。"

温瀛点了点头："下去领赏吧，这事从今以后都烂在肚子里，不要再提了。"

"是！"

待人退下，凌祈宴一脸狐疑地望向温瀛："你又杀了什么人？"

"沈兴曜和他那几个跟班。"

凌祈宴差点没将嘴里的茶喷出来："那些都是高门世家子，你就这么干脆利落地将人沉河了？"

"不然呢？"温瀛平静地反问。

凌祈宴哑然。

这个疯子，若是给他机会，只怕他三年前就打算这么做了。那时他只杀了一个刘庆喜，如今终于寻得机会报复了其他几人。这仇他记了三年，从未有过半分心慈手软，这人天生就是这样，认定的事情必会想尽办法做到。

"你就不怕被人发现？若是事情败露，皇帝再宠你，也必得给那几家一个交代吧？"

"为何会败露？我已不在京中，他们的尸身被沉入运河中，只怕三年五载都浮不起来，如何能败露？"温瀛不以为意。他敢做，就决计不会叫人发现。

凌祈宴想想也是，这人既然这么说，想必前前后后的事情都安排妥了，必不会留下任何把柄，哪里需要自己咸吃萝卜淡操心……

"你是在担心我？"

温瀛看着他，冷不丁地冒出一句。

凌祈宴顺口说道："我现在跟你是一根绳上的蚂蚱，你就是我的靠山，你若是出事了，我也没好日子过。"

第三十七章

二月底，西北凉城。

这个时节，这座西北最大的边城犹春寒料峭，旒王的车驾至城外二十里处，众军中将领已在此等候多时。

温瀛下车，免了众人的礼。

风霜扑面，年轻的皇嫡长子傲然立于风雪中，气势比这二月寒霜更加凛冽。

温瀛淡淡说了几句话，抬了抬下颌，示意继续前行。

他重新坐回车里时，凌祈宴正手里抱着暖炉，缩在厚厚的毛褥里，听到动静只露出一双眼睛看他一眼，嘟哝出声："这么快就说完了？怎么不多给那些人一个下马威？"

温瀛淡淡地睨他一眼，没说什么。

凌祈宴蜷缩起身体，打了个哈欠，嘴里抱怨道："这地方怎么比京城还冷一些？这都快三月了，还下雪，我就不该跟你来这里……"

温瀛淡然道："进了王府就好了。"

"哼。"

半个时辰后，车驾进城，凌祈宴推开半边车窗，趴在窗口朝外头看去。

即使天冷，街上的人也不少，这里的边民穿着打扮与京里人大不相同，穿什么的都有，十分随意，来来往往的还有许多一看就是塞外的商人和牧民，异域番邦人也不少见。

街道两边酒肆、茶楼、商铺林立，吆喝叫卖声不断，虽称不上繁华，倒也热闹。

凌祈宴咂咂嘴，想着这地方虽然跟上京城没法比，似乎也没有想象中那么糟糕？

车驾直接进了旒王府，这座府宅从前是靖王府在这边城的别院，如今温瀛来了，只换了个门匾，里头的规制都不用变。温瀛带来的王府属官和侍从加起来不到百人，好在这王府中还留有不少人手，不至无人可用。

进入正院后，温瀛在前院下车，凌祈宴则被车驾送去后院。

王府正堂里，一众军中将领再次拜见温瀛。

温瀛的身世，哪怕是远在西北边城的这些人都有所耳闻，更别提他还是被靖王从这里带回京中的，只是谁都没想到，他如今又会回到这里，接替靖王的位置。

温瀛被封镇西北总兵，手下有协守副总兵三人、分守参将八人、游击将军十六人以及守备若干，除了跟着他从京里来的郑沐，余的都是从前靖王标下将领。前头几年温瀛在塞外打仗，投在敬国公世子林肃麾下，与这些人并不相识。

不过在来之前，靖王已详细地对他提点过这里的人和事。这些人的家世、履历和性子，他都大致知晓。

这些将领分守在这边境各个城池和关口处，今次是温瀛新官上任，游击以上的将领都来了凉城这里拜见上峰，明后两日就会各自回去。

温瀛与他们说了几句场面上的话，又说晚上会在王府设宴，这便让他们先退下了。

他打发了人，下头又送来拜帖，说是这里的地方官叫人送来的，想要来王府拜见。

温瀛随意地看了一眼，没有准。

他是来这边领兵的，并非就藩在此，无须跟这些地方官员多打交道，更没必要因此惹人闲话。

后院里，凌祈宴背着手正四处转悠打量，越看越嫌弃。

这王府正院是五进的院落，前院是正堂，第二进院子做温瀛的书房，第三、第四进的院子才是起居之所，贴身伺候他们的下人则住在后罩房中。

另外还有东、西两路院子和一个后花园，虽勉强有王府的规制，但放在上京城中，论气派，只怕还比不上那些寻常的富贵大户，与他那个占地广又富丽堂皇的毓王府相比，更是差得远了。

江林指挥着人将他的东西搬进来，都是从前毓王府里收藏的宝贝。他这个毓王殿下虽"暴毙"了，但毓王府里的那些东西，太后都叫人给他拿了回来，加上离京之前太后另送的，足有近千抬箱子，原本要带去江南，如今都送来了这里，比温瀛这个王爷带的东西还多得多。

凌祈宴想去第四进院子住，被人制止，那低眉顺眼的旒王内侍提醒他："殿下说了，您的东西多，第四进院子里这些屋子都给您做库房，请您与殿下一块住前头。"

凌祈宴懒得争辩，这人这么说，定是温瀛授意的。

第三进院落一共五间正房，正中间是堂屋，东、西还有各两间房，凌祈宴直接命人将他的东西搬进西间，心安理得地占了那两间屋子。

屋中地龙已经烧了起来，四处的角落还搁了火盆，比外头暖和许多，凌祈宴伸了个懒腰，再扭了扭脖子，这才觉得重新活了过来，终于舒坦了。

江林带人按着他的喜好，将那些摆件都收拾摆放起来。望着逐渐变得珠光宝气的屋子，凌祈宴十分满意，这样才对。

温瀛回来时，凌祈宴已窝在西间的榻上喝茶嗑起花生瓜子，见到他进门，眼皮子都懒得抬。

凌祈宴占了两间屋子之事，他的贴身内侍刚才已向他禀报过，温瀛没多说什么，只吩咐人将他的东西抬进东间去。

他走到博物架前，细看了看上头的那些摆件，都是极好的贡品，太后果然很舍得。

"这些都是太后给你的？"温瀛手里捏着个玉麒麟摩挲一阵，顺嘴问道。

凌祈宴吐掉嘴里的瓜子壳，警惕道："太后给我的就是我的，你不许抢。"

温瀛漠然地看他一眼："既然是太后给的，你就好好收着吧，那几间库房你随意用。"

温瀛说完叫来人，将自己的库房钥匙递给凌祈宴："你收着。"

凌祈宴不肯要，把钥匙扔回给他："那里头都是你的东西，给我干吗？我不占你的便宜，还是说你想占我的便宜？我们的东西搁在一起，到时候分不清了，我的宝贝比你的多，那我不是吃亏了？"

温瀛不出声地看着他，凌祈宴扬眉问道："我说错了？你不会就是打的这主意吧？"

温瀛没理他，又叫人取来一样东西搁到他面前。

是夜明珠，比之当年那刺列部小王子送的还要大上一倍不止。

温瀛抬了抬下巴，示意他拿起来看。

凌祈宴眨了眨眼，到底没忍住，伸手摸过去，将夜明珠举高至窗边光亮处细瞧。

"皇帝赐的，这珠子比当年你得的那几颗更大更亮，夜间看着更明显。"

凌祈宴自然看出来了。他还当从前那小王子送的是多好的宝贝呢，原也就那样，但再好的东西又不是他的，顿觉没劲，讪然地将之搁下："哦。"

温瀛眼中露出鄙夷之色："我那里还有更多这样的好东西，所以你觉着我能占你什么便宜？"

凌祈宴顿时恼羞成怒，哼了一声："有什么了不起？我不稀罕你的那些宝贝，我的好东西也有很多，你不用在我面前嘚瑟。"

温瀛淡定地端起茶碗，懒得再跟他计较这种事。

入夜，王府正堂设宴，宴请军中诸将领和王府属官，凌祈宴被温瀛强硬地拉来，一开始还十分不情不愿，后头听说有美酒，便不挣扎了。

温清也在。他虽无官无职，但跟着郑沐，坐在最末的位置，并不引人注意，是温瀛有意抬举他。

至于凌祈宴，则被温瀛安排坐在自己左首第一位，还在三位副总兵前面。

众人入席，温瀛介绍凌祈宴的身份："这位温先生是本王府上的幕僚，日后若有事情，无论是军务还是府上之事，各位亦可与他商量。"

正偷喝酒的凌祈宴差点呛到，但温瀛都这么说了，他只能一脸讪笑地举杯向众人示意，仰头将酒饮尽。

这些人不知晓他的身份，毕竟毓王已死，哪怕是京里跟来的众王府属官，因从前凌祈宴未入朝堂，他们品级又低，都不识得他的模样，更别说这些常年驻守这西北边境的武将。

听说他姓温，众人只以为他和那温清一样，是温瀛要抬举的温家人，因而对他十分客气，不过心里免不得嘀咕，这位新殿下任人唯亲。

之后便不多说，温瀛带来的京里厨子做的一道道佳肴送上，众人开怀畅饮，气氛很快热络起来。

温瀛办这饮宴，无非初来乍到，为与众部下拉近关系。他虽不苟言笑，但架子不大，这些武将常年在这边境之地，没有那么多规矩，很快便拎着碗轮番上前与温瀛豪饮。

温瀛同样换上大碗，来者不拒，一碗接一碗的酒下肚，全然面不改色。

几位副总兵上来向温瀛敬酒，为首那年逾四旬、面有刀疤的中年男子姓方，名叫方仕想。温瀛来之前靖王曾重点对他提过，说这是个极有本事的能人，跟随靖王在这边待了十几年，是这三人中资历最深的一个。

"王爷一路过来辛苦，西北这边诸事繁杂，只怕王爷初来乍到会觉得棘手，末将等自会为王爷分忧。"

方仕想嗓音低哑，说话时直直看着温瀛，锋芒有余而谦恭不足。

正喝酒的凌祈宴听到这句话，抬眼朝那人看去。这人一副瞧不起温瀛、倚老卖老的语气是怎么回事？

另两位总兵有些尴尬，赶忙说了几句恭维温瀛的话。温瀛神色不动半分，似完全不以为意，镇定地起身，举起酒碗对三人道："多谢，日后有劳三位。"

说完再将碗中酒一饮而尽。

方仕想未再多言，也一口干下大碗酒水。

戌时末，饮宴散场。

喝高了的凌祈宴被温瀛扶回了后院。

第三十八章

翌日清早，温瀛再次在王府正堂里接见众军中将领，听他们各自汇报手中军务。

凌祈宴也在。他并不想来，硬是被温瀛拖了过来，此刻正懒洋洋地倚在温瀛手侧的八仙椅里，听得心不在焉。

一众将领轮番禀事。

与巴林顿的战事告一段落，这段时日西北边境尚算太平，但那些巴林顿人从来不老实，再过几个月，又要到他们例行过来打秋风的时节，马虎不得。

前头打了几年仗，巴林顿人这会儿物资匮乏得很，想必不会放过大成朝这块肥肉，哪怕他们刚做了大成朝的手下败将。

在边境小打小闹、烧杀抢掠，是他最擅长做的事，前头这些年，只要没闹出什么大的动静，大成朝廷对此向来睁一只眼闭一只眼，只把人赶走了事。之前若不是他们野心大了，与刺列部勾结，大举发兵攻占漠北其他的部落，大成朝也不会就此出兵。

依着这些将领的意思，只要他们加强边防，巴林顿人来了就将之打出去，不生出大乱子来就行。他们这十几二十年都是这么过来的，倒也不必太担心。

温瀛蹙眉听着，没有表态。凌祈宴打了个哈欠，顺嘴嘟哝道："每回都等他们来了再打出去，他们打一枪换一个地方，回回都来，每次总有那么几个村落要倒霉，你们就不能主动点打得他们不敢过来吗？人家来抢东西，让人抢了你们再把人赶走，算什么值得夸耀的功绩？"

谁都没想到他会突然出声，一参将正侃侃而谈，说着自己过往抵御巴林顿人来犯的种种战绩，被凌祈宴这么一打断，再毫不客气地奚落几句，噎了一瞬，脸涨得通红："温先生有所不知，巴林顿人以畜牧为生，四处游牧迁徙，大多数人居无定所，巴林顿部又地广人稀，我等即便打过去，很大可能连个人影都找不着。"

凌祈宴不以为意道："那就直接攻打他们的老巢啊。"

"可巴林顿人的老巢离这里足有数千里，长途跋涉消耗的人力、物力、财力且不提，深入其未知腹地，我等天时地利人和一样都占不到，变数太多了，且巴林顿的土地贫瘠，即便耗费兵力打下来，也无多大用处。"

"哦。"

凌祈宴只丢出这么一个字，似是十分瞧不上这种避而不战的消极应对法。

那参将还要再说，一直没怎么出声的副总兵方仕想忽然开口："只守不战是靖王定下的策略，也是陛下和朝廷的意思，我等不过是奉命行事罢了。王爷和温先生初来这里，不清楚这边的状况，才会生出这样的疑虑，贸然发兵攻打巴林顿，得不偿失，绝非上策。"

这人说话时总是一副面色阴沉的模样，端的是瞧不起人的桀骜之态。凌祈宴嗤笑道："方副总还是小心祸从口出的好，此一时彼一时，如今这镇西北总兵是旒王殿下，你们还念着靖王，这话一不小心传到陛下的耳朵里去，可叫他老人家不好想，靖王只怕也不会乐意听你们这样开口闭口地提他。"

其余的人闻言俱微微变了脸色，看凌祈宴这位牙尖嘴利的幕僚多了些审视之意，凌祈则宴淡定地喝茶。

方仕想冷下了神色："温先生这话说错了，靖王是陛下最信任的兄弟，陛下对靖王的看重，岂容你在此肆意揣测？"

凌祈宴张口就呛："靖王是陛下的兄弟，旒王殿下还是陛下的儿子呢，陛下既然派了旒王来这边领兵，该怎么做你等自然要听旒王的。旒王奉皇命前来，没人比旒王更了解陛下的态度，总好过你等远在这千里之外自行揣度圣意。"

"你！"

方仕想气红了脸，温瀛终于出言打断他们的话："这事日后再议。"

说完他便让余下的人继续禀报军务。

方仕想忍了又忍，硬生生地将还想说的话咽了回去。

一个时辰后，该禀的军务都禀完了，温瀛这才让众人散了。

那方仕想生硬地丢出一句"末将告退"，第一个退了下去。

待人都走了，凌祈宴要笑不笑地看向温瀛："你瞧瞧那位方副总兵都什么态度？你忍得了他我可忍不了，你又非要我，我正闲得无聊，刚好拿这些人逗乐子，坏了你和下属间的关系多不好？"

温瀛站起身，冲他示意："走吧，回去后头。"

他先走一步，凌祈宴跟上去，用手肘撞了撞他的胳膊："喂，那方副总到底为何对你鼻子不是鼻子眼不是眼的？你得罪他了？"

温瀛可有可无地"嗯"了一声："京里没人愿意来这边，若非我主动向陛下提请，陛下很大可能会让他接手总兵一职。"

凌祈宴了然："所以他怨你抢了他的位置？可你是皇帝的儿子，他跟你计较不是自讨苦吃吗？"

"皇帝的儿子又如何？最后能做皇帝的只有那一个，余的人去了封地上都是空有富贵，实则还不如一个地方官，谁又会被放在眼中？"温瀛目光略沉道，"你以为这个世上又有几个靖王那样的王爷，能做让皇帝信任器重的好兄弟？"

说得也是。

"那你来之前，靖王没跟你说那方仕想是个心眼小的人？"

"说了，"温瀛微微摇头，"靖王说这人我能拉拢就拉拢，拉拢不了冷着他便是。"

"那还不简单？"凌祈宴一拍掌说道，"找个由头将他丢到不怎么要紧的地方去就是，讨人厌的人就得撵得越远越好，免得他成天在你眼前晃悠，惹你不痛快。"

温瀛没理他，撩开衣摆在另一边坐下，自若地倒着茶。

凌祈宴蹭过去："你真打算主动发兵去打巴林顿？皇帝能答应吗？"

温瀛将倒好的茶递到他面前，淡淡道："巴林顿人来我大成朝边境烧杀抢掠、为非作歹，我只是逼不得已，想将他们驱赶出去，多追击了他们一段路而已。"

"然后一不小心，追赶进了巴林顿腹地？"凌祈宴满脸鄙夷，"傻子才信你这套说辞。"

温瀛不以为意："无所谓，陛下愿意信就行。陛下未必不想打，只是没把握，怕吃了败仗坏了他在后世史书上的名声，也怕被人诟病穷兵黩武。若这仗是我自作主张打的，败了也是我贪功冒进，与他这个皇帝无尤。"

凌祈宴抿了一口茶，犹豫地问："那若真败了呢？"

温瀛反问他："若是会败，我为何要打？我既然准备打，便绝不会败。"

"打仗哪有说得准的事情，你怎么知道一定不会败？"

"不会。"温瀛笃定道。

凌祈宴无言以对，这已经不是自信了，简直是自信到狂妄。

行吧，反正这些事跟他没关系。

晌午过后，温瀛又陆续传了几个部下来王府单独说话。靖王留了人给他，能不能真正收为己用，单看他自己的本事。

凌祈宴闲得无聊，但风雪没停，他只能窝在府里，躺在榻里发呆，实在憋得不行，便将江林叫来吩咐道："你去府里四处找找，那些个绣房、织房都去看看，肯定有会弹曲的小娘子，把人带来。"

江林苦了脸："可旒王殿下说……"

凌祈宴皱眉，冷声喝道："你管他说什么？怎么，我现在吩咐不动你了是吧？"

"奴婢去就是了。"

两刻钟后，江林果真带了个绣娘回来。凌祈宴漫不经心地扫了一眼，示意人坐："弹曲吧，会弹什么弹什么。"

那绣娘红着脸坐下，不敢看凌祈宴，双手抚上琴弦。

温瀛回来时，凌祈宴正斜倚在榻上，眯着眼睛一手支头，跷着二郎腿，嘴里还哼着曲儿，一副惬意万分的模样。

曲声戛然而止，凌祈宴疑惑地睁开眼，就见那绣娘已跪到地上，温瀛正面无表情地瞅着他。

温瀛示意屋中众人："都下去。"

众人退下，将那绣娘一并带了下去。

"你在做什么？"

凌祈宴理直气壮道："你说我到了这里想做什么都可以的，我就是想听个曲也不行？"

"你想听曲？"温瀛问完走去琴边，伸手拨了拨琴弦，不等凌祈宴说什么，已坐下身，两手搭了上去。

凌祈宴到嘴边的话又咽了回去，温瀛抚琴的姿势很标准，好似并不是闹着玩的。

悦耳的琴音自温瀛修长的手指下流泻而出，比之那些姑娘家手下的琴音少了痴缠婉转，更多了些利落干脆的大气，一气呵成。

凌祈宴呆呆地看着他，半晌没反应过来。

这人之前一直在外打仗，再之前是个穷书生，这一手琴是跟谁学的？

似是看出凌祈宴眼神中的疑问，温瀛淡淡道："在永安宫那几个月，闲来无事跟宫中琴师学的。"

那也才两个月，这人就能学成这样？！

凌祈宴小声嘟哝道："我才不信你两个月就能学会这个。"

"为何不能？我学什么都快。"

凌祈宴顿时哑然，是了，这人以前还是穷秀才时，就这般大言不惭。

他确实学什么都快。

第三十九章

连着下了三四日的雪天终于放晴，温瀛带着郑沐和温清一起去了一趟军营。凉城这里的军营由他直接统帅，有兵五万人。

凌祈宴趁机出府溜达。

这座边城规模不小，王府地处城中心地带，东区和北区是城中官员、富商的宅邸，最热闹的街市也在这边。

凌祈宴下了车，一路走走停停，沿着商街游逛。

这里的新奇东西不少，许多塞外之人在此做买卖，还有那番邦的舶来品，但若论这货物的品相，却远比不上京里那些高门世家铺中卖的宝贝，更别提凌祈宴是见惯贡品之人，自然不怎么瞧得上这些东西。

将拿到手中摩挲了一阵的玉佩搁下，凌祈宴觉得没劲，走出这玉器铺子，瞥见对面街上有间戏园子，不由得驻足多瞧了一眼。

江林见他似有兴致，小声告诉他："奴婢听人说这里的戏园子唱的戏都是这边的特色，跟京里的很不一样，郎君可想进去看看？"

凌祈宴没多犹豫，反正无聊得很，信步走了过去。

戏园门口迎客的小厮是个有眼色的，见他一身贵气，殷勤谄媚地将他迎上二层雅座，正对戏台子、视野最开阔之处，有屏风与周遭隔开，不会被人打搅。

凌祈宴坐下，转着眼睛四处打量。这戏园子里十分热闹，这边虽是边城，但南来北往的商人不少，富贵闲人也多。

热茶和点心奉上后，他随意尝了尝，都还不错，和京里吃到的那些东西不一样，另有一番风味。

台上旦角咿咿呀呀的唱腔他是半句听不懂，但看人举手投足间颇有风情，也还有些意思。

凌祈宴支着脑袋看得专注，江林在一旁给他斟茶倒水递点心，将他伺候得十分舒坦。

半个时辰后，屏风外候着的护卫进来禀报，说外头有人自称这凉城知府家中子侄，听闻旒王府的温先生在此喝茶，特来拜会。

凌祈宴咂了咂嘴，那日温瀛宴请的只有军中将领和王府属官，怎的他这个"幕僚"的身份这就传出去了？

他倒是听人说了，他们到这里的第一日，这些凉城的地方官就给王府送了拜帖，但温瀛没理他们，马屁没拍成，所以这些人转而找上他了？

凌祈宴没多想，懒洋洋地示意人："让他进来。"

来人是个瘦高个儿，看着十分精明的二十几岁的年轻男子，一见到凌祈宴便笑眯眯地抱拳与他寒暄："温先生大驾光临，有失远迎，在下汪旬，家伯是这凉城的知府，听伙计说温先生来了园子里捧场，实乃蓬荜生辉。您请随意，看好听好吃喝好，茶资在下给您包了。"

凌祈宴瞅着他："这戏园子是你的？你怎知道我的身份？"

那人笑道："小本经营，赚点养家糊口的钱罢了，温先生高才，名声这几日已在这凉城里传遍了，岂有人不知？您身边跟着王府出来的护卫，在下便斗胆猜了您的身份。"

他……高才？

凌祈宴好悬没笑出声，只怕这还是他活了二十年头一回有人这般恭维他。

"传遍了是什么意思？我自个儿怎的不知道？谁传出去的？"

那人告诉他："您随王爷来这凉城的第一日，外头就有传言，说王爷身边有位才识出众、学富五车的幕僚，与王爷相识于微末，私交甚笃。"

凌祈宴无言以对，竟有这等事情？

他抬眸看了江林一眼，江林当下会意，打发了个机灵的小太监出去打听事情。

这汪旬又一顿天花乱坠地吹捧凌祈宴，若非知道自己是什德行，凌祈宴当真要以为这人口中那个满腹经纶、博古通今的旒王府幕僚是自己。

虽有一肚子疑惑，凌祈宴却面上不显，漫不经心地听人说着那些奉承之词。

这人与他套近乎，必是冲着温瀛去的，温瀛的身份不便与这些人结交，他却没这个顾忌，且不介意认识认识这里的地头蛇，多条人脉，日后想办什么事情也方便些。

于是他没赶人走，让人坐下，一块喝起茶来。

见凌祈宴似对戏台子上的旦角十分感兴趣，汪旬顺势问他："温先生从前可听过这边的地方戏曲？"

"没有，"凌祈宴顺嘴问道，"这人唱的什么？"

"《贵妃醉酒》，可与您在京里听过的不一样？"

确实不一样，凌祈宴心道，无论是扮相还是唱腔都大不相同，原来《贵妃醉酒》还能这么唱，还挺新鲜的。

凌祈宴兴致勃勃地看着，待这一折唱完，依旧意犹未尽。

那汪旬见状，眼珠子转了一圈，向凌祈宴提议，说隔壁酒楼也是他开的，正巧晌午了，请凌祈宴赏脸一块去用午膳，一起喝上一杯。

听说有酒，凌祈宴向来者不拒，这便答应了，移步去了隔壁。

这间酒楼是这凉城里头最好的，有三层，临水而建。凌祈宴跟人上到三楼雅间，一桌子好酒好菜很快送上。

凌祈宴端起酒杯嗅了嗅，又细细尝了一口，汪旬笑问他："温先生觉得这酒如何？"

"是好酒。"凌祈宴点头赞道。

来这边之后，他最高兴的就是能喝到各种从前没喝过的美酒，再没比这更叫他开怀之事。

见他喜欢，汪旬赶紧又给他添满一杯。

酒过三巡，两个人很快称兄道弟起来。汪旬满口吹嘘自己在这凉城之中人脉广，没有他不知道的事、结交不了的人，更没有他不知道的好玩去处，说凌祈宴要是肯赏脸交他这个朋友，定不叫凌祈宴在这凉城里的日子过得太无聊。

凌祈宴用力拍他的肩膀："你小子是个有趣的人，本少爷喜欢。"

"温先生客气，能入您的眼，是在下的荣幸。"汪旬笑着奉承。

江林见凌祈宴喝得差不多了，赶紧给他倒了杯茶，试图让他醒醒酒，压低声音道："郎君，您喝醉了，时候也不早了，我等还是早些回去吧？"

说罢江林搀扶着凌祈宴起身。

汪旬忙恭送他离开。

坐上车后，凌祈宴将吃下去的酒吐了大半，又喝了江林递来的醒酒汤，倚着车壁闭目养神。

江林小声向他禀报方才派人去外头打听来的事情。

确实是他们到这里的第一日，他的名声就已莫名其妙地在这凉城中传开了，且都是好话，从哪里传出的却不知晓。

凌祈宴闻言不由得皱眉。

"那个汪旬打听过没？是个什么样的人？"

"问过了，确实是这凉城知府的侄子。他本人从商，在这边生意做得很大。听闻那位汪知府是个没什么大本事的人，在这边城经营了十多二十年，一心想调到南边繁华之地，始终不得如愿，原先打过靖王爷的主意，但靖王对这些地方官向来不假辞色，且拘着手下之人不与他们往来，叫他们无从下手。"

那就难怪对方要巴结温瀛了，无论温瀛这个王爷将来如何，至少他现在正得圣宠，对这些政绩平平的地方官来说，又不指着日后鸡犬升天，能图一时的好处就够了。

凌祈宴定下心来，这种人再好打发不过，与之结交也确实有不少好处。再者说，他实在无聊，需要找些乐子打发时间。

马车进了王府正院，江林推开车门，一眼看到站在外头的温瀛，赶紧低下脑袋下车，再伸手去扶凌祈宴。

凌祈宴喝多了，见到温瀛，嘴里含混地嘟哝道："你不是去军营了吗？这么早就回来啦？"

"已经申时了。"温瀛沉声提醒他。

"哦。"

他还真不知道都这么晚了。

酉时末。

凌祈宴睡了一觉，天黑才醒，酒劲终于过去。

他伸着懒腰起身，温瀛在外面点着灯看书，见他起了，便吩咐人传膳。

凌祈宴坐到桌前，晌午喝酒喝得太多，这会儿腹中空空，却实在没什么胃口。温瀛看他一眼，叫人给他上了开胃的酸汤。

"把汤喝了，多少吃点。"

凌祈宴心不在焉地拨着勺子，顺嘴提议道："你这王府里太冷清了，不如养我们个戏班子吧？"

温瀛皱眉："养戏班子？"

"嗯，找点乐子呗。"

温瀛缓缓应道："想养戏班子，过两日我陪你去挑人。"

用罢晚膳，凌祈宴把今日在外头听来的事情说了，温瀛不在意地"嗯"了一声。

凌祈宴见他这般淡定，疑惑地抬眸："你怎么一点都不意外？你才跟你那些部下说我是你的幕僚，结果事情当日就传出去了，你不觉得奇怪？"

"有何好奇怪的？"温瀛随口答他，满脸淡定。

"难道不奇怪？"凌祈宴说完这句，目光触及温瀛八风不动的那张脸，心中一动，脱口而出道，"外头那些传闻难不成是你放出去的？"

温瀛淡淡地睨向他。

他这眼神告诉凌祈宴，确实是他做的。

"你有毛病吗？好端端的叫所有人都知道我是你的幕僚做什么？还跟人吹嘘我才高八斗、学富五车，你不害臊我自己都害臊。"

"你还会害臊？"温瀛开口便戗他。

凌祈宴伸脚踢人："你滚远点，我要回屋去睡了。"

书房里，温瀛凝神看着手中的军报。他来这边三个多月了，这段时日麾下兵马调动频繁，各个城镇关卡都加强了警戒，镇守各处的部下送来的报书也从旬报改成了如今的每五日一报。

凌祈宴窝在榻中看窗外的秋景，无聊地打哈欠："你真打算下个月就出兵？"

温瀛"嗯"了一声："有探子来报，邻近的几个巴林顿小部落这段时日颇多异动，只怕又想来我大成边境打劫了。"

凌祈宴啧了啧。

温瀛这种睚眦必报的人，如何忍得了一次又一次被人上门挑衅？从来这里的第一日起，他就在部署这出兵之事，只待时机而已。

凌祈宴转了转眼珠子："你去打仗能带我一起去吗？"

温瀛抬眼看向他，凌祈宴冲他讨好一笑："我既然是你的幕僚，跟你一起上战场也是应该的吧？你就带我去见识见识呗。"

这几个月他跟着那个汪旬，已将这凉城里能玩的地方玩遍了，实在无聊得紧。

"可以。"温瀛丢出这两个字，低下头继续看手中的军报。

凌祈宴顿时来劲了，下榻走过去，趴在书案上看着温瀛："真带我去啊？"

"你老实点就带你去。"温瀛没再理他，放下军报，提笔开始写奏疏。

凌祈宴顺嘴问："你写什么呢？"

"将出兵之事密奏给陛下。"

凌祈宴挑眉："你不是打算先斩后奏吗？"

温瀛随口解释道："还是要打一声招呼的，至少让他老人家心里有数。"

"那他能同意吗？"

"他若是真没这个想法，又为何要答应让我来这边？"温瀛淡定地反问。

凌祈宴撇嘴，说得也是，皇帝既然让温瀛来了，就是默许了让他挣军功，甚至默许了他争储位。温瀛来了这边，若一味守成，这军功要到何年何月才能挣到手？

从一开始皇帝就在纵容他，只不放到台面上说。温瀛出兵若是打赢了，皇帝自然高兴；若是输了，那也是温瀛擅作主张，不是他这个皇帝的错。

凌祈宴做了这位皇帝陛下的儿子二十年，自然深谙他的心思，想到这些，不由得酸道："你倒是会讨他的欢心，他都默许你做了，你还非得私下里再跟他打个招呼，这么一来，他定觉得你听话、有分寸，眼里有他这个皇帝，一准更看重你了。"

温瀛默然看他一眼，凌祈宴别过脸去。

温瀛继续写奏疏，外头有下人来禀报，说是京里送了东西来，就在外头的院子里搁着。

凌祈宴闻言立马来了精神，当下出门去看。

一箱一箱的东西卸下，足有七八车，江林指挥着人将盖子一一打开，好让凌祈宴看个清楚。

第四十章

箱子里都是了不得的宝贝，凌祈宴最喜欢的那些，这已经是他来这边后，太后第二回派人送东西过来，给他和温瀛一人一半。

凌祈宴十分欢喜，拾起颗亮晶晶的红宝石对着阳光细瞧。

何以解忧，唯有金玉。

太后果然懂他。

温瀛身边的大太监过来，吩咐人将他的那份东西抬去后头的库房，被凌祈宴喊住："你们怎的都不给他看看，就把东西抬走了？"

那太监恭恭敬敬道："殿下说他不看这个，抬去库房登记了就行，还说您要是有喜欢的，尽管拿去。"

凌祈宴随意扫了一眼，太后并不偏心，给温瀛的一样是顶好的宝贝，只怕再这么送个几次，宁寿宫的库房差不多能被他俩掏空。

"我要他的做什么？"

凌祈宴丢下这话，转身回了书房里。

进门时温瀛刚停了笔，凌祈宴凑过去，伸手推他的胳膊："太后送了那么多东西来，你连看都不看一眼？"

温瀛平静地抬眼："为何要看？都是身外之物而已。"

"你怎的不去出家呢，四大皆空多好？"

温瀛无所谓地道："你喜欢都送你。"

"我不要你的。"

好似他是那贪人便宜的人一样，他才不要。

凌祈宴窝回榻里，没再理温瀛，提笔给太后回家书。

太后写给他的信里，尽是嘘寒问暖的关怀之言。

凌祈宴一手支着下巴，有些心不在焉。温瀛依旧坐在书案前，正在看外头刚送进来的信函。

温瀛看罢手中的信函，直接将其扔到角落里的火盆中，凌祈宴看到这一幕，顺嘴问他："又是什么见不得人的东西？这么急着烧了？"

温瀛淡漠地道："京里的一些琐事罢了。"

"嗯？"

"陛下新封了位昭仪娘娘。"

凌祈宴一脸莫名地问："你还盯着皇帝的后宫呢？"

封了位昭仪而已，有什么好稀奇的？那位皇帝向来是个风流种，要不那二十几个儿女是怎么来的？

"是你娘。"

"喀——"

凌祈宴刚端起茶碗啜了一口茶，听到这句话直接呛到了，接着便是一阵惊天动地的咳嗽。

温瀛走过去，轻拍着他的后背。

过了好半晌，稍稍缓过劲的凌祈宴抬头，一张脸呛得通红，大睁着眼睛难以置信道："我……娘？"

温瀛面无表情地点头。

皇帝是个孝子，他们离京后没几日，皇帝去了一趟城郊的皇寺，为身子骨不好的太后上香祈福，在庙里小住了两日。

皇寺在山脚，静水寺在山上，皇帝便是在那寺庙后头山脚处的溪池里，不巧撞到了正在那里沐浴的云氏。

只着粗布缁衣的云氏望着皇帝红了眼，那副泪眼蒙眬、楚楚可怜的模样，轻易就勾动了皇帝心底的那根弦。

哪怕她已剃了头、不施粉黛，甚至不再年轻，只那么清丽地往那里一站，依旧是最芳华绝代的美人。

皇帝就这么被迷了心窍，完全不记得那日在兴庆宫初见云氏时那些憎恶和厌烦情绪，只有满腔的怜惜和悔不当初，当日就在皇寺里将人宠幸了。

之后那两个月，皇帝隔三岔五地就会出宫去庙里。半个月前，云氏被诊断出有孕在身，皇帝激动万分，按捺不住将人带回了宫中。沈氏气得几乎要发疯，但皇帝铁了心要纳人，谁都拦不住，甚至对沈氏说出她不答应就将后位让出的话，力排众议封了云氏做九嫔之首的昭仪，地位只在皇后和四妃之下。

凌祈宴听得一愣一愣的："他这就不嫌丢人了？"

温瀛淡淡地道："陛下自然不会与人说昭仪娘娘是从庙里接回的，另给她安排了一个新的身份，与从前的镇北侯府无关。"

"那太后呢？太后也答应了？"

"太后不愿意，但昭仪娘娘已有孕在身，太后只能点头。"

凌祈宴心头百味杂陈，只觉得憋屈得慌："她都这个岁数了，皇帝还看得上她呢？别新鲜劲过了，皇帝又把人给厌弃了。"

"昭仪娘娘也才三十有六，正是风韵犹存之时，加上年少时的那点执念，陛下为何看不上？"

凌祈宴酸溜溜道："你果真了解你父皇，真不愧是他的好儿子。"

温瀛不在意地道："你放心，哪怕陛下当真新鲜劲过了，厌弃了她，有一儿半女傍身，她下半辈子也能无忧。"

凌祈宴顿时语塞。他也说不清，云氏是在静水寺平静度过余生更好，还是进那座吃人的皇宫面对尔虞我诈更好，但既然是她自己的选择，大概她也算是求仁得仁了吧。

想到这个，他更是郁闷，低下头，半晌说不出句话来。

温瀛缓缓提醒他道："你给太后的家书还没写完，赶紧写吧，一会儿去用晚膳。"

凌祈宴眉头一皱，陡然间又想到什么，抬眼看向温瀛："皇帝和我娘在庙里怎么勾搭上的？你为何知道得这般清楚？"

温瀛沉默不语地看着他，面色微沉。

嗯？

"你到底做了什么？"

温瀛还是不说话。

见他这副表情，凌祈宴心里"咯噔"一声："你早知道了？你安排的？"

温瀛坦然承认："我拉拢了陛下身边的一个太监，让其在那个时候引陛下去后山，再给昭仪娘娘送了服宫中易孕子的秘方，仅此而已。"

"你疯了吧？你做这事做什么？你不是皇后的儿子吗？你帮着我娘，不怕皇后知道了，连你这个儿子一起恨上？"

温瀛沉下声音道："我并非帮昭仪娘娘。"

"那你为何要做这事？"

温瀛不答。

凌祈宴气得抬脚就踹人。

皇后娘娘是他的母亲，但她想杀凌祈宴，他必须给她找些麻烦和不痛快的事。一旦皇后乱了阵脚，太子也不会过得顺心。

凌祈宴不愿再理他，气呼呼地坐直身，继续写之前没写完的家书。

一直到用晚膳时，凌祈宴犹不高兴。

温瀛蹙眉看着他："你在气我帮了昭仪娘娘？"

"她鬼迷心窍了，你还利用她，送她进火坑，我难不成还要对你感恩戴德？"凌祈宴没好气道。

温瀛冷冷地说道："你不是从来都没心肝吗？你那个扔了你二十年的娘，你倒是关心起她了，我竟不知你几时转了性？"

凌祈宴深吸气，在心里默念三遍不生气、不生气、不生气，逼迫自己将满腔怒意压下，狠狠地瞪温瀛一眼，低下头继续用膳。

温瀛没再招惹他。

第四十一章

半月后，温瀛去军营，凌祈宴又去了汪旬的戏园子听戏。

在王府中养戏班子这事，到底没成。

那日说了这事后，温瀛确实叫人去办了，凉州也算大城池了，要挑个好的戏班子自然是有的，更别说是亲王府想买人。不两日就有了消息，下头的人帮他们挑中了三个班子，俱是在这凉州城中颇有名气的，请了他们亲自去看。

三个戏班子各有所长，唱的剧种也不一样，凌祈宴看过都还挺满意的，想着一起养了算了，轮着听热闹。温瀛没说什么，直接让侍从去买人。

哪知这些人进了王府却不安分，三个班子互相挤对、明争暗斗且不提，还有那自恃长得好的角儿起了心思，在他们去听戏时，台上对温瀛暗送秋波，下了台更买通王府下人试图接近勾搭温瀛。

温瀛只罚了府中的下人，再命内侍将那角儿带去凌祈宴跟前，说他买的人，让他自个儿处置。

凌祈宴嫌弃万分，直接命人将之赶出府了，之后更是将那几个戏班子都撵走了。

前后才不过半个月而已。

那之后他再想听戏，只能去汪旬的戏园子里。

汪旬亲自过来招呼，笑眯眯地将新淘来的好东西递给凌祈宴看。凌祈宴瞅了一眼，是个材质十分上乘的鼻烟壶，便顺嘴问："这是京城荣秀斋出的？"

汪旬笑道："温先生好眼力，竟只看一眼就认出来了。"

他翻起壶底，上头果真有荣秀斋的印记。

凌祈宴虽不抽鼻烟，但十分喜欢收藏鼻烟壶，自然知道上京城里最是大名鼎鼎、专卖鼻烟壶的荣秀斋。这铺子背后的东家是淮南伯府。

"你这是特地托人去京城买来的？"

"哪能呢？"汪旬摆了摆手，"温先生有所不知，凉州城这里也有专卖鼻烟壶的铺子，里头这段时日开始卖荣秀斋的货，我这东西是在那里淘来的。"

凌祈宴闻言起了兴致："荣秀斋竟开到这凉城里来了？"

"那倒不是，听闻那铺子只是与荣秀斋搭上，进了些货过来卖而已。"

汪旬随口就将听来的事情与他说了："那铺子的东家，温先生您也见过的，叫周什的那个，前些日子他去了趟京里，回来他那铺中就上了这荣秀斋的货。"

说者无心，凌祈宴这个听的人却不由得蹙眉："我记得这个周什似乎是副总兵方仕想的妻弟吧？"

他对这人有印象，也是个纨绔，之前在汪旬办的饮宴上见过一次，因着这人的身份，特地记住了他的名字。

正口沫横飞的汪旬被打断，不由得一愣："是……"

想到其中的关联，凌祈宴冷下了脸："你是说这个周什与荣秀斋搭上了？"

凌祈宴的这副表情，让汪旬不由得心下惴惴，又不知他是何意，小心翼翼地回道："前两日我与他吃酒，他喝高了，确实是这般吹嘘的，他那铺子里的东西也确实是从荣秀斋进来的，这印记总假不了。"

凌祈宴站起身，丢下一句"有事先走"，回了王府。

温瀛也才回府，人在书房里，凌祈宴进去时，他正在看京里刚送来的信。

凌祈宴走过去，把先前从汪旬那里听来的事情跟他说了："那荣秀斋背后的东家是淮南伯府，淮南伯府和卫国公府是姻亲，都和凌祈寓那狗东西是一丘之貉，方仕想的妻弟去一趟上京突然跟淮南伯府做起了生意，你不觉得奇怪？"

"嗯。"温瀛淡淡地应了一声，没从手中的书信上抬眼。

凌祈宴伸手推他的胳膊："你就这反应？"

温瀛将手里的信递给他看，凌祈宴一目十行地看完，是温瀛留在京中的亲信寄来的。他这边还没真正出兵，兵部就已经将他告发了，说他这段时日一直厉兵秣马，未经呈报朝廷，有私下发兵攻打巴林顿的企图。

凌祈宴"呸"了一声："这些老东西，别的不会，背后下绊子倒是溜得很。"

他说着将手中的信纸压下，没好气道："西北这边的事情，怎的就传到兵部那些老家伙的耳朵里去了？他们的手伸得够长的啊，真是那方仕想干的？他告了你一状？他是太子的人？"

"不对，"不等温瀛回答，凌祈宴先自己否了，"他这个镇西北副总兵若真是那狗东西的人，那狗东西也不至于想方设法地安插人沾染兵权，难不成是因你来了西北，方仕想才投了凌祈寓那狗东西？"

温瀛平静地说道："来这里之前，靖王曾对我说，此人虽有本事，但并不是个心胸开阔的人。他是靖王一手提拔起来的，从前有靖王在，还能压着他，如今靖王卸任了，他没能如愿以偿地升上这总兵的位置，自得另投明主。"

"凌祈寓那个狗东西也能算明主？"凌祈宴嗤道，"方仕想的脑子被驴踢了吧？！"

"他是太子。"温瀛沉声提醒。

"太子又如何？迟早得滚蛋。"

凌祈宴全然没将那位东宫储君放在眼中，有温瀛在，这太子之位，还有那个鸠占鹊巢的东西什么事？！

想到这里他忙问道："那现在怎么办？你还能出兵吗？皇帝是什么态度？"

温瀛又将另一张信纸给他看。

皇帝先前已收到这边送去的密奏，十分满意温瀛这副恭顺之态，如今听到下头的人告发他儿子，心里憋了气，看那些人自然不顺眼，但不能明着帮温瀛说话，只能找由头料理其中一两个人杀鸡儆猴。

至于出兵这事，毕竟温瀛还未动真格的，皇帝只意思意思地发了道圣旨过来，提醒他谨慎用兵，不要劳民伤财、好大喜功，并未多说别的，丝毫没有追究问责之意。

看到信里写的，皇帝收到温瀛的密奏，在兴庆宫的御书房里径自感叹"吾儿出息"，凌祈宴忍不住啧啧道"你这能耐挺大啊。兴庆宫御书房里皇帝做了什么、说了什么，你都打听得到？"

温瀛没接话，一脸坦荡之色。

凌祈宴觉得没意思，酸他他从来就不知道脸红，还不如不说。

但有件事情很值得人高兴，凌祈宴得意地笑道："凌祈寓那狗东西又白费心思了，嘻嘻。"他又问，"那个方仕想呢？这么不安分的人，你打算怎么料理他？"

"按你之前说的，找个由头扔到不要紧的地方去，别来碍眼就成。"

凌祈宴挑眉："你不怕他又给你使绊子？"

温瀛摇了摇头，凌祈宴瞬间了然："倒也是，既然他投了凌祈寓那狗东西，必得帮那狗东西做些什么，以显示他的价值。他做的事越多，他和那狗东西的把柄便越好抓，先让他蹦跶着吧。"说完凌祈宴便拍拍袖子走人了。

用过晚膳，趁着天色未暗，温瀛领着凌祈宴出门。

坐上车后，凌祈宴随口问他："天都快黑了，还出门做什么？"

"去外头走走。"

车子一路往城西南面去，凌祈宴好奇地看了窗外一眼，西南边住的多是穷苦百姓，最是鱼龙混杂之地，先前他时不时地跟着汪旬那厮在这凉城里四处潇洒，都没来过这块，到这里三个多月，这还是第一回踏足。

他们是微服出来的，只带了几个侍卫，饶是如此，马车停在那些蜿蜒的胡同巷道外，两人下车时依旧十分扎眼，不过没人敢肆意打量他们。

温瀛示意凌祈宴："走吧。"

凌祈宴越发不明所以，边走边问他："你带我来这里到底做什么的？"

温瀛没解释，又往前走了一段，七拐八转之后，停在一处十分不起眼的小院外。

跟在他们身后的侍卫上前敲门，出来个小童，恭敬地将他们迎进去，鬓发花白、佝偻着背的老人出来，要拜温瀛，温瀛制止了对方的动作，只问道："做好了吗？"

"好了、好了，劳烦殿下亲自跑这一趟了。"

老人诚惶诚恐，去将东西捧出来，是一柄剑。温瀛接过剑，递到凌祈宴面前，微抬下颌："看看。"

凌祈宴迟疑地将剑接过去，这剑不算沉，但质感看着十分好，乌金剑鞘内敛贵气，剑柄上镶嵌着罕见的金沙黑曜石，如同黄金眼，在烛火下若隐若现，华美异常。

他握在手中爱不释手地摩挲了一阵，缓缓抽剑出鞘，锋利剑刃闪烁着寒光，果真是把好剑。

"喜欢吗？"

凌祈宴下意识地点头，抬眼望向温瀛："这是哪里来的？"

"给你铸的，你收着吧。"

凌祈宴张了张嘴，不待他说什么，温瀛已示意人付银子，再对那老人说："明日去王府，本王叫人给你安排差事。"

老人愣了愣，激动万分地谢恩。

从巷中出来，凌祈宴美滋滋地掂着手里的剑，胳膊肘撞了撞温瀛："这剑特地给我铸的吗？"

"嗯，你要跟我去战场，得有个防身之物。"

凌祈宴听了这话十分舒坦，顺嘴问他："那老人是做什么的？这么好的剑，你怎么叫住这种地方的人来铸？"

"他从前是上京城中的名匠，最擅长铸剑，还被工部招揽过，后头因一些事被人牵连，流放来了这边。"

凌祈宴心想他就没听说过这号人物，不过这种小人物，从前他也压根不会在意："那你怎么找到他的？"

温瀛转开眼，没答。

来这里后，他就想给凌祈宴铸一把剑，多方打听才知道凉城里藏了这么个人。

凌祈宴知道他就这么个毛病，经常话说一半就不往下说了，早已习惯，懒得跟他计较，伸手摸了摸他腰侧佩的那柄剑："你这御剑是皇帝赐你的吧？我这柄似乎也不比你的差。"

"这御剑也是刚才那人铸的。"

那难怪了。

凌祈宴又细瞧了瞧他和自己的剑，深觉还是自己这柄好看。

于是也将剑佩到腰间："谢啦，我以后也都佩着。"

温瀛不出声地看了看他，三年前，这人将别人赠他的短刀送与自己，如今自己还了他一柄精心铸造的宝剑。

坐上回程的车，凌祈宴很快哈欠连天，手里抱着新得到的宝贝，闭上眼，迷迷糊糊间，小声嘟哝："穷秀才，你送我这么个宝贝，我得还你什么，不然不是占你的便宜吗？"

"不用。"温瀛靠着车壁淡淡道。

"别啊，你跟我客气做什么？我的好东西可多了，随便你挑。"

温瀛没再理他。

半晌没听到动静，凌祈宴迷蒙地抬眸望向温瀛，犹豫一阵后，取下右手拇指上那个白玉扳指，塞到温瀛的手中："送你这个。"

温瀛低声道："不需要。"

"为何不要？"凌祈宴说罢想到什么，拖长声音道，"你是不是还在气当年我将送你的扳指又送给别人，害你被革除功名之事啊？

"都过去这么久了，你不要这么小气嘛。

"你得想，要是没有那事，你就不会去战场，不会碰到靖王，说不得我们的身份现在都没换回来呢，那你不是更惨？

"说来说去，其实是我帮了你对吧？

"这又不是原来那个扳指了，大不了我以后再不乱送别人东西，你就别生气啦。"

凌祈宴越说声音越低，最后沉沉睡去。

温瀛垂眼看了看那枚扳指，也闭上了眼睛。

八月，巴林顿五百骑兵来犯大成边境，夜袭下骆关以西百里外的四座村落，遇大成兵马伏击，丢盔弃甲、仓皇回逃。

镇守下骆关的副总兵张钺亲率兵马一路追击，夜奔三百里，将来寇尽数斩于骆水河畔。

天亮之时，温瀛率大部队至骆水，这里的战事已然结束，张钺提着对方主帅的头颅前来复命。温瀛看罢，下令继续往西北方行军。

凌祈宴推开车窗朝外看了一眼，血流漂杵、尸骸遍地，连青草都染上了血色，在天际朝阳的映照下，触目惊心。

他懒洋洋地打了个哈欠，回头问温瀛："你怎知道这些巴林顿人这回挑中的是这下骆关附近的村庄？"

温瀛将热茶递给他："猜的。"

凌祈宴不信："这也能猜中？怎么猜的？"

大成朝与巴林顿的边境线绵延数千里，关口和城池有数十座，这些巴林顿人回回来打劫，从来都是打一枪换一个地方，出其不意，若当真这么轻易就能猜到他们的打算，就不会这般防不胜防了。

温瀛淡淡道："将他们这些年每回来过的地方在地形图上一一排布出来，次数足够多，就能发现一定的规律。这次他们最有可能选择下手的地方共有三处，我都已事先安排了人埋伏。"

还能这样？

温瀛没再说，摊开羊皮纸地图，细细查看起他们将要去的骆塔山一带的地势。

凌祈宴凑过去与他一块看。

温瀛修长的手指点着图上的骆塔山脉，告诉凌祈宴："这次来袭的五百骑兵，都是巴林顿靠近我大成朝边界最大的部落骆塔部人，他们的老巢就在这骆塔山的山麓里，但具体在哪里，外头从未有人进去过。"

凌祈宴随口说道："外边不是还有近百活口吗？严刑逼供就是了。"

"没那么容易，"温瀛皱眉，沉吟道，"骆塔部是对我大成边境威胁最大的一个部落，几乎每年都要来犯一回，从我大成朝掠走人的和物不计其数，此地的边民对之深恶痛绝。靖王和张钺他们这些年没少抓到他们的活口，但无论怎么严刑拷打，都问不出他们的部落具体所在地，靖王其实派兵来这边侦察过数回，但一无所获。"

凌祈宴不解道："所以为何一定要选他们下手？换个部落不行吗？"

"杀鸡儆猴，自然要挑最难对付的那只。"

行军一整日，傍晚时，大军在骆塔山东南面的山脚下寨，很快生起篝火。

用过晚膳，温瀛召部下商议明日行军的路线，凌祈宴没兴趣听，自个儿去了外头转悠。

军营后方，郑沐正带人在审问今早俘虏来的骆塔部骑兵。凌祈宴走过去在旁边听了一阵，终于知道温瀛说的没那么容易是何意。

这些个人哪怕刀架到脖子上，都没几个眨眼的。郑沐刑讯逼供什么手段都使了，硬是没人愿意吭一声，与对牛弹琴无异，反把郑沐气得够呛。

见到凌祈宴过来，温清来跟他打招呼，凌祈宴看他一眼。在军营里历练了几个月，这小子如今又壮硕了不少，他再看看自个儿细胳膊细腿的，很是不快。

温清半分没察觉到他的嫌弃，憨笑道："哥你咋来了？这里污糟，别脏了你的眼。"

"行了你，学什么不好，学这种没用的虚话。"凌祈宴摆摆手打断他，又盯着那些俘虏看了一阵，问他，"半点都问不出来吗？"

说起这个，温清也没好气："这些人根本油盐不进，郑大哥说话，他们只装听不懂，嘴皮子都难撬开，更别说让他们老实交代。"

"杀几个人试试呢？"

"都杀好几个了，先头还当着他们的面凌迟了一个，也没见他们变变脸色。"

凌祈宴转了转眼珠子，不太信。是人怎可能没有软肋？就算这些人不怕死，也总有怕的东西吧？

眼见着这边一时半会儿是问不出什么了，凌祈宴转身回去，走进帐中，温瀛的那些部下已经离开，只余温瀛一人，还盯着手下的山脉地势图看。

凌祈宴走过去，温瀛听到脚步声抬眼看向他："去哪儿了？"

凌祈宴笑嘻嘻地抬手，做了个抹脖子的动作："去看你的人刑讯俘虏。"

"问出什么了？"

温瀛的语气平淡，显然对那边不抱什么指望。

"没有，一个个都硬得跟石头一样，压根撬不开嘴，你打算怎么做？"

"明日分三路进山搜找。"

那得搜到什么时候去？这骆塔山是这一带最大的山脉群，纵横数百里，且其中地势极为复

杂，用最笨的法子去找，只怕到明年都未必找得到。

凌祈宴话到嘴边，触及温瀛蹙着眉的冷峻神情，突然不想说了。罢了，他何必打击人的信心呢？

凌祈宴伸了伸腰，困意来袭，决定回去营帐里睡下。

翌日清早，副总兵张戗和另两名参将各带三千兵马进山，大军依旧留守在山脚大营中。

但温瀛也没闲着，领着凌祈宴带了五千兵马出外逛了一圈，在骆塔山后方百里处，路遇一正在迁徙途中、只有不到千人的小部落，将之拦下。对方几无还手之力，不必他们费一兵一卒就已缴械投降。

这个小部落里大多是老弱妇孺，青壮男人很少，诚惶诚恐地跪在地上，哀求着大成朝的王爷饶他们一命。

温瀛骑在高头大马上，居高临下面色冷淡地看着他们，没有立时表态。凌祈宴握着马鞭碰了碰他的手臂："你说话啊，这些人要怎么处置？"

跪在首位的族长操着一口十分不流利的大成话，讲述他们这个小部落也是前些年才被巴林顿人强行并入，连草场都被占了，只能被迫四处迁徙以图活命，从未也没有能力去侵犯大成朝，恳求温瀛开恩放他们一马。

许久，温瀛终于沉声开口，吩咐部下："将他们的兵器、铁器都缴了，放了吧。"

那些人如蒙大赦，赶紧磕头谢恩。

凌祈宴打量着他们，忽地问那族长："你方才说，你们从前的草场在这骆塔山的东北面？"

"是……是，只有很小的一块地方。"对方小心翼翼地回答，生怕他们又改了主意。

"既然你们世居这骆塔山附近，可与骆塔部人打过交道？"

"做过买卖，但都是他们的族人出山来与我们换东西，并未有过深交。"

温瀛轻眯起眼，就听凌祈宴又问："与你们打过交道的骆塔部人都是什么样的？详细说说。"

那族长认真思量半晌，回答他："骆塔部人大多高大威猛，有那十分厉害的兵器，似是与巴林顿都城里的那些王公贵族往来密切，偶尔能看到巴林顿都城的兵马过来，但我等对巴林顿都城的人避之不及，并不敢靠近他们。"

"还有呢？他们喜好什么、有何习俗，你们可知？"

那族长与他身边几人小声议论一番，再答道："曾有与我们做过买卖的骆塔部人无意间提过，说要赶回去供奉他们的骆神，若是误了时辰只怕骆神会怪罪，像是十分虔诚。他们说的骆神具体是什么，我们却不知道。"

凌祈宴偏头，笑着冲温瀛挑眉："骆神？"

巴林顿人和漠北那边的部落一样，大多信教，这骆神是个什么玩意儿？

那族长说不出骆神是个什么东西，去问他的族人，很快有个看着十分机灵的少年出来，比画着告诉他们，他之前有一回与时常去他们部落做买卖的骆塔人套近乎，那人对他说，骆神世代庇护他们骆塔部人，只有最虔诚听话的族人，死后才能得到永生，永远追随骆神，享尽富贵荣华。倘若谁背叛了骆神，则将永生永世为猪为狗，做最低贱的畜生。

凌祈宴闻言啧啧，对温瀛道："难怪那些骆塔人死都不怕，怎么都不肯说出他们部落到底在哪里，只怕他们族长就是用这什么骆神哄骗他们。都能永生了，谁还怕死啊？"

温瀛淡淡地"嗯"了一声，下令将这些人放了。

他们回到军营后，温瀛将郑沐叫来，让他用那劳什子骆神去诈那些俘虏。凌祈宴回去自己的营帐里换了身衣裳，过来时在主帅帐外正碰上郑沐出来，顺嘴提点了他两句，郑沐受教，领命而去。

凌祈宴撩开帐帘进去，温瀛正在写要呈报给皇帝的密奏。

凌祈宴过去随意看了一眼："你这是打算每隔几日，就将这边的事情向他报一次？"

温瀛点头，下笔如飞。

凌祈宴心下佩服，别看温瀛这个混账一直冷冰冰的不近人情，在迎合皇帝的心思这方面，别说是自己，连东宫那位都远不如这人做得好。

见温瀛将今日之事也写了进去，凌祈宴撇嘴："都说愚民可欺，编造这么一个骆神出来就能让人死心塌地，要是皇帝也能这么做就好了。"

"皇帝不会喜欢这样的，"温瀛的声音淡淡的，"若是随便什么人都能造一个骆神出来欺世盗名，还需要皇帝做什么？陛下这样的皇帝，更不会喜欢这种东西。"

"那你呢？"

温瀛停了笔，抬眼看向他，凌祈宴笑问："你会忌惮这种东西吗？"

温瀛不答，但他的表情已然告诉凌祈宴，他对这些不屑。

凌祈宴早知如此，这人向来自信，又岂会在意那些神鬼之事？

半夜，温瀛去了军营后头。

郑沐过来向他禀报，说那些俘虏听他们提起骆神，果真有了松动，不再是那副任杀任剐仿佛提线木偶一般的神态。他将那些人分开拷问，不断用言语刺激他们，将他们那个骆神说成一文不值的伪神骗子，碰到大成朝的战神只有一败涂地的份儿，所以他们这回才会损兵折将、大败而归，沦落至此。

那些人已被连续审了一日一夜，如今听到郑沐说这个，终于有人心理防线崩溃，顶不住开了口。

温瀛闻言蹙眉："战神？"

郑沐笑着打哈哈，老实交代了，说是那位温先生让他这么说的。

温瀛默然。

过了片刻，他吩咐道："等他们将事情交代了，确定了他们说的都是真话，就将人杀了。"

郑沐愣了愣："全杀吗？"

"杀了。"温瀛平静地丢出这两个字。

郑沐心下惴惴，不敢再多问，垂首领命。

215

大成皇帝为彰显宽仁气度，也为大成兵马能在战场上速战速决，曾下口谕大成将士不杀战俘，阵前冲锋时，只要对方最后投降了都能留一条性命。

　　但现下温瀛说要将人都杀了，哪怕对方已愿意开口将部族所在地供出来。

　　温瀛又去见了见那些俘虏，严刑拷打下已浑身是血的骆塔人死死瞪着他，还有唾骂诅咒他的。他面无表情地抽出剑，一剑洞穿了叫嚣得最厉害的那人的胸口。那人大睁着眼，死不瞑目。

　　温瀛将剑收回，神色不动半分，命郑沐带人继续审问，便转身离开了。

第四十三章

翌日清早，温瀛一起身，郑沐便兴冲冲地来向他禀报，说是终于问出了骆塔部的确切所在地，还有两个战俘顶不住，答应了给他们带路。

"他们部族共有约五万人，其中有骑兵三千，另有近万奴隶，都是这些年陆续从我大成朝掳去的子民，与先前我等收集来的情报拼出的信息相差无几。"郑沐说得咬牙切齿，恨不能将这些骆塔人抽筋扒皮。

温瀛闻言颔首，吩咐下去，早膳过后全军拔营进山。

辰时四刻，三万兵马从营地出发，沿着朝阳升起的方向进山。

穿过狭长山谷，蹚过湖泊沼泽，再横穿一片茂密丛林，一直到晌午时分，他们终于停在了一处看着十分不起眼的山洞外。

洞口有十余骆塔兵丁把守，不待那些人做出反应，大成兵已手起刀落，快速将人解决。

温瀛派出一支队伍进洞中去查探，大军原地等候。

凌祈宴转着眼睛四处看了看。他们已走了数个时辰，这个地方在深山老林深处，若非有这骆塔俘虏带路，只怕他们当真在这山里找个几年都未必能找到这里。

两刻钟后，派去查探的队伍回来复命，肯定了里头确实就是骆塔人的老巢，他们没有打草惊蛇，那些骆塔人还不知道大成兵马已然到了家门口。

温瀛下令继续前进，走过一段几乎伸手不见五指的洞穴后，眼前豁然开朗，是一大片茂密的灌木林，先一步进来的探子已将原本守在这里的骆塔兵解决。

大成兵马悄然无声地在林中集结，排出阵势，借着灌木掩盖，观察着下方还浑然不知危难将至的骆塔部人。

灌木林下边是一片仿若世外桃源的山坳草场，地方很大，四面靠山，木屋帐篷鳞次栉比，坐落在水畔，成群烈马奔驰其中，哪怕在秋日下都不显萧条。

这里便是他们一直在找寻的骆塔人的老巢,这些人就是躲在这里,窥视着大成朝的边境之地,一次又一次地亮出爪牙。

秋风呼啸不停,温瀛面沉似水,沉声下令:"全军进攻。"

一阵尖锐的号角声响彻云霄。

骆塔人甚至没明白发生了什么,大成的前锋军就已挥舞着刀枪从天而降,冲向他们。

骆塔人毫无抵挡之力,尖叫着狼狈四窜,一个接一个地倒下。

他们的骑兵大多还在营地中进食歇息,连马都未上,不出半个时辰就已全军覆没,军营易主。

大成兵马大获全胜,生擒近四万人,圈在羊圈里的奴隶被郑沐带人救出,长跪在地,痛哭不止。

凌祈宴看得直皱眉头。这些人衣衫褴褛,人不人鬼不鬼的,竟不知在这里受过多少磋磨,才会变成今日这副模样。

相较之下,那些同样跪在地上的骆塔部俘虏,衣着面貌则实在好得太多,尤其那几个看着身份地位高的人,各个膘肥体壮,也不知吃了多少大成朝搜刮来的民脂民膏。

哪怕他们这会儿已吓破了胆,面色灰败,不断磕头求饶,却更叫人不解恨。

温瀛拉紧马缰,执剑上前。骆塔部的族长被人拎住辫子提起脑袋,大瞪着眼睛目露惊恐之色。温瀛扬起手中的剑,干脆利落地将其头颅削去。

伴随着身下坐骑的一声长鸣,腥臭鲜血如注喷出,浇上他的铠甲。

肥腻壮硕的身躯轰然倒地,那些匍匐在地、原本还心存侥幸的骆塔人已抖如筛糠,再不敢发出丁点声音。

温瀛未再看他们一眼,漠然地丢下一句"全部杀了",收剑回鞘。

大成兵马就地安营扎寨,主帅营帐里,张饧等人正在劝温瀛:"王爷,那些青壮杀了便杀了,可还有老弱妇孺近两万人,当真要一并处死吗?"

温瀛淡漠道:"杀了。"

张饧忧心忡忡地说道:"可屠杀平民,这事情传出去,于您的名声终究有碍,何况那些都只是手无寸铁之人。再者说,之后我等还要去打巴林顿其他部族,若是被他们知道败了只有死路一条,无一能活,他们必会不惜一切代价拼死抵抗,我等岂非自找麻烦?"

不待温瀛说话,正喝茶的凌祈宴顺嘴说道:"张副总这话说的,这些骆塔人可曾对我大成子民手下留情过?不说外头被救出来的那些,这么多年死在他们刀剑下的人更是不计其数,屠村的事都发生过多少回了?那些也是手无寸铁的老弱妇孺。"

被他这么一饧,张饧涨红了脸,羞愧又犹豫地说道:"末将只是担心这么做会让王爷被传出暴戾之名……"

凌祈宴道:"那些所谓的平民可并不无辜,他们的骑兵抢回来的东西,那些老弱妇孺一样在享用,抢回来的人也被他们当作奴隶使唤,没道理好处他们享受了,论罪的时候他们又能逃过一劫。至于暴戾不暴戾的,公道自在人心,何必在意那些闲言碎语?

"再者说,就是因为朝廷之前对巴林顿人太过心慈手软,才叫他们无数次假意投降,转头又翻脸不认人。不将他们彻底制服，日后更会有无穷无尽的麻烦。"

温瀛的众部下被说得哑口无言，道理他们自然都懂，只免不得顾忌太多。他们这些人也不敢像凌祈宴一样，张嘴就议论朝廷的不是。

温瀛已沉下声音，再次下令："斩草要除根，才能真正杀鸡儆猴，至于别的不必过于忧虑，都杀了吧。"

众人只得领命。

待这些人走了，凌祈宴凑去温瀛身侧，笑问道："真打算都杀了？你真不怕这出过后，会被人传成煞神降世啊？"

温瀛转眼看向他："你方才不还说公道自在人心？"

"你都打定主意要杀人了，我肯定得帮着你说话啊。"凌祈宴理直气壮道。

温瀛沉声道："你觉得他们不该杀？"

凌祈宴撇嘴："想杀就杀呗，有什么该不该的？他们本也确实是活该。"

他知道的，以温瀛的个性，要他手下留情才是稀奇事。

从前沈兴曜那伙人杀了赵熙，后头他将他们都杀了，为赵熙偿命。

这些骆塔人不知杀过多少大成子民，温瀛没将他们千刀万剐已是开恩，怎还可能再给他们留活口？

温瀛缓和了神色："嗯。"

一个时辰后，郑沐带人初步清点了从整个骆塔部缴获来的财物，回来汇报。

骆塔部人十分富足，金银钱财且不提，光牛羊就有三万头，好马更有近五千匹，于温瀛他们可谓收获颇丰。

"这骆塔部是靠近我大成朝最近的一个大部落，巴林顿十分看重他们。据他们交代，这些马都是巴林顿卖给他们的，骑兵也是巴林顿派人来帮他们练出来的，再以他们做前锋，每岁去我大成边境烧杀抢掠，抢回来的东西他们和巴林顿对半分。"

郑沐话没好话，这些巴林顿人真是罪大恶极，先前他还隐约觉着温瀛说的将人都杀了有些过了，后头进那些平民家中一番搜缴，看到那不计其数、一看就是从大成朝抢来的东西，顿觉他们实在死不足惜。

温瀛冷冷地吩咐："所有东西都充作军需，传令下去，今夜就在此歇息一晚，明日再拔营，杀一千只羊烤羊肉、煮羊汤犒劳全军。"

"诺！"郑沐大声领命。

凌祈宴一听说有好马，当即起了兴致，要出去看，被温瀛拦住："晚些时候再去。"

凌祈宴不乐意："为何要晚些时候？我现在就想去看。"

温瀛皱眉提醒他："外头正在杀人。"

"杀人有什么？那我更得去看看。"

刑场就在河边上。

他们的军营扎在山脚，离河畔不近，饶是如此，两人一走出营帐，依旧能听到那头隐约传

219

来的哭号尖叫声，夹在哀鸣呜咽的秋风中，叫人不由得头皮发麻。

河边有重兵把守，不断有骆塔人被押上前，十人一组，不分男女老幼，大成兵手中的剑一进一出，一具又一具尸体倒下。河边早已是尸山血海，原本澄澈的河水都已被染成鲜红色。

那些被救出来的奴隶俱在河边看着，无一人同情这些人，脸上只有畅快的恨意。

凌祈宴盯着他们看了一阵，回头问温瀛："穷秀才，你说要是当年我们的身份没有调换，我是不是也跟这些人一样，没准哪天就被人掳走，饥寒交迫，随时可能一命呜呼？"

"不会。"温瀛沉声道。

"为何不会？"

"我说不会就不会。"

两个人说着话，跪地等候处置的骆塔人中忽有一人暴起，是个瘦削的少年，却力大无穷且反应极快，竟从看押着他们的兵丁剑下逃脱，转瞬已冲到温瀛面前来，手里不知何时多出了一柄匕首，狰狞的脸上恨意扭曲，嘴里高喊着什么挥舞着匕首扑向温瀛。

温瀛站在原地一动未动，连面色都没变过半分，搭在腰侧剑柄上的手随时准备出鞘。

下一瞬，凌厉剑风陡然自他面前扫过，那骆塔少年瞪大眼睛，嘴角滑落鲜血，难以置信地低头望去。他的胸口已然插进一柄长剑，再之后，利剑收回，少年轰然倒地，匕首掉落身侧。

那些兵丁这才反应过来，急匆匆地过来请罪收拾残局。凌祈宴甩了甩手中染血的剑，兴奋地道："这剑还挺好用的，今日总算见了回血，过瘾。"

凌祈宴将剑收回鞘，不经意地抬眸，对上温瀛看过来的眼神，不明所以："你干吗？"

温瀛开口："方才，你……"

"哦，你不用太感激我，举手之劳而已。"凌祈宴得意地摆了摆手。

"回去吧。"温瀛丢出这三个字，转身先走了。

凌祈宴一脸莫名，这人又怎么了？

他没多想，赶紧跟上去。

回到帐中，温瀛沉默不语地解下凌祈宴腰侧的剑，抽剑出鞘，拿了张毛皮为他擦拭。

凌祈宴伸手戳他的胳膊："你又怎么啦？"

"下回再遇上这种事，我自己能出手。"温瀛嗓音喑哑道。

凌祈宴愣了愣，顿时拉下脸来："你觉着我没事找事？我帮你都不行？你这人怎么好心当成驴肝肺，不领情算了。"

他气呼呼地一屁股坐进椅子里，不想再理人。

温瀛将擦拭干净的剑收回鞘中，走过去把剑递给他："你帮我，我高兴，但剑给你，你只要护着你自己就好，别的任何人，包括我，你都不用管。"

凌祈宴无言以对。

220

入夜，营地里生起篝火，肉香四溢。

凌祈宴坐在主帅帐外的空地上，一手支着脑袋看夜空，一手拎着酒壶，不时往嘴里倒一口酒，惬意非常。

温瀛在他身旁为他烤肉："少喝点酒，先吃肉垫垫肚子。"

温瀛将片下来的肉递过去，凌祈宴看着他笑："别的人都没酒，单我有，我这算不算是犯了军规？"

"在这里我的话就是军规。"温瀛不以为意。

凌祈宴眼中的笑意更浓："旃王殿下好霸气啊。"

温瀛依旧是那副淡漠脸，逗也不笑："味道如何？"

凌祈宴咂了咂嘴："还可以。"

温瀛也拎起壶酒往嘴里倒上一口，又盛了两碗热气腾腾的羊肉汤，凌祈宴接过尝了尝，对他竖起大拇指。

温瀛点头："你多吃些。"

凌祈宴笑吟吟地撞他的胳膊："穷秀才，你别这么闷嘛，跟我多说说话呗。你以前投军时，在战场上也有这些东西吃吗？"

"打了胜仗就有，杀敌越多之后分到的酒肉也越多，我每一回都能领到最大一份。"温瀛果真多说了几句，语气平淡，明明是炫耀的话，从他嘴里说出来却仿佛理当如此、天经地义一般。

"那你可真厉害，做小兵时就厉害，做了将军更厉害，以后当了皇帝定是最厉害的。"

两人说了会儿话，温清跟着郑沐过来，也在篝火旁坐下。温瀛示意他们自便，两人便都放开拘谨，大口喝酒吃起东西。

郑沐猛灌了一口酒，一抹嘴，向温瀛禀报，说那些被救出来的大成子民都暂时安抚了，派了军医去给他们看诊，热饭热菜也已送去："就是不知之后要如何安置他们？"

"让他们从哪里来回哪里去，叫当地官员妥善安顿他们，若有不愿意回原籍的，让张副总就近安置，记得将人再筛查一遍，别混进漏网之鱼。"

郑沐领命。

见温清低着头默不作声地吃东西，凌祈宴手支着脑袋，笑问他："你小子怎不说话？你挺有胆子啊，第一回上阵就敢冲在最前头，表现得不错，殿下先还说要给你升官。"

温瀛看凌祈宴一眼，没有拆穿他。自己压根没提给温清升官之事，分明是凌祈宴故意说这个，帮这小子讨官职。

来这之前温清摩拳擦掌，主动请缨要亲身上阵，温瀛让他进了前锋军，这会儿将骆塔部都拿下了，这小子看着却有些闷闷不乐，一直没怎么吭声。

沉默一阵，温清闷声道："我一个骆塔兵都没杀，杀的都是平民，不该论功。"

就知道这小子是在闹别扭，凌祈宴教育他："杀平民怎么了？那些人个个手里都沾着大成朝子民的血，谁都不无辜。你去问问被救下来的那些大成人，他们有多少是全家都死在骆塔人手中的？你说的那些平民，可曾有任何一个人对这些人生出过愧疚之心？你又何必同情他们？"

温清低下脑袋："我没有同情他们，就是……"

"就是什么？看到杀了太多人，觉着不舒服？"

温清闭了嘴，不敢再接话，温瀛沉声开口："战场之上，死几万人、十几万人都不算什么，你既跟着我来了，就得习惯这个。"

温清讷讷应下："我知道了，以后不会这样了。"

"明日起你任小旗，不是正式的武职，但手下有十个人，日后再一步一步来。"

温清闻言心中一阵激荡，赶忙向温瀛谢恩。

凌祈宴哼笑了笑，罢了，小旗就小旗吧。

几人继续吃东西喝酒，过了片刻郑沐和温清去了别处，这里又只剩下凌祈宴他们两个。

凌祈宴抿了一口酒，冲着温清的背影努了努嘴，含混道："你这个弟弟看着人高马大的，却还有点慈悲心肠，跟你真不一样，分明都是一样养大的，差距怎就这般大？亏得你还是读惯圣人书的那个。"

他这又是喝多了，开始胡言乱语。

温瀛声音低沉地问："你觉着我心狠？"

凌祈宴摇了摇头："你以后是要做皇帝的人，狠点好。"

凌祈宴摇头晃脑一阵，又似想到什么，抬眼望向温瀛："不对，我方才说错了，温清是我弟弟，我的，我才是温家人。"

温瀛"嗯"了一声："也是我的。"

"怎么就是你的了？"凌祈宴不答应，迷蒙着双眼，伸手戳温瀛的肩膀，"嗯，我想起来了，我那个便宜娘怀了你爹的孩子，她要是生了，那才是我的弟弟，也是你弟弟。"

"嗯，"温瀛淡淡地问，"高兴吗？"

凌祈宴用力点头："高兴啊，我巴不得我那个便宜娘生个儿子，生个儿子最好，气死那些以前欺负我的人。"

温瀛没再接话，又给他片了些烤肉下来，递过去："吃东西吧。"

凌祈宴打了个饱嗝："吃不下了，腻得慌。"他突然对温瀛道，"我想起来了，我下午说要看马的，你带我去瞧瞧。"

温瀛皱眉："半夜不看了，明日再去。"

凌祈宴不依："我就要去，现在就去。"

温瀛无奈地起身："走吧。"

他们一起去了马场。骆塔人养的都是烈马，野性难驯，但品相十分好，凌祈宴一看就喜欢，看花了眼。

温瀛叫人去挑了几匹好马出来，套上马缰，牵来他们面前。

凌祈宴细细瞧去，忽地停住脚步。他面前这匹马，全身金灿灿的，身姿矫健，精细的皮毛在火光中润泽如绸缎，亦如珠宝。他从未见过这么漂亮的马，即便是从前漠北送进京的那些贡马，都比不上它。

就连皇帝最珍爱的那匹御骑也远不如它。

凌祈宴咽了咽口水，走上前伸手去摸，那马似睨了他一眼，抬起前肢便踹。

温瀛伸手去拉凌祈宴，凌祈宴已反应极快地旋身避开，哈哈笑道："这脾气我喜欢，小子，我还治不了你了？哼哼。"

他撸起袖子再次上前，越发来了兴致，跃跃欲试地要将这马征服。

牵马的兵丁赶紧将马拉稳，低声提醒他："温先生，这匹是母马。"

"母马更好，我就喜欢母的小妖精！"

凌祈宴一踩马镫，不待那小妖精推拒，干脆利落地翻身上马，拉住马缰。

那马儿十分暴躁，四肢高高扬起，不断左右摇晃原地转圈，想将背上的人甩下。原本拉着它的兵丁早已被甩去一旁，温瀛眉头紧蹙，随时准备上去救人，却见凌祈宴游刃有余地操纵着马缰，非但没有半分惊慌之色，还一面哈哈大笑，一面抽动马鞭，戏耍逗弄他的小妖精。

一人一马缠斗了近一刻钟，那小妖精终于败下阵来，尖锐地嘶鸣一声后四肢落地，哼哼唧唧地垂下脑袋，任由凌祈宴趴在它身上揪它的马鬃，彻底老实了。

凌祈宴贴去它耳边说了两句什么，再坐直身，冲站在前方的温瀛挑眉地得意一笑。

等到他玩累了，终于从马上下来，温瀛问他："挑中了吗？要这匹？"

"嗯！"凌祈宴高兴极了，回身拍了拍他的马，"以后你就叫小妖精。"

温瀛没再多言，吩咐自己的亲卫另挑出十匹好马来送去京城给皇帝，余的分给军中将士。

之后两个月，大成兵马继续往巴林顿腹地推进。

踏平骆塔部之后，温瀛非但没收手，又抽调四万兵马，合计七万人，兵分三路，剑指巴林顿都城方向，沿途一路扫荡大小部落和城池，煞神之名彻底传开。

223

骆塔部数万人尽数被屠，震慑整个巴林顿，一众手握兵权的王公贵族人人自危，各自盘踞一方、固守不出，或是望风而逃，丝毫不理会巴林顿朝廷发下的调令，无一人出兵救援其他部族，每日战战兢兢，只祈求大成军不要踏足自家地盘。

如此一来，那些中小部落和小规模城镇遇上大成兵马几乎毫无抵挡之力，不是死便是降。

短短两个月，温瀛已带兵向着巴林顿都城推进了近两千里。

屠部之事未再发生过，对那些从未侵犯过大成边境，且愿意归降的部落，温瀛只命人缴了他们的兵器、铁器了事。

至于那些手上沾过大成子民的血的巴林顿人，若遇誓死抵抗者，尽杀之，有识时务放弃抵挡投降的，只杀部落族长、贵族和军中将领，并收缴他们的全副身家，余的人则须以钱财买命。从前他们从大成朝抢了多少，如今都得吐出来。

温瀛这铁腕做派，不单是叫巴林顿人闻大成旒王之名色变，消息传回京，更是让温瀛饱受非议，朝野上下弹劾不断。

但温瀛不管不顾，只要皇帝免职的圣旨一日不来，其他那些流言蜚语，他远在千里之外，都只当作没听到。

军营里。

凌祈宴在附近遛了一圈马回来，将他的小妖精交给人带下去喂饲料，走进了帐中。

温瀛和众部下正在商议明日的作战部署，凌祈宴听了一阵，觉得无趣，到一旁的榻上坐下喝茶吃点心。

他们的军营驻扎在蕾央城外三十里处。巴林顿地广人稀，城镇少草场多，蕾央城是除都城外少有的大型城池，坐落于通往漠北的要塞关卡上，从前巴林顿朝廷几次发兵进攻漠北皆由此处过，这里也是温瀛出兵后攻打的第一座大城。

他们已在此安营扎寨三日有余，城中巴林顿人人心惶惶，温瀛却不急，迟迟未攻城，只等城中人先乱。

议完事众人退下，温瀛走来榻边，问凌祈宴："方才又去骑马了？"

"嗯。"凌祈宴嘴里咬着点心，含混地点头。

他闲不住，总想出去溜达。

将点心吞下，再灌了口茶，凌祈宴顺嘴道："我刚才到东面那座山上去看了眼，山后边是大片的草场，但看不到什么活物，你说那些住进城里的巴林顿人难道就不养牛羊了吗？可那些牲畜要吃草的，总不能圈在城里养，那被他们藏到哪里去了？"

温瀛点了点头："我已派人去找。"

牛羊马驼是这些草原人最重要的财产，若能将蕾央城中的人放养在外头的牲畜尽数擒获，之后不需要他们多做什么，城中的人必towards大乱。

"噢。"凌祈宴闻言笑了笑。他都能想到的事情，温瀛又怎么可能想不到？

两个人说了会儿话，温瀛的亲卫送信进来，又是京中寄来的。

温瀛随意看了几眼，将信纸压下。

凌祈宴顺手拿起来一目十行地看完，无非京里的谁谁又弹劾了温瀛，说他独断专行、穷兵黩武、暴戾跋扈，恳求皇帝将他革职处置。

但皇帝没理这些人，所有弹劾温瀛的奏章都留中搁置了，皇帝迟迟未表态，既不说好，也不说不好。

凌祈宴看罢没好气道："这些人吃饱了撑的，满口仁义道德，那些边城的平民被烧杀抢掠、家破人亡时，怎没见他们跳出来？如今这些人倒是会慷他人之慨，一个个尽知道拖后腿。"

温瀛不以为意："随便他们。"

只要最后他能将巴林顿全境拿下，到手的便会是实打实的军功，这些人再如何唱反调都无用。

他越是这样不在意，凌祈宴越是替他不值，又嘀嘀咕咕地把方仕想那个小人咒骂了一遍。

温瀛手下三个副总兵，除了张戗跟了出来，另一个留守坐镇，那方仕想在他们出兵前已被温瀛借机调去偏远之地，可那人显然不会就此安分，当日屠骆塔部之事尚未在巴林顿传开，就已先一步传回上京，可想而知又是这人在背后多的嘴。

这段时日朝中不断发酵的针对温瀛的抨击，少不得有凌祈寓那狗东西在煽风点火，那方仕想，就是那狗东西的狗，呸！

上京，兴庆宫。

凌祈寓已在地上跪了半个多时辰，皇帝的叱骂声依旧未歇，无论他如何狡辩，皇帝认准了是他在朝中搅风搅雨，拖他大哥的后腿。

"心胸狭隘、嫉妒心重，毫无容人之量，你这样的人，哪配做一国储君？！你若无那个本事，不如趁早退位让贤！"

凌祈寓垂眸冷笑，在温瀛回来之前，这些话都是皇帝拿来骂凌祈宴的，皇帝眼里看到的从来只有最有本事、最有出息的那个儿子，那才是他的脸面。

曾经皇帝碍着祖宗的规矩，颇费心思才立了他做东宫太子，如今却又绞尽脑汁地想要光明正大地废了他，好叫那个半路回来的皇长子取而代之。

凭什么他要让？！没那么便宜！

凌祈寓用力攥紧拳头，将满腔怨毒情绪深压下。他偏不让，储君之位是他的，帝位是他的，他绝对不让！

云氏带着婢女来兴庆宫送点心，在宫门口碰到凌祈寓出来，见对方冷漠中藏着恨意的眼神扫向她，云氏轻翘起一侧嘴角，嘴上说"见过太子"，却连膝盖都未弯。

皇帝早说了，她有孕在身，见了任何人都不必多礼。

凌祈寓没有理她，径直走了。

云氏抚了抚自己已然六个月大的肚子，漠然闭眼又睁开，嘴角的笑上扬到最完美的弧度，进了门去。

她一走进大殿，皇帝便亲自过来扶她，听到云氏说亲手做了点心，心情转瞬好了，嘴上叮嘱她："以后让下人做就行了，别累着了。"

云氏轻笑一声："陛下爱吃，臣妾乐得为陛下做。"

皇帝闻言，心里熨帖极了，扶着她去榻边坐下。

如今的云氏娇养得越发丰腴美艳，乌发重新长起，接上发髻，再别上一支简单的海棠珠钗，后宫那些十几二十的鲜嫩小姑娘没一个比得上她，真正是艳压群芳、宠冠六宫。

云氏与皇帝说起虞昭媛这些日子病了，十分思念皇帝，请皇帝有空去看看她。

皇帝捉着她的手，感叹道："还是你大方宽厚。"

虞昭媛是那西南小国进贡来的外邦女，初入宫时封的婕妤，如今已升上了昭媛，因着与年少时的云氏相像，很是受宠过一段时日，可如今云氏这个正主回来了，别的人自然入不了皇帝的眼。

云氏非但未对那虞昭媛心生芥蒂，还与之情同姐妹，两人时常走动。皇帝不免感怀，若当年没有那些事情，云氏顺顺利利地做了他的皇后，后宫只会更加太平和睦，或许还能给他生个更好的太子出来。

他似已全然忘了，他的皇长子被换走，就是云氏所为。

皇帝长吁短叹，数落起不争气的儿子。云氏安静地听着，并不多言。皇帝可以说，但她不能议论太子的不是。

只在最后皇帝摇头叹气时，她轻声提了一句："陛下不必过于担忧，您还有大殿下呢。"

皇帝应道："是，幸好祈宵是个争气的。"

他说着，又伸手捏了捏云氏的下巴："皇后变着法子地针对你，你倒是还替皇后的儿子说话。"

云氏的声音更轻："臣妾只是实话实说，本也是臣妾对不起大殿下在先。"

皇帝揽她入怀。云氏已无数次当着他的面为当年之事自责，皇帝心底那点疙瘩早就解开了，如今再提起，只余满腔对云氏的怜惜。

云氏趴在皇帝怀中，低垂下眼，一句话不再说。

翌日，攻城战打响。

凌祈宴没跟着一起去，骑着他的小妖精翻过东边那座山头，去了那边的草场上跑马，还带上了温瀛给他的五百骑兵。

昨日他就想来了，这两个月小妖精已被他驯得十分听话，但是昨日他们上那座山头时，小妖精突然变得异常亢奋，若非他使命攥着，当时它就想过来，且眼睛死死盯着同一个方向，嘴里不住发出嘶鸣，一声比一声凄厉。

后来回军营，他找那些饲马经验丰富的兵丁问了问，说他的小妖精很大可能从前是长在这片草场上的，回到熟悉的地方才会有那样的反应。

于是今日，他又特地将之带了过来。

果然一翻过山，小妖精就兴奋起来，一路撒蹄狂奔，迎着朝阳的方向跑去。

跑了近半个时辰，他们爬上了一处高坡，小妖精昂头厉声长鸣，凌祈宴轻抚着它的马鬃，无声给它安慰。

一刻钟后，远方缓缓响起地动山摇的马蹄声，跟随凌祈宴而来的兵丁一阵躁动，有人大喊："是马群！"

成群结队的马狂奔而至，小妖精兴奋至极，驮着凌祈宴猛冲入马群中。

蕾央城外早已尸横遍野，浓重的血腥味夹杂在滚滚黄沙中四处弥漫，第二轮的冲锋号角刚刚吹响。

温瀛立在马上，目光沉沉地盯着前方的城楼。

按着这些天探子从城中传回的消息看，这些巴林顿人抵挡不了太久，今日傍晚之前，他们就能攻破城门，但拖到那个时辰，己方伤亡也将不会是一个小数目。

可他们必须攻下这座城池，攻下这里，便能切断巴林顿人通往漠北的道路，巴林顿人将无法再觊觎大成京畿之地。

后方骤然传来成群的马蹄声响，温瀛的心猛然一沉，策马回身。

看清楚眼前的情景后，他的眸中有转瞬即逝的罕见的错愕之色。

"这都是些什么？！"

他身侧已有部下惊愕出声。

浩浩荡荡的马群赶着无数牛羊直奔战场而来，任谁看到这诡异场景，一时半会儿怕都反应不过来。

直到马群之中，神气活现的凌祈宴骑着他趾高气扬、威风凛凛的小妖精出现在众人的视线中。

"温……温先生这是在做什么？"张戗犹犹豫豫地开口。他活了半辈子，还是第一次见到这样的情景。

温瀛舒展开眉目，淡淡道："他找到城中巴林顿人藏起来的牛羊马群了。"

大成兵的第二轮冲锋戛然而止。

兵卒们如潮水一般退去，取而代之的是那群密密麻麻拥上前的畜生。

巴林顿人以畜牧为生，哪怕已住进城中，对大多数的兵丁和平民来说，最重要的私财依旧是他们的牛羊马驼，可如今这些东西皆已落入大成军手中。

即便城中王公贵族顾及性命愿意舍弃这些畜生，但其他那些平民，甚至那些前一刻还在城楼上顽强抵抗的兵丁，却万万做不到视若无睹。

哪怕被上峰鞭笞着不得后退，依旧不断有人丢下手中的兵器。

午时二刻，终于有城中的人主动开了城门，出城投降。

温瀛没有进城，让张戗带兵进城拿人，处置善后，自己则领着凌祈宴回了军营中。

下了马，凌祈宴特地叮嘱人多给他的小妖精喂些好的，进入帐中，眉飞色舞地与温瀛说起先前之事。

"原来小妖精是那马群的头马，看看它长这么漂亮，我就知道它不是俗物。你是没瞧见那个阵势，那么多马匹一起围上来，小妖精那模样与君临天下也差不多了。"

凌祈宴一边说一边笑，笑够了又继续说："后头那群马给我们带路，果然找到了那些巴林顿人藏它们的地方，那里还有几百巴林顿兵守着，全被我们解决了。"

温瀛听他说到这里，问道："你也出手了？"

凌祈宴得意地道："我杀了三个巴林顿兵，按着军规，斩首一人，得银二两，我是不是能得六两赏银？"

他说着伸出手，晃了晃手指，笑吟吟地瞅着温瀛："殿下，赏银给我呗？"

温瀛沉声道："一会儿我叫人给你。"

"啧，你竟还当真了？"

"嗯，你应得的。"

凌祈宴乐不可支："行，我拿了赏钱，买酒请你喝。"

"这里没酒卖。"

"那先欠着，等过两日进了城，我买了酒请你喝。"

第四十五章

两日后，温瀛率部下拔营进城。

蕾央城城主是巴林顿现任汗王的一位堂兄弟，如今他的脑袋已高悬在城楼之上，连带着城中众官员贵族一起，整座城池已彻底易主。

城中百姓皆闭门不出，大成兵马进城后按着前例，让城里人互相检举，有去过大成边境抢掠之人，杀过人的偿命，没杀过人的赔偿财物，余的只收缴家中利器，牛羊牲畜都还了他们。短短两日，城中人就已被分化，让之彻底闹腾不起来。

进城之后，凌祈宴沿途四处打量。这座城池规制虽还比不上凉城，但在这苍茫草原上已属难得，待到他们在城中王府前停车，他抬眼望去，更觉这里的王府好似比凉城的旒王府还要气派。

一座王府占据了一整条街，大门肃穆庄严、气势恢宏，只门外镇守的石狮子换成了一对苍鹰，有些不伦不类。

眼下已入冬，昨夜第一场雪业已落下，之后再要行军只怕不容易，温瀛有意在这蕾央城里长驻一段时日，好就近盯着巴林顿朝廷的动静。之后几个月，他们或许都要住在这里。

"穷秀才，你那旒王府也忒寒酸了，还比不上这荒蛮之地的一座异族王府气派呢，这里的城主可当真是个会享受的人，如今都便宜我们了。"

凌祈宴笑着酸温瀛，温瀛没理他，抬步走上石阶。

进门里里外外转了一圈，凌祈宴又不由得撇嘴，这地方气派是够气派的，前边院子还是仿照上京高门大户的宅院建的，后头的园子更是学了那江南园林风格，但又要保留他们巴林顿本族特色，杂糅得不好，怎么看怎么怪异。

逛了一遍，他没了兴致，回去前头正院。温瀛已与部下商议完事情，凌祈宴进门顺嘴就问他："我们真要在这地方待到明岁入春吗？那得待近半年吧？"

"嗯，"温瀛点头，"此地地处枢纽，可以挟制周围的几个大部落，还能远辖他们的都城，又能连通漠北那边，我等不妨在这里多待些时日，也好叫他们不敢趁着冬日再生事。"

他这么说，凌祈宴只得道："好吧，那我想出去玩。"

温瀛没答应："再等等，等张戗他们将城中人再筛查一遍，之后出门务必带上侍卫，不能和在凉城中一样掉以轻心。"

凌祈宴"哦"了一声："可我要去买酒。我领了赏钱，说好的请你喝酒的。"

"有酒。"

"那不一样，我这辈子第一回赚银子。"

虽然只有六两，那也是他凭着战功挣来的。

温瀛沉声提醒他："现在外头没有酒肆开门，你去了也买不到酒，过几日再说。"

之后一段时日，外头那些巴林顿人吓破了胆，轻易不敢出门，但大成兵马入了城，该清算的清算过后，并未再拿他们如何，渐渐也有胆大的人出来打探消息。

如此过了十余日，这蕾央城才逐渐恢复生机，那些紧闭的铺面陆续开张。凌祈宴闲不住，挑了一日天气晴好时，趁着温瀛与部下议事，带了几个人出去外头逛。

在城中最热闹的大街上，他走进一间据说是这里最出名的酒肆，闻着满铺子的酒香，挑选好酒。

酒肆的老板不会说大成话，看到大成兵跟着凌祈宴出现，诚惶诚恐，拿出最好的酒比画着手指送给他。凌祈宴没收："不必了，旒王殿下治下严苛，不许我等随意侵占民财，你若没犯过事，不必如此害怕。"

跟来的侍卫中有会说这巴林顿话的，将凌祈宴说的话译给那老板听，对方赶忙谢恩。

"不必谢我，要谢就谢旒王殿下吧。"

凌祈宴扔下银子，叫人抱起他挑的酒离开。

从酒肆出来，他又沿街逛了半日，买了一堆新奇玩意儿，正打算走，远远瞧见有车队过来，便顺嘴问身边的人："那边的车队是哪里来的？"

身后的侍卫回答他："是漠北刺列部的车队，这里离刺列部不远，我军拿下这蕾央城的消息传开后，听闻旒王殿下在此，刺列部汗王亲自带队过来，说来拜会殿下。"

竟有这事？凌祈宴心道他怎不知道？

刺列部的新任汗王他认识的，就是当年去过京中一回的小王子。嗯，他忘了叫什么了。

凌祈宴正想着这事，刺列部的车队已行过他面前，往前又走了一段，骤然停下。

凌祈宴没在意，也要上车离开。姜戎自车上下来，走过来，难以置信地望着他："殿……"

凌祈宴赶忙打断他，用力咳了一声。

姜戎回神，改了口："在下姜戎，这位先生瞧着面善，很像在下的一位故人，不知如何称呼？"

凌祈宴不自在地回道："我姓温。"

在大街上且还跟了一堆人，不方便多说，姜戎只问凌祈宴住在哪里，过后去拜访他，凌祈

230

宴没答："之后会有机会见的,再说吧。"

他没再多逗留,上车先走一步。

凌祈宴回到王府时已至晌午。见到他回来,温瀛当下命人传膳。凌祈宴叫人将自己买的酒倒出来:"尝尝,这酒闻着好香。"

温瀛叫来人,先试了酒,再用银针验过,这才肯让凌祈宴喝。

凌祈宴哼笑:"你可真小心。"

"小心些好。"

凌祈宴懒得再说,捧起酒杯尝了一口,再咂咂嘴,果真是好酒。

他惬意地眯起眼,顺口对温瀛道:"先头在街上,你猜我遇到谁了?那个刺列部汗王,叫姜戎的,对,他说他叫姜戎,我之前怎就忘了?他怎么会来这里?你早知道之前怎么没与我说?"

温瀛没接话,给他夹了一筷子菜:"吃东西吧。"

凌祈宴又喝多了酒,醉倒之后一直睡到近申时末才醒,伸着懒腰起身,温瀛已不在屋子里,说去了前头待客。

在这个地方有客上门,似乎只有那个姜戎,凌祈宴没多想,换了身衣裳也去了前院。

温瀛正在与姜戎说话。

姜戎今日才到的这蔷央城,一进城刚安顿好,便上门来求见温瀛。

温瀛没与凌祈宴说,之前他在漠北林肃将军麾下当兵时就再见过这姜戎。

那时他杀了刺列部老汗王、姜戎的父亲,而姜戎亲手弑兄,带部献降,拿到了刺列部汗王的位置。那一仗结束后,姜戎私下里找他问过话,问为何那柄送与毓王殿下的短刀会在他这里。

当时温瀛将短刀归还,没有多说,后头姜戎也没再追问,还请他喝了回酒。

没想到一年后,上京城的消息传回漠北,毓王殿下暴毙,皇帝新认了一个养在民间的皇长子。

姜戎派人私下去上京查探消息,知道了温瀛就是那位皇长子,再结合那些沸沸扬扬的传言,猜到了事情始末,但那时以为凌祈宴当真已经死了。

所以今日在这蔷央城的大街上见到凌祈宴,他才分外诧异,尤其凌祈宴身后跟着的那些人一看便知身份,即便凌祈宴不说,他也知晓凌祈宴必是随这位旒王殿下来的这里。

"你不该来这里的,"温瀛淡淡说道,"被陛下知道了,免不得多想。"

姜戎心知他的意思。自己一个漠北大部的汗王,上赶着跑来巴林顿这边见旒王殿下,被皇帝知道,说不得确实会多想。

"我是不请自来,与殿下您无关。蔷央城离刺列部近,更早以前,本就是我刺列部的地方,被巴林顿人占去几十年,如今这里又易了主,我才想来看看。"

温瀛冷淡地抬眼:"所以你特地过来,是想要回此地?"

姜戎镇定地回道:"愿为大成朝廷分忧,殿下您是个有本事的人,巴林顿人不是您的对手,您的兵马必能踏平偌大的巴林顿,可这里生活着的毕竟不是大成子民,朝廷很难像对待关内其他地方那般,派官员过来治理管辖,最后依旧得和漠北那边一样,由这里的这些大小部落自治。

"蔷央城至关重要,既如此,殿下与其信任那些被打得不得不降、奸诈狡猾的巴林顿人,

不如信任我刺列部。

"我刺列部自大成开国起就已臣属大成朝，先前是我父兄糊涂，被巴林顿人蛊惑，可我确实是一心向着大成朝廷的。我可以向陛下和殿下您保证，只要有我在一日，刺列部就绝不会背叛大成。"

姜戎十分坦诚，丝毫不掩饰自己的目的，试图说服温瀛。

他也十分相信，只要温瀛认可了他的提议，帮他向皇帝说，他再向大成朝廷提起此事，必会容易得多。

温瀛却没接话，垂眸漫不经心地转动着拇指上的白玉扳指，像是在思虑什么。

半晌之后，在姜戎犹豫还要说些什么时，温瀛才终于淡淡地开口："你说错了，本王既然选择将巴林顿打下来，必不会再让他们像从前那样假意降服、蛰伏之后伺机东山再起，日后又来咬上大成朝一口，巴林顿如此，漠北亦然。"

姜戎愕然。

不待他再说什么，凌祈宴走进门，打断了他们的对话。

见到凌祈宴，姜戎下意识地起身就要见礼，被凌祈宴摆手打断："我现在是旄王殿下身边一个没有品级的幕僚而已，你不必做这些。"

姜戎嘴唇翕动，一时间不知当说什么好。

凌祈宴走去温瀛身边坐下，温瀛叫人给他上了热茶点心。

凌祈宴自若地与姜戎谈笑风生，姜戎的心绪逐渐平复，不经意地打量着凌祈宴，终是道："我以为，殿下当真已经……"

"毓王本来就死了，说了别这么喊我了，"凌祈宴又摆了摆手，"相逢便是有缘，过两日我再请你来饮宴。"

姜戎应下，换了个称呼："温先生这些日子过得可好？"

凌祈宴笑睨一眼面无表情的温瀛，回答姜戎："挺好，跟着旄王殿下吃香的喝辣的，日子不比从前过得差。"

姜戎越发无言，喉结滚了滚："那就好。"

他们说了几句话后，温瀛冲姜戎道："今日不早了，你刚到这里，且回去歇下吧，改日本王设宴款待你。"

旄王殿下既已下逐客令，姜戎只得告辞离开。

翌日，凌祈宴又一次出门。

他闲不住，总想出去玩。昨日那条街上还有一半铺子没逛，趁着温瀛忙公务，他就又去了外头。

街上一日比一日热闹，看到大成兵出现，那些巴林顿人虽畏惧，但已不会像他们刚进城时那样避而不出，甚至在凌祈宴走进一间皮毛铺子看货时，还有人主动来求见。

来者是个三十几岁，看着面相憨厚的汉子，自我介绍是对面铺子卖马具的，讨好地问凌祈宴，能否归还他被缴去的一柄短刀。

这人会些大成话，小心翼翼地对凌祈宴说："只要刀柄和刀鞘就行，那柄短刀对小人十分重要，能否请贵人通融一二，将之还给小人？"

凌祈宴闻言有些意外，大成兵马进城后，就将这些平民手中的利器都缴了，敢来讨的，这还是第一个。

且这人似乎是看凌祈宴长得好，身上没有兵匪气，以为他是个好说话的，直接找上了他。

凌祈宴没有当即说行还是不行，只问："卸去刀身，只留刀柄和刀鞘有何用？为何一定要讨回去？"

那汉子黝黑的面庞一阵红，磕磕巴巴地解释，说这短刀是他妻子未出嫁之前送与他的定情信物，这么多年来他一直随身带着，从未离身，没了刀身他也想留着刀鞘和刀柄做个纪念。

"定情信物？"凌祈宴弄清楚情况后，吩咐人带那汉子去取刀。

晌午时分他才回王府。

温瀛不在，他今日一早就出城去了军营，估摸着要到傍晚才回。

用过午膳又睡了一觉，申时凌祈宴再次出门，骑着他的小妖精去外放风。

后头他干脆出了城，小妖精野性难驯，一直被关在城中实在憋屈得慌，凌祈宴领着它去了城外的草场上。

来回狂奔了近百里，小妖精终于畅快了，停在一处溪边吃那丰美的水草。凌祈宴自马上跳下，嘴里也衔了根草，在溪水边坐下。

天际暮云合璧、落日熔金，正值夕阳西沉时。

凌祈宴懒洋洋地伸腰。

他喜欢热闹，从前还做着王爷时，身边总有一大帮纨绔子弟围着奉承他，如今来了这里，实在无聊得紧。可他好似已经习惯了，还能自得其乐。

身后忽地有马蹄声传来，凌祈宴站起身，下意识地握住剑柄抬眼望去，待看清楚来的人是谁，松了口气。

姜戎跃下马，他也是独自一人。

"方才远远瞧见殿下，还当是看错了，殿下怎一个人在这里？"姜戎走上前。

"出来走走，"凌祈宴微微摇头，"汗王又忘了，我现在已经不是殿下了。"

姜戎看着他，迟疑道："去岁毓王殿下暴毙、陛下新认回皇嫡长子的消息传到漠北，我曾派人去京里打听事情始末，那会儿我当真以为殿下已经去世了。"

凌祈宴倚着他的马，撇嘴一笑："你都猜到了，还说这些做什么？"

"我没想到皇家竟会发生如此荒唐之事。"

"我也没想到，"凌祈宴无所谓道，"不过这也没什么，就只是换个身份而已，现在这样反而更自在些。"

姜戎却不这么想："亲王皇子与普通人，终究不一样。"

凌祈宴不以为意："自然不一样，但现在这样也挺好。"

他说不出来好在哪里，就只是觉着，如今这样确实还挺好的。

姜戎盯着他的双眼，凌祈宴的眼中没有半分不平不甘的怨恨之色，他是真的不在意。

姜戎又问他："您现在是旒王府的幕僚？可为以后打算过？您的身份没法出官入仕，可这幕僚也不能做一辈子。"

"当什么官啊，"凌祈宴好笑地道，"求着我当我都不当。"

至于以后，以后再说呗，他才懒得想那么多。

"日后您若是在旒王府待不下去了，来刺列部，我定将您奉为上宾。"姜戎说得格外诚挚。

凌祈宴赶忙撇清道："这话你以后还是别说了，尤其别当着旒王的面说，他连江南都不让我去，怎会让我去漠北？"

姜戎捕捉到了话语间的关键字："您原打算去江南？"

凌祈宴随口道："是有这个想法，但是算了，都来这边了，反正在哪里也都一样。"

"您若当真想去江南，我也能帮您。我从前与您说的，有个认识的祖籍江南的好友，他这段时日恰巧来了漠北做买卖，也随我一块来了这里，您若是想，可以跟着他的商队一同去江南，我帮您安排，瞒着旒王殿下送您离开。"

哪有那么容易？想在温瀛的眼皮子底下瞒天过海地溜走，无异难于登天，这一点凌祈宴早就领教过了，且他如今也不太想去江南了。

去了那边他一个人也不认识，有什么意思？

没等凌祈宴开口拒绝，那边又传来一阵马蹄声响，凌祈宴抬眼，就见温瀛骑着他惯骑的那匹黑马迎风而来，出现在他们的视野中。

凌祈宴脸上露出笑容迎了上去。

温瀛下马，冲凌祈宴抬了抬下巴："回去。"

姜戎也走上前去向温瀛见礼。

温瀛轻轻颔首，又一次冲凌祈宴道："回去。"

凌祈宴回身与姜戎招呼一声，跟着温瀛离开。

姜戎到蓍央城的第四日，温瀛在城中的王府里设宴款待他一行人。

他们过来得早，温瀛尚在军营中未回，凌祈宴请了他们先入席，说边吃边等。

这回来蓍央城，姜戎只带了几个亲信部下和他那位做买卖的朋友。

那人叫邓景松，祖籍江南，在上京住了二十年，前几年又迁回江南，交游广阔，与姜戎是莫逆之交，时常会往漠北这边跑。

姜戎将之介绍给凌祈宴，没再提帮凌祈宴去江南之事，只说日后若旒王手下有什么好的生意能做，请凌祈宴帮之美言几句，提携一下他这位朋友。

凌祈宴见那人面相老实，不似那等偷奸耍滑的人，爽快地答应了下来，又顺嘴问："你是金陵人氏？"

对方恭敬地道："在下祖籍金陵丰县，现下定居在金陵城中。"

凌祈宴点了点头，想着太后的娘家就在金陵。他虽去没成，但前些日子太后已派人将那边的地契、房契送来，每月的进账都是一笔不小数目，太后的娘家人帮着他打理庄园铺子，按季给他将银子送过来，但一直麻烦他们总归不是个事。

既然这个邓景松有自己的商队和镖局，自己不妨雇他手下的人帮忙做这事。于是凌祈宴直接提了："我在江南还有些买卖，之前一直由别人帮着打理，我打算派几个自己人过去那边接手，他们去了那头难免人生地不熟的，劳烦你帮衬他们一二，还有这钱财货物押运之事，我也想雇你手下的镖局来做，可会麻烦？"

那邓景松高兴万分，当即道："哪会有麻烦？温先生开了口，我自然乐意至极。"

他知这人是旒王最信任看重的幕僚，帮之做事就是帮旒王做事，别说是雇佣，倒贴钱他也愿意。

凌祈宴道："今日先不多说，明日白日你再来府上一趟，我与你详谈这事。"

邓景松满口答应。

说罢这事，姜戎低下声音问凌祈宴："温先生可知，日后待旒王殿下攻进巴林顿都城，推翻了他们的朝廷，打算如何安置这偌大一个巴林顿部？"

凌祈宴好奇地问道："你怎问起这个？他可是与你说了什么？"

姜戎将那日刚到这里时，温瀛单独与他说的话说了一遍。凌祈宴闻言转了转眼睛，扔了颗花生米进嘴里，慢条斯理道："这样吗？我倒是没听他说过，不过这事也不是他一个王爷能做主的，最后要如何做，还是得听陛下和朝廷的。"

姜戎面露踌躇之色，不待他多说，凌祈宴抬眼望向他，又道："蕾央城这里，你就别打主意了，这个地方太重要，旒王殿下是铁定不会将之拱手让人的。至于其他的，你倒也不必过于担忧，旒王殿下也是讲理之人，你若真一心向着大成朝廷，他自不会将你刺列部如何。"

凌祈宴说罢又笑了笑："你我相识一场，我才与你说句实话，旒王殿下若真想动你们，只怕你刺列部，甚至整个漠北都未必挡得住。他肯直接与你说，便是有别的打算，你就别多想了。"

姜戎的心思转了几转，到底没再说这个，举起酒杯："昔日在上京时，我曾对先生言，若有一日我当真能拿到汗位，定会唯您马首是瞻，如今亦然。您是旒王殿下的幕僚，我便愿为旒王殿下效犬马之劳，此志不变。"

凌祈宴并不意外，依旧是那副漫不经心之态。他知道这人如今是真正看好温瀛，想要为部族的将来谋划。

任谁都看得出，温瀛这位旒王绝非池中物，有朝一日必会龙腾九霄。

不必刻意点破，凌祈宴亦举杯，替温瀛接了这杯酒。

喝过一轮酒，温瀛才回到府中，众人起身向他见礼，被他制止。

他走去上座，在凌祈宴身侧坐下，凌祈宴想让位，被他摁住。

他沉声丢出一句"就坐这里"，便直接吩咐内侍倒酒。

凌祈宴懒得再挪位置，自若地吃起东西来。

饮宴一直到戌时末才结束，姜戎领着他的部下和随从告辞，走之前取出一包绸布包裹的东西，搁到凌祈宴面前，坦然道："从前答应请温先生尝我刺列部的羊奶糖，正巧这次带了些过来，殿下和温先生若不嫌弃，不妨试试，惯吃甜食的人想必会喜欢。"

凌祈宴已有些醉眼迷离，点了点头："谢了。"

姜戎没再逗留，领着人退下。

待人都散去，凌祈宴伸手去摸那包羊奶糖，被温瀛拦住。温瀛以眼神示意，叫了人先试过，才准凌祈宴吃。

凌祈宴哼笑："姜戎送的东西你也不放心？他害你我有什么好处？"

"防人之心不可无。"温瀛淡淡地道。

"人家刚才还跟我说，要为你效犬马之劳呢，你就这态度？"

凌祈宴拈起颗奶糖放在嘴里嚼了嚼，确实还不错，香甜软滑，也不腥膻。

他顺嘴与温瀛说起了先前饮宴开始时，与姜戎那个好友约定的事情。

"你挑些机灵有本事的人给我吧，我安排他们去江南。那个邓景松是金陵商会的副会长，天南海北的人都认识，上到达官贵人，下到贩夫走卒，人脉十分广，让他带着我们的人入行，能赚多少银子不重要，日后至少能在江南那边多一条眼线，帮你收集消息。"

"可以，"温瀛立刻答应，"怎么想到做这个的？"

凌祈宴轻笑："今日姜戎将他那朋友介绍给我，那人像是想投靠旒王殿下你，我突然想到的。你是要做皇帝的人，不单是江南，整个大成朝乃至漠北、巴林顿和其他那些番邦小国，都可以打造这样一张情报网，深入民间，到那时这个天下还有什么事情瞒得住你？"

温瀛忍不住问他："你从前为何不愿为自己谋划这些事情？"

凌祈宴懒洋洋地打了个哈欠："你想做皇帝，我又不想，做皇帝多累？你看你那个父皇，喜怒不定、反复无常，我才不要变成那样，你也不许变成那样，不要学他。"

温瀛"嗯"了一声。

凌祈宴又说起别的："你想好巴林顿这里打下来之后，要如何安排吗？今日姜戎还提起这个，他好似忧心忡忡，怕你也会对他们漠北下手。"

"开军府，"温瀛沉下声音道，"让他们保留各自的部落制度，但在军政大事上，统一由军府辖领，过后我会上奏与陛下详说，巴林顿这边先施行，漠北那边以后再说，由不得他们。听话的部族还能讨到些好处，不听话的，再教训就是。"

凌祈宴闻言有一点意外："那皇帝能听你的吗？"

"我会想办法说服他，必会让他答应。"

第四十六章

　　翌日邓景松依约又来王府拜访。

　　他这样身份的人，不必温瀛纡尊降贵地亲自接见，而是由凌祈宴出面，更别说要谈的那些生意，明面上本也是凌祈宴名下的产业。

　　两个人相谈甚欢，足足聊了两个时辰，从生意买卖说到江南的风土人情，还顺嘴提了几句江南官场。见凌祈宴感兴趣，邓景松没有避讳这个，与他说了说江南那边官商往来的一些规则和其中的各样门道。他没有刻意提哪个官员的名字，但言语间似与那边的大小官员都十分熟稔。

　　凌祈宴不动声色地听着，这人嘴里的这些商会、镖局，乃至三教九流的人，日后都是他们能利用的对象，这张网可以慢慢铺开，终有一日能将所有人网进其中。温瀛不方便做这事，他这个幕僚可以做。

　　温瀛已挑了五十个人给他，俱是可信之人。

　　为首那个是当年温瀛初入伍还只是个小旗时，就跟在他手下出生入死的老兵，人也持重机灵，后头在战场上断了一只胳膊，打不了仗了，被温瀛留在身边办差。

　　如今温瀛将人交给凌祈宴，凌祈宴又将之介绍给邓景松，请邓景松带他入行。邓景松满口答应，拍着胸脯向凌祈宴保证，定会将事情办好。

　　凌祈宴十分满意，笑道："你帮我如此大忙，我便当你是自个人，旒王殿下对商贾并不轻视，日后若有用得上你的地方，我自会在殿下面前提你，你且放心。"

　　邓景松抱拳谢恩，目光火热。

　　巳时末，邓景松起身告辞，与他同来的一个随从低声与他说了两句什么，邓景松闻言神色微变，点了点头。

　　那随从走上前，小心翼翼地请示凌祈宴："温……温先生，有一件事，小的想禀报旒王殿下，事情与敬国公府有关。"

凌祈宴闻言有些意外，这人二十几岁，相貌平平，若非他主动上前说话，几乎不会被人注意。

这样一个不起眼的普通人，张嘴就提及敬国公府，凌祈宴不由得皱眉："何事？你直接说吧。"

邓景松带着其他人先一步退下，那人咽了咽口水，扑通跪下，哑声道："小的原名周荣，京畿人氏，从小无父无母，由家中一个婶娘带大。小的那婶娘从前在显安侯府当差，被分到侯府的庄子上干活。四……四年前，侯府的姐儿邀请众多京中贵女去庄子上玩，敬国公府的娘子从秋千上摔下当场毙命，小的那婶娘就是当时伺候那群小娘子玩耍的嬷嬷，事后被侯爷命人打了一百大板发卖出去，没多久就病重不起人没了。"

凌祈宴倏然冷了脸色，这事他当然知道，且记忆深刻，那死了的林小娘子就是他的第三任未婚妻，这事之后他克妻的名声彻底坐实，连太后都不敢再给他指婚，还带他去皇寺算命，才得了那天煞孤星的批卦。

"所以呢？"凌祈宴冷声问。

那周荣抬手抹了一把眼睛，哽咽着继续道："在那事发生前两日，小的的婶娘曾忧心忡忡地交代了小的许多事情，听着委实怪异，当时小的没多想，事后回忆起来，觉得婶娘当时像是在交代后事。她似乎早就知道会出事，可这会儿人已经没了，小的也没法再找她问。

"她那时让小的别在上京待了，去外头闯一闯，所以她的头七一过，小的就立马离京，去了漠北那边，后头才又跟着邓老板去江南。

"这事一直压在小的的心上，夜里小的总是做噩梦，小的不敢与任何人说，也不敢去找显安侯府和敬国公府的人。如今机缘巧合之下见到先生，才想着将这事告诉给旃王殿下。小的的婶娘不是那等贪慕钱财之人，她只有小的这一个亲人，轻易不会被人收买，定是被人威逼才会做下那等事情，小的只求能将事情查个水落石出！"

凌祈宴回到书房时，温瀛正在看军中奏报。如今天寒地冻，他们停在这巴林顿的边城中暂未出兵，但不敢掉以轻心，派出去的四方探子几乎每日都会送回新的消息。

听到脚步声，温瀛抬眼望向门边，凌祈宴手中抱着暖炉跨进来，面色阴沉，十分不好看。

"发生了何事？"温瀛沉声问道。

凌祈宴走去他身旁，将先头那人说的话与他说了一遍。

温瀛微蹙起眉，就听凌祈宴恶狠狠道："我就说怎会有那般凑巧之事，那林小娘子刚被指婚给我人就没了，果真不是意外。"

"你以为，是何人所为？"

"还能有谁？定是凌祈寓那个恶毒的狗东西！"

不怪他会这么想，小时候凌祈寓能虐杀他最宠爱的小狗，如今杀个人又如何？

凌祈宴没好气道："有本事在显安侯府的别庄上做出这等事情的能是一般人？他定是怕我娶了林家女，敬国公府会与我站在一条船上，干脆用这样的法子釜底抽薪。"

说到这里凌祈宴心念一转，脸色越发难看："总不能我前头的两个未婚妻也是他弄死的吧？

那两人家里并不算十分出挑，他何必这么做？"

温瀛点了点头："我叫人去查，但事涉显安侯府，他们自己人查起来想必更容易些。"

被温瀛一提醒，凌祈宴也想到这茬，立马道："我给张渊写封信吧，他去了南边，不知道我还活着呢，不过这事他家肯定希望能查个明白，应当会十分乐意去做。"

"嗯。"温瀛帮他铺开信纸。

凌祈宴提起笔写了两句，又犹豫地问："若这事真是那狗东西所为，林家想必不会善罢甘休，能借此扳倒他吗？"

"很难，"温瀛淡淡道，"他敢做，应该不会留下什么把柄和证据。"

不过无妨，只要能让敬国公府对那位东宫太子生出芥蒂来，在关键时刻不再那么中立，就够了。

凌祈宴有一点失望，没再多言，快速将信写了命人送出去。

他轻吐出一口气，恼道："若那几个小娘子当真都是因我而死，我岂不罪孽深重？该死的凌祈寓！"

"与你无关，"温瀛劝解道，"杀害她们的是别人不是你，你不必把罪责算到自己头上。"

凌祈宴自然知道这个道理，就是心里不痛快，怎么想都不痛快。

见凌祈宴一直闷闷不乐，温瀛出声："下午带你去外头玩。"

凌祈宴顿时被转移注意力："去哪里？"

"去了你就知道。"

温瀛没细说，两人起身去用午膳。

申时，两人一起出府，去的却是城外军营。温瀛叫人拿了身铠甲给凌祈宴穿，凌祈宴一看这军营中肃杀的阵势，眨了眨眼："你又要去杀人了？带我去吗？"

"去夜袭这附近的一座军堡。"

凌祈宴无言以对，温瀛说的玩，竟当真是带他去杀人……

临近傍晚时又开始下雪，且很快有愈下愈大的趋势，大雪铺天盖地地落下。

凌祈宴站在主帅营帐外，伸手去接，一片雪花落到他一直抱着暖手炉的微热掌心里，转瞬消失不见。

他又兴致勃勃地去接第二片、第三片。

温瀛撩开帘子出来正好看到这一幕，凌祈宴转头冲他笑道："这么大的雪，还要出兵吗？你是特地挑的今日夜里去？"

"嗯，出其不意，趁着他们警惕心最低时偷袭。"

他冲凌祈宴抬了抬下巴："进来，先用晚膳。"

日落之后，温瀛并凌祈宴一起亲领着三千骑兵疾驰出营，借着夜色掩盖往东北方向奔去。

那座巴林顿的军堡，在距离蕾央城两百多里外，护卫着那里的一个铁矿场。

巴林顿朝廷军手中的兵器、铁器，有三成出自那铁矿场，在大成兵马拿下蕾央城之后，那座军堡就已加强警戒，堡内堡外共有近五千人据守。

亥时六刻，一个灵活矫健的大成兵悄无声息地爬上堡前的塔楼，上头值夜的兵卒尚未来得及反应，已被一剑割喉。

大雪夜叫人放松了警惕，此时的军堡内，绝大多数人已沉入梦乡，数百大成兵借着钩爪，不顾大风大雪的阻拦，自堡后的山崖攀爬而上。

一刻钟后，堡门洞开，温瀛领着手下兵马踏雪而入。

一阵急促的号角声骤然划破寂静的雪夜，再下一瞬，堡中慌乱的尖叫声伴着刀剑相接声响起。

只半个时辰，军堡易主。

凌祈宴痛快地一剑洞穿主帅的胸口，对方愕然地大睁着眼睛，轰然倒地，死不瞑目。

他嫌弃地甩去飞溅到手上的鲜血，抬眼冲那人身后正准备出手，却被他抢先一步的温瀛粲然一笑："殿下，斩杀主帅，赏银多少来着？"

温瀛沉声道："赏银百两，记头功。"

子时四刻，大成兵占下整座军堡，开始清点伤亡人数。

这些守兵降得快，只死了不到千人，俘虏足有四千多，温瀛命人杀了当中几个主将，放归被掳来这里挖矿的大成人，让剩下的巴林顿兵丁代替他们挖矿，再留下一队兵马监管。

"挖出的铁矿尽数送去蓄央城。"他沉声下令。

虽然这一路过来，他们收缴了无数巴林顿人手中的兵器，但大多不堪用，对铁器、兵器，没有人会嫌多。

那为凌祈宴铸剑的铁匠已被温瀛收为己用，跟来了这蓄央城，且这段时日，温瀛又命人陆续征召了不少大成边境的匠人过来，趁着冬日休战，好尽快多铸些上好的兵器出来。

三个月后，蔷央城。

难得没落雪的日子，凌祈宴拉着被喂养得太好、长了一身膘的小妖精出门，去城外痛快地跑了一圈。

回程时偶然间看到路边迎风招展的春花，在这冰天雪地里实属难得，他顺手就摘了，高高兴兴地回了王府。

温瀛早上去了趟军营，也才回来。

晌午之后，两人都没再出过门。

凌祈宴抱着暖手炉缩在榻上，身上盖着厚厚的毛毯，眯起眼睛打盹。温瀛在一旁看书。

再醒来已快申时末，凌祈宴伸着腰边打哈欠边道："穷秀才，我饿了。"

温瀛叫人给他上了热茶点心："先垫垫肚子，一会儿用晚膳。"

凌祈宴嘴里嚼着糕点，随口感叹道："每日这样懒散，日子过得可太悠闲了，好似什么正事都没做过。"

温瀛头也不抬地说："你从前也这样，镇日游手好闲不做正经事。"

凌祈宴被噎了一瞬，恼怒道："怎么说话的你？"

温瀛抬起眼皮子，淡淡地问："我说得不对？"

好吧……

虽然温瀛说的确是事实，但他听起来怎么总有那么点不爽呢？

而且他这几个月也并非全然无所事事，温瀛派给他的人跟着那邓景松去了江南，已经帮他将太后给的产业都接手了，也顺利打入了金陵商会，又借了太后娘家的势力，迅速在江南站稳脚跟。

这些都只是明面上的成果，私下里那些人做的事情那就更多了，人脉、眼线短时间内在金陵甚至整个江南铺开，凌祈宴每十日就会收到一封那边送来的信，乃至他人在这巴林顿，已经把江南上到官绅世家，下到贩夫走卒，官场奇观、市井百态，各种新鲜事、离奇事都听了个遍，每日里以之当乐子打发时间。

"你是不是对我有意见？我游手好闲怎么了？我自个儿乐意。"凌祈宴气道。

温瀛淡定道："不敢。"

他说完没再理凌祈宴，看着手中刚送来的信函。

凌祈宴见这人不理自己，凑过去问："你在看什么，也跟我说说？"

温瀛手中一共是两封信，其一是敬国公世子林肃将军写来的，温瀛递给凌祈宴看。

"他没多说什么，只向我道谢。"

凌祈宴看罢撇嘴，这个老狐狸。

三个月前，他将当年之事的蹊跷写信告知张渊，张渊果真让家里人去细查，后头查到不仅那周荣的婶娘，还有当时庄子上负责工事的那仆丁都在事前受了人威胁。应当是他们故意弄松了秋千绳，又在林小娘子坐上去时加重了推人的力道，才叫那小娘子从秋千上摔下来，当场殒命。

那个仆丁和周荣的婶娘一样，挨了一百板子没扛过去，但他机灵，事先想方设法地留下了些线索在他一个族兄那里，张渊顺着那点线索仔细追查下去，背后牵扯出的人果真与东宫有千丝万缕的联系。

不过那些联系和猜测远远算不上证据，张渊回信后，温瀛将所有能查到的线索以及周荣和那仆丁的族兄画押过的证词一并寄给了林肃，什么多的话都没说。

他与林肃虽因身份有所避讳，在他被皇帝认回后明面上甚少走动，但从前在战场上积攒下的亦师亦友的情分是抹杀不掉的，所以他没有拐弯抹角。

林肃显然已亲自去查证过了，时隔一个月给他回信，只有一个"谢"字，但温瀛知道这已足够。

"就只这样？可真是便宜凌祈寓那个狗东西了。"凌祈宴不甘心地说道。

温瀛不以为意："以后这笔账早晚会清算，何必着急？"

"另外那封信呢？里头说了什么？"

温瀛抬眼看向他，目光动了动："十日前，昭仪娘娘足月产下十二皇子，陛下大喜，赐名祈瘤，又下旨晋了昭仪娘娘为淑妃。"

凌祈宴愣了愣，"噢"了一声。

他的心情有些复杂，像憋了口气，上不去又下不来。

他那个便宜娘给他生了个便宜弟弟，还是给养了他二十年的便宜爹生的，这算什么事呢？

思来想去，他又觉得纠结这些没意思。

罢了，这些事都与他无关，他操什么心？

温瀛不出声地望着他。

凌祈宴被盯得不自在了："你别这么看我，好似我有多可怜一样。老和尚早说了，我没有父母缘的，我与她就是陌生人，她爱生几个生几个，爱给谁生给谁生。"

第四十八章

这时江林缩着脖子进门，将京中宁寿宫刚送来的信递给凌祈宴："太后娘娘的来信。"

凌祈宴接过信，撕开信封。

太后也在信里提了云氏生产之事，这还是她老人家第一回在家书中与他说起云氏，说云氏生了个八斤多的大胖小子，生得倒不怎么艰难，很顺利地就下来了，又说那孩子长得像他小时候，是好看的，让他挑样东西寄回上京送给那孩子。

凌祈宴抱怨："为何要我送东西？还有，我才没有那么胖，怎么会像我？太后铁定是眼花了。"

温瀛道："太后是为你好。"

凌祈宴低下脑袋，越发郁闷。他当然知道，他这个小弟弟是货真价实的皇子，太后希望他能与之处好关系，日后总能多个人帮他。

可越是这样，他心里越不舒坦。他靠太后、靠温瀛，如今竟还要靠刚出生的小弟弟。

没劲再想这些，他继续看信，顿了顿，又道："太后在信里说，我那便宜娘还没出月子，就叫人将孩子抱去宁寿宫，说怕太后寂寞，让小皇子陪着她，她老人家可以含饴弄孙。"

"她可真有能耐，什么都跟你母后对着干，你父皇那个性，他肯定觉得她大度识大体，一准更喜欢她了。"

凌祈宴说着不由得皱眉："可太后那身子骨，再养一个孩子，也不知能不能行。"

温瀛淡淡说道："不必担心，太后心里有数的，若真没精力养，也不会接下。她再养个孩子也好，免得成日里闷着，更容易生病。"

凌祈宴点了点头，倒也是这个理。

这么想着，他又将江林叫进来，让他想一想，凉城王府的库房里都存了什么好东西，有没有适合送给刚出生的孩子的。

太后都特地提了这事，他总得做做样子。

江林倒也乖觉，竟随身给他带着库房的登记册子，解释道："怕您没准什么时候就要，奴誊抄了一份带在身上。"

凌祈宴笑骂了他一句，接过册子一页一页翻过去，但都不太满意。

那些东西本就大多是太后给他的，他再送去宁寿宫，好似太没诚意了。

"不用选了，"温瀛提醒他，"我已帮你做好。"

凌祈宴目露不解之意，温瀛将东西取来搁在他面前，是一把金弩，只有成人的两个巴掌那么大，弩机上还嵌着五颜六色的、亮晶晶的细碎宝石，十分华贵又讨喜。

凌祈宴拿到手里掂了掂，很有分量："这东西，刚出生的孩子怎么玩？"

温瀛不在意地回道："以后再玩便是。"

凌祈宴翻来覆去地看手中的金弩，注意到弩弓两角上皆刻了红色印文，其一是"旒王宵印"，另一是"温宴私印"，也不知那颜料是怎么染上去的，抹不掉。

他抬眼望向温瀛："我怎么不知道，我有这个私印啊？"

温瀛又搁了一枚小巧的白玉印章到他面前："给你的。"

244

凌祈宴拾起印来细瞧了瞧，这玉石是顶级的羊脂白玉，通体莹润无瑕，与他之前见过的温瀛那枚王印材质十分相似，连样式都一模一样。

"这个是？"

温瀛对他解释："和我那枚王印一样，是用一整块完整的白玉切割出来的。"

凌祈宴闻言不由得可惜："好好的玉石你给切成两半，未免太暴殄天物了。"

"你喜欢就好。"

凌祈宴确实喜欢，于是不客气地收了："多谢。"

既然温瀛都特地准备了这个，他就不费心思了，就不知道太后收到金弩后会怎么想，啧。

他又去看自己的那枚印章，越看越喜欢，咀嚼着那两个字："温宴……"

他如今的户籍文书上就是这个名字，但从来没有人这么叫过他，现下看到这个，一时百般滋味涌上心头，莫名地却又很高兴。

　　二月，寒潮尚未退尽时，停驻在蔷央城数月之久的大成军再次出兵，半月内连下巴林顿两座中大型城镇，将巴林顿通往漠北的道路彻底阻断。

　　自此，大成兵马已占下巴林顿东部近三成土地，将巴林顿东面最大的莫洛草原尽收囊中。

　　傍晚，凌祈宴走出营帐，席地而坐，叫人给自己煮了锅白菜豆腐汤，坐在篝火旁边用起晚膳。

　　菜式算得上寒酸，但他吃得十分有味。

　　到塞外以后，每日的膳食大多是肉，羊肉、牛肉，各式的肉，烤的、炖的、煮的、烘干的，花样倒是不少，但吃多了他实在腻味得很。

　　尤其冬日最冷的这几个月，在这边他想吃到点新鲜果蔬都不易，也只有白菜耐寒，能时时在膳桌上看见。

　　从前他还是上京城里的富贵闲王时，即便在严寒冬季，依旧有庄子上的人精心栽培的各样蔬果每日送进王府，在吃喝方面，他从来不愁，如今回想起来倒有些恍如隔世了。

　　凌祈宴咂了咂嘴，却没什么遗憾的感觉。

　　若他只是毓王，前头半辈子在上京，后头半辈子被困在封地上，运气好的话，没心没肺地吃喝玩乐到老死，运气不好，新皇一登基就得一命呜呼，只怕到死都没法过得这般恣意。

　　或许当日他真去了江南，也不能这样逍遥。

　　正在此时，温瀛撩开帘子从帐中出来，到他身侧坐下。

　　凌祈宴冲他笑道："商议完事情了？"

　　"怎的坐这外头吃东西？不冷？"温瀛皱眉问。

　　冷是冷了点，凌祈宴裹紧身上厚实的斗篷："坐这里舒服呗。"

　　温瀛看一眼他用的清汤寡水的膳食，眉头蹙得更紧，叫人片来些羊肉并大块的羊骨头加进去，再倒入胡椒粒。

凌祈宴嫌弃地撇嘴："我不要吃这个，腻得慌。"

温瀛坚持劝他："多少吃些，现在天还冷着，吃这个不易染上风寒。"

很快一锅羊肉汤在篝火上咕噜沸腾起来，香气四溢，温瀛盛出一大碗汤递到凌祈宴面前。凌祈宴看看他，再看看那汤，不情不愿地接了过去。

他双手捧着碗，慢条斯理地喝了一小半，肉却没吃几口。

温瀛见状，又叫人来，多给他加了些今日西北那边刚送来的新鲜菜，再给他煮了一锅粥，好叫他吃饱。

凌祈宴吃着东西，顺嘴问他："明日大军又要动身吗？"

"没有，再在这里待几日。"

凌祈宴点了点头，这地方还挺好，他们这一路过来，这个莫洛草原确实比别处水草更丰美，景色也更好，难怪这数十年间巴林顿和漠北都在不断争抢这一处地方。

"那你们刚才商议了那么久，讨论出接下来要进攻哪里了吗？"

"没有，"温瀛淡定地吃着东西，"众将意见不合，各执己见，谁都说服不了谁，作战计划定不下来。"

凌祈宴笑着揶揄他："你几时愿意好脾气地听他们争了？"

温瀛淡淡地看他一眼，没再接话。

别人说他独断专行，并非假的，自出兵巴林顿之后，军中众部算是深刻领教了他的脾气和个性，这位旒王殿决定做的事情，无论别人说什么，轻易不会改。

好在每一次他的决断都没出过岔子，那些原本因他年纪小而轻视他的老将逐渐转变了态度，他在军中日渐树立起威信，虽然像方仕想那样不将他放在眼中的人依旧少不了。

往常碰上这种有争议的时候，基本都是温瀛一锤定音，容不得反对之人辩驳，凌祈宴还是第一回听到他说因为众将意见不合，下一步的作战部署定不下来的。

稀奇。

凌祈宴戳他的手臂："你不要卖关子，有话直说，你又在盘算什么？"

温瀛随口说了："没什么，有人表现得有些古怪，且再看看。"

凌祈宴立刻会意："是蚂蚱忍不住要跳了？"

温瀛不以为意："或许吧。"

倒也是，对方再不做些什么，他们就快要打到巴林顿都城了，凌祈寓那个心眼比针眼还小的狗东西岂能坐视温瀛立下此等不世军功？他也是时候出手了。

不过没关系，那狗东西动作越多，他们捉他的把柄的机会就越大。

这么想着，凌祈宴不免有些兴奋。

入夜，吃撑了的凌祈宴依旧坐在篝火旁不愿挪身，军营中逐渐沉寂下来，火光渐疏，除了巡逻的值夜兵，已鲜见人影。

凌祈宴一手支颐，默不作声地仰头看着夜空。

月华皎洁、星垂平野，夜色中苍穹仿佛触手可及。

将锅中最后一口汤喝完，温瀛放下碗，问他："在想什么？"

"穷秀才，你说……等以后你回了京，真做了皇帝，是不是就再不会离开京城一步了？"

温瀛平静地看向他："为何这么说？"

凌祈宴垂眸，扯着身前的杂草，嘟哝道："你父皇就是这样的，做了二十几年皇帝，从未出过京，连皇宫都甚少出去。你呢？你打算跟他一样吗？"

"你很在意这个？"温瀛问道。

凌祈宴诚实地道："在意啊，京里我早就待腻味了，你非要我跟你一起回去，若是以后你都不去外头了，那我不得无聊死？"

温瀛道："你想出去便能出去，陛下是陛下，我是我。"

他这么说，凌祈宴心里却更不得劲："那去了京里，我又能做什么？""你可想做官？"温瀛忽地冒出这么一句话。

凌祈宴一愣，认真想了想，摇头道："算了吧，那些当官的人大多认得我，我可不想找麻烦。"

"有何麻烦？你是温宴，哪怕与从前的毓王殿下长得一模一样，你也只是温宴。你是我的幕僚，日后即便入内阁，别人都说不得什么。"

"不要，"凌祈宴拒绝，"做小官丢人，做大官，尤其你说的入内阁，那不得每日起早贪黑？我才不要。"

"你可以不必上朝，也不必点卯。"

凌祈宴仍拒绝道："我不喜欢跟那些迂腐的老头打交道，旄王殿下行行好，放过我吧。"

见他的神情里没有半分作伪的样子，是当真不乐意，温瀛作罢："也罢，不想做官就不做。"安静片刻，温瀛起身，顺手拉了他一把："天晚起风了，进去吧。"

第五十章

翌日清早，温瀛再次召集部下议事，众将依旧争论不休。

"那丰日城就在这莫洛草原再往西不到三百里之地，是除都城外巴林顿最大的城池，都城守军近十万人，丰日城里却只有堪堪不过两万兵马，我等不必贪功冒进、舍近求远，这会儿就急着往那巴林顿都城去，只要顺手先拿下这丰日城，对巴林顿朝廷必是一大打击，等他们乱得差不多了再去收拾他们，又有何妨？"

"此言差矣，我军既已扫平通往巴林顿都城的道路，自然应当趁热打铁，一鼓作气地直取他们的都城。擒贼先擒王，我们何必再耗费精力到别处？这反而给了他们应对做准备的时间，平白贻误战机。"

"你说得倒是轻巧，都城守军十万人，若是固守不出，我军哪怕强攻，也很可能一年半载都攻不下来，还得时时提防别处过来的援军，谈何容易？趁热打铁怕就怕这铁没打成功，到时落得个进退维谷的境地，岂不麻烦？战线一拉长，后续补给也难以为继，不如掉转枪头，先拿下丰日城再说，那里离他们的都城不算远，占了那里，也好用作我军的后备粮仓。"

"何必长他人志气灭自己威风？我军现下形势一片大好，乘胜追击方是用兵上策，巴林顿都城守军人数虽多，但城中王公贵族并不齐心，那些人又都是安逸享受惯了的，待我军打到他们家门口，我不信那些人真有那气节肯以死守城，到时候很大可能不是逃便是降。至于所谓的援军，更无须操心，他们朝廷都要倒了，那些个依附他们的部落不趁机落井下石已是念着旧情，更多的不过是自扫门前雪，否则我军这一路打过来，战事岂能推进得这般顺利？又哪里曾见过一回援军的影子？"

"你这不过是想当然罢了，赌他们会放弃抵抗，可万一事情不像你预料的那般，到时战事陷入僵局，我等又该如何自处？说不得还会被他们反将一军。"

"战场之上，人心本也是可以利用和算计的一环，太过保守小心，注定难成大业！"

吵嚷声不绝于耳，凌祈宴懒洋洋地歪在椅子里，听得漫不经心，总算知道这些人都在争论什么了。

一方说应该先去攻打邻近的丰日城，待准备充足了再向巴林顿都城进发。

一方坚持应当趁着形势大好，直下巴林顿都城，速战速决。

好似谁都有道理，各执己见，却说服不了对方。

凌祈宴觉得没意思，歪了歪脑袋，望向立在书案后的温瀛，他正凝神在看案上的地形图，像是并不在意下头的人说什么。

凌祈宴又将视线转回一直在争执的那几人，都是参将和游击，盯着他们看了片刻，再移开眼。

眼见着双方火药味越来越浓，副总兵张钺终于出言打断了那些人的争执，问温瀛："王爷何意？"

帐中倏然静了一瞬。

温瀛抬眸，无甚波澜的目光缓缓扫过众人，淡淡地道："传令下去，明日起全军拔营往西行进，先下丰日城。"

"王爷您三思啊，那丰日城守兵虽少，但依山而建，易守难攻……"

有人心有不服，仍试图游说他改变主意，温瀛冷冷地将之打断："我意已决，你等不必多言，都下去做准备吧。"

如今他在军中不说一言九鼎，却也威信十足，已没几个人敢过多辩驳他的话，见他当真已拿定主意，那些原先不赞成的将领也只能领命。

待帐中没了别的人，凌祈宴起身过去，笑瞅着温瀛："看出来是谁不对劲了？"

"嗯。"温瀛点头。

"你打算将计就计吗？"

温瀛却问他："你觉着以太子的个性，他会如何对付我？"

凌祈宴嗤了一声道："那狗东西肯定恨不得你死，死在战场上最好。"

他说着眉头一跳："他不会为了对付你通敌吧？"

"为何不会？"温瀛淡定地反问。

凌祈宴无言以对。当朝皇太子通敌叛国，这说出去委实可笑，可凌祈寓那狗东西就是个阴险下作的小人，只要温瀛能死在外头，不再对他的储君之位构成威胁，哪怕拉下无数将士陪葬，他也未必会放在心上。

温瀛修长的手指点着地形图，让凌祈宴看："由这莫洛草原前往丰日城，只有两条路，其一是经过城东南面的一处峡谷，若是丰日城守军在此设伏，我军由此经过，必受重创，稍有经验的主帅，必不会选这条路。"

凌祈宴皱眉："那另一条呢？"

"另一条路从正东进，要翻越丰日山，这山不高也不陡，大军要过去并不困难，但是有一个问题。这山上草木多，春日风大，放火容易烧山，只要把握住我军上山的确切时间，放一把火，定能叫我军方寸大乱，若军中真有人通敌，这一点不难办到。"

"那你还去？走哪条路你都是死路一条，将通敌之人捉出来不就行了？"

"不行，"温瀛的目光冷了下来，"提前将人捉出来，哪怕牵扯出背后的皇太子，事情未发生就未必能将他一击击垮，只有让泄露军机这事成为事实，叫陛下震怒，陛下才有借口也舍得对背后之人下狠手。"

凌祈宴闻言好笑道："你挺了解你父皇的嘛，可若对方真放了火，你这将计就计岂不是死伤惨重？"

"不会。"

"为何不会？"

温瀛淡淡道："我已叫人看过天象，五日后这一带会有大雨，我军趁着快要下雨时翻山，火烧起来也不怕。若我没猜错，他们想趁这回将我军一网打尽，除了丰日城中那两万人，应该还有别的兵马过来支援。昨日夜里我已收到混进巴林顿都城的探子送来的消息，那边的兵马似有异动，巴林顿人或许会从都城抽调一部分兵力过来。"

凌祈宴了然道："难怪你坚持要将计就计了，如此一来，既可以引出丰日城守军，又能借机分化他们都城的兵力……可这样岂不当真有一场硬仗要打？我们打得赢吗？"

"为何打不赢？"温瀛转眼看向他。

"你不要太自大了。"

"不会，我们也有援军。"

凌祈宴没听明白："哪里来的援军？"

温瀛移开眼，漠然地丢出三个字："刺列部。"

咦？

入夜，温瀛与人商议进攻丰日城的作战部署，凌祈宴懒得听，去马厩那边看他的小妖精。

小妖精最近到了发情期，和温瀛的那匹黑风打得火热，凌祈宴却十分嫌弃，叫人将它俩分开，不许关一块，免得给他生个黑不黑、金不金的丑崽子出来。

因为这个，小妖精这几日十分暴躁，见到凌祈宴也爱理不理的。

凌祈宴拿了刷子亲手帮它顺马鬃，顺嘴教育它："你爹我是为你好，你这个傻闺女，那种黑不溜秋的丑东西有啥好的？你且忍一忍，我定叫人给你物色一个长得跟你一样漂亮的俏郎君来，配得上你的。"

小妖精扭过身去，还是不理他。

凌祈宴继续逗它："脾气还不小啊你？总之呢，这婚姻之事，你就别想自作主张了，嫁给那个丑东西，你爹我不答应。"

温清带着他的小队在值夜巡逻，路过马厩这边，见到凌祈宴在这里，过来跟他打招呼，正听到这一句，扑哧一声笑了出来。

"哥，你这就不对了，这种事情强扭的瓜不甜，既然小妖精和黑风两情相悦，你又何必棒打鸳鸯呢？"

凌祈宴道："你个臭小子，毛都没长齐，懂什么叫两情相悦？别学个文绉绉的词就到处乱用。"

"我当然知道。"温清拍了拍胸脯，"我十七了，怎么叫毛没长齐？等以后我衣锦还乡，要娶村里最美的小娘子，也要与人两情相悦。"

凌祈宴打断他的话："你就这点出息？王爷特地将你带出来，是想要你日后做大将军，做了大将军娶上京的名门贵女不好，娶什么村姑？"

不等温清再说，凌祈宴已甩甩袖子走人。

翌日，全军拔营。

行军三日，至丰日山脚下，温瀛下令安营扎寨，休整一日再翻山继续往丰日城行进。

营帐中，凌祈宴正仔细地擦拭他那把佩剑，想着明日上了山定要大杀四方，满脸掩不住的跃跃欲试神色，甚至有些迫不及待。

温瀛进来时，他已将剑擦了数遍，听到脚步声，抬头问温瀛："定了明日几时启程？"

"辰时过后。"温瀛的目光落到他手中那柄锋利的剑刃上，顿了顿。

凌祈宴高兴地道："那好，今夜早些睡，明日早点起来，养足精神。"

温瀛走上前，凌祈宴顺势抽出他腰间的佩剑："我帮你也擦擦。"

温瀛没有拒绝，不出声地看着他。凌祈宴手里握着剑细细擦拭，神色专注且小心翼翼。

他难得有这样细致耐心的时候。

温瀛看着这样的凌祈宴，不由得想起当年。

那时的凌祈宴还是高高在上的毓王殿下，却愿意纡尊降贵地陪他去买考试要用的琐碎物什、提前帮他打点贡院的官吏、在他考试结束时等在贡院门口。

从一开始，这人就对他很好，所以哪怕身份被占去二十年，他也不会去计较。

将温瀛的剑擦拭得光可鉴人后，凌祈宴顺手舞了两下，十分满意，将其递到温瀛面前，抬了抬下巴："拿去。"

温瀛接过，插剑入鞘，再搁到一旁的剑架上。

凌祈宴顺嘴问他："你打听到这山上到底埋了多少兵马吗？"

温瀛点头："巴林顿都城那边调了三万兵马过来，另有这附近的两个大部落增兵共三万，加上原本的丰日城守兵，合计八万人。"

凌祈宴诧异道："那岂不是比我们的人还多？"

"嗯，确实多一些。"

巴林顿朝廷这一系列的调兵之举做得十分隐蔽，他派出去的探子也是好不容易才打听到消息，若非他们早发现军中有人通敌，真毫无准备地硬着头皮去翻山，只怕当真要伤亡惨重，甚至全军覆没。

凌祈寓为了拉下他，用尽心思，不但要他死，更要他手下兵马大败，好叫他背负骂名，遗臭万年。

凌祈宴不由得有些担忧："那这能行吗？刺列部的援军什么时候会过来？"

"不必着急，"温瀛不以为意道，"刺列部汗王亲自带兵过来，已在路上了，不能叫这些巴林顿人发现他们，绕道过来耽搁了些时候，但也差不多了，出不了岔子。"

凌祈宴松了口气："那你怎还一脸严肃？谁又惹你不高兴了？"

"没有，"温瀛望向他，欲言又止，斟酌着话语道，"明日上山必有一场硬仗要打，辎重营依旧留在这里。"

凌祈宴随口接话："你不都安排好了吗？"

"你也留下来。"

凌祈宴一愣，似没听懂："留下来是什么意思？"

"你留下来，看守辎重。"

完全没想到温瀛会做出这样的安排，凌祈宴皱眉，当下拒绝："我不，我跟你一起去。你又不是手下没人了，要我留在这里做什么，我不要。"

他剑都擦了那么多遍，这人竟然说要他留下来看守辎重？什么道理？！

温瀛坚持道："有危险，你别去，留下来。"

"你不是说肯定能赢的吗？有何危险？我要去。"

"以防万一，你留下来的好。"

凌祈宴嘴角的笑敛去："有危险又如何？你去不是一样有危险？你能去我为何不能去？你就是看不起我。"

"没有看不起你，"温瀛的语气十分强硬，"你留下来吧。"

"若我偏要去呢？"

"不行。"

无论凌祈宴怎么说，温瀛就是不肯答应带上他一块去。

凌祈宴冷了脸："你管不了我。"

丢下这句话，凌祈宴拂袖而去。

温瀛叫了几个亲卫去跟着。

凌祈宴气呼呼地出门，骑着他的小妖精去外面跑了一圈，发泄满腔上不去下不来的怒气。

他追着夕阳跑了许久，后头累到了，才在一处水岸边坐下，无聊地开始往水里扔石头。

来来回回地将温瀛骂了个遍，凌祈宴越想越不得劲。他有这么弱吗？凭什么不让他跟着？温瀛分明就是看不起他。

他闭起眼睛愣神半晌，又陡然睁开。

凌祈宴轻蹙眉，总觉得不对。

这一路过来，他没少跟温瀛上过战场。

明日一仗虽比之前几回要棘手些，可温瀛的态度为何会突然变得这般坚决？

凌祈宴越想越觉得古怪，心思转了几转，隐约想到什么，起身翻上马回了军营。

走进帐中，温瀛正在伏案写呈报给皇帝的奏报，凌祈宴轻手轻脚地走去他身侧，拉了拉他的袖子："说说。"

温瀛搁下笔，抬眼看向他。

"你是不是有事瞒着我？"

"为何这么说？"

"你说你到底有没有事瞒着我？"

凌祈宴绷着脸，紧盯着温瀛的双眼，试图从他的神色中看出些端倪。

奈何这人始终是那副淡漠的棺材脸："没有。"

凌祈宴抬手拍他的肩膀："我不信，你给我说实话。"

温瀛不动声色道："不信你还问我做什么？"

凌祈宴顿时又被气到了："你不想我去总得有个理由吧？就因为危险？还是你觉着我会给你添乱？"

"都有。"

凌祈宴忍耐着怒气："那之前偷袭军堡那回，你还带我去了呢。"

温瀛淡淡道："明日一仗，我虽有把握，但变数确实比之前都大，我不想带你去冒险。"

"就这？"

"就这。"

凌祈宴怒道："你就是看不起我，你手下的兵可以上战场，温清可以上战场，偏我不可以，你把我当什么了？"

"没有看不起你，你想多了。"温瀛试图安抚他。

"那你让我一起去。"

"不行。"

在这一点上，温瀛坚决不肯退让。

凌祈宴越发气闷。

他还是觉着温瀛有什么事瞒着他，可温瀛这驴脾气，对方打定主意不说的事，只怕自己用铁棍来撬也撬不开这人的嘴。

气人。

转日早上，临到大军将要启行时，凌祈宴犹不死心，狗腿地亲手伺候温瀛穿铠甲，讨好地道："好殿下，你就行行好，带我一起去呗？"

温瀛睨他一眼，没理他。

凌祈宴憋着气，再接再厉："我保证不给你添麻烦，就跟在你身边，你去哪儿我就去哪儿，绝不逞威风，该跑时麻溜地跑，这样也不行吗？"

"不行，我没空照看你。"温瀛沉声扔出这句话，完全没得商量。

"我有手有脚，不需要你照看。"

"那也不行。"

"真的一点都不能通融吗？"

"不能。"

凌祈宴伸手一推，将还未系好的腰带扔在他身上，气呼呼地坐回榻上。

有什么了不起，他自己又不是没长腿，一会儿大军出发，他就偷偷在后面跟着。他还不信了，真上了山，温瀛还能将他赶回来不成？

这人不让他去，他偏要去。

凌祈宴暗暗打定主意，没注意到温瀛何时已走到他面前来："你在想什么？"

仿佛被抓了现行，凌祈宴有些心虚，眨了眨眼睫，装傻道："没有啊。"

"你有。"温瀛一眼看穿他。

凌祈宴这人心里藏不住事，有什么都摆在脸上。

"没有。"凌祈宴不服气。他偏不说，凭甚这个混账总是敷衍他，他就不能学一回？

温瀛没再问，沉默片刻，捉起凌祈宴的一只手，不待凌祈宴反应，忽地从身后抽出根铁链来，动作极快地捆住凌祈宴的手腕，绑到木榻的一脚上。

凌祈宴回神，下意识地想抽出手，却被铁链牢牢锁住，完全挣脱不开。他猛地抬眼，怒瞪向温瀛："你做什么？"

温瀛淡淡道："别想那些有的没的，就留在这里等着。"

凌祈宴气急败坏道："你肯定有事瞒着我！你不告诉我，我跟你拼了！"

温瀛只当没听到："一个时辰后自会有人帮你解开这个，别试图自己解，小心蹭到皮肉。"

凌祈宴伸脚踹他："那你告诉我，你到底瞒了我什么？"

温瀛仍不肯解释，但缓和了声音道："我跟你保证，不会有事。"

说完他拿了剑，转身走到帐外，沉声吩咐守在外头的江林："好生伺候着，他发脾气就让他发，但不许让他偷跑出去。"

江林讷讷应下，进了帐里。

帐中有凌祈宴断续的骂声传出，温瀛翻身上马，下令出发。

营帐中。

江林抖着双手，握住凌祈宴的剑，哭丧着脸望向他："郎……郎君，奴婢不敢砍，怕砍伤您的手……"

凌祈宴皱眉喝道："少说废话，动作快些，别磨磨叽叽的！"

江林缩了缩脖子，勉强止住哭腔。

"快！"

江林深吸一口气，犹犹豫豫地一剑挥下。

一声刺耳声响后，那不知掺了什么特殊材质的铁链竟纹丝不动。

凌祈宴的面色越发难看，偏不信邪："再来。"

"郎君……"

"你不会就滚下去，换个会的人来。"

江林不敢再说，又一次双手举起剑。

第二下、第三下……

除了一声比一声更刺耳尖锐的声响，江林尽是在做无用功。

最后凌祈宴泄了气，倒回榻里，给江林扔出一个"滚"字。

江林赶紧将他的剑搁下，又去给他上了茶水点心，低声劝了他两句，才退去。

凌祈宴闭起眼，再不理人。

一个时辰后，温瀛留给他的亲卫进门来，帮他解开了手上的铁链。

"殿下说，请您安心待在这里，他很快就会回来。"

对方的态度十分恭顺，凌祈宴却怎么看怎么不顺眼，漠然地丢出三个字："你也滚。"

待人退下，他才没好气地揉着自己的手腕，虽隔着一层衣料，但手腕上依旧留下了一道明

257

显的红印子。

他嘴里嘟嘟囔囔地骂咧几句，偷偷跟出去的心思却是彻底歇了。

都这个时辰了，他还能跟去哪儿？外头那些人想必得了温瀛的命令，也必不会让他离开军营。

罢了。

近晌午时，大军终于行进至丰日山腹地，再翻越两座山头就能望到丰日城，温瀛下令原地休整片刻，用过干粮再动身。

张戗纵马过来，小声向他禀报，说是一路进山，总觉得这山里有些说不出的诡异，怕会发生什么事。

这人是作战经验丰富的老将，灵敏过人，本能地察觉到了不对劲。温瀛未予置评，只下令加强警戒，派出斥候兵再去前方探路。

军中有人通敌往外传递消息之事，他并未与这些部下说。

"这天也灰蒙蒙的，看着像是要下大雨，也不知能不能赶在雨落下来之前出山。"

张戗随口感叹，有些不理解。昨日天气倒是晴好，温瀛非要再休整一日，拖到今日翻山，结果刚走了一个时辰天色就阴了，一会儿大雨当真落下来，于他们行军总归是麻烦事。

温瀛淡淡道："休整两刻钟就走。"

午时二刻，在原地歇息了小半个时辰后，温瀛下令再次出发。

大军刚要动身，后方部队里忽然传来一阵骚动，隔得太远，一时看不清那头发生了何事，听得禀报，温瀛当下命人去查看。

不消半刻，被派去的人匆匆回报，惊慌地喊道："是火，后面的山林子里起火了！"

张戗双目圆瞪："怎会起火？还有多少人在那山林子里？让他们赶紧撤出来！"

话音刚落下，前锋那头也派了人匆匆忙忙来报："前头……前头也起火了，把路都堵死了！"

"怎么回事？！"

那几人说不出个所以然来，张戗来不及多问，迅速翻身上马亲自去前边查看。

温瀛抬头，黑压压的云又往前挪了些，遮天蔽日，最后一丝日光即将被彻底挡住。

凌祈宴走出营帐，望向黑如暗夜的天穹。江林已将灯点起，小声提醒他："郎君，马上就要下雨了，您进去里头吧，别淋着了。"

"嗯。"

凌祈宴嘴里应着，却没有动，眼睛一眨不眨地盯着前方。

须臾，轰隆一声惊雷响彻天际，刺目的闪电转瞬间划破黑云，顷刻间，暴雨磅礴而至。

身边的下人帮他撑起伞，凌祈宴依旧一动不动地站在伞下，目光落向前方山峦重重之处，嘴唇动了动，小声问："你们听到什么声音了吗？"

江林几人面面相觑，除了雷鸣闪电和落雨声，哪还能听到其他的声音？

半晌，凌祈宴闭上眼，转身回了营帐里。

他觉得他有些魔怔了，分明不可能听到，但耳边一直嗡嗡作响，全是战场上的刀剑相接声。

江林重新给他上了刚泡的热茶，凌祈宴没动，愣愣地盯着灯台上的那一点火光，莫名地心神不宁。

山中战场。

温瀛骑在他的黑风之上，暴雨已将他身上的铠甲彻底淋湿。他举着剑，带着浑身的肃杀之气，冲入敌军阵营中。

雨水混着血水不断冲刷着眼帘，一个又一个巴林顿人在他面前倒下，温瀛手中的剑仿若已成为他身体的一部分，浸染鲜血，凌厉森寒逼人，一如他本人，真正是煞神降世。

凌祈宴从睡梦中惊醒，抬手一抹额头，一手都是冷汗。

营帐中一片漆黑，叫他恍惚间不知今夕是何年，好半晌才稍稍缓过劲，艰难地咽了咽口水，确定自己只是做了个噩梦。

江林听到动静，重新帮他将烛火点起，问他要不要喝水。

凌祈宴撑起身体，喝了半杯开水，彻底缓过来，问："什么时辰了？"

"已经快过申时了。"

竟都这个时辰了吗？

先头用过午膳，他百无聊赖地倚在榻上独自下棋，一直心神不属，后头不知何时就睡着了，且还做了场噩梦。

梦里温瀛在马上被人一箭洞穿胸口，轰然倒下，又被无数人践踏而过，身体在雨水中逐渐变得冰冷，再无一丝生气。

明知道只是梦而已，但那些画面过于真实，那种看到温瀛的尸身时的窒息感更清晰无比，凌祈宴惊惧心慌不已。

"来人！"

吩咐人去打探消息后再没了睡意，他站起身，在营帐中不停地踱步。

又过了两刻钟，外头终于云消雨歇，却已近黄昏。

凌祈宴不想再等，出了营帐，叫人去拉来自己的马。

温瀛留下的几个亲卫试图阻拦他，凌祈宴直接抽剑指向为首的那个亲卫，冷冷道："王爷留你们下来不是叫你们跟看犯人一样看着我，这会儿山里的仗也差不多打完了，我要去找王爷，要么你们跟着我一起去，要么就滚开别挡道！"

那几人犹豫再三，低下了头，跟着凌祈宴翻身上马，疾驰出营。

进山走了半个时辰，在天色彻底暗下来之前，他们碰到了第一支回来报信的兵马。

"晌午时，我军在山中歇息用干粮，遇到伏击，巴林顿人放火烧山，趁着我军方寸大乱时出兵偷袭，意图将我军一网打尽。两方交手，幸得老天眷顾，暴雨突至，山火没有烧开就已被浇灭，王爷和众将军很快整顿了阵形迎击，战事陷入胶着状态，再后来，漠北刺列部的援军出现，

259

我军开始反扑，最后大获全胜。"

凌祈宴嘴角的笑尚未扬起，就听人又道："王爷冲入故军阵中，被冷箭射中，后被郑守备救回，伤情不明，现下在山中营地里，军医正在为王爷诊治。"

凌祈宴握紧拳问："射中了哪里？"

"胸……胸口。"

那兵丁说完，没听到他再问，只闻得一阵急促的马蹄声响，抬头望去，凌祈宴已纵马疾驰而去，身影转瞬消失在山道上。

再往前疾行了半个时辰，他们终于在伸手不见五指的山坳里碰上了停营在此的大部队。

凌祈宴被人带进主帅帐中，一眼看到了面无血色地闭着眼躺在床榻上的温瀛。

他赤裸的胸膛上缠了厚厚一圈白布，确实受伤了，且伤得不轻。

好半晌，凌祈宴才慢吞吞地走过去，在床榻边站定，怔怔地看着温瀛。

郑沐、温清他们也在帐中，郑沐小声向凌祈宴禀报先战场上发生的事情："当时一片混乱，那支箭不知是从何方射来的，王爷猝不及防之下中了招，幸好箭射偏了两寸，没叫王爷当场殒命。这一战我军虽损兵折将不少，但敌军更是伤亡惨重，张副总已带了一半兵马去追击逃军并攻占丰日城。"

凌祈宴一个字都没听进去，只愣愣地盯着榻上仿佛毫无知觉的温瀛，不知在想些什么。

余的人都没再多说，退了下去。

不知过了多久，温瀛睁开眼，明亮的双眼望向凌祈宴。

凌祈宴艰难地张了张嘴："你……你还好吗？"

"嗯。"

温瀛的声音有些哑，但听着并无凌祈宴想象中那般虚弱。

凌祈宴缓慢地眨了眨眼，盯着温瀛此刻的神色打量，终于察觉出不对劲："你还能动吗？伤得不厉害？"

"还好。"

凌祈宴狐疑地问："还好？"

"真的还好。"温瀛一圈一圈地解下缠在身上的绷带，将伤口展示给他看。

凌祈宴的目光落下去，然后愕然愣住。

温瀛的胸口处并不像他之前以为的血肉模糊，只有一道很浅的口子，分明没伤到要害。

"你装的？！"凌祈宴冲口而出，瞬间想明白了事情的前因后果，"你这个混账、骗子！"

凌祈宴怒视他："现在能说实话了吗？"

温瀛点头："你想知道什么，我都说。"

"你这伤是故意的？"

"嗯。"

"为了演苦肉计给你父皇看？"

"嗯。"

"你早就想到这一出，所以死活不带我去，怕我没法配合你唱好这出戏？郑沐、温清他们都知道是不是？你告诉他们却不告诉我？"

温瀛没再接腔，默认了他的话。

凌祈宴想打人："你气死我了！"

温瀛沉声道："抱歉。"

他将一枚十分小巧的护心铁取出，递给凌祈宴："与锁你的那条铁链是一个材质的，箭穿不透，当时那支箭射过来时，我其实看到了，但没有躲，箭头撞在护心铁上，歪了角度，只在边缘处擦出了皮肉伤。"

他说得轻描淡写，凌祈宴却听得心惊肉跳。

这个混账未免太大胆了，万一出了什么岔子，他说不得真要当场送了性命。

凌祈宴又质问他："那方才呢？你躺在这里装伤重不能起？那个郑沐明知道是假的，还故意那么说，你就是戏耍我是不是？"

"不是，"温瀛认真解释，"方才这里人太多，只有郑沐和温清知道这事的真相，并非有意戏耍你。"

凌祈宴瞬间语塞。

温瀛又开口道："别生气了，这出戏还得你配合着才能继续唱下去，后面才是重头戏。"

凌祈宴没理他。

261

翌日，副总兵张戗率兵击溃巴林顿逃军，成功攻占丰日城的消息传回。

因旒王重伤不起，大部队依旧停营在山坳中。

军中将士每日里看着主帅帐中众军医进进出出，且各个面色凝重、愁眉不展，无不忐忑难安。

出来打巴林顿，是旒王违背朝廷意思一意孤行之举，盖因陛下睁一只眼闭一只眼才能成事，如今胜利在望，旒王殿下突然受重伤，继续打还是不打，他们谁都不敢拿主意。

若是王爷有个三长两短，战事半途而废，等待他们的将不会是褒奖，而是朝廷的问责和陛下的怒火。

这必然是大多数人不想看到的结果。

凌祈宴走出营帐，姜戎正在外头等候求见。

"殿下伤重未醒，你还是回去吧。"

姜戎似不信："果真吗？"

凌祈宴面不改色地点头："嗯，殿下怕是短时间内都难醒来，你不必在这里等着了。"

既然凌祈宴坚持这么说，姜戎便很识趣地没有拆穿，只道："如今丰日城已下，巴林顿朝廷大乱，打他们的都城想必不费吹灰之力，并不需要我刺列部再增援，明日我便率兵回去了。烦劳温先生帮我向殿下谢恩，多谢殿下给了我刺列部立功表现的机会，刺列部人感激不尽。"

凌祈宴随口道："不必，这回若没有刺列部的援军及时出现，战事会变成如何还不好说，我大成军即便赢了，只怕也赢得不容易，刺列部在这场战役中当居头功。待殿下醒了，定会帮你们向陛下和朝廷讨赏。"

姜戎再次谢恩。

凌祈宴未与他多说，转身回了帐中。

传闻中伤重昏迷不醒的温瀛此刻正倚在榻上看刚刚送来的奏报。

凌祈宴走过去坐下，与他一块看他手中的军报。

这一战之后，巴林顿八万兵马死伤四成，半数被俘，元气大伤。

丰日城被占，巴林顿朝廷彻底慌了神，他们的汗王已然有了弃城西逃的迹象。

凌祈宴顺嘴问："几时去攻打他们的都城？"

"将这边的事情解决了就去。"

听温瀛说得笃定，心知他已将事情都安排好，凌祈宴笑嘻嘻地问："穷秀才，那我们什么时候能回京啊？"

温瀛侧目看他一眼，淡淡地问："这么想回京？之前不是还嫌京里闷？"

"闷是闷了点，但是凌祈寓那个狗东西即将倒大霉，这么大的乐子，我可不能错过了。"

温瀛回道："应该快了，待将巴林顿都城拿下，差不多就能回去了。"

离开上京来这西北已有一整年的时间，从一开始他就没打算在这里长待。

入夜，漆黑山道上一阵马蹄疾响，周遭山林里突然冒出数十火把，被围在当中的人面色一片灰白，转瞬已被拿下。

参将钱勇被带至凌祈宴跟前，凌祈宴正坐在八仙椅中喝茶，手里还握着先前温瀛用来捆他的那根铁链，慢悠悠地晃荡着。

那日据理力争，游说温瀛来攻打这丰日城的部下就有这钱勇。

他不是带头的那个，甚至当时众人吵起来后，他连话都没多说，只在几次关键时候恰到好处地煽风点火。

看到被押在一旁的自己的亲兵，钱勇沉下脸，冷声质问凌祈宴："温先生突然扣下我的兵，又将我叫来，到底是何意？"

凌祈宴放下茶盏，嗤道："不该是我问你吗？你鬼鬼祟祟地派这人出去，是想将王爷伤重的消息传递给谁？"

钱勇眉头一皱："本将不知道温先生在说什么，你说的事情本将没做过。"

"你不承认也无妨，"凌祈宴无所谓地道，"会叫你承认的。"

钱勇的面色陡然变了。

凌祈宴拍了拍手，当即有几人上前将钱勇按跪到地上，那根铁链转瞬套上了他的脖子。

钱勇剧烈挣扎，目眦欲裂，愤怒地道："本将是朝廷命官，正三品的武将，黄口小儿敢尔！"

他被人扯着铁链吊起脑袋，十足难受，但又勒不死他。

凌祈宴掏了掏耳朵："哦。"

他偏就敢。

凌祈宴抽出剑，剑刃拍上钱勇的脸，幽幽道："我有何不敢的？我的话就是旒王殿下的话，你这个吃里爬外的东西，我替王爷教训你，你敢不服？"

"你是个什么东西？！"

钱勇啐他，凌祈宴嫌弃地避开，冷声吩咐人："去装马尿来，先给这位钱将军醒醒脑。"

他从前虽不屑去做这种事，但对那些世家高门里教训人的各种法子都清楚得很，不介意一样一样地在这人身上试一遍。

亥时末，凌祈宴伸着懒腰回到主帅帐中，将钱勇画了押的供词递给温瀛看。

温瀛接过，一目十行地浏览完钱勇的供词。

不出所料，这人是受了那方仕想的蛊惑，与之传递消息，但他事先并不知道巴林顿人在丰日山设伏放火烧山之事，也并未想到他传递出去的消息最后会落到巴林顿人手中。他没想也不敢通敌叛国。

但大错已然铸成，他悔之晚矣。

见温瀛神色冷峻，凌祈宴问道："他说方仕想没与他明着提背后是谁，是他自己猜到的，才生了心思。接下来你打算怎么做？"

温瀛将那张供词按下，沉下声音道："将方仕想也拿下，与钱勇一并押解进京，交与陛下处置。"

凌祈宴笑了笑："哦，那你得小心了，狗东西定会想尽办法半道上杀人灭口。"

温瀛不以为意道："如此正好，就怕他不动。"

凌祈宴狗腿地凑过去帮他捶肩膀："好殿下，商量件事情呗？"

温瀛轻闭起眼，闭目养神："说。"

"下次去攻打巴林顿的都城，带上我一起吧。"

"好。"

次日清早，凌祈宴刚到主营帐里不久，就听到帐外隐约的吵闹声，叫人进来问："外头在闹什么？殿下还伤着，什么人在外吵闹？"

"是几位将军，说……说要找您讨个说法，为何突然将钱将军拿下，还像对待犯人一样将人押在囚车里？"

凌祈宴闻言轻哂："他们还说了什么？"

那禀事的太监咽了咽口水，硬着头皮道："还……还说您趁着殿下伤重昏迷时，冒殿下之名排除异己，其心可诛。"

"是吗？"凌祈宴似笑非笑地睨向温瀛："旒王殿下倒是说句话呗。"

温瀛正用早膳，神色淡定如常："你自己惹出来的事，自己解决。"

凌祈宴抱怨道："什么叫我惹出来的事，我是为了谁啊？"

温瀛并不领情："我没让你将人关在囚车里示众一整夜，你这纯属没事找事。"

凌祈宴踢他一脚，起身出去，刚要掀开帐帘子，又被温瀛叫住。

温瀛一抬手，有什么东西从他手里扔过来，凌祈宴顺手接住。

是镇西北总兵令牌。

凌祈宴有一点意外："你给我这个啊？"

"拿着吧。"温瀛淡淡道。

凌祈宴掂了掂手里的令牌，扬起嘴角："谢了。"

他走出营帐，就见外头已经聚了七八个人，都是军中老将。

这些人执意要将那钱勇放出来，正在吵闹，但那囚车前守着的都是温瀛的亲卫，岂能如他们所愿？有人连剑都抽出来了亦无用。

至于那个钱勇，被凌祈宴叫人折腾了一夜，这会儿披头散发地蜷缩在囚车里，一动不动，一句话不说。

见到凌祈宴出来，立刻有人怒目而视："钱将军与我等同在军中数年，无功劳亦有苦劳，不知今日究竟犯了何事？要受这般折辱！"

凌祈宴"哦"了一声："你们在这里围了半晌，他犯了何事，他自个儿没跟你们说？他通敌叛国，出卖军机，我不过叫人将他押在囚车里叫大伙都好好瞧瞧，怎么就委屈他了？"

"通敌叛国"四个字一出，众人哗然，有人为之辩解道："这不可能！钱将军向来坦荡，绝不可能做这等事情！"

"他自己都画押招认了还有什么不可能的？"凌祈宴晒笑，"我还能冤枉他不成？不仅他，副总兵方仕想亦参与了，否则你们以为巴林顿人是如何知道我军会来攻打这丰日城，得以提前调动兵马过来设伏的？又是如何算准我军确切的翻山时间，放火烧山的？"

那日的事情确实太过凑巧，他们私下不是没嘀咕过，但凌祈宴这般做派，实在难以叫人信服。

"方副总和钱参将都不是这等人，谁知道是不是你屈打成招？事情要如何处置当等王爷醒来查个清楚再做定夺，轮不到你一个军师在此越俎代庖。"

凌祈宴晃了晃手中的腰牌："看清楚了没？这是王爷那日进山前给我的，他让我留守辎重营，若发生什么意外之事，代行总兵之职。"

"怎么可能？这不合规矩！"有人脱口而出。

凌祈宴目视说话之人，冷声提醒："在这军中，王爷的话就是规矩，由不得尔等质疑。"

那人不服地争辩："谁知是不是你趁着王爷昏迷不醒，偷了王爷的令牌？你——"

那人说着，激动之下上前一步就想对凌祈宴动手，话未说完，凌祈宴身后的亲卫已齐刷刷地抽剑出鞘将之护住，数柄剑同时架上了那人的脖子。

凌祈宴沉声下令："拿下，以钱勇同党论，押送回京。"

对方涨红了脸，已被人按跪在地，破口大骂。

凌祈宴冷冷地瞅着他，这人是否真是钱勇同党不重要，宁可错杀绝不放过，反正送去京中，自有皇帝决断。

终于有人觉察出不对，警惕地问凌祈宴："温先生如此大动干戈，究竟是何意？"

这位所谓的军师这般大胆蛮横，而这些旒王亲卫竟也听他的。

有心思敏锐的人，心下已打起鼓，若这些事情果真不是这人自作主张，那便是……

可旒王殿下想要对付的人，又岂会是方仕想、钱勇他们？

凌祈宴没给他们工夫多加揣测，漫不经心道："识时务者为俊杰，我劝各位将军还是少沾惹这事为妙，别因为顾念所谓的同袍之谊，断送了身家性命。"

还有人想辩驳，被另一人拦住，那也是位参将，在这些人中年岁最高、威望最大。他试探着问凌祈宴："王爷他……现下如何了？"

凌祈宴笑了笑："诸位不必担心，只要诸位不生事端，王爷自然会好。王爷好了，你们日后才能更好。"

听明白了他这话里的意思，默然片刻后，那人低头改了态度："温先生说得是，是我等莽撞了，我等也盼着王爷能尽快好起来。"

"那便散了吧，这通敌之事不是闹着玩的，若无证据，我岂会轻易冤枉谁？我既奉王爷之命代管了这总兵令牌，自然不会辜负王爷的信任，也望诸位不要辜负了王爷的一片苦心。"

打发了人，凌祈宴回到帐中，将令牌扔回给温瀛，没好气道："你的这些部下没一个好管教的，以后别让我做这事了，我没兴致再配合你唱大戏。"

温瀛只当没听到。

四月中，由副总兵张戗领兵，大成镇西北大军六万兵马开进巴林顿都城。

鏖战三日后，城中有贵族放弃抵挡，私开城门，出城献降。

巴林顿汗王弃城出逃，被追兵一路追击六百里，斩首于西域极寒之地的雪山下。

腥臭的血浇上脸，凌祈宴用力一抹，呸呸两声，嫌弃万分。

他拎起那巴林顿汗王脏兮兮的辫子，拖着那颗血肉模糊的脑袋纵马回驰，身后的巴林顿残兵再无抵挡之力，溃如山倒。

胜利的号角声响彻云霄。

大军再回到丰日城，已是十日之后。

旒王殿下"重伤未愈"，这段时日一直在丰日城中休养。

凌祈宴兴冲冲地进门，温瀛正在写要呈报给皇帝的奏疏，听到脚步声抬头看他一眼，又收回视线。

凌祈宴得意扬扬地在他面前晃悠："穷秀才，我亲手砍了那个汗王的脑袋你知道吗？我可厉害了。"

"嗯，你很厉害。"温瀛头也不抬，继续写他的奏疏。

这一仗虽是张戗领兵，但凌祈宴拿了他温瀛总兵令牌与之同去，后又亲率兵马追击出逃的巴林顿汗王，斩下汗王的首级，立下头功，当日消息就已传回丰日城。

凌祈宴抱臂，见他反应平淡，不高兴地说道："你怎么这样啊？你是不是嫉妒我抢了你的头功？"

"不嫉妒。"温瀛满口敷衍。

凌祈宴见状越发不满："那你看着我说话。"

温瀛无奈地抬眼，将他尚未完全写完的奏疏递给凌祈宴看。

看清楚那上头的内容，凌祈宴顿时汗颜。

温瀛非但不嫉妒他，且在奏疏中天花乱坠地吹嘘他的功绩，帮他向皇帝讨赏，生怕皇帝老儿将他给忘了。

看罢凌祈宴眨了眨眼，犹豫地问："你在你父皇面前提我的名字，他看着不糟心吗？"

"随便他，"温瀛淡淡地道，"但你的功劳不能抹杀，该有的赏赐必须得有。"

凌祈宴闻言更是纠结："什么赏赐？给钱我就要，做官就算了。"

"向他讨个爵位。"

"真的？"

"嗯。"

温瀛没再多言，将奏疏拿回去继续写完。

凌祈宴愣了愣，好似忽然明白过来，为何温瀛这回这么痛快地答应他跟着去攻打巴林顿都城。

这人是特地给他立功表现的机会。

这么想着，他顺嘴就问了出来："你就是为着这个，才肯让我跟着张钺他们一起去的？"

"是你自己有本事，"温瀛写着奏疏，毫不吝啬地夸他，"若你杀的人不是巴林顿汗王，我也没法为你开这个口。"

他原本只是想让凌祈宴攒些好名声而已，凌祈宴的表现确实出乎他的意料，虽然他知道这小子其实是为了出风头和好玩。

没承想温瀛竟连这个都替他考虑了，凌祈宴难得觉得不好意思："反正，谢啦。"

两个人说了一会儿话，下头送信进来，温瀛看过后随意将之搁到一边，凌祈宴顺手接过去快速浏览了一遍。

信出自温瀛留在京中的亲信之手，信上说方仕想、钱勇几人已被押解到京中，供词和物证一并呈到了御前，皇帝震怒，已下令彻查他们通敌之事。

且在他们进京途中，还碰上了一次流寇袭击，负责押送兵马早有准备，留了活口，也已将人交刑部审问。

钱勇被流寇捅了一剑，命倒是没丢，人却从之前的死气沉沉、不言不语变得极端疯癫，进京之后被人一盘问，连之前没向凌祈宴说的事都给交代了。

依钱勇所言，在丰日山中，两军交战混乱之时，给温瀛放冷箭之人是他的亲兵，因为得了方仕想的暗示，是后头那位的意思，后头那位要温瀛死，他才鬼迷了心窍。

至于这后头那位是谁，其实人人都猜得到，更别提早已对东宫太子不满至极的皇帝。

凌祈宴心中恼火，早知道放冷箭的也是那钱勇，当日他就该再多给那人些教训："皇帝既然说要彻查，事涉当朝储君，想必没这么快下定论，不过狗东西的太子位置是坐到头了。"

皱眉想了片刻，他问温瀛："你说，皇帝会杀了狗东西吗？"

凌祈宴十分怀疑，连自己这个假儿子皇帝都手下留情了，疼着、宠着养了这么多年的太子，他真舍得下狠手？

可若凌祈寓这都没死成，就太便宜他了，怎么想凌祈宴都觉得遗憾。

"他想杀。"温瀛笃定道。

"你这么确定？"

温瀛镇定地解释："陛下最重脸面，他的太子罔顾数万将士的性命，通敌叛国、残害手足，这样的储君叫他颜面尽失、君威扫地，他肯定恨不得杀之而后快。以前他有多看重太子，如今就有多恼恨太子，只有将之杀了才能平息他的怒火。"

这倒是真的，凌祈宴心想，这可不是一般丢脸，生养出这样的太子，谁不会疑心是皇帝其身不正，教不好儿子才造下这样的孽？皇帝忍得了这个？

这么想着，他又不由得幸灾乐祸起来，该。

凌祈寓那狗东西只有些小聪明而已，盖因自己不喜念书，看到书本就头疼，才衬得那小子五岁就能背诗是天资聪颖，让皇帝期望过高。如今出来个真正文武双全的皇长子，可不就把那狗东西逼得现原形了？皇帝从前骂他的话如今都应验到狗东西身上了，可太该了。

温瀛又道："但不会太容易，陛下若想杀太子，皇后必会以死相逼，将事情闹得更加难看。当然，陛下很大可能不在乎她，甚至被她气得直接废后，将没教导好太子的责任都推到皇后身上，可还有太后在。"

"太后？"凌祈宴愕住。

温瀛提醒他："你别忘了，那也是她老人家的亲孙子。"

凌祈宴不信："你就不是吗？他想杀了你，外人都以为你重伤昏迷数日才醒，凭什么狗东西不该给你偿命？"

"可我没死，"温瀛微微摇头，"若我死了，他也必死无疑，可我还活着，且这一仗我军打赢了，他便有了活命的机会。太后应当会让陛下留他一条性命，或许会让他去守皇陵，用下半辈子赎罪。"

凌祈宴没话说了。

他是太后养大的，自然比温瀛更了解太后。太后那是一只蚂蚁都不忍心踩死的真正心善之人，自己的亲孙子，哪怕再失望，她总还会想给他留条命的。

可就这样放过那个狗东西，委实叫人不甘心。

温瀛安慰道："不用多虑，他早死晚死，早晚得死，不用急。"

"他多活一日都是祸害，早点死了干净。"

凌祈宴撇了撇嘴，懒得再说这事。

下午，京中一道圣旨突然到了这丰日城，是皇帝召温瀛启程归京。

皇帝在圣旨上没多说，只让他身体养得差不多能动身了，便尽快回去，同来的还有两位太医，被皇帝特地派来给温瀛诊治。

这圣旨一宣读，当时在场的众部下看温瀛的眼神都微微变了。皇帝对这位旒王殿下的关切之情溢于言表，东宫那位地位正岌岌可危，皇帝这个时候将旒王召回，为的是什么自然不言而喻。

但在人前，温瀛依旧是那副面色苍白、虚弱不多言之态，甚至未表现出半分喜色。

那二位太医被他收为己用，之后他依旧装成重伤未愈的样子，又在这边多待了几日，将这

269

巴林顿该安排的事情都安排妥当，确保不会再出岔子，这才启程，先回去西北凉城。

一行人回到凉城的王府时已是五月初。

这座凉城里的旒王府他们统共也只住了半年不到，东西却不少，都是凌祈宴的各种价值连城的宝贝。

凌祈宴没有急着叫人收拾，停在屋中的博物架前，盯着一直搁在上头的那枚夜明珠安静看了片刻。

听到身后传来脚步声，他回头冲进门的温瀛笑道："穷秀才，你说我之前怎就没想到？这枚夜明珠你一直搁我这里，其实是送我的吧？"

温瀛没理他，走去榻边坐下，用了些茶点，才问道："你方才在想什么？"

"没有啊……"他说不出口，或许是要回京了，隐约有些不安？

"别想那些有的没的，回去京中后你先去庄子上住一段时日，若我真能帮你讨到爵位，你在上京就有了立足之地。"

第五十五章

七月初，旒王仪仗抵京。

在进京之前，温瀛下令，先在城外的别庄中小住几日。

这庄子还与他们走之前一个样，打理得很好。

"你怎的一点都不急？皇帝召你回京，你不该快些去见他吗？"

凌祈宴有些迫不及待。从西北一路回京，他们都走了快两个月了，温瀛慢吞吞地半点不着急，他却急了，急着想看穷秀才赶紧做太子。

数日之前，皇帝已正式下诏，废黜东宫储君。

通敌谋害兄长还不算，在事发之后，凌祈寓竟又起了谋逆之心，勾结卫国公府意图发动宫变，结果转头就被卫国公卖了。卫国公出了东宫大门直奔兴庆宫，没有丝毫犹豫地告发了他。

沈氏得知此事直接吓晕过去，醒来之后竟没有闹，而是咬破手指头写了封请罪血书，声泪俱下地痛斥凌祈寓，再一力扛下了没有教导好太子的罪责，将皇帝撇得一干二净。

因着这个，加上太后等人求情，凌祈寓才保住一条狗命，被押在从前关押过凌祈宴的朝晖殿里等候处置。

这人如今已成秋后的蚂蚱，再蹦跶不起来了。

东宫的位置，终于腾了出来。

温瀛将窗户推开，顺口回答："我现在伤势还没痊愈，做戏要做全套。"

行吧，越到关键时刻他越得沉住气，总不能让皇帝发现他这伤是假的，更不能显得他对这储君之位过于垂涎。

凌祈宴随手折下一枝伸到面前来的俏花枝，感叹道："这回连你也猜错了，你母后非但没闹腾，还写了罪己血书，以退为进地救了狗东西一命。"

温瀛淡淡道："她毕竟稳坐中宫位置二十几年，对陛下的心思还是懂的。"

"懂自然懂，"凌祈宴要笑不笑地瞅着温瀛，"可能让她做到这个地步的，恐怕只有狗东西那个儿子，你肯定不行，只怕小六都不行。你猜猜，等过几日你进宫去拜见她，她是会心疼你刚从鬼门关转了一圈回来呢，还是埋怨你抢了狗东西的位置？"

温瀛不以为意道："随便她。"

温瀛的回答并不出乎凌祈宴的意料，一直以来，他都觉得这人对皇帝和皇后并无多少父子母子情，有的只是利益和算计罢了。

温瀛抬眸看他一眼："你可知给凌祈寓求情的人，除了太后，还有谁？"

"谁？"

"淑妃娘娘。"

凌祈宴愣了愣，才反应过来淑妃是他那个便宜娘："她替狗东西求情？"

"嗯。"

凌祈宴深蹙起眉。云氏为凌祈寓求情做什么？表现大度给皇帝看？可她再大度，真能不对沈氏的儿子落井下石？他怎么就不信呢？

思来想去都觉得不对劲，又想不明白，他干脆就不想了："也随便她吧。"

温瀛在这山庄中待了三日，皇帝再派人过来，召温瀛进京入宫。

温瀛没再拿乔，当下接了旨，命人准备入宫。

他叫人拿来一套亲王侍卫服，给凌祈宴换上："你随我一块进宫，去宁寿宫见太后。"又提醒凌祈宴一些进宫后要注意的事项，"我去兴庆宫，会派人直接将你送去宁寿宫，你自己小心些，等过后我再去凤仪宫拜过皇后，就去宁寿宫接你。"

"行了你，皇宫里我比你熟，你顾着你自个儿吧。"

温瀛点了点头，没再多言。

辰时，马车驶入皇宫。

因温瀛伤势未愈，皇帝准了他的车驾直接进宫，停在兴庆宫外。

凌祈宴忽然改了主意，跟着温瀛一块下车："我在这里等你。"

温瀛不赞成地提醒他："我进里头去，不定什么时候能出来，你只能站在外头等着，不如先去宁寿宫。"

"我不，我就等你。"凌祈宴坚持。

温瀛不再劝了，与他并肩走上兴庆宫前的石阶。

温瀛进门，凌祈宴与其他人一块在外等候。

兴庆宫这里还是老样子，天高云阔，站在石阶最高处往下看，仿若站在云端。

凌祈宴伫立不动。

他只是突然心血来潮，想再来这里看一次，如今站在这个地方，才发现心境好似已变了许多。

从前他每一回来这里，多半没好事，好几次他站在这里都有过短暂的迷茫和不知所措，今天却是第一回心里舒坦，比任何时候都舒坦。

大殿里，温瀛不动声色地打量着面前老泪纵横，正与他数落凌祈寓不是的皇帝。

一年多不见，皇帝沧桑了不少，眉宇间的精神气更差了许多。

温瀛垂下眼，眸色晦暗，径自陷在悲愤中的皇帝并未察觉。

待皇帝说够了，轮到温瀛说，他才将这一年在外征战的大致事情挑重要的说了一遍，余的都已在之前无数封的奏疏和密奏里向皇帝禀报过。

皇帝听罢长叹一声："你是个好的，朕顾虑颇多，下不了决心做的事情，你替朕做了，还不揽功。朕的运气不算差，幸好还有你这么个好儿子在。"

"父皇言重，儿臣应当做的。"

"你身子可还好？太医如何说？"

温瀛谨慎地回道："劳父皇关心，儿臣已无大碍，再休养一段时日就能痊愈。"

"好，好。"皇帝老怀安慰，之前看走了眼，但至少还有面前这个出息又孝顺的儿子不是？

凌祈宴在外等了一个时辰，温瀛才出来。

第五十五章

两人一起走下石阶时，凌祈宴小声问："皇帝与你说了什么？"

"你都猜得到的那些。"

凌祈宴"哦"了一声。

他连皇帝说话时的语气都想象得出，实在没意思。

离开兴庆宫后，温瀛再次提醒凌祈宴先去宁寿宫。

凌祈宴没肯："你还要去凤仪宫？凤仪宫离宁寿宫又不远，我跟你一起去呗，反正你在那里肯定待不久。"

他眼中满是揶揄之色，温瀛移开目光，不再说了。

到了凤仪宫，凌祈宴依旧在外头等着，在外边站了片刻，赶巧碰上来请安的凌祈宁。

凌祈宁一眼认出了他。

见到一身亲王侍卫装的凌祈宴，凌祈宁微微睁大双眼，凌祈宴竖起一根手指，示意他噤声。

凌祈宁会意，走过来小声问："大哥，你怎么来了？你是和我大哥一起回来的吗？"

"嗯，他已经进去里边了。"

凌祈宁看着他，一时百感交集："你不是去江南了吗？我听惜华表姐说，你后头又去了西北？你在那边过得还好吗？"

"是啊，我还杀了巴林顿汗王呢。"凌祈宴得意地扬了扬眉。

凌祈宁这小子已快十四岁了，比去年他离开时个子高了不少，已到了他的肩膀，但看着依旧傻乎乎的。

凌祈宴有时会想，里边那位皇后也不知怎么生的，温瀛和凌祈寓虽各方面都有天壤之别，

273

性子里又确实有相似之处，只有凌祈宁这小子敦厚又老实，叫人讨厌不起来。

凌祈宁听他这么说，一脸艳羡："我倒也想上战场做大将军，但母后不让。"

凌祈宴好笑道："你做什么大将军，做你的亲王好好享福吧。你进去吧，别跟你母后说在这里看到我了。"

"我不会说的，"凌祈宁赶紧保证，犹豫再三，又问他，"你知道二哥被关在哪里吗？我知道他做的事情不对，被废了是他咎由自取，可我想去看看他。"

凌祈宴有些无言，或许是为了做给皇后看，凌祈寓那狗东西跟凌祈宁关系确实不错，就因着这个，从前他其实并不怎么爱搭理这傻小子。

"我不知道，你别傻了，以后少和他沾边吧。"

凌祈宁面露失望之色，又说了下次去温瀛那里看他，进门去了。

凌祈宴这次没等太久，温瀛进去两刻钟不到就出来了。

被凌祈宴盯着看，温瀛轻蹙起眉："你看什么？"

"看你有没有被人打呗。"

"不会。"

他没与凌祈宴多说，方才在里头，皇后确实没有也不敢对他动手，但看他的眼神里满是怨毒，好似凌祈寓被废全都是他的错。

可即便他不说，凌祈宴也猜得到："她给你脸色看了吧？"

"嗯。"温瀛不在意地点头。

凌祈宴轻哼："你母后就是心思狭隘，眼里只有那个狗东西。明明以后她都得靠你，沈家人还知道弃暗投明呢，她倒好。"

"她再不喜欢我，我也还得侍奉她，将来太后的位置无论如何都是她的，她又为何要与我装？"

凌祈宴顿时语塞，确实，一个"孝"字就注定沈氏这辈子都能在温瀛面前作威作福，想想可真叫人不痛快。

温瀛大约不想再说这个："走吧，去宁寿宫。"

宁寿宫里，太后已等候多时，见到温瀛和凌祈宴进来，脸上当即有了笑。凌祈宴三两步上前去，在她老人家面前跪蹲下，像从前那样对她撒娇："祖母，宴儿想你了。"

"好，好，"看他精神气这么足，太后摸了摸他的脸，高兴万分，"高了、瘦了，人看着倒是结实了不少。"

"那是，我在塞外日日都要跑马，还杀了好些个巴林顿兵，身子骨自然结实。"凌祈宴十分得意地吹嘘道。

太后被他逗乐："宴儿果真是好样的。"

祖孙俩絮絮叨叨地说了半晌话，温瀛一句没插嘴，坐在一旁安静地听。

凌祈宴后知后觉自己霸占了人家的祖母，不太好意思，赶忙道："我能斩下巴林顿汗王的首级，多亏旃王给我机会，要不我也立不了这头功。"

他说着轻推了推温瀛的胳膊，温瀛规规矩矩地给太后磕头请安，太后双手扶住他："好孩子，平安回来就好。"

她老人家打量着温瀛的神色，问了问他的伤势，想到这伤是怎么来的，心里颇不是滋味，到底没多说什么，只提醒他："既然回来了，日后好生为你父皇分忧吧。"

温瀛应下："孙儿会的，祖母放心。"

"他可厉害了，若不是他，偌大一个巴林顿哪能这么快就拿下来？"

他们说了会儿话，嬷嬷将刚睡醒的十二皇子抱了过来。这孩子才半岁，胖得很，软绵绵的一团，刚吃饱了正精力旺盛，在嬷嬷怀中不停地扭，乍看到凌祈宴和温瀛，也不认生，睁着黑葡萄似的大眼睛瞅着他们。

太后示意凌祈宴："你抱抱他。"

没等凌祈宴拒绝，嬷嬷已将孩子放到他怀里，凌祈宴瞬间僵住。

他从没抱过这么丁点大的孩子，更别提这热乎乎的肉球在他怀里还不安分，扭着身子蹬着脚，叫他手足无措。

太后看着他们一大一小，似十分高兴："我就说祈寤长得像宴儿，眉眼一模一样，都是好看的。"

凌祈宴与他怀里的胖娃娃大眼瞪小眼。像吗？他怎么没觉得？

抬眸看一眼身旁面色淡然的温瀛，他还觉得这小娃娃更像这个棺材脸呢，下半张脸分明与这人是一个模子刻出来的。

看出凌祈宴的别扭，温瀛伸手将孩子接了过去。他抱小娃娃的动作却熟练得很，凌祈宴见状好奇地问："你几时抱过这么小的孩子？"

温瀛淡淡地说道："温家小孩多，以前抱过。"

凌祈宴觉得稀奇，这人竟然会抱家中的弟弟妹妹？真没看出来。

太后见凌祈宴高兴，顺嘴问他："宴儿，你可想去宸仙殿看看？淑妃住在那里，或者我叫人去传她过来？"

凌祈宴一愣，讪笑道："还是算了吧，陛下的淑妃娘娘，哪是我能见的？"

太后叹气道："若是想见，就去见吧，是我让你去的，你不必多想。"

凌祈宴摇头："我不想见。"

他和云氏就是陌生人，见与不见都没差。

太后还要说什么，被急匆匆地进来禀事的宫人打断，说是朝晖殿那头出事了。

太后皱眉问："出什么事了？"

"两刻钟前，六殿下去了朝晖殿看二殿下，后边不知发生了何事，二殿下将六殿下给挟持了！"

听完下头人的禀报，不敢让太后劳神，温瀛主动将事情揽下："我们去朝晖殿那边看看，祖母您歇着吧。"

太后心神不宁，神色凝重地叮嘱他和凌祈宴："先顾着宁儿，祈寓能劝就劝，无论如何，要顾着宁儿的安危。"

温瀛点头："我知道，祖母放心。"

走出宁寿宫后，凌祈宴心里莫名不安，催着温瀛："我们快些过去。"

从宁寿宫到朝晖殿，穿越大半个皇宫，他们只用了一刻钟不到就赶过去，这里已乱成一团。

凌祈寓像拎鸡崽一样拎着凌祈宁，一手掐在他的脖子上，将人从大殿里推出来，一脸狞笑，状似疯癫，正放声叫嚣。

"孤才是太子！孤才是要做皇帝的那个！你们谁敢不服孤，就给孤去死！都去死！"

众侍卫、宫人如临大敌，一退再退，顾忌着被他掐在手中的凌祈宁，不敢上前。

凌祈宁脸涨得通红，眼泪流了满面，艰难地张嘴喘气，身子抖得厉害。

凌祈寓看到温瀛和凌祈宴一起出现，叫嚣声戛然止住，面色越发狰狞。

他手上力道加重，瞪向温瀛，恶狠狠的声音自牙缝里挤出："你来做什么？来看孤的笑话吗？孤告诉你！孤没有输！孤绝不认输！你该死！你才该死！孤只恨当年没将你千刀万剐！"

温瀛沉声提醒他："还想活命，将祈宁放了。"

哪怕凌祈寓这会儿张牙舞爪且有人质在手，对上温瀛，只这么一句，就已先在气势上矮了一截。

凌祈寓看他的眼神里像浸了毒，面容几近扭曲："孤偏不放！你以为你是个什么东西？！山野里长大的村夫！就凭你也敢与孤争、与孤抢，你配吗？！"

他越说越激动，凌祈宁在他手中摇摇欲坠，呼吸急促，胸膛剧烈起伏，似已快喘不过气来。

凌祈宴见状不由得蹙眉，冷声道："凌祈寓，你有毛病吗？你就这点本事，抓小六一个小孩子要挟人？你看看你现在这副样子，丧家之犬不外如此。"

凌祈寓怒瞪向他："你给孤闭嘴！你又是个什么东西？！你有何资格在这里与孤这般说话？！"

凌祈宴的心头没有半分波澜，这人说的这些话如今已再不能激怒他："我有没有资格在这里说话不重要，你以为你挟持了小六就能得到什么好？你这个太子已经被废了，老实安分点还能留着条狗命，何必自取灭亡？"

凌祈寓不屑一顾地嗤笑了一声："孤如今这样活着与死有何区别？死了还能拉个垫背的，孤怕什么？孤可真没看出来，原来你还挺关心这傻小子的，那好啊，你来换他！有你陪着孤一块死，孤岂不快哉？死又有什么怕的？"

温瀛嗓音更沉，再次提醒凌祈寓："将祈宁放了。"

凌祈寓叫嚣道："来啊！你们不是很厉害吗？！在战场上杀人多威风啊！我就看看你们多有本事，救得了谁！"

温瀛面沉似水，双方僵持间，数十弓箭手突然出现，转瞬将凌祈寓团团围住，拉弦搭箭摆开阵势，随时准备放箭。

皇帝大步而来，面色铁青，厉声呵斥凌祈寓："你这个畜生！你给朕将祈宁放了！"

凌祈寓毫无惧色，放声大笑："放了？哈哈……哈，孤放了他，父皇可会放过孤？！"

皇帝大怒："朕本没打算要你的狗命，你还要朕如何放过你？！"

凌祈寓不忿至极："父皇几时放过孤了？孤勤勤恳恳、劳心劳力地做您的皇太子，百般讨好您，为您分忧解难，到头来得到了什么？自从这个村夫回来后，父皇您眼里就只看到他一个儿子，无论孤做什么，在您眼里都是错的！您早就想废了孤，哪怕孤什么都不做您也容不下孤，迟早要让孤给这个村夫腾位置！"

"你还有脸说？！你这个畜生！混账！"皇帝暴跳如雷、怒不可遏，"你不忠不仁、不孝不悌，做过的恶事死上百回、千回都不够，朕念在你祖母和母后的分上留你一命，你竟还这般死不悔改！如今还有脸挟持你弟弟来质问朕？！"

凌祈寓高声争辩："孤为何不能问？！孤没错！错的是父皇，是你们！是父皇逼孤！是你们都想逼死孤！孤只是为了自保！"

皇帝被他这些颠倒黑白的话激得一阵气血上涌，颤颤巍巍地抬起手指他，厉声下令："放箭，给朕杀了这个畜生！杀了！"

"不！"

不知何时出现的皇后跌跌撞撞地扑上去，挡在了凌祈寓身前，哭求皇帝："陛下饶了寓儿，饶了寓儿吧！"

看到沈氏，皇帝更恨得牙痒："你生养出这么一个不是人的畜生来，还敢给他求情？你给朕滚开！"

第五十六章

沈氏哪肯，死死挡着凌祈寓，又转身哀求他："寓儿你听话，把宁儿放了，母后求你了，放了宁儿吧。"

"连母后也不愿帮孤了吗？"凌祈寓幽幽地问她。

沈氏泪眼婆娑地道："你这样会死的。你听话，放了你弟弟吧，就当母后求你了好吗？"

凌祈寓冷笑："不放。"

皇帝气极："给朕放箭！"

沈氏猛地转回身，伸开手护住她儿子。

凌祈寓手里抓着凌祈宁，身前挡着沈氏，那些弓箭手怕误伤了这两人，哪怕愤怒至极的皇帝再三催促，也迟迟没敢放箭。

凌祈宁在剧烈喘气后，突然像是没了生息一般，胸膛塌了下去，软倒在凌祈寓身上。凌祈寓依旧一手拎着他的衣领，一手掐着他的脖子，没将人放开，径自叫嚣着，癫狂大笑。

凌祈宴见状心下一凛，想到什么，低下声快速对温瀛道："小六不行了，他从小就有哮症，之前许多年都没犯过，刚才那样分明是又犯病了，必得赶紧将人救下来，快！"

温瀛眼瞳一缩，当下上前去拿了一名弓箭手手中的弓，后退两步拉开弦。

凌祈寓和沈氏都在与皇帝对峙，并未注意到温瀛手中的箭已瞄准了他们。

下一瞬，箭矢破空而出，堪堪擦过沈氏的鬓发，钉进了她身后凌祈寓的喉咙里。

沈氏怔在原地，哭求声戛然而止。

在她身后，凌祈寓轰然倒地。

她浑浑噩噩地转过身，看到大睁着眼倒在地上死不瞑目的儿子，短暂愣怔后终于崩溃尖叫着软倒在地上。

温瀛扔了弓冲上去，将早已昏迷不醒、同样摔倒在地的凌祈宁抱起。凌祈宴大声呵斥一众错愕得没反应过来的宫人："还愣着做什么？！快去传太医！"

不远处的角落里，云氏面无表情看完这一出闹剧，淡淡道："走吧。"

身侧的太监低声问她："娘娘，您不过去安慰安慰陛下吗？"

云氏的嘴角牵扯开一抹意味不明的笑："急什么？"

温瀛和凌祈宴将凌祈宁送回寝宫，留下来守着他。

太医很快赶来施针用药，但凌祈宁一直昏迷未醒。

当日深夜，他的症状突然恶化，众太医使出浑身解数轮番抢救，最后一起匍匐在地，战战兢兢地向温瀛请罪。

凌祈宴眼睁睁地看着这个小弟弟咽下最后一口气，愣愣地想着白日里还好端端地与他言笑晏晏，说要做大将军的人，怎么突然说没就没了？

他颤抖地伸出手，想摸一摸凌祈宁的脸，刚碰到就被温瀛扣住手腕，从榻上拉起。

回到永安宫，凌祈宴才似如梦初醒，忍不住打了一个寒战，艰难地挤出声音："小六他，没了吗？"

"嗯。"

"为何会这样？他白日里还说不知道那个畜生被关在哪里，后头怎又突然去了朝晖殿，还被那个畜生挟持？我已经提醒他了，不要去沾惹那个畜生，他怎么就是不听？"

安静片刻，温瀛叫人打来热水伺候凌祈宴擦了把脸，又让他泡了泡脚。

这才刚入秋，凌祈宴却觉遍体生寒，不停打冷战。

在战场上，他可以潇洒自如、毫不眨眼地杀人，甚至不将自己的生死当回事，总说死了便死了，今朝有酒今朝醉。

但是今日凌祈宁的死，突然让他生出了胆怯之意。

原来生死当真只是一瞬间的事情，他从前不怕，是因为压根没有真正经历过生死。

凌祈宴从呆愣中回神，看向温瀛，嗫嚅道："要不……你还是别当皇帝了，我们赶紧跑吧，躲远点，找个没人的地方隐居避世。"

温瀛没接话。

凌祈宴说完，自己也先摇了头："不行，你不做皇帝，只怕我们死得更快。"

他瞬间蔫了："这里一点不好，远没有在西北那么自在。

"小六真可怜。他只是个傻子，什么都不懂，怎么偏偏就是他没了？

"连他这样的傻子都说没就没了，我能活到现在是不是纯属侥幸？"

"人各有命，"温瀛低声安慰他，"过后我们去庙里给他点一盏长明灯便是，来生或许他能投个更好的胎。"

凌祈宴轻出一口气，心里依旧七上八下的，惶惶点头。

待凌祈宴睡下，温瀛去了外头。

他的亲信进门来，低声禀报道："六殿下去世的消息先前报去兴庆宫，陛下悲戚大恸，下头的人劝不住，这会儿淑妃娘娘已经过去了，还传了太医去。"

温瀛平静地听着，神色淡漠地问道："凤仪宫呢？皇后可醒了？"

"醒了，皇后娘娘下午时就醒了，一直在哭，方才……方才听说六殿下也没了，忽然就如同失智一般，开始歇斯底里地尖叫、摔东西、打骂下人，后头又把所有人都赶出去，独自一人在大殿里放声大哭，状若疯癫。凤仪宫的下人都不敢进去，太医过去了，也被挡在外头。"

温瀛眉峰轻蹙，沉声问："六殿下为何会突然去朝晖殿？"

"陛下先前已派人查过了，早上六殿下去凤仪宫请安后回去，路上追只猫去了朝晖殿附近，看到那里有不少守兵，猜出二殿下被关押在里头，坚持说要进去看看。那些人拦不住，让他进去了，再后头他便被二殿下给拿住了。"

"猫？"

"是……是只野猫，宫里野猫多，到处都有。据六殿下身边的人交代，那猫半道扑上来，在六殿下脚边转圈，六殿下觉得好玩，便停下脚步逗了那猫一阵，后头那猫叼走了他手腕上系着的一根红绳，他着急要回来，就自个儿追了上去，跟着那猫跑去了朝晖殿附近。"

温瀛蹙眉沉思片刻，没再多言，叮嘱道："你下去吧，继续盯着便是。"

禀事的人退下，温瀛的贴身内侍又进门来，小声告诉他："殿下，宸仙殿那边刚刚递了消

279

息过来，王德说早上事情发生时，淑妃娘娘也去朝晖殿那边看了看，但没走近就又回去了。而且那只引诱六殿下去朝晖殿的野猫，他曾经看到淑妃娘娘身边的大宫女偷偷喂养。"

温瀛面色微黯，眉目间泛起寒意："本王知道了，让他继续好生伺候着淑妃娘娘，有事再报。"

温瀛再回去时，凌祈宴正在发呆，一脸怔然地望着他，随即问道："你去哪儿了？"

温瀛轻声回道："就在外头，方才有人来禀报些事情。"

"什么事？"

温瀛大致说了一遍，但没提云氏。

凌祈宴闻言心下一阵恍惚："那个傻小子一直就想养猫，但皇后和那个畜生都不喜欢那些小东西，不许他养。宫里能有这么多野猫，是因为太后心善不杀生，要不也早被皇后他们叫人弄走了。可小六只是逗只猫而已，怎么就把命给弄丢了呢？"

温瀛没接腔。

凌祈宴唏嘘不已："他手上的红绳穿着佛珠，是他本命年时太后特地去庙里给他求的，根本不值几个钱，他何必跟一只猫计较？大家都是宫里长大的，我就没见过比他还傻的，跟谁都亲近，别人对他的一点好他都记得，明知道那个畜生不是个东西，还坚持要去看那个畜生。"

温瀛劝道："别想了，睡吧。"

凌祈宴不再说了，却久久不动。

第五十七章

翌日一早，凌祈宴又去了宁寿宫。因昨日之事，太后几乎一晚上没睡，凌祈宴担心她老人家想不开，一大早便过去陪她说话。

温瀛则去了凤仪宫。

沈氏疯了一整夜，凤仪宫上上下下都被折腾得够呛，皇帝不管她，只能由温瀛这个亲儿子去。

温瀛一样被挡在殿外，凤仪宫正殿的大门紧锁，隐约能听到里边沈氏又哭又叫的声音，外头跪了一地宫人，但没一个敢上前的。

温瀛站在殿前，冷声示意："开门。"

凤仪宫的大太监战战兢兢道："娘娘不让奴婢等进去。"

"本王让你们开门。"

"可……"

温瀛一脚踹开了凤仪宫正殿的大门。

大殿里凌乱不堪，一地的碎瓷片，到处都是倾倒的桌椅器具。

沈氏浑浑噩噩地坐在地上，衣衫不整、披头散发，哪还有半分中宫皇后的威仪？

听到声响，她愣愣地抬头，眯起眼睛，半晌才适应骤然射入的刺目阳光，也终于看清楚了背着光、面无表情地站在门边的温瀛。

短暂的迷茫过后，沈氏眼中的情绪被刻骨的恨意取代，面容几近扭曲，她胡乱抓起一块碎瓷片，跌跌撞撞地爬起身，冲着温瀛扑了过去。

温瀛冷冷地瞅着她。

沈氏狰狞的脸上有着疯狂和恨意，捏着瓷片捅向他的心口。

温瀛抬起手轻轻一拨，沈氏倒在地上，瓷片扎进她的右手掌心里，右手顿时变得鲜血淋漓。

"啊——"她崩溃地尖叫道，"你去死！死的怎么不是你？！怎么偏偏就不是你？！你把我的寓儿、宁儿还给我！你这个讨债鬼！你回来做什么？！你怎么不死在外面？！我没有你这个儿子！没有！我只要我的寓儿和宁儿！你把他们还给我！”

"母后自重，"温瀛神色淡漠，嗓音平静地提醒她，"废太子挟持六弟，致六弟哮症发作暴毙。冤有头债有主，这笔账母后该去找废太子算，他死有余辜，本王不过是奉了父皇的命令将其处死。"

"你给我闭嘴！闭嘴！"

沈氏挣扎着起身，怒瞪着温瀛，双目赤红，恨得几欲滴血："若没有你，寓儿怎么会变成这样？是你不安分，是你要抢他的太子之位！你该死！你才最该死！"

她咬牙切齿地又一次扑上去，这一回她的手上竟多了一把藏在袖中的匕首，猛刺向温瀛，一副欲与温瀛同归于尽的架势。

温瀛本可以旋身避开，但没有，反将手臂送上，生生受了这一下。

小手臂上瞬间多出一道深可见骨的口子，鲜血喷涌而出。

外头的宫人终于慌慌张张连滚带爬地进来，将他们挡开，摁住了沈氏。

"母后生了本王，但未养过本王一日，这一刀过后，母后的生恩本王便算是还清了。"

温瀛冷漠地说完，后退一步，看向沈氏的目光里已不带丁点温度，没再理会她歇斯底里的咒骂和叫嚣，转身离去。

让人草草包扎后，换过一身衣裳，他又去了兴庆宫，却在兴庆宫外碰到留在这里侍奉了一整夜的云氏出来。

错身而过时，云氏忽然叫住他，嘴角噙着一抹若有似无的笑，盯着他的眼睛道："旂王殿下，寤儿刚出生时，得了殿下送回来的一柄金弩，太后说寤儿喜欢得紧。那弩我看过，确实是把好弩，就只有一事我不是十分明白。"

温瀛不动声色地回视她，神情里看不出半分端倪。

顿了顿，云氏问："为何那柄弩上面还有另一个人的印章？"

"那弩是本王与人合送的，自然有另一人的印章。"温瀛淡淡说道。

云氏点了点头："原来如此，我好似知道当日殿下要帮我的原因了。"

温瀛眼中平静无波。

云氏轻勾唇角："我命不好没有这个福气，就不知他能有幸拥有这样的福气到几时。"

"与淑妃娘娘无关的人和事，淑妃娘娘最好不要多问。"

云氏幽幽说道："那个人，怎会与我无关呢？"

"淑妃娘娘当真在意他吗？"温瀛的声音更淡，问完这句，没给她再说话的机会，略略颔首后，进了门去。

大殿里，皇帝刚喝了药，正倚在榻上闭目养神。

接连丧子，他深受打击，也几乎一整宿没合眼，称病不见外官。

温瀛跪下请安，皇帝睁开眼对他招了招手："祈宵你过来。"

一夜之间，皇帝仿佛苍老了几十岁，两鬓已有了白发，疲惫至极，眼睑下一片乌青，眼中遍布红血丝。

温瀛跪着挪至榻前，轻声劝慰他："父皇多保重，龙体要紧。"

一句话就让皇帝滚下泪来，他长吁短叹道："朕真是造了什么孽……"

他絮絮叨叨地与温瀛说起话，从凌祈寓说到凌祈宁，再说到他的其他儿女。

温瀛听得漫不经心，直到他包扎了的手臂又被血水浸染，皇帝注意到，止住了话头，皱眉问："这是怎么回事？谁弄的？"

温瀛略略摇头："小伤而已，不碍事，父皇不必多虑。"

"你方才去了哪里？凤仪宫？"

温瀛不答。

皇帝一见他这反应便猜到事情始末，顿时气狠了："皇后果真疯了不成？她好大的胆子！来人！"

他才没了两个儿子，如何受得了自己最看重的儿子又被人伤到？这会儿他掐死沈氏的心都有了。

有太监匆匆进来，皇帝咬牙沉声下了口谕，夺去皇后的凤印，将其禁足，关闭凤仪宫宫门，不许她踏出凤仪宫一步，任何人都不得去探视，再传了就在偏殿候着的太医过来给温瀛重新上药包扎。

太医小心翼翼地帮温瀛将先前包扎的布条解开，上过了药，再提醒他，头两日这药必得每两个时辰涂抹一遍。

看到温瀛血肉模糊的手臂，皇帝一阵心绞痛，深觉只是禁足而已，这样的处罚实在太轻了。

"从今日起，你再不需要去凤仪宫请安，从今以后都离皇后远点。"

一个疯了的皇后，于皇帝而言远不如他寄予厚望的儿子来得重要。若非为了温瀛，他定要借这事向皇后发难，是温瀛让她保全了最后的皇后体面，可若沈氏再敢如此疯癫若狂，她也就不需要存在了。

温瀛顺从地领命。

皇帝用力拍了拍他的肩膀，长叹一声："事已至此，朕便与你明着说吧，储君之位合该是你的，待眼下这些风波过去些，朕就会下诏书。你是个好的，不要让朕失望。"

"儿臣谨遵圣训。"

即便听到皇帝亲口说出要立他为太子，温瀛也并未喜形于色，依旧是那副沉稳从容的模样，让皇帝十分满意。

他打量着这个半路回来的儿子，心下感慨万千，想到什么，又道："如今巴林顿已经被打下了，按说该论功行赏，但这段时日京中事情太多给耽搁了，之后各人该有的赏赐朕都不会亏待他们。"温瀛为他的众部下向皇帝谢恩。他知道，给凌祈宴讨的爵位当是讨到手了。

晌午，温瀛留在兴庆宫这里陪皇帝用午膳，伺候他喝过药歇下，又去了宁寿宫。

凌祈宴从殿里出来，小声说了一句"太后已经睡下了，你别进去了"。温瀛没多问："我

们回去吧。"

说罢他叫了顶暖轿来，和凌祈宴一起回了永安宫。

"太后从昨日起已哭晕了好几回，自责之前一时心软替狗东西求情，害了小六，还后悔不该给小六求那根红绳，我怎么劝都没用。方才喝了太医开的药，她才总算睡下了。"

说起这事，凌祈宴十分郁闷。温瀛轻声道："这段时日你随我住宫里，每日都来这宁寿宫多陪陪她。"

凌祈宴犹豫道："我一直住宫里能行吗？之前你不是说让我暂住在庄子上？"

"你愿意去庄子上？"

被温瀛这么一问，凌祈宴张了张嘴，说不出话来了。

他不愿意。

"那就留下来吧。"

昨日之事，凌祈宴怕是有些吓到了，但他不想说，温瀛便装作不知。

凌祈宴点了点头。

他问起皇帝和皇后的情况，温瀛随口说了，凌祈宴闻言皱眉："皇后真的疯了吗？皇帝打算怎么处置她？"

"疯了，闭宫禁足，日后她徒有一个皇后的空名，只怕再走不出凤仪宫了。"

凌祈宴一时无言。

昔日跋扈骄横的皇后，竟当真就这样疯了？

倒也是，三个儿子死了俩，死的还是她最喜欢的两个，任哪个女人亲眼看到自己的几个儿子这样互相残杀，都得疯。

他虽讨厌沈氏，但说到底没有深仇大恨，如今连幸灾乐祸的心思都歇了。

"你父皇还留着她的后位，是为了你吧？"

"嗯。"温瀛淡淡地点头。

皇帝并非没有废后的心思，但只有沈氏依旧是皇后，温瀛才是名正言顺的嫡长子，他的储君之位才能更加稳固。

"那你很快就要做太子了。"凌祈宴小声嘟哝这么一句，轻闭上眼，不再说了。

那日在朝晖殿前发生的事情，并未传出宫。

凌祈寓伏诛当日，皇帝下了一道诏书，历数他的数条大罪，赐死。

凌祈宁的死，对外说的原因却是突染风寒致哮症发作，没能救回来。

皇帝到底还是顾着面子，不想被人议论自己的几个儿子兄弟阋墙、互相残杀，想方设法地将他们真正的死因掩去了。

再半月之后，皇帝又下诏，谕礼部择吉日举行建储大典。

虽未正式册封，温瀛已从永安宫搬去了东宫，宫里人对他的称呼也变了。

凌祈寓已死，但他还有妻妾子女，皇帝倒没为难那些人，给两个孙子封了郡王，让他们搬到宫外去，腾出地方。

东宫已里里外外清扫粉刷了一遍，凌祈宴四处转了一圈，只要看到疑似凌祈寓喜好的东西，俱叫人撤了。

温瀛未提出异议，由着他折腾。

凌祈宁末七那日，温瀛与凌祈宴出了一趟宫，去京郊的皇家寺院为他做了场法事，再点了一盏长明灯，只愿他下辈子投个好胎，别再碰上凌祈寓那样的兄弟。

凌祈宴又去见了那位曾经给他批卦的高僧，这回那高僧什么都没说，只盯着他看了半晌，转动着佛珠念了一句他听不懂的佛语。

凌祈宴问：“您当年说我是天煞孤星的命数，如今呢？”

老和尚低哑的声音回荡在殿内：“命数天定，但事在人为，既来之、则安之。”

“果真？”

“理当如此。”

凌祈宴向他道谢。

进城后，他们去了皇帝御赐下的凌祈宴的府邸。

凌祈宴的恩封已经下来，是个流伯爵，赏赐的府邸也不大，在城东的僻静处，这还是凌祈宴第一回过来。

被接进上京城来的温家人就住在这里。

这是凌祈宴的意思，反正他也不过来住，府邸空着也是浪费，不如让温家人住着，还能给这宅子增添些人气。

他们是微服前来，没带几个人，马车未到，温家老少就已齐齐出门迎接。

这些人来这上京城已有快两年，不再像从前那样畏畏缩缩、灰头土脸，但见到他们，仍是规规矩矩的，和从前一样老实本分。

温清没在，在巴林顿的最后两战中，他立下了不小的功劳，如今已是六品武将，依旧留在西北那边。朝廷有意在巴林顿开军府，他自请过去，立志不出人头地不回来。

温家几个叔叔拿着温瀛给他们的银子，一起开了个饭庄，起早贪黑，生意做得十分红火，女人和丫头们在家做些针线活补贴家用，男孩在温瀛的安排下都进了学堂。他们这样的人家在上京城可谓十分普通不起眼，但比起从前，日子好过得多了，也有了盼头。

进了门，凌祈宴四处转了一圈看了看。皇帝对他还挺大方，这座伯府虽不大，但处处透着精致，风水也不错，是个好地方。

府里没有下人，只有温家人住着，他们很自觉地没动过正院，挑了府里最偏的一间小院住。一大家子挤在一块，出入都是走的侧门，但日日都会来正院这边打扫，一花一草都伺弄得十分尽心。

寒暄过后，温瀛将众弟弟叫上前，轮番考校他们的学识。

这些小孩最大的已有十二，最小的才刚开蒙，无论聪不聪明，都是肯学的，且学得还不错。

凌祈宴一手支着下巴，听他们摇头晃脑地在温瀛跟前背书，暗自感叹得亏这几个小崽子不像他，只要念得进书，就都是好的。

几位长辈则不停向温瀛谢恩，一个个热泪盈眶，若非有温瀛，哪有他们的今日？

"叔，你们就别谢他了，没看他越来越不爱说话了吗？连你们都远着他，以后他就真成那高高在上的孤家寡人了，都是自家人，何必这么多虚礼？"

凌祈宴大大咧咧的话语让那几个汉子十分无措，这也是凌祈宴第一回这样称呼他们。

温瀛看他一眼，未说什么，示意其他人坐下："众位叔叔不必多礼，还跟以前一样便是。"

后头屋中没了别的人，剩他们两个单独说话，凌祈宴伸了伸懒腰，随口感叹道："我刚才看那几个小孩，这才念了两年书就已经像模像样，出口成章了，日后必不可小觑，还有你这位太子哥哥帮衬着，前途肯定大大的好，多谢了。"

温瀛提醒他："你自己说的，不用谢。"

凌祈宴笑了一阵，继续道："温清也出息了，以后温家真的光大门楣了，我也跟着长脸、风光。"

"嗯。"温瀛没多言，淡定地喝着茶。

在伯府里用了一顿午膳，申时之前，他们启程离开。

经过国子监附近，凌祈宴让人在街边停车，温瀛问他："做什么？"

凌祈宴丢下句"我去去就来，你等着"，跳下车去。

一刻钟后，凌祈宴回来，手里拎着一个油纸包，倚在车边看着车内的温瀛笑："殿下想吃蜜饯果子吗？我特地给你买的。"

温瀛顺手接了："怎么想到买这个？"

"正好路过，看到了，就想到了呗。"凌祈宴一边笑一边说。

温瀛闻言问道："想喝酒吗？"

凌祈宴略感意外，难得一回温瀛主动问他想不想喝酒，咂了咂唇，道："想。"

温瀛直接让人掉转车头，去了城郊。

车子从东边的城门出去，再走了半个时辰，进入一处酒庄内。车驾刚停，就有庄中管事过来迎接："殿下这边请。"

凌祈宴十分好奇，小声问他："你什么时候得了这处酒庄？"

"不是我的。"温瀛只丢出这句话，未多解释。

他们先去庄子里四处逛了逛，这处庄子很大，田地足有数千亩，产出的粮食皆拿去酿酒，且不卖，只供主人家自己享用和宴客。

凌祈宴四处看着，只觉稀奇。

后头凌祈宴不愿走了，他们便进入一处临水的阁楼中坐下。

庄中管事带着人将各种酒送上，一一对他们介绍："这是二十年的玉琼浆，以西域之地最纯净的溪泉水酿造而成，在土里埋了足足二十年才挖出来；这壶里头的，则是十四年的赛神仙，酒味醇正，喝下半壶，再大醉一场，美梦酣然，快活似神仙；另外这种，是这庄子里最出名的绿芙蓉……"

那管事每说一种，就有美貌婢女帮他们将酒斟进杯中。凌祈宴好奇地接过去，先细细嗅了嗅，再浅尝上一口，享受地眯起眼。

他啧啧感叹："这些酒可真不错，各具风味，我还是第一回听说，这上京城外还有这么好一处酒庄。"

温瀛挥了挥手，让管事带着一众伺候的人都退下。

凌祈宴看着他笑："我好歹在上京长大的，怎的你这个穷秀才竟比我知道的还多一些？做了太子的人果真不一样。"

温瀛随口解释道："这里是敬国公府的庄子，甚少招待外客，你自然不知道。"

凌祈宴愣了愣："林家？"

倒也是，林家是百年世家，家风严谨，从前他是个纨绔，林家那些小子是不屑跟他一块玩的，但他没想到温瀛能在这庄子里来去自如，显然温瀛已不是第一回过来了。

反应过来后，凌祈宴的心思动得飞快："林肃如今已经袭爵，敬国公府他说了算，你与他

第五十八章

敬国公府走得这般近，他真肯帮你？"

"不知道，或许吧。"

"或许？"

温瀛盯着杯中晃荡的酒水，淡淡地道："回京之后，我与敬国公就甚少往来了，倒是与敬国公世子偶有私交，但没说过这些事。"

"嗯，你装他们也装，都是千年的狐狸，不奇怪。"凌祈宴笑着挤对了一句，懒得再问。反正温瀛有本事，他不需要操心这个。

第五十九章

　　傍晚时，阁楼里多了一个人，是那位敬国公世子，惜华的夫君。

　　那人进门来，言笑晏晏地向温瀛问安。

　　温瀛为他与凌祈宴介绍，对方自然一眼认出凌祈宴，神色不动半分，口称伯爷。温瀛说他是温宴，他就只是温宴。

　　凌祈宴有些喝高了，干脆拿了鱼竿，趴窗边去钓鱼。

　　那两个人闲聊起家常，凌祈宴分出心思听了一阵，迷迷糊糊地想着，这位敬国公世子应当是听下人禀报温瀛过来，特地追来的，就冲着他这么积极主动，这敬国公府就未必没有向东宫示好的意思。

　　看来他们这一趟确实没白来。

　　"家妹之事，还未正式向殿下道谢，虽再不能为她做什么，好歹知道了她到底是因何而死，且如今恶人已伏诛，无论如何，殿下大恩，我林家定会铭记于心。"

　　林世子说得真心实意，温瀛淡淡地点头："举手之劳，不必言谢。"

　　后头两个人又说起别的，都是些琐碎小事，半句未提朝堂之事，凌祈宴一搭没一搭地听了一阵，觉得没意思，打了个哈欠，换个姿势继续钓鱼。

　　直到有鱼上钩，他才瞬间来了精神，跐直起身，快速收线。

　　那头也不知钓到了什么，沉得厉害。

　　一条看着足有七八斤重的大鲤鱼破水而出，咬着鱼钩还在活蹦乱跳地挣扎，不断甩尾。

　　凌祈宴一见高兴极了，拼命拉扯鱼线，试图将鱼收上来，但不得章法。

　　温瀛起身过去，帮凌祈宴扶住鱼竿。鱼尾甩下的水溅到他的衣裳上，他微蹙起眉，从凌祈宴手中接过鱼竿，快速将那鱼拖上来狠狠甩到窗台上，再命人进来把鱼收拾了。

　　林世子笑道："这庄子里的厨子做鱼羹是一绝，殿下和伯爷可愿赏脸尝一尝，留在这庄中用过晚膳再走？"

不等温瀛说什么，凌祈宴先痛快地应下："行，我刚钓到的那条一并炖了吧。"

"好，定叫殿下和伯爷尝个鲜。"

温瀛去更衣，阁楼里只剩凌祈宴和那位林世子。凌祈宴一手撑着脑袋，懒洋洋地喝着醒酒汤。林世子叫人给他上了些鲜果来，顺嘴道："前些日子郡主还与我提到了伯爷。"

"是吗？"凌祈宴笑了笑，"郡主说什么了？"

"说伯爷比从前变了许多，出息了。"

凌祈宴顿时乐了："她怎么好意思用这副口吻说我？"

林世子笑着点头："郡主做了孩子娘，与我母亲学的这些，我也总是被她训，习惯了。"

凌祈宴哈哈笑："你这可不行，被她拿捏死了说出去多没面子？"

林世子笑叹："她高兴就好。"

温瀛回来时，这两个人已相谈甚欢，还约好了下回一起打马球。

一顿晚宴，可谓宾主尽欢。

凌祈宴十分喜欢那称作"绿芙蓉"的酒，不过于呛辣，入口醇香，又回味无穷。先前他就喝了不少，用晚膳时更趁着温瀛与林世子说话，多喝了几杯。

宴罢酒酣，林世子恭送两人离开。

他又特地叫人送上两坛那绿芙蓉给他们，笑吟吟地对温瀛道："瞧着殿下和伯爷都挺喜欢这酒，臣便叫人多拿了两坛来，还望殿下笑纳。"

这是今夜这位林世子第一回用这个自称。

温瀛眼瞳轻缩，不动声色地命人接了酒。

"恭送殿下。"对方的语气越发恭敬。

车门合上后，凌祈宴再坚持不住，抱着痰盂一顿吐。

温瀛将帕子递给他，待他吐完了，又叫人倒了些温开水给他喝。

将一大杯水咕噜噜灌下，凌祈宴嘟嘟哝哝地抱怨："这么好的酒，都吐了，真可惜。"

"我提醒过你，喝酒要节制，不能贪杯。"温瀛沉声道。

凌祈宴笑着打哈哈："我不就是多喝了点？哪能人人都跟你一样，那么克制。"

"也没几个人跟你一样，每回喝了吐、吐了喝。"

凌祈宴无视他这话，问道："穷秀才，林世子方才是不是还送了你两坛那酒？他可真小气，怎么不多送点？"

"你还想喝？"温瀛冷声问。

"不喝就不喝呗，可你是太子，哪有两坛酒就将你打发的？忒不讲究，我还以为他真是个上道的人呢。"

温瀛却道："敬国公府这绿芙蓉极难酿造，庄子上一年最多只能酿十坛，从不送人，任何人都不能让他们破例，但是当年陛下登基之前，老国公曾送了陛下两坛这酒。"

290

凌祈宴听得愣神，望向温瀛："他们给皇帝送过这酒？是那个意思吗？"

"嗯。"

凌祈宴拖长声音道："原来如此。"

当今皇帝当年能顺利登基，敬国公府功不可没，但敬国公府又并非一开始就为他所用，皇帝也是费尽心思才将他们拉拢，这些凌祈宴自然知道，只没想到这里头还有送酒一说。

从不送人的家藏酒从前敬国公府送了两坛给当今皇帝，如今又送给温瀛，其中深意不言而喻。

凌祈宴笑开了花："那恭喜你啊，太子殿下。"

温瀛淡然道："同喜。"

九月，皇太子册封大典，祭天地、宗庙、社稷。

再半月之后，是皇太后的寿诞。

那日凌祈宴一早去了宁寿宫，特地去送上寿礼，是他前些日子从庙里求来的一串佛珠。

今日宫外各家的命妇都会进宫来请安吃寿宴，凌祈宴不好多待，与太后说了几句话就告辞要走。

太后提醒他："宴儿，晚上的家宴你也过来吧。"

凌祈宴一脸讪然道："祖母，这不好吧？陛下肯定不愿见我，还有其他那么多宗亲在呢……"

他这么个"死人"突然大大咧咧地出现在人前，岂不惹人非议？

太后自然知道这个理，可心里不得劲，尤其在一连没了两个孙子后，哪怕凌祈宴并不是她的亲孙儿，她也舍不得这个孩子受半分委屈。

"祈宵也会过来，那你要一个人留东宫里吗？"

"没事，一个人就一个人吧，"凌祈宴笑着安慰她，"等明日我再来陪祖母一块用膳。"

回到东宫，温瀛果然不在，估摸着不到晚上用完家宴不会回来，凌祈宴撇了撇嘴，先前在宁寿宫时还不觉得，这会儿倒真有些不爽快了。

凌祈宴倒在榻上，瞪着眼睛发了一阵呆，再闭上眼，懒得想了。

戌时末，温瀛终于回来了。

进门后他脱下身上的大氅，便吩咐人传膳。

睡了一整日的凌祈宴揉着眼睛迷迷糊糊地望向他："你不是用过家宴了吗？怎么还传膳呢？"

温瀛不答反问："你今日吃了什么？"

凌祈宴"嗯"了一声，肚子配合地发出咕咕的叫声。

他没用午膳，下午吃了几口点心，晚膳也没吃，大部分时间在睡觉和发呆，这会儿被温瀛一问，才觉得饿过头了。

"我也没用晚膳，陪我一起吧。"温瀛丢下这话，叫人上了个羊肉锅子，再添了几道配菜，涮着吃。

吃着热气腾腾的锅子，凌祈宴顺嘴问道："你不是吃家宴吗？都这个时辰了，怎么饿着肚子回来了？"

"没用成，"温瀛淡淡地道，"被人砸了。"

凌祈宴噎了一下："太后的寿诞，天家家宴，被人砸了？"

"嗯。"

"谁干的？"

"皇后。"

凌祈宴愕然："她不是被关在凤仪宫里，哪里都去不了吗？"

温瀛却道："你不饿吗？先吃东西。"

跟温瀛这闷葫芦说话累得慌，凌祈宴直接让跟着他一块去的下人来说，很快弄清楚了事情的前因后果。

傍晚宁寿宫家宴刚开席，正热闹时，那位被禁足了的皇后突然出现，闯进去疯疯癫癫又哭又闹，大喊着要人偿她两个儿子的命，还发了疯地砸东西，在一众宗亲前，将皇帝苦心隐瞒的凌祈寓和凌祈宁真正的死因给泄了底，把皇帝气得一佛出世、二佛升天的，竟直接晕了过去。

家宴就这么彻底砸了。

后头温瀛将皇帝送回兴庆宫，一直待到皇帝喝了药睡下，才饿着肚子回东宫。

凌祈宴听得一愣一愣的："皇后不是被禁足了吗？怎么去的宁寿宫？"

"下人疏忽，让她从凤仪宫的侧门跑出去了。"

稀奇。

凌祈宴隐约觉得不对，被禁足了的皇后因为宫人疏忽，从凤仪宫的侧门跑出去了，且恰好跑去宁寿宫砸了皇室家宴，就这么巧合？

但见温瀛神情淡然，他想想又算了，咂咂嘴，只问道："皇帝真被气晕了？他当真气得那么厉害？"

"嗯，晕了，掐了人中又醒了，喝了药，这几日怕是上不了朝了。"

凌祈宴无言以对，想想那位皇帝曾经每回骂他时中气十足的模样，如今竟被皇后给气晕了？

"皇帝这回真要废后了吧？皇后没了你这个太子怎么办？"

"随他。"温瀛丢出这两个字，浑不在意。

凌祈宴顿时乐了："也是，你这个太子位置又不是靠皇后来的，管她呢。"

用完晚膳，凌祈宴去沐浴，温瀛听人来禀报事情。

"将皇后娘娘从凤仪宫放出去，再引导她去宁寿宫，都是淑妃娘娘安排人做的，太后娘娘像是起了疑心，派了人去查。奴婢等已经先一步将没抹干净的痕迹都替淑妃娘娘抹去了，还抓了个发现端倪、想去告发的凤仪宫宫人。"

"杀了吧，"温瀛淡然道，"这事到此为止。"

对方应下。

翌日，一道废后诏书自兴庆宫发下，沈氏由凤仪宫迁出，住进了皇宫西北角最偏僻冷清的栖恩殿里。

又半月后，皇帝突然传口谕，要迁去东山下的汤泉别宫休养，留皇太子在宫中坐镇。

这半个月皇帝大病了一场，先是被沈氏气晕，后又染上风寒，精神气差了许多，在云氏的提议下，才决定去别宫休养一段时日。

皇帝走的那日清早，温瀛将御驾一路送出城门，凌祈宴闲来无事，扮作他的侍卫一块跟了来，打算等送走了皇帝就去城外的庄子上小住两日。

半道上，前头突然有人过来传话给凌祈宴，说淑妃娘娘想见见他。

凌祈宴正窝在皇太子的车辇中吃点心，听到这话，慢吞吞地咬下一块糕点，要笑不笑道："我一个东宫侍卫去见淑妃娘娘，不大合适吧？"

"娘娘说，就跟您说几句话，已经请示过陛下了。"

凌祈宴略一犹豫，看向温瀛，温瀛没理他，丢出一句"你自己决定"。

凌祈宴跳下车，骑马去了前头。

到了云氏的车驾边，隔着一道车窗，他问："淑妃娘娘叫我来，有事吗？"

安静片刻后，里边传出云氏低缓的声音："陛下给你封了爵赐了府邸，你为何不搬去住，却留在东宫里？"

凌祈宴不咸不淡地道："劳淑妃娘娘关心，您当我是太子殿下的侍卫也好，东宫属官也好，太子殿下需要我，我便留在东宫里头。"

云氏推开半边窗望向他。

凌祈宴不动声色地回视。

这是这二十多年来他们母子俩第一回单独见面，隔着一扇车窗沉默对视。

半晌，云氏幽幽地说道："我不信你是个傻的，既然你选择留在东宫，想必是太子给过你什么承诺，无论这样的承诺最后能否实现，至少眼下看着他还是个好的。"

凌祈宴没接腔，淡漠地看着她。

云氏也不在意，继续说道："我与你本无母子缘，日后也不会有，想来你也看不上我，但总归你是我肚子里出来的，这一点你不需要记得，我记得便是。言尽于此，日后你且好自为之吧，别过成我这样就行。"

凌祈宴冷冷地开口："不会。"

云氏点了点头："也罢，你终究是命好的，兴许真能潇洒一辈子。"

合上窗户之前，她最后丢出一句话："下回去拜祭你爹，替我给他上炷香，就说我这辈子对不起他，下辈子若有机会，做牛做马报答他。"

凌祈宴心不在焉地纵马往回走着，暗自想着云氏那句"你不需要记得，我记得便是"到底是何意，心下莫名地一阵不舒服。

回到车上，他将云氏的话向温瀛复述了一遍，犹豫地问道："你觉得她是什么意思？"

温瀛却问："你会在意她的想法？"

凌祈宴顿时哑然，也是，无论云氏在想什么，又与他何干？

温瀛倒了杯热茶递过去。

凌祈宴双手捧着茶杯，望着杯中袅袅上升的水雾，轻抿嘴角，心头那点波澜随之散去。

出了城门，温瀛被叫去前头御驾上，皇帝正靠在车里闭目歇息，头上还绑着抹额，精神不济，确实是病了。

"朕这回去别宫，只怕要到明年夏天天热了才会回来，朝政上的事情，你这段时日也跟着朕学了不少，你是个聪明的，一点就通，不需要人多教，不是要紧之事，就与内阁几位辅臣商议着拿主意吧。他们都对朝事知之甚透，你有不明白的地方就问他们，真遇上拿不定主意的大事，再派人来报给朕。"

皇帝的声音有些沙哑，言语间尽是疲惫之意。

温瀛领命应下："儿臣省得。"

皇帝轻吐出一口气："去吧，也让朕看看你的本事。"

从御驾上下来，温瀛在车边站了片刻，一直目送着车驾走远才回到车上。

凌祈宴手撑着脑袋，笑着看向重新坐进车里的温瀛："殿下，陛下这回去了别宫还回得来吗？"

温瀛没有回答，吩咐人往山庄去。

皇帝走后温瀛在朝堂上出人意料地提出，要求户部削减各项开支，用以增加军费。

众人哗然。

皇帝临走时吩咐温瀛小事与内阁商议，要紧的事情去报给他，但谁都没想到，皇帝这才走了月余，这位先前在朝堂上话都很少说的新任皇太子忽然就变了脸，自作主张，竟开口就说要增加军费。这等事情，没经过皇帝首肯，谁敢拍板决定？

"殿下，这万万使不得啊，军费历来有定数，岂能随意增加？且其他各项开支本就已是捉襟见肘，哪还能再削减？"

户部尚书一百个不乐意，张嘴就反对。

众内阁辅臣，除了那位准太子妃的叔父没吭声，余的纷纷跳出来附和、唱反调。

温瀛的态度却十分强硬，无论他们怎么说，他俱充耳不闻："这事户部先尽快整理出一个章程再来报，那些琐碎冗杂的出项都尽量减去，孤看过户部的账目，每岁用在祭祀庆典上的花销委实多了些，能削减的尽量削减吧。"

他这是完全连商量的余地都不给，态度坚决，一意孤行。

当日回去后，户部尚书便开始称病，不肯再来东宫见太子。

派去尚书府传诏的太监回来禀报，说那位尚书大人病得下不了床，实在没法进宫，怕过了病气给殿下，还望殿下恕罪，待他病好了再来向殿下请罪。

凌祈宴听罢觉得十分好笑："这老匹夫还挺奸猾，为了拖延敷衍，竟连装病这招都使出来了，殿下打算如何办？"

温瀛淡淡道："户部并非只有他一个人，他不行，换个人来做便是。"

为表东宫体恤下臣之心，温瀛特地派出两位宫中御医去尚书府，诊断一番后，那二位御医直言，尚书大人需要将养半年，切不可过于劳累，否则留下病根子只怕要折寿。温瀛听闻立刻准了，让老尚书好生在家中休养，不必操心公务，户部诸事由左侍郎全权代掌。

且不提那位尚书如何气得吐血，从没病变成了真病，几位内阁辅臣没等到温瀛低头，见他如此刚愎自用，再次相约来了东宫，想要一起向他施压。

首辅声泪俱下，说着穷兵黩武要不得、打下巴林顿是侥幸、不能因此就过于看重武功的话，总而言之就是咬死了太子别想问户部多要一个铜板的军费。

凌祈宴原本坐在一旁的榻上喝茶，听到这话顿时就不乐意了，出言打断他的话："方首辅这话就不对了吧，什么叫得上天庇护，侥幸才能攻下巴林顿？攻下巴林顿分明是太子殿下的本事，怎么被你一说，成了老天爷的功劳？"

不等对方辩驳，他又道："还有，要说起来，太子殿下打巴林顿也没问朝廷多要一分军费，都是靠勒紧裤腰带，一路打一路洗劫那些巴林顿贵族而来，为此还被人诟病过于残暴，怎的骂名殿下背了，功劳却被你三言两语给抹了？"

他这么一说，倒是提醒了在场的这些人。

面前这位皇太子殿下的凶残煞神之名，不单是在西北，在朝廷中也流传甚广，之前那副与世无争的低调态度分明就是装的！陛下刚走，他就原形毕露了！

首辅涨红了脸说道："如今仗已经打完了，还需增加军费做什么？"

"仗是打完了，可偌大一个巴林顿，要让他们彻底安分下来，绝不是一朝一夕之事。陛下已下旨在那边开军府，这笔银子依旧从西北军的军费账上出，显然远远不够，各位阁老在这上京城里吃香喝辣时，可曾想过那些在前线征战的士兵还有穿着破旧草鞋走路的？"

凌祈宴向来牙尖嘴利，丝毫不给这些人面子。

有人不忿地斥他："黄口小儿，休得胡言！"

凌祈宴冷冷地瞥过去，看了一眼说话之人，没有搭理，转而向温瀛提议："殿下，既然几位阁老觉着削减祀典用度不好，会惹怒神灵和祖宗，那不如就减官员俸禄吧，几位阁老也好以身作则，要不然我说他们吃香喝辣，他们还说我胡言乱语呢。"

温瀛沉声道："也可，孤是太子，孤也愿做表率，俸禄减半。"

众人微微变了脸色，若是减少别的用度，他们大可大义凛然地反对，但官员俸禄关系他们自身利益，若说不肯，好似显得他们贪婪，更别说太子已经说了他的俸禄也减半。

一时间，几人心下惴惴，生出动摇之心来。

那位首辅却忽然跪地，摘下官帽匍匐着道："老臣年岁大了，诸病缠身，无力再为朝廷效力，还请殿下准许老臣告老还乡。"

刚才骂凌祈宴"黄口小儿"的次辅跟着跪下，同样道："臣家中诸事繁杂，亦有心无力，还望殿下允臣同首辅大人一道辞官归乡。"

他们这便是故意用辞官逼迫温瀛了。

首辅是皇帝登基前就在内阁中的，皇帝的左膀右臂，深得皇帝信任。次辅也是皇帝一手提拔起来的亲信，哪怕孙女嫁给了凌祈寓，他也没因废太子之事受到牵连，足见皇帝对他的看重。这两个人要当真辞官回乡了，待皇帝知道，头一个就要找温瀛的麻烦。

换作别人，只怕这会儿已亲手上前去将他二人扶起来了。

但温瀛只是沉下面色，坐在桌案后垂目看着他们，未动分毫。

长久沉默后，久到跪在地上低着脑袋、原本胜券在握的两个人都已不安时，他才终于开口："既如此，孤亦不好强留二位阁老，理当体恤二位，放你二人归乡。"

那二人愣住，其余人更有目露惊诧之色的，温瀛只当没看到。

哪怕跪在地上的人其实压根不想走，但话已说出口，皇太子没给他们留任何台阶下，他们是不走也得走了。

待那些人灰溜溜地离开后，凌祈宴再也忍不住捧腹大笑，竖起大拇指："太子殿下果然厉害，我要是那两位阁老，怕是要气得出门去撞柱子。"

"随便他们。"温瀛不在意地道，完全没将那二人放在眼中。

凌祈宴笑够了，才问道："你是不是早知道他们会用这一招来逼迫你，故意顺水推舟的？"

温瀛神色平静地随口解释道："皇帝的看重就是他们最大的筹码，他们自然会加以利用。"

"啧，这些人真是想不开，跟你这位东宫储君作对能讨得什么好？"

户部尚书的教训还在前头摆着呢，这些人真以为他们威胁得了谁？也怪这些人太不了解温瀛的个性，温瀛这混账最不吃的就是这一套。

凌祈宴分外看不上这群迂腐老顽固，皇帝从前也重武，登基之后却日益被这些老家伙影响，连打巴林顿都一直犹豫下不了决心，顾忌这顾忌那的，有够窝囊的。

治国确实得靠文治，可人总还是得有点血性不是？

心思转了转，凌祈宴又笑问他："你真不怕他们去皇帝那里告你一状？"

温瀛不以为意："那也得他们能见到陛下。"

嗯？

两个人说了一会儿话，两张请帖被送了进来，说是敬国公府刚派人送过来的。

温瀛与凌祈宴一人一张，下帖子的人是惜华郡主，十日后她要办一场马球会，邀请他俩一起去。

凌祈宴随意扫了帖子一眼，将其扔到一边，问温瀛："你去吗？"

温瀛反问他："你想去吗？"

凌祈宴当然是想去的。他正闲得无聊，但惜华大张旗鼓地办马球会，想必京中高门世家的人都会去，那到时候不是人人都知道他就是昔日的毓王了？

虽然，现下知道的人也已不少。

似看穿他心中所想，温瀛道："想去就去吧，迟早会知道，你还在意这个？"

凌祈宴轻哼："我是不在意，这不是怕给太子殿下你添麻烦嘛。"

"不会。"

三日后，别宫那边传来消息，那两位阁老果真去了别宫求见皇帝，想要告储君的状。

但天不遂人愿，皇帝并未见他们。

第六十章

两人等了半日，只等来皇帝身边的内侍传话，说陛下问他们可有要紧事，若无要事，就请二位阁老回去。

皇太子肆意妄为、逼迫户部增加军费开销算不算要紧事？那来传话的太监却说，陛下早知此事，不是什么大事，让他们回去与太子商量着办便是。

那两位阁老气了个仰倒，只好说他们要告老还乡，来与陛下拜别。内侍又进去通报，再后面出来说，陛下正与几位娘娘饮酒赏花，醉了，请二位改日再来。

凌祈宴听罢更是乐不可支，只要想一想那两个老家伙吃瘪的模样，就痛快："皇帝真知道你要增加军费？"

"知道。"温瀛随意地点头。

他确实对皇帝提过，皇帝也确实被他说服了。他故意不与人提这是皇帝的意思，就是为了让那些人跟他闹，他好趁机将人撵走。

"那他们都要告老还乡了，皇帝怎么不见见他们呢？"

温瀛淡漠地道："醉在温柔乡里，自然不愿去见他俩。"

凌祈宴愣了愣，随即放声大笑："穷秀才，你果真学坏了。"

倒也是，皇帝这回去别宫带了淑妃、虞昭媛和好几个年轻宫妃，在宫外无拘无束，日日笙歌燕舞，多快活，只怕魂都被勾没了，哪还有心思顾别的？换作他也不愿意放下美娇娘，去见两个话多的老匹夫。

第六十一章

到了十一月中，第一场雪落下，天越发冷了。

温瀛比从前更忙。

首辅、次辅接连以老乞休，事情都积压到了温瀛这个皇太子这里，他也一改之前在朝堂上温暾的处事风格，变得强硬铁腕、说一不二。任谁都能觉察出，朝中之势正在逐渐变化。

转眼到了惜华郡主举办马球会的时日。

皇太子仪仗出现在城北马球场时，这里已热闹非常。

惜华一贯人缘好，办这马球会，但凡能拿到帖子的，没有谁会不来给她捧场。

且今日是个难得的晴天，下了数日的雪终于停了。

温瀛的位置被安排在视野最好的地方，正对着马球场。

林世子将他们请入座，笑笑说今日这马球是惜华办的，他只是个帮忙跑腿的，若有怠慢不周的地方，也别算在他头上。

凌祈宴就坐在温瀛身侧，一边嗑瓜子一边笑那林世子："你这话若被郡主听到了，她怕是要揪你的耳朵。"

林世子笑得开怀，半点不吝啬地承认："习惯了。"

敬国公世子和惜华郡主是上京城里出了名的恩爱夫妻，世子爷还是个软耳朵，但这位林世子好似全然不将外人的那些调侃放在心上，提起妻子时满眼都是欢喜和情意。

之后不时有人过来向温瀛问安，见到凌祈宴，甭管是认识还是不认识他的，都免不得要多看他一眼。凌祈宴倒是自在得很，一直在吃东西，还不时给场下正比赛的两队下注。

后头林世子又过来，说下一场想请太子殿下赏赐个彩头。温瀛微颔首，赐下了一尊金马鞍。

凌祈宴一瞧那金光闪闪还镶嵌着宝石的马鞍，立时来了兴致："臭秀才，你有这么个好东西不告诉我，这马鞍多配我的小妖精，你怎么随便给赏赐出去了？"

温瀛却道："你想要，自己去赢回来。"

凌祈宴转了转眼睛："自己去就自己去。"

他说罢下场骑上小妖精，挥动马鞭纵马而出。

凌祈宴虽许久未打过马球，倒也不生疏，手持球杖干脆利落地击出第一球，如鱼得水，快活无比。

意气风发的凌祈宴很快吸引了全场人的注意力，一球接着一球击中，这下几乎所有人都认出来了，这位温伯爷就是昔日那嚣张跋扈、不可一世的毓王殿下。

又有消息灵通之人，听过朝中那些隐隐约约的狸猫换太子传闻，联想起从前这位皇太子殿下还未认祖归宗时，就是毓王府上的门客，如今他俩不过是关系调换过来而已，便都了然。

凌祈宴浑不在意这些，姿势漂亮地用力击出最后一球，小妖精驮着他，兴奋得前肢高高扬起，发出一声长鸣。

一人一马，在日光下投出一道分外耀眼夺目的影子。

这一场结束，凌祈宴这队压倒性胜利，他更是得筹最多的那一个。

温瀛走下看台，亲手将那金马鞍赐给了他。

凌祈宴上前双手接过，向他谢恩："多谢殿下厚爱。"

温瀛轻点了点头。

两人一同坐回看台上去，下一场温瀛又赐下了其他东西做彩头，过了瘾的凌祈宴没再去抢。他总得给温瀛些拉拢人心的机会不是？

还有两日就要过小年，宫里过年的气氛却远不如往年，皇帝在别宫未回，皇后被废囚禁在冷宫中，宁寿宫里亦是冷冷清清的。

别宫那边送来消息，听完禀报，太后忧心如焚："好端端的，皇帝怎的又染了风寒？为何过年都不回宫，也不叫人过去？"

凌祈宴安慰她道："最近天冷，陛下许是不小心着凉了，太子已经去别宫了，陛下不让祖母和其他人去，想必是怕过了病气给你们。"

太后将信将疑，问他："祈宵什么时候能回来？"

"他已经去了两日了，应当今日就会回来。"

太后唉声叹气，心里总是不踏实。

祖孙俩说了会儿话，就有宫人进来通传，说太子回宫了，已经来了宁寿宫。

温瀛进门，凌祈宴看他一副面若寒霜的模样，转了转眼珠子，一句话没说。

温瀛上前向太后请安，太后让他坐，焦急地问他："你父皇如何了？不能回宫来吗？"

"病了，喝了太医开的药，已经好些了，淑妃娘娘和昭媛娘娘衣不解带地为父皇侍疾，应当无虞，但天这么冷，来回奔波恐病情又要加重，父皇就留在别宫那边了。他说让祖母您别担心，没事的，也不需要其他人过去，说让他们都留在宫里陪祖母您过年。"

温瀛的嗓音沉稳，安抚人心的力量十足，几句话就让太后一直焦躁不安的心绪稍稍平复：

"果真无碍吗？"

"祖母放心。"

太后长叹了一声："也罢、也罢，等过些日子他好些了，再说吧。"

从宁寿宫里出来，坐上暖轿后，凌祈宴小声问："皇帝到底怎么了？"

"病了。"

"就这样？"

"嗯。"

凌祈宴撇嘴，这病只怕不轻。

两人回到东宫，刚坐下，又有刑部官员来禀报事情，却是与那卫国公府有关。

两年前失踪了的卫国公世子沈兴曜和另几个高门世家的儿子找到了，沉在运河下，已成一摊白骨。

凌祈宴目露惊奇之色，竟然找到了？

据刑部的官员禀报，起因是有一艘往来南北的商船赶在过年之前北上归京，在快到上京的那段水路上遇上风浪沉了船，后头请了人去捞，将船捞起来的同时，还捞出了沉在水下、用大石捆着的几具白骨。

当地官府派衙役和仵作去看了看，在其中一具尸身的喉咙里发现了一枚卡在其中的玉佩，上头留有卫国公府的字样，事情这才闹大了。

后头卫国公府和其他几家去认尸，一堆白骨自然难以分辨，但其中一个纨绔因小时候摔断过腿，有一截腿骨很明显与别人不同，又有另一人是天生六指，都对得上，且当年失踪的是五人，捞上来的一共也是五具尸骨，这才确认了他们的身份。

儿子死得不明不白，那几家人自然要追究清楚，当日就报到上京府衙和刑部，逼着他们彻查此事。兹事体大，且事涉太子外祖家，刑部官员这才火急火燎地将消息报来东宫。

温瀛听罢却不咸不淡地吩咐："按制去查便是，不必特地来与孤说，将最后的结果告知孤一声便可。"

待人走了，凌祈宴好奇地问他："那个谁喉咙里怎会有玉佩？他自己吞下去的？"

"或许吧。"

或许是那沈兴曜临死前终于聪明了一回，吞了玉佩好叫人日后能辨认他的身份，可即便如此，那几人的死因也绝无可能有真相大白的那一日。

之后一段日子，温瀛依旧忙碌，因皇帝病了又在别宫，年节的一应祭祀庆典，都由他这位皇太子代劳，时日一长，叫人恍惚间都快忘了那位远在东山别宫里的皇帝。

除夕那日，温瀛领着众皇弟与靖王一起去别宫给皇帝请了个安，但没见到人。隔着一道帘子，皇帝与他说了几句话，就将他们打发了出去。

自别宫里出来，靖王忧心忡忡道："皇兄好端端的，怎的突然又病了？"

温瀛没接话，默不作声地跟在他身侧往前走。

转眼到了正月十五这日。

傍晚温瀛从宁寿宫吃完家宴回来，凌祈宴正在东宫大门口等他。

等轿子落地，凌祈宴便对温瀛道："穷秀才，我们出宫去玩吧，今日西大街上有花灯会，我们去看看呗？"

他已命人将车马都备好，显然早有准备。

温瀛没拒绝，和他一起上了车。

两人到了地方，正是灯火初上。

下了车，凌祈宴兴冲冲地就往人多的地方钻："走，走，我带你去见识见识，你肯定没来过这花灯会。"

温瀛由着他，一路随着人潮往前走。

花灯会上除了猜灯谜，还有各种演出，歌舞、百戏、杂耍、奇术轮番登场，长不见尾的龙灯队穿街而过，一侧的城中河内有灯火装点的彩船巡游，远处城门边正缓缓转动的灯轮耀眼夺目……

锣鼓喧天、歌声嘹亮，这里是上京不夜天。

走了半条街，凌祈宴终于觉得饿了，肚子咕咕叫。温瀛这时开口道："走吧，去吃东西。"

他俩走进了西街上最大的酒楼，上到第三层，要了间厢房，推开窗，正对着城门的方向，年初一起就已伫立在那里的巨大灯轮更加清晰可见。

凌祈宴趴在窗边看了一阵，灯轮足有二十丈高，悬挂数万盏花灯，缓缓转动不停，照亮了几乎整座上京城，满天星斗都为之黯然失色。

每一年的元月初一至十八，这盏灯轮都在这里，日夜不熄，极尽奢靡。

"这灯轮我从小看到大，它好似一年比一年高了。"

凌祈宴伸手比画了一下，确定自己没看错："穷秀才，今年这灯轮得有二十丈了吧？"

"二十二丈，有灯五万盏，工部花了整整两个月才将之搭起来。"

凌祈宴咋舌，复又笑了："自从我出宫开府后，每年这日都会来这里看灯喝酒，痛快得很。"

酒菜在这时上齐，凌祈宴忙过去坐下，拿起筷子大快朵颐。

填饱了肚子，后头凌祈宴又开始慢悠悠地喝酒。

戌时末，城楼上开始燃放烟花。

凌祈宴醉眼迷蒙，又喝高了，一手支颐，倚在窗边仰头看烟花。

火树银花如流星坠落，在夜空中绽开最绚烂的颜色。

温瀛将酒倒进嘴里，一块看着窗外的璀璨夜火。

两刻钟后，烟火盛宴至高潮时，天际猛地炸开一束极灿烂的金色火焰，化作无数金色星雨落下。凌祈宴微微睁大眼，目露惊诧之色。

星火落在城门边的灯轮上，城下的百姓惊呼出声，就见灯轮上的花灯一盏接一盏地被点燃，很快被火焰吞没，燎原之火迅速向整座灯轮蔓延。

凌祈宴霍然起身，醉意全消。

城楼下已乱成一片，城卫军上前驱赶着惊慌失措的百姓往后退，试图救火，但那灯轮太高太大，水浇上去，火势半点不见小，在寒风中反烧得更加迅猛，且有向城楼蔓延的趋势。

凌祈宴愕然回头："灯轮烧了……"

温瀛却镇定自若，神情中无半分波澜，依旧在喝酒："别管了，将窗户关了吧，别呛着了。"

凌祈宴愣了愣："这不会是你故意放的火吧？"

不怪他这么想，温瀛实在太淡定了，仿佛外头发生的事情全在他的意料之中，面上不见半分惊讶之色。

不待温瀛回答，凌祈宴心念一动，转瞬间明白过来："为了换掉几个人，你故意放了这么一把火？"

"嗯。"

凌祈宴："……"

这把火一烧，少不得有人要被问责。谁又能想到，这火其实是皇太子殿下故意叫人放的？

温瀛叫了自己的侍卫进来，让之去将城门守正喊来问话。

一刻钟后，满头大汗的城门守正连滚带爬地过来，进门就跪到地上请罪。

好好的上元节灯会，从没出岔子的灯轮突然被焰火烧了，分明是天公不作美，但他不能说，只能认下是自己失职，排查隐患的事没做到位，才会发生这等事情。

温瀛打断他的喋喋不休，冷声问："外头如何了？可有人伤亡？"

"无人伤亡！"那城门守正赶忙道，"那些百姓确实吓到了，但离那灯轮远，很快被驱散，并未有伤亡，就……就是火势已经蔓延到城楼上，正在扑救，还需要一些时候。"

城门守正说完这话，抹了一把汗，暗叹倒霉。他哪里想到这么不凑巧，皇太子微服私访，偏也来了这里看花灯，又庆幸幸好之前京卫军副统领过来巡查，说这灯轮太大点的灯太多，万一出什么意外，后果不堪设想，让他设置了路障，十丈内不许人靠近。他那会儿还道这位上峰过于多事，如今只觉庆幸。

凌祈宴又望了窗外一眼，火焰已冲天而起，比先前的烟花更亮。

城楼上果然也烧了起来，兵丁前赴后继地拎着水桶上去扑火，但只怕短时间内难以将火扑灭。

温瀛没再多问，叮嘱了几句，让人下去了。

凌祈宴重新噙上笑："我可真没想到，殿下这心眼可真够多的。"

温瀛已站起身："走吧，回去了。"

"不等火被扑灭吗？"

"天亮之前兴许都扑不灭了，回去吧。"

凌祈宴看了那火势一眼，深觉他说得没错，还是走吧。

因为这一场突如其来的大火，花灯会提前结束，西街上已经戒严，人潮逐渐散去。

那城门守正又过来，屁颠屁颠地恭送皇太子殿下起驾。温瀛没搭理他，凌祈宴十分嫌弃地扔出一句"赶紧去灭火吧你，现在来拍马屁晚了"，上车带上了车门，车驾缓缓驶出西街。

上元节那场火，一直烧到第二日傍晚才被彻底扑灭。

虽只几个灭火的兵丁被烧伤了，但城楼几乎整个被毁，二十多丈高的灯轮轰然倒地，一地狼藉。

这灯轮自大成朝开国起就伫立在这西城城门处，每年年节时点燃，历经一百多年，民间百姓都笃信，灯燃得越旺，这一年的国运将会越好。如今灯轮被一把天火付之一炬，一时间街头巷尾免不得生出许多流言蜚语来。

事情发生的三日后，一道圣旨自别宫发下，非但西城门的城门守正被撤职，京卫军中一干人等吃了瓜落，连带着京卫军统领都受了牵连，被调去了地方上。京卫军由那位未雨绸缪、先前特地命人在灯轮旁设了路障的副统领暂代。

再之后，刑部也将沈兴曜那个案子的探查结果报到了东宫，因时日已久，找不到丁点线索和证据，最后刑部和上京府衙只能以那几人遇上山匪打劫，被劫财杀人抛尸结案，哪怕卫国公府和另几府上有再多不甘不满，但东宫太子认可了这个结论，这事便到此为止了。

二月中时，温瀛又去了一趟别宫，这回凌祈宴随他一块过去的。

温瀛进去皇帝的寝殿请安，凌祈宴就在外头的园子里等着，却碰到个意料之外的人。

是那位虞昭媛，刚从皇帝的寝殿出来，远远瞧见他，主动过来与他说话。

虞昭媛是当年凌祈宴设计送入宫的，也在宫里帮过他一两回，除此之外他俩私下几无往来。

"伯爷，好久不见。"

虞昭媛落落大方，这般模样已与当初那个娇软地倚着他，说着"奴喜欢殿下""奴愿伺候殿下"的美娇娘判若两人。

凌祈宴淡淡地点头："昭媛娘娘每日都要来给陛下侍疾吗？辛苦了。"

虞昭媛轻勾起嘴角："不辛苦，比起淑妃姐姐，这算不得什么。"

"我听太子说了，你做的事不比她少。"

"都是应当的，不敢居功。"

随意地说了几句，凌祈宴没再多言，莫名觉得他那个便宜娘也好，面前这位虞昭媛也好，都叫他有种说不出的怪异感，但他懒得深究。

那虞昭媛却道："其实我当年是真的挺喜欢伯爷的，若是没那么贪心，跟了伯爷就好了，哪怕一辈子做伯爷的婢女也是好的。"

"昭媛娘娘慎言。"凌祈宴沉声提醒她。

虞昭媛又是一笑："我和伯爷说笑的，我哪有这个福气？"

她不再多言，福了福身子，告辞离去。

凌祈宴转开眼，这位虞昭媛如今已是皇帝的九嫔之一，他不过一个流伯，真要说起来，他哪里能再受她的礼？

身后响起脚步声，凌祈宴回头，果真是温瀛出来了。

温瀛走上前，望了一眼已然走远的虞昭媛的背影，问凌祈宴："她与你说了什么？"

"一些莫名其妙的话，"凌祈宴不在意地道，又问他，"皇帝如何了？"

"一直病着，没见好。"

凌祈宴盯着他的眼睛："太子殿下，你到底做了什么？"

温瀛却问他："你会害怕吗？"

凌祈宴轻扬起嘴角："我为何要怕？我早说了，你做什么我都不怕。"想了想，他又添上了一句，"瞒着太后一点，她老人家受不得刺激。"

温瀛淡淡应道："嗯。"

进入三月后，天气渐暖，皇帝依旧在别宫未回，满朝官员日日进宫后便直奔东宫，已习以为常。

后殿的庭院中，凌祈宴指挥着众小太监投壶给他看，正百无聊赖时，江林过来禀报，说方才靖王来求见太子，但太子正在与内阁议事，靖王忽然提出想见他这位温伯爷。

凌祈宴挑眉："靖王要见我？"

"确是这么说的。"

凌祈宴心念电转，猜不透这位皇五叔的用意。

靖王见他做什么？

前些年这位靖王爷一直镇守边关，与他实在算不上亲近，更别提如今他又是这尴尬的身份。

稀奇。

想不通干脆不想了，凌祈宴抬了抬下巴，吩咐道："将靖王请进来吧。"

不多时，靖王被下人迎进门来。凌祈宴起身，上前欲见礼，被他制止住："不必了，没有外人在，不需要这些虚礼。"

凌祈宴笑了笑："王爷里头请。"

将靖王请进殿内，凌祈宴便吩咐人去上热茶点心来。

靖王神色平淡地问道："听闻你上个月随太子一块去了趟别宫，可曾见到陛下？陛下如何了？"

"太子殿下进去向陛下请安，我在外头等着，没跟进去。听殿下说，陛下的身子确实不大好，卧病在床，须得好生将养着。"凌祈宴镇定地回道。

靖王不着痕迹地打量着他的神情："这些你都是听太子说的？"

凌祈宴点头："是太子殿下与我说的。"

"太子殿下可还与你提过陛下的什么事？"

"太子殿下十分担心陛下的龙体，每日都会派人去别宫请安。陛下身子不大好，他没敢宣扬出去，怕外头那些官员胡乱猜测，人心不稳，也怕太后担忧，我也没敢与太后多提这些。"

凌祈宴心知这位靖王爷只怕是起了疑心，皇帝去了别宫数月，其间除了除夕时他们去见过一回，其余时候别说召见外臣，连他这位亲兄弟去了两回都被挡了回来。

不但是他，外头也已有了些不太好的流言，暗指皇帝被太子软禁了。

且太子监国这数月，撵走了首辅、次辅，又借着上元节失火一事换了京卫军统帅，叫人很难不往不好之处想。

靖王是皇帝最忠心的兄弟，自然是向着皇帝的。

"你说的可都是真的？"

被靖王冷肃的双眼盯着，凌祈宴依旧神色自若："自然是真的，不敢欺瞒王爷。"

平静对视片刻后，靖王移开眼，淡淡地提醒他："宴儿，太后一直将你当成我们家的孩子，也希望你始终记得这一点，陛下于你毕竟有二十年的养育之恩。"

"我知道，我不会忘。"凌祈宴半点不怵。

靖王放下茶碗站起身，最后丢下句"你心里有数便好，也多劝着祈宵些"，没再多逗留，去了前头。

前殿里，温瀛正在批阅奏疏。

见靖王进来，他搁下笔起身迎了上去："抱歉，让皇叔等了这么久。"

靖王不动声色地打量面前这个自己亲手带回来的皇侄，回忆起当初在西北初见温瀛时，他就已经是这样，看似沉稳内敛，实则野心勃勃。后头他说只想拿回本该属于他的东西，那个时候自己没将人劝住，到了今日，自己说的话又能起几分作用？

真正见到了人，靖王心里又生出许多忐忑难安来。

他只是没想到，温瀛的野心远比他以为的更大，或许他确实看走眼了。

"你父皇究竟如何了？"

面对靖王近乎质问的语气，温瀛镇定地回答："不太好。"

"有多不好？"

"大部分时间在昏睡，清醒的时候少，脉象上瞧不出什么，太医也说不出个所以然来，药方子换了好几道，都没大用处。"

靖王闻言眉头蹙得死紧："为何会这样？从何时开始的？"

"父皇去了别宫以后，起初只是染上风寒，但断断续续不见好，后头日益加重，原因不明。"

靖王问什么，温瀛答什么，一字一句，全无半分心虚之态。

"果真？"

"不敢欺瞒皇叔。"

温瀛太过冷静，一时间连靖王都开始不确定是否自己误会了他。

心思转了转，靖王提起另一桩事情："沈家那小子和他的那几个跟班，失踪两年被人发现葬身在运河之中，身上还绑了巨石，当是被人故意淹死的。我记得你曾说的那位资助你念书的恩师，他唯一的孙子当年便被淹死在国子监后的湖里？"

"是，确有其事。"

温瀛的神情不动半分，叫靖王越发看不透。

当年为了确定温瀛的身世，他和长公主细查过他的过往生平，十分清楚他与那赵家祖孙的关系。两相联系起来，实在由不得靖王不多想。

能悄无声息地将卫国公世子几人杀了，沉尸在水中整整两年，岂是一般人能做到的？且那几人失踪的时间，又恰巧是温瀛去西北任职前夕，委实巧合了些。

"祈宵，你知道我是何意。你老实告诉我，这件事与你有无关系？"

温瀛却问他："有又如何？没有又如何？"

靖王深吸一口气："果真是你做的？"

温瀛没有承认，只道："无论谁做的，他们死有余辜。"

他的声音里透着冷戾之意，靖王看着他，好似突然间就明白过来，或许这才是他这个皇侄的本性，心思深沉晦暗，且睚眦必报。

他在意的不是沈兴曜那几人的死，但这样的温瀛，叫他忧心不已。

"皇叔不必操心这些，"温瀛淡淡道，"孤自有分寸。"

靖王闻言生出怒意，陡然拔高声音道："撵走两位内阁辅臣，又换掉京卫军统领，你到底想做什么？"

温瀛平静地说道："皇叔误会了，那二位阁老是自请归乡，孤只是念他们年事已高，是该安享晚年，不忍将人强行留下，才成全他们。京卫军统领更是因失职被外调，并非孤有意为之，孤只是为给京中百姓一个交代。"

他的话滴水不漏，好似全无破绽，靖王却不肯信，冷声问他："明日我还会去别宫求见陛下，不知这回可能见到陛下？"

温瀛道："父皇若是醒着，皇叔想见他自然能见到。"

他这么说，更叫人挑不出毛病来。

"若果真如此，那再好不过。"

两相沉默下来，温瀛像是打定主意，靖王不问他便不说。靖王心知在他这里是问不出什么了，紧蹙起的眉头依旧未松半分，告辞离开。

第六十二章

待人走了，凌祈宴才从后殿里出来，问温瀛："你真放心让靖王去别宫见皇帝？"

温瀛不答反问："方才你也见了靖王？他与你说了什么？"

"没什么，就是提醒我皇帝对我的养育之恩。"凌祈宴又问他，"真让靖王就这么去见皇帝啊？"

温瀛淡淡道："他想去，谁也拦不住，我若阻止他，他更会想尽办法去。"

确实，靖王手上有京北大营的兵权，倘若他真怀疑温瀛挟持了皇帝，执意闯别宫救驾，谁能拦他？

凌祈宴似笑非笑道："殿下这样好似叫人觉得你当真什么都没做过呢，外头那些流言蜚语岂不都是给殿下泼脏水？"

温瀛不答。

"不能说吗？"

温瀛沉默不语地看着他。

凌祈宴心知这人虽未在自己面前隐藏野心，但确实有事瞒着他，若非如此，也不会每回提到这个便三缄其口。

"穷秀才，你不会想弑君吧？"

温瀛微微摇头："不会，也没有必要。"

凌祈宴闻言松了口气："那样最好。"

皇帝对温瀛这个半路回来的儿子不算差，温瀛真要是做出什么大逆不道之事，且不说那些千夫所指的骂名，就怕老天都看不过眼。

有些事情，还是宁可信其有的好。

第六十三章

翌日傍晚，别宫那头突然传来消息，清早就过去的靖王紧急派人来传话，请太子即刻前去别宫，陛下出事了。

温瀛和凌祈宴正在用晚膳，听罢禀报温瀛搁下筷子，拿帕子拭了拭嘴，站起身来。

凌祈宴也不吃了："我跟你一起去。"

温瀛道："走吧。"

两人一路紧赶慢赶，到别宫时已是亥时后。

寝殿内，皇帝正昏迷不醒，靖王的神色难看至极，众太医噤若寒蝉，内侍宫人跪了一地。

皇帝的那几个妃嫔也在，大多在低声啜泣，唯云氏一脸淡然，守在御榻边，不时帮依旧在昏睡的皇帝换额上的帕子、擦汗。

虞昭媛已被人押下，低着头咬着牙一言不发。

温瀛与凌祈宴走进来，扫了一眼殿中情形，温瀛沉声问靖王："皇叔，发生了何事？"

靖王没好气地说道："你来看你父皇几回，竟没发现你父皇这是中毒了？"

温瀛闻言轻蹙起眉，问那几个太医："到底是怎么回事？"

众太医早已吓破了胆，颠三倒四地才将事情说清楚。

皇帝这些日子以来反反复复地病倒，且越病越严重，昏迷不醒，确实是因中了毒。

他们之前不是没怀疑过这种可能，但没有证实之前哪敢说出来？皇帝这症状，不似一般中毒的样子，光看面色、唇色和脉搏，不见半分端倪，直到今日靖王带个十分厉害的民间大夫来，看过后说皇帝这是中了一种西南番邦流传来的十分罕见的毒。

这毒无色无味、无知无觉，只会叫人身体逐渐衰弱，直至陷入昏迷，再醒不来。

且越是原本身体强健的人，越易受这毒药影响，纵欲之人更会深受其害。

后头那大夫细细检查过这殿中的每一处后，将目标锁定在了墙角的一处香炉上。

香炉里头点的是最普通的薄荷香，提神用的，太医先前已查验过多遍，并未看出什么端倪。

直到那大夫将剩下的香料取出扔进碱水中，却见那碱水陡然变了色，如血一般鲜红无比。

那种西南番邦来的毒药，只有在碱水中才会现出原形。

而虞昭媛就是那西南小国进献入宫的。

靖王当即命人将之拿下。

但无论他怎么审，始终撬不开虞昭媛的嘴。

温瀛听完禀报，眉头蹙得更紧。凌祈宴先开了口，问虞昭媛："毒，是你下的吗？"

虞昭媛缓缓抬头，无波无澜双眼望向他，终于道："是。"

"原因呢？"

"伯爷想知道？"

凌祈宴平静地回视她："不能说？"

虞昭媛淡漠道："没什么不能说的。我进宫几年，好不容易怀上孩子，可自我怀孕以后，陛下就不来我这里了。沈皇后一直十分讨厌我，趁着我生产时对我下手，害了我的孩子，我的孩子刚出生就没了，我也去鬼门关走了一圈，侥幸才捡了条命回来。"

"既如此，你为何不对皇后下手，却要害陛下？"

虞昭媛扯开嘴角冷冷一笑："若非陛下薄情寡性，嫌弃我怀了孕不好看了，不再来看我，让那些宫人见风使舵，皇后哪能那么轻易得手？我恨皇后，更恨陛下，我的孩子没了，让陛下这个父皇下去陪他有何不好？"

凌祈宴有些愕然，没想到从前那个娇娇柔柔的小娘子今日竟疯到如斯地步。

虞昭媛确实怀过一个孩子，小皇子出生那会儿正是凌祈宴的身份刚被揭露之时，太后大病了一场，压根没心思管后宫这些事情。沈氏那会儿正恨云氏和凌祈宴恨得牙痒，报复不了他们，便把气发泄到被凌祈宴送进宫，又与云氏长得像的虞昭媛身上，害死了她刚出生的孩子，也害得她九死一生落下病根。但虞昭媛没有半分证据，这事最后就不了了之了。

她的孩子来这个世上不过几日就没了，连名字、序齿都没有。

从那时起，她就疯了。

凌祈宴不知当说什么好："你这么做，就不怕事情一旦败露，会连累你自己的国家？"

虞昭媛无谓一笑："我不过是个孤女，被国君当作玩物送来大成，他们压根不在意我，我又为何要顾及他们？"

她说完，用力闭了闭眼，忽地起身，在所有人都未反应过来前奔向前方的立柱，额头用力撞上去，当下血流如注。

有胆子小的宫妃惊叫出声，虞昭媛已软倒在地，满面是血。

凌祈宴目露惊愕之色，温瀛当下示意身后的侍卫上前去查看。

在探过虞昭媛的心跳和呼吸后，侍卫垂下头低声禀报："昭媛娘娘，殁了。"

靖王神色一凛，事情还没查个清楚明白，罪魁祸首竟就这么撞柱而亡了？

子时末，凌祈宴倚在榻中昏昏欲睡，几次要睡过去时，又一个激灵醒来，耷拉着眼皮，迷迷糊糊半梦半醒。

温瀛回来时，他便是这副模样。

听到动静，凌祈宴激灵地清明了些，含混地问："皇帝如何了？"

"靖王带来的大夫给施了针用了药，过几日应当能醒来。"

凌祈宴"嗯"了一声，闭着眼小声道："为何那么多人都用了那香，只有皇帝病得最厉害？"

温瀛沉声解释："一直点在他的寝殿中，陛下的身子骨从前是最健壮的，更易中那种毒，那毒对男子本也比对女子更起效，且来这别宫后，他几乎夜夜笙歌，纵欲过度，加上风寒所致，才会如此。"

凌祈宴听着这话，隐约觉得有什么不对，但实在太困了，很快便沉沉睡去。

温瀛神色深沉地离开。

他们就这么和靖王一起暂留在了别宫中。皇帝中毒之事没有对外宣扬，靖王带来的民间大夫和众太医每日为皇帝施针，皇帝时睡时醒，醒来时亦不清明，睁着眼睛只会动眼珠子，连话都说不出什么。

按那个民间大夫的说法，这药就是这样，中了便十分难解，且皇帝中毒已深。

凌祈宴叫人给那虞昭媛收殓了尸身，找了处地方葬了。无论如何，当年是他将人送进宫的，权当是送她走完最后一程。

靖王每日忧心忡忡，好似对温瀛依旧有怀疑，但没再说过什么。

皇帝的寝殿里，温瀛跪在御榻前，正在给刚刚醒了但不能说话的皇帝喂药。

靖王守了皇帝两日，累着了，已回去歇下了。

凌祈宴在殿外廊下，无聊地转着手中刚摘下的鲜花。他有些受不了这里人人战战兢兢、如履薄冰的沉闷气氛。

云氏过来，见到凌祈宴停下脚步，身后的宫人退至三丈外。

她是来接温瀛的手的，这几日他们轮流给皇帝侍疾，但凌祈宴与她几乎未说过话，这会儿不由得多看了她两眼，瞧见她好似瘦了不少，脸白得几乎透明，心里那种怪异感又冒了头。

"淑妃娘娘可也中了毒？"

云氏日日与皇帝在一起，皇帝已病成那样，她又能好到哪里去？

云氏勾了勾嘴角："伯爷这是在关心我？"

凌祈宴道："娘娘多虑了，我不过随口一说罢了。"

云氏不以为意："我无事，喝了靖王带来的那位张神医开的药，已经好多了，想来那毒药没怎么影响我。"

顿了顿，凌祈宴忽地问她："虞昭媛没了孩子，原已被陛下彻底厌弃，听闻是你认了她做姐妹，帮她在陛下面前说好话，才让她复被宠？"

云氏淡淡道："都是可怜人罢了，她是个乖巧听话的人，与我长得又有几分像，也算我俩有缘，能帮便帮了。"

第六十三章

"那日她撞柱而亡，淑妃娘娘如何想？淑妃娘娘之前半点都没察觉她的不对劲吗？"

"没有，我也没想到她会做出那等事情。"

云氏平静地说完，点了点头，进去里边。

凌祈宴瞧着她肩背挺得笔直，一步一步走进寝殿，目光微沉。

不多时，温瀛出来，他们总算能回去用晚膳了。

往住处走时，凌祈宴小声问温瀛："我们还要在这边待多久？你一直在这里不回去，只怕外头的流言蜚语会更多。"

"快了。"温瀛平静地回道。

用罢晚膳，温瀛倚在榻上看书。

凌祈宴独自下了一阵棋，觉得没意思，本想叫温瀛一起下，抬眼却见温瀛闭上眼睡着了，手中的书已滑下。

他一日一夜没合过眼，衣不解带地伺候着皇帝，大概真累到了。

戌时末，江林躬着腰进门，像有事要禀报。

尚未开口，凌祈宴站起身去了外边。

"伯爷，靖王爷来了。"江林小声提醒他。

靖王已走进庭中，说有事要与温瀛说。

凌祈宴告诉他："殿下一日一夜没睡了，刚刚才躺下合上眼，王爷是有什么要紧事吗？"

靖王皱眉道："我方才从陛下那边过来，淑妃娘娘在那里，我不好多待，想找祈宵问问陛下下午时是什么情形，为何看着比昨日更不好了？"

凌祈宴心知这位靖王爷并未因虞昭媛的死就打消对温瀛的怀疑，分明众太医一直守在皇帝的寝殿那里，他想知道皇帝之前是什么状况，不去问那些太医，又或是已经问过了，特地再过来问温瀛，无非为了试探温瀛。

"殿下未与我说，王爷不如等殿下醒了，他再与您说？"凌祈宴挡了回去。

靖王紧皱着眉，还欲再说什么，有下人匆匆进来禀报："王爷、伯爷，外头来了个人，是淑妃娘娘身边的一个太监，说有要事要向殿下禀报，又说与陛下有关。"

靖王立刻道："将人传进来！"

那太监进门，见到靖王和凌祈宴，战战兢兢地跪下地，嗫嚅道："奴……奴婢是淑妃娘娘身边伺候的人，名叫王德，奴婢来求见殿下，是……是有一事要……要禀报。"

"你直接说！"靖王沉声吩咐。

太监王德匍匐下身："奴婢……奴婢之前曾看到淑妃娘娘也动过陛下的寝殿里那香炉，且……且之前有好些次，淑妃娘娘与昭媛娘娘偷偷商议事情，都将奴婢等人屏退，不让奴婢们听。这几日奴婢思来想去总觉得不对，事关重大，不敢瞒着，才……才来向太子殿下禀报。"

靖王的面色一瞬间变得难看非常："你可确定？！"

王德的脑袋垂得更低："这等事情奴婢怎敢胡言乱语？若非亲眼所见，奴婢万不敢拿到殿下和王爷面前来说……"

靖王阴着脸，丢下句"你随本王去见陛下"，便迈步往皇帝的寝殿行去。

王德爬起身，一抬眼却对上盯着他打量的凌祈宴意味深长的目光，不由得又低下了脑袋。

"还愣在这里做什么？没听到靖王叫你随他一块去见陛下吗？"

被凌祈宴一提醒，那太监赶忙领命，匆匆追了出去。

凌祈宴听到脚步声，回头就见温瀛已从屋中出来。

"你睡醒了？"

"我听到方才那太监说的话了，走吧，我们也去陛下的寝殿。"

温瀛神色清明，已再无一丝倦怠之态，先一步走进夜色中。

凌祈宴想了想，到底没将到嘴边的话说出口。

那个叫王德的太监，他好似曾在温瀛的那些亲信嘴里听到过这个名字。

靖王大步走进皇帝的寝殿。

皇帝依旧昏迷未醒，云氏手中捏着帕子，温柔地帮他擦拭着额上的汗。听到脚步声，抬眸对上靖王压抑着愤怒和怀疑的双眼，她不疾不徐地起身，淡淡地问："这个时辰，靖王爷怎的又特地过来了？"

靖王没理她，只让他带来的神医和那几个太医上前仔细检查皇帝的状况。

云氏没出声，冷冷地瞅着那几个人，神色未动半分。

一刻钟后，那位神医和众太医交换了意见，向靖王禀报："陛下的情形和昨日差不多，并未有什么起色。"

他的言语间有几分迟疑，他们已连着给皇帝施针用药好几日，但皇帝似乎没怎么好转，按理说，哪怕他确实中毒过深，应当也不至于如此。

靖王的脸色越发难看。

温瀛和凌祈宴一齐走进来，听罢这话，温瀛忽然问这寝殿里的宫人："那香炉里现在点的是什么香？"

"回……回殿下的话，就……就只是宫里最普通的香料……"被他点名的宫人战战兢兢地回答。

温瀛踱过去，亲手揭下香炉盖子，吩咐人："拿碱水来。"

看着又一次变得鲜红的碱水，在场众人俱目瞪口呆。

凌祈宴双瞳狠狠一缩，看向云氏，却见她依旧镇定如常，仿佛眼前发生的一切都与她无关。

靖王霎时间面色铁青，厉声诘问："为何会如此？！为何这香炉里的香料依旧有毒？！"

寝殿里伺候的众宫人和太医跪到了地上，一句话都答不上来。

谁能想到，在虞昭媛给皇帝下毒之事败露后，这香炉里的香料竟又被人掺了毒？

别说是他们，只怕连靖王都没想到，竟有人敢如此胆大包天、肆意妄为，在众人的眼皮子底下，同样的事情再做第二回。

也正因为如此，没有谁会当真每日里拿着碱水去试毒，才给了人可乘之机。

靖王凌厉的目光转向云氏，冷声问：“淑妃娘娘，这个叫王德的内侍可是你身边之人？”

王德躬身上前，跪在地上，不敢抬头。

云氏淡淡地瞧他一眼，道：“是。”

“他说你曾多次与虞昭媛屏退下人，偷偷商议事情，且看到过你动这香炉，你可承认？”

云氏抬起眼，平静无波的目光掠过凌祈宴，又扫过温瀛，最后落到虚空的某一处，轻吐出声：“承认。”

大殿里的气氛仿佛凝固了一瞬，所有人都屏住了呼吸。

靖王言语间的怒意再压制不住，他拔高声音道：“所以谋害陛下，你也有份？！这些时日陛下用了解药却一直不见好转，是因你还在不断给他下毒？！”

云氏的神情更淡：“是。”

靖王怒不可遏：“陛下对你这般好，你为何要恩将仇报，谋害陛下？！”

“恩将仇报？”云氏斜睨了靖王一眼，声音里带出一丝轻蔑哂意，“靖王爷说是那便是吧。”

“你不是恩将仇报是什么？！陛下对你曾经做过的欺君之事既往不咎，纳你入宫给你封妃，对你毫无防备，你却趁机给他下毒害他的性命，你这等毒蝎心肠的妇人，到了今时今日竟还不知悔过！”

“我不需要悔过，这是他欠我的、欠我云家的，我只是有些遗憾，你们发现得太早了，再晚上一段时日，陛下这命就彻底捡不回来了。”

“你岂敢！”

云氏漠然地闭上眼，再不搭理他。

那之后，无论靖王再如何审问，云氏始终不肯再开口，最后是温瀛下令命人将之先押下，留待处置。

云氏被禁卫军押走，凌祈宴看着她肩背挺得笔直，一步一步走进夜色中，就似傍晚时她走进这寝殿一样。

凌祈宴恍惚了一瞬，转开目光。

丑时三刻。

厚重的宫殿门从外头被推开，漆黑没点灯的大殿里，云氏随意地坐在脚踏上，嘴里哼着不成调的曲子，断断续续、如泣如诉。

听到脚步声，她亦未抬眼。

温瀛停下，并未走近，他身后的太监手中捧着三尺白绫。

太监低着头，轻声提醒云氏：“娘娘，太子殿下来送您最后一程。”

待哼完一首曲子，云氏才缓缓抬起头，似笑非笑地瞅向温瀛：“怎的不是我那亲生儿子来送我？"

"他睡了。"温瀛淡漠地说道。

"殿下审都不审我，就要送我上路了吗？殿下这样，过后要如何向靖王爷交代？还是殿下已经知道我都做了什么、为何这么做？"

"你做过什么，孤不需要知道。"

云氏不以为意："是吗？可我倒是对殿下做过什么有几分好奇。太子殿下，我能问你几个问题吗？"

温瀛冷眼看着她，半晌，吩咐身侧的人："退下。"

太监将手中的托盘搁下，躬身退到殿外，帮他们带上了殿门。

云氏坐直身，认真想了想，问："那个王德，是殿下将他搁到我身边的？"

温瀛不答，但云氏已然知晓答案。

她轻轻笑了："果真如此，原来殿下早就都安排好了……"

轻吐出一口浊气，她慢慢说道："虞昭媛说，她生产那会儿被皇后设计难产，伺候她的下人去请太医却请不到人，太医院的人推托说太后身子不适，轮值的太医们都去了宁寿宫，她求救无门，后头是内侍处一个懂些医术的老太监去了她宫里，侥幸救了她一命。之后那老太监便被她留在身边，成了她的心腹。

"我进宫以后，其实是她主动来讨好我，与我做了姐妹。她的心思并不深，许多主意是那老太监给她出的，包括拿出那种毒药给我。她憎恨的人其实是皇后，她以为我和她一样，必会拿那毒药去对付皇后，我却将之用在了皇帝身上。

"她也是傻，一开始听了那老太监的话，接近我想借我的手对付皇后，后头又被我哄得当真对我死心塌地了，发现中毒的人是皇帝也帮着我隐瞒，到死都没将我供出来，让别人都以为是她想要毒害皇帝。"

云氏的眼中似有悲悯之色，隐在漆黑夜色中让人看不真切，她望向温瀛，再次问他："那老太监也是你安排给她的？

"太子殿下当真好算计，她的心思、我的心思，都被你算得死死的。你认定了我想报仇，认定了我会答应你的提议进宫，认定了只要有机会，我更想要皇帝死，所有这些，都在你的谋算中，是吗？

"我们能这么顺利地就给皇帝下药，不被人发现，背后也少不得有殿下的暗中帮助吧？

"既如此，你又为何要在今日让那王德揭发我？为何不干脆等到皇帝死了，你好顺理成章地继承皇位？想必靖王突然带着个民间神医来这别宫，也是你默许的，你就是要让人知道皇帝中了毒。你借我们的手给他下毒却又留着他的性命，难不成还顾念着与他的父子之情？倒也是，他对你这个半路回来的儿子确实不差，你若杀他，只怕老天爷都看不过眼。"

云氏说着又笑了，言语间更多了些不屑一顾的轻蔑。

温瀛终于开口，嗓音平静地回答了她的最后一个问题："因为他觉得，弑父不好。"

云氏愣了愣，蓦地放声大笑："原来如此，我那个儿子何德何能，能得太子殿下这般看重？"

她抬起眼，望向温瀛的双目中满是讥诮之意："之前我还不敢确定，太子殿下安排我进宫，给我易受孕的秘方，这桩桩件件的事情，从一开始就全都在太子殿下的掌控中。"

"孤没有让你害六皇子。"温瀛寒声提醒她。

云氏嗤道："害了又如何？让沈如玉亲眼看到她的三个儿子互相残杀，再没比这更痛快的事情了。"

要论揣摩人的心思，她也不差，凌祈寓那个疯子垂死挣扎时会做出什么举动，都被她算到了。

"要怪只怪六皇子命不好，做了沈如玉的儿子。"她说罢又微微摇头，哂道，"即便我没害六皇子，殿下就会留我一命吗？不会的，从我进宫那日起，就注定是这个结局了。"

"更何况殿下也是恨我的吧？我把你和我儿子换了，让你过了二十年的苦日子，你怎么可能不恨我这个罪魁祸首？从一开始，你就没想让我活。"

云氏闭上了眼："也罢，我本也没想着活着。"

温瀛走到殿外，身后的殿门缓缓合上，挡住了那道悬在横梁上的瘦削身影。

黏腻的春日夜雨铺天盖地地落下，凌祈宴撑着伞站在阶下，就这么沉默无言地抬眼望向他。

片刻后，凌祈宴一步一步走上前，喉结滚了滚，问："她死了？"

"嗯。"

凌祈宴的眼中有一瞬间的茫然，很快又恢复平静："哦。"

"走吧。"

两人并肩往回走去。

凌祈宴侧过头，小声道："你做过什么，我都猜到了。"

"我知道。"

凌祈宴眨了眨眼睫："我就是有一点好奇，她到底为何这么恨皇帝？"

"疯了。"

"疯了？"

温瀛嗓音低沉道："她被那些山匪掳走的这些年生过四五个孩子，没有一个活下来。"

凌祈宴心尖一颤："是吗？皇帝知道吗？"

"不知道。"

靖王和长公主他们或许知道，或许也不知道，但在皇帝执意纳云氏入宫以后，哪怕他们知道，这等事情也不好再拿去与皇帝说了。

他们都没想到，从始至终云氏一直还是当日在兴庆宫里歇斯底里的那个她，二十年的非人生活早已将她折磨得心智大变，她刻意压抑隐藏起来的那些怨和恨，只能发泄在让她家破人亡的皇帝身上。

是温瀛算准了她的心思，利用了她。

"她从什么时候开始给皇帝下毒的？"

"生了祈寯以后，她将祈寯送去宁寿宫，开始在自己的寝殿里点那药，来了这别宫后变本加厉。"

"明日靖王问起这事，你要怎么向他交代？"

温瀛淡淡地道："明日之事，明日再说。"

凌祈宴提醒他："靖王肯定要找你的麻烦了。"

云氏还什么都没交代清楚，就这么一条白绫地了结了，那位靖王本就怀疑温瀛，想必不会这么好糊弄过去。

但既然温瀛不在意这个，凌祈宴便也不多言了。

凌祈宴又闷声道："穷秀才，我有些不舒坦。

"我也不是难过，就是有些可怜她，可她害死了小六，死得也不冤枉。"

温瀛劝解道："别想了。"

凌祈宴犹豫道："我觉着她虽然恨皇帝，想杀了他，其实对皇帝依旧有些情意，她自己肯定也矛盾得很。

"她若是真对皇帝一点旧情都没了，哪怕为了争宠生了祈寤，也不会在意他，大可以像对待她给那些山匪生的孩子一样。她为了不让祈寤中毒，还特地将他送去宁寿宫给太后养。她疯得这么厉害，若非对皇帝有情，又怎会顾念她为皇帝生的孩子？"

温瀛道："或许吧。"

云氏嘴里哼的那首曲子，他曾听她给皇帝弹过。

但再说这些已无意义。

凌祈宴最后丢出一句："她的后事，我给她办吧，总得找个地方葬了。"

第六十五章

翌日清早，皇帝依旧未醒，云氏畏罪自杀。靖王收到消息后，当下来找温瀛质问。

"事情还没审问清楚，她怎就上吊了？你是怎么叫人盯着她的？"

面对靖王的怒气，温瀛不为所动，只有一句他亦不知。

"你不知道？"靖王闻言神色越发难看，半点不信他说的话，"人是你让人押走的，一个晚上就没了，白绫是哪里来的？你怎会不知？！"

凌祈宴替温瀛解释道："王爷，太子真的不知道这事。我们也是才听到消息，云氏的宫殿里或许原本就藏着白绫，她既然敢毒害陛下，应当早知道会有今日，一早做了准备。只怕她压根就不想活了。"

靖王并不理他，气急败坏地继续质问温瀛："明知道她是个疯子，你为何不叫人盯牢她？事情还未查清楚，她就这么死了，这事过后要如何向陛下交代，如何向天下人交代？"

"反正早晚是要死的，"温瀛淡漠道，"皇叔觉得还需要再查什么？事情是她和虞昭媛一块做的，她们都认罪了，还有何好查的？"

"你——"

温瀛越是这么说，靖王心头疑虑越浓，更是不信他，又被他这副无所谓的态度气到了，还要再说什么，有宫人匆匆来报，说陛下醒了。

他们当即去了皇帝的寝殿。

皇帝确实醒了，比起前几日睁开眼也只会转动眼珠，这会儿眼神里有了些清明之意，虽依旧说不出话来，至少能勉强发出些意味不明的声音。

温瀛走去御榻边坐下，扶住皇帝抖抖索索地伸过来的手。皇帝似是想说什么，但说不清楚。靖王欲言又止，到底没当下就将云氏和虞昭媛做的事情说出来，以免更刺激他老人家。

温瀛嗓音低沉地安抚着皇帝："父皇病了，刚醒来，可觉着好一些？父皇要多歇息休养，

儿臣和皇叔都在这里陪着您。"

皇帝的喉咙里发出"嗬嗬"的声响，手颤抖得更厉害，却一个字都说不出口。

靖王紧皱着眉，一句话没说，待不多时皇帝又睡过去，没有理温瀛，转身离去。

凌祈宴跟出去，叫住了他："王爷可是在生殿下的气？"

靖王没好气道："你瞧瞧他那是什么态度？中毒病倒的是他父皇，他好似一点都不急，你觉得本王不该生他的气？"

"王爷应当知道的，殿下那人就是那样，无论心里想什么，不善于表达。他并没有坏心，而且殿下做错了什么呢？他只是之前粗心了一些，没发现陛下被两位娘娘下了毒，王爷不也没发现吗？王爷怎能将事情都怪到殿下头上？"

靖王面色铁青，从牙缝里挤出声音："本王也希望他只是没发现那二人做的事情，仅此而已。"

凌祈宴镇定说道："自然是的。"

不等靖王再说什么，他又问："陛下刚有些好转，王爷不留在这里守着陛下吗？"

这一句话倒是提醒了靖王，他的神色中多了些显见的迟疑，最后丢下一句"本王一会儿过来"，便拂袖而去。

凌祈宴回到寝殿里，温瀛已从内殿出来，站在窗边似在看外头伸到窗口来的花枝。

凌祈宴走过去，轻推了推他的胳膊："淑妃就这么没了，靖王好似更怀疑你了，他或许觉得这个别宫里的人都是你的，我瞧着他约莫想做些什么。"

"随他。"温瀛冷淡地说道。

"若是靖王就是不肯从你，你打算怎么办？好歹你是他带回来的，你总不会也打算对他下手吧？太后那头要怎么交代？"

温瀛轻眯起眼，慢慢道："按着大成朝祖制，新皇登基后，众兄弟就该去地方上就藩，皇叔是因得了陛下看重，先是镇守边境，如今又领了京北大营的兵马，劳累辛苦了这么些年，也该享享清福了。他的膝盖早年受过伤，时有隐痛，他不如早些退下来，寻处富足之地，做个安逸闲王，颐养天年。"

凌祈宴一阵笑："原来殿下是这么打算的。殿下，你知道你这叫什么吗？"

温瀛睨向他。

"忘恩负义，不是个东西。"

温瀛不以为意，淡淡地点头："嗯。"

他向来不在意别人怎么评判他。

在外头站了片刻，凌祈宴跟随温瀛一块进了内殿。他来这边数日，还是第一回凑近看皇帝。

御榻上紧闭着眼的皇帝形销骨立、眼窝深陷，满脸都是病态。凌祈宴抱臂看了一阵，唏嘘道："皇帝竟变成了这般模样，这还能养回来吗？"

温瀛淡淡道："这边风水好，陛下在这里住个几年总能好起来的。"

凌祈宴佩服地说道："殿下果真将一切事情安排得明明白白，什么都预想好了。也是，这地方确实不错，不但风水好，风景也好，陛下就留在这里一直养病，做个逍遥太上皇挺好。"

温瀛没再多言，亲手帮皇帝拭去额头上的汗。

靖王很快去而复返，说这两日他留在这里伺候陛下，让温瀛回去歇着。

温瀛很干脆地让位给他。

走出皇帝寝殿后，凌祈宴才小声道："靖王这是怕你会亲自对皇帝下手，不放心将皇帝交给你。"

温瀛不在意道："随他吧。"

两人回到住处，江林已带着几人从云氏的宫殿回来，手里捧着收拾出来的云氏的遗物，向温瀛和凌祈宴禀报，他们已经将云氏的尸身收殓，暂时还停在她的寝殿里，后头这丧事要怎么办，得请他俩示下。

按说云氏和虞昭媛毒害皇帝，犯的是诛九族的大罪，可虞昭媛是个孤女，云氏进宫时也换了身份，早已与云家无关，她们死了牵扯不上别的人，但想要入土为安是不可能了，没被扔到乱葬岗已是不错。先前凌祈宴替虞昭媛收了尸，命人在这东山上找了处景色尚可的地方葬了，本意是想将云氏与虞昭媛葬在一块，让她俩去了地下也好有个伴，不至于太寂寞。

云氏的遗物呈到了他们面前，温瀛让凌祈宴看，凌祈宴随意地扫了一眼，大多是皇帝御赐的东西，他无甚兴趣，最后目光停留在一串早已斑驳脱色的佛珠上。

凌祈宴顺手将之拿起，问道："这是哪里来的？"

江林小声告诉他："王德说，曾听淑妃娘娘对昭媛娘娘提起，这串佛珠是她还在那山匪窝里时求一个厨娘给她的。淑妃娘娘说她刚被掳走那会儿每日都想死，最难熬的时候便一遍一遍地转这佛珠，才勉强撑了下来。"

凌祈宴听得颇不是滋味，沉默一阵，平复了心绪，对温瀛道："她连这事都与虞昭媛说，难怪能与虞昭媛交心。"

温瀛问他："这佛珠，你想要吗？"

凌祈宴想了想，道："罢了。"

他吩咐江林："将这串佛珠放进她的棺椁中去吧。"

入夜，皇帝又一次醒来，一直在寝殿里守着的靖王见状一喜，赶紧凑过去，轻声喊道："陛下？可听得到臣弟的话？"

皇帝缓缓睁开眼，混浊的双眼望向靖王，半晌才似看清他。

皇帝艰难地抬起手，靖王下意识地将他扶住，皇帝颤抖着手指在靖王的掌心上一笔一笔地写起字来。

看清楚皇帝写的是什么，靖王神色一凛，沉声应道："臣弟领旨！"

用罢晚膳后，温瀛与凌祈宴难得清闲，坐在榻上下棋。

温瀛的亲信进门来，低声禀报："一刻钟前，靖王爷派了人快马离开别宫，像是往北营那边去了，卑职已经派了一队人跟上去，要如何做，还请殿下示下。"

凌祈宴在棋盘上落下一子，对温瀛笑了笑："果真让殿下猜对了，靖王这是彻底不信殿下了，要叫自己的兵马来护驾。"

温瀛依旧神色淡然，不慌不乱地跟着落子，转瞬间吃下凌祈宴的一大片黑子。看着他一颗一颗地将黑子拾起，大意失荆州的凌祈宴气呼呼地瞪着他。

温瀛不以为意，待将棋子都收了，这才吩咐自己的亲信："不用管，等他们来了再说。"

亲信领命离去。

凌祈宴有些惊讶："等他们过来？你就不怕靖王真将你这位太子殿下扣下啊？"

"如此更好，"温瀛继续落子，"他若真敢如此，随意调动兵马扣下储君，便坐实了谋反之罪。"

凌祈宴顿时乐了。也是，反正皇帝是个废人了，如今这别宫里就温瀛和靖王两个顶事的人，到时候两边对上，互指对方造反软禁皇帝，谁说了算单看哪边更占上风罢了。

"殿下这么自信能赢吗？"

"为什么不能？"温瀛反问他。

"也是，靖王在西北待了近二十年，领兵的本事确实不错，他那些手下也都服他，鲜有钩心斗角的，他已经习惯了说一不二，又是刚直不阿一心向着陛下的，哪有你这位太子殿下这么多弯弯绕绕的心思？"

凌祈宴的言语间满是揶揄之意。那位靖王爷习惯了用武将的思维思考事情，哪能像温瀛这样一肚子坏水？

且靖王的根基也从来不在这上京城里。

难怪温瀛这般胸有成竹。

温瀛点了点头："等着吧。"

寅时，别宫禁卫军值房。

禁卫军统领被长剑架上脖子，怒视面前之人："你是靖王爷的人？你好大的胆子！你们扣拿本将是想造反不成？！"

那人冷淡地回答他："我等奉陛下谕旨行事，得罪了。"

他说罢吩咐身侧的人："去向王爷禀报，说人已经拿下了。"

那人当众宣读完皇帝的口谕，在场之人面面相觑，那人冷声提醒他们："这是陛下的旨意，你等可是要抗旨不遵？"

众禁卫军将领心惊肉跳，犹豫之下正要领旨，有人急匆匆地跑进来，语不成调地喊道："太……太子殿下来了……"

那人的面色猛然一变。

温瀛步入昏暗的值房中，半边脸隐在夜色里，叫人看不清他脸上的神情，只听到他寒若冰霜的声音下令："靖王矫诏私自命人扣拿禁卫军统领意图不轨，拿下。"

局势瞬间颠倒。

转日傍晚，温瀛出现在皇帝的寝殿里时，靖王正在一勺一勺地给御榻上的皇帝喂药。

皇帝醒了，但动不了身。

温瀛上前请安，无论是皇帝还是靖王，都没理他。

温瀛不以为意，恭敬地请示道："父皇，皇叔已经伺候您一日一夜了，想必十分疲惫，不若让他先歇下，让儿臣代劳，留在这里给您侍疾？"

皇帝颤抖着抬起手指向温瀛，喉咙里发出急促但含混不清的声音，大睁着凹陷下去的混浊双眼。

靖王轻拍了拍他的胸口安抚他，站起身面向温瀛，神情格外冷肃："太子，陛下让本王替他问话，你须得如实回答。"

温瀛面色沉着，撩开衣摆在御榻前直挺挺地跪下："有什么话，皇叔直言便是。"

靖王压抑着怒气，定了定心思，寒声问："淑妃和虞昭媛给陛下下药之事，你事先可知情？"

"不知。"温瀛镇定地回答。

"果真不知？"

"果真不知。"

靖王握紧拳："昨日你和祈宴在陛下的御榻前说过什么，你可还记得？"

温瀛道："随意提了几句父皇的病情而已，后头皇叔很快就来了，我们便回去了。"

"没说别的？"

"没有。"

"你还敢不认？！"靖王拔高声音，怒意勃发道，"昨日你们趁着陛下不清醒，大言不惭地要取而代之，一直将陛下软禁在此做个傀儡太上皇，是陛下亲耳听到，你敢不认？你们想做什么？！趁陛下如今病重造反不成？！"

他们确实说过，但温瀛面上没有半点被揭穿心思的心虚神色，反问靖王："父皇若一直是这般病重不起、昏迷不醒之态，朝政之事怎么办？国不可一日无君，孤替父皇分忧，好让父皇静心休养，调养身子，何错之有？"

靖王气道："陛下尚在病中，你已然开始图谋他的皇位，你不是居心叵测是什么？！"

"孤没有别的心思，只是替父皇着想，更替大成江山着想。"

"你简直强词夺理！"

皇帝挣扎着想要起身，似十分激动，怒视温瀛，几乎要将眼珠子都瞪出来。他大张着嘴，却仿佛被人掐住了喉咙，只能发出些无意义的断续嘶哑喊声，满头冷汗，模样格外狼狈，很快又颓然地倒回被褥中。

靖王见状赶紧扶住皇帝："陛下息怒，身子要紧……"

"喀——"

皇帝的脸涨得通红，不停咳嗽，几乎要咳出血来。

温瀛冷眼看着，不为所动，待靖王手忙脚乱地给皇帝喂了药，他老人家不再那般激动，温瀛才慢慢沉声说道："父皇，那位张神医已经说了，您体内余毒未清，不该这般动怒，须得静心调养三五年才能好转。您安心在这别宫里养病，大业儿臣愿替您担着。"

眼见着皇帝被他的几句话刺激得身体又开始打战，靖王回头怒叱道："你闭嘴！你是当真想气死你父皇不成？！"

温瀛却提醒他："皇叔也息怒的好，不要冲动之下做出什么不可挽回之事来。"

靖王心下一突："你这话是何意？"

温瀛神色淡淡道："皇叔做了什么，难道自己不清楚吗？"

凌祈宴坐在廊下，心不在焉地逗着一只不知哪里冒出来的野猫。天色已逐渐暗了，他抬头看了看天边昏黄的落日，心跳得莫名有些快。

江林脚步匆匆地进来，小声禀报道："伯爷，别宫外来了两千北营兵马，现已将别宫团团包围了。"

凌祈宴笑了笑："是吗？来得可真快。"

他话音刚落，又有下人小跑进来，满面慌乱气喘吁吁地道："伯……伯爷，靖王身边的人忽然过来，气势汹汹地说要捉拿乱党，被殿下的侍卫拦在外头，两边已经起了冲突。"

听到院外隐约的吵嚷声，凌祈宴伸了伸腰，漫不经心道："让他们进来便是。"

靖王的侍卫冲进来，共有十几人，各个手持利器，来势汹汹。

凌祈宴依旧坐在廊下，将手中的点心全都喂了那野猫，擦了擦手，慢悠悠地抬眼，目光扫过面前的众人，冷声问："你们是靖王的人？这里是太子的寝宫，你们持剑冲进来，是想造反不成？"

为首的那人咬牙道："王爷奉陛下口谕，捉拿宫中乱党逆贼，我等只是奉命行事。"

"陛下口谕？"凌祈宴哂道，"陛下昏迷不醒，何时下的口谕？太子宫里又哪里来的乱党逆贼？别是靖王趁着陛下病重，欲图谋不轨，假传圣谕吧？"

那人怒目而视，大声道："废话少说，将他拿下！"

众靖王侍卫齐刷刷地上前，将凌祈宴团团围住，剑尖直指向他。

凌祈宴不紧不慢地站起身，再次抬头。

那侍卫头领见状像是察觉到什么，面色陡然一变，下意识地抬眼向四处望去，就见周遭阁楼殿宇上转瞬间冒出近百弓箭手，箭头已对准他们，皆是宫中禁卫军！

温瀛冷静无波的双眼望向靖王："昨日半夜，皇叔擅自将这别宫禁卫军统领拿下，换上您自己的亲信，可有此事？"

靖王道："是又如何？本王并非擅作主张，是奉陛下谕旨行事。若非如此，难道任由太子你控制宫闱，意图软禁陛下、逼宫犯上吗？"

"皇叔这话说错了，意图软禁陛下、逼宫犯上的不是孤，是您。"温瀛沉声提醒他。

靖王愣了愣，顿时面色铁青，怒不可遏："你胡说八道！休要含血喷人！"

温瀛已站起身，没再理他，冲御榻上因他的几句话又开始猛烈挣扎咳嗽的皇帝拱了拱手："父皇，还请您明察，不要被皇叔蒙骗了。皇叔扣下这里的禁卫军统领，又擅自调动北营兵马过来逼宫，如今北营两千人已到，就堵在别宫外头，儿臣是逼不得已才如此行事。"

靖王闻言怒极："你这个畜生！你竟敢如此颠倒是非黑白！来人！"

宫殿门骤然洞开，背着光踱进来的人却是凌祈宴，身后还押着靖王的一众亲信，昨夜带人去扣拿禁卫军统领的那个也在。

靖王霍然睁大眼，目眦欲裂，厉声质问凌祈宴："你来这里做什么？！你扣下本王的人想做什么？！"

凌祈宴似笑非笑道："这话不该我来问王爷？王爷的侍卫嚷嚷着要捉拿乱党，持剑闯进太子的寝宫，意图扣拿我作为人质威胁殿下，王爷又到底想做什么？"

不等靖王说话，他又道："非但如此，王爷还扣下了这别宫里原本的禁卫军统领，换上您自己的人，若非殿下先一步洞察，亲自带人过去解救了统领大人，只怕这会儿这里的禁卫军已与外头的北营兵马里应外合，冲进来将殿下和我等全部挟制住，陛下又病重不起，到那时，整个别宫岂不全由王爷您说了算？"

"你……你们！你们这两个畜生！"

靖王被他俩一唱一和、贼喊捉贼的话气得几欲吐血，颤抖着手指向他二人，厉声叱骂。

皇帝几经挣扎，依旧半句话说不出，胸膛剧烈起伏，最后竟就这么被气晕了过去。

宫门外，两千北营兵马正在与禁卫军对峙。

北营副统领亲自带兵前来，手中拿着昨日靖王连夜叫人送去的、皇帝的调兵符，说他们是奉圣命前来救驾，让禁卫军即刻开宫门。禁卫军半步不让，在门楼上一字排开，拉弓搭箭，随时准备放箭。

两相僵持，各自对骂不休，直到远处传来浩浩荡荡的马蹄声响。

少说有数千兵马奔袭而来。

北营那副统领立在马上，用力勒紧马缰，待看清楚领兵前来的是何人，双瞳狠狠一缩。

在北营兵马将别宫围住后，南营近三千人也出现在这别宫外，且是由南营总兵敬国公林肃亲自领兵而来。

两边对上，林肃手中长剑直指向对方："宫闱之地，岂容尔等放肆？退下！"

这位国公爷也是上过战场的，身上有着长年累月沉淀下的杀伐之气，对方的气势明显虚了一截，强撑着争辩道："国公爷竟也打算跟着皇太子一块造反不成？我等手上有陛下的调兵符，是陛下让我等前来……"

"这里离南营更近，陛下即便要调兵也该派人去南营，如何会舍近求远？"林肃冷声打断他道，"你奉的是靖王之命，陛下病重不起，靖王在御榻前伺候，伺机拿了陛下的调兵符，调集兵马过来为的是趁陛下不清明之时扣下太子殿下，好行不轨之事。"

"你满口胡言！休要诬蔑王爷！分明是你与太子串通，欲挟持陛下……"

"报！"

有北营兵疾驰而来，跌跌撞撞地翻下马，向那副统领禀报："将……将军，您带兵走之后，陈副总和王副总他们挟制了全营，将王爷和将军您说成是矫诏私自出兵，意欲逼宫谋反，且已以北营的名义连夜将事情呈报去了兵部！"

那副统领闻言脸瞬间涨得通红，瞠目结舌道："放屁！本将分明是拿着陛下的调兵符带兵来救驾！他们好大的胆子！"

他又狠狠瞪向林肃："是你！你不但投靠了太子，还买通拉拢了陈斌、王忠信他们，你们这些人合起伙来要助太子谋朝篡位！竟把罪名嫁祸到从来对陛下忠心耿耿的靖王爷身上！"

"赵将军慎言，"林肃面不改色地提醒他，"小心祸从口出，没有证据的事情，最好不要胡乱说。"

"你又有何证据说是王爷逼宫犯上？！"

林肃道："是与不是，到了殿下和王爷面前，自能见分晓。"

皇帝寝殿里已乱成一团，内殿中众太医正在全力救治又一次昏死过去的皇帝，凌祈宴命人将其余人等先押下去，只余他们与靖王在外殿对峙。

很快有人进来，将宫门外的状况禀报给他们。

听闻林肃率了南营兵马出现，靖王猛地抽出墙壁上挂的御剑，指向温瀛，咬紧牙根一字一字哑声质问他："你连林肃都拉拢了，到底谋划了多久？"

温瀛并不畏惧他手中的剑，不退半分："孤方才已经说了，皇叔不要这般冲动，有话好说便是。"

"本王与你没什么好说的！"靖王恨道，"本王只恨本王瞎了眼，没早看清楚你的狼子野心。早知如此，本王当初何必撺掇陛下将你认回来？反害了陛下！"

从听到林肃出现起，他就知道他拦不住了。南营向来压北营一头，皇帝调他回来，本也是为了牵制林肃的南营势力，但他才回京两年，在上京城的根基远比不上一直在此汲汲营营的敬国公府，哪怕是在北营里头，也并非人人听他的话。

他只是没想到他不但看错了温瀛，连林肃也看错了。

温瀛平静道："这件事情，孤永远感激皇叔，孤也无意与皇叔作对，皇叔又何必这般固执？"

靖王气红了眼："你已经做了太子，那个位置迟早是你的，就不能再等一等？今日即便你赢了，你真以为你这一出能堵住悠悠之口，不会有人怀疑你？你又何必污了自己的名声？"

温瀛没有再否认自己的意图："孤等不起。"

"你才二十出头！你有何等不起的？！陛下待你这般好，费尽心思地帮你铺路，你怎能如此冷血，一点不顾念父子之情？！"

温瀛漠然地闭眼再睁开："皇叔想知道为什么？"

"你又有何借口？！"

温瀛望着他，眼中无半分温度："当年在国子监，孤只是个一文不名的学生，一心想要考科举出人头地，陛下明知道孤是被冤枉的，为了保全他其他儿子的名声，为了不叫人知道他的儿子不和兄弟阋墙，一句轻飘飘的革除功名，便叫孤十数年的寒窗苦读化为乌有。

"孤为了争一口气，只能去边境投军，刚出京就遇上昔日的太子派人伏击，欲取孤的性命。孤侥幸逃脱，又在塞外战场上九死一生，才走运被皇叔认回。孤确实感激皇叔，可这些若非陛下所赐，孤本不用经历。"

靖王愕然："就这么一件小事，你竟记仇到现在？若非有此番遭遇，你即便真考上了状元，只怕这会儿也不过是翰林院里一个寂寂无闻的小官，哪能有今日？！"

温瀛的目光更冷："对陛下和皇叔而言，这或许是小事，可对这世间千万读书人而言，皇帝的一句'革除功名'，与被判了死罪又有何异？"

"王爷这话可不对，"不待靖王再说，凌祈宴上前一步帮腔道，"殿下是皇子，当初将他

327

弄丢了，固然有淑妃与皇后的错，可陛下身为皇帝却护不住自己的亲子，反而在二十年后以将之认回来当作恩典，要殿下感恩戴德，世上哪有这样的道理？"

靖王将剑尖转向他，冷声诘问："你又有何资格说这样的话？这二十年，占好处的是你，到了今时今日，太后还将你当作亲孙子，甚至比疼别人更疼你，可你是怎么回报她的？你与太子合起伙来欲夺陛下的皇位！"

凌祈宴神色镇定自若，扯了扯嘴角："我是享了二十年不该享的荣华富贵，可这二十年里，王爷远在边境或许不知，皇后对我非打即骂，我十二岁就因她差点进了鬼门关，废太子一回两回三回地挑衅我，使阴招害我，无论他错得多离谱，陛下从来相信皇后、相信他，只因我不学无术、不争气，丢了他的脸。

"太后对我好，日后我自会竭尽所能地回报她、孝顺她，可我占了殿下的身份二十年，欠了他的，他非但不计较，还这般对我好，我不该帮他？"

靖王闻言越发恼火："你们一个两个嘴里只有自己，不忠不孝、不仁不义，有何面目在此大放厥词？！本王今日就要代陛下除了你们这两个畜生！"

他手中的剑送向凌祈宴，又陡然一转，指向温瀛，猛刺过去。

温瀛抬手，凌祈宴却比他更快一步，两指用力夹住了剑刃，指间很快有鲜血滑落。

温瀛厉声丢出一句"退开"，电光石火间抽出了随身带的匕首，与靖王的剑撞到一块。

第六十七章

两营兵马在别宫外交手，最后以林肃亲手将北营副统领挑落马下，余的人缴械投降告终。

暮色已沉。

靖王跌坐在椅中，闭着眼再不置一词。

他的手臂上有一道割伤，正在淌血，温瀛让太医去为之包扎，被他漠然挥开。

温瀛的肩膀上则受了靖王一剑。

先前他们叔侄俩交手，温瀛处处压制着靖王，但又刻意让着他，在生生挨下那一剑后，是靖王先弃了剑，之后便一直是这副一言不发的灰败之态。

直到林肃押着北营的副统领进门来，向温瀛禀报说宫外乱党已被全部拿下。

温瀛轻轻额首。

听到林肃的声音，靖王抬眼，带刺的凌厉目光望向他。林肃避开，只当作没看到。

温瀛淡淡地提醒靖王："皇叔您输了。"

回答他的，只有靖王的冷笑。

温瀛不以为意："皇叔倘若执意如此，外头那些人只能枉死了。"

被押跪在地上的北营副统领闻言目眦欲裂，挣扎着想起身，又被林肃一手按了下去。

他大声争辩："本将没有造反！本将是奉陛下口谕，拿着陛下的调兵符前来救驾！你们诬蔑本将！"

林肃已将那调兵符拿到手，递给温瀛看。

温瀛摩挲着其上的龙纹，这是大成历代皇帝才有的、能调动京畿所有兵马的调兵符，如今就在他手中。

片刻后，他沉声问道："父皇这段时日一直病重昏迷不醒，这调兵符如何到的皇叔手里？"

那副统领还要争辩，温瀛没再给他机会，命人先将之押下去，留待处置。

靖王冷漠地抬眼，终于开口："太子殿下何必装模作样？这调兵符如何来的，你分明心知肚明，还有何好问的？你也不必说这些废话了，你连你父皇都不在意，又怎会在意本王和外头那些人？要杀要剐，悉听尊便便是。"

温瀛却道："孤没打算杀他们，更没想杀皇叔，北营那头送去兵部的公文，孤会叫人压下，但得请皇叔给孤做个见证。"

靖王的眉狠狠一皱："你还想做什么？"

"孤需要一道禅位诏书，也需要几个见证人，有敬国公和皇叔一起为孤做这个见证，才能叫朝廷百官心服口服。"

"你休想！"靖王哂道，"你不是很有本事吗？趁着你父皇在别宫这段时日，首辅、次辅都被你弄走了，一力把控住朝政，朝堂之上谁还敢与你唱反调？你还需要什么见证人？本王一个冥顽不灵的老匹夫，只怕会坏了太子殿下的好事。"

温瀛轻眯起眼，眸色中多了些许冷意："若皇叔执意不肯，孤便当真只能将皇叔和您的这一众部下以乱党处置，谋逆之罪，祸连家人……"

"你敢！"靖王瞬间涨红了脸，"你这个畜生！你敢如此，本王死都不会放过你！"

"皇叔，有句话叫作识时务者为俊杰，"温瀛沉下声音道，"或许皇叔愿意为了您恪守的愚忠大义赴死，甚至不惜牺牲家小，您以为您死得慷慨，可您得想想，太后年纪大了，如何受得住又一次白发人送黑发人？如今父皇成了这副模样，太后若再没了您这个小儿子和一众孙儿、孙女，她要是伤心之下有个好歹，您便是不孝了。"

靖王猛然睁大眼，死死瞪着温瀛。他大抵没想到这一层，牙齿咬得咯咯响，恨得几欲呕血。

温瀛不为所动，继续道："陛下如今这副模样，也无力再操持朝政，孤先前说的，愿为陛下分忧，扛起肩上重担，并非假的。孤以储君名义监国，终非长久之道，亦有诸多麻烦，政令不能畅快下达，许多事情会被耽搁，皇叔即便不为着私心，也得为这大成的江山社稷着想。"

最后一句，一字一字重重敲在靖王心上："到了今时今刻，皇叔以为，您当真还有选择吗？"

长久的僵持后，面对始终镇定如常、成竹在胸的温瀛，靖王的气势一点一点弱下，仿佛被抽干了浑身力气，终于颓然瘫倒在坐椅中，再次闭上眼。

凌祈宴在一旁冷眼看着，不得不说都有些佩服温瀛了，三言两语间竟完完全全抓住了靖王的软肋。

以他的部下、他的妻儿子女要挟，他只会觉得为大义而死，这些牺牲是应当的，是死得其所，罪大恶极的那个人是温瀛。

可一旦牵扯到太后，将不孝的帽子扣到他头上，却是他不能忍的，挣扎之下他到底生出了动摇之心。

温瀛没有逼迫他当即表态，只命人先将其送回住处去。靖王没肯，再开口时声音更哑："我就留在这里，如今这里里里外外都是你的人，我也再做不了什么，你让我伺候陛下，等陛下醒了再说。"

温瀛淡淡地说道:"皇叔多虑了,陛下是孤的父皇,孤不会做那大逆不道之事,也无必要。"

靖王分明不信他:"你的心思我猜不准,也不想再猜,你若真想我给你做这个见证,就让我留在这里给陛下侍疾。"

温瀛深深地看着他,半晌之后终是道:"那便辛苦皇叔了。"

他们退下去时,靖王却又突然叫住林肃,冷声问他:"陛下从来待你不薄,虽提防着林家,但并未动过你们分毫,反而一再施恩,你如今却帮着太子造反,岂非忘恩负义?"

林肃镇定地答道:"殿下说的,识时务者为俊杰,还望王爷勿怪。"

他未再多说,跟在温瀛身后退下。

出了皇帝的寝殿,温瀛吩咐林肃去外整兵:"让京卫军加强戒严,上京城中若有异动,无论是谁,拿了便是。"

林肃垂首领命。

一回到寝宫,凌祈宴立刻让温瀛坐上榻,叫来太医重新给他上药包扎。

靖王这一剑刺得不浅,在温瀛屡次受过伤的地方再添一道新伤。

先前在皇帝的寝宫那边只随意止了血,凌祈宴也没仔细看,这会儿凑近了细瞧,看到那血肉模糊的一团,气道:"靖王分明就打不过你,你为何要特地送上去挨这一剑?"

温瀛低声解释:"我不挨这一剑,靖王不会息怒。无论如何,禅位诏书的见证人必须有他,只能如此。"

皇帝再醒来,是在翌日清早。温瀛过去请安,皇帝已喝过药,正在闭目养神。

靖王见到温瀛依旧没好脸色,但没再像昨日那般激动。温瀛走进去,对他道:"皇叔,孤想单独与父皇说几句话。"

"你要做什么?"靖王顿时警惕起来,看他的眼神像是生怕他会对皇帝不利。

温瀛望了一眼御榻上耷拉着眼皮并不搭理他的皇帝,淡淡道:"皇叔放心,孤只想与父皇说几句话而已,不会做别的,您可以就在外头盯着。"

靖王瞪了他两眼,又回头与皇帝说了两句什么,起身去了外头。

温瀛走上前,在皇帝身侧跪下,听到依旧闭着眼的皇帝从鼻子里漏出的、带着极度不忿的声音,平静地说道:"父皇,那位张神医是皇叔带来的,他不会骗您,您中的这毒,须得精心调养三五年才能将身子养回来,朝政之事于您只是累赘。

"儿臣确实有狼子野心,可儿臣也是为父皇好,您若执意不肯下诏,儿臣只能自己代劳。

"父皇倒也不必动怒,否则又像昨日那样,反伤了身子。"

庭院中,凌祈宴倚在廊下,正漫不经心地欣赏这别宫里的春日景致。

靖王出来,漠然看了他一眼,没理他。

凌祈宴将人喊住,要笑不笑道:"王爷是否还是不服气,若非有敬国公,殿下未必能赢?"

靖王冷冷地瞅向他。

凌祈宴轻勾起嘴角:"倒也是,许多人原本还摇摆不定,若非殿下有林家这个最大的筹码

331

在，也未必就会倒向殿下。至于敬国公为何要替殿下做事，识时务者为俊杰自然是一方面，毕竟当初殿下还什么都不是时，敬国公就十分看好他。"

眼见着靖王脸色难看，凌祈宴全不以为意，顿了顿又继续道："可王爷又是否知道？那林家小娘子是被凌祈寓那个狗东西害死的？"

靖王寒声道："是又如何？当年林家女死，陛下破例给她追封了县主下葬，还提了她兄长的官职，如此还不够吗？一个女儿而已，就值得敬国公冒着风险跟随太子逼宫犯上？"

凌祈宴摇头："补偿再多抵得上人家女儿的一条命吗？陛下怕被人说自己教子无方，生养了个丧心病狂的冷血畜生，只字未对外提，依旧不能让人女儿的死因大白天下，岂不叫人寒心？

"在王爷眼里，一个女儿或许不重要，只怕连您的儿子都能为了所谓的大义牺牲，但并非人人都能像王爷这般豁达想得开。陛下这样的皇帝不值得效忠，换个明主有何不可？

"殿下虽也无情，但恩怨分明，跟了他，又有何不好？"

凌祈宴说罢，没再看靖王脸上复杂变幻的神情，笑了笑，转开眼，继续欣赏廊外的风景。

温瀛过了两刻钟才出来，错身而过时，靖王问他："林家势大，你就不怕养虎为患？"

"孤不是父皇，用人不疑，疑人不用。"

靖王没再多言，阴着脸进了门。

凌祈宴笑着对温瀛抬了抬下巴："你和皇帝说什么了？"

"让他下诏禅位。"

"他能答应？"

"他不愿意，但由不得他。"

凌祈宴点头："挺好，为免夜长梦多，别再拖了，这几日尽快将诏书发下去吧。"

"好。"

三月廿四，兴庆宫大朝会。

敬国公林肃当众宣读皇帝的禅位诏书，举朝哗然。

即便这段时日的种种迹象早就有了端倪，亦有消息灵通之人听说了别宫的那场逼宫风波，但大多数人依旧没想到，禅位诏书竟就这么仓促地下了，所有人都措手不及。

大殿里甚至短暂地静了一瞬。

手捧皇帝宝玺的靖王面无表情。这几日他亲眼瞧见皇帝的病况起起伏伏，始终没有大的起色，回来上京后也没能见到太后，很显然是太子不让他见。他甚至怀疑他再坚持下去，太后也会成为太子威胁他的筹码。他的府邸外还有太子的人盯梢，太子把持着朝政，且控制了整个上京城，他只能选择妥协。

跪地接诏的众朝臣俱不敢出声，只看见早知事由的众内阁辅臣各个心悦诚服，且捧出宝玺、宣读诏书的是靖王和敬国公，哪怕心有一肚子疑虑，却没人敢在这时候跳出来质疑。

皇太子面色俨然，脚步坚定地一步步走上前，跪地接下诏书和宝玺。

即便还未举行正式的登基大典，从这一刻起，他的身份便彻底变了。

宁寿宫。

凌祈宴跪在太后跟前，为温瀛辩解请罪。

他们昨日从别宫回来，今早才来见太后。前朝宣读禅位诏书之事已传遍后宫，所有人都慌了，太后的脸色更是前所未有地难看。

面对太后的质疑，凌祈宴只能咬死温瀛是为大局着想："陛下病重不能起，太子临危受命，不得已才接下大位，还望祖母体谅。"

"皇帝到底如何了？他生的什么病？为何去岁走时他还好好的，现在竟病重不能起了？"太后又气又急，言语间更多了些对他们，尤其是对温瀛的怀疑。

凌祈宴想了想，说了实话："陛下中毒了。"

太后闻言眼前一黑，差点没晕过去："中毒？为何会中毒？！"

"那虞昭媛给陛下下的毒，非但陛下，淑妃也中了毒，且……没救回来，虞昭媛已经被太子处死，太子暂且压着这事，是怕朝局动荡，待他顺利即位后，便会将事情公之于众。"

这是他们之前商议好的说辞，皇帝中毒这事没必要瞒着，那毒药是从西南来的，那边有数个小国，虽是大成的藩属国，但并不太平，他们大可以借此做文章。

"那皇帝现下如何了？救得回来吗？要如何救？太医怎么说的？你别瞒着我，都给我说清楚！"太后急红了眼，一个接一个问题扔出来，若非有身侧的嬷嬷搀扶着她，只怕已支撑不住。

凌祈宴低下声音，捡着能说的，一一回答了她。

太后听罢非但没能放下心，听到说皇帝都下不了床了，更是心急如焚，一定要亲自去别宫看皇帝。凌祈宴只得劝她："祖母先别急，等过几日太子登基之后，这边的事情安稳了，我们陪祖母一起去。"

到了傍晚，温瀛才终于得空过来宁寿宫请安。

太后又一次说起要去别宫看皇帝之事，温瀛点头答应："待登基大典之后，我们送祖母过去。"

太后的疑虑并未尽消，她又将早上问过凌祈宴的那些问题问了一遍，温瀛的回答更是滴水不漏。

但他坚持，一定要等到登基之后，再陪同她老人家一起去别宫看皇帝。

太后几番犹豫，试探着又问他："禅位给你，果真是皇帝的意思？"

"是。"

"你的那些弟弟妹妹，你打算如何安置他们？"

温瀛镇定地回道："除了祈寤，余的皇子都已封王，按着祖制，本该将他们分封去地方上，但父皇尚在，就让他们先留京吧。除了已经出宫开府的，其余人和众后宫妃嫔一起迁去别宫，那边风水好一些，适合父皇养病，祈寤依旧留在宁寿宫这里，与祖母做伴。"

太后闻言皱眉，这样的安排好似并没什么错，可她听着总觉得不舒坦，声音便淡了些："诏书已下，我也说不得什么。你们下去吧，都下去。"

从宁寿宫出来，两人踱步回东宫。温瀛虽已接下禅位诏书和皇帝宝玺，但在正式登基前依

第六十七章

333

旧留在东宫里。

安静走了片刻，凌祈宴闷声道："我们骗太后的事情，不是很容易被拆穿吗？待她去了别宫，就什么都知道了。"

温瀛淡淡道："那时我已登基，一切都已尘埃落定，她知道便知道了吧。"

这人果真是谁都不在意。

"那我真成帮着你欺瞒太后的帮凶了，"凌祈宴撇嘴，"好吧。"

大不了过后他再向太后请罪就是了。

回东宫后，凌祈宴抱着那皇帝宝玺瞅了半日，越看越心情复杂。

这宝玺上有一角磕掉了一块，用金子补足了，他伸手摸了摸，顺嘴对温瀛道："这块缺掉的地方，是我小时候摔的，为这个皇帝亲自拿鞭子抽了我一顿，从那以后他就怎么看我怎么不顺眼了。"

那会儿他也才五六岁，刚开蒙，皇帝对他这个皇长子抱有极大的期望，给他找的老师都是朝中威望极高、学识极好的大儒，每日押着他学满四个时辰。但他那么一点大的孩子，正是玩心重的时候，又好动，哪里受得住这个？

且皇帝还每日要亲自检查他背书，有一回他背书背了一半后面的死活记不起来，被皇帝训斥了，他也是脾气大，顺手抓起御案上的宝玺就给摔了。

那回皇帝发了好大的火，从那以后，对他的态度就逐渐变了，这事他一直记得。

"穷秀才，我这可都是替你受过。"

温瀛点了点头："嗯。"

第六十八章

　　四月初二，新皇登基，定年号熙和，逾年正月起始用。

　　登基大典翌日，新帝连下几道诏书，以谋害太上皇为名，向西南藩国发出檄文，震动朝野。

　　所有人都惴惴难安，新帝是个穷兵黩武的，从前还只是亲王时，就敢自作主张地发兵吞了偌大的巴林顿，做了太子后硬是逼着户部增加了军费开支，如今当了皇帝，果然当下就要找由头对外生事了。

　　但无论这些人怎么想，这些事情还得徐徐图之，做了皇帝，温瀛反而变得不紧不慢起来。

　　登基三日后，在太后，如今已是太皇太后的一再坚持下，温瀛和凌祈宴将她送去了东山别宫，连带着太上皇的众后宫妃嫔和尚未开府、未出嫁的儿女，也包括那位疯了有多时的废后沈氏一起。

　　沈氏的皇后位虽被废，但亲子做了皇帝，她依旧得封了太后。只不过去了别宫，她还是被拘在一处单独的宫殿中，没有谁会搭理她。

　　这段时日太皇太后每日吃不下、睡不着，以泪洗面，凌祈宴看着心里不好受，但不敢说出实情。如今当真把人送来了别宫，她老人家走进太上皇的寝殿后，他和温瀛就一齐在外边跪了下来。

　　太上皇的情形比他们回宫那会儿已有了些起色，至少他能勉强撑起身，倚在床头坐一会儿，嘴里也能断续蹦出几个字，但依旧下不了床，想要恢复如常更是遥遥无期。

　　太皇太后进去了半个时辰才出来，他们就在外边跪了半个时辰。

　　太上皇并非自愿禅位，靖王亦是被逼迫不得不妥协，知道事情真相后，非但温瀛，连凌祈宴，太皇太后都再未给过一个好脸色，甚至连话都不愿与他们多说，只下了懿旨，说日后自己就留在这别宫里，不再回去了，让他们好自为之。

　　他们只在这别宫里待了一日，走之前，凌祈宴还是单独去见了太皇太后一回。

他在太皇太后的寝宫外跪了一个时辰，才终于得到机会进去。

太皇太后的两鬓已彻底斑白，神色哀戚疲惫，凌祈宴再次跪下地，低声劝她："祖母身子也不好，要多保重。"

许久，太皇太后才闭了闭眼，哑声问他："下毒之事淑妃也有份，为何他要为之隐瞒，还将她葬进后妃园寝中？"

"祖母应当猜到了，他是为了祈寤。"

"也罢，你们都决定了也轮不上我这个老婆子插嘴，祈寤暂且留在我身边，等他到了该念书的年纪，你们再将他接回去教养吧。"

凌祈宴犹豫之后又与太皇太后说起另一桩事情："靖王，陛下打算让他去豫州。"

太皇太后愣了愣，闭上眼沉默一阵，声音更哑："去便去吧，他劳累了一辈子，也该享享清福，远离这京城是非地也好，走之前让他带几个孩子来给我看看。"

凌祈宴应下，离开前再给太皇太后磕了三个响头。

仲夏夜，月色皎洁，星桥正远缀夜空。

宫中彻夜点灯，庭燎烧空、火树琪花，处处金窗玉槛。

星与火交错，缥缥缈缈的乐曲声缠绵不止，天上人间，恍若一处。

温瀛和凌祈宴走上皇宫西侧的望天台，抬眼便能看到伫立在西城门边那巨大的灯轮，在夜色中璀璨至极。

城门上有烟花冲天而起，炸成无数金色星雨，漫天洒下。

凌祈宴仰起头目不转睛地看着："好看吗？"

"嗯！"

两人不再多言，在这皇宫至高处，看尽星河灯火。

番外一 下江南

下江南

熙和六年。

正月初二日御舟自上京出发，顺运河南下，沿路走走停停，到达江南时，正是景致最好的三月。

皇帝的御舟停驻在金陵城外，又在船上多住了一晚。

夜半，凌祈宴出去一趟，听人禀报了事情，不出两刻钟又回到船上，温瀛正在灯下看书。

凌祈宴进门，笑道："陛下可知道我又听到了什么乐子？"

温瀛将手中的书册翻过一页，并未抬眼："嗯。"

心知他就是这么个性子，凌祈宴也不在意，继续笑道："这里的官员今日没接到驾，更加惶恐不安，连夜送了礼来，好些个美人，有男有女，我方才去看了，确确实实都是百里挑一的美人，说是送来伺候陛下，我已帮陛下给挡了回去，不过嘛……"

温瀛终于搁下书本，望向他："不过什么？"

"他们还送了人去太上皇的船上，太上皇收了。"

温瀛无言一阵，丢出一句："随他吧。"

太上皇在别宫休养了这么几年，身子已彻底好了，又变得生龙活虎起来，起初还与温瀛闹过几次，想要复辟，温瀛岂会让他如愿，叫他吃了些苦头。后头这位太上皇才彻底认清现实，死了心，从此心思都放到了吃喝玩乐上。这两年别宫里又新出生了好几个皇弟皇妹，温瀛倒也没亏待他们。

这回出来，凌祈宴三请四请，才劝得太皇太后跟他们一块南下。太上皇听闻，他老人家一辈子没去过江南，立马也说要去。只要不触及原则问题，温瀛都顺着他，于是把太上皇连同他宠爱的那几个太妃嫔一并带了出来。这一路上温瀛忙着召见官员，视察民生河工，一日闲不下来，太上皇他老人家镇日游山玩水，倒是好不逍遥。

翌日，快近晌午时皇帝才终于下船进城。上车时，凌祈宴扫了一眼跪地接驾的当地官员，勾唇笑了笑。

皇帝这一路过来，考核沿途官员的政绩，或升或贬或罚了一大批人，以至他人还未到，江南这边就已先人心惶惶。

这当中凌祈宴没少出力，甚至出了大力气。

他当年在江南以自己的产业为立足点，建立起的那张情报网早已全面铺开，不单是江南，临近的各州乃至上京，甚至整个大成朝都已囊括在网中。这个天下所有的事情，只有他不想知道的，没有他打听不到的，他手中那份大成朝官员的履历，远比留存在吏部的那份完整详细得多。

他和温瀛，一个在明，一个在暗，滴水不漏地掌控着整个大成朝。

御驾进城后，行往江南别宫。

江南别宫就在这金陵城中，坐落于水畔，还是数十年前先帝南巡时所建，早在去年就已重新修葺一新。

入宫以后，温瀛召见了一众当地地方官，不咸不淡地与他们说了几句话，并未一来就发难，反叫这些人心头更是七上八下，不得着落。

当日下午，太皇太后的娘家人前来别宫拜谒，温瀛亲自接见了他们。

见到多年未见的娘家人，太皇太后泪水涟涟，窝心话说不尽。

这些人凌祈宴从前听太皇太后提过许多回，今日却是第一回见。

苏家是江南这边的名门望族、簪缨世家，家中儿郎各个浑身书卷气，举止谦和、谈吐不俗，女眷亦婉丽娴静、和顺端庄，也难怪太皇太后入宫数十年，依旧是那般慈善心肠。

且苏家人福气好，子嗣众多，一个个上前来拜见温瀛和凌祈宴，那些个路都走不稳的奶娃娃，还有是他们孙辈的。温瀛一早叫人准备了见面礼，一一赐下。

苏家如今当家的是太皇太后的兄长，特地叫了家中几个最有出息的子孙出来，给太皇太后、太上皇和温瀛他们看，言语间满是自豪之意。那些已经入仕的在任上回不来，站在他们面前的，都是还在念书的小辈们，个个英姿挺拔、自信从容，确非池中物。

"丞哥儿是他们当中书念得最好的，去岁中了乡试解元，因年纪还小，怕他性子不定，我才想压着他再多读几年，等明年让他去京中国子监念上两年学，再考会试。"

提起自己才十六岁的嫡曾孙，苏家老爷子抚着长须，十分自得，笑容满面。

他这么一说，非但太皇太后和太上皇，连温瀛都多看了一眼站在最中间那个笑容温润的俊秀少年郎。

太皇太后将人叫上前多问了几句，口里一个劲地说好，感叹道："陛下从前也是十六岁就中了解元，没想到丞哥儿竟也有这般出息。"

当今皇帝从前未被认回天家时曾连中四元，以十六岁之龄成为上京解元这事并非秘密，只后头被革除功名、逐出国子监那段，被美化成了他有心向武，自己选择弃笔从戎，经人口口相传后早已成为一桩传奇。

那丞哥儿落落大方道："学生听说过，陛下文能连中四元，武能百步穿杨，箭杀刺列部汗王，学生钦羡不已。"

温瀛淡淡地点头："会试时好好考，争取考个好名次。"

得到了皇帝的鼓励，少年郎激动不已，又道："陛下，学生还擅长作画，愿为陛下献画一幅，还望陛下给学生这个机会！"

既是太皇太后的娘家人，温瀛没有拒绝给他表现的机会，叫人上了笔墨、颜料和纸。

丞哥儿立在案前，一手执笔，一手挽袖，从容落笔。

他画得很快，不出两刻钟，就已将画作呈到御前。凌祈宴瞥了一眼，画中温瀛立在银杏树下，面色冷然，仿若拒所有人于千里之外。

之后皇帝于别宫设宴，宴请苏家众人，宾主尽欢。

御驾驻临金陵，在这江南别宫一停数日，皇帝半日召见官员处理政事，半日出外游玩，并未如之前那般一来就下狠手整顿当地官场，一众地方官提心吊胆几日，逐渐放宽了心。

凌祈宴这段时日更是好不快活。江南繁华，金陵之地更是繁华之甚，他每日早出晚归，四处寻找乐子，乐不思蜀。

因着这个，很快便有人将主意打到了他身上，有那心眼多的地方官找上他，各种送礼套近乎。凌祈宴来者不拒，除了不要人，别的东西无论多贵重的送什么他都收，还时常出去与人饮宴，被无数人围着阿谀奉承，得意非常。以至不几日，这些地头蛇便摸清了他的性子，那就是个见钱眼开、贪得无厌的草包！

殊不知凌祈宴确实贪得无厌，价值连城的宝贝收了不知多少，却半点不怕被皇帝知道，甚至与皇帝评头论足点评哪位大人出手阔绰，是个家底殷实的，谁谁看不起他拿些平常之物敷衍他。

温瀛说了让凌祈宴去折腾，自然不会插手。凌祈宴却上了瘾，明明手头一堆这些地方官卖官鬻爵、官商勾结的证据，偏要耍猴一般耍着他们玩，哄着人给他上贡更多的好东西，不到尽兴了绝不收手。

"明日又要出去与人喝酒？"

凌祈宴笑嘻嘻道："去啊，据说明日是这里的商会办的饮宴，排场大得很，一年才一回，正巧赶上了，我嘛，微服去，凑个热闹。"

默然一阵，温瀛沉声丢出一句："我跟你一块去。"

凌祈宴完全不介意，一起去就一起去呗。

翌日傍晚，天色渐暗时，他们只带了三两个侍卫，低调地出了别宫。

凌祈宴在这边的产业，尽由当年温瀛给他的那位因伤退伍的手下万冲打理，表面上万冲才是他那些产业背后的东家。万冲也十分有本事，台面上、台面下的事情都干得风生水起，生意做得十分大，如今已是这金陵商会中举足轻重的大人物。

他们装扮成万冲家中的子侄，随之一起去了城中一处十分清幽雅致的园子里。

这处园子归商会中一位大商贾所有，今次的饮宴也是他操办的。金陵商会每一岁都会办这饮宴，众大商贾轮流做东，为的是凝聚人心，有银子一块赚，有难共同分担。

下车之前，凌祈宴小声告诉温瀛："这样的场合，原本还会有当地官员赏脸来捧场，但现今你这位陛下在此，他们不敢顶风作案，今日在场的必都是这商会中人，除了旧识，不会有人认得我们。"

温瀛问他："你来做什么的？"

凌祈宴笑了笑："这里的官员富商借着漕运、私盐各样的手段敛财，个个富得流油，当官的还会顾忌收敛着些，这些富商可是怎么奢侈怎么过，听说那吃的、用的、穿的比陛下你这位皇帝还要奢侈，我自然得来见识见识。"

在吃喝享乐这事上，凌祈宴向来不输任何人，怎甘心被一群商贾比下去？这段时日他已听无数人提过，这里的商贾过的都是怎样纸醉金迷的好日子，必得亲眼来看一看。

园中灯火亮如白昼，进进出出的尽是浑身珠光宝气的豪富。他们一路进去，凌祈宴不动声色地四处打量，光这一处园子便处处透着奢靡气息，到处都是不该这些商贾用的逾制之物。

厅中更是人声鼎沸，一眼望去，少说有数百人。据万冲所言，他们这商会里大大小小的商贾就有近百，加上各人的随从和那些想方设法拿到帖子前来有所求的，可不就有这么多人？

万冲如今也是这金陵商会中有头有脸之人，他一来，主家便亲自过来迎接，与之同来的还有这商会中的副会长，当初将万冲引荐入会的那位姜戎的好友邓景松。

邓景松见到温瀛和凌祈宴，眼中有稍纵即逝的愕然之色，很快神色又恢复平静，装作不认识他俩。万冲也只提了一句他二人是家中侄子，从北边来的，来凑个热闹，并未过多介绍。

没有谁会将注意力放到他们身上，万冲被请去前边上座，温瀛和凌祈宴则被人引去不起眼的角落里，在同一张桌案前并肩坐下。

离得远，两人只能看到那些商会里的大人物推杯换盏、谈笑风生，但听不清他们在说什么。

周围闹哄哄的，本就人多，与他们坐一块的大多还是些随从和小商人，这些商贾办饮宴，是学的那高门世家一套一套的流程，但只学了个皮毛，礼制是半点没学到，大多数人没规没矩，吃相更是不雅，一眼望去，整个宴厅里可谓污浊不堪。

菜色倒是极好，盛菜的碗碟更是镶金嵌玉，凌祈宴捏着手中的酒杯晃了晃，仔细瞅过后下结论："这酒杯是玉做的，且是好玉，这里的人果真舍得。"

他又揶揄温瀛："你喝酒的杯子，也并非个个都是玉制的吧？"

这里随便一个酒杯，就够外头的贫苦百姓一家人吃上数年，这些商贾过得有多奢侈可见一斑。

温瀛不以为意，倒了口酒进嘴里，凌祈宴笑问他："酒如何？"

温瀛点头："尚可。"

凌祈宴闻言也细细尝了一口，轻眯起眼。这酒名为金翠露，是贡酒，这里的人竟连贡酒都敢喝了？而且似乎味道比进贡上去的更好些。

非但这个，案上还有一道清蒸鲥鱼，说是从水中捞起后在船上直接就下了锅，只取鱼肚上最嫩的一块肉盛盘，鲜美无比。而送去京里的，因长途跋涉这鱼不易养，都是那腌制后的，味道连一般都算不上。

如此说起来，这些人在某些方面确实过得比皇帝还好些。

温瀛忽然低声提醒他："你看那边。"

凌祈宴抬起眼，前方有人站起来，正慷慨激昂地说着大不敬的话，大意是皇帝御驾在这里迟迟不走，说不得就是存着心思要对他们下手，他们须得齐心协力，应对皇帝的刁难，才能渡过这次难关云云。

那人喝酒喝得脸红脖子粗，面目狰狞，因嗓门过大，声音几乎传遍了宴厅的每一个角落，众人纷纷附和。

凌祈宴冷眼瞅着，莫名觉着这人长得有些眼熟，问温瀛："这人是谁？我怎么好似见过他？"

"潘佑安，"温瀛沉声丢出这三个字，"因染上赌瘾被革除功名的那个。"

凌祈宴一愣，这才想起来是有这么个人，温瀛从前在国子监的同窗，帮着凌祈寓那狗东西构陷温瀛，后头还是他设计让之染上了赌瘾，前途尽毁。

这人家中也确实是江南这边的富商，难怪他们能在这里碰上。

多年不见这人已变得脑满肠肥，身上再无半点读书人的影子，得亏温瀛还认得出他。

见到这么个人，想起当日的种种，凌祈宴一时更是讪然，凑近温瀛说道："陛下，我们走吧，我想回去了。"

温瀛与他一起起身，低调地从侧门离开。

坐上回程的车，凌祈宴已没了先前的兴致勃勃，郁闷地道："这里没太大意思，我们也待得够久了，明日尽快将事情解决了，启程去下一处吧。"

车轮辘辘往别宫行去，月亮已爬上枝头，遗落一路斑驳月影。

番外二 宵宴

宵宴

（1）

寅时末，鸡鸣声刚起，温宴伸着懒腰推开屋门，一手拎着菜篮子，嘴里衔着根草，准备去山上采些野菜回来。

他从小没娘，自从几年前爹上山打猎被只熊瞎子拍死后，家里就只剩他一个。

他是个机灵的，拿着爹留下的一柄木弓，再自己琢磨出些逮野兽的法子，竟也没饿死，捕到的猎物够自己吃饱，还能拿去镇上换些银子，加上几个叔叔婶子时不时地接济他，日子过得还挺滋润。

这两日天热，他不想吃肉，只打算摘些野菜回来凉拌，煮粥吃。

嘴里哼着前些天去镇上听来的小曲儿，温宴又蹦又跳地往山里走去。太阳逐渐升起，他的菜篮子里很快堆满。

在树荫处坐下，他喝了口水，眯起眼睛有了些许困意，迷迷糊糊就要睡过去时，忽然有什么东西从背后欺了过来。

温宴瞬间警觉，以为是碰上了野兽偷袭，反应极快地摸出藏在袖子中的防身匕首往后刺去，却刺了个空。

不等他再动，一双大手从后面伸过来用力捂住了他的嘴鼻，温宴手脚并用地挣扎，却完全挣不动。他下意识地一口咬下去，禁锢住他的人却纹丝不动。

"呜呜——"

身后的人低哑粗重的喘息声叫他汗毛倒竖，直到那人在他耳边哑声道："你不许喊，不许乱动，我放开你。"

温宴咽了咽唾沫，点了点头。

终于呼吸到新鲜空气，温宴立刻跳起来，往前跳了一大步，警惕地转回身看去，愣在原地。

挟持他的人竟是个看着和他一般大的俊秀少年郎，剑眉星目、鼻若悬胆、面似冠玉，他从未见过长得这般好看的人。

但是这人受了伤，腰腹处有一个十分狰狞的血窟窿，正在汩汩往外淌着血，因失血过多一张脸已煞白如纸，但看向自己的目光十分凌厉，叫他张着嘴一句话都说不出口。

最后还是那少年郎伸手指了指他的菜篮子，先开了口："把你摘的那种野菜给我。"

温宴犹犹豫豫地将东西递过去，对方接过，将那些生的野菜送进嘴里用力咀嚼了一番，再吐出，撩开衣裳，敷到了他正在不断流血的伤处。

温宴这才似回了魂，紧张地说道："你这伤不是我捅的，我的匕首没那么厉害，你不能去官衙告我。"

对方漠然地抬眼望向他，很快又低下头去，继续处理伤口。

讨了没趣，温宴也懒得多说了，嘴角微撇。

半个时辰后，温宴领着这位古怪又冷冰冰的少年郎回了自个儿家。他倒是不乐意，但这人伤得重，真扔山上，只怕夜里要被野兽叼走。

回去后温宴去熬了粥，又把剩余的野菜凉拌了，考虑到占了他屋子的那个人实在有点惨，还给他在粥里加了点肉末，再忍痛蒸了个昨天小叔特地给他送来、他舍不得吃的鸡蛋。

"喂，你叫什么名字啊？怎么会在这深山里，还受了这么重的伤？你长得这么白净，肯定是书生吧，"温宴说着，目光落到他绣着金丝线的袖口上，又嘟哝着添上了一句，"还是个家里很有钱的书生。"

那人慢条斯理地将东西都吃了，才沉下声道："帮我一个忙，去山外给我买些止血收伤口的药来，别与人多说你捡到了我。"

"没钱，那些药材可贵，你这血不都止住了吗？"温宴毫不犹豫地拒绝道。他其实存了五两银子，辛苦攒起来的，那都是留着以后娶媳妇用的，可不能就这么糟蹋了。

对方却也不恼，解下随身的钱袋，将当中的大额银票取出，余的碎银子都扔给他："吃食也买一些，多的钱全给你。"

温宴翻了翻那钱袋，瞪圆了眼睛："这么多啊？"

这里头除了碎银子，竟还有碎金子，加起来足有十几二十两了。

好似怕对方反悔，温宴问完这句，迅速将钱袋揣进衣兜里，一拍胸脯道："你等着，我这就去镇里，很快回来。"

走到门边，像似想到什么，他又折返回去，问："你还没说呢，你到底叫什么？"

那少年郎喉结滚了滚，道："我叫祈宵，你记住这个名字就行，别与别人说。"

"祈宵。"温宴轻声念了一遍，觉得这个名字真好听，读书人的名字就是不一样。

他笑嘻嘻地点头："放心，我没处说去，你这么有钱，我还指望你过后多报答我点呢。"

一直到那人的嬉笑声远去，凌祈宵才闭了闭眼，额上滑下大颗汗珠，倒进床褥中沉沉睡去。

温宴去村子里找村长借了牛车，赶着车去镇上买了药，又买了不少补身子的吃食，新被子

番外二

345

买了一床，估摸着那人的身形衣裳也买了几身。他想着那人藏头藏尾的，说不定是被仇家害得身受重伤，没准要在他家住上一段日子，他把人养好了，过后的报酬肯定不止这一钱袋碎金子、碎银子。

凌祈宵再醒来，已是日薄西山之时，伤口处重新敷了药，身上也没先前那么难受了。

温宴端着刚熬好的粥进来，风风火火地招呼他："把粥吃了，你先前睡着了，我给你身上的伤口处换了买来的止血草药，我还熬了内服的药，那药铺的掌柜教我的，一会儿你吃完粥再喝那个。"

凌祈宵默不作声地将粥接过去，这粥比早上那碗要丰盛得多，加了不少这人从镇里买来的好料。那人自己也盛了一碗，狼吞虎咽几乎要将舌头都给吞下去。

吃饱之后，温宴一抹嘴，抬头问他："你傻看着我做什么？赶紧趁热吃啊，你总不会要我喂你吧？你的手又没受伤。"

凌祈宵点了点头，很快将粥给喝了。

温宴笑了笑，去给他端药过来，还打了热水，让他稍稍梳洗一二。

"喂，你是碰上了仇人吗？为何会受这么重的伤？"

凌祈宵却问他："你叫何名？"

温宴一噎，道："温宴，我叫温宴。"

"哪个宴？"

温宴随手捡起根木棍子，在地上写字给他看："盛宴的宴。"

凌祈宵轻睐起眼："你识字？"

"认得啊，我认得的字可多了，"温宴得意地解释，"我爹想要我念书考科举，在我五岁时就将我送去村里的赵老先生家里开蒙，我这名字也是赵老先生给我起的。我被逼着念了几年书，字都认得，文章也念过不少嘿，可我实在讨厌念书，不乐意学，宁愿跟着我爹打猎，后头我爹就随我了。"

"那你爹人呢？怎未看到他？"

温宴嘴角的笑滞了一瞬，又嘟哝道："娘跑了，爹死了，现在就我一个人。"

凌祈宵闻言皱眉："你几岁了？"

"十五，我本来打算去投军的，说不定以后还能当个大将军，但我叔他们不让，说我一个人去外头会被人欺负，说什么都不肯。我打算再过两年，等我十七了，就偷偷溜出去。"

温宴大大咧咧地说着，大约是一个人在这山里住久了，第一回碰到能说话的人，即便这个书生总是一副冷冰冰的棺材脸，看着不好惹，温宴跟他说话也挺高兴。

他的笑脸格外晃人眼，凌祈宵移开目光，没再多言。

温宴看他一眼，好奇地问道："你呢？你真的碰上仇家追杀了啊？不能说吗？"

半晌，他见到那人的神色阴下，微颔首："嗯。"

温宴一阵唏嘘："那你这仇家可真可怕，那么大一个血窟窿，是剑伤吧？"

"你连这都觉得可怕，还想去投军？"

温宴："……"

这人怎么这样？

入夜，温宴把他今日新买的被子抱来给凌祈宵，顺便抱起自己原本那床："你睡这里吧。"

凌祈宵看着他："你睡哪儿？"

"我爹的屋子空着的，我去收拾一下，能住。"

凌祈宵的目光落到他手中的被子上："脏了，你用新的。"

"不用啦，你这种富家公子哥，肯定睡不惯别人的被窝，你睡新的吧。"温宴大方地摆了摆手，反正这人给了他那么多钱，他一点也不委屈。

目送着温宴出去，再从残破的窗纸缝隙间看到他走进对门的屋子，凌祈宵盯着那一处看了许久，直到那间屋中的油灯熄灭，又在黑暗中坐了一会儿，重新躺下，闭上眼，挡去了眸中晦暗的情绪。

温宴拉下床帐，又悄悄把带上床来的油灯点燃，趴在被褥上，将凌祈宵给他的钱袋中剩余的碎金碎银都倒出来算了一遍又一遍，再拾起那碎金子用牙齿咬了一口，咬得动，果真是真的。

他眉开眼笑，想将之与自己之前存的银子搁一起，这才想起那人还睡在他的屋子里呢，他的银子就藏在枕头下……

算了算了，温宴努力安慰自己，那人这般有钱，出手就是一袋钱，肯定不会贪他那五两银子的。

这般想着，他放松下来，小心翼翼地将那些金银重新装回钱袋里，抱进怀中，贴在心口处，这才缩进被窝里，很快睡沉。

（2）

清早，凌祈宵推开屋门，温宴正蹲在院子里翻昨日晒下的菜干，听到脚步声，扭头看他一眼，露出笑脸："你起了？灶上有给你热着的粥和烤饼，你自己去拿了吃吧。"

凌祈宵走过去，停在他身侧，问："你在做什么？"

"翻菜干呗，等晒好了拌点香油、醋和辣子腌着吃，可好吃。"

温宴说着下意识地咽了咽唾沫。他依旧蹲在地上，仰起头一手撑着脸，笑看向面前的人："这些再有四五日就能晒好，之后还需要腌个十余日，等那时你若还没走，就有口福了。"

凌祈宵居高临下地盯着他，半晌后轻点头："好。"

温宴愣了一瞬。他只是随口这么一说，这人已经在他这里住了有快半个月，腰腹上的伤口都已结痂了，身子也好多了，还能随意下地走动，他以为这人这几日就会走呢。

也罢，管这人何时走，走之前这人再多给自己点报酬就行。

反正他这几日吃好喝好，都是这人付账，他巴不得这人多留一段时日。

凌祈宵问他："今日要去镇上？"

"去啊，你的药没了，得再去开一些。"

虽然这人看着已经好得差不多了，但那么大一个血窟窿，岂是十天半个月就能痊愈的？反正他有钱，药继续吃着呗。

凌祈宵点了点头："我与你一块去。"

温宴又去问村长借了牛车，出村时碰上自家叔叔，还被盘问了一番，他没与人说自己捡了个来历不明的伤患在家中，随便找了个借口搪塞过去，赶着车出了村。凌祈宵在外头山脚等他。

这人身上穿的是温宴上回从镇里买回的衣裳。温宴已经挑的好布料买，但与捡到这人时，他那身染血的绫罗绸缎依旧没的比，饶是如此，一身寻常布衣却掩不去这人浑身的贵气。

温宴赶着车过去，远远看到他，暗自感叹，这人真不知道是怎么长的，竟跟画里人一样。

凌祈宵坐上车，温宴特地放慢了车速，山路颠簸，要是把他的伤口颠裂开了多不好。

凌祈宵问他："镇里是否有铁铺？我想买柄剑。"

"有啊，不过那老铁匠手艺很一般，剑还贵。"

"能用就行。"

温宴闻言一脸艳羡道："你都不问问多少银子啊？也是，几十两对你来说肯定不算个事。我也想要把剑，多威风，可我买不起。我的匕首还是在山里捡到的，都生锈了。"

凌祈宵的目光动了动，听着他絮絮叨叨地说个不停，没接话。

两人到镇上时已近晌午，这座镇子不大，倒还挺热闹，做买卖的人不少，街上卖什么的都有。

温宴给凌祈宵指了铁铺的位置，自个儿先去了药铺给他开药。

掌柜的抓药时，温宴趴在一旁的柜台上百无聊赖地晃脚。

已经到饭点了，药铺对面就是这镇上最大的酒楼，一阵阵饭菜飘香，他的肚子咕咕叫起来，五脏六腑都在唱空城计。

别看那书生长得白白净净的，但人高马大，吃东西胃口也大，早上时就将他留着原本准备这会儿吃的烤饼都吃光了。温宴盘算着，要不一会儿去买几个馒头和肉包吧，买白面的，让书生付钱，就这么定了！

想到那白花花的白面馒头和肉包，温宴舔了舔唇，越想越美。

从掌柜手里接过药包，付了钱，他哼着小曲儿，拎着药包出门。

凌祈宵也已从铁铺里出来，买了把现成的剑，已佩到了腰间。

温宴凑过去，抽出他的剑细细瞧了瞧。这剑算不上顶好，做工甚至十分粗糙，但将近二十两银子的价格，却是他不舍得买也买不起的。

爱不释手地在手中摩挲了一阵后，他将剑还回去，咂咂嘴道："等我以后做了大将军，肯定也能有自己的剑。"

不等凌祈宵说什么，他拉了拉人的袖子，伸手指着前边的包子铺："我们去买些吃的吧，那间铺子的肉包闻着好香，买那个好不好？"

凌祈宵却没动，只看着他。

被他浓黑的双眼盯着，温宴有一点心虚，转了转眼珠子，移开目光，小声嘟哝："你不想吃算了，我自己去买两个馒头，我好久没吃白面的馒头了。"最后一句，声音更低了下去，"你这么有钱，请我吃个肉包子怎么了？……"

他说完转身要走，忽地被人拉住了手腕。凌祈宵冲街对面的酒楼抬了抬下巴，淡淡道："去那里。"

坐上酒楼二楼的位置，一大桌的好菜上桌后，温宴还有些晕晕乎乎的。为了将打来的猎物拿来卖，他来过这酒楼几回，这里随便一桌菜就要二三两银子，却是他吃不起的。

"你不点酒吗？"

这间酒楼的酒最是出名，他还从未喝过自家酿的果酒之外的酒，十分想试一试，于是厚着脸皮问出了这句话。

凌祈宵丢出一句"一会儿还要回去不喝酒"，慢条斯理地吃起东西。温宴心道可惜，赶忙拿起筷子，生怕慢了菜就没了。

进食间隙，凌祈宵不时抬眼看他，这小子狼吞虎咽的，吃相却并不粗鲁，分明没什么滋味的菜食，吃进他嘴里，却好似无上的珍馐美味一般。

吃完后，凌祈宵叫人挑了两坛最好的酒，拎着冲温宴道："走吧，回去了。"

两人回到家时已近傍晚，温宴熬了粥，自己的腌菜还未做好，但有姊娘给他送来的，就着吃了，又是美滋滋的一顿，更别提还有凌祈宵买的那两坛酒。

温宴是第一回喝上这比家里的果酒烈得多、香得多的美酒，眨眼就下去三杯。

凌祈宵反倒没怎么喝。他伤势未愈，本就不能喝酒，且这酒在他看来实在算不上多好。

温宴却不是个能喝的，不多时已红霞满面、醉眼迷蒙，嘻嘻笑着醉倒在了桌上。

凌祈宵将他扶上床，去烧了热水来帮他擦了把脸，脱去外衫和鞋子，自己也草草梳洗一番后脱去外衫，在他身边躺下。

（3）

凌祈宵能下地后，每日里都会帮温宴干些活，还会跟他一块进山去打猎挖野菜。这人学什么都快，无论什么活，做过一遍就立马能上手且做得非常好，家里陈年失修的门窗也被他给修好了。多了这么个帮手，温宴发现自己的日子过得别提多舒坦。可这人迟早是要走的。

想到这个，温宴心里有些不是滋味。他一个人在这山野里过活，有这人陪着他聊聊天、一起干活，还挺好的。

某日清早，忽然有一队侍卫模样的人来了山里，在凌祈宵身前单膝跪地，为首的那个沉声请罪："参见太子殿下，卑职等护驾来迟，请殿下恕罪！"

温宴傻呆呆地站在那里回不过神，凌祈宵望向他，温宴身子一凛，低下了头，下意识地也要跪下去，被凌祈宵一手拉住。

"不用。"

凌祈宵的声音就在耳边，温宴浑浑噩噩的，脑子里一片空白，唯有一个声音在不断嗡嗡作响：这人是太子？是皇太子？他竟是皇太子？？？

那他能不能多给自己点银子啊？

<h2 align="center">（4）</h2>

侍卫统领向凌祈宵禀报，说那帮山匪的老窝已经被抄了，当中还有个女人，身份有点蹊跷。

凌祈宵听罢，沉声吩咐："查清楚，先将人带回上京，过后再说。"

将人都打发下去后，他望向一旁傻愣愣的温宴："你想问什么，直接问吧。"

温宴不自在地舔了舔略干燥的唇，犹豫地道："你……真是皇太子啊？"

"嗯。"

"那你怎会出现在那山林里，还受了那么重的伤？"

"被人谋害，将计就计。"

凌祈宵没有多说，一时半会儿也说不清。他这回出来是私下来冀北替太后求佛，没带几个人，遭了同胞兄弟算计，回程路上遇上山匪。他早发现不对，故意将自己弄成重伤，就为了堵他那位偏心的母后的嘴，好让他父皇痛下决心，帮他解决了那个屡次找他麻烦的"好兄弟"。

他的侍卫其实一直在暗中护卫他，若没有碰上温宴，他不会在这地方待这么久。但如此也并非全无好处，他父皇以为他失踪了，这些日子有多急，过后与人算账时便有多狠。

温宴心里七上八下的，不知当说什么好，好半晌憋出一句："那我救了太子殿下，殿下能多给我些报酬吗？"

凌祈宵神色一顿："你就要这个？"

温宴用力点头。

对他来说，这个世上再没有比金银更好之物。

凌祈宵没再理他，叫人上了膳食。

他已换了一身皇太子常服，温宴盯着他那身华服看了半晌，试探地问："我能摸摸吗？就摸一下。"

凌祈宵随口道："可以。"

温宴走上前去，抬起手摸上他胸前金丝线绣的细密繁复的龙纹，啧啧称奇："你这衣裳真软，这是丝缎的吧，肯定还是最好的那种。里正和他儿子穿的衣裳是我以前看过的最好的，跟你这个完全没的比。"

他的眼里满是艳羡之意，说起这些话却无半分奉承讨好的意味，凌祈宵看着他，问："你想穿吗？"

"想啊，"温宴坦荡地承认，"等我以后做了大将军，是不是也能穿这么好的衣服？不对，你是太子，那我比不过你，但肯定也不会差。"

他畅想着以后，好似笃定自己一定能做大将军一般。

凌祈宵没再继续这个话题，只道："用膳吧。"

一大桌子膳食送上，凌祈宵没叫人布菜，只让人上了酒便尽数将人挥退下去。

他特地叫人从上京带了几个好厨子来，做了这一桌子菜。

温宴却并不知道这些，只是看着那些过于精致的菜食，竟不知该怎么下筷子。

凌祈宵给他夹了一筷子菜，低声提醒他："这里没有外人，不用拘谨，想吃什么自己夹。"

温宴笑弯起双眼："多谢太子殿下，殿下你真好。"

待温宴的肚子填了七分饱，凌祈宵给他倒上酒，也是特地叫人带来的宫中贡酒。

温宴闻着那酒的香味就快醉了，两杯下肚，面上便已泛红。

喝多之后，他又与凌祈宵说起胡话："等你回去了，我就再吃不到这么好吃的菜、喝不到这么好喝的酒了，我得多吃些、多喝些，一直记着这个味道，以后时不时还能念起来。"

凌祈宵沉声道："我之前说过的，你跟了我，你想吃什么、喝什么都有，想要什么也都有。"

温宴皱起眉毛，片刻后摇了摇头："我不要，你是高高在上的皇太子，跟了你我就什么自由都没了，以后你让我往东我不能往西，那我过得多憋屈？"

"不会，你想要自由我也能给你。"

"骗子，婶娘说了，男人的嘴，骗人的鬼，不能信。"

"你不是想做大将军吗？我给你机会。"

"我要靠自己的本事做大将军，才不要靠你。"

无论凌祈宵怎么说，温宴就是不肯答应，又两杯酒下肚，他哪里扛得住这宫廷贡酒，很快便一句话都再说不出，醉倒过去。

翌日清早，上京城送来皇帝口谕，让凌祈宵即刻启程回京，不要再耽搁。

凌祈宵皱眉，不得不领旨。

听到他说今日就要走，温宴呆愣了一瞬，"哦"了一声："你走吧。"

想了想，他又低下声音添上了一句："真的不能给我点报酬吗？我好歹救了你一回呢，就几两银子也可以的，我想攒点银子买把剑去投军。"

原本他还说等十七了再瞒着叔叔们偷跑出去，亲眼见识过皇太子殿下过的日子后，更想早些出去闯一闯了。

凌祈宵却问他："你不肯跟我走？"

温宴赶紧摇头："不要。"

凌祈宵没再说什么，解下身上的佩剑递给他，不是在这里的镇上买的那柄，而是他从小就佩着的，太后给他的先帝留下的御剑。

温宴一看那乌金的剑柄、剑鞘，就知其价值不菲，不敢收："你这给我，转头就得被别人抢走。"

"这是先帝留下的御剑，没人敢抢，你拿着。"

温宴张了张嘴，再说不出话了。

凌祈宵将剑塞在他手中："拿着吧。"

他又提醒温宴："别现在去投军，也别总去山林里打猎了，不安全，想要投军，等半年后再说。"

温宴没太明白他的意思，但凌祈宵没多解释："记住我的话就行。"

他没有逗留太久，皇太子仪仗很快启程离开。

温宴站在原地用力眨了眨眼睛，直到仪仗队走远，才似恍然回神，抱紧了手中的剑。

他搬回了自己从前的屋子住，那五两压在枕头下的银子被他翻了出来，旁边还多了数张大额银票。凌祈宵来的第一日从钱袋中取出的银票都在这里，加起来足足有五千两。

温家人的日子好过起来，不再有了上顿没下顿，温宴自个儿也有了钱买好酒好菜，买他一直垂涎的各种好东西。

可他觉得没意思，从镇上最好的那间酒楼买回酒来，一人喝了个酩酊大醉，却没有像之前几回那样在醉酒后做美梦，没了另一个人听他絮絮叨叨，委实寂寞得很。

酒醒之后，他不再想那位可能这辈子都再见不到的皇太子殿下，将太子送的剑藏了起来，又过起了以前那样的日子，想吃肉时进山打猎，不想吃时就随便摘些野菜打发。他的菜干也终于腌好了，可惜那人到走都没口福尝上。

半年后。

清早推开屋门，外头白茫茫一片，温宴愣了愣，没想到今年冬日的第一场雪竟来得这般快。

雪落了一整夜，外头的积雪已快有他的一半小腿高。

他裹上厚重的袄子，有些兴奋地跑进院中，倒进雪地里，舒服地眯起了眼睛。

直到似有什么人挡在他身前，将光影全部遮住，温宴缓缓睁开眼，看到伫立眼前、一身华服的那人，还当是自己生出了幻觉。

他粲然一笑："太子殿下，我怎么又想起你了？唉，真奇怪。"

那人伸出一只手，温声道："起来。"

温宴愣了愣，猛地睁大眼，霍然坐起身。

不是幻觉，面前确确实实站着活生生的皇太子殿下凌祈宵。

"你……你……你怎么来了？"

凌祈宵将他拉起来，帮他拍去浑身的雪，淡淡地道："去西北领兵，接替我五叔，先来这边一趟。"

"你去领兵？"

温宴是念过几年书的，老师当初还给他讲过不少史书上的故事，可从来没听说过一国储君出外领兵的先例。

"嗯。"

这半年他费尽心思，才终得今日成行，这些并不需要说与温宴听。

他只问温宴："你不是想投军吗？投我麾下吧。"

温宴呆呆地看着他："可以吗？"

"为何不可以？"凌祈宵沉下声音道，"这回能跟我走吧。"

温宴鼻子一酸，差点流出泪来，鼻尖冻得通红，眼角也红了："好。"

凌祈宵的眼中倏然闪过一丝笑意，他提醒温宴："大将军不能哭鼻子，以后在外人面前别这样了，要惹人笑话的。"

温宴抬手抹了一把脸："太子殿下别笑话我就成。"

凌祈宵点头："不会。"

番外二

番外三　逆鳞

逆鳞

温瀛登基几年，在政事上一直是个强权铁腕的皇帝，说一不二，一言九鼎，朝中官员大都畏惧他，轻易不敢触他逆鳞。

但总有那么些不怕死的，尤其是那些自诩清流的御史言官，热衷于挑皇帝的毛病为自己博名声，若是惹怒了皇帝，只要不丢了性命，哪怕被打一顿，那都是青史留名的好事。

可温瀛这个皇帝做得太好，轻易挑不出错，于是这些鸡蛋里挑骨头的便把目光转向他身边的人，头一个便是凌祈宴。

凌祈宴平日张扬狂妄、不务正业，比之当年还是毓王殿下时有过之而不及，偏偏温瀛纵容他，无论他做什么，从来睁只眼闭只眼，哪怕参凌祈宴的奏本摆满御案，他都能当没看到，再说多了，他便会杀鸡儆猴，给带头挑刺的几个一点小惩罚。

至于让皇帝陛下依着那些人的心思去动凌祈宴？那不可能。

可偏有人不信邪。于是某日当有人当庭弹劾凌祈宴豢养私兵、意图谋反时，一向喜怒不形于色的皇帝第一次变了脸色，没叫人退朝便拂袖而去。

底下人惴惴难安，陛下这是什么意思？是生气自己之前看错了人？养大了那位的狼子野心吗？

所以说嘛，再通明的皇帝，一旦涉及自己的皇权，从前所有的放任都将不复存在。

那上奏的御史春风满面、得意非常，仿佛就此便可扬名立万，平步青云。

另一边，凌祈宴盘着腿，正坐在皇帝宫殿的罗汉榻上吃西瓜，听到下头人禀报前朝发生的事情，眼睛几乎要翻到天上去。

什么私兵，那不过就是他用来帮温瀛私下打探消息、监督百官的眼线而已，确实都是高手，说是暗卫也可以，不过这事是温瀛知道且一手促成的，怎么就成了他意图谋反呢？

莫名其妙。

温瀛回来时，凌祈宴仍坐没坐相地靠在榻上晃着脚，敢在皇帝面前这般放肆的也只有他了。

355

温瀛半分不在意，在他对面坐下，平日里笑吟吟的凌祈宴今日也没个好脸色，并不理他，自顾自地吃东西。

温瀛给他递帕子："听说了？"

凌祈宴没好气："没法不听说。"

温瀛："生气？"

"不敢，我都意图谋反了，哪敢生气啊。"凌祈宴回道。

见他吃完一片，温瀛继续给他递瓜，眼中难得有了笑意："这有何生气的，朕过两日就找由头把人料理了。"

凌祈宴问他："那我就一直这样背着个疑似谋反的罪名啊？"

"你还在意这个？"温瀛略感意外。

他以为凌祈宴并不在乎外头人说什么。

凌祈宴噎了一下，悻悻道："我是不在乎，我怕对你这个皇帝名声有碍。"

"不会，"温瀛道，"没事的。"

凌祈宴从前没心没肺惯了，现在也会下意识地替温瀛考虑，先前在朝堂上温瀛确实有些生气，气的却是那些屡次刁难凌祈宴之人，眼下见凌祈宴这般，只觉心中宽慰。

凌祈宴又吃完一片，还要伸手去拿，被温瀛制止了："别贪凉吃太多，一会儿又说肚子不舒服了。"

他撇了撇嘴，只能算了。

有小太监端来水盆让他净手，凌祈宴再一擦嘴将帕子扔回盆中，道："这些老东西，不就是被我查到他们私底下那些勾当，为了让我闭嘴竟然推个御史出来弹劾我谋反，岂有此理。"

说起这事凌祈宴就有气，他手下那些人查到几个近支宗室王爷私下贩卖贡品，本也不是什么特别大的事情，都是老王爷了，温瀛还打算给他们留些面子，这事便没管，让凌祈宴自己看着办。于是凌祈宴将那些人敲打了一番，借机狠狠刮了他们一笔，那些人面上诚惶诚恐，转头的回敬就是今日这一出。

"早知道这样我就不该放过他们。"凌祈宴气道。

"你不是从他们那里弄来不少宝贝？那些前朝的古玩玉器可不好轻易从他们手里要来，你也不算吃亏。"温瀛依旧那副样子，但确实是在安慰人。

于是凌祈宴又笑了："穷秀才，你也想要啊？说点好听的，我分你一半啊？"

温瀛默然移开眼。

凌祈宴笑得更大声了，皇帝陛下的反应可真好玩，这人永远都不经逗。

温瀛说没事，就是真的没事。

之后几日参凌祈宴的奏疏又一本一本送来他这里，内阁官员每每看到他莫测的神情都满头大汗，说他是真忌惮了凌祈宴吧，但几次他们来禀报事情，凌祈宴就在旁边伸懒腰，甚至还拿起弹劾自己的本子一句一句念，仿佛当乐子看，陛下也没反应。

有胆子大的官员悄悄抬头，却见皇帝陛下坐在御案之后，不出声地听着凌祈宴念奏本，竟然在笑。

满朝皆知，他们这位皇帝陛下大约因为前头二十年的坎坷身世，性子格外阴郁，没成个暴君已是万幸，在他脸上从来是看不到一丝笑的，哪怕他心情很好时，神情也始终淡淡的，是真正的君心莫测。

但是现在，他身边这位已成众矢之的祸首，用大不敬的语气念着弹劾自己的奏本，陛下非但未曾动怒，他还在笑，他竟然在笑。

凌祈宴念完一本意犹未尽，还想念第二本，温瀛这才出声打断他："别闹了。"

下头的官员身子抖了抖。

凌祈宴把奏疏扔回去，去了后头，不念就不念呗。

人一走，御座之上的人又恢复了面覆冰霜的神情，示意身边大太监："拟旨吧。"

弹劾凌祈宴的御史下了大狱，连老底都被皇帝掀了，各种罪名罗列了一堆。

那些个背后计算凌祈宴的王爷，有个一算一个，全部被夺了爵位，这样的处罚不可谓不重。但温瀛铁了心，不给任何人颜面，甚至有老王爷求到太皇太后那去，许久不过问世事的太皇太后传过话来，温瀛亲自去别宫见了人，几句话就让太皇太后打消了帮人说情的念头。

"他们针对的人是祈宴，他们想要祈宴死。

"祈宴是在为我做事，我必须护着他。"

后头凌祈宴也去别宫，听罢太皇太后转述的这些话，笑个不停。

太皇太后担忧地提醒他："你做这些事，虽是陛下授意的，但到底见不得光，你又何必沾这些？"

凌祈宴摇摇头说："祖母，陛下护着我，我也得护着陛下啊。"

温瀛就在殿外等他，凌祈宴出来，见他仍在笑。

温瀛问："笑什么？"

"高兴就笑呗。"凌祈宴道。

"太皇太后没有责备你？"

凌祈宴反问道："祖母为何要责备我？我帮陛下的忙，食君之禄、忠君之事，她褒奖我还来不及。"

温瀛不再多问了："走吧，回去了。"

料理了这些事情又半月后，温瀛一道圣旨，以凌祈宴辅佐皇太弟有功为名，晋了他的爵位，并赐铁券。

满朝哗然。

凌祈宴拿到赐下的铁券，翻来覆去地看，问温瀛："为何铁券用金填字？"

温瀛道："你不就喜欢金子吗？"

凌祈宴眉开眼笑："那我要说谢主隆恩？不过你找个这么蹩脚的理由抬我爵位就算了，为何还要给我这个东西？"

"这个可免死。"温瀛提醒他。

凌祈宴一愣，回神复又笑了："陛下难不成会让我死啊？"

　　温瀛摇头。

　　他自然不会，可他也总担心：若是他去得早，他之后的皇帝不能容凌祈宴，这件东西还能救凌祈宴一命。

　　所以他赐下这个，也是以皇太弟的名义。

　　凌祈宴不是蠢人，很快就明白了温瀛的用意。

　　心情复杂，感激的话他说不出口，最后也只是道："穷秀才，你真好。"

　　温瀛点点头："你好生收着吧。"

　　凌祈宴高兴道："回头我就把它供起来。"

　　温瀛莞尔。